LA TRAVESÍA SECRETA

Carlos Victoria nació en Camagüey, Cuba, en 1950 y se suicidó en Miami, Estados Unidos, en 2007, mientras luchaba contra una repentina enfermedad. En 1965 ganó el premio de cuentos auspiciado por la fundación de la revista *El Caimán Barbudo*. En 1971 fue expulsado de la Universidad de La Habana, donde estudiaba Lengua y Literatura Inglesas, por «diversionismo ideológico». En 1978 fue arrestado por la Seguridad del Estado cubana y todos sus manuscritos fueron confiscados. En 1980 abandonó la isla durante el llamado Éxodo del Mariel, y desde entonces sus narraciones aparecieron en revistas y antologías de Estados Unidos, Europa y América Latina. Publicó los libros de relatos *Las sombras en la playa* (1992), *El resbaloso y otros cuentos* (1997), *El salón del ciego* (2004) y las novelas *Puente en la oscuridad* (Premio Letras de Oro, 1993), *La travesía secreta* (1994) y *La ruta del mago* (1997). *La travesía secreta* fue seleccionada como la mejor novela del mes de noviembre de 2001 en Francia, por el jurado del Premio al Mejor Libro Extranjero. En 2004, la Asociación Cultural Con Cuba en la Distancia le dedicó un homenaje en Cádiz, España, por la calidad de su obra y por su contribución al desarrollo de la literatura cubana. Durante dicho homenaje la editorial Aduana Vieja presentó *Cuentos* (1992-2004), antología revisada por el propio autor y que reunía sus relatos hasta esa fecha. Victoria trabajó como redactor en el periódico El Nuevo Herald, en Miami y fue galardonado con la prestigiosa Beca Cintas.

Carlos Victoria

LA TRAVESÍA SECRETA

De la presente edición, 2018:

© Herederos de Carlos Victoria
© Editorial Hypermedia

Editorial Hypermedia
www.editorialhypermedia.com
www.hypermediamagazine.com
hypermedia@editorialhypermedia.com

Dirección de la colección Mariel: Juan Abreu
Edición: Ladislao Aguado
Diseño de colección y portada: Herman Vega Vogeler
Imagen de cubierta: Steve Johnson
Corrección y maquetación: Editorial Hypermedia

ISBN: 978-1-948517-25-6

A PROPÓSITO DE LA COLECCIÓN «MARIEL»

Hay una Cuba de antes de 1980 y una Cuba que comenzó a nacer a partir de 1980. En esa Cuba de antes de 1980, los que huían de la isla, se consideraban exiliados. En la Cuba posterior, sobre todo a partir de la década de los 90, eso fue cambiando y surgió la figura del emigrante del castrismo cubano. Algo que a mí siempre me ha parecido insólito, de una dictadura se huye no se emigra.

Los libros que he agrupado en esta colección, pertenecen, literariamente hablando, a esa Cuba anterior a 1980: sólo pueden haber sido escritos por exiliados de la dictadura cubana. No quiero decir que sean mejores ni peores, sólo señalo que pertenecen a una época y a una Cuba que ya no existe, o de la que ya queda muy poco, y que comparten cierta mirada sobre los tiempos que a los autores les tocó vivir, amén de una saludable furia.

Algunos de los escritores que agrupo en esta colección, que se publica gracias a la iniciativa y al interés de Editorial Hypermedia, salieron de la isla durante el Éxodo del Mariel, otros lo hicieron un poco antes o algo después del gran éxodo marítimo. Pero todos pertenecen a esa Cuba que producía exiliados políticos, fugitivos, y no emigrantes. A mi entender, estas obras se alimentan, enriquecen e iluminan unas a otras, y ayudan a definir y a comprender el tiempo que a sus autores les tocó padecer. Por eso las he reunido aquí.

Juan Abreu

A mi inolvidable Josep.

A la memoria de José Hernández, Reinaldo Arenas y Guillermo Rosales

El autor desea agradecer a la Fundación Cintas su valiosa ayuda, que le permitió terminar de escribir esta novela.

El viajero que huye tarde o temprano detiene su andar.
Carlos Gardel

I

El timbre de la salida al recreo sonó al mismo tiempo que las campanas de la iglesia. Los dos anuncios dialogaron brevemente cortando el aire de la mañana. Uno, agudo y chirriante, provocó el vocerío en las aulas, mientras el otro, armónico y pausado, repicó en vano sobre el silencio de la plazoleta. Uno llamaba al placer y al desorden; otro intentaba recordar ¿qué cosa? ¿Eternidad, sacrificio, renunciamiento? ¿Paz de espíritu? ¿O el simple hábito de la hipocresía? Marcos Manuel no tuvo tiempo para reflexionar sobre esas sutilezas. En el patio de la escuela los jóvenes belicosos de tercer año lo esperaban para cortarle el pelo a la fuerza, como habían hecho ya con casi todos los novatos de primero, y en la mano de uno de ellos la tijera sobresalía como un arma.

Corrió por el pasillo principal, salió a la claridad amenazante, y al atravesar la plaza pensó: *Esta es la línea divisoria.* Así funcionaba su mente. En vez de apresurar más el paso, se entretenía en categorías, en frases pensadas, en ordenamientos absurdos, y aún cuando los mechones caían al suelo, frágiles remolinos, entre risas y gritos, él se decía: *un día cruzaré esa línea.* Pero si alguien lo hubiera apremiado para que precisara a qué línea se refería, se hubiera encogido de hombros con desdén para disimular su ignorancia.

Embarrado de sudor y polvo, rompió los cuadernos y libros en pedazos; los papeles rodaron libremente por el agua ofuscada de la alcantarilla. *Ahora verán,* se dijo. Pero ¿quiénes verán? Caminaba por la odiosa avenida, un guerrero tembloroso y cndeble que con gestos y mascullaciones daba rienda suelta a su cólera. Sin embargo, al llegar a la casa de José Luis, jadeante, ya había olvidado los planes de venganza. Junto a la ventana la anciana inválida jugaba a las cartas con Regina. Sujetaba las barajas con sus dedos llenos de anillos. Se abanicaba con ellas. Se removía Impaciente en el balance. Se Inclinaba sobre la mesa con voracidad, con lujuria. Reía como una niña.

Tengo que aprender de ella, pensó Marcos. Tengo que aprender de los que no pueden levantarse de una silla, pero se ríen al jugar a las cartas. Estas eran las cosas que se le ocurrían.

Pero no solo estas. Tengo que hacerme novio de Teresa, pensó también. Dejar la escuela. Aprender a fajarme. Decirle a Eloy que no pienso ir más por su casa. Exigirle a mi tío que no me siga tratando como a un niño. (Pero era mentira: su tío nunca le había prestado atención). No entrar más a la iglesia —Dios no existe. Terminar de leer a Dostoyevski. Aprender a jugar a las barajas, para sentarme con la tía Inválida de José Luis todas las tardes. Ir cuanto antes a casa de Teresa, para escuchar el disco nuevo de los Beatles. Y sobre todo, terminó diciéndose, tengo que irme a estudiar a La Habana. Sí, eso es; tengo que conseguir la beca. Irme de Camagüey. Cruzar la línea divisoria.

Pero no había tal línea. La había, y no la había: era difícil de explicar. El mundo estaba dividido, la gente estaba separada, pero así y todo se mezclaban, chocaban, se reunían, se pertenecían, hasta que uno cruzaba la línea. Allí se estaba a salvo. La vida estaba a favor de los que huían.

Pero Marcos no huía. Fingía correr, fugarse, cambiar de sentimientos, y terminaba de bruces en la plaza con mechones de cabello picados. Terminaba escribiéndole versos de amor a Teresa. Estudiando en la cocina con Eloy. Sembrando yuca en la quinta de Don Justo. Silencioso delante de su tío. Terminaba, en fin, del lado de los que quieren, se someten, piden y necesitan; de los que tratan de agarrar una mano y de inmediato simulan que esquivan la mano, para luego imaginar que la tienen segura entre las suyas para siempre.

Porque para Marcos todo tenía que ser *para siempre*. Todo, menos ahora detenerse en la acera al ver a Eulogio el actor acercarse con su abrigo de cuadros. Marcos entró con rapidez en la casa de José Luis para no saludarlo, y desde la ventana lo vio alejarse, esta vez con paso extraño, como si estuviera cojeando. A lo mejor ensayaba un nuevo papel. Con los actores nunca se sabe.

Josefa la inválida ganó la partida de cartas, en medio de un tropel de exclamaciones, y Regina a regañadientes le entregó una peseta. Una peseta de ennegrecida plata. Ninguna de las dos quiso hablarle. No le preguntaron por qué traía el pelo de esa forma, ni por qué tenía la camisa rota. El día anterior Marcos había pasado con Eloy frente a la ventana, y Eloy, de fanfarrón, había dicho en voz alta una mala palabra. Quizás ellas creían que Marcos era de esos que no respetan el sufrimiento ni la tranquilidad. Sin embargo, él deseaba decirles que también sufría, y que en el fondo era tranquilo, demasiado tranquilo; que no se parecía en lo absoluto a Eloy, y que todo había sido una casualidad, un producto de la circunstancia. Pero cuando uno dice *producto de la circunstancia,* pensó, los que escuchan casi siempre vuelven la espalda. Y hacen bien.

—Yo sé que ustedes están molestas conmigo, pero están equivocadas. Yo no tuve la culpa —comenzó a decir Marcos.

—Nadie esta molesto con nadie —Interrumpió Josefa, y cortó con frialdad las barajas, que se apilaron con un chasquido seco.

En ese Instante José Luis lo llamó desde el cuarto, y Marcos se despidió de las mujeres con un movimiento parecido al de una reverencia. Con ellas puedes ser servil, se dijo. Nunca te lo van a echar en cara.

En la oscura habitación, las cortinas cubrían el ventanal como telones, mientras en la cama el enfermo de gripe se tapaba hasta el cuello con la sábana, tosiendo discretamente con un aire estudiado de desgano. En el espejo del armario su perfil reposaba como en una moneda: la nariz puntiaguda, los labios finos, la frente combada. Su mano, muy pálida en la sombra, se extendió para tocar la de su amigo, como el que se digna a ofrecer una limosna. Pero Marcos, indiferente, permaneció Inmóvil, observando la Imagen del Cristo relegada a una esquina. El olor a humedad y medicina le recordó otro sitio que prefería olvidar, y de inmediato se arrepintió de visitar a su compañero de aula. Compartió con un cesto de ropa la única silla y se dispuso a hacer el recuento de su más reciente calamidad.

—Los cretinos de tercer año me pelaron —dijo avergonzado.

—Eso te pasa por cobarde —se rió José Luis—. NI a Eloy ni a mí nos hubieran tocado.

Este va a ser el tono de la conversación, pensó Marcos. El tono de la jactancia. Le molestaba darse cuenta que José Luis gozaba con verlo humillado. Siempre se sentía frente a' su amigo como si en medio de los dos se levantara un tablero de juego; como si el propósito de reunirse con él fuera ganar una feroz partida, una apuesta malsana. Sin embargo, no dejaba de verlo, ni de desear su compañía. Quizás lo mismo le ocurría a todo el mundo. Quizás al mirarse a los ojos la gente solo piensa: yo soy más fuerte que tú.

O yo luzco mejor que tú. O yo puedo hacer lo que tú no haces. O yo tengo lo que tú no tienes. Pero la gente se sigue buscando, pensó Marcos, y fijó sus ojos en las puntas de las sábanas que tocaban el piso, y en la vasija con agua debajo de la cama, colocada estratégicamente por la madre o la abuela para ahuyentar a los malos espíritus.

Un gato empujó la puerta en ese instante y trepó elástico sobre la mesa de noche, con aire de absoluto señorío. Luego saltó sobre la cama y caminó sobre el cuerpo de José Luis, deteniéndose para olfatearle el pecho.

—Acabo de ver a Eulogio —dijo Marcos.

—Papá me dijo que no quería verlo más en esta casa. Dice que ' todos los actores son unos pervertidos.

—A lo mejor es verdad.

—Tú fuiste el que quisiste conocerlo.

—Pero el primero que habló con él fuiste tú.

—Lo hice por ti —la tos de José Luis se acrecentaba entre cada frase pronunciada con sorna—. Yo nunca voy a ser actor, ni escritor, ni me Interesan esas obras extrañas que ponen en ese teatro de mala muerte, donde lo único que saben es gritar. Hablé con él para complacerte, porque a ti te da vergüenza todo. El avergonzado. Pero bien que te desvives por toda esa porquería del teatro, de la poesía, de la literatura.

—No tengo ganas de discutir ahora.

—Se ve. Pareces un aura apaleada.

Marcos evitó mirarse en la luna del armarlo, donde se reflejaban acuciosos los ojos fosforescentes del gato.

—Tengo que Ir al barbero, no puedo aparecerme así en la casa.

Y no traigo dinero.

José Luis terminó dándole un peso. Pero en los espejos de la barbería Marcos tampoco se atrevía a mirarse de frente, como si en su rostro estuviera pintada una palabra obscena. Las manos del hombre le frotaban el pelo con la violencia del que quiere arrancarlo. ¡Cuántos olores se mezclaban de un golpe! Colonia, vaselina, humo de tabaco, talco. Y en la boca del barbero flotaba un turbio aliento de cebollas, mientras el hombre parloteaba sin pausas con un viejo con sombrero de pajilla y traje de dril blanco, un espectro de una época pasada, de un tiempo que ahora en Cuba se consideraba maldito. Solo que las arrugas deformaban el vetusto sombrero, y manchas y remiendos deshonraban el traje.

—Estos muchachos de hoy en día son unos malagradecidos —decía el barbero—. Tienen escuela y libros gratis, pero lo único que saben es joder. Este es el futuro de la Revolución, para ellos es que estamos echando los bofes. Y mira cómo pagan, jodiendo. Dentro de veinte años vamos a estar en las mismas. O peor.

—O peor —repitió el viejo, mientras la ceniza de su tabaco pasaba de un gris perla a un blanco azulado.

Las hojas de revistas cubrían el piso; a su vez, despojos de cabellos tapaban parte de las fotos. Allí estaban la nariz de Libertad Lamarque, el mentón de un comandante desaparecido, las ancas poderosas de un león en su jaula. En blanco y negro, sobre las losetas de amarillo chillón. Una mujer entraba a medio vestir en una bañadera. La foto estaba en la sección de *Dentro del Suceso*: o sea, que ese era quizás su último baño. Pero ella se soltaba las trenzas con la arrogancia de un ser inmortal. En ese momento la navaja resbaló por el cuello de Marcos, saliendo de la espuma con un color

16

rosado. Morir así no tenía gracia alguna: la meta era morir como un héroe, en una cruenta batalla. O como algunos santos, entre oraciones y frases de perdón. Morir por algo que uno amara. Pero él amaba demasiadas cosas a la vez, pensó, y al final la muerte era una sola.

El barbero le pasó un paño empapado de alcohol por la cortada; después le colocó el espejo frente al rostro. Cejas tupidas, nariz sobresaliente, ojos tímidos o tal vez asustados. Además ojeroso: se masturbaba dos o tres veces cada noche, ensimismado con las fotografías del libro pornográfico. La mujer acercaba la boca a los muslos del hombre. El hombre acercaba la boca a los muslos de la mujer. Ambos cubiertos por un antifaz. Era a la larga la misma rutina: boca y muslos, muslos y boca. Y él poniéndose flaco y ojeroso, perdiendo peso por vivir con furor la burda fantasía, porque detrás de las fotos gastadas no había piel, ni músculos, ni sangre: solo el aire caliente que se estancaba bajo el mosquitero.

Al llegar a su casa buscó en vano la llave debajo del ladrillo, refugio de rojizas hormigas. Luego registró, también inútilmente, el segundo escondite: la pajarera junto al limonar, cuyas espinas de puntas amarillas resaltaban entre las tersas hojas. El tronco estaba pintado de blanco: un ardid para detener las plagas, que como todo lo demás en aquel patio y en aquella casa, jamás dio resultado. No corría ni una gota de viento. Esto pasa cuando se tiene una sola llave, se dijo Marcos. Y cuando la madre no está en la casa, sino en el hospital. Había una explicación para todo, menos para lo que uno quería saber de verdad.

Al fin su tío, maldiciendo en voz baja, forzó la ventana de la cocina; luego al saltar adentro volteó una vasija de manteca rancia. La llave estaba dentro de la vitrina. Marcos, con la cabeza baja, se dispuso a escuchar el discurso que sabía de memoria.

—Chico, ya ahorita cumples dieciocho años y no tienes responsabilidad ninguna, ni siquiera para acordarte que cuando sales tienes que sacar la llave. Muchos libros estrambóticos, pero más nada. Vives recostado a nosotros porque estamos al lado, como si te fuéramos a durar toda la vida. Eres un abusador. Te lo he dicho mil veces, que Luisa y yo no podemos estar ocupándonos de ti todo el tiempo, ya bastantes dolores de cabeza que tenemos con nuestros hijos. Tú tienes que pensar que tu madre está enferma y que tú eres lo único que ella tiene. Por favor, ya es hora de que sepas dónde tienes la cabeza.

Sé dónde está, quiso contestarle. Pero no dijo nada. Su tío, con el cigarro apretado en la boca, parecía siempre a punto de agredir a alguien. Especialmente a Marcos. Aunque después de todo, el tío no tenía la culpa de no querer a aquel sobrino raro y nervioso. La gente no elige querer, pensó Marcos: hay algo casual en el cariño.

Al quedarse solo, decidió terminar el poema que había comenzado la tarde anterior. El primer verso se le había ocurrido en el ómnibus atestado: *La flor y la calle son una misma cosa.*

Pero eso era mentira, pensó ahora. La flor y la calle no son una misma cosa. Claro que la poesía no era asunto de lógica; es más, la lógica y el razonamiento atentaban contra la belleza, y la poesía venía al rescate de esa víctima frágil. Pero Marcos quería ser fiel a la verdad. Toda su niñez y sus primeros años de adolescencia se habían disuelto en un limbo de fantasía y engaño, trastornados por la simulación. Y a su alrededor todos se alimentaban de falsificaciones. El quería derribar esa cárcel de embustes.

Sin embargo, tampoco se animaba a sentarse a escribir: mi madre está ingresada en un hospital de locos, no conozco a mi padre, no sé pelear con los puños, me avergüenza la familia que tengo, me miro al espejo y no me gusto, sospecho que la Revolución es otra gran mentira, sexualmente soy un indeciso, cada día me vuelvo más ateo. Esas cosas no podían jamás Interesarle a nadie, porque en esencia negaban la belleza. Y él, por supuesto, aspiraba también a la belleza. Por eso en el ardor del mediodía, con el cuerpo pegado a otros ásperos cuerpos, pasajero agobiado de un ómnibus enclenque, se le ocurría la frase: *La flor y la calle son una misma cosa.* Con eso le prestaba un servicio a la estética, en el dudoso caso de que el verso tuviera valor, se decía, pero a la vez contribuía a continuar la farsa, a alargar la fila interminable de espejismos. ¿Por cuál de las dos alternativas se decidiría entonces? Podía igualar la flor y la calle y ser un mentiroso, cortejando la magia de la imaginación; o ser sincero y admitir que siempre serían distintas, negando la eficacia de la poesía. Al final terminaba escribiendo los versos con rapidez; más tarde los guardaba en lo más hondo de la crujiente y repleta gaveta, como si fueran parte de una conspiración.

Solo la música se salvaba de la mentira; ahora trataba de sintonizar la emisora americana en la radio. Las guitarras hablaban de verdades. La batería afirmaba lo que ya se sabía. Las voces cantaban a dúo: *When I woke up this morning you were on my mind.* Marcos había logrado descifrar la frase. *Cuando desperté esta mañana tú estabas en mi pensamiento.* ¡Qué extrañas sonaban esas palabras en inglés! Sin embargo, a pesar de su singular sonoridad, expresaban a la perfección lo que él sentía. Porque era cierto: Esta mañana estabas en mi pensamiento… Pero, ¿quién estaba? Había pensado en Teresa, pero también en Eloy. Teresa tenía los cabellos lacios y la piel blanca. Eloy, trigueño, llevaba el pelo crespo cortado casi al rape. Teresa le había dicho que por ahora no, pero le había permitido acariciarla en el fondo del aula, debajo del retrato del apóstol Martí. Y Eloy lo manoseaba por debajo de la mesa cuando estudiaban en la estrecha cocina de su casa. Los insectos revoloteaban alrededor de la luz con un loco zumbido, y a Marcos comenzaban a sudarle las manos. Siempre decía: «No sigas», pero al fin se dejaba. Y las caricias a Teresa hubieran podido convertirse en mucho más si él hubiera insistido, pero las manos le sudaron igual; las sombras sofocantes en el aula vacía lo habían amedrentado. Marcos siempre quería, y a la vez no quería. Y más tarde terminaba queriéndolo todo, cuando ninguno de los dos se encontraba a su alcance.

Como ahora, sentado junto a la radio y escribiendo: *La melodía penetra más fuerte que una aguja.* ¿Era un verso o el comienzo de un cuento? Si Teresa hubiera estado sentada sobre las piernas de él, como ocurrió una vez, él no tendría que perder el tiempo de esta forma. O si Eloy estuviera tocándolo con los ojos fijos en el mantel, respirando como si padeciera de asma. No, mejor trataría ahora de memorizar en español la canción de los Beatles: *Cierra los ojos y te besaré, mañana te extrañaré.* Esas palabras lo resumían todo. Uno besaba para luego extrañar el beso y pensar en la cara que uno había besado. El beso duraba solo un momento, y las manos sudaban de tal modo y la cabeza daba tantas vueltas que apenas se podía distinguir el sabor. Pero después se recordaba a lo largo de la entrañable noche, en la que se sufría pero se era feliz. Era difícil diferenciar entre una cosa y otra.

Esa tarde Marcos dejó la radio a toda voz y se acostó en el piso de la sala. Se había negado a seguir escribiendo. Las caras rondaban muy cerca de la suya; las manos se movían junto a su cuerpo. No soportaba estar solo en su casa. No es que echara de menos a su abuelo, ni tampoco a su madre: se había acostumbrado a la idea de que su abuelo ya no estaba en el mundo, y de que su madre por ahora no podía abandonar el hospital. Pero el sitio lleno de música parecía decirle: es tu oportunidad, puedes hacer lo que nunca has hecho. Busca a uno de los dos. Pero solo aparecían las mismas caras inconclusas —faltaban las cejas, las gotas de sudor en la frente, las líneas que cruzaban las barbillas— hasta que al fin se quedó dormido.

Una hora después el vozarrón maniático de un locutor anunciando a Elvis Presley lo despertó de un golpe. Empapado en sudor recordó que en el sueño los guapetones de tercer año lo habían vuelto a pelar, esta vez con cuchillos. Pensó que se le había hecho tarde otra vez para la obligatoria visita al hospital. Mientras se preparaba a toda prisa, en la radio Elvis Presley cantaba con su cálido inglés: *Los sabios dicen que solo los tontos se apuran.*

Tenía razón, se decía Marcos tratando de alisar la camisa estrujada. El siempre andaba de prisa, correteando, queriendo, deseando, mientras su sudor empapaba la ropa. En el hosco papel las tachaduras borraban solo a medias las palabras confusas. Y el grabado en la pared de la sala decía: *Ten-*

drás que renacer. A esto Nicodemo había repuesto: *¿Cómo se puede renacer siendo viejo?* El anciano no podía entender el universo secreto del espíritu. Marcos tampoco. Había pensado una vez que entendía, se había arrodillado en el altar del templo protestante al terminar el sermón del pastor, había orado con frenesí por aliviar las dolencias de enfermos (en especial la dolencia mental de la enferma que ahora esperaba paciente su visita), se había bautizado en un río entre himnos y palmadas, se había convertido en un muchacho lleno del «temor de Dios», y por último había renegado. Nadie puede renacer, pensó, ni de joven ni de viejo. No comprendo qué se entiende por Dios, he perdido la fe. Nada de lo que veo me recuerda una voluntad divina. Y al conversar a solas en voz alta observaba su rostro de reojo en el maltrecho espejo.

Ahora volvió a sentarse y escribió: *La memoria de tus enseñanzas no se aviene a nuestro árido presente.* Se refería, por supuesto, a las lecciones impartidas por Cristo. De la casa de enfrente llegaban las voces de Ramón y su esposa, que se acusaban mutuamente de infidelidad. Marcos quería enterarse de los pormenores. Quería escribir versos contra los Evangelios, pero al mismo tiempo estar al tanto de las debilidades de los pobres vecinos. Las suyas eran muchas. Pero lograba olvidarlas al proseguir: *Tu antiguo amor no es un razonamiento.* Este verso lo satisfacía. El cristianismo no corría parejo con la razón, pensaba, y su prédica de amor sonaba irreal y falsa. Tocaba solo la parte sentimental, la que al final llega a inspirar recelo. Marcos había vivido dominado por ella y se había convertido en un inútil.

Luego añadió dos versos: *Tal vez por eso te desmiento, aunque el error deshaga mis palabras.* Porque había que dejar abierta la posibilidad de que a lo mejor uno se hubiera equivocado. Era justo. Aunque también cobarde. Quizás en el fondo seguía creyendo en algo, y tenía miedo de blasfemar demasiado. Las dudas regresaban. Bruscamente despedazó el papel, como había hecho con los cuadernos y libros luego de la escena vergonzosa en la plaza.

El reloj marcaba las cinco; hoy se le había hecho más tarde que nunca. El pantalón se deshilachaba por las rodillas: no sabía zurcir. Los zapatos estaban enfangados: no quería limpiarlos. Los escasos pelos de la barba le daban un aspecto suelo al rostro; debía haberle pedido al barbero que lo afeitara; a él le costaba trabajo hacerlo. Al entrar en la cocina esquivó con cuidado los charcos de manteca. El cubo de agua guardaba apenas una lámina de agua en el fondo, donde unas nubes de polvo flotaban Inseguras. Acercó el rostro a la turbia superficie. Parecían manchas, cabellos, cenizas de cigarro. Pero aún más Importante, allí estaba Narciso, absorto en una vasija de agua sucia, sin nada que admirar ni de que enamorarse. Las moscas se posaban en el borde oxidado.

Cebó el pozo con el resto del agua, y tuvo al fin el valor de decirse: no quieres ir. Los hierros sonaban como si fueran a desplomarse; el primer chorro de agua brotó achocolatado. ¿Cuál era la palabra? *Ingratitud.* Eso era. Marcos el hijo Ingrato. Si hubieras tenido hermanos hubieras sido peor, se dijo. Escribir versos audaces, escuchar noche y día la emisora en inglés, leer novelas, estudiar Filosofía, enamorar a Teresa, manosearse con Eloy, admirar en secreto a los actores, discutir con José Luis, todo menos visitar a la madre enferma en el manicomio.

Sin embargo, la Revolución había abolido el término: Marcos lo agradecía. Ahora le llamaban Hospital Psiquiátrico. Sonaba impersonal y elegante. La psiquis es algo complejo y profundo, en griego quiere decir alma. Nada que provoque miedo o vergüenza. Para eso se recurre a las lenguas muertas en ciertas ocasiones. En estos casos la cultura exhibía, como rara excepción, un viso práctico.

Afuera la tabla reposaba sobre la cuneta; los pasos jamás la desgastaban. El pedazo de júcaro unía el jardín con la calle, la hierba con el polvo, la intimidad con la hostilidad, la cercanía con el distanciamiento, la propiedad de Marcos Manuel Velazco con el mundo exterior. *La flor y la calle son una misma cosa.* ¡Qué idea tan estúpida! Por la zanja corrían, con terca voluntad, hebras de lodo. El abuelo había planeado hacer un minúsculo puente de cemento, pero la muerte decidió que el tablón bastaba. Y era cierto. Además, el nieto no era albañil, ni tenía vocación de constructor. Nunca aprendió a combinar la argamasa, ni a colocar los ladrillos parejos. La lomita de arena para preparar mezcla comenzó a achicarse al lado del portal; los perros se revolcaban en ella hasta cambiar el color de la pelambre. La lluvia la arrastraba hasta la zanja, mientras los sacos de cemento se endurecían como secos cadáveres bajo el alero que protegía los cuartos. Y el tablón de júcaro seguía siendo el remedio para Marcos no verse obligado a saltar.

Pero saltó esta vez: no había tiempo para hacer el papel de equilibrista. Eran las cinco y media y la visita duraba hasta las siete. El viaje en ómnibus no resultaba largo, pero la espera en la parada podía durar a veces más de una hora.

Durante el recorrido siempre adivinaba quiénes se dirigían al mismo lugar que él, no solo porque ya conocía a algunos de vista, sino por una expresión peculiar en el rostro. Era difícil describir la expresión, el aire sutil que los diferenciaba. En esta ocasión, debido a lo avanzado de la hora, solo logró reconocer a una anciana en el asiento posterior del ómnibus. Era primera vez que Marcos la veía, pero los ojos eran Inconfundibles. Miraban y no miraban, y cuando miraban parecían susurrar: *aquí me tienen.* La gente que regresaba del trabajo nunca miraba así, y mucho menos los que venían

21

ufanos por haber conseguido ropa o comida luego de un día de afán. El viento que entraba por la ventanilla le levantaba el cuello de la blusa a la anciana, que sin embargo no parecía advertir la brisa.

Posiblemente es el marido, pensaba Marcos. O alguno de los hijos. Los parientes lejanos no cuentan. Ni los amigos, ni los vecinos, ni los compañeros de escuela o de trabajo. Además, allí estaba el paquete, las pocas cosas que dejaban pasar: ropa Interior, algún dulce, cajas de cigarros. Envuelto con habilidad pero sin gran esmero, como un regalo ocasional, algo a lo que no se le da mucha importancia, un mero recordatorio de que uno se preocupa por los que piensan que ya nadie se preocupa por ellos, y que han respondido a su vez con una suerte de sorda Indiferencia.

Pero, ¿era en realidad Indiferencia? Junto a la cerca los que no habían recibido visita esperaban en vano; o quizás no esperaban. Pedían cigarros, hablaban sin cesar, gesticulaban; exigían la atención del muchacho que cruzaba entre ellos con paso rápido. Solo que él no traía nada en las manos, sus bolsillos se encontraban vacíos, y había perdido desde hacía muchos meses la costumbre de saludar a los que lo acosaban con una Impúdica familiaridad. Se negaba a mirar las ojeras, y las sonrisas que significaban cualquier cosa menos una sonrisa. Se negaba a observar las cabezas peladas casi al rape, y las manos que a veces temblaban. Se negaba a escuchar las frases de súplica, las quejas, las obscenidades, los tarareos en voz baja. ¿De qué servía tanto aspaviento? Detrás de todo se escondía algo simple, pensaba Marcos, una historia trivial, un accidente, una traición, una mentira, un vicio, un fracaso, un deseo no alcanzado. Sus palabras y gestos eran solo una feroz parodia, una burda representación. Y él, por supuesto, prefería las fantasías más inofensivas de la literatura y el teatro.

Sin embargo, su madre no era una actriz, pensó después. O al menos no había elegido serlo. Carmen, en un banco casi al final de la larga avenida, parecía absorta en una compleja labor de tejido. El uniforme blanco le quedaba holgado; tenía el pelo cubierto por una redecilla. No había nada llamativo en su atuendo ni en su actitud, y al hablar no solía alzar la voz como la mayoría de los otros enfermos. Claro que también tenía ojeras profundas, pero no sonreía de la misma manera extraviada. Quizás porque no sonreía. Por alguna razón esta tarde se encontraba tranquila, a pesar de la tardanza del hijo. Describió con detalles el punto de tejido que había recordado por puro azar, y Marcos se apresuró a admirar los rombos que iban formando los hilos enredados en dos gruesas agujas. Aunque no estaba seguro de que esos fueran rombos. Además, qué le Importaban a él las formas caprichosas en que puede cruzarse el estambre. Rombos, círculos, triángulos: trazando esas figuras se le va a uno la vida. Pero era necesario fingir asombro, alzar el tejido hasta los ojos, admirar la paciencia, la habilidad, mientras a su alrededor el murmullo de voces se enardecía de pronto y luego se aplacaba. Una mujer en el banco de al lado insistía en repetir la palabra *tarmide.*

—Llevé a mi *tarmide* esta mañana hasta donde estaba el *tarmide,* pero el *tarmide* no me dejó pasar.

O sea, pensó Marcos, para ella todo se había reducido al *tarmide.* Qué afortunada. Porque la igualdad nos ofrece confianza, se dijo: es la diferencia la que sin duda causa el sufrimiento. Sobre todo la diferencia que pone al descubierto nuestras desventajas.

La tarde caía sobre los pabellones, sobre los uniformes de los ingresados, sobre los rostros de los visitantes. Estos últimos parecían decir con la mirada: *aquí me tienen.* Pero, ¿y los otros? ¿Acaso no tenían más derecho a expresar: *aquí me tienen*? Sin embargo, más bien querían decir: *no trates de entender. Si te atreves a hacer una pregunta, responderé con otra.* O con más precisión: *no importa, puedes volverla espalda.* O simplemente, un monosílabo: *no.*

¿Dónde Marcos había leído algo similar? Eran unos versos de Cavafis. A todos nos llegaba un momento de decidir, esto es, de decidir la cuestión suprema; algunos aceptaban la propuesta, otros la rechazaban. Todo nuestro futuro dependía de un simple *sí o no.* Pero el poeta se negaba a aclarar cómo él interpretaba las respuestas. De lo contrario no hubiera sido poeta. Eran unos versos hermosos, pero a Marcos no le servían de nada. El procuraba una revelación, una señal concreta, y solo hallaba rombos, triángulos o círculos: meras formas carentes de significado.

Mientras escuchaba a medias a su madre, e intentaba mantener la mirada fija en la redecilla, se dio cuenta que era una suerte haber llegado tarde. Al poco rato repicó la campana que llamaba a comer y que anunciaba a la vez el fin de la visita. El viento de las últimas horas del día arrastraba las hojas sobre el pavimento y rizaba los blancos uniformes. De repente hubo abrazos, besos, exclamaciones, como en la despedida antes de un viaje. Una escena de andén. Solo que no hay tal viaje, pensó Marcos. A no ser el viaje hacia uno mismo. Se inclinó sobre su madre y con la mano le rozó la mejilla, y luego se alejó apresurado por la avenida que el sol enrojecía. Al llegar a la verja se detuvo un instante, pero no quiso volver la cabeza.

Un césped incoloro, pensó, un jardín maltratado, una hilera de bancos, una estatua; unas ventanas perpetuamente enrejadas, un olor a humedad, a medicina; las luces que comenzaban a encenderse en los pabellones y que contrastaban con la lívida claridad del cielo. Nada que uno quiera mirar por segunda vez, se dijo; nada que uno quiera recordar más tarde. Además, para qué volver a mirar unos ojos que solo dicen: *no*. Allá ellos. Cada cual hace lo que puede. Él sacudía sus botas, subía con prisa al ómnibus, se alejaba hacia el pueblo en cuyas calles al menos se intuía una levísima promesa de vida.

¿Y la tarde? ¿Y la noche? Ambas se cruzaban, se diluían sobre el magro paisaje; se disputaban las nubes inmóviles que enrojecían detrás de los árboles: naranjales, limonares, mangales, siluetas recortadas contra la estéril planicie del potrero. Desde las casas llegaban el ruido de los platos y de las cucharas, el tonificante aroma de comida, y también las palabras de la canción que en ese instante resonaba en el aire: *casi tan gris como es el mar de invierno*. Era verdad, el cielo tenía el color de un agua sucia. Pero la canción, la melodía quejosa, se refería al matiz de unos ojos. Las canciones siempre hablaban de lo mismo: ojos, bocas, deseos, reproches. Era como en el libro con las fotos; la rutina interminable de poseer, o dejar de poseer; un mundo sin treguas, ni sosiego.

Con la oscuridad llegaba un viento cortante —la sombra y la frialdad descendían a la vez. Era noviembre y él ni siquiera había podido conseguir un abrigo, solo la raída chaqueta que el abuelo había dejado en el ropero al morir. Al bajarse del ómnibus ya era noche cerrada. El tren de las ocho pasaba con sus vagones iluminados al final de la calle, trastornando la quietud con su estrépito ansioso. ¡Cuánta gente viajaba en él cada noche! ¡Cuántos cuerpos se movían, cuántas luces se desplazaban! De inmediato se le ocurrieron unos nuevos versos. Pero no, esta noche no quería encerrarse a escribir: se había propuesto ir a una función teatral.

Por eso al entrar en su casa evitó mirar la mesa cubierta de papeles, y se esforzó en interrumpir sus pensamientos; como el que absorto en la lectura decide de pronto que es hora de volver a enfrentarse a las cosas que lo rodean, y antes de cerrar el libro dobla con cuidado la punta de la página.

II

Temprano en la mañana Oscar saltó de la cama con una mueca de pereza, las piernas tambaleantes, y su primer gesto fue tratar de alisar el promontorio de pelo rizado que le daba a su rostro el aire de un fauno. Había dormido totalmente vestido, y la ropa arrugada se le pegaba al cuerpo como una piel falaz. Era un joven delgado, de palidez que más que enfermedad sugería una actitud remota ante la vida, una forma de ser en que la sangre no jugaba un papel primordial. Tras una breve y torpe calistenia se sentó de nuevo en el borde de la cama, apartó con el pie el biombo que lo separaba del resto de la sala, sacó un cuaderno del librero y se puso a escribir.

Del otro lado del biombo la hermana caminaba con unos pedazos de tela en la mano, dedicando palabras incoherentes a los retazos amorfos que cambiaban de forma con cada movimiento. Los medía con una cinta, los cortaba sobre la mesa, y a ratos interrumpía la labor para observar el techo entornando los ojos. El maquillaje acentuaba las ojeras y las líneas importunas que rodeaban su boca.

De repente las voces enmudecieron en la oscuridad: los hermanos se hablaban. Nada de lo que se decían era importante, pero el flujo de las frases oscilaba como una melodía, transformaba la habitación en un sitio vivo, donde ahora las piezas de costura alternaban con la leche y el pan. Era la hora del desayuno. La madre entraba con una taza humeante, el delantal expuesto sin clemencia a la luz de las lámparas ocultas. Porque aquella claridad rechinante no podía ser el sol de la mañana. Si se prestaba atención a la iluminación, la escena parecía transcurrir más bien en pleno mediodía.

Detrás de las paredes de cartón las cortinas se movían con un leve vaivén, como agitadas por ráfagas de viento. O tal vez por el paso de un actor Invisible. Algo ocurría detrás de la escuálida escenografía: un barullo que insistía en apagar la clara dicción de la madre y de los dos hermanos. En ese instante llegaba la vecina contoneando las nalgas; su peinado estrafalario y su manera chabacana de hablar provocaba murmullos de aprobación y risas. Sin embargo, al entrar el padre con gran solemnidad, su figura dominaba en pocos segundos aquel mundo encerrado en cortinajes rojos.

Magias del maquillaje: Eulogio se había convertido en un anciano. Exhibía con dignidad las arrugas, la insolente calvicie, la espalda encorvada y la sutil cojera. Se adentraba hasta la misma frontera del proscenio, y desde la segunda fila de lunetas Marcos observaba con avidez su rostro irreconocible bajo las capas de pintura y polvo.

La familia expresaba sus odios con arte y elegancia, y Marcos combinaba el hilo de la trama con dos frases que se repetían en su cabeza desde el anochecer: *la llave se quedó dentro de la vitrina*, y *ella todavía se acuerda de tejer*. A su alrededor el público a veces se agitaba, profería exclamaciones, carcajadas, lamentos; o simplemente manifestaba su aprobación golpeándose las manos. Luego el telón separaba definitivamente esos dos mundos, mientras las manos proseguían su ritual infantil, hasta que las luces en el alto techo revelaban la chocante pobreza de alfombras y butacas.

En el vestíbulo la escena cambiaba: los espectadores, devueltos otra vez a sus ineludibles realidades tras el final de la obra teatral, pugnaban por salir del breve anonimato. Algunos retomaban con destreza sus propios personajes. Los saludos, los chistes, los huecos comentarios llenaban el espacio como una orquesta sin dirección ni ensayos: pura improvisación, contrapunto de esquina. Marcos buscó en vano a su amigo Eloy, a quien había quedado de ver en la función. Solo habían transcurrido unos minutos desde que el telón marcara el fin de todo el sufrimiento simulado, y ya Marcos comenzaba a olvidar la puesta de *Aire Frío* de Virgilio Piñera. Atrás quedaban las incursiones del Conjunto Dramático de Camagüey en el estrecho reino de la familia cubana, con sus pequeños dramas, su diaria frustración, sus locos zafarranchos, sus miserias, sus miedos, representados con una malicia que a la larga inspiraba simpatía.

Marcos se entregaba ahora al examen del público: estudiaba sus ojos, sus cabellos, sus ropas, sus maneras de empujarse o de tocarse el brazo, y trataba en vano de retener las frases, pero sobre todo la expresión de los que cruzaban con soltura frente a los carteles como si se encontraran en su casa. En cambio él se deslizaba inseguro entre el tumulto, temiendo rozar o ser rozado, pero deteniéndose en cada roce con fruición, absorbiendo miradas y gestos. Evitó encontrarse con algunos que conocía de vista, y al salir a la calle se vio envuelto en la red de una llovizna. Los adoquines brillaban bajo la humedad; el vapor se elevaba de la acera. Hacía frío. Pero no quería regresar todavía a los quejidos del bastidor, a las guitarras en la radio que a esa hora alcanzaban un tono más penetrante, a la quietud de las ramas del ciruelo frente a la ventana enrejada de su cuarto.

Esa noche la esposa de su tío le había comprado en diez pesos un reloj de pulsera, parte de la raquítica herencia de su abuelo, y con el dinero que le quedaba decidió entrar en la tanda de medianoche del cine. Una larga fila se enroscaba en la acera a pesar de la lluvia: se trataba de un filme americano del que Marcos oía hablar desde su infancia. La taquilla todavía no había abierto, y la gente de la cola se guarecía en los amplios portales de las tiendas, se recostaba a las vidrieras donde los maniquíes cubiertos de polvo ofrecían su única pertenencia: la desnudez. Ellos también simulan, pensó Marcos. También aquí los que esperaban tenían clara conciencia de sus cuerpos, y en especial de la dirección de sus miradas. La brisa empapada se Introducía entre la tela y la piel.

Del cine al teatro, se dijo, o del teatro al cine: esas eran las alternativas. Convivir con historias inventadas, con risas de utilería, con poses, con luces que imitaban el sol, con cartones que trataban de aparentar ladrillos, con sábanas que tomaban la forma de una nube, con telas pintadas como el mar o el cielo. Con todo menos con la calle llena de lluvia, con todo menos con la gente y su afán de vivir para sí, atrapada en sus propias deficiencias. O en su soltura al mirarse, o al rozarse. El mundo estaba dividido, la gente estaba separada, pero así y todo se mezclaban, chocaban, se reunían, se pertenecían… Ahora una mujer con un vestido malva lo observaba con flagrante interés, sin Importarle que el hombre a su lado pudiera darse cuenta.

Y también lo asediaban los sonidos: los cuchicheos de los merodeadores, las ruedas de las bicicletas sobre el pavimento, los silbidos de los propios ciclistas, el taconeo de los transeúntes. Un pueblo sin ómnibus ni carros, pensó. Un pueblo de provincias en plena revolución, trasladado a siglos anteriores por un avatar de la Historia. Una villa recién levantada sobre los huesos de los indios taínos. Pero se equivocaba: por la calle Estrada Palma venía con lentitud la desvencijada ruta dos, apodada *la lechuza*, abarrotada de cuerpos, repleta como un vientre después de una cena, y para colmo, con las faros delanteros oscuros. El motor cancaneó varias veces; el aire se saturó de gritos y chiflidos. Los pasajeros pegados al estribo perdieron el precario equilibrio, mientras escuchaban la sentencia final: *ni un paso más, ya se jodió el cacharro*. El chófer fue el primero en bajarse. Con un gesto solemne silenció las exclamaciones de *hijo de puta, no te vayas, vuelve a meterle la pata, cabrón, no te das cuenta que esta es la confronta, la última guagua.* Sencillamente se desanudó la corbata y la dejó caer junto a la acera donde ahora el agua se amontonaba: un dedo largo de tela que se deslizó como un pez hasta los pies de Marcos.

Cuando abrieron el cine la fila se rompió; el tumulto se abalanzó sobre la taquilla. Marcos fue uno de los últimos en entrar. Se detuvo un momento en el pasillo oscuro a observar el muchacho que se arrastraba sobre la hierba rala. Era un hermoso adolescente que llevaba en las manos un juguete mecánico. Tenía los ojos brillosos, gimoteaba —seguramente se encontraba borracho. En ese Instante unas letras gigantes comenzaron a cruzar por su rostro. Le tapaban las cejas y la boca, descendían rígidas hasta los hombros, se interponían entre sus manos y el obtuso juguete, rodaban rápidas hasta sus rodillas. También se deslizaban a través de un hombre vestido de policía. Marcos sabía la razón de esas letras. Eran nombres, nombres y más nombres: el deseo de la gente de señalar: soy yo.

Pero era Imposible recordarlos todos, pensó Marcos mientras se sentaba. Al final solo sobrevivían los principales: James Dean, Natalie Wood, Sal Mineo, Nicholas Ray. Y estos también descenderían al último escalón, al peldaño donde solo era posible recordar una palabra —o ni siquiera esa.

Otra vez estoy con el Eclesiastés, se dijo luego, mientras se arrellanaba en el raído asiento. La letanía de la vanidad. Pero si empiezo por el primer versículo debo ser consecuente, pensó, y llegar hasta la frase final: *Acuérdate de tu Creador.* ¿Cuándo? *En los días de tu juventud.* Aún más: *Antes que vengan los malos días, y lleguen los años de los que digas: no tengo en ellos contentamiento.* Pero ya esos años están aquí, se dijo. ¡Y qué palabra aquella, contentamiento! Hacía pensar en un plato de carne. O en dos cuerpos calientes en una cama.

En la pantalla, los padres habían ¡do a recoger al joven a la estación policial. Como era de esperar, la muchacha en quien este se había fijado olvidó la polvera en el sillón; él de inmediato la guardó en su bolsillo. Alegre coincidencia: vivían al lado, eran alumnos de la misma escuela. Solo que él era un chico cobarde, tímido, huraño, avergonzado de sus padres y tal vez de sí mismo. Luego en el planetario las constelaciones brillaban sobre las risas de los estudiantes, como en el cine la pantalla brillaba sobre los suspiros de los espectadores, al parecer totalmente entregados a la ilusión de radiante color.

Ahora Marcos frotó entusiasmado la felpa descosida de la luneta: en el colegio de James Dean los guapetones también se ensañaban con los muchachos flojos, con los de la sonrisa siempre dispuesta. Y él resultó ser uno de los blandengues. Le gritaron *gallina,* lo cercaron en grupo, cortaron los neumáticos de su auto con navajas filosas. Todo al final de la falsa avenida, junto al muro de seca cartulina, separado por un escaso metro del acantilado de madera, del cielo hecho de telas. Lo obligaron a pelear, a agarrar la sevillana, a mover torpemente los brazos, contra el fondo del pueblo pintado en la pared, con sus techos hundidos en el óleo.

Entretanto el agua comenzó a filtrarse por el techo del cine; gotas gruesas caían sobre las primeras filas. «Abran los paraguas», gritaba un gracioso desde el fondo, hasta que en el charco que comenzó a formarse en el pasillo tembló de pronto el rostro de James Dean, esta vez alterado por una violenta discusión con su padre. Detrás de los hilos de lluvia el joven decidió demostrar que no era un Infeliz, que nadie tenía derecho a pisotearlo. La noche se cerraba sobre aquel vecindario fabricado en sueños. El ruido del mar en la pantalla apagaba el *chinchín* de la llovizna sobre el techo de zinc del teatro.

Pero en la noche artificial del cine algunos no le prestaban atención a los conflictos del joven estudiante. Las parejas se multiplicaban en aquella penumbra intoxicante, donde de vez en cuando ardía con rapidez la cabeza de un fósforo, o la punta de un cigarro trazaba una curva roja. Los cabellos, los rostros se mezclaban. Los perfiles se confundían entre sí, los hombros se estremecían, los brazos se agitaban, mientras la música y las palabras en inglés opacaban los golpes de la lluvia.

Marcos también comenzó a perturbarse, al observar de reojo otros movimientos que él ya conocía: figuras masculinas que recorrían los pasillos al azar, mirando con indiscreción las filas, cambiándose de sitio, inclinándose sobre las butacas como si se tratara de un juego inofensivo, o de buscar una posición cómoda, ajenas al chillido de las llantas sobre el terraplén, Incluso a la caída del carro que cortó con su peso las puntas de las olas. *El sabía, él sabía.* También algunas de esas figuras solitarias se detuvieron al final de su fila, se sentaron en el asiento justo detrás del suyo, extendieron los dedos para tocarle el hombro, le rozaron con la rodilla la nuca, hasta que él se levantó ofuscado y se sentó junto a una pareja de ancianos, que al parecer eran los únicos Interesados en el destino de los protagonistas. Aquí me dejarán en paz, se dijo.

Pero a partir de ese momento los ojos de Marcos se movían de los cuerpos en la pantalla a las siluetas que atravesaban furtivas la sombra, y que entraban y salían sin descanso por la puerta coronada con un letrero luminoso: *Gentlemen,* para terminar por reunirse de dos en dos en las filas del frente, donde seguramente los charcos humedecían sus intranquilos pies.

En la casa deshabitada, los muebles cubiertos por enormes forros semejaban también cuerpos entrelazados, formas obscenas que era preciso ocultar, miembros deformes, indicios de una lujuria disfrazada. Ahora James

Dean y Natalie Wood salían al patio principal; el jovencito caminaba tras ellos. Marcos lamentaba que le hubieran contado que al final el huérfano moría de un balazo. Tenía un rostro nervioso, y la boca demasiado roja parecía subrayada por un toque rápido de creyón.

Mientras jugaban inocentemente en la piscina, Marcos se sobresaltó: un muchacho parecido a Eloy entraba al baño, seguido por un hombre de sombrero. ¿Sería posible que su amigo era de esos? ¿Qué tampoco le importaba lo que ocurría en el mundo reflejado por el proyector? ¿Qué prefería el olor del orine, los ojos ávidos acechando sin tregua tras las puertas de los inodoros, los chasquidos al lado de las tazas, el aire fermentado, la estrechez, el murmullo de frases que nadie se hubiera atrevido a decir en voz alta? ¿Era que no sentía vergüenza de ser descubierto, de que incluso se lo llevaran preso como se habían llevado a tantos en ese mismo cine, sin que por ello las figuras renunciaran a su comercio en la oscuridad? ¿Qué dirían entonces sus padres, sus amigos?

Pero ajeno a su trágico destino el jovencito se quedó dormido; la muchacha se encargó de arroparlo. Ahora ella y James Dean podían hacer lo que ambos deseaban: entregarse el uno al otro sobre la cáscara de polvo en el piso. La pareja cerró con sigilo la puerta de su improvisada cámara nupcial, mientras las bisagras sonaban como suelen sonar en el cine, con un leve estertor. Marcos recordó el jadeo asmático de Eloy en la cocina, cuando deslizaba sus manos bajo el mantel. Y en efecto, era Eloy quien salía ahora por la puerta alumbrada, acompañado por el desconocido; luego ambos se sentaron uno al lado del otro en una de las filas delanteras, casi debajo de los enormes muebles cubiertos por las sábanas.

Marcos determinó marcharse: él sabía el desenlace. El imbécil de José Luis lo había descrito con lujo de detalles. Sal Mineo despertaba, no hallaba a la pareja, se daba cuenta de que a la larga no significaba prácticamente nada para ellos, y llevado por los celos provocaba el final. A Marcos ya no le interesaba esa historia. Para qué tanto cartón, se dijo, tanta palabrería, tantos colores, tanta exageración. Después de la función, pensó, solo quedaban los gestos, los rasgos, y el estribillo que había escuchado durante parte de la noche: *la llave se quedó dentro de la vitrina, ella todavía se acuerda de tejer*, y ahora la nueva frase: *no volveré a estudiar en la cocina de su casa*.

Al salir del cine ya había escampado. Las calles zigzagueaban entre fachadas hoscas y apuntaladas. Camagüey era un pueblo laberíntico: la leyenda contaba que sus fundadores lo habían trazado siguiendo la febril trayectoria de un tropel de caballos desbocados. Daba igual. El silencio de la madrugada le sugirió que él era el único sobreviviente de esta ciudad en ruinas. Pero el silencio mentía, pensó después, lo engañaba con su calma de muerte: detrás de las ventanas espiaban pupilas Incansables, párpados que no se cerraban; más tarde, en una esquina, formas abultadas se agrupaban en torno a un farol centenario. Eran los guardias de los Comités de Defensa. Acechaban, vigilaban, oscurecían el sueño de los durmientes, y prolongaban con su insomnio forzado la escaramuza de una falsa guerra. El vecino espiaba al vecino, el padre espiaba al hijo, la abuela no se perdía un solo movimiento de la gente que vivía en los altos: el enemigo estaba en todas partes. Y por supuesto, los que no vigilan son los peores enemigos, pensó Marcos, y nadie quiere estar en su pellejo; nadie quiere hacer el papel del perseguido; solo los locos se empeñan en jugar con candela.

Pero él todavía no conocía el odio, pensó, no quería desconfiar de sus semejantes, ni mucho menos custodiar sus vidas; ya tenía suficiente con sus propios demonios. Su único enemigo se llamaba Marcos el pedigüeño, Marcos el culpable, Marcos el incrédulo, Marcos el que atraviesa la plaza de San Juan de Dios a las dos de la mañana, silbando una canción para apaciguar su mortificación. La ciudad, sus guardianes, los huéspedes de los manicomios, la oscuridad del cine, todo se le antojaba una traición a los que buscaban, como él, el lado claro de las cosas. ¿Pero de qué hablaba? En el lado claro la noche entraba y salía continuamente, y al final ocurría lo que había visto unas horas antes en el escenario: el texto de *Aire Frío* señalaba que la escena transcurría en la mañana, pero la luz artificial recordaba más bien el mediodía —y en realidad en el mundo de los espectadores prevalecía la noche.

Saludó con la cabeza a dos ancianas arrebujadas en una manta. La luz del farol alumbraba sus rostros, donde estaban escritas historias nunca dichas. Ellas también han comprado su entrada al mundo de las sombras, se dijo: han cambiado la cama por dos sillas tiesas, la Intimidad del cuarto por la desnudez del portal, la fe por la denuncia. Pero no, pensó después, no debía juzgarlas tan a la ligera; seguramente querían vivir tranquilas, cumplir con las leyes de la revolución, favorecer a los nietos, y por eso habían aceptado el disfraz de policías. *Las viejas policías*. Algún día escribiría también una obra teatral, se burlaría de tanta hipocresía, de tanta servidumbre; pero quizás eso no le Interesaría a nadie, o lo que era peor, nadie lo entendería. Además, él podía revelar la extraña enfermedad que padecía su patria, modelo de salud a los ojos curiosos de extranjeros, pero cómo expresar lo que había sentido al ver a Eloy... No, no pensaría en eso. Además, le quedaba Teresa, podía confiar en ella: su compañera de aula y de besos furtivos jamás se entregaría a un desconocido.

En la orilla del río las casuchas se agachaban bajo los árboles, disimulaban su fealdad con las ramas. Pero el hedor del agua delataba la miseria, obligaba a pensar en la única solución: huir. Irse de Camagüey. Estudiar en La Habana, Cruzar la línea divisoria. ¡Qué feliz sería! Se dejaría crecer la melena con el mismo descuido que los Beatles, conocería a otras gentes, tendría nuevos amigos, y sobre todo no volvería a cruzar entre las caras ojerosas cuyos ojos solo sabían decir: *no.* Ya un poeta lo había dicho: *deseoso es el que huye...* Sería como iniciar un osado flirteo, una tersa aventura, una conquista; tal vez hallar la posibilidad de no querer en vano. Porque no es cierto que pueda confiar en Teresa, se dijo más tarde: primero me acepta y luego me rechaza; no me rebajaré a suplicar.

En cuanto a *lo otro,* pensó, *ella todavía se acuerda de tejer,* y está más allá de las alternativas del deber y la libertad, del egoísmo y la lástima. *Veloz atravesaste la estancia prohibida...* Eso es, le escribiría un poema. Lo titularía *Retrato de la madre.* Con eso tranquilizaría su conciencia. Porque él ya estaba decidido a marcharse: no podía pasar el resto de su vida cruzando por estos mismos puentes, por estas calles trazadas a capricho, por estas plazas en cuyo centro se levantaban solitarias e inútiles iglesias.

Un nuevo paisaje lo esperaba al entrar en el parque del Casino Campestre. La neblina cercaba los faroles, flotaba entre las hojas, se escurría por los brazos de la estatua. En un banco bajo una enorme ceiba unos borrachos cantaban con voz empalagosa: *adiós, adiós, lucero de mis noches, dijo un soldado al pie de una ventana.* Marcos apretó el paso, obstinado en tararear las canciones extranjeras de moda. Pero la melodía que circulaba entre las gruesas ramas tocaba una parte distinta de sí mismo, tal vez la más genuina; no solo porque estaba cantada en su idioma, se dijo, sino porque de alguna forma él a la larga también era un soldado. Sí, pensó, él también estaba al pie de una ventana. El coro proseguía desafinado: *ya se divisa la estrella de la aurora.* Pero no, faltaba un rato para que amaneciera. La neblina envolvía el parque con su tela incolora, se apoderaba de arbustos y de bancos. En uno de ellos Eulogio el actor discutía con un hombre; su voz sonaba enronquecida y ebria. Marcos se detuvo a cierta distancia, para decidir si debía pasar frente a ellos. Eulogio lo intimidaba. Por último se ocultó detrás de un árbol. Había reconocido el perfil del otro: era el actor que hacía el papel de Oscar en *Aire Frío*; el poeta que dormía con la ropa puesta. Eulogio, ya sin maquillaje, ahora más joven con su pelo ondulado y su habitual abrigo de cuadros, movía las manos con aspaviento.

—¡Todo es teatro! —gritó con la lengua pastosa. El joven actor que hacía de Oscar se levantó del asiento y lo golpeó en la cara. Era un muchacho de estatura mediana: en escena parecía más alto. Eulogio se incorporó y trató de devolverle el golpe, pero dando un traspié cayó sobre el cuerpo del otro, que lo empujó a su vez contra el asiento.

—Me das asco —era la misma voz de Oscar, pero sin el tono declamatorio—. Me das asco.

—¡Todo es teatro! —gritó Eulogio, tratando otra vez de pegarle—. Y tú eres un mal actor.

—Pero no me cambio por ti, hijo de puta —contestó el joven, y arrebatándole la botella de las manos la lanzó contra la acera cubierta de humo. Luego se alejó con paso felino en dirección contraria al escondite de Marcos, avanzando hacia el centro del parque, metiéndose dentro de la neblina que se volvía cada vez más densa. Unos segundos después se volvió para gritar:

—¡Payaso!

Eulogio alzó la mano con un gesto vago, de despedida o de condescendencia, y después pareció quedarse dormido con la cabeza apoyada en la madera. Marcos se detuvo frente a él.

—Eulogio.

El hombre abrió los ojos y los volvió a cerrar. Luego se cubrió el rostro con las manos y dijo:

—Lo único que faltaba, el amiguito de José Luis que escribe poesía. El Rimbaud de Camagüey. Qué horror, que me veas en esta facha, curda. Déjame solo. Otro día hablaremos, quiero decirte lo que pienso sobre tus poemas. Pero esta noche no, estoy muy curda. No puedo ni moverme,

—Si quieres te acompaño a tu casa.

Eulogio levantó los brazos como si rezara.

—Jehová, líbrame de tentaciones, te lo pide de todo corazón tu siervo —y volviéndose hacia Marcos dijo—. No, quiero estar solo. Como Greta Garbo.

Marcos se sentó junto a él. Sí, es un bufón, pensó. Su cara es una máscara. Y esa forma de vestirse: en verano la escandalosa camisa de flores, en invierno el escandaloso abrigo de cuadros rojos. Y siempre el *jeans* desteñido, las botas altas y el pelo despeinado. Un comediante, un exhibicionista. La mayoría de las veces bebido, provocando peleas, pero no de verdad, sino escaramuzas como la de esta noche.

Marcos no entendía qué encontraba Eulogio en el alcohol; él, por su parte, no había bebido nunca. Quizás le servía de refuerzo para actuar, pensó. O quizás subrayaba con él la bufonada. Sin embargo, Marcos nunca lo había visto tan ebrio como ahora, y por primera vez en su admiración por él apareció una sospecha. Además, ¿qué edad tendría? Unas líneas le cruzaban la frente; otras asediaban los ojos. Treinta, cuarenta, tal vez menos o más, no importaba: su apariencia también era simulación. Arruinaba su talento, repetían en voz baja (y con mal disimulada satisfacción) los habituales amantes del teatro. Era extraño ver a un artista de su calibre, decían, que más que buen actor era un excelente director, exiliado en una oscura sala de provincias, sometido a los caprichos de un público ignorante —y lo que era peor, de supervisores políticos aún más ignorantes, que solo buscaban significados marxistas detrás de cada texto—, jugando a convertirse en el *enfant terrible* de un pueblo de mala muerte. Y ahora, se dijo Marcos, dormitando en el banco de un parque. Un hilo de saliva se deslizaba de la boca entreabierta. Quizás no era cierto que dormía, sino que adoptaba un nueva pose. De todos modos, pensó, había algo de desafío en aquella cabeza abandonada a la pantomima o al sueño.

Marcos se levantó y continuó su camino a través del follaje blanquecino, sorprendido por una de las frases de Eulogio, que resumía sus propios pensamientos: *Todo es teatro.* Pero a la vez intuía que el actor había encontrado una fórmula nada desdeñable para sobrevivir en medio del perpetuo decorado: suplantaba el drama por la comedia, teñía sus conflictos con el añil del humor, y solo entregaba la picardía, la burla. ¿Por qué Marcos no podía imitarlo? Arrastro la seriedad de los protestantes, pensó ahora: nunca llegaré a mofarme de mi nariz en el espejo, ni del mundo que me ha tocado conocer. Allí estaba como ejemplo el último verso que se le había ocurrido: *Veloz atravesaste la estancia prohibida…* ¡Cuánto dramatismo, cuánta rimbombancia! ¡Cuánto lamento insulso, cuánto afán por destacar el dolor! Aunque por supuesto la figura de su madre no le causaba risa. Pero estaba harto de su inclinación por la tragedia: eso lo volvía vulnerable. Eso era. Eso era. Los primitivos y los artistas medievales habían pintado mejor que nadie la Imagen de Cristo, porque la habían despojado de su solemnidad, sin recurrir a la caricatura. ¿Pero cómo podía comenzar ese poema? *Hay alguien tras la verja, silencioso, removiendo tu rostro en la ceniza.* Más dramático, es decir, peor. Era necesario un toque más ligero, más impersonal. Pero quizás la poesía y la falta de humor están a veces ligadas, se dijo. O quizás debía olvidarse por ahora de ese poema, despedirse de su madre sin justificación, y probar mientras tanto con unas décimas de relajo. La obscenidad podría ser también una respuesta. Pero no para mí, pensó después. Yo ni siquiera *volveré a estudiaren la cocina de su casa.*

Salió del parque y cruzó la carretera. El primer ómnibus pasaba a las cinco de la mañana. Su casa estaba en las afueras de la ciudad; a pie tardaría casi dos horas. Anda, camina en medio de esta neblina, rompe de una vez con este decorado. *Dijo un soldado al pie de una ventana.* Deja atrás el barrio de La Caridad, pensó, escucha el ladrido de los perros, mira los carros de la policía recorrer una y otra vez las calles desoladas. No importa que los ojos te observen detrás de las persianas, que los grupos en las esquinas dejen de hablar cuando tú pases. Fíjate en sus brazos: todos llevan un brazalete rojo, un adorno, una señal. Es un juego, un baile de disfraces. Buscan al enemigo, pensó, y el enemigo está en ellos. Ellos son el enemigo y ellos son la patria.

Estos barrios del otro lado de lo que fue el cuartel en tiempos de Batista, estas cercas hechas con pedazos de leña, estos portales hundidos, estos techos de guano, tienen nombres de insectos: *La Mosca. El Comején. La Cucaracha.* Detrás del Callejón del Ganado una claridad lechosa disolvía la neblina, alumbraba las copas de los árboles. Marcos recordó de nuevo la canción de los borrachos: *Ya se divisa la estrella de la aurora. Ya se asoma por el oriente el alba.* Por las rendijas de las puertas se filtraba un olor a café recién colado. Nubes de piel amarilla sobresalían entre los vagos despojos de la niebla. Recordó también el comienzo de un himno evangélico: *Cuán gloriosa será la mañana.* El himno se refería a la llegada de Cristo. El canto agudo de los gallos ahora llenaba el aire: un concierto de chirriantes frases que parecían responderse entre sí, de un sitio a otro, barriendo las distancias. También se escuchaba oculto entre los árboles el insistente gorjeo de los pájaros. Pero el himno hablaba de trompetas, de coros de ángeles. En el cielo se desplegaría un ancho resplandor. No esta luz mortecina, pensó Marcos; no esta sutil y acuosa transparencia.

El fin de los tiempos se acerca, repetía el estribillo. Pero él ya había perdido el interés por ese sacro día; ya había comenzado a desconfiar de las promesas y de la eternidad. Hubiera querido satisfacer al mismo tiempo su carne y su espíritu. Entretanto, debía llegar a su casa, saltar la tabla de júcaro, sacar agua del pozo, prepararse el desayuno, masturbarse, dormir.

Cuan gloriosa será la mañana... Pero no es hoy, se dijo. Esta es otra mañana. Un camión cargado de trabajadores atravesó veloz la carretera, soltando un estampido; un hombre sentado en la baranda gritó una palabrota. A los pocos segundos pasaron otros cuatro camiones. Uno de ellos llevaba mujeres: sus blusas de colores resaltaban entre el gris uniforme de los milicianos. Era sábado y los madrugadores se dirigían a los campos de caña. Ropas manchadas, sombreros, pañuelos de cabeza se agitaban en la brisa. Los sonidos se elevaban y luego se extinguían: las voces que gritaban consignas, el ronco zumbido de los motores, el diálogo enigmático de pájaros y gallos. Ahora veía los rostros tras los dispersos retazos de neblina. La mañana se poblaba de cuerpos, de seres iguales a él. Porque eran iguales, sí, eran iguales. Querían dormir, sentían frío, habían sufrido traiciones y fracasos, pero no lo demostraban; imitaban un baile, una comparsa, un viaje de placer, un jolgorio de feria; a los ojos del joven soldado —es decir, del soldado al pie de la ventana— componían entre sí una ficción inocente: una parodia de la resurrección de los muertos, un simulacro del juicio final.

III

Un fragmento arrugado de papel. Un nombre, una dirección, una frase sencilla, una lerda falta de ortografía. La fecha, indescifrable: las letras y los números armaban una clave enigmática, mientras en una de las puntas una mancha de café amenazaba con devorar el texto.

Marcos repasó la oración escrita en tono imperativo: *Preséntese a fin de mes en el bloque nuebe, Tarará, La Habana*. Era solo un papel amarillento donde las letras pugnaban por salirse del borrón oscuro. El líquido había dibujado un cuerpo, pero también un mapa. Las montañas del mapa atravesaban el apellido Velazco, y las piernas del cuerpo se arrodillaban frente al nombre de la ciudad: Camagüey. Marcos corrigió con un lápiz la *b* por *v*, como si la letra equivocada pudiera cambiar el significado de la frase, y pronunció en voz alta *Tarará*. Un raro vecindario, se dijo, que sonaba más bien como el comienzo de una melodía. Luego puso a todo volumen la radio; hoy se sentía feliz, dispuesto a mejorar su deteriorada relación con el mundo. El apóstol José Martí debió haberse sentido igual cuando escribió: *Hay sol bueno y mar de espuma*. Claro que él, Marcos, no era un apóstol, pensó, ni tampoco tenía el mar a su alcance. Camagüey no brindaba ese lujo: solo contaba con áridos potreros, llanuras perezosas, árboles ermitaños y arroyos de cauces perennemente secos. Pero él se preparaba para dejar atrás ese paisaje: tenía en sus manos el telegrama de la beca. Dentro de tres semanas viajaría a La Habana.

Desde la sala miraba el patio donde las ropas colgaban de la tendedera, y el pasillo donde el agua veteada de suciedades se deslizaba sin prisa hasta la zanja. Su madre había quitado las cortinas para lavarlas, y las habitaciones exhibían desafiantes su miseria bajo la claridad. La humedad y las grietas también formaban en las paredes bosquejos caprichosos: el curso de un río entre las lomas, el perfil de un indio. Y el único cuadro en la sala repetía la advertencia: *Tendrás que renacer.* Debajo de la frase aparecía el viejo Nicodemo alumbrando con una lámpara el rostro de Jesús, como si Intentara leer en sus facciones algo más convincente que las meras palabras. Rimbaud había escrito un verso parecido: *Il faut changer la vie.* ¿Pero valdría la pena renunciar a la seguridad de lo ya conocido? De cualquier forma, Marcos no estaba en condiciones de buscar referencias en Evangelios ni en poesía francesa; su decisión era más simple: quería pasar el resto de su vida en otro sitio, lejos de ese patio plagado de corojillo, de esos alambres con ropa remendada.

Carmen Velazco entró en la cocina con una olla repleta de mangos y ciruelas. La estancia en el hospital había dejado marcas de temprana vejez en su cara. *Se está poniendo blanca toda tu cabellera,* cantaba inoportuno el tanquista en la radio. Arrastraba los pies al caminar, por cautela o por incertidumbre. El suéter, que le quedaba ancho, colgaba de sus hombros como un chal.

—Sí, haces bien en irte para La Habana —le había dicho a Marcos al ver el telegrama—. Aquí nunca vas a ser nadie. Camagüey está lleno de enemigos.

Su madre, al igual que los otros, los que velaban en calles y portales cada noche, creía en los enemigos. Sin embargo, los de ella crecían en el jardín, adquirían la forma de animales y plantas, se apoderaban de la gente, viajaban por el aire. Luego añadió:

—Este es el pueblo de los demonios.

Marcos fingió no escuchar. Apagó la radio y dijo en tono amable:

—No deberías quedarte sola. Ayer hablé con tía Arminda, para que te vayas a vivir con ella. Está encantada, me dijo que te Iba a preparar el cuarto del fondo.

Carmen cortaba vacilante una fruta, al parecer con el remordimiento de quien hace sufrir a un ser humano.

—No, yo me quedo en mi casa. A mí no me gusta vivir agregada en casa ajena. Lo único que no quiero es que me lleven otra vez al hospital.

—Nadie va a llevarte. SI comes bien y te tomas tus pastillas, no hay necesidad de hospital. Lo que hace falta es que estés tranquila, que duermas, y que no hagas ni digas disparates.

—En el pueblo de los demonios nadie puede estar tranquilo.

Marcos se impacientó.

—Pero yo no estoy hablando de demonios. ¿Por qué siempre tienes que caer en lo mismo?

—Porque están aquí, porque yo los siento. Anoche no me dejaron dormir. Papá se pasó la noche hablando con ellos en la ventana.

—Si sigues con esa letanía te vas a volver a enfermar, y entonces *sí* vamos a tener que ingresarte. Abuelo ya está muerto, ya no puede hablar. ¿Por qué no piensas en otra cosa? ¿No ibas a lavar las cortinas? Ahora mismo voy a cargar el agua.

La batea tenía dos salideros que resaltaban en el hierro como magulladuras. Marcos prendió una vela y derramó unas gotas de esperma caliente sobre cada agujero, con la eficacia de un diestro cirujano. Era lo que su tío llamaba *soldadura guajira*. Podía usarse también un poco de jabón, pero solo quedaba la mitad de una pastilla, y resultaba imprescindible ahorrarla: las cortinas, deslucidas por manoseos y polvo, reclamaban limpieza.

Los alambres oxidados de la tendedera se extendían desde la mata de mangos a la de aguacate, rozando con su filo el ciruelo, cuyas broncas ramas no hubieran resistido el peso de la ropa. Una fila irregular de piedras, que atravesaba el patio hasta la entrada de la letrina, evitaba que el fango manchara los zapatos en el tiempo de lluvia. Detrás de la letrina se alzaba omnipotente la hierba que Marcos acostumbraba a cortar para dar de comer a los conejos. Y sin embargo, ya no había conejos. Hacía dos años habían corrido una suerte tan simple que se podía explicar con tres palabras: robados, vendidos o muertos. ¡Y con qué nitidez los recordaba! Tenían los ojos rojos y saltaban con desasosiego, el hocico temblando sobre los mazos compactos de hierba. Ahora la maleza se extendía hasta la cerca del fondo, moteada de frutos de cundiamor, pero Marcos se había negado a chapearla: allí se escondían las arañas gigantes, con sus patas velludas, y se arrastraban las viscosas culebras.

—Que agarre el machete, que lo afile con la lima. Que aprenda a doblar el lomo. Que se gane el arroz y los frijoles.

Su tío Vicente se recostaba al marco de la puerta, con el pedazo de cigarro apretado en la boca. Marcos no recordaba haberlo visto jamás encender un cigarro completo: era como si comprara colillas en vez de cajas. Pero la caja valía ahora una fortuna en bolsa negra, pensó Marcos, y su tío no era rico.

—Que se llene de vergüenza, y acabe de meterle mano a ese yerbazal. Ya lo que tienen es un monte.

—Pobrecito —dijo Carmen mientras exprimía las cortinas.

—¡Pobrecito! Míralo bien: está más fuerte que tú y yo juntos.

—Pero no está acostumbrado a trabajar duro.

—Pues que empiece a acostumbrarse. ¿Para cuándo lo va a dejar? Que por lo menos te deje esto limpio antes de irse para La Habana.

38

Los lagartos correteaban por las ramas y troncos de los árboles, azuzados por una repulsiva voracidad. En la mata de tamarindo dormitaba un chipojo: quien tocara su pellejo rugoso caía enfermo con fiebre.

—Yo prefiero que estudie —dijo Carmen.

—Tú y tu hermana Arminda tienen la culpa de que sea un Inútil, un vago. Algún día les va a pesar.

—Total, para qué tanto trabajo. Es mejor que se vaya a estudiar lejos de aquí. Este es el pueblo de los demonios.

¿Y por qué ahora su tío hacía esa mueca? ¿Por qué pisoteaba la colilla y movía la cabeza? ¿Por qué suspiraba, por qué se iba sin contestar, frotándose los hombros maltratados por el resentimiento y el reuma? Claro, había recordado que su hermana menor… ¿Cómo lo decía él mismo? «Tenía un problema de nervios», o «Estaba un poco ida», o «No andaba muy bien de la cabeza». A veces su tío, al Igual que mucha gente, con la excepción de Marcos, parecía olvidar que aquella mujer de mirada sufrida transitaba por un espacio irreal. Carmen sumergía ahora las telas en el agua enturbiada, canturreando con una voz quejosa. Acababa de cumplir cuarenta y nueve años. Pero se *está poniendo blanca toda tu cabellera. La nieve de los años te está cayendo ya.* Las manos manchadas por el güite estrujaban la mezclilla empapada, y el cabello que resbalaba del moño flojo mojaba sus puntas en la espuma, indolente.

—No me puede ver —dijo Marcos—, No me soporta. ¿Qué le he hecho yo para que me deteste?

—Siempre fue así. Desde chiquito nunca tuvo paz con nadie. Se fue de la casa a los catorce años.

Yo me voy a los dieciocho, pensó Marcos. *Deseoso es el que huye…* Sí, se dijo, escribiré el poema, el retrato a la madre. Será el mejor que he escrito; los críticos que analicen mi obra en el futuro se darán cuenta de que con él comenzó mi verdadera labor de poeta. La ironía es que ella nunca lo sabrá.

Con el telegrama de la beca en el bolsillo llegó esa tarde a la casa de José Luis. Josefa la Inválida jugaba un solitario al pie de la ventana, con los hombros cubiertos por una estola verde. Sobre la estola caía el cabello marchito y horquillado, símbolo de una promesa hecha a la Virgen en la penumbra de una iglesia cuyo altar fue más tarde arrasado por una Inundación. Pero los juramentos no se disolvieron con el torrente de agua. Nadie sabía cuál era el significado de la promesa, y ya habían transcurrido diez años. Ella se limitaba a decir:

—No me lo voy a cortar más nunca. La Virgen sabe.

Se peinaba con un dejo de coquetería, mientras sujetaba los ganchos con la boca. Pero también se *está poniendo blanca toda tu cabellera*, pensó Marcos al pasar por la puerta entreabierta.

—Josefa, me voy a estudiar a La Habana, ayer por la tarde me llegó el telegrama. Aquí lo traigo. Está todo manchado, le cayó una taza de café. Pero mira, mira lo que dice. Que me presente dentro de tres semanas en Tarará. Tarará está en las afueras de La Habana, es una playa. Me han dicho que la escuela está al lado del mar.

—¡Qué contento tienes que estar! Que la Virgen te guarde siempre, mijito, donde quiera que vayas.

Ya se le había olvidado la palabrota de Eloy; ya, como de costumbre, había acabado por perdonar. Sin embargo, su mundo era pequeño: la silla de ruedas, los naipes gastados, el rosario de cuentas cristalinas, el rectángulo de la ventana. Inválida desde adolescente, gran parte de su vida había transcurrido junto a esos balaustres. Marcos recordó unos versos de Alfonso Cortés: *Un trozo azul tiene mayor intensidad que todo el cielo.* El poeta nicaragüense, luego que enloqueció, pasó varios años amarrado en una habitación.

Marcos se sentó a observar cómo Josefa desplegaba su partida de solitario. El no entendía los movimientos ni el valor de las cartas, pero percibía una estrecha relación entre los dedos cargados de anillos y las barajas: un trasiego carnal, casi chocante.

Desde el fondo del patio llegó el acompasado rasgueo de una guitarra; seguramente José Luis afinaba las cuerdas. A Josefa se le iluminó el rostro al escucharlo.

—¡Qué bonito toca mi sobrino! —dijo, aunque en realidad la guitarra no había llegado siquiera a esbozar la melodía.

Marcos se levantó para reunirse con el aspirante a trovador. Frente a José Luis, un joven con las piernas cruzadas recostaba su taburete a un tinajón. Marcos conocía de sobra el pelo crespo cortado casi al rape, la línea que cortaba la barbilla, las pestañas gruesas, el abrupto perfil. Eloy silbaba una canción que el propio Marcos le había enseñado. *Todavía se acuerda,* pensó mientras atravesaba titubeante el patio interior. Las arecas y las enredaderas resplandecían en el sol tibio, y el musgo se adhería a los tinajones como un tejido malsano, verde oscuro como el chal de Josefa. No había vuelto a ver a Eloy desde la función de *Rebelde sin causa,* y tuvo que respirar profundo para cobrar valor.

—A buena hora llegó el *Beatle* —dijo José Luis—. Estoy tratando de sacar el acompañamiento de una canción en la guitarra.

—Primero tienes que aprender a diferenciar las notas —dijo Marcos con socarronería.

—Oigan al experto —ripostó Eloy.

—No estaba hablando contigo.

—¿Estás bravito conmigo, no? —preguntó Eloy, tocándolo en el hombro—. ¿Dónde estabas metido? Te he estado esperando todo el fin de semana para que me repases Inglés y Literatura. Ando mal en las dos.

—No he tenido tiempo. Además, yo no soy tutor de nadie, ni me pagan por estar dando clases particulares.

—Pero seguro que has tenido tiempo para andar buscando *puntos* por ahí —dijo Eloy.

—Tú eres el que te dedicas a eso —contestó Marcos, enrojeciendo.

—Oye, chico, ¿qué carajo te pasa a ti? —preguntó Eloy, y levantándose trabó a Marcos por las axilas y trató de derribarlo. Ambos forcejearon por unos minutos, hasta que Eloy lo arrinconó contra la pared pintada de cal; un pedazo de repello crujió en la espalda de Marcos. El aliento de Eloy era una mezcla confusa de alimentos, y la proximidad de su rostro resultaba más amenazante que la fuerza de sus puños. Marcos se zafó y lo empujó con fuerza, pero de inmediato reanudaron la pelea: empellones, patadas, abrazos sofocantes. José Luis los separó cuando los golpes sonaron en serio.

—Vamos, déjense de payasadas.

—¿Qué le pasa a estos muchachos? —preguntó la madre de José Luis, saliendo de uno de los cuartos—. A tía Evangelina la ponen nerviosa esos juegos, le parece que se están peleando de verdad.

La tía Evangelina tenía una enfermedad parecida a la de Carmen Velazco: jamás abandonaba el claustro de su cuarto, y Marcos y Eloy apenas si la habían visto dos o tres veces, meciéndose en el balance al fondo de la habitación, frente a un cuadro alumbrado con velas. En el barrio se comentaba que no le dirigía la palabra a su marido, un veterano de la guerra con España, desde la muerte del hijo mayor de ambos, ocurrida en la época del presidente Grau. El viejo deambulaba por la casa apoyándose en las paredes, como si para trasladarse de un sitio a otro le faltara, no solo el respaldo de la excéntrica esposa o del hijo difunto, sino el de su propia voluntad. Y los abuelos de José Luis se sentaban al sol en el último patio, al lado de la cocina donde trajinaba la criada solterona, una anciana con la cara llena de verrugas. La casa ocupaba prácticamente toda la manzana: Eloy la había bautizado *el asilo*.

En los marcos de las puertas los comejenes laboraban en silencio día y noche; los aleros se combaban exhaustos sobre los tinajones, y en los patios y pasillos circulaban con libertad los gatos. Nadie alzaba la voz, con la excepción del padre de José Luis, que en ocasiones gritaba y amenazaba, sin recibir respuesta. Marcos había leído en una novela una descripción que retrataba esta casa con exactitud; el escritor decía: *había una paz en ella que no se parecía a la vida*. Pero Marcos no recordaba el título del libro, y además, desconfiaba de aquella Informe paz: la decrepitud de los ancianos transpiraba también una zozobra. La propia Josefa, con sus dedos nerviosos, era a pesar de su Inmovilidad una mujer inquieta.

Ahora José Luis le dijo a su madre:

—Son como el perro y el gato.

—El perro y la gata —dijo Eloy.

—Tú eres la gata —dijo Marcos, levantando el puño; pero al momento soltó una risita inescrupulosa. Qué rápido se arreglaba todo, pensó luego; que rápido olvidaba que en la oscuridad del cine Eloy se sobaba con un desconocido. Pero ya Marcos había preparado su venganza, y se disponía a saborearla por partida doble, con la ingenua fatuidad de quien cree que el castigo borra la afrenta de las humillaciones.

—¿Por qué no vamos a casa de Teresa a oír discos? —propuso Marcos—. El abuelo de Miami le mandó el *Rubber Soul*.

—Tú lo que quieres es olerle las nalgas a Teresa —dijo José Luis.

—Total, ella de quien está enamorada es de Tony Suárez —dijo Eloy.

—Ese es un verraco —refunfuñó Marcos.

—¿Y tú qué eres, preciosidad?

Al salir a la avenida los tres muchachos echaron a correr bajo los arcos de los largos portales (¡La peste el último!). Eloy daba volteretas sobre los mosaicos, golpeaba los balaustres con un bastón que le había robado a Josefa, saltaba hasta tocar los polvorientos horcones en los techos. Gritaba: ¡Aquí van los pinguses! José Luis se quedaba atrás en la carrera, jadeante, entorpecido por el peso de la guitarra. El joven quería ser cantante y compositor, y ya le había puesto música a un poema de Marcos, que comenzaba con el verso: *Tu casa, con sus ventanas siempre cerradas*. Y ahora estaban frente a esa casa, una imponente construcción del siglo XIX. Las ventanas bajaban desde el techo hasta el piso. El tiempo y la humedad habían labrado los postigos de cedro, incrustando figuras caprichosas en la madera, mientras las rejas de hierro se curvaban formando una vegetación oscura, levemente salpicada de herrumbre, tras la que nunca aparecían el adorno de un rostro ni la grácil claridad de un cuerpo.

La madre de Teresa les abrió la puerta. ¿Por qué era necesario encender la luces de la sala, se preguntó Marcos, si eran apenas la cuatro de la tarde? Bastaba correr los cerrojos del tamaño de un dedo, y dejar entrar la luz que estallaba en la calle. Pero por miedo o soberbia la familia Sánchez Fuentes prefería mantenerse separada del mundo exterior, protegida por el lánguido lustre de una gloria pasada, destinada sin duda a desaparecer.

42

Los visitantes atravesaron con timidez el salón lleno de porcelanas, donde muebles y espejos brillaban débilmente bajo la luz artificial. Las paredes estaban cubiertas de retratos al óleo, entre los que sobresalía el abuelo de Teresa, el que ahora enviaba discos desde Miami, que frente al pintor había adoptado una actitud señorial, subrayada por la presencia de un perro. Marcos comparaba mentalmente la elegancia del decorado con la miseria de su casa. Sin embargo, las lámparas encendidas en pleno día le recordaban el aire falso de las obras teatrales, la artimaña de los escenarios. El mundo de bombillas y cortinas abarcaba el recibidor, la sala y la saleta. Luego en el comedor el sol entraba por la puerta del patio, levantando destellos en la cristalería. La vida en estas casas camagüeyanas gira alrededor del patio interior, pensó Marcos. Afuera el tocadiscos reposaba entre arecas y balances, en el largo pasillo que bordeaba el patio de adoquines, donde también, al igual que en casa de José Luis, predominaban los tinajones con sus cuerpos obtusos y los canteros de escandalosas flores.

Teresa era la dueña, la figura central de aquel universo en miniatura, congelado en el centro de otra época. Sus padres eran personajes opacos, gastados primero por el exceso de dinero, y más tarde por la pérdida de este al ocurrir los cambios revolucionarios. Su único hermano resultaba demasiado pequeño para rivalizar con ella. Era pecoso e intranquilo: a Marcos le simpatizaba su cabeza pelirroja. El niño se sentaba en el piso frente a ellos, escuchando con avidez la música y el diálogo, y a cada rato trataba de intervenir en la conversación como si fuera un adulto.

Pero Marcos no podía interesarse ahora en aquel rostro diminuto e inteligente: otros rostros exigían su atención. Allí se hallaban ambos, a cada lado del balance donde él, nervioso, se frotaba las manos. Pocas veces había estado tan cerca al mismo tiempo de las dos personas que creía amar, y de las que planeaba alejarse para siempre.

—El *Rubber Soul* es lo mejor que han hecho los Beatles —decía ahora Teresa, mientras sujetaba con sus dedos esbeltos la carátula del disco. Desde el cartón los rostros alargados de los músicos contrastaban con la cara ovalada de la joven, cuyos pormenores Marcos observaba de reojo: las mejillas tersas, la nariz fina, los labios abultados.

—¿Es verdad que también te mandaron un disco de los Lovin' Spoonful? —preguntó José Luis—. Si yo tuviera un abuelo en Miami, no me faltaría ni un solo disco de ellos. Los Lovin' Spoonful son mi grupo.

—Ah, sí, los *Cucharadas de Amor* —dijo Eloy, con la sonrisa infantil que lo distinguía a los ojos de Marcos.

—¿Por qué no lo dices en inglés? —preguntó Marcos.

—Porque yo no soy *yoni* como tú, *Ringo Estar* —dijo Eloy, amagando un puñetazo contra el pecho de Marcos—. Ya sabemos que tú sabes más inglés que nadie.

—Pero si no fuera por él tú no aprobarías los exámenes.

Qué noble podía ser a veces Teresa, pensó Marcos, mientras rehuía la mirada de la joven. Siempre lo defendía. ¿Qué pensaría ella si supiera las cosas que él y Eloy hacían mientras estudiaban Inglés? Aunque claro, *él no volvería a estudiar en la cocina de su casa.* Marcos se iba de Camagüey, iba a cambiar su vida. Iba a cruzar la línea divisoria.

—Les tengo una sorpresa.

El se preparaba desde por la mañana para ese Instante, con la pasiva ayuda del espejo. («Eulogio tiene razón», pensó. «Todos somos actores»). El escenario y el público hablan resultado más adecuados de lo que esperaba: había logrado reunir a los dos espectadores que necesitaba para la pequeña función, y el fondo de la música, la brillantez de la tarde, la generosa serenidad del patio, contribuirían de seguro a su éxito. Ahora les demostraría que no dependía de ellos, que se bastaba a sí mismo, que no le importaban las andanzas de Eloy en los cines, ni la presencia de Tony Suárez noche tras noche en este mismo patio. Sacó el papel manchado del bolsillo y lo agitó, preguntando con una sonrisa:

—¿Qué traigo aquí?

Pero no era posible que alguno adivinase. Los tres esperaron una broma de mal gusto, una ocurrencia pueril.

—Me llegó el aviso de la beca. A fin de mes me voy para La Habana.

No se engañaba: a Eloy se le había contraído el rostro, y Teresa, demudada, bajó de inmediato el volumen del tocadiscos.

—¿Cómo es eso? —preguntó azorada la muchacha, y le quitó el telegrama de las manos. Marcos disfrutaba de la expresión incrédula de ambos, mientras José Luis aprovechaba la confusión para poner otro disco. Entonces Eloy, con la boca apretada en una rígida mueca, lo miró fijamente y le dijo:

—Tú no aguantas la beca. Tú te rajas.

Los Beatles cantaban ahora, más precisos que nunca: *You won't see me. No volverán a verme.* Sí, pensó Marcos, mientras fingía leer la letra de la canción en el reverso de la carátula: él, el paciente, el imbécil, el cabizbajo, se llenaba la boca para decirles: ya no los necesito. Porque era verdad, se dijo luego, mientras llevaba el ritmo de la melodía golpeando sus rodillas, él había estado atrapado por la mirada escurridiza de Teresa, y por la estrechez de la cocina de la casa de Eloy (donde los insectos revoloteaban alrededor de la lámpara*),* y por los cabellos oscuros que acentuaban el blanco mate del rostro de Teresa, y por las manos de Eloy cuando se deslizaban bajo la tela de su pantalón, y por la humedad secreta de Teresa cuando la acariciaba en el aula vacía, y por la aspereza de la cortina detrás de la cual él y Eloy se escondían cuando los padres ya estaban acostados, y por los mediodías en los parques, por los portales de la avenida, por el calor asfixiante de las aulas, por los gritos al sonar el timbre del recreo, por las campanadas en la plazoleta, por los patios interiores con sus arecas, sus canteros y sus tinajones. Pero ahora Marcos quería cambiar su vida (*tendrás que renacer, il faut changer la vie),* conocer otras gentes, cruzar la línea divisoria.

La melodía se fue desvaneciendo; luego el disco giraba silencioso; el círculo de papel en su centro describía una ondulación, como un objeto oscilando bajo el agua, moteado por puntos de colores. José Luis le pidió a Teresa:

—Por favor, busca el disco de los Lovin' Spoonful. Quiero aprenderme las notas de una de sus canciones.

Y más tarde unos acordes rápidos impulsaron a Marcos, a Teresa y a Eloy a bailar desenfrenadamente, cada uno por su lado. En cualquier lugar del mundo esa canción que ahora escandalizaba en el tranquilo patio encerraría siempre para Marcos un hondo significado: en ella se afirmaba el goce de ser joven, la mera complacencia de vivir. La canción aludía a una magia concreta: *the magic of music,* la magia de la música. Marcos creía en ella. Y también esa misma música establecía un secreto entendimiento entre él y esos dos cuerpos, creaba una vibración que a la larga podía transformarse en secretas secreciones y espasmos.

Sin embargo, más allá de los sonidos prevalecían la carne, las manos y los labios, las cosas que queremos tocar, pensó luego; más allá estaban la redondez de los hombros, los vellos de los brazos, Incluso la forma de las uñas, largas y barnizadas en Teresa, chatas y rudas en Eloy. ¿Cómo podía él, Marcos, sentirse atraído por dos formas tan opuestas? Los dos perfiles, uno a su izquierda, otro a su derecha, le despertaban apetencia y zozobra. Todos los pensamientos se opacaban con un roce de esos dos pares de manos —la aspereza y la blandura—, de esos dos cuerpos —la rigidez y el contoneo—, de esos dos torsos —la ondulación y la planicie—, de esos dos sexos —la humedad y la sequedad.

La tierra y el agua, pensó Marcos de pronto. Eso era. La tierra masculina y el agua femenina. Eso era. Y él estaba en medio de los dos, detenido en el borde, en el filo de la costa, en la línea porosa de la playa.

Pero aquí aparecían de nuevo la ambigüedad de la poesía, la calidad dudosa de las imágenes. Aunque en fin de cuentas, pensó, ¿qué perseguía él? ¿Acaso la tosquedad del materialismo, o la simplicidad de las superficies pulidas? Cansado de bailar y de reflexionar se sentó en el suelo, con la mente vacía.

Al cabo de una hora la noticia de su partida había perdido relevancia; en el tablero de la *Ouija* se hicieron apenas dos o tres alusiones al viaje: ¿Lloverá cuando salga de Camagüey? ¿Aprenderá a nadar cuando viva cerca de la playa?, etc. La pieza movible resbaló sosa sobre las raras letras. Teresa mostró mayor curiosidad, pero la inquietud de Eloy pronto se transformó en indiferencia. Luego los juegos de parchís y de damas, el escarceo de José Luis con las cuerdas, incluso algunos pasos de baile entre Teresa y Eloy — ambos sin enlazarse, es cierto, aunque en una vuelta los cuerpos chocaron de un modo peligroso, y Marcos intentó en vano pasar por alto una tenaz punzada— ocuparon el resto de la tarde, disolvieron el significado de su despedida, llevaron la próxima separación al terreno voluble de las risas, *sus* risas, el único rasgo común que tenían ambos: una risa vivida, juguetona, donde sobresalían los dientes, las manchas de rubor, el brillo de los ojos, la tos, las gotas de saliva en los labios.

Marcos regresó a su casa decepcionado. Al pasar por la quinta de Don Justo escuchó unos gemidos: el susto lo detuvo. El viento inclinaba los eucaliptos tras la casa pintada de verde que, al fondo del solar abigarrado de vegetación, casi se confundía con el brutal follaje. Eran los mismos gemidos que Marcos había escuchado en tres ocasiones: a los seis años (cuando lo de su abuela), a los trece (cuando lo de su prima), y a los dieciséis (cuando lo de su abuelo). Y ahora, desde la casa de la quinta, a través del tejido de las ramas, a esa hora Indecisa del día —tal vez las seis y media de la tarde— regresaban esos mismos quejidos, separados por una breve pausa.

—Es el viejo Don Justo —le dijo Rosa, una de las vecinas, sofocada por el esfuerzo de tratar de alcanzarlo—. Fue hace dos horas. Yo ni he podido ir a darle el pésame a Coralia. Óyela como está, la pobre, parte el alma. Pero figúrate, mijito, hoy llegaron los mandados a la bodega, y en la casa ya no había ni manteca ni arroz.

La mujer venía cargada de latas y de bolsas, y Marcos se brindó a ayudarla.

—Ay, mijo, que Dios te bendiga. Los brazos ya no me daban más. No le vayas a decir nada a tu vieja, la pobre, ella no está para muertos ni cosa que se parezca. Y Don Justo era para ella como un padre, era hasta medio primo de tu abuelo, que en Gloria esté. Ramón me dijo que lo van a velar ahí mismito en la quinta, que Coralia no quiere saber nada de funerarias. ¡Imagínate, un velorio en esa casa tan chiquita, donde uno no podrá ni mover los pies! Pero una noche se pasa como quiera. Yo le mandé a decir a Coralia que si querían me trajeran los niños de Enedina, para cuidarlos, para que no estorbaran, pero dijo que no, que era mejor que estuvieran al lado de su abuelo, como si los vejigos supieran de esas cosas. Ten cuidado, Marquitos, que la lata de la manteca no cierra bien, esa no es la tapa de ella. Pero mira eso, si ya te embarraste la camisa. Ramón me botó la tapa y ahora dice que no, que no fue él, como siempre. Ay niño, qué pena, llévame la camisa mañana para darle un ojo, y ahora mismo métela en agua y déjala remojándose toda la noche. Tú seguro vas al velorio, ¿no? Don Justo te quería como si fueras su nieto. Yo sé que tú le ayudabas a sembrar la yuca en la quinta, ese haragán de Martín nunca quiere hacer nada. ¡Y qué blanditas las yucas! Una seda. Pero no le digas nada de lo de Don Justo a Carmen, total, qué se resuelve, y a lo mejor le da una de esas sirimbas. ¡Y qué bien yo la veo desde que salió del hospital! Hay que tratar que no se vuelva a poner maluca. Acuérdate: a ella ni una palabra.

Pero Carmen ya lo sabía.

—El mismo Don Justo me lo dijo.

Marcos no se atrevió a preguntar cuándo, ni cómo. Se quitó la camisa, que había planchado cuidadosamente para su poca exitosa función, y la sumergió en la palangana con agua. Luego le dijo a su madre:

—No te preocupes, yo me sirvo la comida.

—La sopa ya está fría, déjame que te la caliente.

—Yo mismo lo hago, tú has trabajado bastante. Acuéstate a descansar.

—¿Cómo voy a descansar? Ahorita vienen Don Justo y papá a hacernos la visita. Los dos han hecho el paripé de que están muertos, y ahora están escondidos en la quinta, en el cuarto en el que Don Justo guarda las monturas.

—Mamá, por favor.

—El mismo Don Justo estuvo aquí esta tarde y me lo dijo —Insistió Carmen, mientras trajinaba con las ollas—. Y me dijo también que nada más tuvo que hacerse el muerto y enseguida Coralia empezó con sus gritos. ¡Qué boba, Coralia! El y papá van a arreglar el cuarto de las monturas. Yo les dije que si quería los ayudaba a limpiar, aquello debe estar de polvo que da miedo. Pero allí van a vivir más tranquilos. Les dije también que pusieran una cruz de salvia en la puerta —y añadió en voz baja—. Para que los demonios no pasen, claro está.

—¡Por favor, está bueno ya!

La nata rojiza de la sopa se endurecía en los bordes del plato, pegándose a las raídas figuras de la loza. Marcos la zarandeaba con la cuchara, pero la nata persistía en pegarse al metal. Por último se levantó, desganado. Cuando salió a lavarse los dientes al patio, se encontró con que la oscuridad también se había adherido a los árboles, densa como la grasa de la sopa.

¿Iré o no iré?, se preguntó. Nada lo deprimía más que un velorio. Pero en un día como este (¿cuáles eran las otras noticias? Me voy al fin de Camagüey, a ellos no les importa demasiado, estoy en el borde poroso de una playa) no era posible evadir esta muerte repentina. Nunca había sentido un afecto especial por Don Justo; era un viejo como otro cualquiera, esclavo del trabajo, cascarrabias. Al sembrar yuca con él los fines de semana, Marcos solo había intentado pagar una deuda secreta con su abuelo, a quien nunca mostró gratitud ni cariño, y de paso había querido demostrarle a su tío Vicente que él, Marcos Manuel Velazco, podía llevar a cabo una labor ruda como cualquier otro joven de su edad, con la diferencia de que no lo hacía porque se sintiera obligado o porque esperara algo a cambio. Don Justo nunca lo hubiera entendido. El viejo creía que el muchacho lo ayudaba porque quería luego su parte en la cosecha, o porque procuraba familiarizarse con las tareas del campo. De haber sabido sus motivos, el viejo hubiera pensado simplemente: «Un poco turulato, como la pobre Carmen. Eso lo lleva en la sangre», y luego se hubiera encorvado sobre el cangre de yuca, maldiciendo el calor y el picapica.

Pero ya el sol no le secaría el sudor, pensó Marcos, ni los insectos ni los bejucos le enfermarían la piel. En la estrecha habitación, la tapa abierta del ataúd dejaba al descubierto su cara filosa, aprisionada por una tela blanca. Las llamas de las velas colocaban unos puntos brillosos en los ojos entreabiertos. Al lado del cadáver, Coralia se hundía en un balance, apoyada en un par de almohadones, tal vez para amortiguar la desdicha. Los gemidos se habían convertido en un susurro en forma de letanía: «Dios mío… mi padre… ay». Era una voz plana, sin matices, como el conteo de números en un sorteo.

En la sala, su hermana Enedina se movía entre los asistentes repartiendo tacitas de café, con la presteza de una eficaz sirvienta. Pedía permiso a cada paso y a la vez regañaba a los niños, incapaces de sentarse tranquilos. Algunos recibían un manotazo. Pero Enedina se había casado, pensó Marcos al observarla: compartía su cama con un hombre, y también tenía hijos, quizás más de la cuenta: tres hembras y cuatro varones. Coralia en cambio era la solterona, la beata, la hija de papá. Eso le otorgaba el derecho al balance, a las almohadas y a las lamentaciones, mientras a la hermana le tocaba trajinar por la casa abarrotada. Una nueva versión de Marta y María, se dijo Marcos. Los Evangelios estaban en todas partes.

Después de darle el pésame a las dos hermanas, el joven se sentó en la esquina de un banco al lado de Martín, un muchacho de su edad a quien Don Justo había recogido desde niño, y que supuestamente era hijo de una prostituta con la que el difunto había mantenido relaciones. Martín era un adolescente huraño y desconfiado: una de sus pocas amigas era Carmen Velazco. Le llevaba frutas de la quinta, y a veces se sentaba a escuchar con rostro grave los discursos incoherentes de la madre de Marcos. Este le agra-

48

decía en silencio su simpatía. Pero por alguna razón Martín no toleraba la compañía del hijo, y siempre lo esquivaba, como ahora: al sentir la mano de Marcos en su hombro, murmuró una palabra incomprensible, se levantó del banco y salió al patio.

Marcos recostó la cabeza a la pared rugosa y pensó que Rosa tenía razón: la casa resultaba demasiado pequeña para un velorio. (Y aún faltaban los parientes campesinos, que según Enedina llegarían por la madrugada). Sin embargo, la mayoría de los vecinos del barrio ya estaban presentes: gente que no pertenecía ni a la ciudad ni al campo. Ellos habían sido hechos para este vecindario, al igual que este vecindario había sido hecho por ellos. Campesinos que habían abandonado los potreros, pero que no se habían atrevido a internarse en la ciudad y habían terminado por asentarse en aquella zona ambigua, que poco a poco tomó la forma de un *reparto*.

Marcos observaba a la vez las divisiones en grupo, no por clases sociales —el vecindario nunca había conocido esas complejidades que obsesionaron a Carlos Marx; paradójicamente, había comenzado a conocerlas ahora, gracias a las diferencias políticas que había establecido el gobierno marxista—, sino por los distintos modos de ver, o de no ver, a lo que por común acuerdo se llamaba Dios.

La sala, aquel rectángulo con piso de tierra, estaba ocupada por los ateos. Marcos se sentía más cómodo entre estos, aunque fueran a su vez comunistas: los mellizos milicianos, que jamás se quitaban el uniforme, como si su identidad dependiera de aquellas telas verde olivo y azul; Josefa, la presidenta de la Federación de Mujeres; el teniente Betancourt, que según rumores había comandado pelotones de fusilamiento al principio de la revolución, lo que inspiraba en todos los vecinos un prudente respeto; Pepe el lechero y toda su familia (con la excepción de Anita, que seguía siendo católica y por tanto se encontraba ahora en la habitación con el muerto y Coralia); Ramón Gil, militante del Partido, un hombre de pocas y secas palabras; y el matrimonio de los Palenzuela, con el hijo mayor que acababa de regresar de Rusia, donde se había graduado de veterinario. Marcos se consideraba apolítico, pero en una circunstancia como esta, propensa a conjeturas religiosas, prefería sin duda esta austera compañía.

En el portal, entre exclamaciones de *amén* o *el Señor te bendiga*, se agrupaban en un coro cerrado los protestantes, más conocidos por *los aleluyas*, con sus mujeres de cabellos largos recogidos en moños, sus rostros sin maquillaje y sus vestidos de mangas a los codos, y sus hombres de mirada brillante siempre dispuestos a ganar adeptos para la vida eterna. Marcos sabía sus nombres, sus historias: él había sido uno de ellos hasta la muerte de su abuelo.

En la habitación donde se velaba el difunto, se reunían, como era de esperar —la hija menor de Don Justo no faltaba jamás un domingo a la misa—, con sus rosarios y sus crucifijos, los católicos. El comedor estaba tomado por un grupo diverso, formado por creyentes de distinta fe, e incluso por algunos simpatizantes del gobierno, pero unidos por una inclinación a los chismes y a los cuentos obscenos. Vicente, el tío de Marcos, sobresalía en este círculo tolerante y mundano, y a cada rato su risa inoportuna sobresalía entre el cuchicheo.

Por último, en la cocina, atraídos quizás por el resplandor vacilante del quinqué —la depauperada instalación eléctrica había fallado en esa parte de la casa— se habían congregado los espiritistas. Marcos los miraba con miedo y aversión: no había olvidado las sesiones a las que tuvo que asistir cuando niño, donde se trataba de *dar luz* al espíritu que según ellos rondaba a Carmen Velazco, y que era el único culpable, decían, de su penosa enfermedad mental. Pero por un motivo inexplicable, pensó Marcos ahora, la luz no resultó suficiente. O la llama se apagó. Recordaba que en medio de los cantos un hombre en trance, con voz enronquecida, gritaba a veces palabras injuriosas. En ese instante Marcos salía al pasillo, pero su abuela lo seguía y lo obligaba a entrar, agarrándole el pelo.

¿Por qué tenía que recordarlo ahora? De pronto se le ocurrió que toda aquella gente se disputaba el alma de Don Justo. Porque de eso se trataba: de velar el alma. ¿O solo se velaba el cuerpo? De todos modos, él no estaba interesado en el alma de nadie: bastante tenía con la suya (¿dónde estaba?, qué era?). Solo podía evocar el cuerpo del anciano, encorvado en medio de la siembra, macizo a pesar de las privaciones y de la vejez.

Se fue sin despedirse. Al cruzar el portal rehuyó la mirada compasiva de sus antiguos hermanos de fe. Sabía lo que pensaban: «Allí va el hijo pródigo, la oveja perdida». A un lado de la casa se levantaba el cuarto de monturas que su madre había mencionado durante la comida. Martín, agachado junto a la puerta, refugiado en la sombra, acariciaba la cabeza de un perro. Al salir a la calle Marcos sintió hambre. Ya le quedaban pocas cucharadas de sopa por tragar, se dijo, y palpó en su bolsillo el telegrama de la beca.

IV

Marcos recordaría su última semana en Camagüey como la semana de la azotea.

—Desde la azotea del taller del Guiñol se ve una de las ventanas —le dijo Clemente a Marcos y a José Luis a la salida de la pizzería, cuando los efectos del queso y el café comenzaban a estimular la sangre—. Precisamente la que está al lado del tribunal. Se ve todo clarísimo. Los acusados se paran a declarar casi al lado de la ventana, todos muy quietecitos, pelados al rape. Ayer vi a Papo, el barbero; parecía un mosquito, sin pelo, flaco, demacrado; el hombre daba miedo. El único problema es que no se oye nada. Yo he estado esperando que aparezca Eulogio, pero parece que lo van a dejar para el final.

—¿Y Eloy? —preguntó Marcos—. ¿No has visto a Eloy?

—Ese no sé quién es.

—Un muchacho trigueño, un poco grueso, que siempre andaba conmigo.

Clemente, un mulato de mirada divertida pero a la vez punzante, contestó:

—Ah, *tu amiguito*. Yo no sabía que ese también había caído en la trampa. Tan tranquilo que parecía. Aunque esos son los peores, los que parecen que no rompen un plato. A saber si ahora no te busca problemas.

—Marcos no va a tener ningún problema, Clemente —dijo José Luis, serio, colocando el brazo sobre el hombro de Marcos, como si el contacto físico probara la inocencia—. Por este yo meto la mano en la candela.

Clemente, mientras limpiaba manchas invisibles de comida en su camisa blanca, se apresuró a aclarar:

—Era un chiste, compadre, era un chiste —y volviéndose con condescendencia hacia Marcos, comentó—, José Luis me dijo que te ibas para La Habana.

—Sí, me voy la semana que viene —contestó Marcos, que durante el diálogo había decidido mirar un punto remoto encima de la cabeza de Clemente, como el que atisba una escena futura.

—Y yo también me voy —dijo José Luis—. Estoy haciendo gestiones para estudiar música en la Escuela de Arte. En este pueblo no hay quien viva.

—Bien hecho —dijo Clemente—, Tú tienes talento para la guitarra. Eulogio mismo lo decía, y Eulogio sabe de eso. Ahora me tengo que ir, fíjense que los espero mañana frente al taller. La cosa empieza como a las dos de la tarde.

Pero Marcos, que no estaba convencido, le preguntó luego a José Luis:

—¿Y si nos ve la policía?

—Ay, Marcos, no seas tan pendejo. Clemente dice que no hay peligro.

—¿Y desde cuándo tú eres tan amigo de ese tipo? Te pasas la vida hablando pestes de la gente del teatro, y ahora resulta que tienes confianza con todos, hasta con Clemente, que es un mequetrefe. Además, a mí ese hombre me parece medio raro, a lo mejor él mismo es policía. A lo mejor nos quiere hacer una encerrona. ¿Tú te imaginas que caigamos presos, sin comerla ni beberla?

José Luis se peinaba cuidadosamente ante el espejo de una vidriera.

—Aquí entre nosotros, yo sé que de Eloy tú *sí comiste*. Lo que pasa es que tengo que defenderte, porque eres mi amigo.

—No hables tanta mierda, José Luis.

—Vamos, viejo, no seas tarado. Me tienes que agradecer la amistad y la pizza. Te veo mañana a las dos, allí mismo donde dijo Clemente. Va a ser como ver una película.

Pero no lo era. Desde la azotea del taller del guiñol (que era también el taller del teatro: allí no solo se fabricaban títeres, sino que a la vez se cosían trajes para los empolvados burócratas de Gogol, y se almacenaban escenografías que remedaban casas del sur de Estados Unidos, donde las mujeres fracasadas de Tennessee Williams paseaban su rencor) observar un fragmento de la sala del juicio era más bien como presenciar de lejos una ininteligible pesadilla.

Dos patios separaban al taller del edificio del viejo ayuntamiento, ahora convertido en sede de los tribunales revolucionarios; la ventana que Clemente había mencionado solo permitía una somera vista de la tarima de los jueces, frente a la cual desfilaban acusados y testigos, en los que se podía percibir, aun a distancia, el sobresalto. Era como un ritual clandestino, pensó Marcos; un culto irrazonable. La rama de una ceiba se interponía en parte entre la ventana y los tres espectadores, que en cuclillas al borde de la azotea sudaban bajo el sol del mediodía.

En Marcos la curiosidad había prevalecido finalmente sobre la cobardía: allí estaba, entre José Luis y Clemente, simulando indiferencia y riéndose de las bromas groseras de sus dos acompañantes, pero aguantando la respiración cada vez que una nueva figura aparecía frente al tribunal.

No era fácil precisar cómo había comenzado todo aquel embrollo, pensaba ahora el muchacho, pero solo había tomado dos días: los arrestos, el escándalo, los Interrogatorios —a algunos detenidos los habían dejado en libertad al cabo de unas horas, y la noticia se había propagado con la velocidad de una epidemia—, y por último el juicio precipitado, que venía celebrándose desde hacía una semana a puertas cerradas, en medio de confusas madejas de misterio. Solo a los padres de los menores de edad envueltos en las acusaciones se les permitía asistir.

Enero había empezado seco: caliente y seco. La leve frialdad de noviembre y diciembre habían resultado a la larga una mera engañifa. En el cielo se imponía una testaruda claridad igual a la de agosto. Pero Marcos había olvidado en qué mes estaban; la luz que comprimía las calles y los techos Impregnaba la ciudad de intemporalidad. Los techos de Camagüey, se decía, no se habían hecho rojos; nadie se había ocupado jamás de pintarlos. Siempre habían sido rojos: no era el resultado de una acción, ni siquiera de un proceso natural. Ni nadie tampoco había adoquinado las calles: las estrechas vías siempre habían tenido esa envoltura de piedras que hervía bajo los pies de los transeúntes y que estorbaba a los ciclistas. Tampoco esa ceiba había crecido nunca, pensaba; ese había sido siempre su tamaño, y esa rama siempre se había interpuesto frente a la ventana de lo que fue una vez un mero ayuntamiento.

Las sesiones del juicio duraban aproximadamente de dos a cinco de la tarde, quizás para aprovechar al máximo el calor. El primer día Marcos soportó sin chistar las tres horas en la azotea, pero ninguna de las dos personas que deseaba ver aparecieron en el cuadrado al alcance de su vista. Sin embargo, sabía que ambos estaban en algún sitio de la sala, acosados por la temperatura y por la incertidumbre. El número de los acusados resultaba impreciso: se hablaba de quince adultos y de más de veinte menores. La frontera entre los dos grupos se hallaba demarcada por los dieciocho años —Eloy quedaba de un lado, Eulogio del otro.

Marcos no se separaba de los papeles que significaban algo Importante para él: páginas de libros, cartas, letras de canciones, poemas. Ahora, en el burdo maletín de la escuela, junto al telegrama de la beca, se encontraba el recorte del periódico provincial *Adelante*, con el titular en grandes letras que casi ocupaba la mitad de la hoja: *Fiestecitas de ambiente al american way of Life.* Solo se mencionaban cinco nombres —supuestamente los de los adultos cuya culpabilidad ya era un hecho— y entre ellos sobresalía el de Eulogio. (*Eulogio Cabada. 34 años. Profesión: actor. Individuo peligroso, corruptor, pederasta. Se aprovechaba de su popularidad entre los jóvenes*

para iniciarlos en prácticas homosexuales. También mantenía relaciones se-
xuales con jovencitas. Su degradación no se limitaba al campo erótico, sino
que también inoculaba veneno político en sus víctimas. Un personaje sacado
de los tiempos de Nerón y Calígula). Había Incluso una foto de este sujeto
de estirpe tan antigua, pero Marcos la había recortado de la hoja. No le
gustaba la mirada fija de Eulogio en aquel trance. El bufón se había quitado
el gorro, y ahora solo quedaba un hombre apenado de cejas muy gruesas.

A Eloy lo habían ¡do a buscar a la escuela. Esa mañana la maestra de Geografía señalaba con una regla la capital de Australia en el mapa multicolor
colgado en la pared, mientras Marcos se esforzaba en seguir sus palabras
desde la última fila. Ahora en la azotea él recordaba la escena en el aula, y se
preguntaba qué significaba ese punto sobre el papel de colores brillantes, que
la maestra intentaba precisar con una eficacia que a él le resultaba trivial. Las
ciudades no son así, se dijo ahora: no pueden dibujarse, ni definirse con símbolos abstractos. Son techos que nadie se propuso pintar, pensó. Calles donde
por casualidad se amontonaron las piedras. Más que eso: gentes. Gentes, se
dijo, que se habían reunido para hacerse la vida imposible: el tío quería joder
al sobrino, el zapatero procuraba joder al del zapato roto, el bodeguero trataba de robarle media libra de arroz al muerto de hambre, los jueces desple-
gaban todas sus artimañas para condenar a los acusados a la pena máxima.
El católico difamaba al protestante, el vecino vigilaba al vecino, el marido
engañaba a la esposa, el periodista desacreditaba a cualquiera con tal de ver
su nombre encabezando una noticia de primera plana. Eso era una ciudad;
no ese punto amarillo que señalaba la regla. Los dos policías vestidos de civil
que entraron en el aula tampoco parecían Interesados en aquella superflua
geografía. Llegaron acompañados por el director de la escuela, que mientras
se secaba el sudor de la calva con un pañuelo, dijo:

—Eloy Carbonell, venga a la oficina.

A Marcos le había preocupado la llamada, aunque por supuesto ni re-
motamente imaginó el motivo. A la media hora un rumor vergonzoso corrió por las aulas: *A Eloy se lo llevaron preso por maricón.* Marcos se limitó
a escuchar en silencio los comentarios de sus compañeros. La mayoría se
resistía a creer la acusación, o la matizaba con reproches y dudas. («No
puede ser, el muchacho no parece», «A lo mejor tiene su defecto, pero lo
disimula», «Tampoco es para que se lo lleven así, como un delincuente»).

La profesora prohibió los murmullos y continuó la clase con dignidad,
golpeando a veces con la regla la superficie impasible de la mesa, como si la
madera fuera culpable. Era necesario aprender los nombres de las capitales
de países extraños, conocer las riquezas de otras tierras, admirar la profun-

didad de los ríos, la altura de las montañas, la extensión de los océanos. Al final, extenuada, limpió sus gafas con una gasa azul, tal vez para apreciar con mayor nitidez, luego de su recorrido por extremos distantes del planeta, la opaca realidad que ahora prevalecía a su alrededor.

Marcos fue el último en abandonar el aula. A la salida de la escuela Teresa no lo esperó como de costumbre, y al otro día le negó el saludo. Claro, pensó Marcos, su actitud respondía a las viles Insinuaciones de Tony Suárez: este había hallado la ocasión perfecta para desmoralizar a Marcos, su rival. De seguro le había tratado de meter en la cabeza un montón de infamias a la pobre muchacha. (¿Pero acaso algunas de esas Infamias no eran verdad?) De todos modos, se dijo, ella nunca lo había querido a él, a Marcos. (¿O quizás sí, y por eso había reaccionado de esa forma, por puro despecho?). Marcos no se atrevió a pedir explicaciones. Luego en el baño aparecieron frases obscenas con el nombre de Eloy y su propio nombre, y a los tres días decidió no volver a las clases: no cabía duda, el telegrama de la beca había llegado en el momento preciso.

Pero todavía le quedaban unos días en su ciudad, en aquel punto sobre el papel, casi al centro del caimán. Porque la isla dibujada en los mapas reproducía la forma de un caimán; Camagüey se encontraba en la mitad del reptil —sobre los intestinos, en la misma barriga. Sus techos eran rojos y las calles de adoquines, vistas desde arriba, trazaban las huellas de un tropel de caballos desbocados: era necesario mirarlas desde una azotea para apreciar lo absurdo del diseño. Pero al final recordaba que él no había subido hasta allí para juzgar el paisaje urbano. Clemente lo había traído a la realidad al comentar:

—Si se salvan de esta, que se pierdan de aquí. La gente no se va a olvidar de este escándalo.

Los jueces, vestidos de militares, manipulaban el destino ajeno, y Marcos se percató por primera vez de la severidad del color verde olivo. Cuando niño a él le gustaban esos trajes de matiz oscuro. ¿Acaso a los nueve años no había querido ser capitán? Capitán o comandante: no se acordaba bien. La entrada del ejército rebelde en Camagüey, vitoreada por las multitudes, había sazonado su fantasía infantil. Pero ahora los tres hombres en la tarima, sentados rígidamente tras la mesa, ya no llevaban el pelo largo ni usaban medallas ni collares, sino que se tocaban las puntas de las gorras o se acariciaban las nucas afeitadas con obvia impaciencia.

A Marcos lo exasperaba el no poder escuchar lo que hablaban. La economía de movimientos revelaba muy poco: los acusados y testigos se colocaban ante la tribuna con los brazos cruzados en la espalda. Era una farsa muda, un aburrido ensayo de pantomima. La distancia suprimía las voces, y solo quedaba el efecto de un baile hierático al que le han eliminado la música.

Marcos y José Luis compraban todos los días el periódico, pero después del enorme titular y las fotos, no había vuelto a aparecer una línea sobre el caso. Se rumoraba que el periodista encargado de la página había sido expulsado de las filas del Partido, y que incluso el director del periódico se hallaba bajo sanción, por permitir que un suceso semejante apareciera en letra impresa con ribetes sensacionalistas. Era inconcebible, decían muchos, que tal noticia estropeara la imagen que el gobierno quería ofrecer de la Cuba actual, modelo de virtudes, sobre todo a los ojos embelesados de los extranjeros.

Todas las tardes, al terminar las clases, la juventud de la ciudad se reunía en el bulevar de Maceo, más conocido como la Calle del Comercio. Claro que allí ya no se comerciaba nada, en el viejo sentido de la palabra. Pero los significados cambian, se decía Marcos ahora, al pasar a toda prisa por la acera repleta: era quizás parte de la dialéctica. Hoy se alimentaba allí un comercio de palabras, de piropos, miradas, o en el mejor de los casos un comercio de gritos y empujones, cuando ponían a la venta un surtido de ropa interior, o una docena de pares de zapatos.

Sin embargo, los jóvenes no se preocupaban por adquirir los artículos que la escasez había vuelto valiosos: las madres y las abuelas eran las encargadas de sobrevivir el atropello. Era (pensaba Marcos, obsesionado por las clases de Historia) una insólita variante del matriarcado. Las viejas llevaban el peso del hogar y de la lucha por los bienes, mientras los hombres se reunían en asambleas para discutir la sociedad futura, o se adiestraban para combatir al perpetuo enemigo, y entretanto los hijos y los nietos lucían la melena y el pantalón apretado, enamoraban a las ingenuas chicas o polemizaban sobre los grupos musicales de moda. A las seis de la tarde la Calle del Comercio bullía. Marcos y José Luis cedían a la tentación de formar parte del tumulto al menos por un rato, después de la vigilia en la azotea.

Pero sus viejos conocidos, sus colegas, los observaban ahora con mal disimulada sorna. Todos habían visto a Marcos y a Eloy cruzar juntos por esos mismos sitios durante más de un año, y todos sabían que José Luis era amigo de Eulogio el actor —el mismo Eulogio que había sido admirado e Imitado por la mayoría de esos jóvenes, hasta el día de la noticia en el periódico. Ahora los dos muchachos despertaban un interés socarrón, salpicado de bromas y nombretes. Algunos viraban la cabeza para no saludarlos. *Dime con quién andas y te diré quién eres.* En el fondo esperaban verlos presos también, y ninguno quería comprometerse. Un país donde todo el mundo le teme a todo el mundo, pensaba Marcos, humillado por las miradas que parecían no verlo. Sí, se decía, la historia de Cuba es la historia del miedo.

Solo los músicos del conjunto al que pertenecía José Luis se portaban con cortesía y decencia. Los ensayos proseguían en casa de Ricardito, el bajista, por el que Marcos había llegado a sentir afecto. La historia familiar de Ricardito tampoco era alegre: los padres se habían marchado a Estados Unidos y lo habían dejado solo. El día que les había llegado el permiso de salida a los tres, a él lo llamaron para el Servicio Militar —y no se trataba de una coincidencia. El mismo le pidió a los viejos que se fueran. Debían tener paciencia, les dijo: dentro de tres años se reunirían en Miami. A los pocos meses le dieron la baja del ejército por trastornos nerviosos, pero al parecer Ricardito no estaba destinado a conocer otras tierras: en las oficinas de Inmigración le advirtieron que su salida del país había quedado suspendida indefinidamente.

Ahora el grupo ensayaba en la terraza del chalet de dos plantas sábados y domingos, sumergido en las notas musicales que en vano intentaban convertir en armonía el caos. Marcos traducía al español canciones de los Beatles y los Rolling Stones, y trataba de acomodar las palabras a las melodías: sonaban espantosas. La más aceptable había resultado *House of the Rising Sun*, de The Animals. Empezaba diciendo: *Hay una casa oscura, donde nunca brilla el sol...* Claro que al escribir la versión Marcos se había inspirado en su propia casa, mimando como siempre el infortunio y la autocompasión.

En la terraza las vainas y las flores anaranjadas del flamboyán se amontonaban sobre el piso de mosaicos, que nadie se había ocupado de barrer en los últimos meses. El estruendo de la batería y las guitarras eléctricas atormentaba a los vecinos, pero estos lo perdonaban porque en el fondo compadecían al joven. (Qué salvajes, los padres, dejar a un hijo así, como alma en pena. En algo tiene que entretenerse el infeliz). Bajo el follaje brillante los instrumentos se desataban con loca estridencia. La melodía de estreno esta semana era *A Taste of Honey*. Y *Un Sabor a Miel* se esparcía por los patios donde la ropa se secaba al sol y gatos y perros se buscaban la vida. Mientras Marcos traducía la canción, un mes atrás, Eloy había dicho: «Un sabor a miel no, sino un sabor a *mielda*». Bravo por Eloy, se decía Marcos. El tiempo le había dado la razón.

Pero los muchachos no se permitían comentarios sobre el acontecimiento. Si por casualidad se mencionaba el tema —¿cómo evitarlo?—, Ricardito, que también conocía a Eulogio, repetía: *Eso fue por envidia. Algún hijo de puta les tenía envidia. Por eso los metieron presos, por eso los quieren desgraciar. Este pueblo está lleno de envidiosos y de hijos de puta.* Y con estas palabras apropiadas la conversación tomaba un nuevo rumbo. Marcos le agradecía en silencio su buena voluntad.

Fiestecitas de ambiente... La descripción no esclarecía los hechos. Marcos y sus amigos se esforzaban por averiguar qué había ocurrido en concreto, pero los rumores resultaban tan vagos como el titular. Se hablaba de una casa en el fondo de una barbería, de un apartamento en los altos de un cine, de un almacén vacío en la barriada de Boves —locales donde grupos se reunían para celebrar orgías (en el lenguaje local, *fiestas de perchero*) a las horas más inesperadas, incluso al mediodía, ya que al parecer la perversión no estaba reñida con el sol ni el calor.

Se hablaba de muchachos y muchachas que se escapaban de la escuela o la casa para refocilarse en esos sitios, en los que (se decía) uno podía encontrar lesbianas disfrazadas de hombres, grabadoras con cintas de los melenudos de Inglaterra, objetos para uso sexual guardados en armarlos, botellas de alcohol puro, pastillas de anfetamina, marihuana. Se hablaba de inmoralidad, depravación, y lo más grave: perversión de menores.

A Marcos le era difícil creer que Eloy hubiera participado en esas bacanales. Era cierto que había sorprendido a su amigo en movimientos sospechosos en la oscuridad del cine, sí, pero de esas escaramuzas a aquellas escenas inimaginables existía un largo tramo. Además, Eloy nunca le había mencionado otras fiestas que no fueran las habituales «fiestecitas de quince» y «descarguitas», con sus ponches donde el agua le ganaba al licor por amplio margen, y en las que el gesto más audaz era una mano en las nalgas de la pareja. A la vez Marcos estaba seguro que Eloy y Eulogio no tenían la menor relación: apenas se conocían de vista. En cuanto a la posible culpabilidad de Eulogio, Marcos no sabía qué pensar: la vida disipada del actor, su gusto por la bebida, su actitud desafiante, su incurable exhibicionismo, quizás encajaban en ese aquelarre. A Eulogio también le gustaba rodearse de jóvenes, entre los que se hallaba el mismo José Luis; sin embargo, este último afirmaba que Eulogio nunca le había hecho la menor insinuación, o para decirlo con sus propias palabras, «nunca se le había tirado». Algo sí estaba claro, pensaba Marcos, y es que el sexo en Cuba había adquirido un matiz político: la menor desviación o exceso se pagaba como un crimen contra el Estado. Los campos de trabajo forzado de las UMAP habían acabado de inaugurarse, y las redadas en las calles, los parques y los cines se efectuaban a cualquier hora, imprevisiblemente, como un accidente de la naturaleza.

Marcos, habituado a desgracias, a veces se decía: «Pobre Eloy, quién se lo iba a decir», o «Eulogio se jodió, un hombre tan sensible, el actor más sobresaliente de esta cochina aldea», o «Tengo ganas de ver a Eloy, cómo estarán sus padres, qué cosa tan terrible». Claro, en ese Instante olvidaba su reacción al ver a Eloy en el cine, y también su propio remordimiento por las escenas nocturnas entre ambos. Sobre todo, olvidaba la promesa de *no volver a estudiar en la cocina de su casa*. El mundo desconocido de los calabozos, de los siniestros interrogatorios, de los probables golpes en la cara —mundo que Marcos se proponía no conocer jamás— colocaban el traje de héroe sobre los hombros de un joven de ojos maliciosos y manos intranquilas. Manos que se habían escondido varias veces entre los muslos de Marcos. Pero ahora él se resistía a recordarlo.

Lo peor era aquel calor en lo que debía ser el Invierno, aquel sudor perpetuo en las axilas, aquel sabor a cal en la boca. La muerte de Don Justo también había dejado un vacío: el sembrado de yuca en el fondo de la quinta del viejo se había llenado de parches de hierba que Martín, el hijo bastardo del difunto, no parecía dispuesto a desbrozar. Marcos tampoco se sentía obligado a hacerlo, aunque la ausencia de la yuca se dejara sentir en los rústicos platos de él y Carmen. Sin embargo, al menos había tomado la decisión de limpiar el patio de su propia casa, para callar a su tío. Pero no era lo mismo trabajar solo que acompañado, aunque la compañía fuera la de un anciano. El azadón pesaba; el machete mellado solo arrancaba a medias la maleza; el pelo se chorreaba importuno bajo el sombrero; las hormigas picaban con su veneno leve pero mortificante. La tarde ardía en la espalda.

En la puerta de la cocina Carmen hablaba a solas sin cesar, y Marcos trataba de no prestar atención a su discurso, que unía presente y pasado, vivos y muertos, principio y fin. Ciertas formas de la locura son un resumen de la historia del mundo, pensaba Marcos cuando no le quedaba otro remedio que escucharla. Los elementos del soliloquio eran siempre los mismos: yo, Dios, el diablo, el bien, el mal, yo, el triunfo, el fracaso, la verdad, la mentira, yo, la redención, la condena, yo, y al final, muy al final, *ellos*. Pero en el fondo son *ellos* los que realmente importan, se decía ahora el muchacho, mientras afilaba el machete con la lima oxidada: *ellos*, los otros, los que se reúnen en ciudades (eso sí, para hacerse la vida imposible), los que se miran satisfechos en el espejo. *Ellos*, los que no nos entienden, los que no nos necesitan, los que se untan polvo en la cara o se empapan de vaselina el cabello, los que pertenecen a una Iglesia o a un partido político, los que se buscan entre sí, los que escogen con cuidado su ropa. A *ellos* estaba dedicado el *no* que pronunciaban en silencio los pacientes del hospital, donde el olor a humedad y medicina se escapaba a través de las ventanas enrejadas como un aroma de malos presagios.

¿Pero acaso él mismo se salvaba del no? Detrás de su afán de huir, se decía, de cruzar la línea divisoria, de toda esa batalla ridícula, estaba también la misma negativa, y a la vez el reconocimiento de la superioridad de los otros, es decir, de *ellos*.

Ahora, metido en los islotes de pegajosa hierba, con las manos magulladas, jadeante, Marcos recordaba la frase de Kafka: *En la lucha entre tú y el mundo, apoya al mundo.* Era un consejo para evitar la locura, se dijo; quizás el único consejo posible. Solo que el propio Kafka no lo tomó en cuenta.

Esa noche, en casa de José Luis, se enteró que las funciones de *Aire Frío* habían llegado a su fin: se rumoraba que hasta el joven actor que hacía el papel de Oscar se encontraba en la cárcel. El padre de José Luis llegó más tarde, con su habitual aliento a alcohol y su vago olor a perfume ajeno, y le gritó a su hijo:

—¡Te lo dije! ¡Te lo dije! ¡Todos los artistas son unos viciosos, unos degenerados! Y tú seguías juntándote con ese maldito Eulogio. Cada vez que me acuerdo que comió en esta casa...

Josefa la inválida suspendió el juego de solitario, como si las cartas le hubieran revelado un secreto apremiante, y dijo con voz trémula:

—Eso no puede ser verdad. Eulogio es un hombre decente. Es un artista, es un hombre distinto, pero decente.

—Mi hermana, tú no sabes de esas cosas. Tú no conoces a la gente, tú eres demasiado ingenua.

—Yo conozco a la gente mejor que tú. Yo sé leer en los ojos de las personas. Tú siempre estás pensando mal de todo el mundo.

—Porque yo soy un hombre de la calle.

—Ahora sí hablaste bien. Nunca le has dado calor a tu familia.

—¿Y qué quieres? ¿Que esté como tú sentado en la ventana?

—¡Francisco, qué lengua tienes! ¡Cómo puedes decirle eso a tu hermana! —gritó la madre de José Luis, gesticulando. Sus ojeras se habían vuelto la parte más visible de su rostro.

—Déjalo, hija —dijo Josefa—. Ese ya no es mi hermano, si es que alguna vez lo fue. Es un cerdo, eso es todo. Un cerdo, un cerdo.

Marcos aprovechó la algarabía para escabullirse, despidiéndose de José Luis con un guiño forzado. Por la avenida corría una brisa rancia, que no lograba despejar la densa atmósfera nocturna, palpable en el halo mortecino de los postes de luz. Al cruzar el portal de Teresa recordó los versos a los que José Luis había puesto música: *Tu casa, con sus ventanas siempre cerradas.* Quizás ahora Tony Suárez se sentaba con ella entre las arecas del patio interior. O en medio de las porcelanas de la sala, bajo la mirada del abuelo que acompañado por su perro de raza parecía dominar al mundo desde el cuadro. Mientras en este instante Eloy quizás era golpeado brutalmente en su celda. *Ellos,* pensó Marcos, siempre *ellos.* Presentes a cada momento del día, con sus risas livianas, sus conflictos, sus enigmas imposibles de descifrar, sus vidas ajenas a la nuestra.

Al llegar a su casa decidió escribirle a la muchacha: dentro de cuatro días saldría de Camagüey y seguramente no volvería a verla. Marcos olvidaba que La Habana no era otro continente, sino una ciudad más en una pequeña isla. Un punto en el ojo del caimán. Pero su único alivio en esos días era pensar que al irse de aquel pueblo borraría para siempre los recuerdos ingratos: el barrio improvisado, la muerte de su abuelo, las labores de tejido (rombos, triángulos, círculos). los ojos que decían *no,* las colillas perpetuamente humeantes, las figuras deambulando en los cines, y también la imagen más reciente: una ventana donde los acusados aparecían con las manos cruzadas en la espalda.

Su madre dormitaba en el cuarto, se quejaba en el sueño, y en la cocina Marcos trataba de elaborar palabras. *Querida Teresa...* Sonaba un poco frío. *Mi adorada Teresa...* Cursi. *Mi querida Teresita...* Fuera de lugar. ¿Cómo podía escribirle, si ni siquiera sabía en qué forma dirigirse a ella? La camisa empapada en sudor se pegaba a su espalda; los mosquitos zumbaban en su oído. Afuera los grillos chirriaban con celo ¡limitado, y el perro del vecino ladraba sin cesar. Salió al patio. Detrás del ciruelo le pareció observar un cuerpo de mujer. Se acercó a la sombra y la tocó: una rama caída que colgaba indefensa de la tendedera. En ese momento pasó el tren de las diez de la noche. Le llamaban «el rápido», pero Marcos sabía que en un simple viaje en sus vagones uno llegaba a envejecer. La hilera de luces atravesaba el laberinto de árboles, zigzagueaba entre los marabuzales y las casas; el pitido y el traqueteo dementes retumbaban en las quietas paredes, sacudiendo el sueño de los que a falta de una ocupación mejor se acostaban temprano.

Mi querida Teresa: No es verdad lo que piensas de mí. Me voy el domingo para La Habana, pero te seguiré queriendo. Te escribo para que sepas que eres la primera mujer que he amado y serás también la última. A la vez quiero hacerte saber que eso que dicen de Eloy es una infamia... Pura palabrería. *Mi querida Teresa: Sé que no es posible que me comprendas. Te quiero mucho, pero hay cosas que no se pueden explicar.* Eso estaba mejor. *En cuanto a lo que dicen de Eloy...* ¿Qué podía decirle? Quizás era mejor escribirle un poema: *Un cuerpo oscila entre el agua y la costa...* Pero ella no entendería lo que él quería decir. *Tú eres la humedad, él es la sequedad. Todo hombre tiene una parte en la sombra —unos más, otros menos. Mi parte de sombra es más que suficiente, y no quiero que la sequedad gane al fin la partida. Ayúdame tú a conservarla humedad que necesito.* Locuras, locuras. Teresa era una chica sencilla, apenas había cumplido los diecisiete años, y ni siquiera a los cuarenta aceptaría esas adivinanzas. Marcos se quitó la camisa y salió de nuevo al patio. Ahora la figura femenina se movía detrás de la letrina, con una ondulación perversa, y entre las hojas del tamarindo se escurría el perfil de un anciano: la nariz era la de su abuelo. *Todo hombre tiene una parte en la sombra...* El perro del vecino había dejado de ladrar, los grillos también habían hecho una pausa, y el silencio en el patio estaba cargado de frases no dichas, de frases que él nunca se atrevería a decir. Entró a la casa y se acostó sin colocar el mosquitero.

Ahora, frente a la ventana, las ramas del ciruelo dibujaban una escena de baile, un cuadro de cuerpos enlazados. Allí estaban la cintura de Teresa, y las manos de Eloy. Marcos apretó la almohada contra su erección. El pastor de la iglesia se lo había advertido: *Los jóvenes que se masturban se vuelven locos. La paga del pecado es muerte.* Pero ya él no creía en esas cosas. ¿Creía o no creía? Los muslos de Teresa eran blancos: él los vio cuando ella se levantó la falda en el aula desierta, recostada sobre el pupitre de fibrosa madera, sobre la cual las puntas de navajas habían dejado marcas indelebles. El pubis carnoso parecía palpitar, y una pelusa clara se extendía cubriendo la hendidura entre los muslos. Los dedos de Marcos jugaron en el sitio mojado, que reclamaba una penetración. Y una noche Eloy había unido su erección a la suya: sequedad contra sequedad, hasta que las manos se empaparon de un líquido resinoso. Luego los dos se limpiaron de prisa con la cortina del comedor. Pero en la oscuridad de su cuarto Marcos se limpiaba con la toalla que guardaba bajo la colchoneta —la toalla, o el pañuelo, o la camisa vieja, o el mismo calzoncillo. Una vez se limpió con papel de periódico, y la piel se le irritó como si la hubiera frotado en la pared. *Mi querida Teresa... Mi querido Eloy...* La sequedad se humedece, la humedad se seca. Y al final la paga del pecado es muerte. Solo que esta vez descendía en forma de sueño.

Al otro día lo despertó la voz de su tío, que preguntaba por qué Marcos no iba al Instituto. Todavía soñoliento Marcos le explicó que estaba a punto de trasladarse a La Habana, y que hubiera sido estúpido continuar las clases. Carmen tarareaba en la cocina, con una voz levemente desafinada, pero intensa; la melodía sonaba como un himno. A la luz de la mañana Marcos se sorprendió del parecido de su tío con su abuelo: era la nariz que él había visto entre el follaje la noche anterior, el mismo rictus en la boca desdentada.

Vicente se sentó en el borde de la cama y chupó el cigarro.

—Me han dicho que tuviste problemas —dijo en voz baja—. Dime la verdad, no me vengas con cuentos.

—No he tenido problema ninguno.

—Me dijeron que te botaron por afeminado.

—¡Eso es una calumnia!

—No grites, no quiero que Carmen se entere de esto, y menos que lo sepa algún vecino. ¿Tú te imaginas qué vergüenza? En la familia no se ha dado un caso. Tú tenias que ser el primero.

—Quien te dijo eso te dijo una mentira. Que venga y me lo diga en mi cara.

—Fíjate bien: yo voy a averiguar cómo son las cosas. Y si es verdad no te va a quedar un hueso entero en el cuerpo. Te vas a ir para La Habana enyesado de pies a cabeza. Tú no vas a embarrar de mierda el nombre de la familia y quedarte como si nada.

Marcos se puso de pie, temblando de ira.

—Te dije que eso era una mentira. Pero te voy a decir una cosa, tío, tú no eres mi padre ni nada por el estilo. Yo no tengo padre. Mi padre era mi abuelo y ya se murió.

—No me levantes la voz. Seguro que no soy tu padre. Si fueras hijo mío ya te hubiera matado.

—¿Qué pasa, Marcos Manuel? ¿Qué pasa, Vicente?

—Nada, Carmen, vine a decirle a tu hijo que llegó pollo a la carnicería, y que si no va ahora mismo no van a tocar ni un ala.

—Yo pensé que estaban discutiendo.

—No, vieja, no. ¿Por qué vamos a discutir?

Esa tarde los tres espectadores vieron desde la azotea la cabeza rapada de Eulogio. Estaba desconocido con el traje azul de preso, y los tres coincidieron en que había enflaquecido, al punto de que el uniforme parecía caer sobre su cuerpo como una túnica. Permaneció de pie frente al tribunal por más de media hora, y en más de una ocasión soltó los brazos cruzados detrás de la espalda y comenzó a gesticular, pero evidentemente una orden lo obligaba a volver a la misma posición rígida. Para un actor no era una postura fácil, pensó Marcos.

Luego un joven delgado subió a la tarima. Llevaba el mismo uniforme azul, y al colocarse al lado de Eulogio se cruzó con este una breve mirada. Al poco rato Eulogio se retiró cediéndole su sitio, pero la intervención del joven fue corta. Se veía intranquilo, movía la cabeza hacia todos los lados. Fue el único acusado que miró por la ventana abierta, en dirección a Marcos y sus amigos. Los vio, no cabía duda: se quedó unos minutos con la vista fija en la azotea vecina. Los tres lo reconocieron al instante: era Elías Almarales, el *Oscar* de *Aire Frío*. Sin embargo, su actitud de poeta rebelde se había desvanecido en este nuevo escenario.

Marcos recordó sus movimientos felinos en el parque del Casino Campestre, después de romper la botella de ron contra la acera. La neblina le cubría entonces parte de la cara y el cuerpo. Ahora las luces de la sala (porque al igual que en casa de Teresa, las lámparas de la sala del tribunal se hallaban encendidas a pesar de la claridad del mediodía, quizás para acentuar la teatralidad del evento) y el sol que entraba por la ventana abierta, lo despojaban de toda ficción: era un muchacho de unos veinte años asumiendo el peso de sus actos. Pero no, se dijo Marcos, no parecía asumirlos del todo. Su inquietud seguía conservando aquella calidad evasiva que a él siempre le había llamado la atención. Según el nuevo hábito de Marcos de resumir la expresión de los ojos en una palabra, pensó que los de Elías querían decir: *Quizás*. Porque aunque la distancia no permitía precisar una dirección concreta, la mirada de Elías parecía haber buscado la suya entre las tres que observaban el juicio desde la azotea, y esa mirada le había dicho: *No te confíes. Nada es seguro. Quizás.*

—¡Así que Elías Almarales también cayó en la trampa! —dijo Clemente—, Y yo que hubiera jurado que ese no era maricón.

—Que esté allí tampoco quiere decir que lo sea —dijo José Luis—. Dicen que algunos lo que hacían era templarse a las muchachitas. O a lo mejor lo agarraron nada más por ser amigo de Eulogio.

—Si fuera por eso tú también estarías preso —dijo Clemente.

—Yo no era amigo de Eulogio. Eramos conocidos.

(Sin darse cuenta, José Luis ya hablaba en pasado del actor).

—Vamos, vamos, José Luis. Ni Marcos ni yo somos de la policía.

—Mira, Clemente, lo extraño es que no cayeras tú. Tú sí que eres un enfermo, un degenerado. Yo te he visto en el parque rascabuchando a las parejitas.

—Te equivocaste, viejo. Yo tengo a mi mujer y con eso me sobra. Que de vez en cuando me le corra con otra, no te digo que no. Pero yo no soy ningún pervertido.

—Toda la gente de teatro es la misma cosa.

—¡Mira quién habla! El cantante del combito pesetero. Los músicos son artistas también, por si no lo sabías. Posiblemente los más enfermos de todos. Yo lo que hago en el teatro es poner luces y clavar tablas. Yo no soy artista, soy técnico.

—Tarugo.

—Bueno, técnico o tarugo, para el caso es lo mismo. Pero no soy de la farándula como tú: allá ustedes los que quieren fama. Mira dónde terminan, en la cárcel.

La parada de ómnibus a las seis de la tarde recordaba un campo de batalla; la llegada de la guagua marcaba el Inicio del combate. Marcos y José

Luis se separaron en el vórtice de la multitud. A Marcos lo levantaron literalmente de la acera y en un segundo se vio arrastrado dentro del autobús, donde se agitaba una marea de olores y gritos. Era un ejercicio de los sentidos, pensó el muchacho, mientras dedos desconocidos se agarraban Involuntariamente a su cuerpo, provocándole cosquillas. Pero a él le convenía esa violencia momentánea, para olvidar que al otro día se marchaba de Camagüey sin ver a Eloy ni escribirle a Teresa, e ignorando a la vez los resultados de aquel juicio descabellado.

A las nueve de la noche los tres espectadores se reunieron de nuevo en la azotea: a Clemente le habían dicho que Iban a celebrar una sesión nocturna, ya que el Partido exigía que se terminara de una vez y por todas la maraña, y le había fijado al tribunal una semana de plazo para fijar el veredicto. Pero la ventana permaneció cerrada, sin un hilo de luz que permitiera entrever que la justicia reanudaba su inexorable marcha. Tal vez la Información era falsa, comentaron los tres, (aunque la informante de Clemente era confiable: su hermana era secretaria de la corte), o quizás las autoridades habían decidido cambiar de local a última hora. Desde la azotea, bajo la claridad sin lustre de la noche nublada, los techos no lucían rojos, sino de un azul oscuro, casi negro. Un halo opaco rodeaba los faroles: los insectos se despedazaban en aquel frágil humo amarillento. La ceiba frente a la ventana se Inclinaba como un bulto de hierro, con ramas engorrosas que no parecían contener savia. No soplaba un gota de aire.

Así que este es el lugar donde he vivido, pensaba ahora Marcos. ¡Qué tejas tan oscuras! ¿Cómo las llamaban? Tejas francesas. Los alambres del tendido eléctrico las rodeaban como una telaraña. Una untura de rocío se pegaba a las piedras. No cojas el sereno, le decía el abuelo cuando Marcos se mecía en la hamaca del patio al anochecer. Pero ya el abuelo no hacía la advertencia.

La víspera de la despedida pesaba en el ambiente, y hasta Clemente, bromista inagotable, se mostraba taciturno.

—A lo mejor empiezan dentro de un rato —decía a veces.

Esperaron hasta cerca de las diez, pero las ramas de la ceiba no recibieron una línea de luz de la ventana: eran brazos amorfos cubiertos de hojas que se levantaban como crespos de metal. En los oscuros patios solo se escuchaba el diálogo lloroso de los gatos en celo.

—Caballeros, vámonos —dijo al fin José Luis.

—¿A qué hora te vas mañana, Marcos? —preguntó Clemente.

—Se supone que el tren sale a las once de la noche, pero me han dicho que a veces no se va hasta por la mañana.

—Deberíamos celebrar hoy, viejo —dijo Clemente—. Abajo en el taller tengo una botella de ron.

—¡Oye eso! —dijo José Luis—. Marcos nunca toma.

—Pues por un día que lo haga no se va a morir. No vayan a creer, esto del juicio a mí también me tiene jodido. Yo le tengo aprecio a Eulogio, igual que a Elías. A mí qué cojones me importa lo que sean. Siempre han sido buena gente conmigo, ese par de hijos de puta.

Esa noche Marcos Manuel conoció por primera vez los efectos del alcohol. Le pareció extraño lo que le oyó decir una vez a su abuelo: que ese líquido le cambiaba la vida a alguna gente. Para Marcos fue solo una breve ración de alivio, un olvido de sí mismo, una leve euforia, un tuteo con la indiferencia. Nada del otro mundo.

Sobre una de las mesas del taller se amontonaban los muñecos del Guiñol. Ese verano el Conjunto Dramático de Camagüey, bajo la dirección de Eulogio, había estrenado felizmente unas *Escenas de Shakespeare para títeres*, que se habían mantenido cuatro meses en cartelera. Ahora los muñecos cubiertos de polvo observaban con los ojos abiertos a los bebedores, que recién comenzaban a disfrutar de una bien merecida ligereza. Julieta tenía pestañas largas y un lunar en la mejilla. Macbeth contraía la boca en un gesto de rabia, mientras a su lado su mujer se miraba las manos embarradas de esmalte para uñas. Una de las figuras más logradas era la de Shylock: el rostro del judío parecía reclamar sin titubeos la libra de carne de su víctima.

Después de todo, no es una historia tan insensata, se decía ahora Marcos, sentado en el piso, mientras estudiaba la nariz abultada del muñeco; eso es lo que en el fondo pide la gente: la carne del prójimo. El tribunal quiere la carne de los acusados; a mi tío le gustaría cortar un pedazo de la mía. Pero cada nuevo trago licuaba estos pensamientos sombríos, los disolvía en una benigna niebla.

Al avanzar la noche sintió una reconciliación, una tranquilidad desconocidas. De la pared colgaba una ampliación de Elías vestido de soldado: una sonrisa ambigua iluminaba las facciones del joven actor. Marcos recordaba la obra a la que pertenecía la foto, un esperpento de Valle Inclán. Clemente había encendido la radio y ahora este y José Luis bailaban, cada uno por separado, al compás de una guaracha. Marcos nunca había aprendido a bailar. Es cierto que en su casa a veces ensayaba unos pasos frente al espejo, cuando nadie lo veía, pero la torpeza de sus movimientos terminaba por desanimarlo. José Luis había escogido de pareja a uno de los títeres y lo zarandeaba cuando la canción llegaba al estribillo; en una de las vueltas, las trenzas de Ofelia cayeron al piso, meras hebras de cáñamo coloreadas con tinta o acuarela.

En un rincón se apilaban las paredes y los muebles de la fatídica casa de *Aire Frío*. Por la ventana abierta entró Inesperadamente una ráfaga de viento. La atmósfera viciada se resolvió en un puñado de relámpagos, acompañados por una llovizna. Marcos se arrellanó en el sillón del *Papá Grande*, que había sido interpretado por Eulogio a finales del año anterior. Pero el público de Camagüey rechazó por completo la tragedia de Tennessee Williams: aquella historia de alcohólicos, de padres dominantes, de mujeres en celo, no tenía cabida en un pueblo como este, que solo quería vivir de espaldas a sus propias miserias. El sillón había perdido un brazo en el ir y venir del decorado.

Marcos apretaba el vaso contra el mimbre; la bebida empezaba a emborronarle la vista. De madrugada, Clemente y José Luis se disfrazaron con barbas y pelucas. La lluvia, que había arreciado, sonaba sobre los techos como granizo: sobre los techos que eran rojos de día y azules de noche. ¿Cómo se llamaban esos pedazos de barro? Tejas francesas. El agua corría por los aleros y arrastraba las suciedades, vaciándolas en forma de cascada sobre los adoquines. Marcos trató de retener un pensamiento, pero este se diluyó con el sonido de la lluvia. *Querida Teresa... Querido Eloy...* Agua, tierra, vaivén sin sentido. Un panel que representaba un paisaje campestre cayó con estrépito, y estuvo a punto de derribar a Clemente, que entre carcajadas lo empujó contra un balcón de yeso. Los algarrobos se astillaron sobre la armadura de Hamlet. José Luis, en su túnica de monje, se recostó a una colina doblado por la risa, y la hierba de cartón se le pegó a la espalda. En el retrato en la pared los ojos de Elías se despedían de Marcos. Le decían desde el papel: *Es posible. Nunca se sabe. Quizás.*

V

El río Jatibonico, de cauce angosto y superficie veteada por el limo, no parece marcar una frontera: pero alguien decidió que sus aguas separaban las provincias de Camagüey y Las Villas. Para el que viaja en un compartimento cerrado del tren, el cruzarlo es solo una intensificación del habitual traqueteo del trayecto; apenas un breve estruendo metálico que interrumpe la monotonía. Pero si la curiosidad, o el calor, o los malos olores, o el simple aburrimiento, obligan al viajero a buscar una rendija en la ventanilla —ahora clausurada—, este puede observar el río que se desliza con aplomo por entre los racimos de palmares, cubierto a tramos por una espesa nata. El agua quieta semeja una piel extendida. Es solamente un charco que se alarga a pesar de su inercia; pero el dejarlo atrás representaba para Marcos escapar de su odiosa provincia.

Con un suspiro volvió al asiento de forma ovalada: la taza del retrete de los hombres. Pero no podía lamentarse, pensó. Se trataba de un sitio privilegiado, ya que un soldado dormitaba sobre el lavamanos, y otros dos se acuclillaban en el piso. La puerta entreabierta apretaba el cuerpo de un anciano: su torso y su cabeza quedaban dentro del baño, mientras sus extremidades se contraían en el pasillo, entre un montón de viajeros que se empeñaban en adoptar posturas insólitas.

Mirando a su alrededor Marcos recordó un cuadro famoso de Picasso. Solo faltaban el caballo, el toro y el candil encendido. Como nuevo detalle, aquí una gallina revoloteaba dentro de un saco, con movimientos que recordaban una primitiva epilepsia. En el pasillo la claridad de la tarde teñía de dorado los rostros, pero en el baño la ventanilla cerrada con maderas y clavos no permitía una textura favorable, sino que la media luz desdibujaba las facciones y acentuaba la acritud de los rasgos.

Marcos, que intentaba leer en la penumbra un ensayo sobre las vanguardias artísticas del siglo XX, pensó ahora que el cuadro de Picasso fue un angustioso grito contra la guerra: al menos él había leído esa definición en algún sitio. Pero aquí no se experimentaba la guerra, se dijo luego, sino una versión tergiversada de la paz. Los tres soldados apiñados a su alrededor no eran del todo soldados, sino que sus edades, y el hecho de viajar de esa forma, los delataban como simples reclutas del Servicio Militar. El lenguaje popular los había bautizado con el nombre de *plátanos,* y los uniformes sucios coincidían esta vez con la cáscara verde moteada de negro. Uno de los jóvenes clavaba imprudentemente su vista en Marcos, y este, nervioso, cambiaba a ratos su posición sobre el hueco repleto de excrementos secos (la palanca de descargar no funcionaba) fingiendo ignorar sus ojos agresivos.

El hedor que había parecido insoportable en la primera hora del viaje ahora era solo una incomodidad más. Marcos se sorprendió teorizando sobre lo inofensivo de la peste en ciertas circunstancias, y de inmediato se irritó por lo absurdo de sus pensamientos. San Ignacio había escrito unas reglas para dominar estos molestos escarceos mentales. Pero el joven viajero se interesaba más por la nomenclatura de la ciencia, por la verborrea psicológica, y confiaba en estas para aclarar el desorden en su cabeza. Hasta ahora no había resultados precisos. Claro que en un viaje como este, terminó diciéndose, no era posible llegar a una conclusión sensata sobre nada, y cerrando el libro fijó su mirada en el techo.

Volvió a pensar en Picasso: la arbitrariedad con que el pintor colocaba los elementos de la cara y el cuerpo resaltaba quizás la deformidad de un mundo convulso. Pero probablemente el viejo solo perseguía un golpe estético, un alarde de originalidad. En algunos artistas se hacía difícil discernir el límite entre el acto de fe y la mera técnica. Tal vez la pintura podía regodearse en el efectismo, pensó, y ofrecer solo una fiesta visual; sin embargo, algo distinto ocurría con las palabras. En el cuadro las trampas pasaban inadvertidas, pero en el papel escrito saltaban a la vista. Marcos, que llevaba en el bolsillo una libreta de apuntes, decidió ahora repasar los versos que había escrito en la estación de trenes la noche anterior: *Veloz atravesaste la estancia prohibida, con un lienzo cubriéndote los ojos, siendo a la vez el perdón y la culpa, los frutos y la savia.* Por fin se había determinado a escribirle el poema a su madre. Carmen Velazco, al despedirlo en la parada de ómnibus, sujetando el gastado rosario que le servía de adorno y amuleto, le había dicho:

—No te preocupes, aquí todo va a seguir igual. En el pueblo de los demonios nada va a cambiar nunca. Pero mira bien que no te los lleves a ellos para La Habana. Porque no vayas a creer, son seres Inteligentes. A veces van de un lugar a otro. A veces van dentro de las personas, o dentro de las cosas. Sácatelos todos si es que quieres ser feliz. Y por mí no te preocupes: ellos se me acercan, pero no pueden hacerme nada.

Luego el ómnibus había arrancado con un corcoveo. Era la primera vez que Marcos iba a separarse por largo tiempo de su madre. *Deseoso es el que huye...* No había sentido culpabilidad, sino un insolente vacío frente a la figura que en el último momento agitó la mano. No hubo lágrimas, ni besos, ni caricias; después de todo, eran solo dos personas adultas que se decían adiós. Las despedidas ganan relieve en el recuerdo, pensó ahora, recordando aquel rostro resignado, en el que se percibía extravío pero también nobleza. Quizás su madre sabía que acercarse o alejarse carece casi siempre de valor, se dijo ahora, y por eso en ese instante su mirada no expresó pesar.

—¿Qué es eso, compadre? ¿Una carta a la novia?

La dureza había desaparecido de los ojos del recluta; se dirigía a Marcos con una sonrisa. Hablaba con el dejo cantarín de los santigueros, y su rostro aindiado recordaba también a muchos de los habitantes de esa zona. Marcos también sonrió.

—Adivinaste, socio. Una carta a la jeva.

—Las mujeres son del carajo. La mía me escribe todas las semanas unas cartas larguísimas, no sé de dónde coño saca la tinta.

—¿De qué parte tú eres?

—De Palma Soriano, pero estoy pasando el Servicio en la provincia de La Habana. Lo que más me jode es estar lejos de ella.

—Yo también me mudo para La Habana, y mi novia se queda en Camagüey.

En realidad debería haberle escrito a Teresa, pensó; tal vez le escriba después. Pero no, se dijo de inmediato, escribir era inútil.

—Yo siempre le digo a ella que no vale la pena escribir cartas —dijo el soldado.

Pues bien, allí tenía una prueba de la existencia de lo sobrenatural: aquel muchacho sencillo, probablemente medio analfabeto, le había leído el pensamiento.

—Qué raro, eso mismo estaba pensando yo. Que no vale la pena escribir cartas.

—Pero llevas una pila de rato leyendo ese papel —dijo el recluta riéndose.

—Bueno, viejo, tú sabes cómo es eso —dijo Marcos con una sonrisa avergonzada, bajando la mirada.

¿Y que sucedería, pensó, si le dijera al joven que en realidad no se trataba de una carta a su novia, sino de un poema que estaba tratando de escribirle a su madre? Seguramente el otro lo aprobaría. Todos tenemos en común ese respeto a la madre, se dijo, ese amor ciego, a no ser que uno sea un desnaturalizado, o que la madre haya demostrado ser una mujer Indiferente o cruel. Pero la carta a la novia era una buena excusa, pensó luego: le daba la oportunidad de revisar el poema sin Interrupciones. Un enamorado despierta simpatía, pero pocas veces curiosidad. Y continuó leyendo los versos: *Todo está en su lugar, solías decir, y ahora el adiós se aquieta en tu descanso, ajeno a mi mentira, descubierta.*

¿Pero a qué mentira se refería él? ¿Y por qué esa mentira había sido descubierta? Su obsesión con el engaño, con la fantasía, con el fingimiento, reaparecía una y otra vez en todo lo que escribía y pensaba. *Todo es teatro*, había dicho Eulogio. Quizás el actor hablaba de una forma perpetua de la mentira. Solo que ya Eulogio no podría aclarárselo, al menos por ahora. SI algún día salía de la cárcel, y se encontraba con Marcos por azar, este esperaba superar su timidez y tratar de ser su amigo: presentía que Eulogio podía responder muchas de sus preguntas. Pero en ese momento solo era posible seguir leyendo los versos: *El mundo mueve las antiguas creencias, y el paso de los años nos conduce, como una falsa imagen, al Eterno.* ¿Pondría eterno con mayúscula o minúscula? El tamaño de la letra revelaría al lector si él creía o no en Dios. Esta interrogante malogró su entusiasmo.

Guardó la libreta en el bolsillo y cerró los ojos para no reiniciar la conversación con el guardia. SI hubieran estado solos, pensó, hablar tendría sentido: después del breve diálogo, sentía simpatía por el recluta, que era obviamente un infeliz, una víctima de la suerte, como él mismo, como todos. Otro *soldado al pie de una ventana.* También él había pagado su cuota de despedidas, su fianza de promesas. Pero entablar una charla frente a desconocidos resultaba exasperante: siempre se tenía conciencia de que los otros estaban escuchando, y esto introducía una nota falsa en las palabras. Aunque estos viajeros aburridos no parecían interesados en escuchar. Además, llevaban el pelo grasoso, la ropa sudada, las manos sucias; abandonados a un denso sopor, no parecían percatarse de las sacudidas del tren, ni de sus propias miserias.

En ese instante una anciana vestida de negro, con un brazo enyesado en cabestrillo, se detuvo en la puerta a preguntar:

—¿Ustedes han visto a un niño?

Sin esperar respuesta continuó de inmediato su camino a través del atestado pasillo, por encima de cuerpos y cabezas que protestaban sin convicción bajo los pisotones de la vieja. Marcos la oyó gritar al poco rato:

—¡Mi nieto! ¡Mi nieto! ¡Rafaelito!

Después:

—¡Manden a parar el tren! ¡Mi nieto se quedó en la estación! ¡Conductor, pare el tren! ¡Ay, Rafaelito!

Más tarde pasó de nuevo delante de la puerta del baño, esta vez masticando un pedazo de pan, resignada quizás a lo inevitable, y provocando como antes los murmullos de desaprobación de los que se agolpaban como bestias de carga.

Marcos abrió otra vez el libro sobre las vanguardias artísticas, pero la escasa claridad ya no le permitía leer. Afuera en el pasillo dos hombres discutían ahora por el derecho a sentarse sobre una maleta.

—Yo me siento en ella porque es mía —decía uno.

—Yo lo que estaba cogiendo era un diez, vengo de pie desde Las Tunas —decía el otro.

—Pero es que tú eres muy fresco, compadre, por lo menos pídeme permiso.

—Qué fresco ni fresco, aquí no estamos para finuras ni la cabeza de un guanajo.

—Mira, compadre, no te equivoques conmigo.

—El equivocado eres tú, asere. Métete la maleta en el culo.

Marcos se esforzó en ignorar la algarabía (porque otros pasajeros se sumaban a la disputa, y exponían sus opiniones a viva voz), y pensando en Picasso decidió, mientras se aflojaba el cinto para sentirse más cómodo, que en su pintura faltaba espontaneidad. Sin embargo, aquella pretendía ser una pintura movida por resortes secretos, aunque a Marcos le parecía singularmente desprovista de alma. Pero esa era una palabra peligrosa (¿dónde estaba?, ¿qué era), Tal vez *espíritu* era una definición más adecuada. En el Evangelio de San Juan se utilizaba la palabra *Verbo*. *En el principio era el Verbo, y el Verbo era con Dios, y el Verbo era Dios.* A San Juan le decían el Águila, y es cierto que había volado alto. También los pentecostales cantaban un himno que decía: *Quién me diese alas de paloma, para así al desierto volar.* Pero esto no era un desierto, pensó luego, sino la provincia de Las Villas. De repente el tren se detuvo con un violento zarandeo; el estrépito de los hierros estremeció el vagón. Marcos perdió el equilibrio y cayó sobre el soldado que no creía en la eficacia de la escritura. Este lo sujetó con fuerza, mirándolo a los ojos. La proximidad de sus rostros provocó en Marcos aquella sensación bochornosa, la misma que sentía en la cocina de la casa de Eloy. Además, el recluta le apretó deliberadamente los hombros, demorándose más de lo debido en soltarlo.

Al cabo de unos minutos se propagó la noticia de que el tren iba a estar detenido allí por varias horas. Se trataba de una avería, o de un contratiempo Impreciso: las versiones variaban caprichosamente. Luego de un rato de confusión un oleaje humano saltó de los vagones al potrero, con el ímpetu de una estampida. Los pasajeros olvidaron el temor de perder sus asientos, en el raro caso de que los tuvieran, y se dispersaron por el campo salpicado de árboles. Orinar, defecar, desentumir las piernas, respirar un poco de aire libre de aliento y humo, se convirtieron en un instante en necesidades de vida o muerte. A fuerza de empellones Marcos logró llegar a la escalerilla, y al saltar cayó arrodillado junto a un arbusto. Después de las horas de encierro en la cloaca, respiró con alivio el aire de la tarde y se echó a correr con una energía casi atlética. Oyó decir que estaban a pocos kilómetros de Guayos. La gente buscaba frutas, apedreaba las ramas; por desgracia no era la época de mangos, pero el guayabal fue saqueado sin piedad. También un naranjal sufrió el embate del escuadrón hambriento, que limpiaba como una bandada de cotorras silvestres todo lo que encontraba a su paso.

Marcos se conformó con la raspadura que guardaba en la mochila y con el agua de un arroyo, donde también abrevaban vacas que corrieron asustadas ante el gentío. Luego se sentó junto al tronco de un árbol a admirar el paso rápido y elegante de las reses, y recordó que en la finca que fue de su abuelo, este había montado una vez un torete de lomo brilloso. Anselmo Velazco era ágil y forzudo; durante mucho tiempo nadie pudo calcular su edad. Sus fallas, pensó Marcos ahora, mientras observaba el ir y venir de los pasajeros, habían sido las mujeres y el juego. Sin embargo, estas debilidades también habían prolongado su juventud. Lo que precipitó su vejez fue el hecho de que su hija favorita terminara en el hospital de Mazorra, amarrada a la cama con cuerdas hechas de sábanas. La enfermedad mental de Carmen consiguió lo que el paso del tiempo no pudo: colocó a Anselmo en el sitio de los ancianos. Porque hay un sitio especial, se dijo Marcos luego, limpiándose en la hierba las manos embarradas de azúcar, para los que sucumben al peso de la edad. Incluso Martí lo había previsto. El apóstol hablaba de *allá, donde muy lejos, las aguas son más salobres, donde se sientan los pobres, donde se sientan los viejos*. Un lugar diferente, pensó; una estancia asolada. Pero este terruño era una fiesta de verdor, y el agua del arroyo sabía dulzona. Además, Marcos tenía apenas dieciocho años.

Se acostó sobre la hierba y apoyó su cabeza en la mochila. En el cielo las nubes se fundían como los cuerpos en un lecho. Al mirarlas pensó que él nunca se había fundido con nadie: ni con Teresa, ni con Eloy. Esos contactos solo habían sido una leve escaramuza, y ya no ocurrirían de nuevo —al menos no con ellos. Teresa se había quedado en su patio, rodeada de arecas y tinajones, y a Eloy lo esperaba la gritería grosera de las cárceles. Eran cuerpos que quedaban atrás, disueltos como nubes en el azul opaco.

La tarde avanzaba sobre el tren detenido en medio del potrero. De todas partes se alzaba un rumor caótico, una mezcla de alaridos infantiles y conversación adulta.

Marcos recordó ahora los paisajistas cubanos del siglo XIX, pintores que habían pasado por su época sin pena ni gloria. Sin embargo, en el museo de Camagüey un cuadro de Menocal siempre le había llamado la atención. ¿Era Menocal, u otro artista de nombre olvidado? Bajo una ceiba una pareja se abrazaba recostada a las enormes raíces: las figuras no guardaban proporción con el tamaño del tronco. En el cielo las nubes se habían unido en un extremo, dejando vacío un círculo gigantesco sobre las copas de los árboles, donde las aves giraban sin dirección concreta. Luego la pareja se levantó entre risas y gestos exagerados; al parecer se habían sentado sobre un hormiguero. Caminaban hacia el tren besándose en la boca. La tela del pantalón de Marcos comenzó a levantarse en una esquina, forzándolo a volverse boca abajo para ocultar su erección. La gente paseaba a su alrededor con impaciencia. Con los ojos cerrados él escuchaba fragmentos de diálogos:

—De aquí no vamos a salir más nunca.

—Si por lo menos fuera el tiempo de mangos. Estas guayabas saben a cagalera.

—No es que saben, es que dan cagalera.

—¿Volvemos a lo mismo? Yo pensé que todo iba a cambiar.

—Total, no vale la pena pensar en eso. ¿Es que no puedes dejar de pensar en eso?

—Creo que tengo hasta fiebre. Tócame la frente.

Marcos, estirándose sobre la húmeda tierra, pensó que él también se sentía afiebrado. Quizás eran solo el malestar y la fatiga del viaje, se dijo, sumados a la tensión de sus últimos días en Camagüey. La barahúnda del juicio le había dejado una resaca mental, un sobresalto. No temía tanto por Eulogio, pero suponía lo que le esperaba al pobre Eloy si llegaba a ser condenado: violaciones, humillaciones, insultos. Luego pensó en Elías, y se preguntó si este podría mantener su actitud evasiva ante la brutalidad de una galera repleta de presidiarios. Al tratar de evocar el rostro del actor, solo recordaba con nitidez sus ojos. Marcos solo lo había visto una vez fuera del escenario, además de la noche en el Casino Campestre con Eulogio: en esa ocasión Elías cenaba en una fonda china, donde Marcos y Eloy fueron por casualidad, ya que ninguno de los dos acostumbraba a comer en restaurantes. Después de una espera de tres horas, los dos amigos entraron al lugar, adornado con biombos y acuarelas chillonas; unas lámparas de papel colgaban del cielorraso, lo que contribuía a aumentar la impresión de una burda escenografía. Elías, solo en una esquina, devoraba arroz frito y mariposas de harina cubiertas con una salsa oscura. Marcos lo observó con curiosidad: él lo había visto actuar en una obra de Valle Inclán y también en la *Medea en el espejo* de Triana, y se había sorprendido de que un actor tan joven se moviera con tanta naturalidad en la escena. Ahora, bajo la luz aceitosa, era solo un muchacho glotón que se ocupaba de limpiar con avidez el plato. Pero finalmente levantó la cabeza, y al tropezar con la mirada de Marcos le guiñó un ojo a este, como si lo conociera de toda la vida. Tenía una cara risueña, una sonrisa grata, y sus ademanes carecían de afectación. A Marcos le dolió la desenvoltura con que Elías parecía conducirse en cualquier circunstancia. El, en cambio, se sentía torpe frente a desconocidos —y ahora, en este potrero, se hallaba rodeado de gente extraña: los pasajeros Irritados interrumpieron su ensimismamiento al quejarse en voz alta con malas palabras y maldiciones.

La tarde se apagaba rápidamente. El monte al final de la llanura se oscurecía: apenas unas hebras rojizas de sol alumbraban el tupido follaje. Marcos recordó otros versos del mismo poema de Martí: «/ *cuando el sol se ponía, detrás de un monte dorado...*» Unas caras petrificadas por el aburrimiento se asomaban por las ventanillas del tren. Marcos se recostó de nuevo a la mochila y al rato le pareció que caía por una cuesta tibia. Luego unos dedos apretaron su brazo: la figura del guardia, recortada contra el paisaje envuelto en sombras, se inclinaba sobre Marcos como si estuviera a punto de abrazarlo.

—¿Qué pasa, te quedaste dormido? Ya el tren se va. Seguro que estabas soñando con la chamaca de la carta.

Luego llegaron con dificultad al cuarto nauseabundo donde viajaban, encontrando allí, además de los dos reclutas y el viejo de la puerta, una mujer cuarentona que ahora ocupaba el asiento de Marcos.

—Prefiero la peste a estar de pie en el pasillo —explicó la mujer—. Ya las piernas no me aguantan más. Ustedes todavía son jóvenes, mijitos, y yo voy hasta Matanzas. Denle un chance a esta pobre vieja.

Marcos se sentó en una esquina, al lado de su nuevo amigo. Un peculiar aroma femenino se había añadido a la mezcla de ingratos olores: húmedo y pegajoso, parecía brotar de un sitio subterráneo y recordaba el jugo de una planta. El olor del uniforme del recluta a su lado era distinto: rezumaba acidez, pero también un vaho animal que Marcos había sentido en los establos. Por suerte alguien había zafado una de las tablas clavadas en la ventanilla, y una débil corriente de aire refrescaba el ambiente.

Por el hueco el cielo verdoso del anochecer semejaba un óleo de Turner, un nocturno de Whistler. Al pasar por Guayos el tren aminoró la marcha, atravesando con lentitud las calles donde los faroles comenzaban a encenderse e Iluminaban pálidamente las casas de guano y madera, las cercas hechas de pedazos de leña, los patios en los que la ropa tendida en los alambres flotaba a merced del viento.

Marcos pensó que esa misma escena era la que veían los viajeros que pasaban por su barrio en el tren «rápido» de cada noche; su casa luciría igual que esas desde las ventanillas de los vagones, que estremecían con su paso estridente los techos y paredes de pobreza ramplona. Los vestidos zurcidos que colgaban de la tendedera denunciarían la presencia de sus habitantes. Es decir, de su único habitante: una mujer sola, sin padres y sin hijo. Porque el hijo se fue y los padres murieron; y para colmo, uno de ellos apeló al suicidio. Pero no pensaría en eso. Carmen estaba más allá del movimiento de la vida y la muerte, en un lugar donde los demonios no podían tocarla. ¿Acaso no lo había conocido todo? Después de los hospitales vinieron los centros espiritistas, donde los hermanos de *media unidad* formaban un cordón alrededor de ella, mientras entonaban quedamente *ayerayei-ayerayá*, luego llegaba el hombre de la boca torcida, el fanático de Alian Kardec, que alzando las manos frente a Carmen gritaba obscenidades. Con cada frase salía también un chorro de saliva. En ese momento Marcos salía al pasillo del ruinoso local, pero su abuela lo obligaba a regresar dándole un manotazo. Por último vinieron de nuevo los hospitales. Pero Carmen nunca se quejó, nunca pronunció una sola palabra —solo aquella que sin abrir la boca expresaba a cada instante: *No.* Y ahora asumiría su nueva soledad con la misma calma con que tendía la ropa en el cordel.

Era Marcos quien no quería asumir nada: ni un simple viaje en tren, ni la rodilla del soldado que ahora se clavaba en la suya, ni el libro con las fotos (bocas y muslos, muslos y bocas), ni el grupo de hombres y mujeres que junto a la cerca del hospital simulaban Indiferencia, ni las figuras que correteaban en los cines, ni siquiera el tránsito inevitable del día hacia la noche.

En la estación de Guayos el tumulto que esperaba viajar trató en vano de subir al tren. Un hombre quiso entrar por el hueco de la ventanilla clausurada, y la mujer sentada en la taza del retrete le dijo riéndose:

—¡Tiene que ponerse a dieta, mi viejo, usted está muy gordo! ¡No se puede meter La Habana en Guanabacoa!

Luego sonó el silbato, los coches se estremecieron, y la locomotora partió con un estruendo. Los vagones volvieron a cruzar a través de las callejuelas retorcidas, alumbradas a medias, donde aisladas figuras de borroso rostro desaparecían entre los portales. Cuando el tren dejó atrás el poblado, la oscuridad se apoderó de los viajeros, que procuraban en vano acomodarse. Los perfiles se cuajaron en una nata de sombra; los cuerpos perdieron su volumen y se integraron a la negrura circundante. Marcos no había aprendido tampoco a lidiar con la oscuridad: desde niño esta había sido su enemigo. De noche los objetos tenían otro relieve, las siluetas dejaban entrever una intención malsana. Sin embargo, esta noche él no se encontraba solo bajo su mosquitero, acosado por las pesadillas: a su lado el recluta respiraba como si tuviera asma, y a su alrededor los pasajeros dejaban sentir su presencia, cada uno a su manera: por ejemplo, la mujer sentada en la taza hacía un raro sonido con la boca, como si degustara un caramelo. Era un lugar lleno de gente viva, aunque nadie pudiera mirarse la cara.

Luego vinieron las luces de otros pueblos. El tren avanzaba con su insufrible vaivén. Salieron del municipio de Santa Clara en medio de una lluvia que más tarde cesó con la misma brusquedad con que había comenzado, como un manantial cuyo agujero alguien abrió y más tarde cerró con una piedra. La vaga claridad que a duras penas entraba en el recinto no bastaba para que se distinguieran las partes del cuerpo.

Y de eso se trataba ahora: de las partes del cuerpo.

El joven recluta pasó con cuidado su brazo por debajo del brazo de Marcos. Este pensó que su compañero quizás se había dormido, y que en medio de la bruma del sueño se entregaba a gestos instintivos, pero luego la presión de su mano resultó inequívoca: el guardia lo tocaba a propio Intento. Los dedos resbalaron sobre su pierna. Y en esta circunstancia, pensó Marcos, él no podía cambiarse de asiento como solía hacer en las lunetas de los cines. Además, se dijo, quizás en el fondo prefería no huir.

Luego con los ojos cerrados reconstruyó poco a poco el rostro del soldado, su sonrisa y su cuerpo, y comenzó a devolver apretón con apretón, roce con roce, sofocado por una agitación que ni Teresa ni Eloy le habían despertado. De repente el guardia acercó su boca al cuello de Marcos, y este se contrajo al sentir en su piel el cosquilleo de los dientes y la saliva.

A pesar de su excitación, el joven permanecía rígido ante las caricias, atreviéndose solo a usar sus manos, ya que lo aterraba pensar que los otros viajeros se dieran cuenta de lo que ocurría. Pero luego de un breve examen a su alrededor se percató, pese a la oscuridad, que cada uno se entregaba a lo suyo; era, pensó, como si un agua de lujuria se hubiera regado en el estrecho baño.

Aunque no veía con exactitud los movimientos ni las posiciones, calculó que los otros dos guardias se estaban repartiendo los favores de la mujer. Al rato esta comenzó a emitir unos cortos gemidos de placer, mientras el inconfundible ruido de las succiones aumentaba y disminuía entre pausas; suspiros y chasquidos resonaban al mismo tiempo que frotes de telas y choques de cuerpos. En ese instante el viejo de la puerta prendió un fósforo, y por unos segundos Marcos vio a la luz de la llama unos senos enormes, y un miembro enhiesto que se erguía a la altura de la boca femenina. El otro guardia estaba arrodillado, con la cara metida entre los pliegues de la falda, que levantada a la altura de los muslos de la mujer cubría como una caperuza la cabeza del soldado. La punta encendida del cigarro del viejo siguió ardiendo en la sombra, pero después del susto momentáneo provocado por la súbita llama del fósforo, los dos muchachos sentados en el piso reanudaron su silencioso intercambio.

Las manos de cada uno se adentraban en los bolsillos del otro, escarbaban las telas abultadas, raspaban las costuras. El trío de enfrente también se dejó llevar por el entusiasmo, y comenzó al unísono a repetir en voz baja frases sin sentido, a proferir exclamaciones ahogadas, a murmurar palabras obscenas, mientras las respiraciones se volvían pesadas como un estertor. A los pocos minutos una corriente tibia se expandió por el pantalón de Marcos, y casi al mismo tiempo la viscosidad empapó los muslos del otro, mientras ambos forcejeaban entre convulsiones, susurros temblorosos y abrazos. Luego sus cuerpos se distendieron, en una sosegada lasitud. La mujer y los otros dos reclutas continuaron el ritual, ajenos a cualquier cosa fuera de ellos mismos. Luego el joven apretó con suavidad la mano de Marcos, y la retiró lentamente. Marcos recordó que en esas ocasiones Eloy se levantaba de la mesa con brusquedad y corría a limpiarse en la cortina. Y Teresa lo apartaba de sí con fuerza después que él terminaba de jugar con sus dedos en la húmeda hendidura. Por último los ruidos del trío también cesaron, luego de hondos suspiros, y solo quedó el monótono traqueteo del tren que ganaba velocidad sobre los rieles.

Gradualmente apareció en el hueco de la ventanilla una luz mortecina, una vaga transparencia. Al observarla Marcos pensó en la letra del himno: *Cuán gloriosa será la mañana.* Pero no, se dijo, esta tampoco era *esa mañana.* La claridad ahuyentó la intimidad del compartimento; las ropas volvieron a teñirse de color. Los dos guardias dormían con la boca abierta, apoyados en la pared metálica que se estremecía con la vibración del coche; la fealdad de ambos resultaba alarmante. El recluta a su lado también dormía, con la cabeza recostada al hombro de Marcos, que sentía sobre sí aquel peso leve con una mezcla de asombro y de tristeza. La barbilla de la mujer caía sobre su amplio pecho, y el cabello zafado colgaba sobre su cara como una cortina. Pero el anciano junto a la puerta permanecía despierto, y ahora fijaba sus ojos escrutadores en el joven pasajero que compartía su vigilia. Marcos estaba seguro de que el hombre se había dado cuenta de lo que él y el soldado habían hecho protegidos por la sombra, pero resistió la mirada sin turbarse; después de todo, se dijo, la noche es la noche, y el día es el día. Eso era. A la noche lo que es de la noche, y al día lo que es del día. Eso era. De inmediato pensó que debía escribir esa frase, pero no se atrevía a moverse para no despertar al joven que dormía apoyado en su hombro.

Marcos también había dormido, pero no era capaz de precisar en qué momento de la noche se había dejado arrastrar por el sueño. Solo recordaba que había disfrutado de un sueño sin sueños, de un vacío acogedor: una breve interrupción en el perpetuo desfile de sensaciones e imágenes, pero suficiente para que él sacara nuevas fuerzas para enfrentar ese nuevo día. Y ahora, al despertar entre los otros viajeros, y sentir el fresco de la madrugada que se colaba en el recinto, el primer rostro que le vino a la mente fue el de Elías. *Cuando desperté esta mañana tú estabas en mi pensamiento.* Recordó el guiño y la sonrisa de Elías en el restaurante, sus alardes y su fatuidad en el escenario del pequeño teatro, sus movimientos felinos en el parque después de haber roto la botella, pero sobre todo su mirada desde el estrado de los acusados en la sala del juicio. Marcos pensó que hasta ese día las dos personas a las que recordaba cada mañana al despertar eran Teresa y Eloy. Pero quizás, se dijo luego, el significado de las letras de las canciones cambiaba a lo largo de la vida —o mejor dicho, pensó después, tiritando contra el cuerpo del guardia, porque la frialdad aumentaba con la velocidad del tren, lo que cambiaba era la experiencia: al igual que al escuchar la línea de la canción de los Beatles, *Cierra los ojos y te besaré,* variaban en la memoria los ojos y las bocas, así la línea de la canción de los We Five le llegaba hoy con un *tú* inesperado: el *tú* de Elías, el *tú* de un muchacho con unos ojos que parecían decir: *quizás.* Su mirada había durado poco, la ceiba frente a la ventana interrumpía en parte la visión, el sol en la azotea calentaba la cabeza, pero el mensaje no daba lugar a dudas: en Elías tenía un cómplice, un amigo.

Ahora a su alrededor los pasajeros, que comenzaban también a despertarse, se estiraban entre bostezos, murmullos y gestos inconexos. Luego la mujer los obligó a todos a voltearse de espaldas, como si se tratara de un castigo, para ella orinar con libertad en la misma taza donde estaba sentada. Era el pudor propio de la claridad, se dijo Marcos. *Al día lo que es del día…* El joven a su lado miró a Marcos con una malicia infantil, y se tapó graciosamente la nariz con dos dedos mientras viraba los ojos en blanco. El apremiante chorro resonó en el retrete como un aguacero; Marcos y los tres reclutas no pudieron aguantar las carcajadas. Incluso el viejo de la puerta soltó una tos que parecía encubrir una risita.

De pronto un aire cargado de sal penetró por el hueco, y detrás de unos altos paredones se vio el mar, bordeado por una franja de rocas. La luz del sol que recién se levantaba fabricaba destellos sobre la superficie, donde unos botes oscilaban con un vaivén parecido al del vagón. Llegaban a Matanzas. Marcos miraba por primera vez aquel bloque de un sólido azul que se extendía indefinidamente bajo el claro cielo, y pensó que ahora comprendía por qué Camagüey recordaba a veces un sitio cercado; le faltaba aquella presencia liberadora. En la próxima estación la mujer se bajó con gran aspaviento, lanzando besos con la punta de los dedos a los que le habían hecho más llevadero el recorrido, y uno de los reclutas le pellizcó con afecto una nalga.

A partir de ese instante el viaje se deslizó en una somnolencia: los cuatro pasajeros que quedaron dentro del compartimiento sentían aún la fatiga de los ejercicios nocturnos. Marcos procuraba que su cuerpo no tropezara con el del compañero a su lado, y encogiendo las piernas trataba de concentrarse en la lectura del libro sobre arte. El lento transcurrir del día trajo consigo una euforia desconocida para el joven, que se consideraba, exageradamente, un emigrante camino del exilio. En el pasillo unos viajeros se habían puesto a cantar con el acompañamiento de una guitarra desafinada. Cantaban con voz enronquecida por el licor: *Tan solo persiguiendo tu cariño, yo vivo desafiando el porvenir.* Pero yo no persigo ya ningún cariño, se decía Marcos al escucharlos: lo que ahora contaba para él era la sensación de encarar un mundo desconocido con sus propios recursos, y la seguridad interior de poder llevar a cabo cualquier tarea, escabrosa o difícil; no importaba.

Los guardias se bajaron en la estación del pueblo de Aguacate. Hasta ese instante Marcos no supo que los tres pertenecían a la misma unidad militar. Su nuevo amigo le extendió la mano al levantarse, mientras se acomodaba la mochila en el hombro. Le dijo simplemente:

—Yo me llamo Eusebio González. Si algún día vas a Palma Soriano, pregúntale por mí a cualquiera. Todo el mundo conoce a mi padre, que se llama igual que yo.

Con qué orgullo había dicho esas palabras, pensó Marcos. Eusebio no se avergonzaba de las cosas de la noche, el nombre de su padre solo tenía que ver con las del día. ¿Qué podía contestarle Marcos? El ni siquiera conocía a su padre.

—El nombre mío es Marcos Manuel Velazco. A lo mejor el año que viene nos vemos en este mismo tren.

—Ojalá —dijo Eusebio—. Cuando le vuelvas a escribir a tu novia, dale saludos de mi parte.

El tren prosiguió su marcha, cruzando por marabuzales y potreros, desencajando puentes, deteniéndose a veces en pequeños poblados que se agazapaban a cada lado de los rieles, sitios de miniatura donde era inconcebible que existiera vida. Las nubes corrían en la misma dirección del tren, formaban bosquejos caprichosos, extendían manchas de sombra sobre la planicie, se fundían y se separaban. A veces unos niños frente a la puerta de un bohío decían adiós con la mano, con el ingenuo gozo que solo parece prosperar en la Infancia. El anciano, que al fin se había acomodado en el interior del baño, dormía ahora en medio de benignos ronquidos. En el pasillo, ya más despejado, algunos pasajeros iban y venían dando tumbos, sujetándose a las paredes, chocando sin querer contra los otros cuerpos, maldiciendo las sacudidas del coche. Así es como viaja la gente, pensó Marcos ahora, apoyado en las tablas de la ventanilla. Se conocen, se miran y se tocan, y luego todo es como si se hubiera soñado. Pero este pensamiento no le provocó amargura: era parte de una realidad tangible que cobraba forma ante sus ojos. *La flor y la calle son una misma cosa.* Después de todo, se dijo, quizás los poetas tengan la razón.

Ahora, al mirar la luz rojiza del atardecer, recordó de nuevo los versos de Martí: *Y cuando el sol se ponía, detrás de un monte dorado...* Pero al final de este día el monte se había convertido en un laberinto de puentes y chimeneas. La tarde resbalaba por techos de ceniza. El tren pasaba veloz por elevados, se metía en túneles pintados de carbón, salía a avenidas trazadas con plumillas, se estremecía sobre parques en forma de acuarelas, sobre cercas de lápices, paredes de papel, jardines dibujados a creyón, transeúntes grabados en madera o metal, dejando atrás un lienzo empegotado que goteaba pintura bajo el brillo multicolor de la tarde. Marcos vio un semillero de curvas y de líneas, de hierros y maderas amontonados en burdas esculturas. Una mano había escrito en un cartón: *La Habana.*

VI

Un, dos, tres, cua… Del cielorraso caía una telaraña, con bordes blancos como un mantel de encajes, viscosa como un tejido untado con aceite. *Un, dos, tres, cua…* La aguja que horadaba el brazo picaba en la vena como un espolón. *Un, dos, tres, cua…* La enfermera se había puesto un sombrero ensangrentado. *Un, dos, tres, cua… Un, dos, tres…*

—¿Qué carajo se piensa esa gente? —gritó el muchacho en la cama junto a la de Marcos—. ¡Son las cinco de la mañana! Hay que ver que estos HP no creen ni en su madre, hacer marchar a esos infelices con este frío.

Marcos, amodorrado por el sopor de la fiebre, abrió los ojos y observó el cordón transparente donde se deslizaban las gotas del suero intravenoso. Luego dijo con una voz pastosa:

—Seguro que los tienen de castigo.

—¡Lo que son es unos HP! Y después quieren que uno tenga buenas notas en los exámenes.

—¡Silencio allá atrás! —dijo la enfermera, con voz autoritaria y masculina—. Faustino, ¿tú estás enfermo, o qué? Hoy mismo voy a hablar con el médico para que te dé de alta.

—Eso es lo que yo quiero, señorita. Esta clínica ya me tiene hasta lo último, llevo más de un mes en esta cama.

—Si no puedes dormir, por lo menos deja dormir a los demás —dijo la enfermera.

—¿Cómo voy a poder dormir con esas bestias allá afuera con el un, dos, tres, cua? Esta no es hora de estar marchando.

—Algo habrán hecho para que los tengan así.

—Nada, todo es por gusto, me apuesto cualquier cosa. Porque no limpiaron bien el albergue, o porque el jefe de la Compañía tuvo un disgusto con la novia y ahora se desquita con los infelices.

Ahora mismo yo quisiera estar allá afuera, me iban a tener que oír. Yo no le tengo miedo a ninguno de esos HP.

—Óiganlo, al guapetón.

—Guapetón no, es que eso es un abuso.

—Bueno, ya dije que silencio. Si sigues escandalizando te voy a poner una inyección.

—¿Tú oíste eso, Marcos? Me va a poner una inyección para que me calle, como si yo fuera un niño chiquito. Ya yo cumplí los dieciocho, señorita.

—Señorita no, compañera. En vez de dieciocho parece que tienes cinco. Deja a Marcos que duerma, ese sí está enfermo de verdad.

—Está bien, compañera. No me vaya a poner la inyección, compañera. Ay, Marquitos, y el miedo que yo le tengo a las agujas. Ay, mi madre, mira cómo me pongo. Compañera, tóqueme el corazón, me ha dado taquicardia.

—¡Faustino, por favor! En serio, si sigues así te voy a reportar con el médico de guardia.

Al poco rato las voces de mando se disolvieron en el tenue murmullo de diálogos, el repicar de botas cedió el sitio a pasos que se desvanecían de prisa en el asfalto, y por último cesaron los ruidos de afuera; en la sala solo quedó el resuello de los que dormían, y el quejido incoherente de alguna víctima de pesadillas. Luego la enfermera apagó la lámpara junto a la puerta: el sol se levantaba detrás del cristal. La bruma acuosa se disipó como una cortina al correrse, y en el ventanal de vidrio, frente a la cama de Marcos, las casas y los árboles aparecieron enormes y macizos: se agrupaban en filas desiguales a lo largo de una cuesta hasta el mismo borde del mar. La clínica, sobre una colina, antigua mansión de veraneo de un senador norteamericano, dominaba todo el lujoso barrio de Tarará, años atrás privilegiado refugio de los ricos, hoy hogar temporal de estudiantes procedentes de toda la isla.

Después de cuatro meses de relativa salud en la escenografía de su nueva vida, Marcos sudaba ahora una fiebre gelatinosa. Aunque ya había cumplido su primera semana de ingreso, los análisis no arrojaban una enfermedad concreta: entre los médicos se hablaba de un virus rebelde. Sin embargo, al fin la fiebre y los vómitos comenzaban a disminuir con la misma lentitud del botellón de suero. Ya era hora, se decía Marcos: tenía los brazos y las nalgas acribillados por las agujas.

Esa tarde le permitieron salir por primera vez a la terraza. Se negó a jugar al dominó con Faustino y otros dos pacientes, que se vieron forzados a acudir a la enfermera para completar la mano, ya que al resto de los enfermos no se le permitía levantarse. Luego se sentó en un extremo de la terraza, debilitado por los días en cama y los estragos de la fiebre, pero contento de respirar el aire salado. Leía a retazos una novela de Dashiell Hammett. A cada rato levantaba la cabeza del libro, atraído por el escenario que lo rodeaba: la vegetación se filtraba a través de tejados y azoteas, abriendo franjas de un intenso verdor entre casas de audaz arquitectura y chalets con adornos rebuscados. Marcos, cuyo único contacto con la opulencia había sido la casa de Teresa —a pesar de sus dimensiones, la de José Luis se encontraba cubierta por una pátina menoscabada— se sorprendía de lo que puede lograr el dinero. Para el joven estudiante, Tarará era la primera prueba palpable de lo que en las aulas se enseñaba como *plusvalía,* y que había desencadenado la tan cacareada *lucha de clases.* La diferencia que provoca el poder económico se revelaba de forma irrebatible en aquel derroche de cristales y piedras.

Pero Tarará ya no era el oasis de millonarios que paseaban su fortuna y su hastío bajo el sol deslumbrante, sino que los pobres, con un sentido peculiar de justicia, los habían casi literalmente despojado a patadas de los frutos de su buena estrella, y ahora eran ellos, los desposeídos, los que intentaban disfrutar a sus anchas del lujo ajeno. Se trataba tal vez (aunque solo tal vez) de un triunfo merecido, pensaba ahora Marcos, al recordar que de su enclenque casucha a esta enorme terraza había un abismo salvable únicamente mediante una acción impetuosa y heroica.

Las vagas imágenes de la Igualdad social se materializaban por primera vez ante sus ojos, desconcertantes como un acto de magia, cuyas causas y consecuencias aparecen borrosas ante el espectador estupefacto. Pero también era cierto, pensó después, que en Camagüey los techos seguían desplomándose sobre los pobres de siempre (¿cómo le decían a aquellos pedazos de barro? —*tejas francesas),* y la misma bazofia se seguía sirviendo en los platos. Sin embargo, ellos supuestamente estudiaban para mejorar la calidad de los techos y de la bazofia. Marcos se enfrentaba a las encrucijadas éticas de la época por la que atravesaba su patria. Lo que hasta entonces conocía por el abstracto nombre de ideología, ahora se perfilaba con nitidez en sus razonamientos. A las dudas sobre la existencia de Dios, la naturaleza del pecado, la validez de la creación artística, la ambigüedad del sexo, el enigma de la locura, la finalidad de la vida, se sumaba ahora una nueva inquietud: ¿Era la revolución cubana, a pesar de sus errores, una causa justa? ¿Quién podía decidirlo? El, a pesar de su juventud, reconocía en sí mismo los síntomas del individualismo, que entre cosas era la repugnancia a mezclarse en vorágines políticas que la Historia siempre había terminado por denunciar como falacias; pero esto no lo eximía de cuestionarse si quizás los cambios ocurridos en su país no conducían a la larga a una vida más plena. Su familia siempre había sido pobre, su madre había comido casabe mojado con sebo de vaca cuando niña; él mismo había conocido, desde que tenía uso de razón, el rostro deforme de la miseria. Rostro que el actual régimen cubano se empeñaba en cambiar, al menos en teoría. Era innegable que la nariz y las mejillas habían sufrido transformaciones, se decía ahora Marcos, apoyando los pies en la terraza. La educación popular a nivel de millares, los progresos de la salud pública, aquellas mismas residencias convertidas en albergues de estudiantes, eran obras meritorias de cirugía. Pero otros defectos faciales no habían sido siquiera retocados. O lo que era peor, después de las correcciones y las amputaciones surgían nuevas deformidades, y Marcos se preguntaba si alguna vez aquella cara llegaría a ofrecer, si bien no una belleza acabada, al menos unos rasgos aceptables. Pero en ese instante, terminaba diciéndose, a él le bastaba con respirar la brisa liviana de la costa, y escuchar la risa de los jugadores de dominó. El verde y el azul se licuaban en la pradera urbana por la que ahora cruzaban las filas de estudiantes. Los jóvenes regresaban de las clases marcando el compás de la voz militar de mando: *un, dos, tres, cua...* La voz chillona Interrumpía la calma del antiguo paraíso. El gris y el rosado de los uniformes veteaban los trazos rectos de las avenidas, y las botas resonaban en el pavimento como aldabonazos en una puerta.

Pero yo no he cambiado lo suficiente, pensaba más tarde, mientras trataba de adivinar quién era el asesino del hombre que había aparecido de bruces sobre la acera (sin sombrero y sin bastón). O sea, Camagüey había quedado atrás: atrás habían quedado las visitas al hospital, los cigarros — las colillas— de su tío, la humedad de Teresa, la sequedad de Eloy, las calles de adoquines, el tren «rápido» de las ocho y media, el tablón de júcaro, la hierba detrás de la letrina, las espinas de los marabuzales. Sin embargo, él todavía no creía haber cruzado la línea divisoria. Pero quizás no había tal línea; en fin, la había y no la había; era difícil de explicar. El mundo estaba dividido, la gente estaba separada... Pero para qué volver sobre lo mismo. Subía los pies en el borde de la terraza y continuaba la lectura de *La llave de cristal*.

Había salido de permiso dos veces y había deambulado solo por La Habana, con las manos en los bolsillos y la mirada recelosa de un prófugo; en una ocasión le había dado cuatro vueltas al parque frente al Capitolio, hasta que unos maricas lo habían chiflado desde un banco (sonaba como un piropo) y en ese Instante había decidido regresar a la escuela, a pesar de que aún faltaban cuatro horas para que terminara la autorización de salida. Aunque no se atrevía a confesárselo, lo cierto era que La Habana lo había decepcionado. Las ciudades son solo gente, se decía, y en esta él sufría una desventaja: no conocía a ninguna. Los rostros desconocidos solo le recordaban otros rostros, penosamente enmarcados en un paisaje ajeno. Y tampoco lograba olvidar su pueblo natal; es decir, no lograba olvidar la ilusión, la ingenuidad con que había dado tantas cosas y esperado otras a cambio; ni tampoco el pasaje intrincado de su niñez y su adolescencia, que había llegado a su final. Y ahora se preguntaba si su huida no era un mero correr en círculos, si toda fuga no apareja también un deseo de volver al punto de partida.

¿Qué se había hecho de su esperanza de conocer a otras personas, de dejarse crecer el cabello hasta que tocara sus hombros? No había tropezado con alguien que realmente le interesara, y su cabeza rapada era un motivo constante de insatisfacción. Pero la causa principal de su angustia era que ya no podía participar del destino de los otros, de *ellos*. Una carta de José Luis a principios de marzo resumía en forma telegráfica los acontecimientos: Eloy había sido condenado a un año de reclusión domiciliaria, bajo la tutela de sus padres; Teresa era novia oficial de Tony Suárez, y este le había regalado un anillo de oro puro; Eulogio cumplía cinco años de prisión en la cárcel de Camagüey; Elías había quedado absuelto por falta de pruebas, pero nadie lo había visto desde entonces, y se rumoraba que había terminado en una granja de trabajos forzados de las recién inauguradas UMAP; en cuanto al propio José Luis, este esperaba en cualquier momento el aviso para irse a estudiar música en la escuela de arte de Cubanacán: prometía ponerse en contacto con Marcos tan pronto llegara a La Habana. Pero ya habían transcurrido más de dos meses, y José Luis no aparecía. Las últimas cartas de Marcos no habían sido contestadas.

También Carmen Velazco escribía cartas: también ella había cedido a la seducción de la letra escrita. Ya lo había dicho el difunto Don Justo: «Eso está en la sangre». Marcos recibía páginas y páginas atiborradas de palabras: él las leía con prisa y luego las quemaba en el patio del albergue, pisoteando con el tacón de la bota las cenizas y los pedazos de papel chamuscado. Pero las disquisiciones incoherentes persistían en flotar en el aire calado de humo, entre algunos esbozos de lucidez: «A Arminda le volvió a subir el azúcar», «Vicente y la mujer van a tener otro muchacho», «Martín me viene a ver todas las tardes, a veces me trae yucas y huevos», «Vicente me chapeó el patio», «Arminda está arreglando los papeles para irse de Cuba. La cuñada que vive en Miami la va a reclamar, a ella y a Norberto», «Ramón y la mujer se van a divorciar», «Coralia se trató de matar la semana pasada y ahora está ingresada en el hospital. Dicen que quiso hacer lo mismo que papá». (Pero Carmen no aclaraba cuál de las cosas que hizo papá había tratado de hacer Coralia, ya que el abuelo de Marcos probó dos maneras distintas de matarse —aunque solo con una logró lo que se proponía). De noche en el albergue se escuchaba el ruido del oleaje en la playa, y desde su litera Marcos permanecía despierto, atento al estampido del agua en las rocas, mientras repasaba mentalmente las vagas noticias.

Pero aquí en la clínica se encontraba a salvo de las cartas; incluso las visitas le habían sido prohibidas. A veces sus compañeros intentaban verlo, y las enfermeras se limitaban a decirle más tarde:

—Aquí estuvieron otra vez los pesados de tu albergue, pero el doctor Prieto ha dicho que tú lo que necesitas es tranquilidad. Ni visitas, ni cartas, ni nada.

Marcos ignoraba que uno de los médicos que se ocupaba de su caso sospechaba que la enfermedad tenía un origen nervioso, y había expuesto esa teoría frente a las burlas de sus colegas, que culpaban a un virus. Pero virus, nervios, o lo que fuera, el paciente comenzó a mejorar en la segunda semana: los sueros fueron suspendidos, y solo quedó la retahíla de pastillas, alineadas en la mesa junto a la odiosa cama. Al cabo de veinte días, el médico le anunció que dentro de muy poco le darían de alta, si no se reanudaba la fiebre. Y esa misma tarde la enfermera fue a su cama a decirle:

—Hay un paisano tuyo que vino a visitarte, un muchachito de lo más simpático. Te está esperando en la terraza.

Marcos atravesó el pasillo con las manos frías y las rodillas flojas: se le ocurrió que Eloy se había fugado de su casa y había viajado hasta La Habana con la Intención de verlo. Pero en el balance de hierro se mecía José Luis, fumando con aspaviento y estirándose el pelo con un peine gigante. Los dos jóvenes se abrazaron como si no se hubieran visto en años, se dieron en los hombros palmadas cargadas con la fuerza de una brusca amistad, en medio de palabrotas, chistes y carcajadas; sin embargo, después de diez minutos de conversación, la tensión siempre latente entre ambos se infiltró agazapada bajo frases y gestos: José Luis se pavoneaba en su nuevo papel de *estudiante de la Escuela de Arte,* y miraba a Marcos con un aire de superioridad que a este le resultaba grosero. También era evidente que a José Luis le costaba trabajo hablar de Camagüey, y sobre todo de las amistades comunes. De los acusados en el juicio se limitó a decir:

—Ellos se lo buscaron.

Y de Teresa dijo:

—Yo sabía que esa acababa enredada con Tony. Olvídate de ella, mi amigo. Yo quisiera que tú oyeras las barbaridades que habla de ti; un día la tuve que parar en seco. Si te la hubieras templado, ahora te respetara, porque las mujeres son así. Pero tú siempre con la mariconería de los versitos, de las canciones de los Beatles, y de lo otro nada.

—De lo otro sí hubo, y bastante —se defendió Marcos.

—Bueno, pues parece que ella quería más, y tú de comemierda no le hiciste el trabajo completo. Con las mujeres no se puede andar creyendo en nada. Cuando dicen que no, quieren decir que sí. Lo demás es pura paja mental.

—José Luis, ya me tienes nervioso con ese peine. ¿De dónde cono lo sacaste? Y esto es el colmo, que te las vengas a dar conmigo de Vargas Vila o de Casanova. En tu puñetera vida no has tenido una novia, y ahora me vienes a decir que no sé cómo tratar a las mujeres. ¿También te están dando clases de eso en la escuela de arte?

—Está bien, allá tú, viejo. Si quieres seguir con eso en la cabeza, allá tú. Yo te lo digo para que sepas lo que hay, para que no te sigas haciendo ilusiones.

—Ya yo no estoy enamorado de ella.

—Sí, ya lo veo. Clarito que lo veo. Si hasta se te han aguado los ojos. ¿Y qué es eso del virus que me dijo la enfermera? Yo enseguida le pregunté si no era contagioso. Imagínate que ahora me enferme y tenga que perder clases.

—No te preocupes, a ti no se te pega ni la tosferina.

Así continuaron por más de media hora. Pero Marcos perdió los estribos cuando José Luis le dijo con una sonrisa:

—Ricardito desaprobó el examen de ingreso en Cubanacán. Tuvo que regresar a Camagüey con el rabo entre las piernas, él, que se las daba de genio.

Marcos se pasó la mano por la cara como si el aliento del otro lo ensuciara.

—¿Y tú parece que te alegras de eso, no? —gritó Marcos, poniéndose de pie—. Eloy tenía razón cuando decía que en el fondo tú eras un envidioso y un hijo de puta. Ricardito es mil veces más músico que tú. Estoy seguro que lo desaprobaron porque los viejos de él se fueron para el Norte. Aquí el talento no importa, lo que importa es la cochina política. Ricardito tiene talento de sobra, eso me consta.

—Eso lo va a decir el tiempo, mi amigo. Aquí el tiempo es el que habla. Déjame decirte, a la gente le están gustando mis canciones. No aquella basura que componía con tus letras mierderas, sino canciones con un contenido, canciones de verdad, con un mensaje. Me van a incluir en un recital con gente de la Nueva Trova, y el día menos pensado me graban un disco.

—No me digas que ahora estás escribiendo canciones políticas —dijo Marcos. De repente se sentía saludable, con un vigor que no había experimentado en meses.

—¿Y qué tiene de malo eso? ¿Acaso Bob Dylan no compone canciones políticas? Tú eres un fanático de Bob Dylan.

—Es distinto. Bob Dylan siente lo que canta.

—¿Y tú sabes lo que yo siento? Quiero que sepas que me estoy dando cuenta de que la revolución tiene muchas cosas buenas. Acuérdate que tú y yo estamos estudiando gracias a ella.

Marcos guardó silencio, recordando su nuevo conflicto sobre la singular situación de su patria. Pero luego dijo:

—José Luis, yo te conozco bien. Si te las vas a dar ahora de revolucionario, no es porque te hayas dado cuenta de nada, sino porque te conviene. Eso era lo único que te faltaba, volverte un asqueroso oportunista. Por lo menos ten un poco de dignidad.

José Luis se peinaba, impasible. Se había dejado crecer las uñas de las manos y luego las había recortado cuidadosamente.

—Ay, viejo, tú otra vez con tus filosofías. Yo pensaba que la beca te iba a cambiar, pero estás peor. Mi madre, qué tipo tan aburrido. Por eso fue que Teresa te dejó por Tony, porque eres un tipo charlatán, aburrido.

—Prefiero ser aburrido antes que inmoral.

José Luis se puso también de pie, con el rostro distorsionado por una ácida mueca.

—¿Inmoral? ¿Inmoral? ¿A mí me vienes a decir inmoral? ¿Tú crees que yo soy ciego, tú crees que yo no estoy convencido de que tú y Eloy...? Marcos Manuel, por favor, no me hagas hablar.

—Arriba, vamos, habla. ¿Qué cojones me vas a decir? Aunque lo que tú pienses sea verdad, eso no me quita el derecho a tener principios. A esa moral me refiero yo, a la moral de ser consecuente con las ideas de uno, con los principios de uno...

—Oigan al filósofo. Ideas, principios.

En ese momento la enfermera salió a la terraza, con su uniforme blanco y antiséptico.

—Lo siento, pero la visita se acabó. ¿Y esa discusión a qué viene? Este compañerito tiene que descansar, todavía no está completamente bien. Nada más hay que verle las ojeras.

—Qué bien se ve que usted no lo conoce como yo —dijo José Luis, con su mejor sonrisa—. El es flaco y ojeroso de nacimiento.

—No le haga caso, María. El flaco y mal encabado es él.

—Está bien, basta de bromas pesadas. Ahora dense la mano como buenos amigos.

En la escalera José Luis le pasó el brazo por los hombros, y le dijo:

—Coño, Marcos, tú sabes que a pesar de todo yo te aprecio. Quiero que vayas por mi albergue cuando te den pase, yo salgo todos los fines de semana. Te voy a enseñar lo que es La Habana, ya tengo tremendo ambiente. A lo mejor hasta te consigo una jevita, para que te acabes de olvidar de Teresa. Pero eso sí, no me hagas quedar mal. Pórtate como lo que tienes que ser.

—Sí, José Luis, yo voy por allá, no te preocupes. Por nada del mundo me voy a perder eso. Ya veo que la escuela de Cubanacán es la Atenas de Cuba. La Atenas en los tiempos del mismísimo Sócrates.

—Lo dirás jugando, pero allí está el futuro del arte en este país.

—¡Pobre país! ¡Pobre futuro!

—Ya tú verás, viejo, ya tú verás mi disco. Te vas a morir de envidia.

A los tres días Marcos salló de la clínica, con la leve palidez que convenía a un convaleciente. Luego volvieron las noches en la estrecha litera, donde tarde en la noche se escuchaba con nitidez el estampido del agua en las rocas. Y las clases donde se mencionaban palabras como *plusvalía, imperialismo, lucha de clases...* Marcos conocía una lucha más fuerte: la que sostenía consigo mismo. En el pavimento de las avenidas las botas resonaban como aldabonazos: *un, dos, tres, cua...* Pero ahora él no tenía que obedecer con paso militar la voz de mando: iba atrás, rezagado, en el *Batallón de los Enfermos*. La fiebre y los vómitos habían servido de algo: el médico lo había eximido de ejercicios físicos por el resto del curso, y de paso le había dado un referido para el siquiatra, que venía de La Habana a consultar una vez al mes. El turno de Marcos estaba fijado para el mes de septiembre, y se hallaban a principios de junio. Después de todo, no era un caso grave, y los nervios siempre podían esperar.

En julio sus compañeros partieron al campo para cumplir la cuota de trabajo obligatorio —dos meses en la siembra de caña. Pero de nuevo el certificado médico benefició a Marcos: los integrantes del Batallón de Enfermos permanecieron en Tarará, a cargo del mantenimiento de los albergues y la escuela. Lavaban ventanas, podaban árboles, desyerbaban jardines, pintaban fachadas: de noche jugaban dominó o miraban la televisión. Pero no se les permitía salir de pase, ya que, según los dirigentes del Partido Comunista, «hubiera sido una Injusticia con los que sudaban la gota gorda en los cañaverales».

El albergue de Marcos Imitaba el aspecto de un yate. Las ventanas simulaban claraboyas enormes; sogas y salvavidas adornaban las paredes; los picaportes se incrustaban en las puertas en forma de timones; una pasarela de metal unía la sala con el comedor, y del techo colgaban lámparas de vidrio labradas como anclas. Sin embargo, la ruina despuntaba por todas partes: el descuido y la violencia de los jóvenes, poco acostumbrados a preservar el lujo, contribuían a deteriorar cada rincón con la indetenible vehemencia de una plaga.

—Qué lástima —comentaba Faustino—. Dentro de un año esta casa tan linda va a estar hecha mierda.

—Es parte de la lucha de clases —decía Marcos, haciendo planchas junto a la pasarela (últimamente le obsesionaba desarrollar su cuerpo—). Toda lucha conduce al desgaste. Estudia a Marx.

Faustino, que no entendía el chiste, lo golpeaba en las costillas.

—Déjate de hacerte el sabio conmigo, tú, mosquito.

Después de terminar las labores del día, algunos «enfermos» burlaban la vigilancia para ir a bañarse a la playa, en cuyas aguas zambullían sus cuerpos con frenética voluptuosidad. Marcos, que no había aprendido a nadar, prefería quedarse en el albergue cobijado en los libros o la televisión. A veces se sentaba frente al papel en blanco durante media hora, como un médium que en vano invoca la presencia del espíritu que por saña o capricho se niega a aparecer. No había escrito un solo verso desde principios de año, y ahora comenzaba a dudar de que su vocación fuera la poesía. Quizás, pensaba, su pasado afán por escribir era solo el reflejo de Camagüey, de sus calles y techos, de su exasperación, de su gente empeñada en hacerse la vida imposible. Aunque tampoco entre los estudiantes podía hablarse de acuerdos ni de paz; al contrario; las rivalidades y la maledicencia campeaban con más soltura aquí que en su ciudad natal. Pero sin duda el cambio de escenario había afectado su capacidad creativa, y ya estaba resignado a aceptar su única vocación plausible: un simple profesor de Inglés. La facilidad para aprender ese idioma era su cualidad sobresaliente —y pronto tuvo una inesperada oportunidad de exhibirla.

Un sábado por la noche, él y otros compañeros se aburrían viendo en la televisión una insípida película búlgara, y al cambiar por inercia la estación se encontraron con el concierto de un grupo musical americano, los Jefferson Airplane. Marcos los reconoció de Inmediato porque en ese Instante cantaban su melodía más famosa: *Somebody to love. Alguien a quien amar.* Debido quizás a un azar de la técnica, las ondas de una emisora de Estados Unidos se habían Introducido en la pantalla. A partir de ese momento los jóvenes descubrieron que tarde en la noche podían sintonizar la estación con claridad hasta la madrugada, cuando las Imágenes desaparecían sin dejar rastro, como correspondía a un efímero sueño. En el albergue se discutía durante horas tratando de explicar el fenómeno. Faustino hablaba de un satélite que trasmitía para Europa, y otros de una combinación del buen tiempo y la forma de la antena.

Desde ese día los estudiantes olvidaron dormir: nunca antes se les había hecho tan obvia la tara de vivir en una isla, que limitaba al norte, al este, al oeste y al sur con un mar Infranqueable, el mismo que golpeaba cada noche las rocas. Cuba había cerrado el paso a las formas modernas de la cultura occidental, y aquellas siluetas en blanco y negro eran el primer atisbo que tenían estos jóvenes del quehacer y la vida en otras tierras que no fueran las dominadas por el socialismo. Las ropas, los bailes, los anuncios, la visión fugaz de ciudades y paisajes —todo adquiría las proporciones de un acontecimiento.

Marcos pudo demostrar entonces sus dotes de traductor. En realidad no entendía la mitad de lo que se hablaba, pero su imaginación llenaba los espacios en blanco. Sus compañeros observaban fascinados la pantalla, pero a la vez exigían una versión Inteligible de aquel lenguaje compacto, y él, sorteando los baches a su modo, se encargaba de suministrarla. Además, se decía, era Imposible verter con exactitud la gama sutil de los significados: por ejemplo, una expresión tan sencilla como «*Don't you want somebody to love?*», que literalmente sería «¿No quieres tú alguien para amar?», necesitaba de otros refuerzos para que sonara con Igual intensidad, y al final la traducía como «¿No quisieras encontrar a alguien a quién poder amar?» Pero él sabía que la maldita retórica le restaba fuerza a la frase en inglés; y esta era una frase especialmente fuerte.

Lo era, porque aparte de las madrugadas frente al televisor, de la emoción de entrar en contacto con otro universo, Marcos se percataba de una realidad apremiante: él necesitaba alguien a quién poder amar. *Yes, I want somebody to love.* Teresa y Eloy pasaban poco a poco a agrandar la multitud de rostros olvidados, y el paso de los meses los convertía en meras formas que se evaporaban, dibujos cuyas líneas la humedad deshacía; mientras que Elías, el esquivo actor, solo había sido una fotografía, un guiño desde la mesa de un restaurante sucio, una mirada (tal vez cómplice, tal vez Indiferente) a través de un ventanal distante, una pose y un gesto en un proscenio. En esos días comenzó a observar a una adolescente a quien él había visto actuar en una obra teatral que los estudiantes estrenaron para el Día de las Madres. A pesar de que la pieza, un panfleto sobre la participación campesina en la lucha armada, no tenía valor alguno, la joven sobresalió en la puesta; al verla desplazarse con aplomo por el escenario improvisado, Marcos recordó una expresión que Eulogio repetía: *elán escénico*. Era más bien bajita, pero su figura dominaba aquel mundo de acciones trilladas y de frases huecas; el pelo rubio y corto resaltaba sus facciones parejas; en los ojos azules había desdén y astucia; en su voz convicción.

Nora también se había quedado en su albergue durante este período de trabajo en el campo, amparada por el irrebatible dictamen de algún médico. Marcos averiguó por medio de Faustino —que sabía vida y milagro de todos los «enfermos»— que la joven padecía de asma. Por las mañanas, cuando hembras y varones, en sus respectivos grupos militares, se reunían para afirmar su lealtad a la revolución por medio de cadencias, de lemas y proclamas, y a la vez para recibir las órdenes de trabajo del día, Marcos buscaba inquieto los ojos azules que desde la última fila lo observaban con curiosidad. Un día se produjo un frágil intercambio de sonrisas, y desde ese momento comenzaron a saludarse. Por las tardes pasaba frente al albergue de ella simulando un aire distraído, tratando de enderezar los hombros y de mirar recto hacia adelante, consciente de que los ojos azules lo escudriñaban tras las persianas entornadas. Le preocupaba como luciría su perfil y ocultaba el tamaño engorroso de su nariz llevándose una mano a la mejilla, procurando siempre mantener la expresión soñadora de un paseante, pero alarmado por el cosquilleo de su estómago y los latidos de su corazón.

Durante un mediodía en que baldeaban las aulas, desahogando en la acción de lanzar agua la furia del encierro, tropezó con ella en un pasillo: estuvo a punto de echarse a correr. Pero al fin consiguió quedarse quieto, con el cubo oxidado en una mano y la escoba en la otra, como instrumentos de agresión o defensa, frente a la joven que fregaba las puertas con un cepillo, arrodillada, al parecer endeble, pero imbuida de una energía tenaz. Luego de unas palabras balbuceantes, Marcos se recostó a la pared, procurando un necesario apoyo, y recordando que el halago es la clave de la simpatía, le dijo:

—¿Qué tú haces aquí en Tarará? Deberías estar en Cubanacán, estudiando Artes Dramáticas. Te vi trabajar en la obra de teatro, y me parece que tienes mucho talento.

La muchacha se levantó amoldando sus cabellos, enrojeciendo de satisfacción.

—¿Tú crees? Eso es lo que yo quisiera, ser actriz, pero mi madre no quiere saber de eso. Dice que todas las actrices terminan siendo unas perdidas.

Los dos reían, bajaban la cabeza, volvían a mirarse, aferrados a los utensilios como si de ellos dependiera la clave para comunicarse.

—¿Pero en qué mundo vive tu mamá? Eso era en otro tiempo.

—Es que mi madre es una mujer de campo, siempre fue...

—Pero tú no pareces campesina.

—Soy de Pinar del Río, pero me crié con una tía aquí en La Habana. ¿A ti también te gusta el teatro?

—En Camagüey, mi pueblo, yo no salía del teatro; allá hay un grupo magnífico de actores. Es decir, había —dijo Marcos, y añadió tartamudeando—. O sea, todavía lo hay, quiero decir, a lo mejor. Qué sé yo, debe haberlo, por supuesto, ¿no? Cuando vine para acá acababan de estrenar *Aire Frío*, de Virgilio Piñera, ¿no conoces la obra?

—¿Por qué no dijiste que eras actor? Hubieras trabajado con nosotros.

—Pero si yo no soy actor. Mira eso, pensar que soy actor. A mí me gusta el teatro para mirarlo, para leerlo, pero no para actuar. Yo no serviría para enfrentarme a un público. Nunca.

—Timidez.

—Es posible.

—Eso se cura.

—No, esa es una enfermedad incurable, como el asma. Te digo asma, porque sé que la padeces.

—Actor no, pero detective sí.

—Es que leí hace poco una novela policíaca que me gustó mucho, *La llave de cristal*, y parece que me ha influenciado.

—¿Y qué más ha averiguado el señor detective?

—Que te gustaría ser actriz, pero que tu mamá no quiere. Y que eres de Pinar del Río, aunque te criaste en La Habana. Ah, y que tienes los ojos azules. Pero eso ya lo sabía.

—Muy bien, todo un profesional. Si quieres averiguar más, tienes que esperar a otro día. La jefa de mi albergue nos está mirando, y no quiero que nos llamen la atención. Hasta luego, Marcos.

—Entonces sabes mi nombre.

—Yo también soy un poco detective, aunque hace tiempo que no leo una novela policíaca. Después me tienes que prestar esa que mencionaste.

—Claro, claro, seguro que te la presto, Nora. Es más, te la voy a regalar.

Las aulas vacías y la relativa libertad de que disponían como miembros de la pequeña comunidad que no había sido obligada a marcharse al campo, estrecharon la distancia entre ambos, aceleraron el huidizo proceso de la mutua confianza. También contribuyó la desenvoltura de Nora, que no se limitaba al escenario, y que a pesar de sus dieciocho años se comportaba como una adulta. Tal vez demasiado adulta, pensaba a veces Marcos, que temía y deseaba la intimidad con una verdadera mujer. Ahora se percataba de que Teresa no era más que una niña mimada, encerrada en su patio de arecas y tinajones, en su salón de porcelanas y luz artificial. Al cabo de casi tres semanas, sin formalismos ni promesas, se sobreentendía que eran novios, víctimas del afán continuo de los besos, al acecho de papeles doblados, creando un lenguaje de señales, espiando gestos en la lejanía, absortos cuando se hallaban cerca, insensibles para cualquier cosa que no fuera estar juntos.

Más tarde, Nora, con esa perspicacia femenina que a veces sorprende, se dio cuenta de la Inseguridad sexual que obsesionaba al joven, y poco a poco fue guiándolo hacia una relación desinhibida. Para ella el sexo no ofrecía secretos: se había acostado con el primer hombre cuando apenas cumplió catorce años.

Hicieron por primera vez el amor en el bosque de pinos que bordeaba la playa, casi al anochecer, mientras las ramas formaban sobre ellos un tejido ondulante. De la corteza de los troncos brotaba la resina. Las agujas se amontonaban moldeando un colchón suave, que se adhería a la piel, y pequeños arroyos de agua salada cruzaban por el interior del bosque, humedeciendo la tierra enardecida. Los senos de Nora, más redondos que los de Teresa, terminaban en una concha rosada, y la cavidad que se abría y se cerraba se encontraba cubierta por un alga dispersa. Las paredes calizas de la costa se empapaban y volvían a secarse, mientras el oleaje penetraba en ellas con su cresta embarrada de espuma.

Esa noche Marcos escribió unos versos: *Sobre las agujas de los pinos, amor mío, te entregué parte de mi pasado, parte de mi alegría*. En el televisor el grupo musical los Turtles cantaba en una función especial para los combatientes de Viet Nam, mientras los compañeros de Marcos, alumbrados por la luz cenicienta de la pantalla, transportados a un país que en verdad no existía, parecían Impregnados de un polvo blanquecino. El traducía a su manera la áspera jerigonza, pero su pensamiento rodaba de continuo hacia el cuerpo que había tenido dócil bajo el suyo. *A la vez tú me diste, amor mío, una pequeña parte de tu historia, y una gran parte de tu gran hermosura. La noche se cerró sobre lo hondo del bosque, y el ruido del mar era un hondo suspiro. Así nos entregamos parte de nuestras vidas sobre la agujas de los pinos*. No Importaba que los versos sonaran ridículos; también la canción de los Turtles tenía una letra pueril. Claro que ellos contaban con el acompañamiento mágico de la música, pensaba Marcos después. Pero él tenía dentro de sí la música de su entusiasmo, y continuaba escribiendo.

Una noche, antes de despedirse, él le había confesado:

—Tú eres la primera mujer con la que hago esto.

—Yo lo sabía.

—En Camagüey tuve una novia con la que hice algunas cosas, pero nunca estuvimos así.

—Un día me vas a hablar de ella.

—No hay nada que contar. Viven en una casa muy grande, y siempre tienen las puertas cerradas y las luces encendidas. Mañana, tarde y noche. Son gente de cristal. Y ella también lo es.

—¡Tú tienes cada cosas! ¿Te gustaría estar más con ella que conmigo?

Caminaban a través del bosque, sobre el que se cernía una luz espectral, que diluía colores y formas. Hojas y ramas, amortiguadas por la incipiente sombra, temblaban en la brisa, caían a veces con quebradizo ruido, se agazapaban, se arremolinaban. Luego los dos se separaban con una sola frase: *aquí, a la misma hora.* Marcos se sorprendía de que la felicidad pudiera ser tan simple. Luego, frente al televisor, se le ocurría pensar que los Turtles, a pesar de su larga melena, no parecían verdaderos *hippies*: algo en ellos denunciaba una formalidad, que volvía inofensiva su facha de rebeldes. Al final de cada canción, el público de jóvenes soldados, con sus uniformes cargados de medallas, los aplaudían con el rostro grave de gente que ha visto la muerte de cerca. Frente a ellos, Marcos y sus amigos los miraban desde un sitio distinto —*acá, donde muy lejos, las aguas son más salobres,* en las palabras del poeta Martí. El viento que entraba por la terraza movía las lámparas labradas como anclas, cerraba bruscamente las puertas con picaportes en forma de timones. Tarde en la madrugada los Jefferson Airplane salieron a la escena, esta vez rodeados de una multitud estridente y febril. Algunos de ellos parecían borrachos, tal vez drogados: los ojos refulgían con un brillo feroz. Cantaban de nuevo: *Don't you want somebody to love?* Por supuesto que Marcos quería alguien a quien poder amar. Es más, ya lo había conseguido.

A principios de agosto comenzaron los preparativos para recibir a los que venían del campo. Nora y él no pudieron reunirse más en el bosque: la encargada del albergue de ella sospechaba de ambos, y una de sus amigas le había advertido que iban a empezar a vigilarla. Ahora tenían que limitarse a breves encuentros durante la limpieza. Pero él continuó yendo al escondite donde solían entregarse el uno al otro, audaces y jadeantes, con el furor del que olvida la vida.

Una tarde, mientras deambulaba silencioso, miró sobre la costa un bulto parecido al cuerpo de un ahogado. La noche se cerraba sobre el arenal, y Marcos se acercó temeroso a la figura desmembrada en el agua. Pero era solo un leño carcomido por el salitre, que rebotaba sobre el filo de las rocas con un seco vaivén. De regreso por el centro del bosque, le pareció ver también un cuerpo colgado de las ramas, y recordó que de esa forma había visto a su abuelo tres años atrás, oscilando, violáceo, detrás de la letrina. Marcos corrió hasta casa de su tío, y le gritó en la puerta:

—¡Tío Vicente, papá se mató!

Pero Vicente logró zafar a tiempo el cuerpo de su padre, que cayó sobre las hojas secas con violentos espasmos. Respiraba entre quejidos de vergüenza y dolor; su cuello y sus mejillas se hinchaban a cada resuello.

—¡Papá, cómo usted va a hacer eso! ¡Usted está loco, papá! ¡Cómo usted va a hacer eso!

Pero más tarde el viejo se salió con la suya: no es fácil llevarle la contraria a un jugador. Por suerte Carmen se encontraba ingresada en el mismo hospital donde entraba y salía desde hacía muchos años, y no le tocó ver el holocausto rojizo, las venas abiertas como un manantial. Las sábanas se tiñeron de un —tinte escarlata; después fueron quemadas en el fondo del patio, entre escombros y latas vacías. Ahora Marcos prefería olvidar esas escenas: era mejor observar cómo la resina brotaba de los troncos y se deslizaba sobre la corteza con sus hebras oscuras. El chillido de un pájaro repercutía en las ramas.

Las botas de Marcos destrozaban sin piedad las agujas, se hundían en el terreno blando. Más tarde, en el albergue, el televisor lanzaba manchas blancas sobre las paredes adornadas con sogas marinas. Los muchachos encendían cigarrillos en la penumbra, y el humo flotaba hacia el portal levantado en forma de proa. Casi al amanecer, las imágenes del país irreal se desvanecían, dejando el mal sabor de sueños incoherentes, y detrás del cristal un mar de rayas negras surcaba la pantalla. En su litera Marcos pensaba en Nora, pero también en las vagas noticias que le llegaban en letra diminuta: «Arminda ya está bien, el médico le mandó una pomada para que se la unte en el pecho», «La pobre Coralia, después que trató de matarse como papá, la llevaron para ese hospital del que no quiero ni acordarme, y ahora dicen que no saldrá más nunca», «Anoche vino un demonio nuevo que habla con la voz de tu padre, ese canalla que no quiso saber de nosotros».

Al otro día llegaron los camiones repletos de cuerpos cubiertos de tierra colorada. En el baño el agua enrojeció como si la hubieran mezclado con sangre. La escalera se manchó de barro, y el piso se salpicó de puntos marrones. Esa misma noche el *un, dos, tres, cua…* resonó en la avenida hasta la madrugada. Después solo quedó el estampido de las olas, y las imágenes en el cuadrado blanco y negro se disolvieron entre el humo de los cigarrillos y la oscuridad.

VII

En los sábados que tocaba la salida, un hormiguero de estudiantes se arremolinaba temprano en la mañana en el parque frente a la clínica, donde los ómnibus escolares, cacharros venerados por los jóvenes, que los consideraban instrumentos de libertad, esperaban en fila. Nora le reservaba un asiento a Marcos, que sofocado por la carrera subía cuando la guagua estaba a punto de arrancar. Las excusas eran siempre las mismas: o se había quedado dormido, o lo habían obligado a limpiar el albergue a última hora, o había tenido que planchar la camisa, o se le habían perdido las botas. Tartamudeaba al justificarse, con mirada esquiva, mientras el vehículo atestado corcoveaba. Nora refunfuñaba por un rato, pero cuando el ómnibus dejaba atrás la garita en la entrada y enfilaba rumbo a La Habana, la muchacha recostaba la cabeza en el hombro de su amante, y comenzaba a responder a sus caricias con manos que el deseo volvía apremiantes.

La vegetación costera, interrumpida por ríos, ensenadas y viviendas, tenía un lustre verdoso que el perpetuo verano abrillantaba. Los jóvenes se quitaban el odioso uniforme, dejando al descubierto la ropa que llevaban debajo, y esta transformación del gris y el verde olivo en colores vivaces cambiaba a la vez semblantes y modales. Cantaban a toda voz, saltaban sobre los asientos, sacaban la cabeza por las ventanillas, bailaban en el pasillo, se lanzaban objetos y restos de comida e insultaban despiadadamente a los desprevenidos transeúntes. Cuando el ómnibus entraba al túnel de la bahía, el estrépito de los vehículos opacaba sus voces, y al salir frente a la masa imponente de los edificios de la ciudad, la euforia de los estudiantes alcanzaba un clímax: Marcos y Nora aprovechaban la algarabía para besarse. Se bajaban en el Paseo del Prado, tolerando con una sonrisa los chistes y nombretes que les gritaban los que continuaban el recorrido.

A esa hora ya el asfalto despedía vapor, y la humedad dejaba marcas líquidas en axilas y rostros. Las multitudes, zarandeadas por un destino común moldeado por la urgencia, se congregaban en las paradas de ómnibus, maldiciendo lo único que podían maldecir en voz alta: el calor.

Al principio de estas salidas juntos, Marcos se sentía torpe al rodear con su brazo los hombros de su novia. Teresa nunca le había permitido que pasearan por la calle abrazados, y ahora él enlazaba la espalda de Nora consciente de su apocamiento. Era como si representara un papel al que debía habituarse, y aunque vagamente orgulloso de asumirlo, no podía evitar que las palmas de sus manos sudaran, y no precisamente por la temperatura. Nora llevaba una minifalda provocativa y una blusa con escote, y Marcos simulaba ignorar los piropos que algunos le dirigían a la muchacha, como si se trataran de palabras dichas en otro idioma. Luego comentaba en voz baja:

—Qué tipo tan fresco, ¿tú oíste lo que te dijo? Me dieron ganas de darle un piñazo.

Más tarde, en el sucio pasillo del edificio de la Habana Vieja donde vivía la tía de Nora, unos niños peleaban por un aro oxidado, o trataban en vano de empinar un papalote en el aire estancado del patio central, alrededor del cual se levantaba el laberinto de cuartos con puertas desvencijadas, las escaleras a punto del derrumbe, los cordeles con ropa empercudida, los cables eléctricos que se entrecruzaban formando una red hirsuta y peligrosa. La tía Adela los recibía en la pequeña sala con el pelo recogido en moños y la cara embadurnada de crema. Siempre repetía:

—Una no se puede dejar caer.

Marcos examinaba las habitaciones en ruinas donde había transcurrido la infancia de su novia, bajo el cuidado de aquella mujer que le gustaba fumar mientras comía, contar chistes obscenos y acostarse con jóvenes. En la pared colgaban varios retratos de esta singular ama de casa; en uno de ellos aparecía casi desnuda, envuelta en una capa transparente festoneada de encajes.

—Nora heredó de mí la vocación para el teatro —explicaba Adela—, Yo también quería ser actriz, pero me tuve que conformar con ser bailarina. Eso sí, una de las mejores del cabaret Tropicana y una de las más lindas. Si tú me hubieras conocido cuando aquello, Marcos, te hubieras vuelto loquito por mí.

Y al decir esto se levantaba a echarle ajo porro a la sopa, que luego quemaba los labios y la lengua. Los tres tomaban el brebaje entre bromas, con los ojos aguados por la risa y el humo; el barullo del ventilador repiqueteaba en un rincón tiznado.

99

—Yo nunca había tomado sopa a la hora del almuerzo —decía Marcos, soplando la cuchara.

—Es que la gente de Camagüey no sabe gozar la vida —comentaba la mujer, encendiendo un cigarro al mismo tiempo que devoraba los trozos de plátano—. Yo tuve un marido camagüeyano que en el momento de la función no quería dejar la luz encendida. Ah, y nunca se quitaba las medias. Al principio yo creía que le faltaban los dedos de los pies.

—¡Tía, no sigas! —gritaba Nora, divertida y avergonzada.

Por la tarde los dos jóvenes paseaban por la Avenida del Puerto, Indiferentes al feroz trasiego de objetos y dinero, a la rara apariencia de los barcos que llegaban de insólitas orillas. También al recorrer el interior de oscuras librerías apenas percibían la vida escondida en las páginas; no les interesaban las filas de palabras donde se resumían la muerte o el amor. Mucho menos los gruesos tomos Impregnados de politiquería. Acariciaban las cubiertas de libros con dedos abstraídos, o se leían en voz alta los títulos que para ellos dos, demasiado pendientes uno de otro, solo significaban una ocurrencia más de un autor ansioso por encontrar lectores. Luego se resignaban a hacer la cola de la pizzería frente al Parque Central, en la que trabajaba un amante de Adela que a escondidas les espolvoreaba una ración abundante de queso sobre los espaguetis. La espera en medio del tumulto hambriento duraba a veces horas, pero luego en la mesa la pareja recobraba el ánimo: Marcos comía con voracidad y Nora lo regañaba con una sonrisa:

—Marcos Manuel, no comas así, como si estuvieras muerto del hambre. No te lleves la boca al tenedor, sino el tenedor a la boca.

—Está bien, señorita Modales Exquisitos.

—Cuando seas un poeta famoso la gente se va a fijar hasta en el más mínimo detalle.

—Entonces ya no seré un muerto de hambre, y podré comer con elegancia —decía Marcos, hablando con la boca llena, y añadía—. Además, yo no voy a ser un poeta famoso, sino el marido de una actriz famosa. Es en ti en quien se van a fijar.

—Con más razón. Me va a dar vergüenza estar casada con un troglodita.

Y las rodillas se pegaban bajo la mesa, moviéndose en una suave fricción.

Más tarde se adentraban, ansiosos de encauzar su juventud, en el ardiente anochecer de La Habana, en el seno del cual predominaba un agrio olor a leche descompuesta. Las luces de la ciudad se reflejaban con un rojizo resplandor en el cielo, donde tal vez se formaba la lluvia. Círculos de sudor se agrandaban en las partes más ocultas del cuerpo.

—Vamos a llamar a José Luis y a Gloria, a lo mejor tienen entradas para el ballet —proponía Nora.

—No, mejor vamos al cine. Todavía me quedan dos pesos.

Marcos trataba de evitar las frecuentes visitas a José Luis y a su amante Gloria, una profesora de Artes Dramáticas que también era actriz: sabía que Nora deseaba esa compañía porque se relacionaba con el medio al que ella aspiraba. El muchacho temía que entre los escenarios y las candilejas, el amor de ambos quedara reducido a un diálogo teatral, o a un mero objeto de utilería. Los faroles de postes y de autos iluminaban entretanto la enorme capital, en la que cualquiera podía perder su razón de existir. La gente apresurada tropezaba a veces con la pareja que obviamente no iba a ninguna parte, aislada dentro de un territorio invisible que ambos, sobre todo Marcos, defendía con la misma saña de un felino que intenta proteger el sitio demarcado por él mismo para mantener a raya a los intrusos.

Después de la función de cine regresaban a pie a través de los barrios sumidos en una calma mortal, apenas alterada por las figuras vigilantes que pululaban a lo largo de Cuba, y que en este caso él pasaba por alto: estos guardias perpetuos tenían poco que ver con su ilusión. Adela les había dado una llave para que entraran en el apartamento sin despertarla. A tientas se desvestían en la sala, y luego se acostaban en el destartalado sofá—cama, donde daban rienda suelta a su mutua premura.

A veces Marcos, empapado en sudor, luego de hacer el amor en el estrecho lecho, le parecía ver la silueta de Adela recortada en la sombra de su puerta, espiándolos. Entre resuellos, mientras los observaba, la mujer se frotaba los muslos que la entreabierta bata de casa permitía vislumbrar. Marcos fingía no verla; luego fingía dormir, hasta que el verdadero sueño lo vencía.

Los domingos Nora volvía a insistir:

—Vamos a llamar a José Luis y a Gloria.

Como no había dinero siquiera para ir a la playa, y Adela no contaba con un radio ni un televisor, Marcos terminaba por acceder.

La amante de José Luis pertenecía a una clase de mujer que cobraba auge en Cuba: aspirante a intelectual, marxista convencida a partir de un manual, con apariencia de lo que se sobreentendía por existencialista: cierta soltura en ropas y modales, cierta mirada angustiada, cierta intensidad al exponer ideas, cierta inclinación por lo folclórico, o lo autóctono, o por cualquier corriente que dominara la *intelligentsia,* mientras no se apartara peligrosamente de la línea oficial. Las paredes de su apartamento en la calle Galiano se hallaban literalmente cubiertas de libros: se jactaba de tener una de las bibliotecas más completas de La Habana, en parte herencia de su ex esposo, un periodista que tenía la fortuna de cubrir eventos oficiales cubanos en el extranjero, lo que le permitía viajar. Raro privilegio que a la larga lo llevó a encontrar una mujer más apetecible que Gloria, que pese a afeites y malabarismos ya envejecía. Marcos había descubierto que muchos de esos libros tenían páginas sin cortar, pero se había cuidado de no hacer comentarios.

Durante esas tardes de domingo, las dos parejas bebían tragos de ron, discutían y escuchaban música, inmersas en el acto sutil de competir: Marcos y Nora quedaban en amplia desventaja. Gloria le llevaba veinte años a José Luis, y era evidente que entre ambos existía la relación de maestra y alumno; más evidente aún, pensaba Marcos, era que José Luis se aprovechaba de los contactos de su amante para escalar en su carrera de trovador.

La actriz y profesora combinaba una erudición superficial con unos modales atrevidos. Saltaba, con estudiada fluidez, de una expresión elegante a una frase vulgar, mientras cruzaba las piernas, dejando visible una prenda interior. Marcos simpatizaba con su desenvoltura, pero se aburría con sus criterios literarios y artísticos, que tenían un dejo rancio de revistas, o de opiniones escuchadas entre el fragor de un baile.

—Gloria se parece en algo a tu tía Adela, ¿no es verdad, Nora? —decía Marcos, sirviéndose un trago de la botella de ron que, en la mesa de centro, presidía estas visitas.

Por la ventana de la sala entraban los ruidos opacos de la calle Galiano, casi desierta en estos mediodías de domingo. En la azotea de enfrente la ropa tendida en los cordeles se agitaba como si tuviera vida propia. Al salir, achispado por los tragos, y molesto por alguna observación de Nora, que admiraba a Gloria sin reparos, Marcos decía:

—Nora, ¿tú estás ciega o qué? Esa mujer es una farsante, una esnobista.

—Sabe de teatro.

—Pura palabrería.

—Marcos, todo el mundo dice que aparte de ser una gran actriz, Gloria es una de las mejores profesoras de actuación de Cuba.

—Eso lo dice José Luis, que aparte de ser su querido, es un Imbécil.

—No, Marcos, también lo dice otra gente. Y acuérdate que ha trabajado en cantidad de obras, algunas han tenido mucho éxito. No me digas que no es una mujer con cultura.

—Nora, no digas esa palabra, cultura. Me cae como una patada.

Pero en el próximo domingo de salida los visitaban de nuevo. Más que la falsedad de Gloria, a Marcos le molestaba la nueva postura de José Luis, que ahora se permitía disertar sobre cualquier tema «cultural:» el teatro de la crueldad, la poesía coloquial, la pintura surrealista. Luego cantaba, acompañado por la guitarra, las melodías de los jóvenes compositores de la *Nueva*

Trova (las únicas aceptables eran las de un tal Luciano González), para terminar con alguna canción propia, que repetía dos o tres veces a insistencia del público femenino, que parecía realmente disfrutar de la letra disparatada y la tediosa música. Por suerte los vasos con hielo y ron estaban al alcance de la mano, prestos a sazonar cualquier monotonía. A Marcos no le gustaba el sabor de la bebida, pero durante estas visitas se aferraba a su efecto.

Después de la euforia de los tres primeros tragos, caía en un estado contemplativo en el que ni las canciones de José Luis, ni las impertinencias de Gloria, llegaban a perturbarlo. Sentado en el balance frente a la ventana, acariciando mecánicamente la mano de Nora, miraba las fachadas de los edificios, pero sobre todo los cordeles extendidos a lo largo de las azoteas. También en su barrio había visto esos mismos cordeles, de los que colgaban ropas poco vistosas: camisas de kaki, pantalones de yute, vestidos hechos con retazos de tela. Con poco esfuerzo uno podía Imaginar las personas que las usaban. Y también igual que estos, se decía, era el cordel del patio de su casa, que pendía de las ramas de mango y aguacate. Sin embargo, las ramas no solo servían para sostener la tendedera: de ellas también podían colgarse sogas —y cuerpos. Marcos se servía otro trago, vaciaba el vaso de un golpe, se estremecía, tragaba saliva varias veces, pero luego se arrellanaba en el balance sonriendo, mientras José Luis cantaba con voz estridente, golpeando las cuerdas de la guitarra. La frente del trovador enrojecía, y en el cuello una vena parecía a punto de desgarrar la piel. Al poco rato Gloria se sentaba en sus piernas, y con voz ligeramente ebria le proponía a la pareja de visita:

—Si quieren estar solos en el cuarto… Yo sé que en los albergues ustedes no tienen muchas oportunidades.

—Arriba, aprovechen —decía José Luis—. Eso no se da todos los días.

Marcos y Nora no se hacían de rogar. A diferencia del sofá de la tía Adela, el colchón de Gloria era amplio y mullido, y los dos jóvenes tenían espacio suficiente para ensayar nuevas maneras de hacer el amor. En la penumbra húmeda y sofocante, que el ruidoso ventilador apenas refrescaba, se entregaban a las caricias con una alegría voraz.

Pero a veces esta tregua feliz no se efectuaba, sino que desde el mediodía comenzaban a llegar estudiantes de arte, o gente del medio teatral en el que se movía Gloria, y en un par de horas la sala se convertía en una gigantesca tertulia. Marcos doblaba las dosis de bebida para soportar las batallas verbales, y aún más, para resignarse a la sospecha de que Nora disfrutaba tanto de aquel caos como de los momentos de intimidad que los dos compartían en la habitación.

Un domingo Gloria decidió celebrar el cumpleaños de José Luis con una fiesta ostentosa, y aparte de los convidados habituales, invitó a otros personajes sobresalientes de su círculo. A media tarde los asistentes pasaban de treinta. La bebida se servía en pomos de compota (los vasos no alcanzaban) y las colillas se amontonaban, humeantes, en latas vacías de leche condensada.

Marcos, agobiado por el humo y la charla Incesante, en la que cada cual intentaba imponer su criterio, se había sentado junto a la ventana, y se ocupaba en llenar y vaciar su vaso con rapidez.

—Marcos, no tomes así —le había advertido Nora—. Acuérdate lo que pasó hace dos semanas.

El lo recordaba: había llegado a Tarará tambaleándose, totalmente borracho, y el jefe de albergue lo había amenazado con denunciarlo si volvía a regresar en esas condiciones. Pero ahora, en medio del barullo, le era Imposible beber de otra manera. Además, a Nora no parecía importarle mucho: estaba demasiado atareada prestándole atención a Adolfo Llanes, un actor de teatro que también trabajaba en la televisión. El rostro del actor, mitificado por la pantalla, al adquirir como ahora proporciones reales, sometía a las mujeres a un Impúdico trance; Nora no era la misma al contemplarlo.

Los invitados, sentados en el piso o de pie en las esquinas, se hallaban divididos en pequeños grupos, minúsculas guerrillas aguijoneadas por la rivalidad, y con un pomo de compota en una mano y un cigarrillo en otra, se enfrascaban en polémicas o reían estrepitosamente de algún chiste cuyo sentido a Marcos se le escapaba. *El mundo estaba dividido, la gente...,* pero no, esas frases mentales eran tan aburridas como las que se escuchaban en cada rincón. Una nube de humo flotaba sobre las cabezas, y los rostros brillaban bajo las tenues capas de sudor y grasa. Se discutía la reciente puesta en escena de *La noche de los asesinos,* de José Triana, y esto traía a colación a Genet, a Beckett y a Ionesco; luego se comparaba a Grotowsky con Stanislavsky, a Jung con Freud, y de vez en cuando se citaba a Marx —también, pero más discretamente, a Kierkegaard o a Marcuse. Pero el tema de actualidad era la necesidad de crear una cultura nacional, ajena a los elementos «extranjerizantes»: un teatro apoyado en el lenguaje vernáculo, una poesía arraigada en la historia y las tradiciones de Cuba, una pintura al alcance de las masas, unas canciones que tomaran los ritmos *del patio* y que a la vez se hicieran eco de las preocupaciones sociales del momento, sin descontar, claro, la visión crítica, ya que el panfleto, quién podría cuestionarlo, nunca estaría a la altura del arte verdadero.

En la calle, algunos curiosos alzaban la cabeza, atraídos por el ruido de las voces y la música (porque en el tocadiscos una folclorista sudamericana no cesaba de escandalizar), y tropezaban con la mirada de Marcos, que animado por los tragos los saludaba con una sonrisa. En la azotea de enfrente unos niños jugaban a la gallina ciega, entre las sábanas que colgaban de las tendederas como paredes movedizas y que, aunque al parecer recién lavadas, lucían empercudidas. Los techos de Camagüey no se parecían a los de La Habana, pensaba Marcos. Además, esta guarnición de bloques, este desierto de ladrillos, terminaban inesperadamente en la línea azul del mar, en cuya superficie acerada el sol del mediodía desplegaba un brillo cegador.

Ni la gente de La Habana se parecía tampoco a la de Camagüey, se decía ahora, procurando que Nora no viera cómo volvía a llenar el vaso: estas mujeres maquilladas en exceso, estos hombres con boinas, estos estudiantes a quienes les gustaban las mismas cosas que a él (y que sin embargo no parecían tener otra cosa en común), estos actores con pretensiones de filósofos, estos compositores al parecer profundos y en realidad banales, carecían de una naturalidad que a él le parecía imprescindible para lograr un vínculo genuino —una naturalidad que a pesar de su carácter burdo era la única virtud de la gente de su provincia. Y en este ambiente Nora dejaba de ser la muchacha que reía a solas con él, la amante que dormía en sus brazos, para transformarse en una figura más de aquel escenario atosigante: era imposible ignorar cómo reía al escuchar las bromas del actor de televisión, mientras entornaba los ojos o se arreglaba con disimulo el peinado.

Más tarde la conversación en el grupo presidido por Gloria, que había logrado acaparar la atención de la mayoría, tomó un rumbo imprevisto: un profesor de arte al que le decían Oscarito Wilde se dedicaba a resumir los puntos de vista de Lenin sobre la literatura, cuando alguien, interrumpiéndolo, se atrevió a mencionar a Trotsky. Marcos, que había acabado de leer la biografía escrita por Deutscher, dijo con la lengua enredada:

—Trotsky y Lenin no sabían nada de literatura. Se dedicaron a fabricar un monstruo, y luego el monstruo se los tragó. Es como si el doctor Frankenstein hubiera tenido un ayudante.

Algunos rostros consternados se volvieron hacia él.

—No le hagan caso, está borracho —dijo Gloria.

—¡Marcos, te he dicho que no tomes tanto! —gritó Nora—. La semana antepasada…

Pero no pudo terminar la frase: Marcos le vació el vaso de ron en la cara. El líquido corrió por el perfil de la muchacha; luego le empapó lentamente la blusa. Por un instante los ruidos de la charla se apagaron, y solo la voz de la cantante sudamericana, que convocaba a una imprecisa rebelión popular, resonó intensa en el apartamento. José Luis tomó por un brazo a

Marcos y lo arrastró a tirones hasta el cuarto; lo desvistió y lo obligó a acostarse. Un par de horas después el joven despertó en la oscuridad con la boca reseca. Había olvidado dónde se encontraba, y cuál era el día de la semana o el mes. El cielorraso era un trompo multicolor. Por la puerta entreabierta oía fragmentos de conversación ligados a una música opresiva, que él identificó como una sinfonía de Mahler. Una voz masculina, con modulaciones afectadas, decía en ese momento:

—La psicodelia es el canto de cisne de la cultura de Estados Unidos. El sueño de Thoreau acabó en unas luces de colores, un cigarro de marihuana y una pastilla de LSD. Porque déjame decirte, Gloria, que el *Walden* es el libro de cabecera de muchos de los *hippie*s. ¿Te imaginas? Thoreau admiraba la condición humana, su intención era ennoblecerla, y estos excéntricos…

—Pero Ginsberg es un hombre inteligente.

—Mira, Ginsberg, Kerouac, incluso esa loca de Burroughs, yo simpatizo con su literatura, pero todos están cortados por la misma tijera: quieren llevar la cultura a la letrina.

—Carrasco tiene razón —dijo la voz afilada de Oscarito Wilde—. Es casi preferible el Realismo Socialista.

—Si no pensaras así no podrías dar clases en la escuela de arte —se rió Gloria—. Yo también pienso igual, y por eso puedo dar clases también.

Por lo menos Gloria de burla de sí misma, pensó Marcos, zafándose del envoltorio de sábanas que prensaban su cuerpo como una mortaja. De pronto se dio cuenta que todavía estaba borracho, y recordó que había humillado a Nora delante de toda aquella gente. Se levantó con dificultad y vomitó en el baño. José Luis entró en la habitación y le dijo:

—Hoy sí que la cagaste.

—No sé qué me pasó, la bebida me cayó mal. ¿Qué está haciendo Nora?

—Nora se fue.

—¿Cómo que se fue? ¿Para el albergue?

—No sé, se fue hace un rato con Adolfo Llanes.

—No te lo creo. No puede haberse ido con ese tipejo.

—Será un tipejo, pero no se emborracha como tú. Has hecho tremendo papelazo, jodiste a la muchacha por gusto. Con esta la perdiste.

—No seas estúpido, José Luis. Tengo que salir a buscarla ahora mismo.

—Sigue durmiendo, as(no te puedes ir. Te quedas a dormir aquí, y mañana inventas un cuento en la escuela.

—Tengo que hablar con Nora.

En ese instante Gloria apareció en la puerta, sujetando el vaso de ron como un arma, y dijo con hiposa autoridad:

—Marcos, acuéstate otra vez.

—¿Cómo ustedes la dejaron que se fuera con ese hombre?

Gloria olvidó por un instante el hipo; el vaso comenzó a zozobrar en su mano.

—¿Tú oyes eso, José Luis? ¿Qué querías, que la amarráramos? —dijo, gesticulando—. Ella está bastante mayorcita, y además, tú te portaste como un cretino.

—¡Se van los dos al carajo! ¡Yo no soy ningún niño! —gritó Marcos, y frotándose el pelo y las orejas salió a la sala. Cruzó entre los pocos invitados que quedaban, evitando mirarlos, se empinó un trago de una de las botellas que se apilaban en la mesa de centro, y luego se fue dando un portazo.

Bajó por Galiano con paso zigzagueante. El aire caldeado le disipó el mareo. Con la llegada de la noche la gente había resuelto salir de las casas, y ahora invadía las aceras, hacía colas frente a los cines y establecimientos de comidas, atestaba las paradas de ómnibus. Los carros dejaban a su paso una estela de gas intoxicante, mientras el resplandor de las vidrieras parecía estallar en miles de partículas, que luego se reunían para formar manchas de color. Marcos se dio cuenta que necesitaba apoyarse en algún sitio, tal vez sentarse. Llegó al parque frente a lo que en tiempos del capitalismo fue la tienda de Woolworth (sitios intrascendentes habían pasado a ser, en la incansable imaginación popular, lugares históricos), y se dejó caer en un banco protegido por unos arbustos. Su mente solo funcionaba en términos de insultos, como si la capacidad para asociar imágenes e ideas se hubiera desvanecido, dando paso a un estribillo de palabras atroces que él repetía con la boca cerrada, mirando fijamente el piso, pero sin ver las losetas de piedra ni los zapatos de los transeúntes. Estas ofensas estaban dirigidas a Nora y a Adolfo, pero también a sí mismo.

Se daba golpes en las rodillas, se apretaba la cara, hasta que percibió el espectáculo que se producía en un banco cercano: un grupo de maricas ensayaba un coro, bajo la dirección de un gordo que se cubría los hombros con una estola roja, a pesar del calor. El coro repetía una sola sílaba: ¡SI!, en todos los registros, saltando de voces de barítonos a las de sopranos, imprimiéndole al vocablo una musicalidad desafiante. Antes de cada grito daban varias palmadas, y al articular extendían teatralmente el brazo derecho. Los ejecutantes observaban a Marcos de reojo mientras llevaban a cabo sus alardes vocales, lo que sugería que la función estaba, al menos en parte, dedicada a él. Perplejo, ya se disponía a levantarse para rumiar su rabia en otra parte, cuando un afeminado vestido de mujer atravesó el parque con las manos en la cabeza, gritando:

—¡Muchachitas, la policía! ¡A correr, que ahí viene la policía!

En efecto, hombres uniformados aparecían en cada rincón, y en el revuelo

Marcos sintió que unos brazos lo empujaban hacia la calle, hacia el carro—jaula, donde los detenidos subían entre golpes y empellones. De pronto se vio en el fondo del calabozo rodante, entre una masa de cuerpos sudorosos. Quiso replicar, aclarar, preguntar, pero a su mente solo volvía la retahíla de obscenidades, no en contra solamente de las dos personas que lo obsesionaban esa noche, sino en contra también de un mundo o un destino enemigo.

—¡Ay, policía, sáquenme de aquí, que me ahogo! —decía una voz de falsete—. ¡Miren que a mí me dicen la reina de la mantequilla! ¡Yo sí que me derrito enseguida!

—Cállate, maricón, si no quieres que te derrita el culo a patadas.

Las puertas de metal se cerraron, los alaridos de protesta se ahogaron en un sordo rumor, y el vehículo partió a toda velocidad saltando impunemente sobre los baches. El vaho agrio del sudor se sumaba a perfumes baratos y también al olor penetrante de alientos: la mezcla cortaba la respiración y provocaba náuseas. Marcos, dominando el deseo de vomitar, se dijo: Es el fin. El puñetero fin. Y como para reafirmarlo, unas voces en la oscuridad exclamaron:

—Un, dos, tres, ¡¡¡Síííí!!!

—Sigan, sigan gritando, que ahorita esto se va a poner bueno.

Un borracho lloriqueaba:

—Por mi mamacita, no me lleven preso. Yo no soy maricón, yo lo que soy es un borracho. Yo les juro que yo no he hecho nada, yo lo que soy es un borracho.

El coro volvía a la carga:

—Un, dos, tres, ¡¡¡Síííí!!!

En la estación de policía Marcos fue a parar con los otros detenidos a un ralo calabozo, luego de ser manipulado con experta eficacia por los guardias. Comprobó con alivio que no todos en la celda eran afeminados, y recostando la cabeza a la pared mugrienta, rezó una breve oración —la primera en tres años— para que todo se resolviera rápido. Las palabras se formaban automáticamente en su cerebro, ajenas a su voluntad: su cólera había dado paso al miedo. En una esquina, el agujero que servía de retrete se había tupido, y ahora los zapatos chapoteaban en el orine. Un hombre con voz chillona amenazaba:

—¡Me voy a sacar los dedos con los ojos, como Edipo!

Pero nadie prestaba atención a una advertencia tal. A la larga el gritón dejó de protestar, resignado tal vez a conservar su vista. Al cabo de una hora de escozores y asfixia, a Marcos le tocó declarar ante el oficial de turno.

—Tú, mariposa —le dijo un policía, señalándolo con dedo rígido tras la puerta de hierro.

—Esto es un error, compañero —dijo Marcos al llegar frente al buró del oficial, tratando de mostrar aplomo, aunque las mandíbulas le temblaban—. Yo soy un estudiante de preuniversitario, estoy becado en Tarará.

El teniente, un viejo que se parecía absurdamente a Anthony Quinn, lo miraba con escepticismo.

—¿Que tú hacías en ese parque a las nueve de la noche? Allí nada más que van maricones.

—Yo venía de casa de un matrimonio amigo mío que vive por ahí cerca, en Galiano, y estaba dando tiempo a que fuera la hora de irme para la beca. Le puedo dar el número de teléfono de estos amigos. Yo soy de Camagüey, yo no sabía que en ese parque se juntaba ese elemento.

—Tú sabes más de lo que te enseñaron. Anda, déjate de paripés, y no te tapes más las plumas.

Marcos se llevó la mano a la barbilla para controlar el engorroso movimiento, y dijo con gravedad:

—Compañero, no me ofenda, que yo no lo he ofendido a usted. Yo soy un estudiante, un becado revolucionario.

—Déjame ver tu carné de joven comunista.

—Yo todavía no pertenezco a la UJC, pero ya me propusieron para el crecimiento del año que viene.

El doble de Quinn lo observaba impasible. Luego dijo con desdén:

—Tú lo que eres es un descarado. A ver, enséñame el carné de la escuela.

Marcos salió en libertad cerca de la medianoche. Se maldijo al darse cuenta de que ya no podía regresar a la escuela; la entrada estaba prohibida después de la hora reglamentaria. El efecto del alcohol se había esfumado, y ahora solo quedaba un confuso pesar, un atolondramiento. Se internó en el barrio chino sin poder determinar el rumbo. No quería volver a casa de Gloria, ni mucho menos ir a la de Adela, a pesar de que en el bolsillo tintineaba la llave. Lo mejor, pensó, era tomar un trago, y luego deambular hasta que amaneciera, como haría cualquier poeta en esta circunstancia. *La flor y la calle son una misma cosa…* Idiota, se dijo. Comemierda. Los letreros en chino sugerían indecencias, y en los pasillos de las cuarterías, alumbrados por una escasa luz, se deslizaban siluetas inquietantes. Algunas ventanas abiertas ponían al descubierto la miseria de las habitaciones: muebles desvencijados, paredes que solo contaban con grietas por adornos, cocinas devoradas por la tizne, ripios de cortinas. En un balcón una mujer de senos sobresalientes le hizo señas para que subiera. Marcos apretó el paso. Detrás de una puerta enrejada un hombre se empinaba una botella de pie, detrás de una mampara, como si su urgencia no le permitiera sentarse para beber en paz. Estaba en calzoncillos y tenía el pecho y los hombros cubiertos de vellos.

En algunas esquinas tropezaba también con las mismas figuras que poblaban el Camagüey nocturno: llevaban brazaletes rojos, se volvían cuando él pasaba, y después de darle las buenas noches con sequedad se entregaban a un veloz cuchicheo. Cuba no duerme, pensó Marcos, y recordó la frase de Shakespeare:

Macbeth ha asesinado el sueño. Esto le trajo a la memoria las escenas para títeres que el grupo teatral de Camagüey había estrenado hacía casi tres años, y que él acostumbraba a ver en las matinés de los domingos, sentado en la primera fila. El muñeco que representaba a Macbeth torcía la boca con un gesto de rabia, mientras a su lado su mujer se miraba las manos embarradas de pintura. Macbeth saltaba y gesticulaba. Detrás de la cortina Elías manipulaba la marioneta, supuestamente a escondidas del público. Pero Marcos, absorto en la luneta, observaba todos sus movimientos.

Sin embargo, pensó ahora, ya Elías no se ocultaba detrás de cortinas, ni le prestaba apariencia de vida a muñecos. Gloria, que era amiga de los padres del joven actor, y que se mantenía al tanto de su suerte, afirmaba que este estaba a punto de salir de la granja de trabajos forzados. Tanto Elías como Eulogio eran oriundos de La Habana, y Marcos nunca había entendido por qué ambos habían escogido trabajar como actores en Camagüey. Si ellos estuvieran aquí, todo sería distinto, se dijo ahora. En una noche como esta yo tendría adonde ir, pensó, y a quién contarle las porquerías que me pasan: ellos dos son los únicos que podrían comprenderme.

En ese instante se acordó de un bar cerca del Malecón que permanecía abierto hasta la madrugada, el cual había visitado un par de veces con José Luis, y bajo un farol contó el dinero en su bolsillo: siete pesos y cuarenta centavos. Carmen le había enviado un giro la semana anterior —la mitad de su pensión mensual de jubilada—, acompañado por la advertencia de siempre: «No lo malgastes en las cosas del diablo».

A esa hora el bar alcanzaba su dudoso apogeo, y al entrar en el local Marcos pensó que, aunque posible vivienda del diablo, no existía otro lugar en el que él se sintiera más a gusto. Solo de abrir la puerta y adentrarse en la penumbra espesa, saturada de música estridente, de humo y de voces y de risas chirriantes, experimentó bienestar: allí podía encontrar euforia, camaradería, y sobre todo, gente que bebía con fruición, a conciencia, segura de obtener en el fondo del vaso lo que la noche afuera no era capaz de ofrecer a secas.

—Cantinero, un trago doble de ron. A la roca, pero sin mucho hielo.

Se sentó en la barra y apoyó los codos en la madera húmeda, con el aire de un bebedor profesional: el espejo de enfrente le devolvía sus gestos. En una mesa cercana unos jóvenes melenudos competían con el traga nickel, y menospreciando el bolero de Beny Moré que estremecía la máquina, cantaban a voz en cuello una versión chapurreada de *Twist and Shout*. Marcos no supo bien en qué instante se unió a ellos, ni quién pagaba las rondas de tragos; solo se daba cuenta de que a pesar de hallarse entre desconocidos, se sentía rodeado de simpatía y afecto. Los muchachos le pasaban el brazo por el hombro, lo obligaban a cantar, lo llamaban por su nombre, le brindaban cigarros. El alcohol acortaba las distancias, pensó mientras terminaba el cuarto (¿o era el quinto?) trago de ron, aunque paradójicamente a veces las creaba: de Nora a él había un trecho insalvable, a causa de una simple borrachera. Pero tampoco era justo que ella se hubiera ido con otro, pensó después. (¿O quizás eso era lo que ella en el fondo había deseado, y solo había encontrado la oportunidad?).

—Marquitos, coño, alegra esa cara. Tómate otro trago, no te pasmes. ¿Tú no te sabes esa que dice *fronmítuyú*?

El joven que hablaba tenía un enorme tatuaje en el brazo: *Madre por ti sufro*. Aquel muchacho de su edad, de rasgos toscos y dientes cariados, que se raspaba la garganta cantando *Tuisan-chao,* y que bebía ron como si fuera agua, también tenía una madre por la que sufría. Pero no era hora de pensar en eso. Las manos repiqueteaban sobre la mesa, comunicando a las canciones de los Beatles un ritmo desaforado de conga. El sudor oscurecía las camisas, y la luz rojiza de las lámparas alteraba los rostros, pero también ponía una chispa de complicidad en las miradas. Marcos pensó que el techo adornado con serpentinas y papeles plateados, el piso cubierto de aserrín, las paredes donde se proyectaban sombras, el baño estrecho y maloliente, los bebedores vociferantes, eran mil veces preferibles al pulcro apartamento de Gloria, con su ostentación de superflua cultura, y sobre todo, a sus pedantes y vacuos invitados. Marcos se unía con regocijo al coro, pateaba el piso, golpeaba con sus puños la mesa, hasta que el camarero se acercó al grupo gritando:

—¡SI siguen con esa bulla los voy a sacar!

Después de una andanada de aspavientos, en la cual se volcaron mesas y sillas, los jóvenes salieron a la calle, y durante un buen trecho prosiguieron con el alboroto. Marcos no recordaba haberse sentido tan ebrio como ahora: las luces de las esquinas no cesaban de girar, y los postes y las casas se multiplicaban. No pudo precisar en qué momento recibió el primer golpe, ni cuál de sus acompañantes fue el primero en pegarle. Cayó sobre un quicio al tercer puñetazo. En la sombra los rostros y los cuerpos no tenían facciones ni formas, eran solo pedazos de oscuridad enmarcados por largos mechones de cabello, bultos ágiles que lo vapuleaban. Le vaciaron los bolsillos, le quitaron las botas, lo arrastraron por los adoquines, y luego echaron a correr, dejándolo tirado sobre una alcantarilla, empapado por el agua que corría junto a la acera.

—¡Atajen! ¡Atajen a los ladrones! —gritó Marcos, pero un buche de sangre le impidió continuar.

Al poco rato un viejo se le acercó y lo ayudó a levantarse.

—¿Qué te pasó, muchacho? ¿Tuviste una bronca?

—Unos hijos de puta me robaron los zapatos.

—Si quieres le avisamos a los del Comité para que llamen a la policía.

—No, gracias, yo no estoy ahora para policías.

—¿Tú vives cerca de aquí?

—Yo vivo en Camagüey.

—¡Camagüey! Tú lo que estás es borracho —dijo el viejo riéndose, y acercó su rostro al de Marcos como para examinar sus heridas—. Yo vivo solo, si quieres te puedes quedar en mi cuarto esta noche. Yo tengo un par de zapatos que nunca me pongo, me quedan muy chiquitos, a lo mejor te sirven.

El hombre lo condujo hasta el pasillo de una cuartería, un túnel fétido que al fin desembocó en una plazoleta amorfa, en la que puertas y escaleras oscilaban alrededor de una palma. Qué hace una palma en todo esto, pensó Marcos, mientras se sujetaba a las paredes, que parecían rehuir su contacto. La luz de la luna volvía filosas y brillantes las pencas, dibujaba vetas azulosas en los aleros. Un gato saltó desde el tejado aparatosamente, y Marcos, asustado, dio un paso en falso y estuvo a punto de caerse sobre un montón de escombros.

—Ssshhh, ssshhh —decía el viejo—. Camina con cuidado, que si los vecinos se despiertan arman la tángana.

En el cuarto del hombre el mueble dominante era una cama. Sobre una repisa, una vela gastada ardía frente a una imagen de San Lázaro, entre platos de comida, cocos partidos en dos, copas con agua y muñecos de tela atravesados por alfileres.

—A los santos hay que tenerlos contentos, mi niño —dijo el hombre, al darse cuenta que Marcos no le quitaba la vista al altar—. Anda, quítate esa ropa y acuéstate.

Y rechinaba los dientes mientras tendía la sábana.

—¿Dónde están los zapatos? —preguntó Marcos, súbitamente despejado—. Si me acuesto ahora, creo que vomito.

—No vas a vomitar, no seas bobo. Déjame traer un trapo mojado para limpiarte la sangre. Ve quitándote la ropa y ponía encima de esa silla.

El viejo entró en un minúsculo baño empotrado en una esquina y abrió la llave del lavabo. Marcos no perdió un segundo: agarró un par de zapatos al lado de la cama, y desde la puerta le dijo:

—Usted me perdona, no crea que soy ladrón. Mañana se los traigo.

—¡Ven acá, muchacho! ¿Qué carajo te pasa?

Patio, palma, gato, aleros y escombros: la Ira y la vergüenza impulsaban a Marcos, que descalzo atravesó el pasillo a toda carrera. En la calle se puso los zapatos, que le bailaban en los pies, y continuó corriendo por las calles desiertas. El amanecer despuntaba entre los techos. Los barrenderos eran los únicos seres visibles a esa hora: arrastraban sobre el pavimento carretillas repletas de basura, se detenían frente a los desperdicios y los trinchaban con indiferencia. Una brisa helada arremolinaba papeles y hojas. Marcos decidió esperar a que aclarara completamente para llegar a casa de Gloria, y se dirigió cojeando al Malecón. Qué vacías pueden estar las ciudades, pensó, y tiritando aminoró el paso. Le dolían todos los huesos. Luego se sentó sobre un muro a observar cómo las olas se deshacían en las piedras con un bramido. Una bruma aguachenta lavaba las fachadas, que con el comienzo del día parecían asumir formas amenazantes. La ciudad cobraba su dimensión real. Este no era un pueblo de mala muerte como el suyo, pensó, ni aquí prosperaban las cercas de pedazos de leña que terminaban en cualquier sitio menos en el mar: esta era una ciudad gigantesca y feroz, un cuartel de concreto, por el que ahora cruzaba un falso aire de invierno.

El viento encrespaba las olas, atravesaba las avenidas, se filtraba por rendijas y grietas, y de seguro erizaba la piel de los durmientes que aún no se decidían a abandonar el lecho.

Una noche como la que acababa, pensó Marcos mientras se ponía de nuevo en marcha, debía también haber dejado en ellos una inequívoca señal de estupor.

VIII

La profesora de Latín se presentó en el aula ostentando una bata de maternidad. Los alumnos, que sabían perfectamente que era soltera, y que ni siquiera se le conocía un novio o un amante, reprimieron todo comentario, y esa tarde escucharon en silencio los fragmentos de Ovidio, mientras una mosca volaba alrededor de la pizarra posándose a veces en las gafas de la mujer encinta. Incluso Marcos, que sentía aversión por aquel denso idioma, abandonó esta vez la lectura del libro de Lezama que ocultaba bajo la libreta, y prestó atención a las declinaciones del lenguaje de la Roma imperial.

Al terminar la clase, en vez de salir con el grupo y unirse a los murmullos de *quién le haría el favor a ese adefesio, o cuántos meses tendrá, o miren lo que se tenía guardado,* Marcos permaneció solo en el aula. Sabía que tenía libre el próximo turno, y que durante esa hora podía adentrarse en la lectura con el mismo abandono del durmiente que se desliza hacia un sueño profundo. Sin embargo, al abrir el libro recordó la forma en que la profesora se pasaba la mano por el vientre (quizás de forma Inconsciente, o quizás como mudo desafío*),* mientras leía en latín un pasaje sobre los cosméticos. La criatura ¡legal se movería tal vez imperceptiblemente dentro de su refugio. Ahora, en la quietud del aula sin alumnos, Marcos se esforzaba por olvidar la imagen de aquella maestra embarazada, que él relacionaba con otra madre soltera, que no pudo afrontar con dignidad la ausencia de un esposo, y que terminó convirtiéndose en huésped de hospitales con ventanas de rejas. Pero no quería pensar en eso, se dijo, y al fin reanudó la lectura de *Paradiso.* Cuando sonó de nuevo el timbre que llamaba a otra clase, el joven subrayó a toda prisa la descripción que brindaba Lezama de la escalinata de la universidad. Luego, al anochecer, después de haber soportado tres horas de Materialismo Dialéctico, a cargo de un profesor soviético que sentía una debilidad especial por Alemania, bajó por la misma escalinata descrita en la novela, y el contraste entre el recuerdo de lo leído y su vivencia actual le provocó una grata impresión, como si experimentara un desdoblamiento.

A veces, como en ese instante, se enorgullecía de ser un estudiante de la Universidad de La Habana, y sobre todo de haber sido aceptado en la Escuela de Letras. En estas ocasiones pasaba por alto la repugnancia que había sentido en la entrevista inicial al matricular en la carrera: él mismo se había sorprendido por su hipocresía al elogiar en términos fervientes a la Revolución, al marxismo, a la Unión Soviética, a la literatura de compromiso social; al pronunciarse a favor de una intelectualidad que velara por mantener el estatus político que reinaba en Cuba. Durante la entrevista, mientras Marcos hablaba con forzada elocuencia, los ojos policiales del rector a cargo de conceder la entrada a los aspirantes lo escudriñaban sin pestañear, como si quisieran penetrar en su rostro; afortunadamente el humo del cigarro que se quemaba en la mano del hombre ascendía entre ambos como una cortina. Más tarde, cuando el rector puso fin al interrogatorio y prometió avisarle si lo admitiría, Marcos se había justificado pensando que de otra forma no lograría proseguir sus estudios; pero el sentimiento de repugnancia prevaleció. Tres semanas más tarde fue acogido en el seno del Alma Mater.

Ahora vivía en el albergue para estudiantes de Humanidades, un edificio de veinticuatro plantas frente al Malecón. Su cuarto estaba en el piso veintidós. El aire que circulaba por las habitaciones y pasillos cerraba con violencia las puertas. Tenía las noches libres, pero ignorando las diversiones de la ciudad, se entregaba por completo a la lectura. Con veinte años recién cumplidos había vuelto a replegarse en sí mismo, al igual que al comienzo de su adolescencia. Desde su ruptura con Nora en diciembre del año anterior, se había alejado de Gloria y José Luis, y en la universidad no había encontrado a nadie con quien compartir ni ideas, ni sentimientos, ni sábanas. También había finalizado su breve incursión por el mundo de los trasnochadores —el alcohol y las parrandas le habían dejado solo un gusto agrio—, y ahora se movía guiado por una idea fija: aprender. El conocimiento era como un alfabeto, se decía, que debía memorizarse de principio a fin, y Marcos se iniciaba con los griegos, tratando de esclarecer el misterio, no solo del pensamiento, sino también del lenguaje, porque después de todo, se repetía a sí mismo, no era posible escapar de las palabras. *En el principio era el Verbo…*

Pero esta inmersión en los libros no había eliminado del todo su inquietud por los seres de carne y hueso que formaban parte de su pasado, y entre página y página repasaba mentalmente las últimas noticias que tenía de los otros, de *ellos*. Nora, después de aquella noche del cumpleaños de José Luis, solo volvió a Tarará a pedir la baja de la escuela, y aunque trató de hablar con Marcos, este se escondió para no verla; supo después por José Luis que ella había hecho una boda precipitada con Adolfo, y ahora trabajaba de actriz en un grupo teatral. Carmen, hospitalizada otra vez desde la salida de su hermana Arminda para Estados Unidos, llevaba más de ocho meses en el manicomio; Marcos la había visitado todos los días durante sus vacaciones en Camagüey al finalizar el bachillerato. En ese mismo período, se había encontrado dos veces con Eloy, que se había convertido en un jovencito afeminado y pedante que nada tenía que ver con el Eloy que él conoció una vez; y Teresa, la esposa de Tony Suárez, ya pertenecía a un mundo al que él no tenía acceso. Ricardito había comenzado a padecer de ataques de epilepsia, y aunque hacía planes de mudarse a La Habana, esperaba la autorización del siquiatra: el joven músico era también paciente del hospital donde atendían a Carmen. Eulogio seguía preso, y Elías, aunque a punto de salir de la UMAP según sus padres (los pobres viejos, llevaban un año diciendo lo mismo) continuaba encerrado en una granja.

Sumergido en los textos, en los bruscos apuntes, en los poemas que garabateaba tarde en la noche en el salón del piso veintidós, Marcos pensaba que esas personas que habían marcado su vida se habían vuelto tan irreales como los personajes de las novelas que leía de continuo. A veces sentía incluso más cerca de él a estos seres Inventados que hablaban y se movían en la letra Impresa. Sin embargo, no podía engañarse: su juventud exigía algo más que vivir de ficciones y teorías ajenas. Su propósito era alcanzar la erudición, no por vanidad, sino por deficiencia; creía que al dominar la historia universal, el trayecto del pensamiento humano, quizás podría aceptar su propia historia, la de él, Marcos, y a la larga lograr hacer las paces con sus propios pensamientos. Sin embargo, por ahora el proyecto se volvía irrealizable, y él entretanto necesitaba del calor de una voz, tal vez de un cuerpo: la presencia palpable de otro ser que lo reafirmara en su búsqueda.

De madrugada, leyendo *Paradiso*, sentado en el balcón frente a la ciudad iluminada que se extendía junto a la oscuridad del mar, pensaba que Lezama tampoco respondía a sus interrogantes. Todo aquello de que «*el transfigurado… verá, no los peces dentro del fluir, lunarejos en su movilidad, sino los peces en la canasta estelar de la eternidad*», era singularmente hermoso, pero detrás de esas expresiones abultadas Marcos percibía también el forcejeo encubierto de la deficiencia. La huida de Rimbaud, pensaba, había sido un intento de destruir el mito en todas sus formas, de escapar a las redes engañosas de las imágenes, que Lezama identificaba con la vida verdadera. Rimbaud no se había resignado a las sustituciones. Y a pesar de su muerte equívoca, se decía Marcos, recorriendo el balcón con pasos cortos (y asustado por la imponente altura), José Martí había sido un hombre afortunado: en medio de su sensibilidad y sus conflictos, le había llegado como un regalo la lucha por la liberación de su patria. Para Martí todo había sido evidente: su ideal, su faena, su abnegación. Pero Cuba ya se había quitado los grilletes coloniales. Era cierto que luego habían aparecido otros grilletes, y luego otros, pero Marcos, a pesar de que amaba a su patria, y hubiera querido mejorar su destino, no se le ocurría cuál podría ser la manera más acertada de ayudar a este mejoramiento: se debatía entre un incierto afán de justicia y una perspectiva borrosa del presente y el futuro.

Actualmente elaboraba un libro de poemas que pretendía dar cuenta de estas dificultades: eran los diálogos entre un capitán, un soldado y una prostituta, que simbolizaban respectivamente la dictadura, el individualismo y la ciega veleidad de las masas. Pero allí asomaban de nuevo la engañifa de la poesía, la ineptitud de las imágenes. Los poetas, se decía a veces con desaliento, carecían de la autoridad de los filósofos, de los estadistas, de los guerreros, de los sacerdotes; vacilaban entre la fe y el escepticismo, entre la abulia y la necesidad de acción, entre la teoría y la práctica. Y para colmo, terminaba diciéndose, él ni siquiera llegaba a ser un poeta de talento, sino que sus versos eran inexactos, y en ese instante las palabras quedaban suspendidas en el aire nocturno, mientras la brisa del mar cerraba con estrépito puertas y ventanas.

Entraba entonces en su cuarto resuelto a no escribir jamás, y esperaba en la oscuridad la llegada de sus tres compañeros de habitación: Tomás, un joven negro que estudiaba Sociología y que a la vez tocaba el piano; Orlando, fanático del cine y las mujeres, que cursaba el primer año de periodismo; y Konstantin, un ruso bromista que hablaba el español sin acento y que esperaba graduarse pronto de Literatura Hispana. Llegaban de madrugada, canturreando, oliendo a alcohol, y Marcos escuchaba en silencio sus fanfarronerías, contento de estar acompañado.

Porque le tenía miedo a sus sueños. En los últimos meses padecía de unas pesadillas vívidas, que al despertar recordaba en fragmentos, y que le provocaban, aun despierto, un vergonzoso pavor. La noche anterior, por ejemplo, había soñado con su prima y su abuelo. Ambos se mecían en dos balances en un portal derruido, iluminados por un quinqué. Pero su prima no era la grácil jovencita que murió el mismo día que cumplió veinte años, sino una mujer enjuta que cantaba una tonada infantil mientras se mecía con fuerza en el balance. En una mecida cayó de bruces sobre el piso

117

cuarteado, junto a una palma enana, rasgándose la blusa. El viejo Anselmo trató de remendar el desgarrón con una aguja enorme, pero solo logró coser la tela a la piel de la nieta, que se revolvía entre convulsiones. Marcos se despertó sudando, y suspiró aliviado al escuchar la respiración quieta de sus compañeros de habitación.

Pero esa tarde, al bajar por la escalinata de la universidad, recordando el rostro imperturbable de la profesora de Latín, que no se avergonzaba de tener un hijo sin haberse casado, decidió que esa noche no se quedaría en el albergue. Necesito caminar, se dijo, poner en orden mis ideas.

Cuando llegó al albergue de estudiantes ya las luces iluminaban los cientos de ventanas, a través de las cuales se escuchaban el ruido de la juventud, las voces que rezumaban vida. En el salón junto al comedor, Tomás tocaba en el piano un popurrí de melodías de los Beatles, rodeado de muchachas soviéticas que no sabían qué hacer con sus cabellos, sus piernas prominentes, su sudorosa piel, sus torpes faldas. Entre risas adulaban al juguetón pianista, en un español apenas hilvanado. El albergue contaba con más extranjeros que cubanos, y las divisiones se multiplicaban: nacionalidades, razas, vocaciones, todo contribuía a levantar barreras entre los alumnos que poblaban los pisos. Los estudiantes checos no se mezclaban con los rusos, ni los chinos con los vietnamitas; y los latinoamericanos de distintos países no se toleraban entre sí. Algunos africanos, abstraídos y distantes, llevaban en el rostro cicatrices que indicaban un linaje real, y esta visible señal de aristocracia parecía aislarlos del resto de los negros. Los Ingleses despreciaban a los franceses, y viceversa; sin embargo, todos estos jóvenes, oriundos de lugares tan diversos, tenían en común un credo político, lo que teóricamente debía haberlos unido. Ahora Marcos, atravesando el comedor con la bandeja de la comida, buscando un sitio libre, se sorprendía otra vez de tanta inconsecuencia.

Al final escogió una mesa de vietnamitas. Simpatizaba con aquellos jóvenes que se encolerizaban por cualquier broma que aludiera al sexo, y que cultivaban legumbres al terminar sus clases; unas hojas que lucían como acelga se apilaban ahora en sus bandejas. A Marcos le resultaba difícil aceptar que esas mismas criaturas con aire Indefenso tramaran emboscadas, derribaran aviones y mataran soldados. Pero las fotos de los periódicos no parecían mentir. Y precisamente en la mesa de al lado unos checos se pasaban el *Granma*, el diario oficial cubano, y obviamente discutían en su lenguaje Indescifrable las noticias del día, señalando con dedos Inquietos ciertos renglones de la primera plana. De seguro se entregaban a conjeturas sobre la invasión rusa a su país, pensaba Marcos, mientras mojaba el arroz con unas cucharadas de frijoles. *El mundo estaba dividido, la gente estaba separada, pero así y todo...* Y se atragantaba con un huevo cocido mientras solemnemente clasificaba las filas de comensales hambrientos.

A sus ojos, los más aburridos eran sus compatriotas. Los cubanos en aquel albergue (las muchachas vivían en un edificio contiguo) se agrupaban en tres facciones, que un chistoso había bautizado con nombres de colores: los rojos eran los estudiantes de Ciencias Políticas y Ciencias Jurídicas; los rosados pertenecían a las carreras de Periodismo, Sociología e Historia; los morados eran los «casos perdidos» de la Escuela de Letras. Los rojos —dogmáticos y disciplinados— llevaban el pelo muy corto, usaban pantalones anchos, embetunaban sus botas; los morados —liberales y rebeldes— se complacían en escandalizar con sus melenas, sus barbas, sus ropas ceñidas y descuidadas; los rosados optaban por un prudente término medio. Pero Marcos, a pesar de que compartía muchas características de sus compañeros de carrera, incluyendo el afán exhibicionista, se retraía dentro de su grupo: la jerga Intelectual lo sacaba de quicio.

Al terminar de comer entró en el elevador, rodeado del lenguaje metálico de una docena de vietnamitas. A mitad de camino las luces temblequearon, y el aparato se detuvo con una sacudida: era el apagón habitual de las ocho de la noche, que a veces duraba tres horas. Un clamor asiático, impregnado de un intenso olor a ajo, inundó el ascensor. Después de unos minutos de confusión, de gritos, risas y empellones, Marcos empujó una placa de metal en el techo, trepó sobre unos hombros vietnamitas y salió al túnel de cables y ladrillos hasta alcanzar la puerta del piso superior. Luego desde su cuarto observó el extraño paisaje de la ciudad a oscuras. En el mar unas luces solitarias se encendían y apagaban; otras permanecían fijas o se desplazaban como fosforescencias. Se vistió rápido y bajó las escaleras, tropezando con los estudiantes que subían a ciegas entre palabrotas. En el salón junto al comedor, alumbrado por un candil, Tomás todavía castigaba las teclas del piano.

En la calle, ráfagas de aire húmedo amenazaban las faldas y sombreros de las figuras que caminaban de prisa. Marcos subió al ómnibus donde una masa sin rostro se debatía para avanzar en el pasillo atestado. En la sombra el contacto de los cuerpos excitaba y repelía a la vez; los corcoveos del vehículo aumentaban los roces. Los faros de los autos iluminaban brevemente el pavimento y luego dejaban una estela negruzca, en la que los peatones deambulaban como siluetas. Esa noche el apagón era total: los edificios se recortaban contra la sombra Imponente del cielo. Un enjambre anónimo se agolpaba en las paradas de ómnibus —un enjambre del que se levantaban exclamaciones, insultos, gritos infantiles, músicas de radios portátiles. Al pasar frente a la universidad, Marcos apenas alcanzó a ver la escalera de piedra que se elevaba hacia un paisaje ruinoso de columnas y techos desdibujados, sobre los que colgaba una luna cuarto menguante.

Se bajó en la última estación de la Habana Vieja. Quería llegar hasta la plaza de la Catedral. En el interior de las casas brillaban los quinqués o la luz macilenta de las velas; recordó que en Camagüey también ardían esas llamas marchitas, tan propicias al canto de los espiritistas —*ayera-yei-ayerayá*. En esa penumbra, recordó también, había visto a un cordón de hombres y mujeres alrededor de su madre, que con los ojos fijos en el piso parecía ajena a la ceremonia. Pero él no quería pensar en eso. Ahora los transeúntes de rasgos imprecisos cruzaban por su lado, y de repente sintió el deseo de abrazar uno de esos cuerpos —abrazarlo por un Instante, y luego echarse a correr. Tuvo miedo de dejarse arrastrar por el impulso, y dobló por una calle solitaria, al final de la cual algo ocurría: parecía una mudanza. La familia debió haber escogido las horas de apagón para no exhibir su intimidad, pensó. Su intimidad y también su miseria, se dijo después al acercarse: a la luz de un candil se amontonaban sillas decrépitas, cajas de cartón, colchones deshilachados, ollas.

Por suerte, pensó Marcos, si uno levantaba la cabeza podía ver las estrellas. La Vía Láctea sorteaba los aleros hasta desplegarse sobre la azotea de un convento. También en las vigilias de los pentecostales, recordó, en la finca de Andrés Olazábal, el cielo resplandecía con esos mismos puntos luminosos: la oscuridad circundante realzaba su fulgor. Sus luces obstinadas reafirmaban que más allá de las cosas transitorias existían un tiempo y un espacio eternos. Puras ideas románticas, se dijo, como aquello de *la flor y la calle son una misma cosa*. Pero a veces era agradable pensar en ellas —sobre todo ahora, cuando un taconeo insistente a sus espaldas causaba sobresalto. Una suelas reforzadas con herraduras lo siguieron un buen trecho: él no se atrevió a volver la cabeza. En algunos balcones se escuchaba un rumor de charla. Ropas hinchadas colgaban de las barandas, y alguien arrastraba un mueble en una habitación, provocando un chirrido.

¿Y qué significaban esos astros que cruzaban el cielo con un chisporroteo, y que luego se perdían para siempre? El tenía la costumbre de pedir un deseo en voz baja, pero en ese Instante no se le ocurría ninguno, ya que era evidente que no podía pedir: que Nora y yo volvamos a estar juntos. Ya no estaba enamorado de ella. El año transcurrido desde la ruptura, la entrada de él en la universidad, saber que ella quería pertenecer (o ya pertenecía) a un mundo en el que él no encajaba, habían desgastado sus sentimientos.

Aún recordaba los momentos de placer a su lado, aún añoraba su risa y compañía, pero a la larga admitía que un Intento de acercamiento resultaba absurdo.

De repente un pestañeo cegador le devolvió por un segundo el relieve a las cosas, y del Interior de las casas salló un vitoreo, un bullicio feliz. El pestañeo se repitió, y esta vez las luces trajeron el color, el volumen, las líneas, entre un repique de latas y cucharas. A la vuelta de la esquina la catedral mostraba su arquitectura poderosa: el musgo y la humedad no le habían restado grandeza a esas piedras. La campana reposaba con gravedad en la torre. Marcos se sentó en una mesa del portalón del restaurante frente a la plaza adoquinada, y después de pedir una taza de té examinó los pocos clientes, cuyas expresiones risueñas reflejaban alivio al haber dejado atrás dos horas de oscuridad. En algunas mesas todavía ardían velas. Un joven de espejuelos y barba lo miraba fijamente mientras revolvía con una cuchara el líquido de su vaso, y al notarlo Marcos desvió la vista hacia las vigas de cedro que sostenían el techo. La casa de Teresa poseía una horconadura similar; solo que en ella la carcoma despuntaba con su encaje amarillento, al contrario de estos sólidos maderos, cubiertos por una capa de barniz.

El joven de la barba se levantó y avanzó hacia él sonriendo. Aunque los ojos azules tenían un brillo familiar, Marcos no recordaba haber visto ese rostro. Era más bien su andar felino el que guardaba relación con una imagen conocida y remota, un movimiento de un pasado borroso, probablemente percibido entre sueños.

—¿Tú no te llamas Marcos?

Marcos solo atinó a ponerse de pie. La voz había disuelto toda incertidumbre.

—Sí, yo me llamo Marcos. Tú eres Elías, el actor, ¿no? —pero sabía que no podía ser otro; hubiera reconocido aquella voz en cualquier parte.

—Muchacho, tú has cambiado —dijo Elías, mirándolo de arriba a abajo—. Cuando te conocí eras casi un niño.

—No tanto, no tanto.

—Claro que sí, me acuerdo que yo le preguntaba a Eulogio; ¿Qué hace ese vejigo aquí en el teatro todas las noches? Y Eulogio me explicó que tú eras un caso precoz, algo así como un nuevo Rimbaud.

—Como si Camagüey pudiera dar un Rimbaud —se rió Marcos, nervioso.

—De tu pueblo se puede esperar cualquier cosa —dijo Elías, y movió las cejas con un gesto simpático—. Dímelo a mí. ¿Qué tú haces aquí en La Habana?

—Estoy estudiando Letras en la universidad.

—Ah, Letras —dijo Elías con desdén—. Qué lástima, la universidad mata el talento. Digo, si la tomas en serio. Pero no, no te lo reprocho, no vayas a pensar que estoy en contra de la formación académica, aunque yo nunca la tuve. A lo mejor por eso hablo así. Pero no, no es por eso, es que he conocido tantos profesores y estudiantes engreídos, que en el fondo son unos comemierdas, unos castrados. Aunque bueno, quién carajo soy yo para juzgar a nadie. Pero me da rabia ver cómo se creen los dueños de la cultura, los únicos que tienen derecho a opinar.

Marcos se apoyó en la mesa, buscando equilibrio.

—Yo estoy de acuerdo contigo, lo que pasa es que…

—¿Me puedo sentar aquí? ¿Tú estabas esperando a alguien?

—Sí, estaba esperando a alguien con quien poder hablar. Llegaste en el momento en que iba a empezar a hablar solo.

Elías se sentó y colocó las piernas sobre la mesa.

—Perfecto —dijo alegremente—. Tenemos la noche completa. Yo siempre quise hablar contigo, pero tú siempre andabas con ese gordito, ¿cómo se llamaba?

—Eloy —dijo Marcos, bajando la mirada.

—Ese mismo. A mí me caía mal, me parecía un estúpido. El también estuvo enredado en lo del juicio, y se portó como un cobarde. Pero no quiero ofenderte, yo sé que es tu amigo.

—No creo que pueda llamarlo mi amigo. Por lo menos, ya no lo puedo llamar mi amigo. Quizás en ese entonces sí, no sé. Estudiábamos juntos, estábamos en la misma aula… ¿Qué has sabido de Eulogio?

—Sigue en la cárcel. Aquí entre nosotros, parece que le van a dar la libertad pronto. El padre de él fue combatiente de la revolución, y aunque después tuvo problemas y se retiró del ejército, todavía tiene contactos con la gente de arriba.

—Yo nunca fui amigo de Eulogio, creo que quería serlo, pero había algo en él…

—Eulogio te apreciaba, pero decía que tú siempre le huías —dijo Elías, y preguntó con malicia—. ¿Tú pensabas que él andaba detrás de otra cosa, no? Es como dice el refrán, cría fama y acuéstate a dormir. Pero Eulogio no es como la gente se imagina. Es verdad que es un loco y a veces llega a ser un tipo siniestro, pero sobre todas las cosas es un artista, un hombre sensible, con un gran corazón. Uno de tus amigos le dio unos poemas tuyos, a él le encantaron. Había uno que decía: «El que osó, lejos de la borrasca, convertirse en náufrago—»

—¡No sigas! —gritó Marcos, enrojeciendo—. Ese poema es una estupidez. Lo escribí hace mucho tiempo, cuando yo no sabía lo que escribía.

—Y ahora, ¿ya sabes lo que escribes? —dijo Elías, cubriendo con la mano su sonrisa.

—No es eso, es…

—Los poetas nunca saben lo que escriben. Digo, los poetas de verdad. Yo también me aprendí esos versos de memoria: «El que osó, lejos de la borrasca, convertirse en náufrago, ha clavado su dardo en las dos caras: la presencia y la ausencia…».

—Por favor, no sigas. Te estás burlando de mí.

—¿Por qué burlándome? Pero eso de ruborizarse es peligroso, eso es muy peligroso. Tengo que darte unas clases de actuación, de lo contrario no vas a sobrevivir aquí. Si las fieras te ven vulnerable, te comen vivo. Empezaremos con Stanislavsky…

—A mí no me interesa la actuación, yo nunca serviría para subir a un escenario —dijo Marcos, y mirando hacia el techo añadió—. Qué extraño, eso mismo le dije una vez a una muchacha que quería ser actriz.

—¿Te parece que el actor no tiene una profesión digna? No te olvides que el poeta más grande del mundo fue también actor, y además dirigía y actuaba en sus propias obras. Y parece ser que era también un poco pervertido, como nuestro amigo Eulogio.

—Es verdad que yo hablé poco con Eulogio, pero siempre lo admiré. Yo no sabía que él había leído esos versos estúpidos. Seguro que fue el imbécil de José Luís el que se los dio.

—José Luis, claro, el flaquito que tocaba guitarra. Un muchachito chévere, me acuerdo bien de él.

—Deberías verlo ahora. Está metido en eso de la Trova, canciones de contenido social y todo lo demás —dijo Marcos, y de pronto exclamó—. ¡Ah, y está viviendo con una amiga tuya, Gloria Benítez!

Elías soltó una carcajada.

—¿Gloria Benítez? Esa arpía no es amiga de nadie. Trabajamos juntos en un par de obras, hace mil años. Pero Gloria tiene edad para ser la madre de José Luis… Aunque claro, a ella siempre le gustaron los bebitos. Ella y Eulogio tienen eso en común. Pedofilia, es el término técnico. Como Lewis Carrol. Pero cuéntame de ti. ¿Qué haces? Quiero decir, ¿qué escribes? No me digas que también has agarrado el camino de Fausto. Porque aquí todo el mundo le está vendiendo el alma al diablo. La gente no sabe que el diablo después cobra. Y cobra caro, grábate eso en la cabeza.

—Yo me he vendido a otro diablo —dijo Marcos, y bajó la vista. ¿Es que alguna vez había hablado con alguien como Elías? Esos minutos eran los más importantes que había vivido en mucho tiempo. El no había olvidado los ojos del joven actor, y aunque ahora detrás de unos cristales gruesos, la mirada seguía siendo la misma: expresaba cinismo y desconfianza, pero a la vez inteligencia, y tal vez la esperanza de una comunicación. Era difícil ocultar algo ante aquella mirada.

—Cuéntame eso —dijo Elías, poniéndose serio.

—Nada, locuras. Me refiero al diablo de la amargura, de la incredulidad. Como dice Lezama: «*Adquiere su perfil el hastío*».

—No jodas, esas son crisis de poeta. Crisis pasajeras, por supuesto. Acuérdate que los poetas no se pueden permitir el lujo de ser amargados ni incrédulos. La poesía es fe, sobre todas las cosas. La amargura es esterilidad.

—Pero yo no sé si soy poeta. Es más, creo que no lo soy. Todo lo que escribo…

—Si lo fuiste, lo eres. Eso no es como una camisa que uno se pone y después bota.

Marcos tomó un sorbo de té, y aclarándose la garganta dijo:

—A lo mejor nunca lo fui.

Elías le quitó la taza de la mano y bebió también.

—No seas estúpido. ¿Qué estás leyendo ahora? Me refiero a ideas. Porque estoy seguro que estás tratando de encontrarte leyendo ensayos, filosofía, o algo por el estilo. Y me apuesto cualquier cosa a que estás perdiendo el tiempo miserablemente con Sartre, o alguno de esos mamarrachos. Fíjate bien: el existencialismo castra.

—He leído un poco a Sartre, pero no me interesa. De los existencialistas uno de los que más me llama la atención es Heidegger, pero no lo entiendo.

—Mejor. De toda esa gentuza el único que se salva es Jaspers, y para eso, no siempre…

—Pero está Camus. Es el mejor.

—No, viejo, no digas eso, no metas a Camus en eso. Camus es un poeta, un artista, y los poetas no son existencialistas, ni pensadores, ni nada…

—Yo en realidad estoy leyendo a los griegos —dijo con timidez Marcos.

Elías se cubrió la cara con aspaviento, y luego exclamó:

—¡Peor! Los griegos fueron la desgracia de Occidente. Un poquito de Platón no viene mal, pero no te metas con Aristóteles y su jerigonza racionalista. Por eso estamos como estamos. La cosa es —y aquí Elías acercó su rostro al de Marcos, bajando la voz—, que empieces a leer filosofía oriental. No Lin Yu Tang, por supuesto, aunque Lin Yu Tang es preferible a Sartre. Te estoy hablando sobre todo del Zen, del regreso al pensamiento místico genuino. Eulogio fue el que me abrió los ojos. Pero ya hablaremos de eso. ¿Qué tú tienes que hacer ahora? Yo no soporto estar mucho rato sentado. Ven, vamos a dar una vuelta en la lancha de Casablanca. A esta hora lo único que se puede hacer en La Habana es cruzar la bahía.

Llegaron al embarcadero después de la medianoche, sofocados por la caminata. Luego en la embarcación las aguas entintadas vapuleaban la proa, alzándose a borbotones, mojando los brazos de los pasajeros recostados a la baranda. Al frente La Habana se reducía a un hormigueo de luces, y a un lado la imponente mole de La Cabaña descendía abruptamente hasta la costa. Al llegar al muelle los jóvenes bajaron de un salto y se encaminaron hacia el centro del pueblo. En las calles adoquinadas sus pasos resonaban, subrayando la quietud del barrio. En el parque vacío, una nube de insectos revoloteaba en torno a los faroles.

—Tú también has cambiado —le dijo Marcos a Elías cuando se sentaron en un banco—. Ya no eres aquel Oscar de *Aire Frío*.

—Es verdad, estoy mucho más viejo. Me parece que hace diez años que trabajé en esa obra, y nada más hace tres.

—¿Cuándo fue que saliste de la UMAP?

—¿Y cómo tú sabías que yo estaba en la UMAP?

—No sé, todo el mundo lo sabía. Digo, la gente comentaba…

Elías prendió un cigarro, y Marcos se sorprendió al ver que su mano temblaba al sostener el fósforo. Era el primer rasgo de debilidad que descubría en aquel joven tan seguro de sí. El también ha sufrido, pensó Marcos. Es uno de los míos.

—Claro —dijo Elías—. Las cosas malas siempre se saben rápido.

—No siempre.

—¿Por qué dices eso?

—No estaba pensando en nada concreto. Si no te molesta, quisiera que me contaras de la UMAP.

—Sí, sí me molesta.

—Perdóname, comprendo lo que sientes.

—No lo comprendes, y tampoco tienes que pedir perdón.

—¿Es que tú eres de los que creen que los hombres no tienen que pedir perdón? —preguntó Marcos sonriendo.

Pero Elías no sonrió, sino que después de aspirar con vehemencia el cigarro dijo:

—No es eso, es que el pedir perdón implica culpabilidad, y la culpabilidad es algo repugnante. Por eso nunca me gustó el final de la historia de Adán y Eva. Toda esa escena detrás de los matojos, con esas pobres gentes arrancando hojas para taparse, vaya, es grotesca y ridícula. Uno hace las cosas porque salieron así, y ya.

—Pues mira, yo me siento culpable de muchas cosas.

Elías terminó de fumar en silencio, y después de lanzar la colilla sobre el remolino de insectos dijo:

—Quizás a los poetas les hace falta sentirse culpables, para después redimirse con la poesía. Pero yo no soy poeta, soy actor. No tengo las virtudes de Shakespeare, que era una cosa y otra. De todas formas, la culpabilidad no es un sentimiento saludable, ni indica nobleza ni mucho menos grandeza de espíritu, como alguna gente piensa. Al contrario, es un sentimiento mezquino. Es más, yo creo que si un poeta aspira a ser grande tiene que despojarse de ese fardo. A ti te falta mucho por aprender.

—Te has disgustado.

—No, no seas tonto. Es un tono que me sale a veces.

—Es el tono de Jehová cuando vio a Adán y a Eva con taparrabos.

Elías se echó a reír, y le dio unos golpes suaves en la nuca a Marcos.

—Eso es lo único bueno que has dicho en toda la noche. No sabes cómo me alegra haberme encontrado contigo.

—Y a mí —dijo Marcos, y repitió con voz ronca—, Y a mí.

—Pero oye, tampoco es bueno ponerse demasiado efusivo. La efusividad, la culpabilidad, el sentimentalismo, todo eso suena mejor en el teatro.

—Sí, ya sé que los actores solamente piensan en actuar. Yo conocí a una muchacha que quería ser actriz… Pero esa es una historia aburrida. ¿Vas a volver a trabajar en el teatro?

—Claro, hombre, esa es mi vida. Cuando Eulogio salga voy a tratar de convencerlo para formar un grupo de aficionados. Tú serás uno de los actores principales.

—Ya te dije que no sirvo para actuar.

—El tiempo va a decir eso. De una forma u otra, siempre vas a tener que actuar, aunque no sea en el escenario. Por ahora vete leyendo *La Gaviota* de Chéjov. Esa es la obra favorita de Eulogio, y siempre tuvo pensando montarla. Pero no te enamores del papel de Trigorin: ese es mío desde hace mucho tiempo.

—Conozco bien la obra. Yo creo que mejor te cuadraría el papel de Treplev.

—¿Qué estás tratando de insinuar, que voy a terminar pegándome un tiro?

—Elías, ese es un chiste pesado. Lo dije porque el personaje de Treplev tiene más que ver con tu físico.

—El físico no importa en el teatro. Para eso está el maquillaje, y muchos trucos más.

—Me gustaría ver *La Gaviota* actuada por marionetas.

—¿Tú viste las *Escenas de Shakespeare*, verdad? ¿No te gustaron? Fue lo mejor que hicimos en Camagüey.

—No, lo mejor fue *Aire Frío*. Pero por supuesto, las *Escenas* eran fabulosas. Si tú supieras, los muñecos después se desbarataron. Yo los vi una noche en el taller del teatro, cuando lo del juicio. Quiero decir, el juicio de ustedes.

126

—Muy curioso —dijo Elías, con una tenue sonrisa—. Los muñecos se desbarataron, y los que hacíamos funcionar los muñecos nos desbaratamos también.

Marcos se puso de pie y caminó unos pasos hasta el farol, donde los insectos se despedazaban. Luego se detuvo frente a Elías.

—¿Tú te acuerdas cuando estabas declarando frente al tribunal y miraste por la ventana, y nos viste a José Luis y a mí en la azotea del taller?

Elías encendió otro cigarro; esta vez la mano había dejado de temblar.

—No, no me acuerdo. No me acuerdo de haber mirado por ninguna ventana. Ni creo que en la sala del juicio hubiera ventanas.

—Seguro que la había. Nosotros estábamos en la azotea, y los vimos declarando a ustedes, a ti y a Eulogio. Yo estoy seguro que me viste, incluso me miraste. No sé, pero me pareció que me querías decir algo...

—Esas son fantasías de poeta —dijo Elías, y bostezando estiró los brazos—. No hubo ventana, ni miradas. Vámonos, ya se está haciendo tarde. No quiero que te busques problemas en tu universidad. Ya tendremos tiempo de hablar en otro momento. Ah, y quiero llevarte también a casa de un artista, un escultor que se llama Fonticiella. Y tienes que leer unos libros que te voy a prestar. Quiero inculcarte otra forma de pensamiento, para que te olvides de Grecia y de toda esa cultura de culpabilidad y gestos efusivos. La verdad está en otra parte.

—Eso es lo que yo quiero. La verdad.

—Está bien, pero no te hagas ilusiones. No es fácil llegar a ella.

Al otro día Marcos no podía concentrarse en la clase de Latín. Mucho menos después, en las áridas lecciones de Materialismo Dialéctico. Alemania caía por una cuesta. Esa noche el apagón volvió a ser total cuando dieron las ocho. En su cuarto él tanteaba los objetos y tropezaba con sillas y literas. Por las ventanas se escuchaban silbidos. Luego salió al balcón y se sentó a observar la ciudad a oscuras, y las hileras de luces que como vagas fosforescencias temblaban en el mar. Diciembre había llegado otra vez con una brisa rápida como un trote, y en el cielo los puntos luminosos reafirmaban que más allá de las cosas transitorias... Pero ya no importaba; Marcos tenía un amigo.

IX

En el pasillo pobretón de aquella casa solariega dividida en minúsculos apartamentos, donde los gajos de los naranjales se enredaban con los cordeles de ropa, y un muro destrozado protegía los mazos de hierba cuyo verdor socavaba las piedras, los niños de Fonticiella hacían navegar barcos de papel en el agua encharcada. Eran los primeros días de marzo, pero la primavera parecía haberse adelantado: desde hacía dos semanas llovía todas las tardes.

Marcos y Elías llegaron empapados a la sala del escultor, que en ese Instante arrullaba al niño más pequeño en un balance. El hombre se llevó un dedo a los labios y dijo:

—Tiene fiebre.

Los jóvenes se sentaron en medio de un silencio embarazoso, admirando el peligro y la ternura de la paternidad, y Marcos, como era su costumbre siempre que visitaban al artista, se dedicó a examinar los extraños objetos que atiborraban la casa. A su lado, un monstruo fabricado con pedazos de leña tenía en su centro una perforación que ponía al descubierto las entrañas carbonizadas, mientras un reloj con alas, montado sobre unos faroles, colgaba de la puerta. Junto a la pared se desplegaba un muestrario de lanzas oxidadas, con empuñaduras talladas en forma de cabezas, rodeadas de plumeros. Unos niños de tela yacían heridos sobre un césped de clavos, y custodiando la entrada del dormitorio, en el que el matrimonio y los hijos compartían tres camas estrechas, se erguía una figura de barro decapitada que sujetaba su propia cabeza con las manos.

Ahora, a causa de la lluvia, los pañales se secaban adentro de la sala, alineados en una soga que colgaba de la base del reloj alado hasta el retablo que Fonticiella había bautizado como el *altar mayor,* un enorme mural compuesto por cascos, tinajas, pedazos de estufa, palanganas, manubrios y restos de vajillas que formaban una mole alrededor de un espejo.

—Un altar dedicado exclusivamente al santo del yo —explicaba Fonticiella—. Un altar dedicado al maldito ego. San Ego, responsable de toda la mierda del mundo —y mordía un cabo de tabaco.

Cuando estaba de buen humor, el hombre procuraba justificar racionalmente sus piezas, pero Marcos lo escuchaba impaciente: pensaba que el lenguaje no bastaba para explicar aquel arte, que le parecía sobre todo expiatorio.

—Más que un genio, es un místico —le había dicho Marcos a Elías después de la primera visita—. Pero lo que más me gusta es que a pesar de todas esas esculturas monstruosas, la casa es un hogar. Un hogar de verdad.

Porque en medio de todo el abigarramiento, la esposa de Fonticiella, frágil y primitiva, se movía con sencillez, absorta en sus quehaceres y sus hijos. Apenas hablaba, pero sonreía continuamente, tal vez orgullosa de tener por esposo a un loco inofensivo, que en menos de ocho años le había dado esa prole. Marcos se había encariñado con los chiquillos —tres varones y dos hembras— y los cargaba con torpeza, meciéndolos o paseándolos por la Inaudita sala, mientras Elías lo observaba con sonrisa ambigua.

—Es más, las esculturas forman parte de la casa —decía Marcos—. Este no es un arte de museo ni de coleccionistas.

El escultor, pequeño, cuarentón, de vientre abultado y cabellos canosos, chasqueaba la lengua después de comer y se limpiaba los dientes con los dedos. Al salir de la casa, los dos jóvenes conjeturaban, admitiendo su mutuo asombro.

—También Balzac parecía un carnicero —decía Elías a modo de excusa, y Marcos reafirmaba:

—A mí me recuerda a Goya.

Fonticiella los fascinaba.

Además, la miseria, la escualidez, el hacinamiento que se reflejaban no solo en las esculturas, sino en las paredes despintadas, en la cocina llena de humo, en los cuartos angostos, le recordaban a Marcos su propia casa, su barrio, la atmósfera en la que a él le había tocado vivir, donde también la imaginación, encarnada en su madre, jugaba un papel imprevisible.

Aunque en los últimos meses intentaba olvidar el mundo de su infancia y de su adolescencia, aquí, en casa del escultor, las asociaciones eran inevitables —solo que en eso llegaban los hijos, inventando un juego o exigiendo un abrazo, y Marcos, que hasta entonces había visto a los niños como criaturas raras a las que era preferible admirar de lejos, gateaba ahora por el piso para servir de montura a los chiquillos, o fingía desmayarse al ser el blanco de una pistola de agua.

En los meses que llevaba saliendo con Elías, había descubierto rincones insólitos que le habían hecho cambiar su opinión sobre La Habana; pero eran sobre todo el diálogo entusiasta, el intercambio de razonamientos, los que habían convertido a sus ojos la ciudad en un sitio habitable. Incluso las clases en la universidad le despertaban un nuevo interés, ya que escuchando a los profesores trataba de imaginar cuál sería la reacción de Elías ante aquel tumulto de ideas que a veces le sonaban pretenciosas o descabelladas, y esperaba ansioso compartirlas con este para escuchar su implacable sentencia. Se encontraban sin una cita previa, disfrutando del falso azar que los reunía, y hablando sin pausas entraban en el cine, o caminaban sin rumbo por el Malecón.

También estaba el Zen. Elías repetía frases que Marcos memorizaba: «La iluminación súbita se experimenta en medio de los asuntos cotidianos»; «La naturaleza del cielo es originalmente clara, pero si lo observamos demasiado la vista se oscurece;» «Oponer lo que se ama a lo que no se ama es la enfermedad del espíritu;» «El mayor peligro consiste en analizar el Tao con la inteligencia. Si uno hace tal cosa, nunca alcanzará el Tao» —porque además, y en esto Elías ponía peculiar énfasis, «las palabras son impotentes». Pero la postura de Marcos no era en ningún momento la del alumno sumiso y aplicado, sino que constantemente, para irritación del maestro, cuestionaba las enseñanzas, o lo que era peor, buscaba semejanzas con otras conocidas por él. Hui—k'o, el segundo patriarca Zen, le recordaba a Cristo, y el precepto de «sensación de duda» que predominaba en los textos taoístas le parecía similar a la proposición socrática. Elías se limpiaba las gafas aparentando calma, y luego le decía:

—Eres un imbécil.

Y terminaban tomando un par de tragos en un bar del Vedado.

A veces se les unía el Chino Diego, un pintor amigo de Elías que en otro tiempo había sido actor, y que, aunque preocupado por la metafísica y simpatizante del catolicismo, se sentía más cómodo hablando de mujeres. Llevaba un almanaque de bolsillo en el que señalaba con una cruz cada noche que se llevaba una a la cama: cuando se trataba de una conquista nueva, encerraba la cruz en un círculo. Marcos había visto el almanaque, que en estos tres primeros meses del año apenas contaba con tres o cuatro cruces, y un círculo solitario a finales de febrero.

—Tiempo muerto —se quejaba el Chino—. Estoy en quiebra total —pero luego añadía, levantando el puño—. ¡Ah, pero ya terminé el tercer cuadro de la serie «Las venganzas!»

Diego también admiraba a Fonticiella, y los domingos acompañaba a los dos amigos a lo que ellos llamaban «el recinto sagrado». El escultor trabajaba en el patio, sudando frente a un incomprensible armatoste, mientras la esposa mantenía alejado a los niños para que el hombre terminara en paz su invención. Pero los visitantes interrumpían la mágica labor. Los niños saltaban alrededor de Marcos, que llevaba caramelos rusos, regalo de su compañero soviético. Se acomodaban con dificultad en la atestada sala, y de inmediato Fonticiella traía el reverbero de alcohol para iniciar (porque también era un experto en Zen, y en realidad era él quien le había prestado a Eulogio, años atrás, el manual de Alan Watts y el *Libro del Tao*) la ceremonia del té. Ponía el agua a hervir en la lata tiznada, y luego sumergía las hojas de té negro, que vendían en la farmacia como remedio contra males del vientre.

Marcos disfrutaba de sus movimientos algo pomposos, en los que se apreciaba una nota de burla: Fonticiella, a pesar de ser un estudioso del budismo, últimamente se inclinaba más a las teorías rosacruces, a la Teosofía y a los misterios ocultistas —Swedenbourg era ahora su autor predilecto—, por lo que tomaba el ritual con ligereza. Elías, que conocía y reprochaba esta deserción del que, en cierto modo, había sido su guía a través de Eulogio, evitaba en estas ocasiones profundizar sobre el budismo, para no dar lugar a una disputa. Hablaban sobre arte, sobre literatura, sobre anécdotas de personajes famosos —pero sobre todo hablaban de Eulogio.

—Algún día hará algo grande —decía Fonticiella.

—Apenas salga de la cárcel vamos a montar una obra de teatro —decía Elías—, Marcos va a trabajar en ella.

—Te he dicho que conmigo no cuentes —decía Marcos, cambiando de posición al bebé de seis meses, al que cargaba de una forma rígida, como si la criatura fuera un muñeco de cristal que él temiera destrozar.

—Yo me encargo de convencer a Marcos —decía Diego.

—Algo más grande que montar una obra de teatro —decía Fonticiella— No sé lo que será, pero Eulogio está llamado a hacer algo que cambie la vida de la gente.

Entretanto, en los otros apartamentos se alzaban voces descompuestas: un niño había perdido una peseta, un borracho ventilaba su ira con la mujer quejosa, una vecina calumniaba a otra en medio de un comercio de blasfemias e insultos. Las palabrotas y las maldiciones viajaban en la brisa densa por la humedad.

—Lo único que siento es que mis hijos tengan que crecer en este ambiente —decía Fonticiella—. Me hubiera gustado criarlos en el monte, lejos de la gente.

Y se levantaba a servir el té en jarros de metal también tiznados. La tarde transcurría entre evocaciones, sazonadas con el escándalo de los vecinos y la impertinencia de la feroz lluvia. La esposa de Fonticiella los obligaba a quedarse a comer, y compartían con gratitud un par de huevos fritos y una fuente de arroz.

Marcos vivía en un estado de exaltación perpetua —pero estaba enamorado de su exaltación. Acostado en la litera, esperando que sus compañeros llegaran de sus farras nocturnas, trataba de estudiar *El camino del Zen*. Pero solo lograba identificarse con la historia del hombre herido por un dardo envenenado, que no permitía que se lo extrajeran sin antes saber los detalles sobre el aspecto, la familia y las motivaciones de su atacante. El Buda había narrado esta parábola para denunciar a los tontos que malgastaban su vida tratando de descubrir las causas de todo, en vez de dedicarse a la cura del espíritu. Marcos era uno de estos empecinados. Eso era. Luego trataba en vano, al apagar la luz, de seguir los ejercicios de meditación del libro, y de concentrarse en la respiración —particularmente en la nariz y la tráquea. Otras partes de su cuerpo reclamaban asistencia, y al final debía acudir a la toalla debajo del colchón para limpiar el líquido viscoso. Después pensaba: *el oponer lo que amas a lo que no amas es la enfermedad del espíritu*. Pero al cubrirse la cabeza con la almohada, y hacer un recuento de los últimos meses, se sentía satisfecho con su dolencia.

Un sábado por la noche el chino Diego consiguió un turno para comer en un restaurante —para ello tuvo que dormir una noche completa en la puerta del local— y los tres amigos disfrutaron de un estofado de conejo acompañado por vino tinto. El apagón los sorprendió en medio del banquete; un camarero colocó una vela junto a la fuente de plátanos y carne. La esperma comenzó a formar una coraza sobre el mantel, mientras Marcos, sofocado por el vino y por la compañía, declamaba versos de Antonio Machado. Al gesticular se quemó los dedos con la llama. A la salida, al regresar la luz, se encontraron a un matrimonio conocido de Diego y Elías: el hombre era pintor y la mujer había estudiado Artes Dramáticas.

Carrasco y Amarilis resultaban una pareja desigual, no solo por la edad (él rondaba los cuarenta; ella apenas pasaba de los veinte:) él tenía un aire pedante y repulsivo, acentuado por unos ojos penetrantes y una desagradable sonrisa, (la caricatura intelectual de un sátiro, dijo más tarde Diego;) mientras ella, con un rostro infantil, una voz tímida y una mirada que traslucía pesar, inspiraba inmediata simpatía. Después de los saludos y las presentaciones, y de una caminata insulsa a través del Vedado, los cinco terminaron en el cabaret del Hotel Nacional. Marcos asistía por primera vez a un show. Luces y bailarinas deslumbrantes, sumados a la música ensordecedora y a los raspantes tragos de ron añejo, lo llevaron, ya avanzada la noche, a confesarle a Elías:

—Me siento muy feliz.

Elías arrugó las cejas y la frente, y botando en el piso la bebida del vaso de Marcos, le dijo:

—Ni un trago más. Tú lo que estás es borracho.

El show inacabable Incluía un número acrobático (dos mujeres se mecían en columpios gigantes, saltaban sobre ellos, exhibiendo a cada instante la ropa interior), un monólogo de un afeminado frente a un espejo, y una parodia de una escena de *El lago de los cisnes,* con arreglo de tambores y maracas. Pero para Marcos lo más espléndido era el contraste entre los rostros plácidos de las bailarinas y el temblor inusitado de sus carnes firmes, cubiertas por una capa brillante de sudor. Por último apareció en la pista, agarrada a las cortinas, lo que el cartel de la entrada describía como *la atracción principal de la noche*: una cantante de voz masculina llamada Marcia Espada, que entre sollozos de alcohol cantó varias baladas románticas. El pelo alborotado llovía sobre sus ojos, mientras la boca torpemente pintada devoraba su rostro perturbado.

—¡Esa es amiga de Eulogio! —gritó Elías—. ¡Ay, mi madre, si Eulogio estuviera aquí! El vivió como dos meses en su casa, y aquello fue un desastre: se desayunaban con aguardiente.

Al poco rato Marcos se dio cuenta de que Elías y Amarilis tenían un secreto intercambio debajo de la mesa, y que Carrasco parecía ignorarlo. Fue lo último que recordó de esa noche. Al otro día despertó en su litera, totalmente vestido, con olor a sudor y vómito, preguntándose cómo había llegado hasta allí. Por el mediodía reunió fuerzas para bajar a llamar por teléfono a Elías, y supo por la madre que este no había regresado desde el día anterior. Llamó varias veces, hasta que cerca de las seis de la tarde Elías contestó.

—¿Dónde estabas metido? —preguntó Marcos—. Yo estaba preocupado, pensé que...

—Sí, ya sé que te has pasando el día llamando.

—¿Dónde estabas?

—Por favor, no te pongas como mi mamá. Ahora resulta ser que tengo que estar dando explicaciones de todo lo que...

—No es eso, es que te estaba esperando para ir a casa de Fonticiella. Además, he estado con una depresión del carajo. No me acuerdo lo que pasó anoche, no sé ni cómo llegué al albergue.

—El chino Diego te llevó. Yo no sirvo para hacer de niñera de borrachos. Te pusiste malcriadísimo, dijiste...

—No quiero saber lo que dije. ¿Puedo ir ahora a tu casa?

—Si no vas a seguir interrogándome, ven.

Marcos solo había estado dos veces en casa de su amigo, ya que Elías, inexplicablemente, se negaba a que lo visitaran. La casa, aunque antigua, conservaba un lujo discreto; las cortinas que separaban la sala de las habitaciones rozaban los mosaicos con su tejido oscuro y elegante, y en cada rincón se apreciaban una pulcritud y un orden perfectos. La madre de Elías no aparentaba sus cincuenta años, y no había nada en ella que pudiera avergonzar a un hijo: era educada y amable, y su rostro maquillado sin exageración siempre estaba dispuesto a sonreír. Su esposo, a quien Marcos nunca había visto, era una figura de rango en el Ministerio de Educación, y el retrato en la sala mostraba un hombre de traje impecable y cejas enérgicas: un padre respetable, con una larga historia de éxitos académicos.

Marcos llegó al anochecer. La madre abrió la puerta, y aunque visiblemente alterada, saludó al visitante con afecto.

—Ahora mismo estábamos hablando de ti, Marcos. Le estaba diciendo a Elías que debía seguir tu ejemplo y ponerse a estudiar. Está desperdiciando su inteligencia con esos libros locos.

El hijo estaba tendido en el sofá, descalzo y sin camisa, mirando el techo, moviendo los dedos de los pies.

—El lo que quiere es ser actor —dijo tímidamente Marcos.

La mujer avanzó hacia el sofá, resuelta a averiguar la verdad de aquel joven a quien ella dio la vida y crió, y que ahora le resultaba tan ajeno como un desconocido.

—¿Actor? ¿Actor? Yo le conseguí un trabajo en televisión con un amigo nuestro, y ni siquiera se presentó a las pruebas. Yo no sé lo que le pasa a este muchacho. ¿Qué tú quieres, Elías? ¿Me puedes decir qué es lo que quieres?

—Mamá, si sigues con esa cantaleta le voy a decir a Marcos que no venga más a esta casa.

—Un día de estos es tu padre el que te va a decir que no vengas más a esta casa. El también se está cansando de tus locuras. No es que nos pese mantenerte, tú eres lo único que tenemos, pero es por tu propio bien. Tú lo sabes, Elías, tú lo sabes.

—No te preocupes, cuando Eulogio salga de la cárcel vamos a formar un grupo de teatro, y entonces…

—¿Con ese presidiario? ¿Es que tú crees que a un presidiario lo van a dejar formar un grupo de teatro? Elías, estamos viviendo en Cuba, en el año 69. ¿Cuándo vas a acabar de poner los pies en la tierra? Mira, aquí tienes a Marcos, un estudiante universitario, que se está labrando un porvenir. Cuando tú tengas un título en la mano, un papel…

—Yo tengo títulos, papeles. ¿Quieres que te enseñe el último que me dieron en Camagüey, cuando salí de la granja?

—No importa, tú también puedes entrar en la universidad, sí, no me digas que no, no muevas la cabeza. Yo no te pido que estudies algo que no te guste, pero, ¿por qué no tratas de entrar como Marcos en la escuela de Letras?

Elías se levantó. El sudor le corría por las facciones enrojecidas, por el pecho sin vellos.

—Mamá, ¿ya te olvidaste que me pasé dos años en la UMAP? ¿Tú crees que con ese antecedente voy a poder entrar en la escuela de Letras? Por favor, vieja, tú eres la que tienes que poner los pies en la tierra.

La mujer agitaba los brazos, haciendo sonar las pulseras.

—Aquí no importa lo que fuiste, lo que importa es lo que estás haciendo. Tú sabes que tu padre también tuvo problemas al principio, y mira donde está ahora. La Revolución siempre está dispuesta a dar una oportunidad a los que…

—Pero yo no estoy dispuesto a rebajarme y a mentir, como lo ha hecho papá.

—¡Elías, no le faltes el respeto a tu padre! Qué diría él si te oyera, un hombre que vive para ti. Tú no puedes imaginarte lo que sufrió él, lo que sufrimos los dos, cuando…

—Marcos, vámonos. Si sigo oyendo a esta vieja me voy a enfermar.

—Sigue, sigue así. Tú mismo te estás buscando tu propia desgracia. Anoche no viniste a dormir, no quiero imaginarme en qué andabas. Y fíjate que no es una vieja la que te está hablando, es tu madre.

—Mamá, por lo menos ten compasión del pobre Marcos. Mira la cara que tiene, parece…

—No, yo no… —dijo Marcos. Pero no encontró nada más que decir.

—Perdóname, Marcos, yo sé que estos problemas de familia… Es que este muchacho me tiene media loca. Tú hablas de compasión, Elías, pero ¿quién me tiene compasión a mí?

Y aquella mujer que para el visitante representaba el ideal materno, rompió a llorar sin pudor, y apartando la pesada cortina desapareció, con la espalda encorvada por una carga súbita.

Ya en la calle, Marcos le dijo a Elías:

—A lo mejor ella tiene razón.

—¿Tú también vas a sermonearme? Si es así, prefiero que cojas la guagua y que me dejes solo.

—Elías, tú tienes que entender que todo responde a una circunstancia. Como dice Ortega y Gasset, uno es uno y su circunstancia.

—Ese baboso.

—Te equivocas, no es ningún baboso, es uno de los hombres más lúcidos de este siglo. Y tú no puedes ignorar lo que pasa a tu alrededor. Los

135

japoneses, los chinos, los hindúes, todos ellos se mueven en un medio que propicia esa búsqueda de absoluto. O se movían, porque no creo que las cosas sigan iguales por allá. Pero tú estás viviendo en Cuba, como bien dice tu mamá, donde hay una ley contra la vagancia, donde todo el mundo te mide los pasos, y más a ti, que estuviste donde estuviste. No me digas que todo eso no afecta tu vida, que no afecta tus proyectos, aunque sean proyectos metafísicos, o como tú quieras llamarlos.

—¿Quieres decir que porque viva en la mierda tengo que embarrarme? ¿Qué me propones, que trate de entrar en el Partido Comunista?

—Si sigues hablando así, soy yo el que no te voy a oír. Nadie está diciendo que tengas que llegar a esos extremos. Pero hay ciertas concesiones que vas a tener que hacer, te guste o no. Yo también he tenido que hacerlas, en contra de mi voluntad.

—Qué Ironía, que seas tú el que me hables de concesiones. Tu libro favorito dice que uno no puede servir a dos señores. ¿O es que se te olvidó que una vez predicaste la Biblia? Anoche cuando estabas borracho me contaste que te decían «el niño misionero». Parece mentira, cambiar el evangelio por...

—Si¡ el ofenderme te pone de buen humor, voy a callarme.

—No, no quiero ofenderte, cabeciduro. Lo que quiero decirte es que el que se arrastra no puede aspirar a la trascendencia.

—¡Trascendencia! —gritó Marcos, y una mujer que pasaba por al lado de ellos agarró con fuerza su cartera—. ¿De dónde sacaste esa palabra? Pues nada menos que de la filosofía occidental, amigo mío. De ese pensamiento estéril que empezó con los griegos, y que vino a parar en Kant y en Hegel, a los que tú detestas. Por favor, si vas a ser un fanático, por lo menos apréndete tu lección. Por lo menos sé consecuente con lo que dices creer.

Elías se detuvo y se volvió hacia Marcos. Luego sonrió y le dijo, alborotándole el pelo:

—Así que ya estás sacando las uñas. La ardilla se está convirtiendo en un león. Ese bigote ralo que te estás dejando, ¿es para acentuar tu nueva personalidad7 Y esa melena, ¿también es parte del cambio?

—Está bien, Elías. Olvídate de estudios en la universidad, olvídate del trabajo, olvídate de la ley contra la vagancia. Vete al Pico Turquino a meditar.

—Mira, esa es una buena idea. Pero no a la montaña del Pico Turquino, sino al bar Pico Turquino del hotel Habana Libre. Le robé diez pesos al viejo, podemos tomarnos un par de tragos. Fíjate, apenas hablé de tragos te brillaron los ojos. Parece que tengo imán para los borrachos. Primero Eulogio, ahora tú.

—Si tú supieras, leí en un texto de Zen que hay cierta similitud entre el estado de iluminación y el de embriaguez. Ya que no puedo alcanzar el primero, por lo menos déjame probar con el segundo.

En el *lobby* del hotel muchachos y muchachas merodeaban a los extranjeros, pese a la vigilancia de policías vestidos de civil que trataban de mantener a raya a estos cazadores de turistas que ofrecían diálogo, compañía, y muchas veces sexo, a cambio de pocas cosas —un par de jeans, un disco, un cinturón, una caja de chicles. Marcos y Elías atravesaron con estudiado aplomo el vestíbulo y subieron al bar del último piso. Desde la barra era agradable mirar la enjundia de la noche habanera a través de los vidrios. Era casi el mismo paisaje que Marcos estaba habituado a observar desde su albergue, solo que la presencia de su amigo, y el calor que la bebida introducía en el cuerpo, en las miradas y en la conversación, realzaban con creces la vista nocturna.

Esa noche Marcos llegó a su cuarto después de medianoche. Sus compañeros habían decidido finalizar el domingo con una botella de vino, y para sorpresa de todos, Marcos se empinó un trago. En la radio la emisora norteamericana luchaba por imponer una canción de los Animáis sobre la interferencia de una estación local: la melodía se mezclaba con la voz monótona de un locutor que detallaba el estado actual de la zafra. Marcos se acostó en su litera a escuchar el ruidoso barullo, mientras Kostia llevaba el ritmo de la batería golpeando en una mesa, y Tomás se esforzaba en sintonizar la canción; pero la monserga del locutor cubano opacaba a cada instante las vibrantes guitarras. A Marcos se le ocurrió de pronto que sus pensamientos se parecían a la batalla radial: no solo sus pensamientos, se dijo, sino toda su vida. Los sonidos eran tan diversos, y tan diferentes las voces y los instrumentos, que al final era imposible ceñirse a una sola onda, y solo quedaba entregarse a la mezcla como si las emisoras fueran una. Pero no lo eran.

Después de vaciar la botella de vino, los jóvenes se dedicaron a observar con binoculares el interior de edificios vecinos. La irrupción en la privacidad los excitaba escandalosamente, y Marcos no era una excepción. Cuando le llegó el turno, vio en el extremo de los anteojos una habitación en vívidos detalles: una mujer en paños menores corría de un lado a otro con un zapato en la mano, tratando obviamente de matar un insecto. Luego se tiró en la cama y se cubrió la cara con una revista. No era una mujer joven, pero tenía un cuerpo apetecible, de senos achatados. Marcos le pasó los binoculares a Orlando, que de inmediato gritó:

—¡Tomás, mira qué tetas!

En la radio los Animáis rugían; a pesar de los ruidos de la estática, las voces se acoplaban penetrantes. Pero en ese instante el locutor de la emisora cubana rompía la armonía con un dejo uniforme: «Los *trabajadores de la fábrica de calzado Rubén Martínez Villena han acordado donar 100 horas de trabajo voluntario para la construcción* de—», y de pronto la melodía en inglés ahogaba la información, impidiendo saber de qué construcción se trataba. Así era. Por último Tomás apagó la radio, y Orlando y Kostia, cansados de explorar a distancia el cuerpo de la mujer histérica, también hicieron silencio. Al poco rato la respiración pesada de los tres le recordó a Marcos su engorroso insomnio. Sabía que era imposible dedicarse a la *meditación sin objeto* (sus pensamientos se atropellaban al intentarlo), y al no encontrarse solo, tampoco podía masturbarse con libertad. Debajo del colchón guardaba la última carta de Carmen, y bajo la luz que entraba por las persianas comenzó a releerla.

Querido hijo:

Hoy domingo me dieron pase en el hospital. Acabo de limpiar la casita, estaba todo lleno de polvo y suciedad de ratones. En casa de Vicente me brindaron un arroz con pollo pero no quise comerlo, yo sé que la bruja de Luisa me quiere envenenar, la mata de ciruelas y la de aguacate se están secando, yo sé que es ella que le echa algo en las raíces y así también me quiere secar a mí. Martín me trajo unas yucas y yo las cocinó en el reverbero de alcohol porque no hay petróleo para la cocina, y aparte de eso si lo tuviera no quiero usarla porque me tizna todas las ollas, le hace falta una mecha nueva. Pero así y todo yo prefiero mi casa y comerme mi comida en mi casa, mi casa es mi libertad, el hospital es una jaula de oro y allí me tienen esclavizada. Como dice Job, yo sé que mi redentor vive y que al fin se levantará sobre el polvo. Marcos Manuel tú conoces la Biblia, tú te entregaste una vez a Dios, pero después escogiste la senda ancha y has querido seguir en ella hasta tu perdición. En el hospital hay un amiguito tuyo ingresado se llama Ricardito y sabe tocar la guitarra y canta muy bonito, yo le digo que dedique su talento a Dios, porque los demonios están en todas partes, a Cuba la inundaron y a Camagüey la hicieron la capital del infierno y ese hospital es la misma casa del diablo. Ricardito es un buen muchacho a pesar de andar por la senda del mundo, la senda ancha de la perdición, pero a mí me da lástima porque los padres se fueron para Estados Unidos y lo dejaron solo como hizo Arminda con nosotros, en vez de habernos llevado con ella...

Eran seis pliegos llenos de aquella letra pequeña y apretada, y Marcos siempre se detenía al terminar la segunda hoja, abrumado, para hacer una pausa. Sin embargo, lo reconfortaba saber que Ricardito estaba cerca de Carmen. No era la primera vez que el joven músico ingresaba en el hospital psiquiátrico: en una ocasión estuvo allí dos meses, cuando le dieron la baja del Servicio Militar. Marcos lo había visitado un domingo por la tarde. Ricardito, con su uniforme blanco y su pelado al rape que ponía al descubierto varias cicatrices en la piel del cráneo, empeñado en discutir que los Rolling Stones eran mejores que los Beatles, se fumó media caja de cigarros durante la visita, mientras movía las piernas al compás de una melodía imaginarla.

Marcos dobló la carta y la colocó bajo la almohada. Cuando se estaba quedando dormido, tuvo que cerrar las persianas de un tirón: la llovizna le mojaba las sábanas. Era el primer aguacero del año.

Ahora, dos semanas más tarde, la lluvia se había convertido en una rutina diaria. En casa de Fonticiella también fue necesario cerrar ventanas y puertas para contener la avalancha de agua que amenazaba estropear las esculturas. Pero esta tarde, además de la lluvia y la fiebre del niño más pequeño, otro malestar se materializaba en la sala del artista. La esposa, siempre alegre y cortés, apenas saludó a los visitantes, y solo salió de la cocina para regañar a los hijos que chapoteaban en los charcos del pasillo inundado.

—No hay té —dijo Fonticiella, después de haber acostado al niño enfermo—. Pero ya le dije a la mujer que hiciera café, aunque fuera de borra.

Al rato llegó Diego, con el pelo chorreado y una sonrisa astuta y luminosa. Sacó de inmediato el almanaque del bolsillo y mostró con orgullo una nueva cruz rodeada de un círculo.

—Se llama Idania, y estudia ballet —dijo, y uniendo las manos sobre el pecho añadió—. ¡Un cuerpo, señores! ¡Lo que se llama un cuerpo!

Pero su euforia no logró cambiar el rostro sombrío de Fonticiella, que en medio de la historia minuciosa de Diego (porque este no ahorraba detalles al describir sus encuentros eróticos) se levantó a abrir la puerta para que circulara el aire. La lluvia adelgazaba. Dos hombres cruzaron varios veces por el pasillo, mirando con indiscreción hacia el interior de la casa.

—¿Quiénes son esos tipos? —preguntó Elías de pronto.

En ese momento la esposa de Fonticiella salió de la cocina, y dijo en un susurro:

—Esos son los del Comité de Defensa —y volviéndose al escultor, dijo—. Mi cielo, tú deberías decirle a los muchachos la verdad, ellos…

—Tú te callas —dijo Fonticiella.

—Elías, anoche —empezó a decir la mujer.

—¡Te dije que te callaras! —gritó Fonticiella.

—¿Qué pasa, Fonticiella? —dijo Elías—. O la dejas hablar, o nos vamos. ¿O es que no tienes confianza en nosotros?

Fonticiella fue hasta la puerta de la sala, miró hacia el cielo turbio, estornudó dos veces, y luego dijo con voz iracunda:

—Nada, que el imbécil jefe del Comité me dijo anoche que a esta casa venían elementos antisociales, así mismo, con ese lenguaje policial que ellos han inventado, y que él no quería tomar medidas por consideración a mí y a mi familia, pero que iba a tener que hacerlo.

—Mi cielo, te lo dijo en buena forma —dijo la mujer.

—Esos somos nosotros —dijo Diego—. Mejor nos vamos ahora mismo.

—¡Ustedes no se van a ningún lado! —gritó Fonticiella— Yo no me voy a dejar intimidar por un analfabeto. Le expliqué que aquí no venía ningún elemento antisocial, sino artistas y estudiantes que se interesaban por mis esculturas. ¿Y tú sabes lo que me dijo el hijo de puta? Que aquí en el barrio se comentaba que esto no era arte, sino brujería. Y que los peluses que venían aquí eran los mismos que habían recogido en la redada el año pasado en la zona del Capri, por romper teléfonos y hacer contrarrevolución. Eso fue lo que le puso la tapa al pomo. Yo le dije bien claro que ustedes eran muchachos decentes, que no se metían en política, que incluso estudiaban en la universidad. Que si él quería podía venir a comprobarlo. Pero el muy imbécil no se atreve. Ustedes lo vieron, pasando de un lado a otro con el matón de su primo, que antes era batistiano y ahora se las da de comunista, echando una miradita, intimidando, como si ellos fueran los dueños de...

—¡Por favor, viejo! —dijo la esposa.

—Mira, Fonticiella, es mejor que nos vayamos —dijo Diego—. Nosotros te lo agradecemos, pero no vamos a buscarte problemas. Tú tienes que pensar en tu mujer y tus hijos. Y la verdad es que aquí el único que estudia en la universidad es Marcos —y bajando la voz, añadió—. Tú sabes que a mí *sí* me recogieron una vez en el *Capri,* y me metieron un par de días preso. No por romper teléfonos, ni por hacer contrarrevolución, sino por estar comiéndome un helado en el momento que hicieron la redada. Pero el caso es que ya estoy fichado. Y tú sabes también que Elías se metió un burujón de tiempo en la UMAP. Si vienen aquí y empiezan a investigarnos, el perjudicado vas a ser tú.

—¡Esta es mi casa! —gritó Fonticiella; ya no era el hombre de sonrisa extraviada, sino un viejo colérico cuya boca se contraía en un tic—. ¡Y aquí viene el que a mí me dé la gana! —y saliendo al pasillo, gritó—. ¿Me están oyendo? ¡A mi casa viene el que a mí me dé la gana!

140

—Está loco, está loco —repetía la mujer desde la cocina. Elías y Marcos se pusieron de pie al mismo tiempo.

—Fonticiella, por favor...

—Si se van ahora, no son amigos míos. Vamos, siéntense, que ya mi mujer les está preparando café. Quiero enseñarles una cosa nueva que estoy haciendo, un autorretrato. Pero no, todavía no quiero que lo vean, todavía le falta unos retoques. Hace falta ponerle el alma al muñeco. Mañana se los enseño, o no, mañana no, la semana que viene. Diego, siéntate, carajo. Ya el café está al llegar. ¿Dónde está ese café, mujer?

Al poco rato los tres habían olvidado el incidente. Fonticiella, entre maldiciones y estornudos, recogió los pañales. Elías comentó que Rembrandt había pintado más de noventa autorretratos, y aseguró que todo artista era víctima del narcisismo. Diego dijo que esa teoría esnobista solo intentaba desprestigiar el arte, y ambos discutieron hasta que los pomos llegaron con el café humeante. Las telarañas colgaban de algunas figuras de madera; la tizne desfiguraba las facciones de un Cristo clavado en la puerta de la cocina. Los niños comenzaron a salir tímidamente del cuarto, después de comprobar que al padre ya se le había pasado el furor. Uno de ellos se sentó en las piernas de Marcos. El aire, ya sin lluvia, movía una jaula con cuerpos de muñecos sobre una fiambrera de cristales cuarteados. También en mi casa hay una fiambrera parecida, pensó Marcos, en la que el polvo se acumula sobre las vasijas. Y de ese mismo polvo, se dijo, se levantaría el redentor que vive, según la esperanza de Carmen Velazco, y de aquel hombre llamado Job. Porque en todas partes está el mismo polvo, pensó, y también la misma fe. Solo que los budistas prefieren callar cuando se les pregunta quién es él, o si llegaremos a verle algún día.

Elías y Diego habían dejado a un lado el narcisismo y Rembrandt, y ahora analizaban con Fonticiella los cinco impedimentos señalados por Buda: codicia sensual, cólera, pereza, agitación y dudas escépticas. El niño se había quedado dormido en los brazos de Marcos. «Quizás debería tener un hijo», pensaba este, mientras escuchaba a sus amigos. Luego la mujer gritó desde la cocina:

—¡Vamos, muchachos, la comida está en la mesa!

—Pongan un plato más —dijo en ese instante un hombre recostado a la puerta, vestido con un traje de dril gastado. Un sombrero de pajilla le cubría a medias la cabeza rapada. Se empinó una botella que sacó de un bolsillo, y limpiándose la boca de una manotazo dijo—, ¿No me conocen, coño? ¿Es que la cárcel me ha puesto tan feo que ni mis amigos me conocen?

Era Eulogio Cabada.

X

Llenaron un jardín con flores rojas colocadas en forma de letras. Rodearon las letras con plantas parecidas a la marihuana. Pusieron, en un extremo de la tierra removida, un busto de yeso, una muñeca china, un duende diminuto y una guitarra hecha de flores. Sembraron arecas y una palma enana. En torno al Improvisado jardín se congregó una multitud, encabezada por cuatro militares que sostenían trompetas, tubas, clarinetes y flautas. John Lennon vestido de verde; Ringo Starr de púrpura; Paul McCartney de azul, y George Harrison de un naranja agresivo, con un sombrero pirata del mismo color. Todos alrededor de un tambor gigantesco. En la piel del bombo las letras multicolores anunciaban: Sgt. Peppers Lonely Hearts Club Band.

Marcos escribió la descripción de la carátula del disco para incluirla en su próxima carta a Ricardito, y luego intentó concentrarse en la música, como el que se apresta a descender a un pozo. Cerró los ojos para no ver los cuadros, las porcelanas, los anaqueles atestados de libros, la lámpara de pétalos filosos, la alfombra enrojecida que vibraba bajo los acordes del único ser vivo que lo acompañaba en la sala lujosa: el tocadiscos automático. Tras la puerta de cristal, una luna redonda, pegada como un cartón a la punta de un árbol, alumbraba la terraza vacía. Hundido en el sofá, encendió por primera vez en su vida un cigarro. Fumó sin aspirar el humo, sintiéndose ridículo y fuera de lugar.

Había llegado al anochecer al apartamento de Carrasco, acompañado por Elías y Eulogio, y ahora, a pesar de la música, comenzaba a inquietarse. Después de la comida y los tragos, el matrimonio había propuesto un paseo por la playa para ver la salida de la luna sobre el mar, y Carrasco había prometido sazonar el romanticismo de la escena con una botella de whisky. Pero Marcos había insistido en quedarse para escuchar en paz el disco, y al fin el grupo, tras protestas y mofas, lo había dejado solo. En realidad, aparte del deseo de escuchar a los Beatles, Marcos quería escapar de la sorna de Eulogio, la pedantería de Carrasco, el mudo flirteo entre Elías y Amarilis.

Los años en la cárcel no habían cambiado a Eulogio. O quizás sí, pensaba ahora Marcos; se había vuelto más agrio, más Imprevisible y mordaz. Su rostro también se había arrugado, no solo con las líneas de la vejez, sino además con las de un hosco hastío; y bajo su camisa el vientre se abultaba. Su gesticulación exagerada, su continuo cruzar y descruzar de piernas, su manera de pasarse la mano por el pelo y el rostro y de inclinarse hacia adelante mientras hablaba, su voz resonante, su mirada Imprudente, perturbaban a Marcos. Y ahora, al abrirse la puerta, Eulogio entró primero, con los ojos brillosos, trastabillando, golpeándose la mejilla con la punta de los dedos. Se sentó frente a Marcos y le dijo:

—Chico, te vas a quedar petrificado mirando esa carátula, como una versión *pop* de la mujer de Lot. Aunque claro, tú no miras atrás, sino adelante, hacia el futuro irrealizable, ¿no? Pero fíjate en la portañuela, Elías: yo veo como un levantamiento, como una ondulación. ¿Será posible que detrás de esa obsesión con los Beatles haya también un motivo sexual?

—Siempre hay un motivo sexual, Eulogio —dijo Carrasco, mostrando sus encías pronunciadas y oscuras.

—Yo no sabía que a un poeta le podía gustar tanto la música popular —dijo Amarilis, que bajo el efecto del licor, y quizás de la proximidad de Elías, había perdido el aire cándido que la favorecía.

—¡Miren, si está hasta fumando! —exclamó Elías—. Los Beatles han hecho un milagro.

Los cuatro, unidos por el aliento a whisky, intercambiaban miradas y gestos, como si conspiraran.

—Si a un poeta de hoy en día no le gustan los Beatles, no creo que pueda escribir versos que tengan que ver con esta época —se defendió Marcos, y después de un ataque de tos apagó el cigarro.

—Te equivocas si piensas que a cada época le corresponden versos especiales —dijo Eulogio—. La única época que cuenta para los poetas, y hablo por supuesto de los poetas verdaderos, es la oscura y torcida Edad Media. Toda la buena poesía de los últimos siglos gira alrededor de lo mismo: castigo (sobre todo autocastigo), sublimación, redención y pecado; claro que bajo mil disfraces diferentes. Tú, Marcos, eres poeta porque eres de Camagüey, un pueblo medieval, encerrado en sí mismo, aferrado a tradiciones, dispuesto a inquisiciones, a traiciones. Allí por poco me queman en la hoguera, en medio de sermones. ¡Poesía verdadera!

—Pero no por hereje —se rió Elías.

—Eulogio, un día tienes que contarnos esa historia.

—Amarilis, no seas Indiscreta —dijo Carrasco—, Hay cosas que es mejor no recordar, ¿no es verdad, Eulogio? ¿No estás de acuerdo tú también, Elías? Es preferible que para complacer a Marcos, hablemos de música.

—Si vamos a hablar de música, yo me quedo con los *blues* —dijo Eulogio, y se tomó de un golpe un vaso de whisky—. Los tristes *blues*. ¡Mi madre, qué bueno está este whisky! Tiene ese sabor seco a madera que a mí ya se me había olvidado. En la cárcel tomábamos alcohol de reverbero, que venía mezclado con petróleo. Le quitábamos el chero del gas tamizándolo con una hogaza de pan. Era un trago asfixiante. Claro que en un lugar asfixiante los tragos tienen que ser asfixiantes. Uno debe seguir el ejemplo de los poetas, y procurar la armonía. Marcos puede darnos una lección sobre eso. Por ejemplo, este whisky armoniza con esta sala. Una sala agradable, y whisky *J & B*. Justo y bueno. En francés, *joli et bon*. En inglés, *juicy and bitter*. ¿Qué te parece, Marcos? ¿Tú crees que tú eres el único que sabes inglés? Te equivocas, provinciano querido. Yo estudié en la Universidad de Columbia.

—Es verdad que estudió allí —dijo Elías—. Yo no lo quería creer hasta que el mismo padre me lo dijo.

—Por cierto, mi padre se está muriendo —dijo Eulogio, sirviéndose más whisky—. Ese también es el comienzo de un poema polaco. «MI padre se está muriendo, dijo, y de Inmediato se sentó a hablar de literatura». Es un poema sobre las diferencias entre un hijo fiel y otro cruel. El poeta es por supuesto el hijo amante, que al observar la indiferencia del otro ante la agonía del padre, recuerda la muerte del suyo ocurrida hace mucho tiempo, y como durante la guerra casi arriesga la vida para llevarle una caja de cigarrillos al viejo, que ya en ese tiempo estaba con un pie en la tumba. Pero por favor, no vayan a creer que esa es la médula del poema. No, señor. Es un poema sobre la lucha generacional, o algo por el estilo. Lo leí en una revista literaria que mi padre me llevó a la cárcel. O sea, mi padre me llevó una revista con un poema que decía «MI padre se está muriendo…», y ahora resulta que el que se está muriendo es él. Pobre papá, las pocas veces que fue de La Habana a Camagüey a visitarme siempre me llevaba revistas y libros. El siempre ha sentido un gran respeto por la letra escrita, sin darse cuenta de que habladas o escritas, las palabras son siempre pura mierda. Esta tarde lo dejé leyendo a Julio Verne. Parece que se prepara para la muerte con una dosis letal de fantasía. No Lewis Carrol!, fíjense bien, no Edgar Allan Poe (cuya historia personal le resultaría instructiva), ni ese nuevo escritor co-

144

lombiano muy imaginativo, García Márquez, ni el rey de la ciencia ficción contemporánea, Carlos Marx (Carrasco, yo espero que no tengas ninguna grabadora funcionando*)*, ni tampoco ese supremo alarde de Imaginación, la Biblia, sino el inofensivo y ameno Julio Verne. Creo que estaba leyendo *El castillo de los Cárpatos. ¿O era Los quinientos millones de la Begún?* Porque mi padre tiene la colección completa de Verne, al lado de su bar particular, el sitio favorito de la casa. Un bar que no tiene un whisky como este, claro está. Amarilis, ¿dónde pusiste la botella?

—Eulogio, no puede ser que tu padre esté tan grave.

—Amarilis, yo nunca digo mentiras. Carrasco, tienes una mujer maravillosa. Todos la admiramos, especialmente Elías. Sí, Amarilis, mi padre está en las últimas: el corazón, el hígado, los pulmones, todo ha llegado a una plenitud. Primero la lucha contra el dictador Machado, luego la lucha contra mi dictadora mamá, después la lucha contra el dictador Batista, y por último la lucha contra el dictador de turno (claro que una lucha mental, se entiende; y fíjense que no menciono nombres;) toda esa belicosidad lo ha dejado en la ruina. Sin olvidar que estas luchas las ha llevado a cabo con un aliado fiel: la botella de aguardiente. Nada de *J & B* para el viejo Cabada. Puro y simple aguardiente de caña, la bebida más apestosa del mundo. Casi peor que el alcohol de reverbero colado con pan, aunque dicen que más saludable. Solo que los excesos se pagan. Si lo diré yo.

—Hablando de excesos, ¿cuántas anfetaminas te has tomado ya? —preguntó Elías—. Por favor, no te tomes ni una más. No te hagas el estúpido, vi el sobre que te echaste en el bolsillo al salir de la casa, como con diez dexedrinas.

—Elías, querido, no me pongas en evidencia. Elías siente una predilección sospechosa por poner al descubierto las debilidades ajenas. Yo, por mi parte, siento un gran respeto por los vicios. Si hablo de los de mi padre, es porque al fin y al cabo se trata de mi padre. Por ejemplo, aquí tienen a Marcos, con su pasión por la música… ¿Por qué no vamos a la terraza, y lo dejamos tranquilo oyendo su disco? El pobre, no tiene esta oportunidad todos los días. Y la terraza es maravillosa. Siempre lo he dicho, Miramar es mi barrio. Quizás porque vivo en Jacomino, entre los muertos de hambre. Igual que los que viven en Camagüey, prefieren La Habana. ¿No es así, Marcos? ¿O te quedas con ese pueblo del medioevo, donde una vez por poco me queman vivo? Vamos rápidamente a la terraza, o Marcos me asesina. ¿Cómo es que se llama esa canción, *When I'm sixty four?* Sí, esos peluses tienen talento, incluso sentido del humor. Cuando yo estudié en Columbia (fueron seis meses nada más, pero estudié en Columbia), conocí

145

a una jovencita canadiense que adoraba a Elvis Presley. Llevaba colgado del cuello un botón que le arrancó del saco. La historia de cómo le arrancó ese botón a la entrada de un concierto era la historia más importante de su vida. Yo paseaba con ella por la orilla del Hudson, y luego nos acostábamos en un hotel barato. En medio del acto sexual yo besaba con fervor el botón, que le caía exactamente entre las tetas. Ahora pienso que quizás el botón aceleraba el orgasmo, porque con ella yo padecía de eyaculación precoz. Y sin embargo éramos felices; el romance duró cuatro o cinco semanas. Algo ocurrió al final, un episodio cruel… Pero no voy a contarlo. Amarilis, por favor, pásame la botella.

—Sírveme también a mí, Amarilis —dijo Marcos—. A mí también me gusta ese *J & B.*

—¿Ustedes han visto qué problema? —dijo Elías—. Mis dos mejores amigos son borrachos.

—Tú tienes otro vicios —dijo Carrasco.

—Edelio, luego tú dices que yo soy indiscreta. Anda, Elías, justifica tus vicios, si es que los tienes.

—Amarilis, no te dejes envolver por los vicios de Elías —dijo Eulogio—. Son demasiado complicados para una muchacha sencilla como tú.

Los cuatro salieron riendo a la terraza. Luego tras el cristal Marcos veía la sombra de Eulogio en un ir y venir, y a veces escuchaba, filtrada por la música, su voz ronca, seguida por las carcajadas de los otros. El efecto del alcohol y de las canciones provocaba en Marcos el deseo de escribir. Se sentía satisfecho con la descripción de la carátula del disco, pero sabía que el trasladar las imágenes fijas al papel era un facilismo: lo difícil era aprehender los cuadros vivientes, el movimiento y la variedad de los seres humanos y de sus situaciones, de su raro lenguaje, de su manera de enriquecer o empobrecer la vida. Podía escribir sobre los objetos de la sala, desmenuzar en detalles los muebles, captar el matiz del líquido en el vaso, pero no le era posible encerrar en frases los contrastes de aquellos cuerpos en la terraza, bajo la luna llena; mucho menos las impresiones que causaban en un espectador pensativo, tal vez acobardado. La música del disco llegaba al clímax ensordecedor del final; en ese instante Eulogio entró en la sala, declamando:

—Miramar es más que mar, y el mar que miro es mi mar. Pero mirar a Marcos en Miramar es enmarcarlo en el mirador de las marcas, y las marcas de las miradas en Miramar marcan a Marcos con una amarga marca en el marco del mar…

—Eulogio, ya nos vamos —dijo Elías, entrando tras él—. Coño, te estás cayendo. ¿Por qué carajo tienes que tomar tan rápido?

146

—Tú deberías llamarte Elías Aguafiesta, en vez de Elías Almarales. Elías Aguafiesta, Elías Almarales, aserrín en la testa y plomo en los timbales. No, eso no me salió bien. Este actor de segunda me hace perder inspiración. Mira, aprende de Marcos, que tiene una musa que Inspira a cualquiera. Marcos Velazco, fiasco, el mundo te da asco. No me hagas caso, Marcos, estoy bromeando contigo. Tú no eres un fracaso, muchachito, aunque sé que la mayoría de las cosas te dan repugnancia. Para Marcos Manuel, fracasado doncel, el mundo es un burdel, un asqueante tropel ajeno a él. Y pensándolo bien, ¿por qué es eso, Marcos? ¿Qué te has creído? ¿Te sientes superior a la gente?

—Eulogio, Elías tiene razón —dijo Amarilis—. No deberías tomar así.

—Caballeros, dejen que el hombre se divierta como le dé la gana —dijo Carrasco—. Bastante tuvo que joderse en la cárcel, para que ahora todo el mundo lo regañe.

—Gracias, Carrasco. En el camino de Damasco vi la luz de Carrasco. Si me rasco me atasco, por eso denme un frasco, o mejor un chubasco… de whisky, quiero decir. No siempre se puede mantener la rima, ¿no es verdad, Marcos? Pero esta casa, esta extraordinaria compañía me inspiran. En la cárcel yo componía versos de corte surrealista. «Los ratones me embarran de sangre los zapatos, los leones le husmean el culo a los novatos…» Esa era una canción infantil, con metáforas del reino animal. El encierro me hizo descender a la infancia, y ahora la libertad me ha vuelto senil. Los extremos, siempre los extremos. No te impacientes, Elías, cuando termine este trago nos vamos. Aunque ese cuadro de Víctor Manuel me gusta tanto que me pasaría la noche mirándolo. Carrasco, has tenido el buen gusto de no colgar ni uno solo de tus cuadros en la sala. No te lo digo porque sean malos, fíjate bien, sino porque al esconderlos demuestras esa extraña virtud, la modestia. Bienaventurados los modestos, porque ellos nos denunciarán a la policía. Claro que no en tu caso. Yo he sido especialista en pintura toda mi vida, especialmente en retratos al óleo. Y me gusta ese Víctor Manuel. Ustedes saben, por supuesto, que el viejo Víctor se desmayó cuando vio Las Meninas en el Museo del Prado. Pero no fue por la Impresión del gran Velázquez, no señor, sino porque estaba completamente borracho. Eso dicen las malas lenguas, y yo tomo en serio todas las malas lenguas. Dicen que al pobre pintor le gustaba chuparle el rabo a la jutía. Y veo que Marcos tampoco se queda atrás. No te dé vergüenza, niño, nuestro José Martí también padecía esa dolencia. En el exilio era más conocido por Pepe Ginebrita. Yo digo estas cosas porque confío en que no haya una grabadora en esta casa. No, Carrasco, tú no me harías esa mierda. Porque por difamación al

Apóstol de Cuba deben echar por lo menos noventa años de cárcel. Tal vez paredón. Y ya yo cumplí tres por corrupción de menores. Iba a cumplir diez, pero mi querido padre, que ahora se está muriendo, movió sus famosos «contactos». De algo le sirvieron las andanzas en la Sierra Maestra, los tiros, las granadas, y todo lo demás. Porque no le sirvieron para otra cosa. Cuando se olió que esto era comunismo, en el año sesenta, se retiró del ejército y se encerró en su casa, con su más fiel amigo —ya les dije quién era. Después mi madre lo botó de la casa del Vedado y lo desterró a Jacomino. *Nos* desterró, porque ya al hijo le empezaba a gustar el aguardiente, igualito que el padre, y la vieja era abstemia. ¿No les conté que nos prohibió la entrada en el Vedado? Decía que estábamos planeando matarla, para quedarnos con la casa, que ya en ese tiempo se estaba cayendo a pedazos. Pero claro, mi madre no estaba muy bien de la cabeza. Marcos entiende lo que quiero decir. Muchachito, un día tú y yo nos vamos a sentar a escribir nuestras *Vidas Paralelas,* al estilo de Plutarco. Tú me ayudarás en la redacción. Quién mejor que un poeta para ponerse a la altura de una tragicomedia. Son historias que requieren un lenguaje clásico: nada de pompas, ni de modernismos, ni posmodernismos, ni coloquialismos, ni regionalismos, ni surrealismos. Nada, nada de escuelas, ni secuelas, ni realismo mágico, ni disfraz trágico. No. Una expresión sencilla, como la de ese poeta polaco: «Mi padre se está muriendo…».

Marcos y Elías terminaron llevándose a Eulogio, casi a rastras, al cuarto del chino Diego. Lo tendieron bocarriba, inconsciente, en una colchoneta que el chino colocó en el piso, ante los óleos que mostraban mujeres de miembros ensangrentados, desolladas como reses.

—Está bebiendo desde hace una semana —le dijo Elías al Chino—. Yo espero que duerma por lo menos tres días seguidos.

Pero a la noche siguiente Eulogio se paseaba por el Malecón con una botella envuelta en un cartucho. Marcos y Elías lo encontraron al fondo del Hotel Nacional, discutiendo con un anciano mugriento de barba blanca.

—Déjenme presentarles a mi amigo de muchos años —dijo Eulogio—, Ustedes por supuesto han escuchado la expresión «viejo venerable», pero quizás no entendían lo que quería decir. Pues aquí tienen a un viejo venerable. El prefiere no revelar su verdadero nombre, por razones políticas. Por ahora lo llamaremos Fedón. La Habana es una ciudad platónica, y este señor es uno de los guardianes del alma tropical. En esta alma se reflejan las latitudes, el clima, la geografía, la ideología (¡alma mía!), las guerras (sí, la Fría), las sutilezas de la raza, con su mezcla de melaza y de café con leche servido en taza…

—¡Vete a singar, loco de mierda! —chilló el viejo, y se alejó cojeando.

—Eso es lo que yo llamo venerabilidad —dijo Eulogio, y abrazó a sus amigos—. Acaban de salvarme la vida. El viejo quería convencerme para que yo compartiera con él mi botella, mi única botella. Se la robé a mi padre, otro viejo venerable, y por nada del mundo iba a compartir con él esta parte de mi herencia. Es verdad que todavía no he leído el testamento, pero tengo derecho a un anticipo. Al fin y al cabo, el único heredero de las pertenencias de mi padre voy a ser yo. Y las pertenencias se reducen a una guarnición de botellas de aguardiente. Un antiguo compañero de lucha (me refiero a la lucha contra Batista) se las suministra por cajas. Pero con ustedes sí estoy dispuesto a compartirla, mis queridísimos amigos.

—Eulogio, tenemos que acabar de definir lo que vamos a hacer con la obra —dijo Elías—. Y hasta el momento no he podido hablar contigo una sola palabra coherente, siempre estás borracho. ¿Hasta cuándo va a durar esto?

—Elías, estoy saciando la sed de tres años. Te prometo que cuando empecemos a trabajar no voy a tomar un trago más.

—No podemos seguir perdiendo el tiempo. Carrasco está esperando una respuesta, quiere darnos una mano.

—Si Carrasco nos ayuda a montar la obra, quiere decir que tenemos el apoyo secreto de la *Securité*. O lo más probable es que quieran embullarnos para ver hasta dónde vamos a llegar, y después meternos presos. ¡Qué jodidos los veo! Porque yo voy a montar a Chéjov, que aparte de ser ruso, se dedicó a retratar la decadencia de la burguesía. A Chéjov no van a poder acusarlo de disidente. Así que si Carrasco quiere prepararnos una cama, se va a coger el culo con la puerta. Marcos, perdóname si mi vocabulario te ofende. Es algo momentáneo, el viejo venerable me contagió su grosería. Porque esas cosas se contagian. Por eso hay que cuidar con quien uno anda, con quien uno habla. Yo no te recomendaría que anduvieras constantemente con Elías, y prefiero decírtelo delante de él. Elías tiene un léxico estupendo, pero al fin y al cabo las palabras no significan nada. Si lo sabré yo. Elías, también me preocupa tu alianza con Carrasco, aunque te justifico porque andas detrás de su mujer. Pero aún así…

—Eulogio, ¿no puedes hablar en serio un momento? Coño, ya estoy harto de tus payasadas. No tomes así, cojones, vas a terminar como anoche, vomitándole todo el cuarto al chino. Ya sabemos que estuviste jodido, pero acuérdate que yo también estuve jodido, y no me dio por abusar de mis amigos cuando salí de la UMAP.

—Abusar, qué verbo tan fuerte. Acuérdate que tiene también una connotación sexual. Quiero que te des cuenta, Elías, que Carrasco es un funcionario de Cultura, que viaja por Europa, que vive como un general en estos tiempos de miseria («*These are the times that try men's souls*», como dijo Thomas Paine*)*, y que siempre tiene disponible whisky para agasajar.

—Muy bien, ya sabemos que el tipo es un vendido. ¿Y qué? Podemos aprovecharlo. Es un oportunista, pero su interés por el arte es genuino. Y a pesar de tus locuras, él te admira. El vio el montaje que le hiciste a Brecht aquí en La Habana.

—Todo lo que yo hice aquí en La Habana fue mierda. Lo único que valió la pena fue lo que hice en Camagüey. El grupo que formamos allá era el mejor de Cuba.

—Sí, y se fue al carajo por culpa tuya. Por tus borracheras y tu obsesión sexual.

—Elías, ya te he pedido que no me hables así delante de Marcos. Va a pensar que soy un degenerado. No le hagas caso, Marcos, él en el fondo me envidia. Elías es un reprimido. Y ven acá, Elías, ¿acaso tú no te enredaste también con algunas adolescentes? Yo mismo te presenté unas cuantas.

—¿Tú conociste a Eloy? —le preguntó Marcos a Eulogio—. Quiero decir, ¿lo conociste de verdad?

Eulogio sonrió, y pasándole el brazo por los hombros le dijo:

—¿Quieres decir, conocerlo en el sentido bíblico? ¿Como Abraham conoció a Sara, como Rebecca conoció a Isaac? No, mi querido poeta, a mí nunca me han gustado los gorditos. Yo no tengo el gusto de Rubens, yo soy un hombre moderno. Lo mío es Modigliani, la estilización.

—Entonces te gustaba José Luis.

—¡Oigan al calladito! ¡Oigan al joven tímido! Elías tenía razón, me dijo que tenía miedo de que La Habana te echara a perder. Pero si quieres que te diga la verdad, el único que me gustaba de ese grupo eras tú. Tenías lo que le dicen *ángel*, lo que los ingleses llaman *charm*. Bueno, por lo menos todavía te pones colorado. Algo de la provincia te queda por allá adentro. Pero no te asustes, muchacho: ya tu época pasó. Ya eres un viejo de veinte, y a mí nada más me gustan los jovencitos de quince a dieciocho. O me gustaban. En realidad ya no me gusta nadie. En la cárcel llegué a sentir asco, asco de que dos hombres se refocilen juntos. Vi demasiado, y me dio un asco horrible. Todavía me dura, ese asco. Ahora quizás pruebe con las mujeres otra vez, como en mis lejanos comienzos. Si no fuera porque a Elías le interesa tanto, me gustaría acostarme con Amarilis. No creo que Carrasco se niegue a compartirla. Además, me fascina hacerle el amor a la mujer de un policía de la *Securité*.

—Carrasco no es policía —dijo Elías—, Es un oportunista, un aprovechado, y eso es todo.

—Tú lo defiendes, lógico: te gusta su mujer. Por cierto, he pensado en ella para La Gaviota. No para el personaje principal, claro, pero sí para el de Masha...

Una semana más tarde, sentado en la alfombra de la sala de Carrasco, Marcos pensó que Eulogio tenía razón: la joven luciría bien en la escena. Sus ojos grandes, que se humedecían a veces sin explicación, su rostro pálido, su figura indefensa, se prestaban para encarnar a la Masha de Chéjov. En la saleta Elías y Carrasco discutían sobre Zen: Marcos escuchaba fragmentos de la conversación durante las pausas de los discos. Amarilis, con una vaso en la mano, parecía ajena al diálogo. A veces, en el intercambio de frases altisonantes, Elías intercalaba su preocupación por Eulogio.

—Dice que ya no le interesa el Zen, ni nada que le huela a religión. Ahora le ha dado por leer a Freud, a Jung y a Marcuse. Dice que nuestra mentalidad occidental nunca podrá acoplarse con el budismo. Precisamente la opinión que me rebatía hace cuatro años.

—La cárcel le ha hecho daño —dijo Carrasco.

—Hay que darle tiempo —comentó Amarilis—. El contraste de verse de pronto en la calle lo ha desequilibrado.

—El siempre fue un tipo autodestructivo —dijo Elías—. Pero ahora está peor. Yo espero que cuando empiecen los ensayos pueda salir del hueco. Eulogio necesita un objetivo que lo mueva. En Camagüey dejó de beber cuando empezó a leer a Watts y a Susuki. Lo que pasa es que la idea de la obra no se le ha metido todavía en el cuerpo.

—Ya tenemos el local y la autorización de Cultura —dijo Carrasco—, Ahora solo falta completar el grupo de actores. El problema es que Eulogio quiere escoger a los actores solamente entre sus amigos. Dice que incluso Marcos va a participar.

—Marcos, no seas tan pedante y ven y siéntate acá con nosotros —dijo Elías—. Aquí la música se oye igual. No seas tan fanático, los fanáticos no disfrutan de las cosas.

—Yo no estoy de acuerdo —dijo Carrasco—. Para disfrutar hay que fanatizarse.

El seco sonido de las guitarras vibraba en los cristales. Marcos observaba, a través de la puerta de la terraza, los árboles en la penumbra, y al la vez el reflejo de los objetos y de su propio rostro en el cristal. A pesar de que no acababa de encontrarse a gusto en esa casa (más que por escuchar la música, accedía a venir por complacer a Elías), ahora saboreaba la ligereza que la bebida le proporcionaba: era una aceptación, una comodidad. La sensación duraba solo un rato, pero al menos por unos Instantes sentía la Impresión de que todo estaba en su lugar. Las voces ásperas del grupo The Who se mezclaban con las de Carrasco y Elías, mientras en el jardín el viento balanceaba las ramas de los negros arbustos. Los dos hombres discutían ahora sobre el yin y el yang. El yin era la oscuridad, la humedad, el frió. El yang era la luz, el calor, la resistencia. La imaginación del hombre es la misma desde sus comienzos, pensó Marcos al escucharlos. ¡Qué imbécil había sido al creer que sus ideas sobre la humedad y la sequedad eran originales! En realidad se remontaban a los principios del pensamiento. El estribillo de la canción se perdía en el boquete oscuro de la terraza. El yin y el yang competían entre sí, gastaban nuestra poca energía. Alternaban a lo largo de la vida, se enfrentaban como enemigos cruentos. El yang era la cortina de la cocina de Eloy, y el yin era el pupitre donde Teresa se levantó la falda. El yang era el baño maloliente del tren, y el yin era el lecho del bosque donde él había poseído por primera vez a Nora. ¿Cómo se llamaba el recluta viajero? Eusebio González. Tenía una piel aceitunada y un rostro anguloso. El *wu—wei* era dejar quieta la mente. Marcos no contaba con esa facultad. Y el *wu—wei* era el único medio para alcanzar el Tao. En ese Instante Carrasco decía:

—Un texto taoísta dice que el hombre perfecto usa su mente como un espejo. No retiene ni rechaza nada. Recibe, pero no guarda.

—Yo también he leído que a los monjes budistas se les prohíbe participar en espectáculos teatrales —dijo Marcos, poniéndose bruscamente de pie—. Ustedes mismos se contradicen. Eulogio tiene razón al preferir la psicología.

—Ya era hora de que salieras del letargo —dijo Elías.

—Tenemos que irnos —dijo Marcos—. Son más de las once.

—¿Te vas a ir ahora, sin darle una oportunidad a Elías para que se defienda de tu ataque? —preguntó Carrasco—. Anda, siéntate y tómate otro trago.

—Ya él y yo tendremos tiempo de discutir después —dijo Marcos—. Mañana tengo examen, y después de las doce no hay quien coja una guagua.

—Quédense un rato más —Amarilis sabía sonreír.

—No, en serio, no podemos. Vamos, Elías.

Pero Elías alcanzó la botella, se llenó el vaso, y después de tomar un trago miró a Marcos a los ojos, con una expresión que a este le pareció desafiante y burlona.

—Vete tú solo. Yo me quedo.

El matrimonio acompañó a Marcos hasta la puerta, tocando sus hombros, su cabeza, como hacen los adultos con un niño. Ya en la calle, levemente mareado, se le ocurrió un verso que se apresuró a escribir, para

152

no olvidarlo, en la palma de la mano: *El transcurso de las estaciones me irrita*. Sí, se sentía colérico, humillado, aunque no podía precisar por qué. A esa hora la Quinta Avenida de Miramar se encontraba desierta. Varios ómnibus pasaron repletos, sin detenerse en la parada, y por último decidió caminar. Allá Elías, se dijo. Allá ellos. Yo me limpio las manos de toda esa historia. Pero de qué historia hablo, pensó después; las historias ajenas no cuentan; la única historia es la que le ocurre a uno. Y la de él, Marcos, era una historia que se movía a saltos: llena de interrupciones, de cabos sin atar, de pasajes inconclusos.

Llegó de madrugada a la heladería Coppelia. La zona, a pesar de la hora, estaba inundada de transeúntes, en su mayoría adolescentes que no se animaban a renunciar a la noche cálida y radiante. Pobres adolescentes, pensó Marcos. Siempre buscando prolongar cada instante, derrochando vitalidad en acciones inútiles. Claro, se dijo, pensaba así porque ya no era uno de ellos. ¿Pero es que alguna vez lo había sido? Un chiflido lo sacó de estas reflexiones: Eulogio lo llamaba desde el otro lado de la calle. Marcos cruzó a encontrarlo, tratando de determinar a distancia el grado de embriaguez del actor. Pero al acercarse a este, comprobó con alivio que no estaba borracho.

—Ahora mismo estaba pensando en ti —dijo Eulogio—. Tengo una fuerza telepática de primera. La única fuerza que me queda, dicho sea de paso. ¿De dónde viene el joven bardo?

—De por ahí.

—Hmmm, no pareces muy contento. ¿Dónde está Elías? Esta noche fui a buscarlo a su casa, y la madre por poco me bota a patadas. ¡Qué vieja tan resabiosa! Muy fina, muy delicada ella, hasta que se quita la careta. Y esta noche se la quitó conmigo. Me recuerda a mi mamá, que en paz descanse. Pronto voy a decir lo mismo del viejo, esta tarde lo ingresaron en el hospital. Lo dejé conectado a unos tubos, o algo por el estilo. No queremos soltar la vida, ¿no es verdad, Marcos? No queremos descansar en paz. Y recurrimos a los tubos, a las inyecciones, a las brujerías, a la fe en los milagros, y todo con tal de no renunciar a este pedacito de aire. Porque es solamente un pedacito de aire, fíjate bien. Pero le damos valor a este aire, le damos un valor poderoso, porque al fin y al cabo es lo único que conocemos. Pero no quiero deprimirte más, parece que te han despachurrado. Siempre me llamó la atención que fueras tan tristón, tan jodido, caminando por todo Camagüey mirando el suelo, como si te diera vergüenza andar con la cabeza alta. A lo mejor piensas que esa facha le cuadra a los poetas. Pero te equivocas, querido, el poeta tiene también que aprender a reír.

Si no aparece la risa celestial (porque comprendo que esa se escabulle*),* entonces hay que pedirle prestada la risa al diablo. SI te hablo en estos términos es porque conozco tu formación religiosa, bastante parecida a la mía. Algún día hablaremos de eso. No me mires con esa cara, esta noche no me he tomado ni un trago. Una o dos dexedrinas, sí. En Nueva York les decían *speed,* velocidad.

Es cierto que después de tomarse un par de ellas uno se siente un poco más ligero. Por aquí les dicen «corazón contento». En la cárcel yo las conseguía a cambio de latas de leche condensada. Tres latas de leche por una pastilla. Hay que buscar la alegría en cualquier parte. No me refiero a los paraísos artificiales de Baudelaire, no señor, que era entre otras cosas un viejo amargado, sino a violentar la realidad, el tedio. Claro que a veces una pastilla no basta. Ni cien. Pero tú *sí* has tomado esta noche, querido, ya me llegó el tufo a alcohol. Sin estas químicas el mundo sería aburrido, ¿no es verdad, Marcos? Especialmente *nuestro mundo. This side of paradise.* Pero ya estoy viendo que esta noche el alcohol no ha hecho en ti el efecto esperado. Quizás porque no supiste escoger la compañía. Ya te advertí que la compañía es esencial, y por eso yo prefiero andar conmigo mismo. La persona que tiene una vida interior no se aburre jamás: solo se aburre cuando anda con gente que no la tiene. Y desgraciadamente, querido, las personas con vida interior no abundan. Tú y yo somos dos excepciones. ¿Dónde te tomaste los traguitos?

Marcos desvió la mirada.

—En casa de Carrasco.

—Lo sabía, te juro que lo sabía. Y sé también por qué Elías no está contigo ahora: se quedó a dormir allá. Déjame decirte, no es la primera vez. Ahora en estos momentos él debe estar con Amarilis en la cama, mientras Carrasco se masturba mirando la función. O a lo mejor Carrasco también participa, ¿por qué no? Quizás Elías haya terminado por ceder y darle un chance al pobre, porque en fin de cuentas...

—¡Eulogio, qué lengua tienes!

—¿Te molesta esa truculencia sexual, no es verdad, niño? ¿O es que simplemente estás celoso? Claro que lo estás. Yo conozco esas amistades con trastiendas, que padecemos desde la época gloriosa de Homero. Pero la gente tiene derecho a divertirse, Marcos. Tienes que ser compasivo con las debilidades ajenas, si es que quieres que los demás sean compasivos con las tuyas. Yo, por mi parte, he decidido envejecer sin lujuria. Quizás sea una nueva forma de egocentrismo, impulsada por una impotencia prematura. De un tiempo a esta parte me cuesta trabajo sostener una erección decente. Las químicas también llegan a proporcionar un limbo de castidad. Ahora bien, no me interpretes mal, eso no quiere decir que ya esté a salvo de las tentaciones. De vez en cuando me hace falta un cuerpo joven para reafirmarme después frente al espejo. Es muy duro ser narcisista sin un apoyo exterior. Amarilis me vendría de perilla, pero la presencia de Carrasco basta para desanimarme. Claro que si no es ella, aparecerá otra cosa. Y hablando de eso, a lo mejor puedo mostrarte pronto una nueva conquista, que me llegó hace un par de días, sin yo buscarla, como caída del cielo. Un primo segundo, primordial, primaveral, una primicia, *un primo—or*. El incesto, aunque remoto, resulta un condimento. Desgraciadamente se trata de un muchacho analfabeto, con quien no podrás hablar de los románticos ingleses, ni mucho menos de mística oriental.

—Eulogio, vete al carajo.

—Ven, vamos a la Taberna Checa. Es posible que encontremos cerveza.

—No, tengo que irme para el albergue. Mañana empiezan los exámenes.

—Mal momento para exámenes. De todas las pasiones, los celos son la peor. Mira el caso de Otelo. En mi opinión te hace falta otro trago. Pero no, mejor vete para tu albergue, y estudia tu Historia del Arte, o tu Latín, o tu Marxismo, o lo que te venga en gana. Yo conozco esas asignaturas soporíferas de la Escuela de Letras, y sé que son un sedante para el corazón. Siento mucho no poder brindarte una pastilla estimulante, me acabo de tomar la última que me quedaba. Ah, y se me olvidaba decirte que Carrasco me va a llevar mañana al lugar donde vamos a empezar los ensayos: la casa de unas parientas suyas, unas viejas locas o algo así. Me gustaría que fueras con nosotros.

—No voy a ir a ninguna parte —dijo Marcos, y virando la espalda comenzó a caminar. Luego se volvió y dijo—. Eulogio, espero que tu papá se mejore.

—Si mejora empeora, y si empeora mejora. Pero te agradezco tu buena voluntad, muchachito. Yo espero que esta noche tus sueños sean tan apacibles como los de William Blake.

Cuando Marcos llegó a la esquina, Eulogio le gritó:

—¡Mañana a las ocho te espero en casa de Elías! ¡A las ocho en punto de la noche, y como dicen los ingleses: *sharp*.

Pero a la noche siguiente Marcos permaneció en la biblioteca del albergue, entre el zumbido de los estudiantes que susurraban en distintos idiomas, no solo las citas de autores famosos, sino también las trivialidades de moda, el recuento de las aventurillas nocturnas, los chismes del momento, los comentarios sobre política, y además —él lo presentía al observar algunos rostros que se desfiguraban al hablar en voz baja— las confesiones de pesares secretos. Pero él, que no contaba con ningún confidente, debía

155

resignarse a repasar la voluminosa *Historia del Arte* de Hauser, en la que contemplaba los óleos de Van Gogh reproducidos en blanco y negro. Era imposible, pensaba mientras se detenía frente a una lámina, comprender la intención de aquel loco holandés al observar una pradera opaca, impresa con pinceladas sin color. De igual forma leer a Ovidio en latín le resultaba absurdo: los sabios consejos sobre el arte de amar (que tal vez Marcos necesitaba) se perdían en un laberinto de declinaciones ásperas.

El período de exámenes se convirtió en una fatua rutina. Cada mañana Marcos se enfrentaba al mismo ritual, a los mismos papeles salpicados de preguntas, a los mismos temibles espacios en blanco. Las miradas de complicidad nerviosa creaban un nexo momentáneo entre los estudiantes, que se acentuaba cuando luego en el pasillo confrontaban respuestas, en medio de un roce de blusas y camisas, de manos que alisaban cabellos, de risas frágiles y volubles. Obtuvo la nota máxima en literatura: conocía los gustos de la profesora, una mujer excéntrica que en su juventud se había paseado por Europa vestida de hombre, en compañía de su marido, un escritor mediocre y tarambana. Sin embargo, en Materialismo Dialéctico, a pesar de haber hecho, avergonzado, una profusa apología de Engels, quedó en el último lugar de la clase. El sabía que el profesor soviético lo miraba con recelo. El viejo erudito, que conocía siete idiomas, le había dicho en una ocasión a la maestra de Inglés de Marcos que este era *slippery as an eel*. Escurridizo como una anguila. Cuando se le pasó la cólera por la baja puntuación del examen, Marcos reconoció que el ruso germanófilo estaba en lo cierto.

Durante las dos semanas de pruebas finales, se propuso no ver a nadie fuera de sus compañeros de estudio. A veces, a medianoche, visitaba El Carmelo, una cafetería cercana donde comenzaban a reunirse grupos de jóvenes melenudos que se autodenominaban *hippies*, y que correteaban, gesticulando con grandilocuencia, de la puerta del local al parque de la esquina, o se sentaban en las aceras a hablar de sexo, música, modas, cine, y también, en su lenguaje simple, sobre el significado de la libertad. Marcos, mientras esperaba el turno para comer, paseaba entre el tumulto y escuchaba con avidez las charlas incoherentes, pero para él repletas de sentido. A pesar de que la sensación de aislamiento no lo abandonaba, y procuraba mantener una actitud escéptica ante los corrillos un tanto chabacanos, no podía dejar de emocionarse al ver que aquella juventud exhibía su insatisfacción, aunque solo fuera de un modo superficial e ingenuo. Los carros de la policía pasaban una y otra vez frente a los grupos, se detenían, gritaban palabrotas, pedían documentos de identificación. Cada noche muchos jóvenes terminaban presos. Pero como no podían acusarlos de ningún delito, y al parecer el gobierno no quería repetir —al menos por ahora, pensaba Marcos— redadas como las del año anterior frente al Hotel Capri, los soltaban a las pocas horas. Y a la noche siguiente los jóvenes acudían, obstinados, a reunirse en el mismo lugar.

Una madrugada, cuando ya Marcos regresaba a su albergue, un carro de la patrulla se detuvo junto a él y le pidió que se identificara. Marcos mostró su carné con orgullo.

—¿Cómo en la universidad te dejan tener el pelo tan largo?

—Allí no se fijan en esas cosas — mintió Marcos, que había sido requerido varias veces por la melena—. Lo que les importa es que yo sea un buen estudiante.

Pero el policía decidió registrarlo, y al cachearlo lo zarandeó con insolencia. Por último lo dejó ir, diciendo:

—Esto da vergüenza, un universitario con aspecto de vago y maricón.

Al llegar a su cuarto, tembloroso, solo atinó a encender la radio. Más que ira, sentía desprecio por su cobardía, y ahora se imaginaba una retahíla de frases ofensivas que hubiera podido gritarle al guardia. Sus compañeros no habían llegado, y después de desnudarse con movimientos bruscos, se masturbó de pie, sin evocar siquiera una imagen deseada. Eyacular era siempre un calmante para su frustración. Una emisora cubana concluía en ese instante su transmisión, con las notas del himno nacional. Al combate corred bayameses, que la patria os contempla orgullosa. No temáis una muerte gloriosa, que morir por la patria es vivir. Luego exploró los alrededores con los binoculares, pero la única ventana encendida solo permitía ver una habitación de mala muerte, en la que un hombre jugaba con un perro. No se trataba exactamente de un juego, sino que el viejo al parecer le daba órdenes o amenazaba al perro, hasta que el animal bajaba la cabeza. Luego el hombre sonreía, le acariciaba el lomo. El también necesita dominar, pensó Marcos, y tras ducharse se tendió en su litera. Pensó que la frase del himno, morir por la patria es vivir, era una aberración, una locura. Sin embargo, Freud había escrito, recordó después, que el instinto de la vida corre parejo con el de la muerte.

Quizás el autor del himno había intuido, varios años antes que Freud, la convivencia de esos dos estímulos. ¿Pero qué significaba aquello de que la patria lo contemplaba a uno? ¿Tenía acaso ojos? ¿No era más bien un cúmulo de gentes diversas que deseaban vivir, y no morir? Se tapó la cabeza con la almohada: había sentido las voces de Orlando y de Tomás afuera, y prefería no compartir con ellos esta noche los habituales chistes e historietas.

Al otro día del último examen, Marcos preparaba sus maletas para marchar de vacaciones a Camagüey durante una semana, cuando el ruso Konstantin se asomó a la puerta y le dijo:

—Allá abajo te buscan dos hombres con facha de jipis.

Eulogio y Elías, sentados en el salón de visitas, trataban de ganarse la simpatía de una joven vietnamita, que los observaba con rostro inquieto. Eulogio, con una barba de varios días y los ojos inyectados en sangre, interrogaba a la muchacha sobre la infancia de Ho Chi Minh, mientras Elías pelaba con los dientes un mango verdoso. El jeans zurcido se le pegaba al cuerpo como un guante. Marcos se acercó a ellos extendiendo la mano, tratando de simular una distante cordialidad.

—Si Mahoma no va a la montaña... —dijo Eulogio.

—Vamos a dar una vuelta, tenemos que hablar contigo —dijo Elías.

—Yo pensaba ir hoy por tu casa, Elías —mintió Marcos— Tengo una semana de vacaciones antes de irme para el campo a cortar caña, y voy a Camagüey a ver a mi madre. Pero antes quería despedirme de ustedes.

—¿Quién habla de despedirse? —dijo Eulogio cuando salieron a la calle— ¿Por qué carajo tú no has aparecido en estos días?

—Ustedes saben que yo estaba en exámenes.

—Es mejor que tengas vacaciones ahora —dijo Elías—, ¿Qué tú crees de eso, Eulogio?

—Me parece per-fec-to. Como un recto.

—Si me van a tratar de convencer para que me quede esta semana en La Habana, van a perder el tiempo. ¿Ya empezaron con los ensayos de La Gaviota?

Eulogio miró a su alrededor, y deteniendo a Marcos le puso las manos en los hombros.

—Mírame bien.

—Te estoy mirando.

—¿Estás preparado para lo que voy a decirte?

—Eulogio, no me jodas más.

—No, Marcos, esto es serio, muy serio —dijo Elías.

—La gaviota va a volar —dijo Eulogio.

—Estás borracho, como de costumbre, y vienes a descargar la curda conmigo— dijo Marcos, y se zafó con un movimiento brusco.

—Ya oíste lo que dijo Elías, esto es serio. La gaviota va a volar a Miami. Mejor dicho, va a navegar, porque las gaviotas también navegan, por si no lo sabías. Sobre todo una gaviota chejoviana. Tengo una vía segura para irme de Cuba. Un amigo que estuvo en la cárcel conmigo vino a verme ayer para contarme el plan. La cosa es por la Base Naval de Guantánamo. Nada de problemas ni de riesgos innecesarios. Yo me voy, Elías también, y pensamos que a lo mejor tú querías irte con nosotros. Nos vamos para Santiago de Cuba esta misma noche.

—Pero yo...

—Tú te vas —dijo Elías— Olvídate ahora de tu vieja, a ella le va a ser más fácil salir después, cuando tú estés allá.

—Piensa que una oportunidad como esta no se te va a dar más nunca.

—Ustedes están locos.

—Sí, locos de felicidad.

—No sé, tengo que pensarlo —dijo Marcos, y volviéndose a Elías le dijo—. Yo espero que Carrasco no tenga nada que ver con esto.

—Claro que no, estúpido. Al único que se lo hemos dicho es al chino Diego, pero no quiere saber de eso, se apendejó. Ni siquiera le vamos a decir nada a Fonticiella, para no comprometerlo.

—No sé, tengo que pensarlo —repitió Marcos. Un sudor frío le empapaba la camisa.

—¿Qué cono tienes que pensar? —gritó Eulogio— ¿Qué vas a hacer en este puñetero país? ¿Esperar a que te boten de la universidad, a que te metan preso? ¿O te vas a meter a comunista, para pasarte la vida lamiendo botas y chivateando hasta la madre que te parió, para que dentro de ochenta años te dejen dar un viajecito a Rusia a visitar el mausoleo de Lenin?

—Qué casualidad, y yo que he estado pensando en estos días en la idea de la patria...

—¿Patria? ¿Patria? ¿Qué patria? ¿Qué tú estás hablando? ¿En qué has estado pensando, en la consigna Patria o Muerte?

—Baja la voz, Eulogio, por favor. Cuando yo digo, ustedes están locos...

—¡El que está loco eres tú! ¿Qué es eso de patria a estas alturas? ¿Qué pasó, los exámenes te lavaron el cerebro?

—No tiene nada que ver con los exámenes, fue algo que estuve pensando en relación con el himno nacional...

—¿El himno nacional? Dios mío, virgencita de la Caridad del Cobre, el poeta se nos jodió. ¿Estuviste estudiando la letra del himno nacional? *¿Al combate corred bayameses, que la patria os contempla orgullosa?* Mira, vamos para mi casa, y allí vamos a poder hablar con más calma. Creo que me va a dar un infarto. Elías, tócame el corazón, creo que me dejó de latir. ¿Dónde hay un bar por aquí? ¿Tú sabes lo que es hablar del himno nacional en estos momentos? Elías, no te rías, esto es más grave de lo que yo pensaba. Marcos, eso te pasa por alejarte de nosotros, tus amigos que te quieren

159

y cuidan. Te dejamos de ver dos semanas, y ya estás pensando en el himno nacional. ¿Te das cuenta que te tienes que ir con nosotros, y rápido? ¿Dónde me dijiste que hay un bar? Pero no, mejor vamos para mi casa, creo que todavía me queda media botella. Le he tomado a mi padre todo el arsenal que tenía guardado. Ah, Marcos, se me olvidaba decirte que el viejo se murió la semana pasada. Pero no, no pongas esa cara, ni me vayas a dar el pésame ni cosa que se parezca. Ahora él está mejor, dondequiera que esté, y yo estoy mejor, y voy a estar mejor cuando me vaya de este país de mierda, o mejor dicho, vamos a estar mejor, porque tú también te vas con nosotros, ¿no es verdad, Marcos?

XI

El arañazo en la tela metálica rascaba, raspaba la oscuridad. Era una uña, la cabeza de un clavo, la punta de un cuchillo. Marcos abrió los ojos y escuchó una respiración a su lado, ajena al importuno sonido en la ventana. En la sombra, las formas del otro cuerpo se pegaban al suyo con la inmovilidad de una extensión deforme.

Afuera la noche de Santiago se Incrustaba sobre el lomerío, humedeciendo la vegetación con una lluvia tibia. También por la espalda de Marcos corrían líneas de sudor, gruesas como dedos, mientras la mano mojada del que dormía a su lado reposaba en su hombro, perturbando su piel.

El sonido apareció primero en la pesadilla: Marcos nadaba junto a la costa de Santa Cruz del Sur, intentaba bracear dentro del mar picado, cuando Elías le tiró un alambre desde el muelle para supuestamente ayudarlo a salir. El alambre se había enredado en las astillas de un horcón, y al Elías sacudirlo producía el ruido áspero. En ese instante, sobresaltado, Marcos abrió los ojos y vio el cuerpo del gato enganchado en la malla de la ventana. Sus patas se agitaban entre la tela metálica y la reja, como una sombra chinesca en la penumbra. Pensó que se había despertado en su casa en Camagüey, y estiró el brazo para alcanzar los zapatos. Pero luego recordó que esta era la casa de Alejandro, el amigo de Eulogio, y que el cuerpo a su lado tenía rostro, y también nombre y apellido: Dionisio Santana.

Se revolvió sobre la sábana empapada en sudor, pensando que las camas ajenas nunca se acomodan al cuerpo de uno: la dureza o blandura del colchón acaba por estorbar el sueño. El crucifijo tallado en metal sobre la cabecera le sugirió una blasfemia. Apartó las cortinas de la ventana, que rozaban el piso como un vestido, y golpeó varias veces la malla; el gato saltó maullando sobre las plantas del patio. Afuera las hojas se curvaban formando rasgos que recordaban un rostro femenino: la nariz, las mejillas, los labios abultados, ocultaban a medias los ojos luminosos del animal, agazapado ahora debajo de un arbusto. Brillantes, sobre la mesa de noche, las manecillas del reloj, con un fulgor semejante a las pupilas del gato, mostraban las dos y media, y Marcos pensó con desaliento que todavía faltaban tres horas para que la claridad viniera a rescatarlo.

Se levantó y se vistió sin hacer ruido, reprimiendo incluso los jadeos: el calor le cortaba la respiración. Era un calor viscoso, grosero, palpable como los mosquitos que zumbaban sin tregua. Cuando se dirigía al comedor una voz en el portal lo detuvo:

—¿Eres tú, Marcos?

—Coño, Alejandro, qué susto me diste.

Alejandro entreabrió la puerta de la sala, con la cautela de un conspirador.

—Perdona, no quise asustarte. No me puedo dormir, estoy cogiendo un poco de fresco en el portal. Si tienes hambre te preparo algo, hoy no comiste nada.

—Lo que tengo es sed, una sed del carajo. Tuve una pesadilla, después un gato me despertó, y ese muchacho, Dionisio, tiene muy mal dormir. Ahorita voy a sentarme allá afuera.

—Mamá hizo una limonada, está en la jarra verde.

Pero en el portal tampoco corría el aire. Las matas del jardín, extrañamente rígidas, acechaban inmersas en su escenario oscuro, y la lluvia reciente solo había despertado un olor penetrante en la tierra.

Marcos se sentó en el piso y se recostó a una columna.

—Este calor no hay quien lo aguante.

—Aguantarlo uno lo aguanta —dijo Alejandro, que fumaba y se mecía en el balance—. Esto es Santiago de Cuba, una ciudad metida en un hoyo. Pero cuesta trabajo acostumbrarse. Yo llevo casi cuarenta años en esta misma casa, y todavía no me adapto.

—Es una casa preciosa.

—Era, ya está desbaratada. Tenías que haberla visto hace unos años. Pero ya el techo se está pudriendo, el piso se cuarteó, y falta poco para que las paredes se caigan. El acabóse. Cualquier día los temblores de tierra la van a tumbar. No consigo materiales para arreglarla, ni tengo esperanza de conseguirlos. Hace dos años que estoy esperando por el Poder Local, llené planillas, tuve entrevistas, le escribí a funcionarios, todo, y estas son las santas horas que no me han dado ni una puntilla.

—Mi casa en Camagüey también se está cayendo, pero mi casa es un bohío comparada con esta. Vaya, la tuya es una mansión.

—Un asilo, dirás tú —dijo Alejandro, riéndose—. Un asilo en ruinas. Hay cinco viejos de más de sesenta años: mi madre, mi abuela, mi tío y su mujer, y una prima de mi abuela, que pronto cumple cien años. El único joven soy yo, y ya ando cerca de los cuarenta.

—Qué extraño, yo tengo un amigo que también tiene una casa enorme, llena de viejos, le decíamos precisamente el asilo. Pero esta es una construcción más moderna, yo diría que de principios de siglo.

—La hicieron por el año diez. Cuando mi padre vivía era una tacita de oro, y en los años cuarenta desfiló por aquí lo mejor de la sociedad santiaguera. Papá tenía hasta un título nobiliario, aunque nunca supe si era auténtico o no. El viejo era un mitómano, alardeaba siempre de su ascendencia francesa. A la larga lo único real era el dinero, porque eso sí, el hombre tenía plata. Pero luego se metió en deudas, sobre todo en deudas de juego, y cuando se murió hace quince años lo único que quedaba era esta casa, y no sé cómo la conservó. Creo que empeñó hasta el título.

—Mi abuelo también era jugador —dijo Marcos—. ¿Te quedan más cigarros?

—Este era el último, pero creo que mamá tiene una caja guardada. Yo no te había visto fumar, por eso no te había brindado.

—No, no te molestes, en realidad yo no fumo, pero es que estoy nervioso.

—Espera, voy a buscar la caja de cigarros, y creo que en el refrigerador queda un poco de vino. Digo, si Eulogio no se lo tomó esta mañana antes de irse para Guantánamo —Alejandro se rió otra vez.

La llovizna comenzaba de nuevo; arreciaba, menguaba, empapando las piedras, nublando el jardín. Marcos se sentó en un balance al que le faltaba el espaldar, y por un instante se sumergió en los ruidos: el croar de las ranas se unía al chirrido insistente de un grillo, y la atmósfera repleta de olores y sonidos estallaba en relámpagos que iluminaban el paisaje montañoso. Las gotas repiqueteaban sobre las tejas y el grueso alero que bordeaba el portal. Alejandro regresó con dos vasos de vino.

—Nos jodimos, no encuentro los cigarros. Por suerte yo siempre tengo mis reservas de colillas y papel, y ahora mismo voy a preparar dos que van a quedar mejor que los de verdad. Yo soy un especialista haciendo cigarros, y me viene de herencia: papá tenía una fábrica. Aquí mismo se la jugó, aquí mismito, en la sala de esta casa. La apostó y la perdió. Yo tenía casi tu edad cuando eso.

—En mi familia pasó algo parecido. MI abuelo no se jugó una fábrica, pero sí una finca. Quedaron en la más absoluta miseria. Yo todavía no había nacido.

—Los jugadores son gente rara —dijo Alejandro, pasándole la lengua al papel de cigarro—. Me Imagino que su afán por ganar responde a que se sienten perdedores de nacimiento. O quizás quieren ver la realidad a través de símbolos y cifras, en una especie de misticismo loco. Mi madre tenía miedo que yo fuera a salir jugador, ella decía que esas cosas se heredan. Pero a mí me molesta dejarle las cosas al azar.

—Ella debe estar orgullosa de ti.

—Al contrario, ella piensa que yo también soy un fracaso. Mi madre tiene un carácter fuerte, nació para dominar, para triunfar. Pero los hombres, primero mi padre, luego los políticos, los de antes y los de ahora, y después yo, le frustraron el triunfo. Por eso se volvió una mujer amargada. En el fondo nunca ha perdonado a mi padre, aunque estoy seguro que él sufrió tanto como ella, y que se llevó a la tumba su culpabilidad.

—Yo pienso también que mi abuelo se sentía culpable. A lo mejor por eso se mató.

Marcos se sorprendió al decir estas palabras. ¿Cómo no se le había ocurrido antes? El viejo Anselmo tenía un motivo más poderoso para el suicidio que el hecho de que su hija favorita terminara en un manicomio: la carga de haber llevado a la indigencia a sus seres queridos.

—¿Cómo se mató?

—Primero trató de ahorcarse, y luego se cortó las venas. Yo siempre pensé que había sido un acto de cobardía, pero ahora, al cabo del tiempo, empiezo a verlo de una forma distinta.

—A mí el suicidio no me parece cobardía, pero tampoco lo considero valentía. Yo creo en Dios, y la Iglesia dice muy claro que el quitarse la vida es el peor de los actos, el que no tiene perdón, porque no da lugar al arrepentimiento.

Marcos se movió incómodo en el balance.

—Yo no sabía que tú eras religioso. Qué extraño que Eulogio no me lo dijera, él no se olvida de mencionar ese tipo de dato. ¿Qué tú eres, católico?

—Como decimos casi todos los católicos: «Católico a mi manera». A veces se pasan los meses y no voy a misa. ¿Tú también eres creyente?

Marcos consideró apropiado tomarse todo el vino antes de contestar.

—No, no lo creo. Hasta los trece años estuve yendo a una iglesia pentecostal, y luego entré en una crisis de fe que coincidió precisamente con la muerte de mi abuelo. A veces me parece que sí, que creo en algo, pero es una…

—Si creíste una vez, sigues creyendo, por mucho que trates de convencerte de lo contrario. Yo también he pasado por esos períodos de duda, sobre todo cuando tenía tu edad. Yo te recomendaría que trataras de buscar aunque sea un poco de fe. Sobre todo ahora. Te va a hacer falta.

Marcos examinó el semblante del hombre en la penumbra. Las palabras habían sido dichas en un tono ligero, casi como una broma. Era la primera alusión que hacía Alejandro al motivo de la presencia de ellos en esta casa. Pero la escasa luz escamoteaba los rasgos del otro: la punta del cigarro apenas le iluminaba la boca, y el resto del rostro se perdía en la sombra.

—Eulogio no ha querido darme detalles del plan —dijo Marcos en voz baja—, Y yo no he querido preguntarte a ti.

—Quizás no te lo ha dicho por miedo a que te rajes. En realidad es un plan arriesgado, aunque tengo confianza en que todo salga bien. La única locura es haber metido en esto a ese muchacho, Dionisio. Son las cosas de Eulogio que no me caben en la cabeza.

—Dionisio es primo suyo, es huérfano de padre, y la madre parece que no se ocupa de él. Es uno de esos casos...

Alejandro se echó a reír. Tenía una risa gentil, pero a la vez picante.

—Qué ingenuo eres, Marcos. Eulogio me dijo que tú a veces lo sorprendías con algunos arranques de inocencia, como si estuvieras en otro mundo.

—No estoy en ningún otro mundo, y Eulogio lo sabe mejor que nadie. El habla de mi Inocencia para sentirse a plenitud en su papel mundano y corruptor. El quiere que todo el mundo hable de él como Eulogio el perverso, el cínico, el personaje de Sade o de Choderlos de Lacios. Por supuesto que yo sé cuál es la verdadera relación entre ellos dos. A lo mejor lo de primo es mentira, pero es verdad que el muchacho no tiene padre, y que ya ha estado en la cárcel dos veces, a pesar de que nada más tiene diecisiete años, y que la madre es una irresponsable. Eulogio está en lo cierto al decir que en este país Dionisio no tiene futuro.

—En este país nadie tiene futuro —dijo Alejandro—. Y si me pongo pesimista, te diría que en este mundo nadie tiene futuro.

—¿Es por eso que no te vas con nosotros? Eulogio me dijo que no querías dejar atrás a tu madre y a tu familia, pero a mí eso me suena a excusa, porque yo también dejo atrás a una madre, una madre incluso enferma. Claro que espero que ella pueda irse después por una vía legal.

—Es distinto. Tú eres joven, Inteligente, quieres conocer una vida mejor, o al menos diferente a la que te ha tocado. Pero yo me siento demasiado viejo para empezar de nuevo.

—Tú no eres viejo.

—Quizás no es vejez, sino inercia. Yo pertenezco a una generación muy distinta a la tuya. A tu edad yo debía haber estado poniendo bombas en Santiago, o jugando a la guerra en la Sierra Maestra. Pero lo que hacía era encerrarme en el cuarto a leer. No me pesa que haya sido así —Alejandro se rió de nuevo—. Mira, leyendo a Dostoyevski comprendí a mi padre. Pero también perdí mi oportunidad de acción. El Eclesiastés dice: «Todo tiene su tiempo». Los otros tiraban tiros, planeaban atentados, arriesgaban la vida por un ideal, y yo en el fondo sabía que también debía hacer lo mismo, que debía hacer algo para cambiar las cosas, para acabar con la cochina política del país, pero la realidad es que me quedé leyendo. Luego vino el triunfo de la revolución y quise formar parte del entusiasmo, de la algarabía, pero resultó que muchos me tomaron por un burgués con un nuevo disfraz, por un reaccionario simulador, aunque en esta casa ya no había un centavo, y los negocios de mi padre estaban en bancarrota. O sea, que esa vez también me quedé fuera. Luego vino la persecución de los jóvenes católicos, que hoy en día a todo el mundo ya se le ha olvidado, y a mí incluso me tiraron piedras. Fue entonces que a mi madre se le metió entre ceja y ceja que yo debía irme de Cuba. Eso fue por el año sesenta, o sesenta y uno. En vez de hacerle caso, lo que hice fue enredarme de estúpido con unos amigos de la universidad en un proyecto de contrarrevolución, quizás porque pensaba que podía recuperar el tiempo perdido, y demostrarme que todavía podía hacer algo. Recuerda que mi generación es una generación de acción. Yo creo que la historia se forma a través de contrastes generacionales; primero viene una generación activa, luego otra pasiva, más tarde una intermedia, y así hasta el infinito. No quiero que te ofendas, pero la de ustedes, los jóvenes de hoy, es una generación que nació para cruzarse de brazos. No porque lo hayan elegido, ni tampoco porque les falte talento para la acción, sino porque simplemente tienen que cumplir con el ciclo. En fin, lo que quiero decir es que yo formo parte de una generación que no me correspondía, y de ahí esta inercia, esta falta de iniciativa, este fatalismo. Yo no soy un héroe, y ese era el único papel que me tocaba. Por lo tanto fracasé. Y la gente de tu edad que aspire a hacer algo heroico, también va a fracasar. No es el papel de ustedes, y por eso yo les tengo una secreta envidia. Las generaciones heroicas conocen un triunfo momentáneo, pero esa misma heroicidad las lleva luego a la ruina. Además, después vienen los hijos, que no son (ni pueden ser) héroes, y les echan el cubo de mierda en la cara. «¿De qué me sirve a mí tu heroicidad?», le dice el hijo al padre. Porque el héroe solo concibe la vida como una prisión o un campo de batalla. Y el hijo del héroe no entiende de esas cosas. Su idioma es otro, sus valores son otros. En el caso de que tenga valores. Pero te estoy aburriendo con toda esta monserga. Es muy tarde, vamos a acostarnos.

—No me aburres en lo absoluto, todo lo contrario. Estás hablando con lucidez.

—Mentira, es la lucidez de la amargura, del resentimiento. Nunca te dejes atrapar por esa lucidez, porque le resta sabor a la vida. Es más, se lo quita del todo. Pero te contaba que me metí con unos amigos a jugar a la contrarrevolución. Pero este juego (a diferencia del anterior, el que ganaron ellos, los de mi generación), este juego en el que yo entré resultó ser un juego descabellado, y por supuesto terminamos presos. Me pasé seis años allá atrás, allí mismo, en esas lomas, en la cárcel de Boniato. Es posible que allí sí representara al fin mi parte de héroe. Muy mal, por cierto. Pero mejor es algo que nada. Y allí fue donde conocí al loco de Eulogio. Lo trasladaron de la cárcel de Camagüey a acá por alguna razón que nunca entendí. Mira, Eulogio es un caso distinto: él tiene más o menos mi edad, pero está más allá de esas alternativas de héroe o antihéroe.

¿Y tú sabes por qué? Porque Eulogio es un artista. Solamente los artistas y los locos se salvan. Por cierto, Eulogio me dijo que eres un buen poeta. En ese caso tú estás salvado también. Trata de portarte a la altura de ese privilegio.

—Yo no creo que sea un privilegio, más bien es un castigo. NI yo sé tampoco cómo portarme a la altura de nada.

—Por lo pronto, lo mejor que haces es irte de Cuba. En otro sitio tendrás al menos la oportunidad de expresar lo que sientes. Como ya yo no siento nada, no puedo expresar nada, y por eso no vale la pena que me mueva de aquí. Pero no quiero seguir con este tono sombrío. Toma un poco más de vino, a mí me da dolor de cabeza. Cuéntame ahora de Elías. En la cárcel Eulogio siempre me hablaba de él.

—A mí me es difícil hablar de Elías —dijo Marcos, y tragó saliva—. Creo que al Igual que Eulogio, Elías es un poco artista y también un poco alocado, aunque en menor escala. El quiere alcanzar una trascendencia espiritual, es un místico Innato.

—Le haces demasiado favor a tu amigo, y perdona si sueno brusco. Yo soy un buen observador, es mi única cualidad, y mi Impresión en el día y medio que estuvo aquí es que él no es ni artista, ni loco, ni místico, aunque quisiera ser las tres cosas. Pero no llega a ser ninguna, porque es demasiado racional. Su punto débil es ese: la racionalidad.

Marcos se sintió dolido al escuchar estas palabras, que le sonaron ciertas.

—No sé, quizás yo no puedo juzgarlo con objetividad, por el afecto que le tengo.

—Yo también soy muy racional, por eso lo entiendo mejor que tú. El y yo tenemos algo en común, algo que tú no tienes.

—¿Qué quieres decir? —preguntó Marcos sonriendo— ¿Qué yo no soy racional?

—No digo eso, pero te voy a ser franco: tú eres demasiado sentimental para ser racional. Fíjate, no confundas inteligencia con raciocinio. Las personas con sensibilidad son Inteligentes, tienen incluso capacidad de raciocinio, pero muchas veces la tienen como nublada, por así decirlo.

—Esa es una manera elegante de decirme que soy un imbécil.

—Yo lo considero parte del privilegio del que te hablaba, pero tú no puedes comprenderlo. En fin, si te pregunté por Elías es porque Eulogio insistió en llevárselo para Guantánamo, y las gestiones que están haciendo allí son decisivas. Si Elías no le inspira confianza al «contacto», todo el proyecto se viene abajo.

—Yo confío más en Elías que en Eulogio —dijo Marcos— Y ahora me vas a hacer el favor de decirme cuáles son esas gestiones decisivas. Es mi pellejo también el que está en juego, y tengo derecho a saber.

—Dale un voto de confianza a Eulogio. ¿Acaso no has venido de La Habana hasta Santiago sin saber los detalles?

—Alejandro, tengo derecho a saber.

Alejandro se levantó del balance, y acercándose al borde del portal le echó un vistazo al cielo, una armazón implacable y cerrada.

—Ya escampó otra vez, y me imagino que a la larga va a aclarar. En Santiago es así por esta época: llueve por ratos, y el agua lo que hace es revolver el calor.

—No sé si te das cuenta que todo esto es absurdo. Yo no soy ningún niño, como Eulogio quisiera que yo fuera, para poder someterme a su antojo.

En ese instante un largo quejido resonó en una esquina del jardín. Era un sonido agudo, que recordaba el grito de un recién nacido.

—Allí tienes a tu gato. El cabrón no respeta los nervios ajenos. O la cabrona, porque creo que es gata. Por suerte en esta casa todos los viejos duermen a base de pastillas, y no se despertarían ni con el rugido de un león. Yo evito tomarlas, pero esta noche no me va a quedar más remedio que tomarme una. Y a ti te voy a dar otra. Pero no quiero que pienses que soy un tipo caprichoso, ni que me gustan las intrigas, ni mucho menos que no tengo confianza en ti. Pero por favor, no quiero que le repitas a Dionisio nada de esto que voy a decirte. Eulogio insistió en que ninguno de ustedes dos supiera nada, y tiene sus razones: si alguno de ustedes cae preso, nadie puede sacarle información. Porque se trata de una información seria. En esto está mezclado eso que llaman un doble agente, alguien que ocupa un puesto importante en el ejército, o quizás en la Seguridad (ni yo mismo sé dónde), pero que a la vez trabaja para la CIA, o algo por el estilo. No me preguntes tampoco cómo se llama, porque no lo sé. El caso es que él es íntimo amigo de un hombre que estaba preso con Eulogio y conmigo. A este hombre le dieron la libertad hace cosa de tres semanas, y casi enseguida vino a verme para decirme que su amigo quería sacarlo del país, y que había chance para cuatro o cinco más. Yo le dije que a mí no me interesaba irme de Cuba, pero los dos pensamos que a Eulogio podía gustarle la idea. El le tomó buen afecto a Eulogio en la prisión, y como este plan viene caminando desde que estábamos allá adentro, y él le había hablado a Eulogio sobre esta posibilidad, decidió avisarle. En realidad a Eulogio le hace falta irse, aquí lo único que le espera es volver a caer preso, tarde o temprano. Claro, no creas que todo esta gestión del doble agente obedece a una labor caritativa, sino que también desea reclutar un elemento adecuado para que trabaje fuera de Cuba en la contrarrevolución.

Marcos dejó de mecerse en el balance.

—Pero yo no voy a salir de Cuba para convertirme en un espía o en un mercenario. Mira, me alegra que me lo hayas dicho, mañana mismo me voy para Camagüey. Conmigo que no cuenten.

—Espérate, viejo, no te agites, la cosa no es así —Alejandro se llevó la mano a la boca para ocultar su risa— Esto no quiere decir que te van a obligar a firmar un contrato, ni que te van a entrenar para mandarte en una Invasión. Es posible que traten de captarte (me encanta ese verbo), pero tú vas para un país libre, donde vas a poder hacer lo que te dé la gana, o mejor dicho, casi todo lo que te dé la gana. De lo que sí estoy seguro es que no te van a coaccionar para que colabores, esas cosas no funcionan así.

—No me gusta la idea, no me gusta nada. No la veo clara.

—En parte por eso el mismo Eulogio no quería darte explicaciones. Pero míralo desde otro punto de vista: es tu única oportunidad de salir de este hueco. Y lo mejor es que va a ser con poco riesgo y grandes posibilidades de lograrlo. El señor que estuvo preso con nosotros está consiguiendo, o ya consiguió, uniformes militares para ustedes. El plan es que ustedes van a entrar en Caimanera vestidos de militares. Por supuesto, con el respaldo y la coordinación del doble agente. Este James Bond cubano va a avisarle al amigo nuestro cuál es el mejor momento para entrar, y él a su vez va a avisarles a Eulogio y a Elías. En estos momentos ellos están en Guantánamo esperando la señal, y tan pronto la reciban van a llamar por teléfono a una tía mía que vive cerca de aquí. La clave es muy divertida, Eulogio le va a decir a mi tía: «Dígale a su sobrino Alejandro que a Julio Verne le dio la tos ferina». ¿No te parece genial?

—Muy gracioso. Como si todas las llamadas en este país no estuvieran controladas, y un disparate como ese no llamara la atención.

—Marcos, no exageres. Tienes miedo, estás preocupado, y es lógico. Pero no exageres. Ahora mismo te voy a dar la pastilla con un poco de agua. El vino te va a ayudar también a dormir. Es posible que Eulogio llame mañana por el mediodía, y en ese caso te va a hacer falta estar descansado, porque tú y Dionisio se tienen que poner en camino apenas que él llame.

Al otro día Marcos despertó con dolor de cabeza. El sol que se filtraba por la tela metálica le daba en pleno rostro. Al principio fue víctima otra vez de la impresión de la noche anterior, en la que el sitio y los objetos a su alrededor parecían una continuación del sueño interrumpido. Pero la mirada fija de Dionisio, que lo observaba sentado en el borde de la cama, lo sacó de su amodorramiento.

—¿Qué hora es? —preguntó Marcos, cubriéndose parte del rostro.

—Este reloj tiene las once —dijo Dionisio—. Pero en el estómago mío son las tres de la tarde.

—¿Por qué no has desayunado?

—Me da vergüenza salir, me da vergüenza con todos esos viejos. Eulogio no debería habernos dejado aquí.

—El seguro que llama hoy por el mediodía. Alejandro me dijo que tan pronto llame, tú y yo salimos para Guantánamo.

—¿Tú crees que podamos desayunar a esta hora?

Marcos evitaba mirar al joven, cuya belleza lo Intranquilizaba. Sin contestar se levantó con pereza, y mientras se ponía el pantalón se dijo: «Qué flaco estoy. Si yo hubiera hecho más ejercicios cuando tenía que hacerlos, hoy tendría un cuerpo como el de Dionisio». Esquivó también observarse en la implacable luna del espejo. «Pero mi época de acción también pasó», pensó luego, pasándose la mano por el pelo, recordando con buen humor las palabras de Alejandro.

—La cabeza se me quiere partir —dijo Marcos.

—Eso es el hambre. Yo también tengo dolor de cabeza.

—Tú lo único que piensas es en comer. Bueno, creo que es lo mejor que haces. Pero es mejor que ya esperemos el almuerzo.

Mientras Marcos se lavaba los dientes, Dionisio se recostó a la puerta del baño, cepillándose el cabello lacio y oscuro que le caía sobre los hombros. Su rostro de facciones parejas apareció en el espejo al lado de la cara abotargada de Marcos.

—Déjame decirte, yo sí pienso en otras cosas aparte de comer.

¿Era aquella una sonrisa maliciosa? Marcos terminó de enjuagarse la boca con prisa, y abrochándose la camisa dijo:

—Prefiero que no me cuentes cuáles son esas otras cosas. Tú eres un chiquillo, eso es lo que eres. Eulogio no debería haberte metido en esto.

Dionisio acercó su rostro al de Marcos, y le dijo en voz baja, desafiante:

—Mi amigo, yo tengo diecisiete años, y seguro que he pasado por mucho más que tú. Yo caí preso a los trece, por si tú no lo sabías.

Marcos comenzó a frotarse el cutis con la toalla, intentando interponer la felpa como una cortina entre ambos.

—Ya lo sé. Si no fuera por eso Eulogio no se hubiera decidido a traerte, ni Elías ni yo hubiéramos aceptado que vinieras. Tú eres menor de edad, y si nos agarran contigo la condena que nos van a echar va a ser más larga. Pero no vamos a pensar en eso, tengo fe en que todo va a salir bien.

—Yo también tengo fe.

—Eso está mejor. Quédate aquí, déjame ver cómo están las cosas allá afuera. Voy a ver si encuentro a Alejandro.

Trajinando en la cocina, envueltas en delantales y pañoletas, la madre de Alejandro y su cuñada lo saludaron con fría cortesía, y con un gesto de condescendencia una de ellas le extendió un jarro de metal con café. El se apresuró a murmurar unas «gracias» que quedaron sin respuesta, y tras unos minutos de silencio, en los que él intentó en vano decir alguna frase amable, atravesó con torpeza el comedor, donde una anciana que tejía levantó la cabeza. Tenía un ojo cubierto por una mancha blanca; el otro, de brillo peculiar, lo observó inquisitivo. En un rincón el tío de Alejandro leía un periódico. Ninguno de los dos contestó el saludo sonriente de Marcos, que respiró aliviado cuando salió al portal.

A la luz del día el jardín había perdido su pátina siniestra: los cilantros se agrupaban en mazos alrededor del portal, las amapolas y los lirios se erguían brillantes entre el verdor profuso, y las líneas de las montañas se definían detrás de la casona con un trazo irregular que cortaba en segmentos los jirones de nubes. A un costado del jardín, bajo una mata de mangos, Alejandro estaba tendido en una hamaca, al lado de su abuela que sentada en un taburete pelaba unos enormes ejemplares de yuca. Las gallinas y los patos se disputaban migajas de pan; sobre las ramas los pájaros alborotaban.

Marcos dio los buenos días con cortedad.

—Buenos días, hijo —dijo la anciana. Tenía un rostro bondadoso, de verdadera abuela. Sonreía.

—Estoy cogiendo fresco con mi abuelita —dijo Alejandro, incorporándose—. Vamos, para que desayunes. ¿Dionisio se despertó también?

—Parece que está despierto desde temprano, pero por timidez no ha salido del cuarto. Yo no quiero desayunar a esta hora, prefiero dar una vuelta por los alrededores. ¿Tú crees que pueda llegar hasta la orilla de esa loma?

—Muchacho, esa loma está a cinco kilómetros de aquí. No debes Irte muy lejos, acuérdate que Eulogio puede llamar en cualquier momento. Pero si agarras por esa callecita vas a parar a un lugar que te va a gustar, es una poceta que le dicen El Paso. Fue famosa en su tiempo, la poceta del Paso. Allí hacían competencia de remos.

—Pero que no vaya a nadar —dijo la abuela—. Allí se han ahogado muchos cristianos, y la mayoría ni han aparecido. Esa agua engaña, es honda como el diablo.

—No, abuela, Marcos no va a nadar —dijo Alejandro, haciendo un guiño—. El es prudente, muy poco amigo de las aventuras.

Marcos saltó una cerca de piedras y comenzó a subir por el callejón empinado, un terraplén pedregoso. Dos casas de madera, montadas en pilotaje, constituían todo el vecindario, Inmerso en el silencio denso como un líquido. Más tarde el callejón se convertía en sendero; en una curva Marcos se detuvo a admirar el paisaje que se extendía entre montes y rocas hasta abarcar la ciudad de Santiago, que desde aquella altura no era más que una agrupación de techos junto a la bahía. Luego el camino ascendía abruptamente entre árboles gigantescos. Una red de bejucos trenzaba el ramaje, y de algunos troncos colgaban como protuberancias los nidos terrosos de los comejenes. Más adelante, al costado de un monte, se levantaba una choza de yagua. Una mujer de pelo alborotado, que hervía la ropa bajo un algarrobo, al ver a Marcos corrió a esconderse en la frágil casucha.

Esto también es Cuba, pensó Marcos. Este monte y esta choza. Si ves un monte de espumas... había escrito Martí. Pero no era el momento de recordar esos versos. No es posible que la geografía me condene a depender de un sitio para ser lo que soy, o lo que puedo llegar a ser, se dijo. Al combate corred bayameses, que la patria os contempla orgullosa, decía el himno nacional. La patria era esas hojas de yagruma, pensó; era también esa maleza que devoraba el suelo, esas paredes de yagua y cartón, ese insistente olor a tierra humedecida, esa lata tiznada donde el agua bullía a borbotones, esa mujer que se escondía de prisa porque un desconocido pasaba por el trillo. Y era además ese maizal en un claro del monte, con sus mazorcas moteadas de hebras y de granos dorados. Marcos recordaba palabras de su Infancia que no había vuelto a escuchar; recordaba que a un camino como aquel le decían serventía; que a un sembrado de maíz le llamaban milpa. ¿Cómo era la canción que cantaba su abuelo? Cuatro milpas tan solo han quedado del ranchito que era mío... Solo que en realidad no había quedado nada, se dijo, sino que las barajas y los dados habían a la larga devorado la tierra, el rancho, los mangales, las milpas, las serventías y el ganado. Si me prestas tus ojos, morena, los llevo en el alma que miren allá..., cantaba la voz ronca por el licor, acompañada por unas torpes notas de tres o de guitarra. Sentimentalismos de un anciano culpable, se dijo Marcos ahora al evocar el canto. Chacotas de un viejo cabrón, de un guajiro voraz e Irresponsable. Claro que luego pagó con pedazos de soga, y al final con navajas teñidas de óxido, que con dificultad desgarraron los brazos. Y de pasó le jodió la tambaleante fe a su nieto, que bastante tenía con lo suyo. Pero un cambio se avecinaba, y esta vez no se trataba de una fantasía: Marcos estaba a punto de cruzar la línea divisoria, de cambiar por completo su destino. Y para ello bastaba disfrazarse, pasar Inadvertido frente a una garita, y luego cruzar una cierta extensión de agua. ¿Qué sucedería si fracasaban en el intento? Años de cárceles, galeras repletas de hombres convertidos en animales. ¿Acaso la patria seguiría contemplándolo con orgullo cuando él se encontrara detrás de una reja? ¿Se colaría entre los barrotes una de estas ramas? ¿O esta mujer dejaría su lata de agua hirviente para ir a reprocharle su traición? Porque sin duda todo esto era la patria, aquella patria por la que, según el himno, morir era vivir; aquella que él iba a abandonar para siempre. Del clarín escuchad el sonido... decía también el himno. Pero no, los sonidos que escuchaba ahora eran de los insectos entre las hojas, de los pájaros en las copas de los árboles, de los guijarros bajo sus zapatos.

No quiso llegar hasta la poceta: una súbita debilidad penetraba en su cuerpo, las piernas le fallaban. Regresó a la casa empapado en sudor, y aprovechando la soledad del patio se acostó en la hamaca, entre el obsceno picoteo de las aves.

Eulogio no llamó en todo el día. Por la noche jugaron dominó en el portal hasta cerca de las doce, sometidos al incierto placer de combinar los números. Alejandro y su tío ganaban los partidos; Marcos y Dionisio ni siquiera tenían habilidad para hacer trampas. Tomaron vino tinto y fumaron unos gruesos tabacos torcidos por el viejo. El humo secaba la garganta y provocaba tos, pero a la vez producía un mareo somnoliento que amortiguaba el calor y los mosquitos. En el jardín croaban las ranas y chirriaban los grillos, agazapados entre los arbustos.

Un aguacero despertó a Marcos por la madrugada. Pero no fue solo el ruido del agua lo que irrumpió en su sueño: unos dedos le tanteaban el cuerpo, una voz le susurraba frases que al principio no parecían tener sentido.

—Anda, déjame… anda, vamos… anda, chico, yo sé que estás despierto…

Una piel caliente y sudada se pegaba a la suya, unos cabellos húmedos le rozaban la boca, unos brazos intentaban rodearlo, unos labios se apretaban contra su cuello.

—Anda, chico… anda, no te hagas el dormido… anda, vamos…

De repente el agua comenzó a entrar por la tela metálica. Dionisio se levantó y cerró la ventana; la oscuridad en el cuarto se hizo completa. Horas después, poco antes de las cinco, las manecillas de un verde fosforescente brillaban en la sombra, y entre el amasijo de sábanas y almohadas Marcos volteó hacia un lado el cuerpo que dormía recostado al suyo, y poco a poco penetró en el sueño como el que se hunde en un oleaje: estaba ahora en la costa muy cerca del malecón de La Habana, envuelto en una tela resinosa, mientras Elías, vestido con un extraño uniforme militar, le gritaba algo desde una embarcación: unas palabras dichas en otro idioma; un lenguaje secreto y gutural. Afuera en el jardín un quejido prolongado recordaba el grito de un niño. Y el arañazo en la tela metálica rascaba, raspaba la oscuridad.

XII

Los tres siguientes días apenas se diferenciaron entre sí: por la mañana, la tierra y las plantas despertaban impregnadas de una gruesa humedad, a causa de la lluvia nocturna; por el mediodía el sol inflamaba el aire exiguo; por la noche el calor, pegajoso y compacto, solo concedía tregua cuando se desataba el aguacero. La lluvia comenzaba alrededor de la medianoche y concluía al amanecer.

Marcos se levantaba temprano, y aprovechando el frescor recorría a solas el camino de El Paso. Sentado bajo un árbol cerca de la poceta leía a saltos el Nuevo Testamento, sin poder concentrarse, como si las palabras hubieran sido dispuestas en las páginas por puro azar, sugiriendo al lector un orden caprichoso, un muestrario de frases que no implicaban una continuidad. Al regresar se encontraba a Alejandro y Dionisio viendo viejas películas argentinas en el televisor, y los acompañaba hasta el momento de cenar, Inmerso en las secuencias de lágrimas y tangos. Luego participaban con el tío en la ronda de tabacos, vinos y dominó. Las madrugadas se volvían horas líquidas, un remolino de susurros y abrazos.

Al cuarto día, Marcos se levantó Intranquilo: el silencio de Eulogio lo alarmaba, y desde el día anterior la madre y la tía de Alejandro se negaban a hablarle. Ahora, cuando él salló sigiloso del cuarto, una de ellas puso sobre la mesa del comedor el jarro con café y de inmediato se retiró al coto vedado de la cocina. Humillado, bebió el líquido de pie, y más tarde emprendió su recorrido diario sin llevar esta vez, como era su costumbre, el pequeño libro forrado en cuero azul que Alejandro, al otro día de la primera conversación en el portal, había colocado con su peculiar sutileza junto a la cama que compartían Marcos y Dionisio.

En el jardín sobrevivían retazos de neblina que no solo cubrían las plantas y el camino, sino también las siluetas distantes de las lomas. El cantío de los gallos, el mugido de las reses y el gorjeo de las aves indicaban que detrás

174

de la blanca envoltura se efectuaba una preparación para una vida ansiosa, al descubierto; pero por el momento todo quedaba oculto por la gasa. La hirsuta vegetación, pujando por brillar entre las falsas nubes, temblaba bajo el rocío. Marcos pasó frente a la choza, que a esta hora de la mañana lucía deshabitada, excepto por unas frágiles figuras de humo que se escapaban de la ventana enmarcada con pedazos de lata. El maizal empapado, el oscuro follaje, los yerbazales al lado del camino, se diluían tras la cortina acuosa, mientras el barro se incrustaba obstinado en las botas.

De pronto una carreta asomó entre la niebla, tirada por una caballo decrépito y jadeante. El animal bajaba impulsado por la pendiente, estremeciendo las ruedas y las tablas. Marcos se apartó para dejarlo cruzar. Un campesino de rostro ensombrecido manipulaba con destreza las riendas, mientras en la parte de atrás dos mujeres y un niño sujetaban una caja alargada de madera, cuya forma Marcos reconoció al instante. Instintivamente se persignó, siguiendo con la vista el carretón que desapareció dando tumbos entre los jirones de neblina y las curvas del sendero. Luego continuó con lentitud su ascenso, estupefacto tras este inesperado encuentro con la muerte a una hora tan temprana.

Sin embargo, en la poceta la claridad del día había impuesto su triunfo. Las aguas resplandecían bajo el sol que ya se levantaba sobre las montañas, y que limpiaba de niebla el aire. Marcos se sentó sobre las raíces del algarrobo, a la sombra del cual había leído fragmentos de los Evangelios en los últimos días, y le pesó ahora no tener el libro. La lectura en el lugar, aunque voluble, disminuía su culpabilidad, y a la vez le traía a la memoria una época remota en la que leía y creía al mismo tiempo.

Al observar el radiante escenario, recordó el estribillo de un himno pentecostal: es como un río de agua viva. Era el favorito del pastor que oficiaba en los cultos de la ruinosa capilla del barrio. Entre secas palmadas y jubilosos golpes de pandereta, el canto cobraba una fuerza ritual atronadora. No sonaba en lo absoluto como el lamento de los espiritistas, *ayerayei-ayerayá*, seguido por los estertores del médium, ni tampoco como el coro armónico de la misa católica, que bajaba y subía tersamente, sin espasmos, sino que se trataba de un estallido rítmico que se iba enardeciendo hasta alcanzar un clímax: es como un río de agua viva, un río de agua viva en mi ser. Los pentecostales creían en la promesa del Espíritu Santo, en el hablar en otras lenguas. A veces en medio de la música se escuchaban alabanzas proferidas en un idioma inexistente, mientras que afuera, rodeando la capilla, los curiosos gritaban insolencias en un español sin equívocos. La mofa de los espectadores incitaba a los creyentes a cantar con más ardor: el barullo terminaba por fatigar a Marcos. El pastor alzaba las manos hacia el distante cielo y animaba a los fieles a seguir su ejemplo. Marcos también levantaba los brazos, pero no llegaba a cerrar los ojos del todo, sino que por un resquicio de los párpados miraba de soslayo a su madre, que con la vista fija en la pared permanecía silenciosa e Inmóvil. Se hablaba de un río de agua viva, de un manantial de gozo, pero el joven de labios apretados solo percibía una especie de llanura árida. Quizás desde entonces, se dijo ahora, la fe lo había dejado. Para creer se requería una entrega, un acto de sumisión, y él estaba demasiado absorto en sí mismo para rendirse a una fuerza ajena.

Ahora la lámina de la poceta permanecía impasible: sus aguas no corrían como un río. El haberse criado en una religión impetuosa, pensó mientras se acomodaba entre las raíces del algarrobo, lo había incapacitado para entender la quieta iluminación de que hablaban los budistas. Le habían enseñado que la revelación descendía en lenguas de fuego, y por lo tanto no podía concebir que esta tomara la forma de un paisaje en calma.

Al poco rato un desfile de hormigas lo obligó a cambiar de sitio y de pensamientos. Se levantó entumecido y decidió regresar. Presentía que Eulogio iba a llamar antes del mediodía, y no deseaba obligar a Alejandro a subir hasta la poceta a buscarlo. Además, una melancolía, y la falta de un libro, habían tornado incómoda su postura entre las raíces, y también su soledad.

A la hora del almuerzo, mientras él y Dionisio enfriaban el potaje, soplándolo y agitándolo con cucharas de alpaca, tuvo lugar un estallido verbal en el patio. Las voces entraban por la ventana abierta del comedor, impúdicas.

—¡Ni un día más! —gritaba la madre de Alejandro—. ¡NI un día más! ¡Ya aguanté todo lo que se puede aguantar!

—¡Esta también es mi casa! —decía Alejandro.

—¡Pero la comida no la buscas tú! ¡Desde que saliste de la cárcel no trabajas! ¡Ni las sábanas las lavas tú! Yo te mantengo y te sirvo de criada porque eres mi hijo, pero no tengo que hacerlo con ese par de delincuentes.

—¡Mamá, te van a oír!

—¿Y qué? Yo lo que quiero es que me oigan. Si no se van hoy mismo los boto. Así que vas y se lo dices ahora, porque si no se lo voy a decir yo. Tu tía y yo estamos muy viejas para estar trabajando para un par de zánganos, que no sabemos ni quiénes son.

En el interior de la casa todo se había aquietado; solo el zumbido de las moscas trastornaba el aire. Los insectos se posaban en los objetos y la piel, y luego proseguían su vuelo errático. En la sala, la anciana tejedora había colocado las agujas y el estambre sobre su falda para observar atentamente el andar mesurado de un gato, mientras el tío de Alejandro, rígido en su sillón, se amparaba tras las hojas del periódico.

—Yo quisiera que mi padre te oyera —decía Alejandro—. Esta casa siempre estaba llena de amigos de ustedes, y aquí nunca se trató mal a nadie.

—¡Eso era hace veinte años, cuando en esta casa sobraban todos los días tres latas de sancocho para los puercos! ¡Ahora nos tenemos que quitar la comida para dársela a esos tipejos!

Marcos dejó caer la cuchara en el plato.

—Dionisio, hazme el favor de dejar de comer.

En ese instante Alejandro entró en el comedor, con el rostro descompuesto.

—Perdónenme, yo nunca pensé que mi madre se pusiera así.

—Ella tiene toda la razón —dijo Marcos, levantándose de la mesa—. Ahora mismo estamos recogiendo las cosas. Si esta gente llama de Guantánamo, tú le dices que nos fuimos para La Habana.

—No, eso sí que no, ustedes tienen que esperar esa llamada aquí en Santiago. Vamos a casa de un amigo, a ver si se pueden quedar allí. Qué pena me da con ustedes, la cara se me cae de vergüenza.

—Alejandro, no te preocupes, no es culpa tuya —dijo Dionisio, atragantándose con el potaje. Y añadió con la boca llena—. Ahora mismo nos vamos.

A las dos de la tarde Santiago reverberaba. Los ómnibus atestados subían con esfuerzo por las calles casi verticales, y en las aceras los cuerpos sudorosos tropezaban en un atropellado ir y venir. Donde se esperaban palabras de excusa, solo se escuchaban maldiciones masculladas. Las colas se multiplicaban en el centro de la ciudad: colas para comer una croqueta frita en manteca rancia, para comprar ropa interior, o chancletas, o vasos plásticos; colas para comprar un pasaje para viajar a otro pueblo, o para cambiar la dirección de la libreta de racionamiento; colas de cuerpos mestizos, de axilas mojadas, de narices grasientas, de bocas resecas, de exclamaciones roncas; colas de gente agriada por el calor, enardecida por el humo de las colillas y por el roce de muslos contra muslos, de brazos contra brazos.

Marcos conocía el verano hostil de Camagüey, el verano igualmente hostil de La Habana; y aunque Santiago era parte del mismo trópico, el clima en este pueblo exasperaba. Los mediodías a lo largo y ancho de la isla oprimían durante casi todo el transcurso del año, pero aquí resultaban un aliento de brasas, una tórrida desembocadura.

Ahora, con la mochila al hombro, al lado de un Dionisio que hablaba sin cesar y de un Alejandro taciturno, cruzando entre la multitud que se apiñaba en la calle Enramada, a Marcos le parecía haber llegado al término de un viaje: había tratado de moverse de un sitio a otro, engañado por la falsa sensación de amplitud que brindan a veces las islas —y que en el caso de Cuba había engañado incluso a sus descubridores, que la tomaron por un continente— para al final llegar a este hueco de fuego, a este pozo de sudor, pegado a un parche de mar que ni siquiera ofrecía el alivio somero de la brisa.

Atravesaron de mal humor un parque, donde unos muchachos que holgazaneaban frente a la glorieta los insultaron a causa de la melena y la ropa. Dionisio quiso armar pelea con ellos; Marcos y Alejandro tuvieron que llevárselo a rastras, en medio de los gritos y chiflidos. Bajaron por una calle empinada, que terminaba más adelante en los muelles. A medida que se acercaban a la bahía, el gentío iba disminuyendo. De pronto Marcos dejó caer la mochila en la acera y se sentó en un quicio.

—No doy un paso más, me falta el aire.

—Tienes un sexto sentido, o algo de médium —dijo Alejandro con una sonrisa opaca—. Es allí enfrente —y señaló un desvencijado edificio de dos plantas, con un balcón corrido que amenazaba con desplomarse.

Subieron por una escalera de peldaños flojos, cuya madera se lamentaba como un ser vivo al sostener sus cuerpos. Alejandro explicó:

—Esto era antes un hotel.

—¿Y ahora qué es? —preguntó Dionisio—. Aquí no puede vivir nadie.

—Pues sí, aquí vive gente —se rió Alejandro—. ¡Y qué gente!

Luego tocó con fuerza en uno de los cuartos. Algunas caras se asomaron en el pasillo en sombras: pasos apresurados recorrieron el Interior de las habitaciones; un cuchicheo avivó la penumbra. Al fin la puerta se abrió con sigilo: un viejo mulato, con la cabeza cubierta por una boina de la que sobresalían unos mechones de cabellos castaños, a todas luces una peluca, enseñó su sonrisa desdentada.

—¡Mijito, dichosos los ojos! —le dijo a Alejandro con voz de sonsonete. Y examinando de arriba a abajo a Marcos y a Dionisio, añadió—. ¡Uy, pero qué compañía tan honorable! Pasen, pasen, y no miren el reguero: ahora mismo Iba a empezar a recoger. Ale, viejo, tú no avisas cuando vienes, y le haces pasar a uno cada vergüenza… Mira cómo está este cuarto.

Muebles y cachivaches sobrecargaban la habitación sin ventanas, Iluminada a medias por una lámpara de pantalla rojiza.

—Acomódense como puedan, que aquí están en su casa. No se fijen en cómo tengo esto, en este mismísimo momento yo Iba a empezar a…

—No te preocupes, Demetrio, estos muchachos son de confianza. ¿Tú sabes de quién son amigos? De Eulogio. Estaban parando en mi casa, pero mi madre se puso muy impertinente, y necesito que tú me hagas el favor de dejarlos dormir aquí esta noche. Son gente buena, te lo garantizo.

—Ay, hijo, no faltaba más, con lo solo que yo me siento. Y luego este calor. Soledad y calor, es demasiado —dijo Demetrio, arreglándose los mechones postizos, y observando con ojos brillosos a los dos jóvenes, en especial a Dionisio, que lo miraba entre incrédulo y divertido—. Así que son amigos de Eulogio Cabada. ¡Qué falso ese Eulogio, qué sinvergüenza! La Marrulu me dijo que lo había visto la semana pasada aquí en Santiago. Y a ese sinvergüenza no le pasó por la cabeza hacerme una visita. Con el hambre que le maté en la cárcel de Boniato. Pero con la gloria se olvidan las memorias… Pero siéntense, siéntense adonde quieran, déjenme quitar los andrajos de esta silla estilo Luis Catorce. ¿Cómo se llaman ustedes, niños? Ay, Alejandro, pero si son un par de criaturas. ¿Qué edad tú tienes, mi vida? —le preguntó a Dionisio—. Porque si eres menor de edad lo siento mucho, pero aquí no te vas a poder quedar. Ya una vez tuve problemas con la policía por eso. Y mira lo que le pasó a Eulogio por andar con recién nacidos: tres años en la cárcel, y salló bien porque la Virgen de la Caridad es muy grande…

—Ya yo cumplí los diecinueve —dijo Dionisio, enrojeciendo.

—¡Diecinueve, dice él ¡Ay, pero qué lindo, Ale, dice que ya cumplió los diecinueve! ¡Y hasta se pone colorado! ¿O será la luz de la lámpara? Al otro sí se lo creo, pero lo que eres tú, mijito, acabas de salir de casa de la comadrona.

—Es una noche nada más, Demetrio.

—Está bien, Ale, yo no sirvo para dejar en la calle a nadie, y menos a un par de bombones. Yo no creo que me vaya a poner tan fatal que esta noche la policía me venga a hacer la visita. Porque la policía me hace a veces la visita, ¿saben? Mis amigos no vienen a verme, pero la policía no se olvida de mí. Y la culpa la tienen los piojosos del cuarto de enfrente, que lo que me tienen es envidia. Dicen que yo vendo cosas de contrabando, que meto machos en el cuarto… Calumnias. Calumnias por envidia, hijo, porque saben que yo soy artista.

—¿Usted es artista? —preguntó Marcos, fascinado.

—Sí, hijo, yo soy cantante. Pero no cantante pesetero, sino cantante de zarzuelas, de ópera. En otro tiempo yo fui la gloria del teatro lírico de Santiago. ¿Quieren que les haga una demostración? —y poniéndose de pie, cantó con voz estruendosa— «María la O, bella como flor»…

—Nos basta con eso, Demetrio —dijo Alejandro, ahogado por la risa—. No vayas a alborotar ahora a los vecinos.

Pero al rato la insolente temperatura de la habitación comenzó a restarle fluidez y simpatía al diálogo; los tres visitantes se despidieron de Demetrio prometiendo regresar antes de la medianoche. Ya en la calle Alejandro dijo:

—El pobre está loco, pero es la única persona que puede alojarlos sin hacer preguntas. El lugar es espantoso, pero una noche se pasa como quiera. Eulogio tiene que llamar hoy, o a más tardar mañana.

—Hace cinco días que estás diciendo lo mismo —dijo Marcos.

—Tienes que tener paciencia —dijo Alejandro.

—¡Eso mismo le digo yo! —gritó Dionisio.

—SI Eulogio no llama hoy, yo me voy mañana por la mañana. SI Dionisio quiere quedarse, que se quede, pero yo me voy. En la universidad pospusieron la salida para el campo, y el lunes empiezan las clases.

—¿Tú todavía estás pensando en la universidad? —preguntó Dionisio, colérico.

—¿Y en qué quieres que piense? ¿En las playas de Miami?

—Vamos, Marcos, tranquilízate. Debería haberte dado —una pastilla para los nervios antes de salir de la casa.

—Tú lo resuelves todo con pastillas. Yo lo que necesito es emborracharme.

—Pues vas a tener que esperar hasta por la noche, en este pueblo ahora no venden bebida por el día. Cerraron los bares para ver si la gente trabaja más. Lo peor que hicieron. Los santiagueros perdonan la falta de comida, de ropa, de transporte, de lo que sea; lo que no perdonan es la falta de tragos. Por suerte hay unos kioscos en la calle Trocha en los que venden cerveza cruda por la noche. Aquello se pone del carajo, pero si quieren, después podemos darnos una vuelta por allá.

—¿Por qué no vamos al cine ahora? —dijo Dionisio—. Vamos a ver aunque sea una película rusa. Este calor en la calle no hay quien lo aguante.

En la oscuridad del teatro, unos ventiladores colosales levantaban un ventarrón sobre las lunetas; el ruido de las aspas opacaba el sonido del filme. A Marcos le costaba trabajo concentrarse en la vida artificial que se desarrollaba en la pantalla: una historia de amor en plena guerra. La pareja caminaba, tomada del brazo, por un pálido parque. Era otoño; las ramas desnudas formaban un techo escuálido bajo el cielo encapotado; las hojas se amontonaban sobre los bancos y las piedras; la llovizna lustraba el pavimento. El hombre llevaba un chaleco y una bufanda; la mujer, un sobretodo de cuello ancho. En el país donde vivían, pensó Marcos, no tenían que sentarse al lado de un ventilador para secarse el sudor de la ropa, ni tampoco refugiarse en un cine para escapar del sol. Se apoyaban en la baranda de un puente a observar el paso del agua grisácea, que arrastraba impurezas, desperdicios. Una música de piano ponía un contrapunto melancólico al diálogo entre ambos. Los toscos subtítulos en español revelaban promesas, dudas, dificultades; el peligroso lenguaje del amor temblaba en letras gigantescas que cubrían buena parte del celuloide, diseñadas para un público miope, o poco habituado a la lectura. Luego el hombre y la mujer entraron al cuarto de un hotel, donde después de discutir se desnudaron; en ese instante Dionisio pegó su rodilla a la de Marcos. Pero no todo era placer en la historia. De repente unos tanques de guerra irrumpieron en un campo fangoso, y los cañones retumbaron en el cine amortiguando el traqueteo de los ventiladores. Alejandro salió a llamar por teléfono a su tía, y al sentarse de nuevo dijo:

—Nada.

Después de atravesar pueblos asolados por el hambre y la muerte, y de sobrevivir a las complicaciones en un sótano, ahora la pareja recorría en bicicleta una avenida de árboles frondosos. La acción se había trasladado a una espléndida primavera. Pero un segundo más tarde llegaba el invierno: la nieve refulgía sobre las calles de una ciudad desierta, en cuyos edificios se percibía la marca de la destrucción. Marcos trataba de reconocer la melodía en el plano; sonaba como un tema de Chopin. En casa de Alejandro había escuchado la noche anterior una versión a piano de la Quinta Sinfonía de Beethoven, en un arreglo de Liszt que no conocía, y se había sorprendido al comprobar que un tema conocido puede variar al punto de volverse casi irreconocible al ser ejecutado por otro instrumento diferente al que estamos habituados a escuchar, y sin embargo mantener su fuerza.

Ahora la música de la película le evocaba también una melodía familiar, pero no podía asegurar que conocía la pieza; quizás, se dijo, lo familiar era la persistencia en pasearse por parques, atravesar por pueblos, detenerse en puentes, hacer el amor en camas ajenas, formar parte de los cambios de las estaciones, mientras meses y aun años se desplazaban con la velocidad de minutos, como ocurría a veces en la propia vida.

Casi al final del filme se dio cuenta de que Dionisio se había quedado dormido, y envidió su capacidad de olvido: los habían echado de una casa, debían dormir esa noche en un cuarto siniestro, el futuro se mostraba plagado de riesgos, y sin embargo el joven roncaba plácidamente, al son del piano y las ruidosas aspas.

Salieron del cine al anochecer, y a insistencia de Marcos fueron directamente al lugar donde vendían cerveza, dos kioscos de guano en medio de un solar. El alumbrado consistía en bombillos de pocas bujías que colgaban de una red de cables desnudos: pero la pobreza de la iluminación y el decorado no desanimaba a los bebedores, que acudían en bandadas. Cuando se abrió la venta, la multitud que formaba las colas pasaba del centenar. Los empujones y los altercados recorrían las filas como una corriente eléctrica, las conversaciones resonaban a voz en cuello, las risas se expresaban en grotescas carcajadas, y los abrazos y apretones de mano se materializaban en forma de embestidas.

Pero Marcos, después de tomarse de un tirón dos jarras del líquido amargo y espumeante, se había Impregnado de la agresividad que campeaba en el sitio. Con ojos que la bebida había vuelto vidriosos, desafiaba en silencio a los desconocidos que Inspeccionaban con mofa su pantalón ceñido, su camisa de colores y su melena despeinada.

Al poco rato, bajo la tutela prudente de Alejandro, los tres amigos se retiraron a una esquina del solar, sentándose a beber sobre unas piedras. Pronto se sumó al grupo un hombre al que Alejandro conocía de la cárcel, que tenía una habilidad peculiar para colarse en el tumulto y conseguir cerveza de gratis. Jaranero y audaz, se ganó la confianza de Dionisio: ambos tenían en común unos brazos marcados con tatuajes y el lenguaje peculiar del presidio. Las jarras se vaciaban de golpe y al Instante aparecían repletas. El diálogo, empapado de alcohol, contaminado por el brutal paraje, tomó un sesgo sombrío: los ex reclusos (porque también Alejandro era uno de ellos) se disputaban el derecho a relatar historias de chantajes, de violaciones, de asesinatos a sangre fría. Marcos escuchaba absorto, levemente atontado por la cerveza. En uno de sus frecuentes viajes a las letrinas al fondo del solar, perdió el equilibrio y resbaló en el fango.

En ese instante una contienda a machetazos frente a los kioscos dio lugar a un desplazamiento masivo, como si hubieran sacado de un corral a una manada de reses furibundas. Marcos se refugió tras las letrinas, donde el orine formaba surcos en el terreno blando. Pero la pelea, a la que se sumaban nuevos cuerpos y voces, se aproximaba cada vez más a su escondite, magnificada por atroces insultos. Imitando el ejemplo de otros bebedores, terminó por saltar una tapia que dividía el solar de la calle del fondo, y cayó de bruces en la acera. Al tratar de incorporarse se dio cuenta de que estaba ebrio. Con dificultad caminó media cuadra, se sentó en un contén, y apoyando la cabeza sobre las rodillas perdió el conocimiento.

Al volver en sí, calado por una llovizna que parecía descender de los árboles, se admiró del silencio. Tras la tapia de la cervecera la voces ya se habían apagado, y por un hueco abierto en la pared alcanzó a ver los locales vacíos, el suelo cubierto de jarras machacadas. Atravesó las calles perse guido por ladridos de perros, hasta llegar a una avenida donde las luces de mercurio pestañeaban, como un reflejo de su nublada visión de borracho. Su paso zigzagueante a veces escapaba a su control. Al rato se detuvo junto a un parque de diversiones cerrado, en el que los caballos del carrusel, herméticos y altivos, lo escrutaron con dura fijeza. Sí, las figuras inanimadas poseían una vida recóndita. Pero en ese instante él necesitaba la compañía de seres más expresivos. Tenía miedo.

Llegó tambaleándose a la terminal de ómnibus, atestada de viajeros frustrados, y se dejó caer en un asiento; la pesadez del alcohol lo vencía. Al amanecer lo despertaron una sacudida de hombros y una voz que le gritaba:

—¡El ángel de la guarda! ¡El ángel de la guarda!

Abrió los ojos, pero pensó que no había despertado: Eulogio y Elías lo zarandeaban, le alborotaban el pelo, trataban de cargarlo.

—¿Qué hacen ustedes aquí?

—¿Qué haces tú aquí? ¡Mi madre, qué facha tan horrenda! Pareces una pesadilla de Hieronymus Bosch, o no, de Bosch no, del mismísimo Goya. ¿No es un prodigio, Elías? Ahora mismo estábamos hablando del niño, preocupados por él, santo inocente, y lo encontramos en la terminal, borracho y sucio, como un zarrapastroso. El ángel de la guarda convertido en diablo. A mí me encantan las transformaciones, querido, pero no me gusta que sucedan así, sin ton ni son, vertiginosamente. En la rapidez hay siempre una falta de elegancia. No, Marcos, no puedes perder el sentido de la distinción, ni siquiera a la hora de cambiar. Somos imagen, niño, por sobre todas las…

—¿Dónde están Dionisio y Alejandro? —preguntó Elías.

—No sé, nos emborrachamos, después se armó una bronca… Creo que me quedé dormido. Me imagino que me anduvieron buscando, y después se habrán ido a casa de Demetrio, un viejo que canta, donde íbamos a pasar la noche.

—No creo que Alejandro los haya llevado para casa de Demetrio —dijo Eulogio, gozoso—. Alejandro es único, único. Me imagino la cara que tú…

—La madre de Alejandro nos botó, dijo que éramos un par de delincuentes.

—Perfecto, perfecto —dijo Eulogio—. Date cuenta que ella es una madre. La raza de las madres, tan concreta como la asiática, la negra, la aria o la caucásica, solo que más temible que todas esas juntas.

—La culpa es de ustedes —dijo Marcos—. Quedaron de llamar enseguida, y ya había pasado una semana.

—Amigo mío, en la cárcel de Guantánamo no hay teléfonos —dijo Elías—. Y por eso no pudimos llamar.

Marcos, despabilado, se puso de pie.

—No me digan que estaban presos. ¿Entonces los denunciaron?

—No, no tiene nada que ver con lo otro —dijo Elías—, Pero todo se jodió. Ya te contaremos después, vamos a salir de esta puñetera terminal.

—Si todo se jodió, nos vamos hoy mismo para La Habana. Las clases en la universidad empiezan el lunes, y yo no aguanto más este pueblo.

—Primero ve al baño y lávate la cara —dijo Elías—. Anda, coge este peine y pásatelo por la cabeza, estás que das grima.

—Se parece a mí en mis mejores momentos, ¿no es verdad, Elías? Pero te he traído un premio especial, niño, como recompensa a tu larga espera.

—Yo no quiero premios ni un carajo, lo que quiero es Irme de este pueblo de mierda. Todo esto es por culpa tuya, Eulogio, por uno dejarse llevar por tus locuras.

—¡Dios mío, el capítulo de los reproches! Pero luego la reconciliación es dulce. Desahógate, querido, dime lo que te venga en gana; ya estoy acostumbrado a los vituperios. No te voy a contestar, no señor. Anda, Insúltame. Soy la cabeza de Medusa, niño, el convidado de piedra. Pero eso sí, no me eches la culpa por tu borrachera, porque yo no andaba por todo esto. Llevo más de una semana sin tomarme un trago, y pago lo que sea hasta por un pomo de alcohol de farmacia. Yo espero que Demetrio tenga algo en su cuarto, él siempre guarda una reserva para su clientela, que aunque no lo creas, es variada y numerosa. Esta es la tierra del fuego, aquí cualquiera se quema —y mirando fijamente a Marcos, Eulogio añadió—. Me gustaría saber cómo se ha portado Dionisio. ¿Son ciertas mis sospechas? Pero no, no me digas que no, querido, esa cara lo dice todo. No te preocupes, yo te perdono, yo te lo perdono todo, querido Marcos. No sé si Elías te perdonará. El pobre Elías, la ha pasado tan mal en esa celda, y te ha recordado tanto. Y tú por acá, envuelto en otros menesteres, nada desagradables, ya lo sé. La tuya es la carrera de San Agustín, niño, solo que al revés. De la santidad al pecado, barranca abajo y sin freno. ¡Qué privilegio!

—Eulogio, deja al muchacho tranquilo, déjalo que vaya al baño. Apúrate, Marcos, tenemos que desayunar. Con esa curda que pasaste, tienes que echarte algo en el estómago, aunque sea una taza de café.

La mañana, fresca y brillante, los decidió a bajar a pie hasta el centro de la ciudad. Las calles empinadas, los tejados marrones se recortaban con vividos matices contra el febril azul del mar y el cielo. Demetrio no se encontraba en su cuarto; un niño que jugaba en la derruida escalera les Informó que el viejo había salido con otros dos hombres desde temprano.

—Seguramente te andan buscando por todo Santiago —dijo Eulogio—. ¡Qué trío! Demetrio, Alejandro y Dionisio: tres personajes en busca de un autor, ¡Y qué clase de autor necesitan esos personajlllos! Un verdadero creador de ficciones.

—Para mí, la ficción ya es cosa muerta —dijo Marcos.

—Como de costumbre, te equivocas —dijo Eulogio—. Todo lo que no sea el instante inmediato es ficción. El pasado, el futuro, todo es ficción, querido, ficción viva. Vamos a la avenida que hay al lado del puerto, y allí te contaremos nuestra ficción en Guantánamo. Necesito estar un rato al lado del mar, para recuperar mi melancolía. Ya que no estoy destinado a cruzarlo, por lo menos quiero verlo de cerca, como hace el enamorado sin esperanzas con el objeto de sus deseos. ¡Ah, los enigmas del corazón humano!

Con el paso furtivo de merodeadores, circundaron la orilla de la bahía, y por último se sentaron en un banco frente a los muelles, donde el agua aceitosa golpeaba blandamente el malecón, y un carguero de proa oxidada y nombre griego estremecía con su bramido el aire cristalino. Eulogio comenzó a resumir la historia:

—Nada, el tipo que esperábamos nunca apareció. Cabe la posibilidad de que a última hora se arrepintiera, o de que nosotros llegáramos tarde. Nos hospedamos en el hotel que él me recomendó cuando lo vi en La Habana, y nos cansamos de dar vueltas por el pueblo. La gente nos comía con la vista, pensando que éramos extranjeros. Imagínate, nosotros con camaritas y todo, tratando de pasar por turistas. Yo con mis jeans y mi camisa americana que ya cumplió doce años, y Elías con sus ojos azules y su afro. En el hotel dijimos que estábamos de paso para Baracoa, donde íbamos a hacer un documental sobre la recogida de café. Por la noche nos quedamos en el hotel, esperando al individuo. Yo me sentía como en un filme de los años cuarenta, una de esas aberraciones de Ingrid Bergman o Joan Crawford. Elías modelaba en el *lobby*, tratando de conquistar a una mulatica que limpiaba unas manchas invisibles en el piso, como Lady Macbeth. Y yo muerto del aburrimiento, ignorando a un vejestorio que me estaba sacando fiesta desde por la tarde, y que tenía aspecto de Responsable de Zona del Partido Regional. Imagínate, un hombre cincuentón, posiblemente con nietos pioneros. ¡Qué horror! A eso de las diez de la noche, cuando ya estaba convencido de que mi destino era morir de hastío, siento un escándalo por un altoparlante, el altoparlante más alto que he oído en mi vida. Yo pienso que es un discurso, o una asamblea de trabajo, o una convocatoria de los CDR para redoblar la vigilancia o ir al trabajo voluntario, pero no, niño, era un juicio, un juicio popular, en vivo, querido, a todo métele, porque allí los juicios se celebran con amplificadores, para que todo el mundo los oiga, al parecer para que la gente aprenda su lección, al estilo de Robespierre y compañía. ¿Te das cuenta? ¿Te Imaginas que el de nosotros en Camagüey hubiera sido así? ¿Te imaginas que el juez me hubiera preguntado por un micrófono: Diga si usted le pasaba el pene por los muslos a este otro acusado, o si se lo introducía en el recto, y que tu mamá meciéndose en un balance en su portal (es un ejemplo, Marcos, no lo digo por molestarte) hubiera tenido que escuchar esas barbaridades? Pero este juicio también era digno de atención. Los acusados eran un hombre y una mujer que habían acabado de divorciarse, y habían tenido que dividir la casa con una pared de cartón. La mujer, como es de esperar, se echó un marido nuevo, y una noche, cuando estaban en plena función, el ex rompió la pared y les desbarató la cama. Entonces la mujer, en traje de Eva, mientras los hombres se enredaban a golpes, cruzó al otro lado y le prendió candela al cuarto del que fue su marido. Una guantanamera con todas las de la ley. Y yo, por supuesto, embullé a Elías para que fuéramos a ver aquello. Y de comemierda me cuelgo la cámara del cuello, para epatar, naturalmente, y cuando la cosa estaba de los más sabrosa, con la mujer declarando y todo, vienen unos policías y nos llevan presos. Nos acusaron de querer tomar fotos del juicio para después mandarlas al extranjero. Por suerte la cámara no tenía ni rollo. Pero así y todo nos pasamos una semana en la cárcel de Guantánamo, que es casi peor que la de Camagüey, ¿no es verdad, Elías? Allá adentro me encontré con un delincuente que conocí en la prisión de Boniato, que nos hizo el favor de darnos protección, como hacen los embajadores con los refugiados. Si no hubiera sido por él, a nuestro Elías le hubieran cogido las nalgas. Y de qué manera. Había un negro gigante que se entusiasmó con nuestro amigo, un negro con una escopeta que daba espanto. Niño, si vieras cómo la meneaba cuando se paseaba desnudo de un lado a otro de la celda, para demostrar que la igualdad no existe en el mundo. Pero mi amigo intercedió por nuestro Elías, y la sangre no llegó al río. Por fin ayer nos dieron la libertad. La policía nos dio dos horas para salir del pueblo, advirtiéndonos que no podíamos regresar allí jamás. Lo mismo que nos dijo mi mamá que en paz descanse a mi papá que en paz descanse y a mí cuando nos botó del Vedado. Y a nadie se le ocurre botarme de Cuba y decirme que no puedo regresar más nunca. Pero eso sería esperar un milagro, y yo no tengo paciencia para tanto. Quiero que las cosas me ocurran ahora, ahora mismo, mientras ese barco griego va saliendo del puerto. ¡Dios mío, y yo que tanto he admirado la cultura griega, y que soy la única persona en Cuba capaz de comprender el significado de la palabra *paideia*! —y sacando un cartucho del bolsillo, Eulogio añadió—. Este es mi regalo, Marcos. Ahora espero que lo compartas conmigo. Me lo dio otro socio de presidio que me encontré en la terminal de Guantánamo.

—Eulogio, no lo saques aquí —dijo Elías.

—¿Qué es? —preguntó Marcos.

Eulogio le dijo al oído:

—Mariguana.

—Eulogio, hazme el favor, por lo que tú más quieras, guarda eso —dijo Elías—. Lo único que falta es que ahora nos cojan presos por esa porquería.

—No seas tan pendejo, Elías. Pero bueno, sí, a lo mejor tienes razón. Oigamos por una vez la densa voz del raciocinio. Pero' me muero por tomarme un trago, o fumarme un pito de mariguana, o lo que sea. Los días en esa pocilga me han sacado de quicio. Yo que juré no volver a pisar una cárcel cuando salí de Boniato, después de haber recorrido las mejores prisiones de la Isla. No sabes, niño, lo que sentí al verme otra vez entre esas cuatro paredes. Porque a la larga todas son iguales. ¡Ah, y el hambre que pasamos! Una noche soñé que unas palomas me traían comida, como a la reina Semíramis. Y otra noche (pero esto no fue un sueño) una rata me mordió el pulgar. Aquí tienes la marca, no creas que estoy inventando. Pero en fin, no quiero seguir con este tono quejumbroso, parezco una poetisa del siglo diecinueve. De ese siglo, Marcos, del que tú saliste para caer acá, como si te hubiera traído la máquina del tiempo. Pero yo lo que quiero, anhelo, necesito, es agarrar una nota que me traslade al siglo veintitrés. En casa de Demetrio podremos fumarnos la mariguana en paz. Si es que se puede hacer algo en paz en alguna parte de este infierno. No te preocupes, Marcos, esta noche nos vamos para La Habana. Apenas lleguemos vamos a empezar con el montaje de La Gaviota. Después de Chéjov voy a montar a O'Neill, y después a ese dramaturgo valioso y olvidado, Jean Giraudoux. Rusia, Estados Unidos y Francia. Viajaremos a través de la imaginación. Terminaré mi recorrido con un entremés de Cervantes. ¡Qué fantástico, proyectar el futuro en una mañana como esta, frente a este mar que no sabemos (ni podremos saber) a dónde nos puede llevar! Que no se nos olvide, que no se nos olvide: tenemos el teatro.

XIII

Los ensayos comenzaban a las nueve de la noche. A esa hora las dos ancianas tías de Carrasco ponían punto final a su tedioso día, y la enorme sala quedaba a disposición del grupo teatral. Los muebles apilados en los sucios rincones, las cortinas raídas, los cuadros empolvados y las paredes en las que la pintura cascada cedía en lugares al gris del cemento, servían de marco a las pasiones inventadas por Chéjov.

Antes de comenzar, Eulogio colgaba de una viga un cartel de tela pintado a mano: «El teatro da vida». Y ciertamente cada noche había un despliegue de vida en la sala de aquella casa en ruinas: los gritos de los actores, los ejercicios de respiración, los chistes obscenos, los insultos ocasionales, los textos repetidos hasta la saciedad, amenazaban el sueño de las viejas e incluso la paz del vecindario, pero a la vez creaban un campo de energía. Bajo las órdenes nerviosas de Eulogio, los ensayos remedaban una batalla, sugerían una confrontación al mismo tiempo lúdica y hostil, mientras la lámpara de gotas de cristal que pendía del alto cielorraso parecía estremecerse con el ritmo vibrante de los cuerpos.

Marcos se sentaba en el piso junto al ventanal; Eulogio le recriminaba su distancia y aparente apatía.

—Acuérdate que asistir a un ensayo es entrar a una zona privada, es como presenciar un acto sexual.

—En este caso, un acto sexual sin erección ni orgasmo —decía Marcos desde su rincón, simulando un bostezo.

Pero no se aburría. Aunque le cansaban los diagramas de movimientos, las discusiones sobre la «fundamentación» del montaje, la repetición de las mismas escenas, no podía permanecer insensible al grupo de hombres y mujeres que se despojaban de sí mismos por unas horas para encarnar con devoción seres ajenos.

Sin embargo, el interés de Marcos se centraba, más que en la ilusión teatral, en la realidad de dos de las figuras.

Nora formaba parte del elenco. Eulogio la había conocido a través q de Gloria Benítez, y después de verla actuar en una sosa versión de Un tranvía llamado deseo, la había convencido para que aceptara el papel principal de La Gaviota. La maternidad había redondeado su cuerpo, y unas tenues líneas se comprimían alrededor de la boca y los ojos. Pero a veces, cuando escuchaba absorta los discursos de Eulogio, o miraba atentamente el desarrollo de una escena en la que no actuaba, su rostro volvía a ser el de la joven estudiante que Marcos había amado, y este desviaba la mirada para no revelar su turbación.

No es que la quisiera de nuevo, se decía; pero el pasado regresaba con una fuerza tal en ese instante que él prefería trasladarse al presente virando la cara. En ocasiones Nora aparecía con su pequeño hijo, y Marcos observaba asombrado la relación de ternura entre ambos. Pero al estar junto al niño, al igual que al incorporar el papel de Nina, la aspirante a actriz en la obra de Chéjov, Nora se convertía en una mujer irreconocible, y esto hacía que Marcos pudiera entonces mirarla fijamente sin perder la confianza en sí mismo.

Elías era la otra figura que ocupaba su atención. Marcos admiraba en su amigo la destreza para el camuflaje: era como si de continuo representara un nuevo personaje, que no siempre correspondía al que le tocaba Interpretar en la obra. Al mirar sus movimientos elásticos, su seguridad al pronunciar los textos, su entusiasmo y acaloramiento en las polémicas que se suscitaban en medio del ensayo, Marcos comprendía que este era el verdadero Elías, el que ni las cárceles, ni las granjas de trabajos forzados, ni la disciplina budista, ni las enseñanzas del Zen habían logrado cambiar: un actor innato, con la versatilidad y el encanto del que se propone inspirar estupor y deseo; un artista dispuesto a sacrificar todo en aras de un aplauso.

Este mundo de simulación fue en sus comienzos un mundo feliz. Cada noche, durante tres horas, era posible olvidar que fuera de aquellas paredes predominaba una realidad distinta a la que allí se fabricaba —y ese era el propósito, pensaba Marcos: fabricar una realidad que anulara la de afuera. Y a pesar de su fingida frialdad, él participaba en silencio del mismo fervor.

Además, conocía íntimamente a la mayoría de los actores, y estaba ligado a ellos por vivencias y afectos. Las voces que repetían los diálogos de Chéjov eran las mismas que en algún momento le habían dicho secretos, bromas inofensivas, frases de simpatía, y él también había visto esos cuerpos en diferentes poses y lugares a lo largo del tiempo: dos de ellos habían estado bajo el suyo. Se había acostado con Amarilis la noche de año nuevo, durante una inaudita borrachera, y Nora seguía siendo la única persona con quién él había logrado alguna vez una relación sexual firme; una relación que (y resultaba curioso recordarlo) se había mantenido durante varios meses; quizás los mejores de su adolescencia.

Eulogio no bebía desde el comienzo de los ensayos, tres meses atrás; juraba que no lo haría hasta después del estreno; su piel rejuvenecida y sus gestos jactanciosos vigorizaban su drástico papel de director, que él asumía con autosuficiencia. Su voz resonaba dictatorial:

—¡No quiero audacias ni modernismos! —gritaba mientras recorría la sala de una punta a la otra, estirando su abrigo de cuadros rojos, el mismo que usaba en los inviernos en Camagüey— ¡No me vengan con cuentos de Grotowky, ni del Living Theater, ni de ninguna barrabasada surrealista! ¡Y sobre todo no me mencionen a Artaud! Artaud fue el genio teatral más grande de este siglo, pero en esta puesta en escena a mí Artaud no me sirve de nada. Esta es una obra convencional, con un texto convencional, con un puñetero montaje convencional, ¿me entienden? Con-ven-cio-nal. Quiero que esto sea puro Chéjov, que lo que se represente aquí sea la vida jodida de unos artistas del siglo pasado. Si hacemos esto como debe hacerse, lo demás (como dice El libro de los libros, ¿no es verdad, Marcos?) vendrá por añadidura. No quiero saber de actualizaciones, ni de proyecciones, ni de elementos expresionistas, ni de modificaciones en el diálogo, ni de decorados abstractos, ni del uso de maniquíes, o de películas, o de música dodecafónica. ¡No! Esto es teatro convencional, aquí se respeta el lenguaje y las acotaciones del autor. Quiero lograr una comunicación con el público dentro del marco tradicional del teatro. Tra-di-cio-nal. Con-ven-cio-nal. Esta es una obra con una cronología definida, con situaciones bosquejadas de una forma lineal, y nosotros nos vamos a ceñir a lo que dice aquí —y golpeaba el ejemplar de La Gaviota; Marcos recordaba la forma en que los pastores pentecostales golpeaban la Biblia durante el sermón—, Y el que no esté de acuerdo que se vaya. El que esté pensando en Ionesco o en Beckett que se vaya y monte a Ionesco o a Beckett. Y el que esté obsesionado por desatar las fuerzas del subconsciente, que se vaya y las desate en el cuarto de un motel, o en un urinario público. Si este teatro está pasado de moda, yo busco entonces algo pasado de moda. Además, ¿qué es la moda? Estoy harto de tantas teorías superfluas, y de tantos resultados superfluos. Vivan los caminos trillados, si me ayudan a decir lo que quiero decir.

Marcos sabía que este discurso estaba dirigido a Elías y a Gloria, los dos únicos que se habían opuesto a seguir al pie de la letra el texto de Chéjov. Sin embargo, ambos parecían haber cedido ante el celo de Eulogio, y se conformaban con observar estos aspavientos con una sonrisa condescendiente. Elías le había dicho en un aparte a Marcos:

—Eulogio parece un pecador arrepentido. No se da cuenta que corre el riesgo de aniquilar la imaginación, y perderse en un naturalismo mediocre.

Las noches eran frías. Marcos salía al jardín a respirar profundo, y entraba al poco rato tiritando. Pero el humo de cigarro, y el sudor y el aliento de los actores levantaban un vaho que al poco rato lo obligaba a salir de nuevo. En el jardín los gatos de las ancianas tías de Carrasco se frotaban contra sus piernas, mientras por la ventana abierta podía mirar a su gusto las dos personas alrededor de las que se movía, no solo la trama de la obra, sino también la de sus pensamientos.

Desde su escondite estudiaba a la vez el resto de los actores. Adolfo, el esposo de Nora, que había aceptado a pesar de su fama un personaje secundario, le despertaba una curiosidad punzante: al fin y al cabo, se trataba del hombre que había frustrado los sueños de Marcos. Adolfo parloteaba y fumaba, lo que obviamente molestaba a Eulogio, que padecía de las mismas dolencias. Su relación con Nora era tensa y distante: se comentaba que él se había enredado con una adolescente, y que solo la existencia del niño le había impedido pedir el divorcio. Ricardito el músico, que se había mudado para La Habana después de su última y más larga estadía en el hospital psiquiátrico de Camagüey, desempeñaba un pequeño papel, pero la torpeza de sus movimientos desesperaba, no solo a Eulogio, sino también al grupo. Sufría además un nuevo tic nervioso: una contracción de la mejilla acompañada por un brusco movimiento de cabeza, que José Luis imitaba con gracia. Este y su esposa Gloria jugaban otro papel fuera de la escena: el de amantes devotos. No perdían oportunidad para mimarse y acariciarse, demostrando un cariño exagerado cuya falsedad irritaba a Marcos. Como contraste, el tercer matrimonio del grupo, Amarilis y Carrasco, apenas se comportaba como tal: su actitud cómplice parecía ser el fruto de una antigua amistad, y no de una boda.

El chino Diego se esforzaba por actuar con soltura, pero su rostro delataba a veces una penosa distracción. Marcos sabía que el joven llevaba meses sin pintar, sumido en una crisis. Por último, una lesbiana llamada Amelia, recomendada por Gloria, se contentaba con pronunciar con su mejor dicción sus breves bocadillos, y asentir moviendo la cabeza al escuchar la opinión de los otros —por indiferencia o por falta de ideas propias, o más bien porque su principal interés se concentraba en su amiga, una cuarentona vestida de negro, que asistía de espectadora a los ensayos. Ambas tenían el pelo teñido de rojo, pero por lo demás eran dos mujeres opacas.

Dionisio iba pocas veces a la casa de las tías de Carrasco. Desde el viaje a Santiago acostumbraba a pasarse días con Eulogio, pero no le gustaba acompañarlo durante estas noches de teatro. Cuando lo hacía, disimulaba sus ademanes toscos y su escaso vocabulario con una actitud silenciosa y hostil; aprovechaba además el breve invierno para cubrir sus tatuajes con un abrigo de corduroy azul, que realzaba su rostro irreprochable. Se sentaba al lado de Marcos sin dirigirle la palabra, y lo miraba a veces de reojo con el rostro tirante, como a punto de estallar en insultos. Marcos no comprendía el motivo de esta callada agresividad. La única persona con quién Dionisio parecía simpatizar era con Ricardito.

Marcos nunca esperaba el final de los ensayos: las puertas de su albergue se cerraban a las doce y media. A medianoche atravesaba la ciudad en un ómnibus traqueteante y repleto, y al llegar a su cuarto se resignaba a escuchar las bromas de sus compañeros sobre sus salidas nocturnas. Todos creían que él había al fin encontrado una amante, y pedían descripción de la mujer y de la manera que hacía el amor.

—Es muy alta, altísima, y casi siempre templamos encima de la fiambrera —decía Marcos, y se tapaba la cabeza con la almohada.

En las clases, entre textos del Arcipreste de Hita y diapositivas de pintura medieval, se intercalaban discursos políticos y comentarios sobre la guerra de Vietnam. Se leían en voz alta los poemas coloquiales de los nuevos bardos revolucionarios; se analizaba a Kafka desde un ángulo marxista; se condenaba a los artistas contemporáneos que, enclaustrados en su torre de marfil, se negaban a comprometerse con la izquierda. A Marcos se le escapaba a veces una frase mordaz, aunque sabía que a la larga solo se perjudicaba a sí mismo. En las últimas hojas de la libreta garabateaba versos, o apuntes para una obra de teatro. Por último terminaba deseando que llegara la noche. Sus compañeros no se equivocaban del todo: era una relación pasional la que él sostenía con el grupo de simuladores.

Aunque se interesaba sobre todo por Nora y Elías, también se sentía unido a los otros; unido por el afán de creación y de realización a través de aquel medio ambiguo llamado arte. Podía añadir: unido al afán de los otros por escapar. Porque aquel aprendizaje de textos, aquellos movimientos repetidos hasta la exasperación, aquella sutil reconstrucción de una época pasada, eran también un forma de fuga, de evasión del hastío de las reuniones políticas, de las asambleas de producción, de las guardias en las milicias, en los comités de defensa, en los centros de estudio o de trabajo; de la servidumbre de las labores agrícolas en los Domingos Rojos, de las discusiones soporíferas en los círculos de estudio político, de las colas interminables para conseguir la ropa y la comida. Chéjov era una droga, una orgía, un éxtasis religioso, y Marcos, al Igual que los actores, se refugiaba en aquel paliativo disfrazado de obra teatral.

Llegaba de las clases a las seis, comía veloz entre la cháchara de los estudiantes, y se marchaba al barrio de la Víbora a recibir su dosis de esperanza —una esperanza, se decía con un dejo de buen humor, de índole espiritual, porque solo dos de las personas que asistían a los ensayos provocaban en Marcos algo parecido al deseo físico: Nora y Dionisio. El amaba a Elías, pero no lo deseaba; era un sentimiento ajeno al sexo. Y su aventura con Amarilis, producto del alcohol y las provocaciones de la joven (y también de la anuencia de Carrasco, que había presenciado la función de pie junto a la cama), lo habla asqueado: se había jurado que no volvería a repetirla. Sin embargo, Nora no parecía dispuesta a reanudar un vínculo que se había disuelto con el final de la adolescencia, y Dionisio se mostraba hosco. Además, Marcos no soportaba hacer el papel de tercero. En fin de cuentas, pensaba, Nora tenía a Adolfo, y Dionisio a Eulogio. Si es que alguien, se decía luego, podía tener a Eulogio. Si es que alguien podía tener a alguien.

Entretanto la obra tomaba forma frente a sus ojos descreídos. El enorme cartel, «El teatro da vida», se mecía intimidante colgado por clavijas de la viga del techo. Con frecuencia la luz se interrumpía, y los ensayos continuaban al incierto resplandor de un farol. Las sombras de los actores se entrecruzaban en demente gimnasia, agigantadas sobre las paredes. Algunos vecinos curiosos, o simples transeúntes atraídos por la algarabía, se apiñaban a veces tras la cerca para observar el interior de la ruinosa casa. En ocasiones unos chiquillos lanzaban piedras amparados por los oscuros árboles, y en otras la vieja Mercedes, la más anciana de las tías de Carrasco, se despertaba gritando en su cuarto tras una pesadilla. Su hermana Aracelia bajaba entonces a buscarle una píldora y un vaso de agua. Más tarde regresaba, al parecer desvelada por los inoportunos gemidos de la hermana, y se quedaba largo rato en el comedor, escribiendo lo que debía ser una carta enjundiosa, que ella luego se guardaba en el seno. Una noche olvidó los papeles sobre la mesa, y Marcos descubrió que la anciana se dedicaba a llenarlos con su firma: la firma de su nombre completo, dibujada con una caligrafía florida: Aracelia Tomasa de la Asunción Carrasco Bejerano. El decidió guardar el secreto.

No era el único que Marcos guardaba: había notado un furtivo acercamiento entre Nora y Elías que no había querido mencionar a nadie. En cada escena, en cada ejercicio de dicción, en cada cambio de impresiones, él acechaba roces, miradas o gestos que confirmaran su sospecha. Su recelo no tardó en convertirse en nociva obsesión. Como además le rehuía a las insinuaciones de Amarilis, y las discusiones sobre técnica teatral habían comenzado a aburrirlo, Marcos se alejó de los ensayos a mediados de enero. No toleraba quedarse estudiando en el albergue, y caminaba sin rumbo por La Habana, para luego entrar a la última función de la Cinemateca. Poetas improvisados, mujeres de risa escandalosa y homosexuales exhibicionistas se paseaban por el vestíbulo con una desenvoltura feroz.

Allí encontró, en dos noches distintas, a las dos personas que menos esperaba: a Teresa y a Eloy. Teresa, a quien Marcos no había visto en cuatro años, iba del brazo de un mulato impecablemente vestido de corbata y traje. El no se atrevió a saludarla. A Eloy sí lo había visto en sus visitas a Camagüey, pero en esta ocasión el acompañante de Eloy resultó más sorprendente que el de Teresa: el profesor de la Escuela de Arte, compañero de Gloria, al que apodaban Oscarito Wilde. Eloy y su amigo, olvidados del mundo, discutían acaloradamente, con el impudor propio de los amantes; Marcos salió del cine antes que comenzara la función.

Se sentó en una de las mesas al aire libre de la cafetería frente a la Cinemateca, donde ahora, después de suspendida la ley seca, que había inundado a Cuba de licores caseros, vendían de ocho a once un brebaje llamado delito lindo, hecho de ron y anís.

Había acabado de recibir el dinero que Carmen le enviaba todos los meses —la mitad de su pensión de jubilada— y tenía suficiente para emborracharse. El cóctel era puro veneno, pero al tercer trago Marcos experimentó la euforia que había sentido por primera vez en el taller del teatro en Camagüey, rodeado de marionetas y escenografías, en la época del juicio de Elías y Eulogio. Sin embargo, ahora esta alegría irracional se desvanecía a veces cuando visualizaba, más allá de la gente que cruzaba la acera, una sala iluminada por un farol, donde dos cuerpos se rozaban: un joven de pelo rizado y movimientos felinos, y una muchacha rubia con un niño en los brazos. El nuevo trago disipaba los celos, y la escena evocada perdía vigencia, transformándose en una trama imaginaria que no tenía poder sobre la realidad.

A su alrededor los bebedores escandalizaban con un diálogo abrupto, salpicado de risas y malas palabras. Al quinto trago se sintió feliz de estar bebiendo a solas en aquella mesa al aire libre, sin compromisos ni ataduras; feliz de vivir en aquella ciudad que en parte ya consideraba suya. Lo mejor que podía haberle ocurrido, pensó, era que el proyecto de fuga hacia Estados Unidos hubiera fracasado.

En ese instante el público comenzó a salir de la Cinemateca, y Eloy y su amigo pasaron frente a la cafetería, hablando animadamente, con el cálido tono de la reconciliación. Al verlos Marcos se dijo que Eloy también formaba parte de aquella trama que no tenía eficacia, que no correspondía a su realidad de hoy. Su presente, el de Marcos, era el de un hombre solo, que disfrutaba de su anís con ron mientras los transeúntes y los ómnibus se agolpaban en la ancha avenida, y en otro barrio, tal vez a oscuras, los que se decían ser actores ensayaban su papel hasta perfeccionarlo. El también se aprendía su papel, se dijo; el intrincado papel de ser él mismo. Pero aquí sus pensamientos se trabaron, y contra su voluntad volvió a repasar mentalmente la misma escena: Nora y Elías a la luz de un farol, buscando proximidad, intimidad, deseo. Llamó al camarero y pidió un trago doble, para que esas figuras se convirtieran de nuevo en lo que debían ser: dos marionetas mudas e ineficaces.

Dionisio apareció cerca de las doce. Andaba con muchachos de cabellos largos que gritaban y gesticulaban, pero al ver a Marcos se separó del grupo y se sentó a su lado, con el rostro serio.

—¿No fuiste al ensayo esta noche? —preguntó con frialdad.

—Yo tengo mi propio ensayo —dijo Marcos, vaciando el vaso. Había perdido la cuenta de los cócteles que había bebido, pero apenas se sentía mareado.

—Tú lo que estás es borracho —dijo Dionisio, sonriendo a medias— Anda, invítame a tomar. No traigo ni una peseta.

—Claro que te Invito.

Después de terminar el primer trago, Dionisio dijo:

—Qué extraño que tu amiguito Elías te dejara venir a tomar solo.

—Elías nunca me prohíbe nada. ¿Por qué iba a prohibírmelo?

—En los ensayos no le quitas la vista, ni a él ni a Nora. Nada más que tienes ojos para ellos dos.

—No seas estúpido, Dionisio.

De pronto unas voces roncas en la mesa de al lado los hicieron volverse. Dos jóvenes negros discutían con un muchacho de espejuelos a quien Marcos había visto varias veces en la Cinemateca. Era un adolescente delgado y pálido con unas gafas increíblemente gruesas, que siempre traía un libro bajo el brazo. Los otros dos se habían puesto de pie y lo insultaban y amenazaban, aludiendo a un asunto de dinero, a algo que sonaba a chantaje. El joven, aunque con rostro y gestos inseguros, soportaba con dignidad las ofensas.

—Espérame aquí, voy a ir al baño —dijo Marcos, pero un estampido lo hizo sentarse de nuevo. El muchacho de la mesa de al lado miró a Marcos, se inclinó como si fuera a saludarlo, y luego se desplomó sobre el piso volcando la silla. Los dos hombres saltaron la cerca que separaba la cafetería de la acera, y Dionisio y otros más se echaron a correr tras ellos. Un tropel de curiosos se arremolinó en torno a las mesas. Marcos se arrodilló junto al muchacho, y al tratar de cargarlo sintió una espesa humedad en el pecho. La camisa se le empapó de sangre. Cuando lo levantaba sintió que la respiración del herido se agitaba en un estertor, y luego de una breve convulsión el cuerpo en sus brazos se aquietó: el movimiento había sido tan rápido y sutil como un suspiro. Marcos logró sentarlo en una silla, sujetando sus hombros; lo sostuvo hasta que alguien a gritos detuvo un automóvil; entre varios condujeron el cuerpo sin vida al interior del carro.

Poco después Dionisio regresó sofocado, lamentándose de que no habían podido alcanzar a los dos hombres. Marcos se había quedado de pie junto a la mesa, y se pasaba la mano por el pelo como si tratara de peinarse.

—Vámonos antes que llegue la policía, yo no traigo Identificación —dijo Dionisio, y tomando a Marcos por el brazo lo arrastró fuera del lugar.

Compraron una botella de vino en un bar de la calle Línea, y luego se sentaron a beber en el muro del Malecón, muy cerca de las olas gigantescas que se rompían contra las rocas, mojándoles la espalda. La noche, que había empezado calurosa, se enfriaba velozmente. Ambos tiritaban. Se pasaban la botella sin mirarse a los ojos, y se atragantaban con el vino, que tenía un sabor ácido. Dionisio hablaba sin pausas:

—Yo no sé qué idea te dio por meterte en ese lugar de pinga, a tomarte esos tragos hediondos, si no aparezco yo a lo mejor te hubieran jodido a ti también, porque tú eres tan sanaco que seguro te hubieras puesto a defender al hombre, Eulogio está claro cuando dice que a ti te gusta sufrir, sí, a ti te gusta que te jodan, mira cómo te metiste solo en esa cafetería de pinga, porque todavía si tú fueras un delincuente como esos negros, o si fueras un tipo como yo, que por lo menos se sabe fajar, pero no, eres un Infeliz, como el otro pobre con su cara de comemierda, mira cómo lo jodieron, con su librito y todo, en vez de estar en la biblioteca, fíjate lo que te digo un día tú vas a amanecer también con la boca llena de hormigas, no va a haber quién saque la cara por ti, porque en vez de andar con tus socios, yo mismo soy tu socio, tú lo sabes, no que te gusta dártelas de difícil andando solo por ahí, en casa del carajo, y metiéndote...

—Dionisio, déjame tranquilo, no te das cuenta...

—¡No me doy cuenta de nada! Ahora tú quieres que me calle, que me quede tranquilo. ¿Tú crees que a mí no me jode también que le pegaran un tiro a ese infeliz? Yo hubiera dado cualquier cosa por agarrar a esos tipos, pero los muy hijos de puta eran un par de aviones, brincaron la tapia del cementerio como un par de pelotas, y si ahora la policía los coge, nada, fana, les echan tres años y después salen otra vez a matar gente, no que si fuera un problema político los mandan al paredón, pero como nada más que mataron a un comemierda que seguro no era ni miliciano, lo único que les va a pasar es que van a estar un tiempito en la sombra, y después a la calle a joder, acuérdate que te lo digo, yo sé de eso, yo conocí mucha gente allá adentro, oí muchos cuentos, yo sé cómo es la cosa… Marcos, dame esa botella, no tomes más, te estás cayendo, anda… ¿Qué pasa, viejo? ¿Tú estás llorando? Marcos, mi amigo, no te pongas así, no me gusta verte así, cono, eso te pasa por meterte en esos cuchitriles, tú no estás hecho para eso, mi amigo, tú te haces el que— ¡Marcos, no tomes más ese vino de mierda! ¡Yo no sé para qué carajo compraste esa botella! Anda, vámonos, mira cómo te estás cayendo…

Entre tumbos e hipos, Marcos se dejó llevar a través del malecón desierto, bañado por las enormes olas. Pasaron la noche en un edificio en construcción cerca del río Almendares, abrazados entre sacos de cemento y lomas de arena y cal, ateridos por la brisa helada que se colaba por los huecos de puertas y ventanas. Marcos llegó al albergue a las ocho de la mañana, y subió a su cuarto sin saludar a nadie. Guardó la camisa manchada entre sus libros, se dio un baño, y se acostó después de tomarse un sedante. Sus compañeros lo despertaron al llegar de las clases a las seis de la tarde. Cuando bajó a comer se encontró con Dionisio, que esperaba por él en el salón para los visitantes, embelesado con la melodía que el negro Tomás tocaba en el piano.

—Lo único que te pido es que no me hables de lo que pasó anoche —dijo Marcos—. Ni tampoco se lo cuentes a Eulogio, ni a nadie del grupo. No quiero que nadie me pregunte nada. Hazte la idea de que eso fue una pesadilla.

A partir de esa noche volvió a asistir con regularidad a los ensayos. Aquel cartel, «El teatro de la vida» había cobrado ante sus ojos un nuevo significado. Sufría al observar la atracción mutua entre Nora y Elías, pero se consolaba pensando que pronto se marcharía a trabajar al campo con los estudiantes de su escuela, y podría separarse por un tiempo de aquel mundo teatral que lo atraía y repelía a la vez. En la universidad el jefe de aula leía a diario la porción del periódico dedicada al avance de la zafra; la meta propuesta eran diez millones de toneladas de azúcar. Marcos trataba de encubrir su fastidio ante la avalancha de cifras. Por la noche se sentaba en una esquina de la sala de las viejas Carrasco, lejos del vaho y el humo, y escuchaba en silencio los pasajes de Chéjov:

—«Hombres, leones, águilas y perdices, ciervos con astas, gansos, arañas, pez silencioso que habita en el agua, estrellas de mar y criaturas que el ojo no puede contemplar; todo lo que respira, todo lo que respira, todo lo que respira, habiendo completado su ciclo de tristeza, ya está extinto… Durante millones de años la tierra no ha dado a luz a un solo ser viviente, y la pobre luna enciende su lámpara en vano…».

No, Nora no era ya la joven alumna con quién él se acostaba en el bosque de pinos junto a la playa, o en la cama de José Luis y Gloria; esta mujer desconocida que declamaba con voz temblorosa era una actriz; era además la madre del niño que el propio Marcos cargaba a veces durante los ensayos. Eulogio, en su afán perfeccionista, apenas tenía tiempo de dedicarle a Marcos una frase irónica; ahora lo llamaba «el hijo pródigo».

—Qué honor, el hijo pródigo nos dedica otra vez una parte de su alma —decía al verlo, y de inmediato se sumergía en su trabajo.

Los actores, esperando su turno, se contagiaban con la energía nerviosa del director; tosían, carraspeaban, ladeaban la cabeza, cruzaban y descruzaban las piernas, hacían ruidos con la garganta, guiñaban los ojos, contraían el rostro en raras muecas, y sobre todo fumaban, fumaban sin cesar: Marcos salía al jardín y se tendía en la hierba. El aire cortante le servía de anestesia. A veces recordaba la breve respiración, el soplo tenue que había exhalado el joven que había muerto en sus brazos, y un miedo incontrolable lo obligaba a entrar de nuevo a la sala, donde José Luis ensayaba en la guitarra una melodía para intercalar en la obra.

Una noche, a la mitad del segundo acto, un alarido en el piso de arriba paralizó a los actores. A los pocos minutos Aracelia apareció en lo alto de la escalera, haciendo una seña tranquilizadora, y al instante una risa general ratificó con alivio que La Gaviota podía seguir su curso: era simplemente que la vieja Mercedes había vuelto a gritar en sueños.

XIV

Camagüey, Marzo 8 de 1970

Querido Elías:

Hoy se celebra el Día de la Mujer. Esta noche va a haber fiesta en el barrio, auspiciada por la Federación de Mujeres, y se supone que todas las mujeres del vecindario (exceptuando por supuesto a mi madre) deban participar. Cuba es uno de los pocos países donde incluso las fiestas son una obligación. Pero sé que estas pobres noticias no están a la altura de tu actividad teatral.

Por cierto, la actriz en el papel de La Gaviota es la única mujer, aparte de mi madre, con quien he tenido una relación Intensa. Me pregunto si no lo sabes. No hay nada malo en que te guste, es una muchacha atractiva, pero no sé si te das cuentas del malestar que puede producirme una posible.

❦

Camagüey, Marzo 8 de 1970

Querido Elías:

En el Día de la Mujer he decidido cumplir mi promesa de escribirte. Quizás me ayudes a descifrar qué es la mujer. Yo no puedo entender nada que no sea yo —o quizás no hay nada que entender fuera de uno mismo.

199

Mi madre es la única mujer que conozco de cerca, y sé que su enferme-
dad tiene que ver con el hecho de que es una mujer. No es que la demencia
sea un privilegio femenino (en los hombres la locura es más frecuente),
pero en el caso de mi madre, fue su condición de mujer la que destruyó
su cordura.

Déjame ponerte otro ejemplo: Nora. ¿Sabes que fuimos novios? Claro
que lo sabes. Nos acostamos por primera vez en el bosque de Tarará. Lue-
go nos acostábamos en los días de pase en casa de su tía, o en la de Gloria
Benítez. Una tarde tuve una discusión con ella —yo estaba borracho— y
esa noche se fue con Adolfo. Después se casaron y tuvieron un hijo. Pero
nunca la conocí, nunca supe quién era. Es evidente que tú estás tratando
de averiguarlo, por una vía directa. (Claro, tus inquietudes no son las
mías, ni tus recursos tampoco. En eso de conquistar mujeres te me ade-
lantas un buen trecho).

Pero Nora es un tema delicado —significó demasiado para mí. Signi-
fica, quizás. El pasado y el presente se vuelven a veces una misma cosa.

Pongamos entonces el ejemplo de Amarilis. Tú la conociste en la cama,
y eso quizás te dio una perspectiva real de su persona. No sé si la presencia
de Carrasco entorpeció el aprendizaje. Porque poseer es aprender, ¿o esto
es una falacia? Aclárame este punto. Te confieso que luego seguí tu ejem-
plo, y caí como mansa paloma en su lecho —bajo la vigilancia del testigo
habitual, se sobreentiende. Sin embargo, yo estaba demasiado borracho
para saber quién, o qué era ella. El alcohol apaga el Intelecto.

Me gustaría que me orientaras en este sentido. Cuando nos encon-
tramos hace más de un año en la Plaza de la Catedral, me dijiste que yo
tenía mucho que aprender, y dejaste entrever que ibas a ser mi maestro.
Pero tus lecciones se limitaron al espíritu, y yo soy un ser de carne y hueso,
rodeado de seres de carne y hueso; necesito lecciones en el campo de las
relaciones. Y las mujeres son una parte vital de ese campo.

Creo que te conté también la historia de Teresa, una joven bitonga que
me despreció por un rival más adecuado (a quien luego cambió por un
señor mulato, al parecer un funcionario de algún ministerio; pero eso no
viene a cuento). Teresa, antes de rechazarme, me dejó tocarla y besuquear-
la en varias ocasiones—los dos teníamos diecisiete años. En ese tiempo tú
también manoseabas camagüeyanitas de esa edad, o a lo mejor más jóve-
nes, lo que te trajo los dolores de cabeza que todos conocemos. Pero Teresa
no estaba en tu lista; si hubiera estado, quizás hoy podrías ayudarme a
resolver el enigma de quién o qué era ella. Porque cuando uno posee a
alguien uno llega a conocer ese alguien… ¿O estoy equivocado?

Pero esto no es una antología de mis flirteos con el sexo opuesto. Mi objetivo es otro. Hoy es el Día de la Mujer, te decía, y durante algún tiempo estuve obsesionado con la idea de la humedad

ᣟ

Camagüey, Marzo 9 de 1970

Querido Elías:

Hace dos días que estoy tratando de escribirte una carta —esta es la tercera que comienzo; las otras dos fueron a parar a la basura— pero no logro encontrar el tono. Anoche mi madre tuvo una de sus crisis, y esta mañana hubo que ingresarla. Es el cuarto ingreso en menos de dos años. Acabo de pasarle un telegrama al rector de la facultad diciendo que no puedo irme para el cañaveral (se supone que yo debía estar mañana en el campamento agrícola) hasta que ella no mejore y la saquen de la sala de las de cuidado, donde la mayoría de las pacientes se encuentran amarradas. En el hospital me dieron una carta para la universidad, aclarando que soy hijo único, que mi madre necesita verme con frecuencia, condición sine qua non *para que se recupere (el latinajo es mío). El siquiatra es un viejo amable; aquí entre nosotros, me parece afeminado.*

Leo a Keats, y sus cartas son casi mejores que sus poemas —creo que me estoy dejando influir por su puntuación— o sea, revelan tanto de su afán de dejar constancia, de su curiosidad intelectual, de su mente vertiginosa. También quiero traducir el soneto Why did I laugh tonight?, *donde uno palpa la profundidad, el fondo que tocó en sus mejores momentos. El fondo, o la altura, da lo mismo; los expertos dicen que el infierno está abajo y el cielo arriba, pero de niño yo pensaba que el infierno estaba también arriba, a un costado del cielo; los dos se comunicaban por una puerta de hierro como la de un castillo. No sé de dónde saqué esta idea. Fui un niño fantasioso —desde que aprendí a leer devoraba revistas, libros, muñequitos.*

Te tengo siempre presente —pero en estos días he estado de un humor pésimo— Esta visita a Camagüey me ha desequilibrado, ya no soporto esta aldea. Los extraño a todos, y en especial a Eulogio —me prohibió escribirle, quiere que yo deje la universidad, que no me vaya al campo, que me dedique a la poesía y al teatro —no entiende que eso sería una locura.

Te he sentido distante en los últimos meses, y se lo achaco a tu vuelta a las tablas —sé que el teatro es tu vida.

Espero que La Gaviota sea un triunfo. Ten paciencia con Eulogio; ayúdalo en vez de condenarlo. No te enredes en amoríos, eso sería un obstáculo en estos momentos —para serte sincero, me pareció ver algo extraño en tu actitud hacia Nora. Quiero escribirle a ella también; aunque mis sentimientos hacia ella han cambiado —hace algún tiempo que dejé de amarla—, este reencuentro me ha afectado de alguna forma— es como dice ese dicho ridículo: «donde hubo fuego, cenizas quedan». Quizás sea la obstinación de recuperar el pasado. Si no hay pasado, no puede haber presente, y entonces uno no está vivo. Pero no creas que estoy alimentando secretas intenciones —lo que siento por ella es una amistad sin trastiendas. Eulogio me dijo una vez que esto no existía —la amistad sin trastiendas— (¡si supieras por qué me lo dijo!), pero Eulogio es un extremista, y sobre todo, un payaso —puedes decirle mi opinión si lo deseas.

Los extraño muchísimo, y daría cualquier cosa por estar esta noche con ustedes,

Camagüey es el pueblo de los demonios (esta es una cita, pero no te diré su autor;) no sé cómo pudiste vivir aquí dos años. Mucho menos cómo pude vivir aquí dieciocho.

Te quiere,
Marcos K.
(La K. de Kafka, no de Keats).

🦂

Camagüey, Marzo 13 de 1970

Mi querida Nora:

Hay rostros que se nos pegan como un mal sueño —Nos despertamos, y allí están; volvemos a dormirnos, y siguen perturbando. Ciertas pesadillas me asedian, y por la madrugada no puedo diferenciar (o sea, mi miedo no puede diferenciar) entre lo ocurrido en el sueño y la realidad de mi cuarto. Me levanto con la piel erizada, enciendo las luces, camino hasta la puerta; las visiones están presente en los dos mundos, como un líquido pasa a ser gas o sólido o viceversa, pero no desaparece —simplemente se transforma.

Claro que tu rostro no es un mal sueño; tampoco lo es el de un joven soldado que conocí en mi primer viaje a La Habana, un tal Eusebio (esto es solo un ejemplo), y sin embargo, ambos se mantienen vividos delante de mí como una foto móvil. El tiempo pasa —meses y también años—, pero esas facciones, esos dibujos se empeñan en permanecer conmigo —en medio de la multitud de facciones y dibujos que viene y va día tras día; una multitud cuyo número aterra.

Quizás lo que trato de decirte es que sí, todavía pienso en ti, tu rostro se destaca entre mis sueños, dormido y despierto, da lo mismo. Son casi las dos de la mañana, estoy solo en mi casa —Elías debe haberte dicho que mi madre está en el hospital, se lo conté en una carta reciente (sé que a ustedes dos los une una sana amistad)—, y de pronto he sentido la urgencia de escribirte, de hablarte, de entregarme a ti.

Esta tarde vi en la tienda un niño muy parecido a tu Samuel, y se me ocurrió que ya era hora de que yo vaya pensando en tener también un hijo. Pero la posibilidad de ser padre me asusta —siempre lo he mirado como una responsabilidad sobrehumana. Sobre todo si pienso en el castigo que le inflige un padre a su hijo al abandonarlo, como ocurrió

❧

Camagüey, Marzo 13 de 1970

Mi querida Nora;

Son las tres de la mañana, y no puedo dormir. Estoy solo en la casa —mi madre está en el hospital desde hace algunos días. A lo temprano, tuve unos sueños extraños; despertaba, pero el sueño proseguía; al volver a dormirme, el miedo me despertaba de nuevo. Yo caminaba sobre los techos de una ciudad desconocida, saltaba de un edificio a otro, y en las ventanas se asomaban unas figuras —no, prefiero no describirlo. Me desperté y salí al patio, y allí recordé tu rostro (en especial tus ojos, tu frente y tu nariz; no podía recordar la boca y la barbilla;) fue entonces que decidí escribirte.

Pero no sé por qué debo empezar una carta más de una vez antes de decir lo que quiero; debo estar falto de práctica; me irritan muchísimo los esfuerzos inútiles; acabo de romper la anterior que te estaba escribiendo, y esta no sé si podré terminarla.

Pero lo haré.

Muchas veces me he acordado de tu cara, de tu voz, de tu cuerpo; incluso en la época en que dejé de verte (fueron casi dos años) te encontraba con frecuencia en cualquier parte, en una puerta, al doblar de una esquina, en una almohada. Hay rostros que aparecen y desaparecen, pero siempre acaban por regresar, con una enigmática fijeza; son una realidad y a la vez un sueño —o una matraquilla de duermevela.

Hoy en la cola de la bodega había un niño parecido a tu Samuel; jugué con él un rato; pensé que uno de estos días debo decidir si quiero o no tener un hijo (pero me asusta la posibilidad; me parece una tarea monstruosa; he visto lo que un padre o la falta de un padre puede hacer con un hijo), y así transcurrieron las tres horas que tuve que esperar para comprar dos libras de papas podridas.

Porque debo decirte que estoy de cocinero. Como no tengo una gota de manteca, y me da pena estarle pidiendo a la esposa de mi tío, debo resignarme a un solo menú: huevos cocidos, arroz guataplasmado, y ahora también —¡oh felicidad!— papas podridas.

¿Crees que debería casarme? Lo malo es que yo no las entiendo muy bien a ustedes, las mujeres. No entiendo ni qué son, ni quiénes son. Nadie puede explicármelo.

Cuando a mi madre le den de alta, que espero sea dentro de muy poco, debo incorporarme al Trabajo Productivo —qué verbo ese, incorporarse—; la gente de la escuela de Letras está aquí mismo en mi provincia, cortando caña en el central Siboney. Puedes escribirme aquí a mi casa, ya que como voy a estar cerca, pienso venir todos los domingos. La movilización durará hasta finales de abril, por lo que dudo que pueda estar presente en el estreno de la obra.

Te admiro como actriz, como amiga, como madre. Una vez te admiré también de otra manera. ¿Acaso lo has olvidado?

Saludos a tu esposo y a la tropa de actores, especialmente a mi paisano Ricardito. Pero a ese director loco que padecen a diario, no le menciones siquiera que te he escrito. O mejor dicho sí, dile que lo considero un farsante. Dile que su nombre es Eulogio Falstaff.

Te quiere siempre,

Marcos

P.D.—Le escribí también a Elías, a quien sé que te une una sana amistad. ¿Qué puedo decirte de él? —Que es mi mejor amigo. Valoro en alto grado esa palabra.

Camagüey, Marzo 15 de 1970

Querido Elías:

Me he prometido escribirte una vez por semana. Podría hacerlo todos los días, pero no quiero robarte el precioso tiempo que dedicas al teatro —y precisamente quiero hablarte de eso, de teatro.

Ustedes los actores son seres peculiares: persiguen una relación trascendente con el universo (léase público) a partir de una vulgar competencia. Eulogio me diría que las exigencias morales frustran al artista —una vez se atrevió a decirme que si yo continuaba examinado la literatura y el arte «con esa óptica mezquina de ministro protestante» (así mismo me dijo)— nunca escribiría un buen verso. Pero no me resigno a aceptar esa anarquía del espíritu.

El teatro salió del ritual religioso (y no estoy ahora dándole la razón a Artaud ni a sus seguidores, que se obstinan en volver a ese ritual. Pero de Artaud te hablaré en otro momento), y en la Edad Media se utilizaba como vehículo de propaganda de la iglesia. Recuerdo también los cultos evangélicos en mi infancia, donde el pastor era el actor principal; interpretaba su papel cada noche con gritos, carcajadas, puñetazos en el púlpito; o sea, que mi familiaridad con las actitudes teatrales se remonta a mis primeras memorias. No me creerías si te dijera que a los nueve años yo también fui predicador en la misión pentecostal de Santa Cruz del Sur. Yo también tuve mi propia Edad Media. (Eulogio no conoce este dato; prefiero que siga sin saberlo). En realidad fui un niño prodigio —pero la inseguridad y las dudas malograron mi genio prematuro.

En honor a esta teatralidad religiosa —y quizás para atenuar la blasfemia, ya que en el fondo no soy tan ateo como me gusta aparentar—, creo que está justificada porque aviva la fe —es decir, es una astucia encaminada a avivar la fe, y la fe nunca está de más en un mundo sin asideros.

Los dirigentes políticos de este país también han hecho suyo este viejo ardid teatral, y los resultados los vemos a diario. Solo que son pésimos actores, y además la política impregna todo de un matiz nauseabundo; el histrionismo no logra ocultar el mal olor. Para poner un ejemplo concreto (y no citar los Máximos Ejemplos, que me llevarían a la cárcel si esta carta fuera interceptada), he visitado un par de veces las reuniones de la Brigada

Hermanos Saíz —esa cantera de futuros escritores y artistas cubanos— y en ellas la teatralidad alcanza su nivel más bajo —la hipocresía y el esquematismo son tan obvios que se exige de inmediato la caída del telón.

Como de costumbre, divago. Yendo al grano: me inquietan la naturaleza y las motivaciones del verdadero actor, de ese que llamamos actor profesional, o actor por vocación —digamos tú, Eulogio, Nora...

¿Hay algún ideal, alguna justificación que no sea el mero afán de descollar? ¿Se trata acaso de una enfermedad? El sabio Goethe afirma que el ser actor requiere una capacidad de autoencubrimiento. ¿Puedes explicarme qué significa para ti esa afirmación, como actor y como persona? ¿Quién eres tú? ¿Un autoencubridor, un ser de duplicidad perenne? Quizás eso sería lo de menos —todos tenemos duplicidad, y esto en el mejor de los casos. Sería mejor hablar de multiplicidad. Pero lo perturbador, lo rastrero, es que el actor haga de esta multiplicidad un modo de vida, y que no haya conciencia ni responsabilidad de este continuo desdoblamiento. Si uno se pasa la vida cambiando de disfraces, acaba por disolverse.

El amor es conocimiento —lo veo así— y no puedo amar lo que no conozco. Pero esta carta se aleja de mi propósito inicial —aunque me he jurado no volver a reescribir ni una sola línea.

Termino entonces uniéndome a Keats en su deseo de que «¡quién pudiera vivir de sensaciones en vez de pensamientos!»

Recibe un abrazo de

Marcos

❦

Camagüey, Marzo 17 de 1970

Querido José Luis:

Ayer estuve hablando de ti, nada menos que con... Teresa Sánchez Fuentes. Hemos coincidido en nuestra aldea natal por primera vez desde que me fui a estudiar a La Habana. Pero el encuentro no fue fortuito — Mahoma decidió caminar a la montaña. Supe por tu mamá que mi antigua novia se encontraba en su casa, enferma, y una curiosidad mezclada con nostalgia me hizo tocar a su puerta.

Sí, trovador, me arriesgué a visitar el Santuario. A pesar de la escasez de bombillos, las luces de la sala estaban encendidas a media mañana

206

—como en los viejos tiempos. Me recibió un hombretón más alto que yo, que me costó trabajo identificar como el hermanito Willy, y a los pocos minutos apareció la ex princesa, que me trató con una frialdad ofensiva. De inmediato me arrepentí de mi impulso; pero ya el mal estaba hecho, y no me quedó más remedio que jugar a la cortesía por una media hora.

Hablamos de nuestras respectivas carreras (ella estudia Sociología en la universidad de La Habana, dato que yo ignoraba), y tuvo hasta la desfachatez de decirme que lamentaba estar enferma (infección en los riñones) y no poder ir a cortar caña, en un momento tan decisivo como el actual —se refería por supuesto a la Zafra de los Diez Millones.

O sea, que con Teresa metida intempestivamente a comunista cae uno de los últimos baluartes de la burguesía del barrio La Caridad —tú fuiste uno de los primeros en saltar la cerca.

Resulta una ironía que el que escribe estas líneas, un miembro de la clase oprimida, un descendiente de campesinos y de proletarios, se permita dudar de las ventajas de la revolución, y que los hijos de los siquitrillados (porque sé que tu abuelo tenía una fábrica de refrescos, y a tu padre todavía le quedan ínfulas de cuando jugaba golf en el Country Club; mientras que la familia de Teresa era una de las más ricas de Camagüey) alaben hoy al régimen que los jodió. Pero ya ves que estoy en mi veta peor, y no lo tomes a mal —solo quiero sacarte del hastío del teatro y las canciones políticas.

Eso sí, le hablé muy bien de ti a Teresa, reconocí tu talento como compositor, y ella Incluso me sugirió que siguiera tu ejemplo y pusiera mi facilidad para las Letras al servicio del pueblo. Vocabulario de socióloga, mirada de serpiente. Yo apenas podía creer lo que escuchaba.

Nada se habló del pasado en común, y menos de ciertos roces físicos que tuvimos en aquella época antediluviana. Tampoco me atreví a preguntarle por qué se divorció de Tony Suárez, ni mucho menos quién era el individuo con quien la vi de brazo hace poco en la Cinemateca. (Alguien en Camagüey me dijo que era un funcionario —tal vez él sea el causante de estos profundos cambios ideológicos).

Nos dimos la mano al despedirnos, y hasta el próximo milenio. Salí de esa casa con el alma en los pies, sin saber si en realidad yo había acabado de hablar con la misma persona que conocí una vez, o si esta era una simple impostora.

A mi madre le dan de alta mañana en el hospital, y espero salir para la caña dentro de dos días, a cumplir mi cuota, la tuya y de Teresa, como le corresponde a un miembro consecuente dé la clase obrera.

207

Besos a Gloria y saludos a todo el elenco teatral. Hago votos porque Chéjov se sienta satisfecho desde su butaca en el cielo.
Tu amigo,
Marcos

&

Camagüey, Marzo 17 de 1970

Querido Dionisio:

Te envío esta postal con un tinajón, símbolo de la ciudad que me vio nacer, lamentando que en nuestro viaje a Santiago no hubiéramos hecho una breve escala en esta villa, para que así hubieras ampliado, a falta de otra oportunidad, tu horizonte de viajero.

Como no traje la dirección de tu casa, te envío estas líneas a casa de Eulogio, con la esperanza de que las relaciones entre ustedes no se hayan malogrado durante mi ausencia. El muy cínico me dijo cuando nos despedimos que no perdiera mi tiempo en escribirle, ya que yo me iba a trabajar al campo en contra de su voluntad. ¿Quién se cree él que es? ¿Un amo, un dictador? ¿Acaso cada cual no tiene derecho a hacer lo que le da la gana con su vida?

Esta misma tarde pienso a escribirle a Alejandro. No puedo olvidar la semana que pasamos en su casa, esperando la llamada. Me Imagino que tú también la recuerdas.
Te saluda con sincero afecto,
Marcos

&

Camagüey, Marzo 17 de 1970

Querido Alejandro:

Dice Keats que «los fanáticos tienen sus sueños, con los que tejen un paraíso para una secta». (Estoy traduciendo La caída de Hiperión, pero apenas si he pasado de los primeros versos). Ahora el nuevo fana-

tismo cubano nos lleva a tratar de lograr la Zafra Más Grande de la Historia de la Isla —el Paraíso Posterior será la abundancia económica que nos redimirá de la actual catástrofe— y yo también debo poner mi grano de arena en esa efímera empresa; mañana salgo para el campo a Intentar cumplir mi cuota diaria de arrobas. Un sueño dulce y odioso me aguarda: toneladas de azúcar coloreadas con sangre, sudor y lágrimas. Bravo por los fanáticos.

Pero mi fanatismo es diferente: no me emociona este viaje en zancos de nuestros gobernantes, ni comparto con Keats la idea de que la Belleza (él escribe Beauty con mayúscula, pobre ingenuo) terminará mejorando la raza humana. En honor a Keats, puede decirse que murió demasiado joven. Pero ya a su edad nosotros tenemos una visión distinta. (Hablo de nosotros los jóvenes cubanos, y te incluyo en este plural; rechazo tu afirmación de que perteneces a una corriente generacional a la que no supiste integrarte; tú naciste unos años antes, pero eres de los nuestros).

Sin embargo, Keats es el poeta de los poetas, y quizás, por su obsesión con el fracaso, el consolador de los desafortunados —como yo— que aspiran a escribir buena poesía pero se quedan a medias: por mediocridad, por pereza, por razones históricas, o por una siniestra combinación de todo lo anterior. Keats es la luz: destrona a Rimbaud sin miramientos, porque busca la redención; donde Rimbaud destruye, él trata de construir; donde Rimbaud niega, él afirma. Con miedo y dudas, pero afirma. Su famosa idea de «capacidad negativa» no hace más que confirmar su esperanza de encontrar una salvación. Elías me dijo en una ocasión: «sin fe no hay poesía», y leyendo a Keats he llegado a creerlo.

Nuestro Eulogio también dirige actualmente una secta de fanáticos —se ha entregado en cuerpo y alma al montaje de una obra de Chéjov, secundado por un grupo heterogéneo de actores —y otros que no lo son, pero que le siguen la corriente—, que encabeza el propio Elías. Querían incluirme en ese gremio, pero logré escabullirme; mi profesor de Marxismo se hubiera sentido satisfecho de mi habilidad para hurtar el cuerpo: él me acusa de ser «slippery as an eel». (Es ruso, pero admira a los alemanes, y le gusta expresarse en inglés. Vivan las paradojas).

Eulogio y su grupo ensayan en casa de unas viejas, tías de un individuo taimado llamado Carrasco, que también forma parte del elenco; este sujeto, pintor (quizás lo has oído mencionar), es, aparte de un oportunista, un aberrado —le gusta ver cómo otros se tiemplan a su mujer. Yo mismo, que también tengo mis aberraciones (more on this later) me presté a su capricho; luego me pesó.

Pero no deseo abrumarte, mi buen Alejandro. Esta noche me he to-mado unos tragos de más. Sé paciente. Bear with me.

Te decía que soy otra clase de fanático. ¿Cuál es entonces mi obsesión, si no puedo venerar la Belleza, ni la Política, ni la Filosofía, ni la Religión, ni el Teatro? Es muy simple: soy un fanático de la Verdad. Dicho así, sé que suena rimbombante —pero estoy seguro que me comprendes, por-que en eso somos semejantes: tú, al igual que yo, rechazas el mundo de las simulaciones, el carácter competitivo de los actores, las máscaras que cubren el rostro; tú también prefieres la espontaneidad de los instintos a las trampas del intelecto, y sin embargo te inclinas más al sentimiento platónico, a la comunicación del espíritu. Desprecias el oportunismo y admiras la sinceridad —por eso puedes aceptar a Eulogio e incluso que-rerlo, aunque te choque la falta de moralidad (propia de todo actor) que este demuestra. Porque Eulogio, a pesar de todo —y como también me dijo Elías una vez— es, sobre todas las cosas, un artista.

Creo que eres bastante superior a mí —y te lo afirmo sin adulación— porque has conseguido desasirte de ciertas esclavitudes que yo padezco —no eres un santo, pero la madurez te ha dotado de una sana apatía. Tal vez con los años yo pueda adquirir ese desapego por el traje de afuera. Pero he llegado a aprovechar la cama que me brinda un amigo para el descanso, y la he usado para otros menesteres, olvidando el respeto y la prudencia. (Espero que sepas a lo que me refiero, y que perdones mi franqueza, pero necesitaba compartir esto contigo). Sin embargo, pienso que no debo sen-tirme culpable por esa coincidencia de instinto y circunstancia.

Sin embargo, te pido excusas por los malos ratos que pasaste con tu familia por culpa de nosotros; en todo momento demostraste una nobleza que no merecíamos.

Recibe el cariño y la amistad de
Marcos Manuel Velazco

Central Siboney, Marzo 20 de 1970

Querido Elías:

Desde hace dos días no para de llover y, para colmo, esta noche se ha desatado un friecito que me tiene tiritando. Un barracón sin

210

paredes es el aposento desde donde te escribo; la luz proviene de un quinqué que atrae todos los insectos de la Creación; tengo las manos ampolladas por la mocha; una nube de mosquitos flota amenazante sobre mi melena de poetastro (otros dicen que de hippie) —pero aquí me tienes, fiel al mejor de los sentimientos; Aquiles presto a la batalla por amor de Patroclo.

Perdona si de Grecia paso sin preámbulos al terreno menos clásico de los sueños, pero debo mencionarte una pesadilla que tuve anoche: yo estaba en una cocina enorme, y al destapar una olla tú estabas adentro. Desde que estoy en este sitio sueño constantemente disparates, y me despierto con sudores fríos. Sueño también con bebidas, con toda clase de bebidas; me emborracho en fiestas en las que bailo con una figura amorfa (creo que es una mujer), que primero se achica y después se agiganta; termino bebiendo en la palma de su mano un líquido que sabe a ron, pero luego descubro que es orine (su orine) —Me divierte adivinar la cara que pondrás al leer estas aventuras nocturnas.

Broma aparte, los sueños me han inquietado siempre, y me gustaría tener el don de José o de Daniel: ¿recuerdas las espigas que se inclinaban, y la estatua con los pies de barro? Pero olvido que la Biblia nunca ha sido tu fuerte; prefieres ignorar el legado hebreo, y saltar a las corrientes más serenas del Tao. Ojalá yo compartiera ese privilegio. Pero después de haberte confesado que fui misionero a una temprana edad, espero que comprendas que mi destino es el de Job, y no el de Lao-Tsé. Peor para mí. Sin embargo, sospecho que tu vuelta al teatro ha calmado un poco tu sed de iluminación, de satoris, ¿o estoy equivocado? Eulogio te ha vuelto a atrapar. Él te condujo al Zen, y ahora pretende hacerte olvidar el budismo con el eco de los aplausos. Me inclino ante sus artes persuasivas. Ojalá dure esa batida de palmas.

¿Sueno amargado, sarcástico e impío? Es que llevo varios días comiendo harina con yuca cocida; trabajo de sol a sol (aunque apenas hay sol, solo una desabrida llovizna;) llego todas las noches al albergue con fango hasta en el pelo; estoy rodeado de una tropa de hijos de la gran puta —aquí en el campo es donde los monstruos se quitan la careta—; y sobre todo estoy lejos de ti, y de toda la gente que quiero. Si tantas excusas no te bastan, debo apelar entonces a tu buena voluntad —o lo que es más temible, a tu indiferencia.

Te quiere siempre,
Marcos

Central Siboney, Marzo 24 de 1970

Querida Amarilis:

Ayer fui unas horas por mi casa (estoy a apenas unos treinta kilómetros de mi venerable ciudad) y no sabes la sorpresa que recibí al encontrar tu carta. Mi madre, que recién acaba de salir del hospital, la había colocado sobre mi almohada.

Resulta irónico que le haya escrito a varias personas en lo que va de mes, y que la primera carta que me llega sea la de alguien con quien había preferido guardar silencio.

Quiero ser totalmente franco contigo —de sobra lo mereces.

A pesar de que te consideras (y te jactas de ser) una mujer mundana, en el fondo no eres más que una niña ingenua. Por ingenuidad te casaste con Carrasco; te deslumbró su agudeza, su talento verbal, sus dotes de pintor, su rara mezcla de liberalidad y oportunismo (no estoy haciendo un juicio moral de su persona, no soy quién para hacerlo —son datos que nadie mejor que tú conoces;) en fin, que tu matrimonio no fue producto de la conveniencia, sino del candor.

Yo a veces también soy algo Ingenuo —pero ya voy perdiendo esa virtud— y sin darme cuenta preparo mis propias trampas; por ejemplo, esa noche que me emborraché en tu casa no me detuve a pensar en las consecuencias. Sé que no soy el primero con el que ha ocurrido ese incidente —pero entre Elías y yo hay una notable distancia.

Elías es capaz de jugar, de estirar la cuerda (no por hacer daño, ni por falta de nobleza; me basta decir que lo considero mi mejor amigo —esto también se lo escribí hace poco a otra persona; curiosamente, a otra mujer). Pero él no le da importancia a cosas que para mi si la tienen —como los sentimientos que uno inspira en otros. La paz del prójimo debe ser para mí tan vital como la mía.

Me dices en tu carta que piensas constantemente en mí, que incluso crees que te has enamorado; esto me halaga, y agradezco tus palabras; pero es preciso que olvide mi vanidad (y también mi soledad) y te abra los ojos a un hecho concreto: ¿Qué podemos esperar de una relación entre nosotros? Tu entusiasmo no es más que un espejismo, porque yo no soy el que tú Imaginas. Tampoco soy persona de triángulos, ni podría afrontar *la responsabilidad de un compromiso formal, en el caso de que quisieras separarte de Carrasco. O sea, que alimentar esperanzas no tiene sentido.*

Sé que mi sinceridad suena cruel, pero lo que persigo precisamente es no lastimarte; me siento culpable por demasiadas cosas, y no quiero añadir una más a la lista.

Espero que los ensayos continúen sin tropiezos, y que la puesta en escena esté a la altura de Chéjov; confío en el talento de Eulogio, y también en el de algunos actores —fíjate que subrayo algunos— entre los que te encuentras tú.

Se rumora que regresaremos a La Habana dentro de poco, ya que aquí lo que estamos dando es pérdida; no hay un solo día que hayamos cumplido la meta, que es de 150 arrobas diarias de caña por cada estudiante. Parece que las Humanidades y la Agricultura no se dan la mano. Como dice un pedante de mi clase: Minerva y Perséfone se detestan.

Te admira y estima,
Marcos Velazco
P.D.: Quema esta carta, no me gustaría que acabara en manos de tu esposo.

❧

Central Siboney, Marzo 27 de 1970

Querido Elías:

Nos quedan quince días a lo sumo en este lodazal; quizás tenga la suerte de estar presente en el debut de vuestro grupo. Por cierto, ¿cómo se llama el grupo? Si se le va dar el nombre de una figura de nuestro pasado, como es costumbre en estos tiempos, propongo el del poeta José Manuel Poveda —es el único drogadicto declarado que podemos mostrar sin bochorno.

He tenido serios problemas con el jefe del campamento, un tipo mediocre e insolente que se gradúa este año de Ciencias Políticas. Parece ser que su tesis de grado consiste en hacer que me expulsen de la universidad; quizás lo logre. No tengo ganas de entrar en pormenores, y solo te pido que no comentes esto con nadie, ni siquiera con Eulogio —si ocurre lo peor, ya habrá tiempo para reproches, regocijos o maledicencias.

Te escribo bajo la frazada; son las diez de la noche, y la temperatura anda por los cinco grados. El frío se mete en los huesos y me entumece las manos y los pies. Este invierno en marzo, en pleno campo, es un ensañamiento del clima. Por la madrugada, cuando nos levantamos, el agua de la pila corta la cara, y el viaje en carreta hasta el cañaveral me hace pensar en los trabajos forzados de una Siberia seudotropical.

Hace unos días recibí una carta que contenía una declaración amorosa de alguien que no me interesa (no te diré de quién), y esta noche en el baño un joven de periodismo me tocó las partes pudibundas. A este último le expliqué muy educadamente que no me interesaba ese tipo de contacto, y que aun en el caso de que me interesara, el baño de un albergue no era el lugar más propicio.

Eros parece favorecerme en estos días, en contra de mi voluntad… pero los otros dioses me han abandonado. En cuanto a la carta, solo te diré que estaba firmada por una mano femenina que no te es ajena.

Pero basta de confidencias. Pasemos al terreno del Arte, donde uno puede sortear los baches sin el riesgo de partirse un hueso.

Creo haberte prometido que te hablaría de lo que pienso sobre Artaud; insisto en el tema, porque sé que en el fondo desapruebas el montaje realista de La Gaviota, y que tu meta en el teatro es la ruptura con toda forma tradicional; aunque te callas por no ofender a Eulogio, desprecias el realismo, y aspiras a una expresión más moderna y audaz, más acorde con el hombre de nuestro tiempo. Tu sitio ideal sería entre los dadaístas (de los cuales salió tu ídolo Artaud, dicho sea de paso). Prefiero olvidar por ahora tu preocupación con el Zen, ya que ambos sabemos (te lo dije una vez) que a los monjes budistas se les prohibía participar en actividades teatrales; esta contradicción debes resolverla tú mismo, y yo no soy el más indicado para burlarme de ella —yo también estoy lleno de contradicciones.

Artaud fue un poeta excepcional, y su teoría teatral es brillante; sin embargo, fracasó en la práctica. La puesta en escena de Los Cenci fue un chasco. Su negación de todo el teatro anterior (incluyendo los textos de Shakespeare) acabó en drogas y en esquizofrenia; pasó nueve años en un manicomio. No hay nada vergonzoso en terminar en un manicomio, pero a mí me ha tocado conocer de cerca a sus huéspedes, y en sus ojos he visto solo una palabra: no. ¿Acaso no te he hablado de esto? Por cierto, los tuyos en un tiempo me parecieron que decían: quizás —esto fue lo que me hizo creer en ti. Si el arte surge de un no, tienes grandes posibilidades de desaparecer. Claro que tampoco puede surgir de un sí: los que dicen y sienten ese sí no necesitan del Arte ni la Literatura, simplemente viven.

Es raro que Chéjov afirme que La Gaviota es una comedia, y que Shakespeare coloque un elemento de humor en medio de la situación más sombría; tal vez eso encierra una lección más profunda de lo que imaginamos.

¡Qué pedante suena esta jerigonza! Sé que te gustan más las confidencias. Pero solo estoy tratando de demorar la llegada del sueño, porque en estos días las pesadillas me atosigan. Anoche soñé que tú y yo estábamos en un barco pequeño, una lancha como las que cruzan la bahía de La Habana, y que en una esquina de la embarcación... Pero no, me falta valor para contarte el resto. Es probable que algún día te lo diga. Si lo hago, te lo juro, sería el gesto de confianza más genuino que tenga con alguien jamás.

Lezama dice que deseoso es el que huye de su madre (esto tiene que ver con el sueño, por increíble que parezca), y desde hace algunos años vengo razonando este verso como si se tratara de un proverbio. Pero Keats escribe en una de sus cartas: «nada es real hasta que no se vive; un proverbio no llega a ser proverbio si no lo ilustras con tu propia vida».

Reza por mí —la oración de un actor es tan eficaz como la de un santo.
Tu fiel amigo,
Marcos Manuel

SEGUNDA PARTE

XV

—¡Ah, el príncipe de la calamidad! Sabía que estabas al llegar, niño, sabía que esta noche no podías prescindir de mi compañía. Te estaba esperando, te lo juro. Lo primero que voy a pedirte es que no abras la boca —no quiero que me digas nada, que me cuentes nada. Ya Elías me dio la noticia esta tarde. No, te repito que no te voy a dejar hablar. Primero déjame servirte un trago. Anda, siéntate, no te quedes ahí con esa cara de sonso. Ya sé lo que estás pensando: «Otra vez Eulogio volvió a la botella…» ¿Y qué? La Gaviota puede esperar; el teatro siempre puede esperar. Suspendí los ensayos por una semana para que el grupo (y por supuesto, su director) recupere la coherencia y el entusiasmo, dos virtudes que perdimos en los últimos días. De todos modos, ya no vamos a estrenar en mayo, ni posiblemente en junio. ¿Para qué apurar las cosas? En Cuba todo el mundo está apurado, y por eso estamos como estamos. Con el apuro nos convertimos en el Primer País Socialista de América. Y yo también me he dejado llevar por ese frenesí de definir y terminar las cosas a la carrera. Pero ya no. Esta noche no. Esta noche es mía, y la voy a alargar como me dé la gana. Y esta noche también es tuya, muchachito. No te preocupes, cuando se acabe esa botella pongo la otra. Tengo licor para tumbar a media Habana. Conseguí dos litros de alcohol puro, y los he preparado siguiendo la receta de moda: mitad de alcohol y mitad de agua, y una tacita de café para matarle el chero. Yo, como creador al fin, he añadido unas gotas de vainilla. No me vengas con esas muecas, como si te diera asco. Brindemos por tu expulsión de la universidad, por tu entrada al feliz panteón de los autodidactas. La enseñanza, querido, no es dominio absoluto de una docena de académicos trasnochados. En cierto modo, y quiero serte franco, me alegra que no vuelvas a poner un pie en ese antro de hipocresía. Tú tienes mucho que aprender, pero no allá adentro. Es verdad que a veces me desesperas, pero luego me acuerdo que Alberto Magnus, profesor de Santo Tomás de Aquino, fue un hombre estúpido hasta los treinta años, y luego su mente se expandió; el tipo llegó a ser uno de los filósofos y alquimistas más brillantes de la Edad Media. Se dice que la Virgen lo ayudó, al ver su empeño en instruirse y hacerse famoso. O sea, que todavía tengo la esperanza de que contigo pase lo mismo. ¿A qué virgen le rezaremos? Porque las vírgenes no abundan, y las que hacen milagros, se esfumaron. Pero veo un atisbo de luz, como en las cartas que le mandaste a Elías —y por supuesto, también la de Dionisio. Has aprendido mucho, Marcos Manuel. Modestia aparte, creo que has aprendido de mí. Pero faltan cientos de lecciones. Esta noche yo debería ponerme un sombrero con una pluma de gallo (¿capisci?). No mires el reguero, hace tres días que no friego, ni limpio, ni nada. Tu amiguito Dionisio, que solía ayudarme en estos menesteres, se perdió desde el domingo pasado. Aquí entre nosotros, ha pasado a ser el plato predilecto de la pareja Carrasco. ¿Te sorprende? ¿Tú creías que tú y Elías eran los únicos con derecho a embarrar esas sábanas? ¿O que el capricho de Amarilis contigo iba a impedir que se acostara con nuevos candidatos? Pero no, no me contestes nada, aquí el único que habla esta noche soy yo. Tú, por favor, limítate a beber. ¡Tengo tanto que decirte! Llevo dos días sin salir de esta casa, sin abrirle la puerta a nadie, con la excepción de Elías, que vino como buen samaritano a traerme una fuente de arroz y frijoles negros. El pobre, estaba afligido con tu llamada por teléfono. Aunque me pareció ver un brillo remoto de alegría en sus lindos ojos azules, porque claro, Elías no le perdona a nadie que llegue a tener un título universitario, ya que él nunca lo tendrá. Mi caso es diferente. Puedo entender que te sientas mal, incluso compadecerte, pero sé que a la larga esto es lo mejor que te ha pasado. Así que no esperes de mí esas parrafadas filosóficas (mierdosóficas, quiero decir) que se espetan en estos casos. Qué va, querido, yo no tengo tiempo para condolencias, ni para llamadas a la resignación. Además, hay cosas más importantes que eso de que lo boten a uno de una universidad. Vale más fracasar en ese terreno que en otro. Es peor, digamos, que las personas que hemos amado nos vuelvan la espalda. Por cierto, ¿por qué nada más que has ido a un solo ensayo desde que regresaste del campo? Sírvete, sírvete otro trago. Tómatelo así mismo, de un golpe… ¡allá va eso! No te avergüences, hijo, ya te dije que cuando se acabe esa botella, pongo otra. Y después otra más. Sé que te hace falta tomar esta noche, tomar hasta caerte. Yo ya ni siquiera me caigo. Es una de las desventajas del cinismo. Pero déjame probar ese fondito, no está bien que desperdiciemos una gota. Sé que aparte de tus problemas docentes, te martirizan los *affairs of the heart*. Querido mío, tú eres un personaje del siglo diecinueve. Tú deberías estar en un museo. Con razón ahora te ha dado por Keats —anda, niño, siéntate otra vez. NI sueñes que me vas a dejar solo. No seas tan susceptible, no hagas el ridículo. Simplemente te pido, te exijo, que te acabes de curar de tu infantilismo afectivo, que superes de una vez tu sentimentalismo de literatura barata. Anda, déjame buscar otra botella. ¡Que te sientes te digo, coño! SI no quieres que te hable de Nora y Elías, no hablaré de ellos. Tengo otras cosas mejores de que hablarte, un arsenal de cosas. Quiero hablar de Marcos con Marcos. Eso suena bien. Y también quiero hablar un poco de mí, ¿o es que crees que al viejo Eulogio no le encanta hablar de sí mismo? Marcos Manuel, Eulogio: dos personajes en busca de un autor. Pero ese chiste ya lo tengo gastado. Además, Pirandello es *coup d'effet*. Por eso al final me he quedado con Chéjov, que también es siglo diecinueve. Ya ves que tú y yo tenemos algo en común, aparte de una crianza evangélica y una madre turulata. Claro que tú no tuviste las ganancias de un padre borracho, y por eso te falta agresividad. ¿No sabías que yo también fui pentecostal? Y bautista, y adventista, y metodista, y hasta testigo de Jehová. MI señora madre, que odiaba el catolicismo y maldecía a los curas (nunca supe cuál era la raíz de ese rencor) cambiaba de secta religiosa como de zapatos, y nos arrastraba a mi padre y a mí de una iglesia a la otra. Mi padre la seguía donde quiera —con la petaca de ron Paticruzado en el bolsillo, como es de suponer. Los tres componíamos una rara estampa. Ahora que ellos no están, la estampa ha cambiado; claro que sigue siendo rara. Pero por lo menos las iglesias se fueron al carajo. Me encantó leer en una de tus cartas que habías sido misionero a los nueve años; querido, en eso me ganaste, porque yo nunca abordé un púlpito, quizás porque mi madre no me daba tiempo a entrar en confianza con la congregación. Cada vez que empezaba a cogerle el gusto a una iglesia, ella decidía cambiarse para otra. Todo un carácter, mi señora madre. Tenía un perfil severo, un cuello estirado, unas manos pálidas; el vivo retrato de la espiritualidad, si nos dejamos llevar por el concepto de los pintores holandeses del siglo diecisiete. Una mujer seca, que en gloria esté, con un marido demasiado mojado. La sal y el fuego, el aceite y el vinagre. La descendencia resultó ser una caprichosa combinación de esos elementos dispares. Aquí me tienes. Brindemos por los misterios genéticos. Como era de esperar, una señora como esta, que no se encontraba a gusto en este mundo, terminó cortando por lo sano con mi padre y conmigo, dos hedonistas de la cabeza a los pies. Pero esa historia ya te la conté. Creo que en sus últimos dos años ella dejó de ir a la iglesia —ya las conocía todas, y ninguna le acomodaba. Si hubiera sido católica, su vida hubiera sido distinta, y posiblemente la mía hubiera tomado otro rumbo. Y la tuya. El protestantismo no perdona —tú debes recordar que Lutero le tiraba tinteros al diablo. ¡Qué suerte, Marcos, el habernos conocido tú y yo! Un chance entre mil. Cuando te veía allá en tu pueblo natal, siempre con un libro bajo el brazo, me decía: uno de los *happy few*. Y cuando eso José Luis todavía no me había dado a leer tus poemas. Fue una premonición. Uno de los *happy few*, me dije muchas veces, al verte pasar frente al taller del teatro. Ya ves que respeto a Stendhal, que es otro de tus ídolos. Pero hay que moverse, niño. No podemos plantarnos en el siglo diecinueve, por mucho que nos guste. Mira lo que ocurre cuando la gente se aferra a las ideas de ese siglo: mira los estragos del marxismo a tu alrededor. Sí, ya sé que esto no es marxismo ni un carajo, pero el ejemplo vale. ¿Te lleno el vaso, querido? Quiero contarte una anécdota protestante de pura cepa; una anécdota de la que pueden sacarse conclusiones preciosas. Esta noche me siento religioso; no tengo ganas de caer en la política. Pero el mejunje de esta botella está fuerte como coño, parece que se me fue la mano con el alcohol. Mitad y mitad, se dice fácil, pero nunca se logra la proporción adecuada, ¿no es verdad, Marcos? Y la vainilla no acaba con el tufo. Me encontré el pomito en la fiambrera, era del tiempo de la nana. Mi abuela, que vivió en esta casa hace mil años, era una fanática de los postres. Pero a nosotros no nos importa mucho el tufo, ¿no es verdad, querido? Ya veo que estás empezando a ponerte en forma. ¿Tú ves? Así me gusta. No sabes cómo me gusta verte sonreír. Con esa sonrisa podrías conquistar muchas cosas… menos la misericordia de Eulogio Cabada. Yo soy de la vieja escuela: la letra con sangre entra. ¿Qué te decía? Ah, sí, te iba a contar la historia de las dos misioneras. No creas que esto lo inventé; sucedió de verdad, te lo juro por los restos mortales de mis viejos. Oye esto: cuando yo era niño nosotros íbamos a una iglesia en el reparto Lawton —nada menos que una iglesia pentecostal. Se hablaba mucho de los «campos blancos». Tú seguro conoces la expresión; tú fuiste a trabajar a esos campos. Que lo hayas hecho a los nueve años, hijo, rompe todos los récords. ¿Te acuerdas del versículo de los Evangelios? «Alzad vuestros ojos y mirad los campos, porque ya están blancos para la siega». ¡Qué hermoso! Al terminar el culto, el pastor decía: ¿Quién siente la llamada para atender los campos?, o ¿Quién quiere servir en la viña del Señor? Cristo está buscando obreros para su viña… Y a los que levantaban la mano los ponían en la lista de posibles misioneros. Gertrudis, una prima mía que vivía con nosotros por aquella época, sintió de repente la llamada, y a los tres meses de haberse apuntado en la lista la mandaron a predicar a Candelaria; iba a ayudar a una pastora que llevaba más de un año sola en ese pueblo. La pastora era una mujer cuarentona; yo la vi dos o tres veces; estuvo incluso a comer en casa. Era gorda y tenía cara de santa, por no decir de sanaca. No me acuerdo del nombre de la muy cabrona. A mi madre le cayó como una bomba, pero a mi madre todo el mundo le caía como una bomba. Dijo que la pastora era una de esas gaticas de María Ramos, que esconden las uñas y sacan la mano. Lo peor fue que esta vez mi mamá tenía razón. A no ser que creamos en explicaciones teológicas... Pero me estoy adelantando. Al principio mi prima venía de Candelaria todos los meses a hacernos la visita, con el ardor misionero en la mirada. Era huérfana de madre, y su padre, hermano de mi querido progenitor, era un borracho empedernido; como ves, el mal es de familia. Pero eso no nos interesa ahora. El caso es que de pronto Gertrudis dejó devenir, y pasaron meses sin que supiéramos nada de ella. Ni una carta, ni una llamada, ni un recado; se la tragó la tierra. En una convención pentecostal que se celebró en Matanzas, donde se esperaba la representación de todas las iglesias y misiones de la isla, Candelaria brilló por su ausencia. Hasta mi madre, que nunca le prestó gran atención a mi prima, se empezó a preocupar. Nuestro pastor decidió al fin darse una vuelta por el lejano pueblo, y regresó con la funesta noticia: Gertrudis y la gorda le rendían culto al diablo. Se hablaba de ritos misteriosos, de exhibicionismos macabros, de escenas de violencia en paños menores. Pasaron varios años antes que yo pudiera entender lo simple de la historia: fue que las dos mujeres se pusieron a hacer tortilla. Por supuesto, la jerarquía pentecostal cerró de inmediato la misión, y expulsó a las dos endemoniadas. La gorda se fue para su casa en Santiago de Cuba, y a mi prima la trajeron para La Habana en estado de *shock*. Mi madre se negó a darle alojamiento; tenía miedo de que el diablo se colara en la casa con ella. Pobre mamá, no sabía que ese señor hacía muchos años que vivía con nosotros. Mi prima tuvo que mudarse con el papá borracho, y por último se fugó, sin que hasta el día de hoy se sepa de ella. Lo más sensato sería pensar que se juntó de nuevo con la gorda, y que se dedicaron a lo suyo... Pero no, la gorda se arrepintió de su iniquidad (porque esos son los sustantivos que emplean los protestantes, como si el rigor del lenguaje les prestara más autoridad), dio testimonio por todas las iglesias de Cuba de que Satanás la había obligado a hacer cosas monstruosas con Gertrudis, y que todo había empezado por un inofensivo ponche con vino. Por la boca se empieza... Yo también leí en una crónica medieval que una monja olvidó rezar sus oraciones antes de comer, y luego se tragó un demonio escondido entre las hojas de la lechuga. Claro que el ponche con vino me parece un vehículo más adecuado. Pero en fin, lo importante es que la gorda se regeneró, y oí decir que después se casó con un pastor de Baracoa, un negro casi anciano. Un final feliz, si no fuera por la desaparición de Gertrudis. Algunos afirmaron que se la llevó el diablo. Mi padre no se recuperó del golpe, y en un raro acceso de lucidez culpó a mi madre por la fuga de la sobrina: él decía que quería a la muchacha como una hija, y no le perdonó a la vieja que la hubiera rechazado. Por esa época mi padre se empezó a enrolar en la lucha política que más tarde lo llevó a la Sierra Maestra. Incluso bebía menos. Y mi madre se cambió para la iglesia bautista; se había cansado de andar sin maquillaje, de usar blusas de mangas hasta las muñecas y de llevar el pelo largo, que le llegaba más abajo de la cintura. Y así se cerró nuestro capítulo pentecostal. ¿Nunca oíste hablar del caso de las endemoniadas de Candelaria? Pero claro que no, cuando eso tú eras un recién nacido, y no creo que el cuento se divulgara demasiado. Los fieles querían olvidarlo, y los pastores, ni hablar. Pero a este alcohol hay que echarle más agua. Marcos, hazme el favor, mira a ver si queda aunque sea un poco de agua en ese cubo. Aquí el agua viene media hora por la mañana, y a mí hoy se me olvidó llenar el tanque. Me entretuve leyendo los Salmos; como ves, me estaba preparando para tu visita. No todos los días dos ex protestantes tienen chance de repasar su primera fe. Pero ya te dije que no te voy a dejar hablar; otro día me contarás de tus experiencias en los campos blancos. Espero que Satanás no te haya engatusado a tan temprana edad… ¿Dónde fue que estuviste, en Santa Cruz del Sur? Yo también anduve por ese pueblo, poco antes de caer preso, aunque no en funciones piadosas, naturalmente. Fui con el grupo de teatro en una gira de la obra de títeres, la misma que tanto te gustó; la representación tuvo lugar al terminar un acto del Partido. Celebraban algo raro, la fundación de la primera granja de conejos en América, o la primera cooperativa para la siembra de kudzú en América, o el primer centro de investigación de la epidemia de ladillas en América —lo que fuera, era lo primero en América. Pero Shakespeare no le cayó en gracia a aquel selecto público; corrió el rumor de que todos éramos maricones y putas (en eso al menos casi dan en el clavo) y poco faltó para que nos tiraran piedras. Elías debe acordarse. El decía: «Títeres para títeres». Pero nosotros no queremos acordarnos de Elías, ¿no es verdad, Marcos? ¿Y esta es toda el agua que queda? Qué horror, un país en el que no hay ni siquiera agua —y lo peor es que estamos rodeados de ella. Pero no, no quiero hablar de política. Me interesa más la teología. Te confieso que la historia que te conté es solo una variante de un tema que estudio. Y el tema, escucha bien, querido, es Protestantismo y Homosexualidad. ¿Qué te parece? ¿Tú crees que me dejen dar una conferencia con ese título en la Universidad de la Habana? Pero se me olvidaba que tampoco puedo mencionar la universidad… Mi niño, dentro de poco no voy a poder hablar de nada contigo. Así, ríete así, eso sí me gusta; ¿te dije que lo mejor que tienes es tu risa? Pero no, no te asustes, no pienses que los tragos me van a dar por piropearte; ya te dije una vez que habías dejado de ser mi tipo. Además, tú padeces del estigma del *noli me tangere*, a pesar de Dionisio, de Amarilis, de Nora, y de tu primer contacto con el mundo de la carne… Eloy. Porque hasta de eso me he enterado. Acuérdame que también quiero hablarte de Eloy, estuvo a hacerme la visita hace poco. Pero no quiero desviarme del tema. Lo de *noli me tangere* sí viene al caso: me imagino que la fuga de Gertrudis tiene que ver con eso. «No quiero que me toquen, y por lo tanto me esfumo». Claro que tú no vas a tomar una medida tan radical; en el fondo eres débil de carácter. ¿Pero por qué ese afán de no me toquen? En el caso de Cristo era justificable; el roce enturbiaba su misión divina. Aunque pensándolo bien, dejaba que Juan recostara la cabeza en su hombro… Toda regla tiene su excepción. Pero en el caso tuyo, creo que el contacto físico te hace sentirte culpable, y de eso a vivir para la masturbación no hay más que un paso. No es que esté en contra de la masturbación, querido, pero como dicen los americanos, *ain't nothing the real thing*. Esto lo aprendí en mi período neoyorquino. Porque yo soy como Picasso: tuve mi período rosa, mi período azul, y el de New York coincide con mi período negro. Pero esta noche no te voy a contar la historia de mi vida. Prefiero hablar de Marcos con Marcos. Tomemos a tu salud. Esa agua churrosa le ha dado al trago un toque de distinción. En fin, niño, ¿te has visto bien en el espejo? Me imagino que sí, todos los poetas son narcisistas. ¿Te has fijado en tus ojeras? Caro, son tan pronunciadas que dan miedo. Y esa es la huella física del evangelio. Los católicos tienen un respiro: pecan, se confiesan, cumplen la penitencia, comulgan, y ya están listos otras vez para la caída. Setenta veces siete, es decir, cuatrocientas noventa veces. Cifra que no es nada del otro mundo, pero que al menos promete un alivio. A los protestantes no se les concede esa gracia. Ahora tú me dirás que de protestante no te queda un pelo. ¡Qué ingenuo eres, Marcos! No resulta fácil quitarse esas cadenas. Uno siempre acaba por darle coba a Dios. «Conoceréis la verdad, y la verdad os hará libres». ¿No te acuerdas? San Juan, capítulo ocho, versículo 32. Y él se refería, niño mío, a una libertad… inolvidable. La libertad de negarte a ti mismo por el resto de tu existencia. Claro que esto es solo una interpretación. Luego te hablaré de otras. Pero ya veo que los Evangelios te ponen nervioso. Podemos pasar a la quiromancia, que resulta más entretenida. ¿No sabes que también me especializo en leer las manos? Modestia aparte, yo leo cualquier parte del cuerpo. Pero contigo, por supuesto, me voy a limitar a la palma de la mano. A ver, déjame ver; la derecha no, estúpido, la izquierda. En esta ocasión tenemos que pasar por alto los escrúpulos. ¡Hmmm! Lo que pensaba: mucho cerebro, mucha afectividad; mira la línea de la cabeza y el corazón; pero el monte de Venus casi ni existe. Tócatelo tú mismo. El mío, por cierto, es lo más sobresaliente de mi mano. Pero no, no te voy a enseñar mi mano, Marcos Manuel; te asustarías si vieras la línea de la vida… La superstición siempre ha sido mi punto vulnerable. Por algo recorrí todas las Iglesias de La Habana, como un perro faldero, detrás de mi mamá y de mi papá, que en gloria estén los dos. Yo también, querido Marcos, soy víctima de esa libertad… Inolvidable. ¿Pero qué te pasa, tienes frío? No me digas que no, estás tiritando. ¿Quieres que cierre la ventana? «Por esa ventana yo he visto desfilar un ejército de fantasmas…» Así empezaba un poema que escribí hace más de diez años. ¿Qué tú creías? Yo también fui poeta, muchachito. Esos versos los escribí en este mismo sitio. Mi padre estaba tomando en la sala. Mi madre nos acababa de botar de su casa en el Vedado, y mi padre empezaba a caer en desgracia con el gobierno que él mismo ayudó a llevar al poder; no nos quedó más remedio que mudarnos para esta cochambre. Desde esa época detesto este barrio maldito. Pero esa ventana siempre me inspiraba. Esta cocina era más estrecha; allí había una pared, y del otro lado mi tío Raúl agonizaba. Porque olvidé decirte que esta era la casa de mi tío, el padre de Gertrudis; de esta misma casa ella se escapó, hace más de dos décadas; se desvaneció para siempre. ¿Adónde iría, la muy hija de puta? Ella también se dejó seducir por esa libertad… ¿Entiendes, Marcos? Porque esa libertad quiere decir también libertad para destruirse, o desaparecer. Hay tantos significados. No es fácil, Marcos, no es fácil olvidar lo que se nos enseñó a un precio tan caro; acuérdate que hubo una corona de espinas, y un costado atravesado por una lanza… Pero ya veo que no quieres seguir escuchando. Anda, sírvete otro trago. Pero no, déjame servirte yo mismo. No te dejes caer. Ya que fracasé con la religión, déjame buscar otro tema para ver si te entusiasmas. Te prometo que no voy a volver al espinoso bosque de la fe —por ahora al menos. Quiero darte una tregua. ¿Qué te parece esta otra conferencia: «Homosexualismo y negritud»? Ese título le gustaría incluso a nuestros líderes políticos: a ellos les gustan las combinaciones rimbombantes. Fíjate el lema que está de moda ahora: «Palabra de cubano: van». ¿Te sorprende la asociación de ideas? Me refiero a mi idea, no a la idea de ellos. Los cubanos ya no tenemos palabra, si es que en algún momento la tuvimos; y aquí nada va, a no ser la mentira. Pero lo de homosexualismo y negritud es un acierto: no hay nada que se parezca tanto a un negro como un maricón. Perdóname si uso esta palabra, sé que suena espantosa, pero tenemos que darle vida al lenguaje, a nuestro lenguaje. Eso fue lo que hicieron con los suyos Dante, Cervantes, Shakespeare y Rabelais. Hay que imitar a los clásicos. Sí, Marcos Manuel, tanto el negro como el maricón se consideran diferentes, y no es que se consideren: es que son diferentes. Y los pobres no pueden (ni siquiera por un instante) olvidarlo. Si se hicieran los locos, y trataran de pasarlo por alto, la gente tendría varias maneras de recordárselo. Y ninguna agradable. Así este par de individuos se encuentran igual que el elefante en una sala llena de porcelanas; no saben cómo coño dar un paso. Entonces optan por los dos únicos caminos posibles: la destrucción de todo lo que no sea ellos (ardua empresa), o el menos complicado: la autodestrucción. Lo curioso es que el maricón se levanta todas las mañanas, y se dice al lavarse la cara: por lo menos no soy negro. Y el negro también se levanta por su lado, y al cepillarse los dientes piensa con alegría: por lo menos no soy maricón. El negro maricón (y pienso en Demetrio...) ahí tienes una prueba de la fatalidad. Aunque quizás pueda pensar: por lo menos no soy leproso. Y al negro maricón que le ha caído lepra (porque el destino, querido Marcos, hace esas travesuras), bueno, mi niño, en fin, qué puedo decirte, a ese no le queda más remedio que cagarse en su madre, y seguir el ejemplo de Virginia Woolf: abajo y hasta el fondo. Por cierto, Virginia Woolf fue una Gertrudis genial —pero esa es otra historia. Espera, espera, sshh, sshh... ¿no oíste que tocaron a la puerta? No creo que Dionisio se vaya a aparecer a esta hora. ¿Acaso te gustaría verlo? Te lo cedo esta noche, si eso te hace olvidar tus penas. Pero no, no le voy a abrir a nadie; lo siento, ángel de amor, lo siento mucho; tienes que perdonar mi egoísmo. Llevo más de tres meses sin tomarme un trago, y sin poder hablar a solas contigo, sin que nadie nos Interrumpa, y por nada del mundo voy a dejar que me jodan esta noche. La gente se cree que a esta casa se puede llegar a cualquier hora... ¿Quién podrá ser? Dionisio ya hubiera chiflado. ¿Será Elías? Esta tarde le dije que no viniera más hasta el lunes, y que se lo dijera también al resto del grupo. Estoy de teatro hasta los mismos cojones. Dale más duro, cabrón, a ver si despiertas a la presidenta del Comité de Defensa. Anda, tumba la puerta. No te preocupes, Marcos, quien sea se cansará. Tarde o temprano se cansará. Ninguno de mis visitantes tiene el don de la insistencia. ¿Por dónde íbamos? Vamos, acaba de tomarte ese trago. ¿No te gusta tampoco que siga explorando los misterios de la raza y el sexo? No es fácil complacerte, niño. ¡Pero ya sé! Hablaremos del arte y los artistas. Me gustó lo que le escribiste a Elías, toda esa monserga sobre Keats y Rimbaud, y más que todo tu juicio sobre Artaud... cautivante. Reconozco que a veces llegas más allá de tus méritos. Si no fuera así, tampoco perdería mi tiempo contigo. No es que te haya subestimado, hijo, pero tus taras son tan visibles que a veces dudo de que puedas salir a flote. Espera, espera... vaya, al fin dejaron de tocar. Estoy seguro que era Elías. A lo mejor venía con Nora. ¿Te imaginas, la cara que ibas a poner? O puede haber sido Eloy. La otra noche se apareció aquí como a esta hora. Mira qué cosa: Elías, Nora y Eloy, tres de las personas que le han cambiado la vida a Marcos, y las tres pueden tocarme la puerta a

227

cualquier hora de la noche o el día. Tú tienes algo, querido, no sé, algo difícil de precisar; algo distinto y a la vez importante, pero también intrascendente; quizás sean misterios astrales; ahora estamos en tu era, la era de Acuario. Hay hasta una cancioncita en inglés sobre eso. Una canción barata, pero bonita. No me mires como si fueras a comerme, ya sé que eres un fanático de la música Pop. Por supuesto que esa es otra evidencia de tu inmadurez. Tú a veces me recuerdas un poco a aquel poeta ruso, Lermontov. Claro que Lermontov, un tipo bravucón con una educación militar, no era lo mismo que… Pero estoy divagando. Los tragos empiezan a hacer su efecto; ya era hora. Mejor. Mientras más borracho estoy, más me acerco a la verdad, que como sabes, equivale a la más profunda confusión. Pero te hablaba del arte y la poesía. Oye esto: después que a Gertrudis le espantaron los demonios (le reprendieron los demonios, dicen los protestantes), quedó el vacío; vacío, perturbación, da igual. Todo eso hay que llenarlo con arte y poesía. Tú dices que Keats aspiraba a la redención —muchachito, todos aspiramos a lo mismo. O nos entregamos al demonio o lo exorcizamos. ¿No sabes que la poesía es exorcismo? Pero esta es solo una de tantas explicaciones; y aquí entre nosotros, el exceso de información ha matado la poesía. Estamos en tiempo muerto, hasta que llegue la otra zafra… si es que llega. Ya ves que empleo una metáfora basada en la economía, una metáfora marxista. Porque tú sabes que yo adoré a Marx a los veinte años. El capital fue una revelación para mí. ¡Y qué revelación! Tan fantástica como la de San Juan en la isla de Patmos. ¡Contentarnos solo con la materia, lo visible, lo palpable! Y lo que es más: poder modificar la realidad a nuestro antojo. Solo bastaba dominar algunas leyes presentes en la Economía y la Historia, y actuar en consecuencia con la más estricta justicia social. ¡Y Brecht! ¡El teatro de la objetividad, del raciocinio, del distanciamiento! Entre paréntesis, ¿qué te parece esta cocina? ¿Qué te parecen estas ollas tiznadas, esta costra en el piso? ¿Podrías tú distanciarte? Y mira esas paredes… y claro, no trates de ignorar los montones de cucarachas. Si las ignoras, te comen vivo. Ahí tienes una, a la altura de tu cabeza —espérate, no te muevas— ¡Hija de puta! ¡Hija de puta, te voy a resingar! ¡Hija de puta, no vas a joder más! ¡No vas a joder más en tu cabrona y repuñetera vida! Así, así… así. Ya me siento mejor, después de triturarla. Me gustaría hacer lo mismo con otras mucho más grandes, que pululan por toda esta isla de basura. Pero eso no es tan fácil. ¿Qué te decía? Ah, sí, Marx y Brecht. El fervor por ambos me duró poco; después me enredé con el Zen. Pero antes del Zen vino mi pasión por el sexo; después del Zen vino la cárcel. En orden de aparición: iglesia, poesía, marxismo, Brecht, sexo, Zen y cárcel. ¿Quieres que te cuente de la cárcel? ¿Para qué hablar de arte y literatura, si hay tantas cosas reales que te puedo contar? En la cárcel hay corrupción, pero también hay esperanza. Solo que se trata de una esperanza degradada —y la grosería es el método. En esa cárcel de Camagüey, de la que tu pueblo debe sentirse orgulloso, aprendí algo mejor que todas las ceremonias del té, y que todos los Taos presentes y futuros; el Tao es también, a su manera, una esperanza degradada. Porque todas las esperanzas son degradación, ¿nunca te lo habían dicho? ¿Tú piensas que estoy bromeando? Pero si vamos a hablar de cárceles, es mejor hablar de la cárcel mayor, la que está rodeada de agua por todas partes; yo quise sacarte de ella por la base naval de Guantánamo, pero el plan fracasó. ¿Ves que siempre, por mucho que trato de evitarlo, caigo en la política? Aunque tú te divertiste con el viajecito, cabrón. Nunca me has contado qué pasó con Dionisio; esa fiera es temible, su experiencia es muy vasta. Experiencia que, dicho sea de paso, aprendió también en la cárcel, en una atmósfera contaminada de esperanza. En un plano espiritual, debes agradecerme también que en ese viaje conociste a Alejandro. Sí, ya sé que llegaste a apreciarlo, y él a ti —Dios los cría y el diablo los junta. Pero ya Dios y el diablo desaparecieron. ¿Acaso el hombre no ha llegado a la luna? Sí, sé lo que piensas: está bien, el hombre llegó a la luna, ¿y qué? Hay un espacio Infinito más allá, me dirás tú, que jamás podrá ser totalmente explorado. Por no hablar del espacio interior de cada ser humano, tan infinito como las galaxias. ¿No es eso lo que piensas? En parte tienes razón, niño; pero en parte eso no significa nada; tampoco podemos negar el progreso, que ha extinguido los mitos; acuérdate que nunca debemos volverle la espalda a nuestro siglo. SI yo me di un salto hasta el siglo diecinueve para escoger a Chéjov, es por que en La Gaviota hay un pasaje provocador; un pasaje, niño, capaz de hacerte trizas; no te diré cuál. Apelo a tu paciencia. Volviendo a la cárcel: hay esperanza, pero la grosería es el método. Me refiero a la cárcel rodeada de agua, no a la otra, la de las rejas. En fin, en ambas ocurre lo mismo. En la de Camagüey, por ejemplo, donde estuve de huésped casi dos años (porque después me trasladaron a otras mansiones; mi preferida fue la de Boniato), había un patio grande en el centro; sí, un patio de cemento, sin árboles, claro, me acuerdo como si lo estuviera mirando. Allí había broncas, violaciones, Insultos, pero también había mucha esperanza. A veces se armaban griterías que duraban hasta que llegaban los guardias, con sus Instrumentos afilados para Imponer silencio. Allí sí que no había poetas; no, querido. NI siquiera poetas de circunstancia, de esos que están esperando que se muera alguien para sacar un verso. Que se muera alguien, o que se fabrique un puente, o que el Primer Ministro se tire un peo; cualquier excusa es buena para escribir enseguida unos versitos en honor a —¡qué asco! ¿Qué hubiera dicho Keats de todo esto?

¿No sabes que Keats decía que el vino solo le sabe dulce a los hombres felices? Tú y yo no deberíamos estar tomando esta noche; pero así somos, navegamos contra la corriente, como decía Scott Fitzgerald, que era otro buen borracho. Y hablando de eso, vamos a acabar ya con esta botella. ¿No te animas? Mira cómo yo me la empino —¡Brrrr! Esto sí que me llegó a la vida... Déjame buscar la otra... Mira esta fiambrera, estos platos, ¡qué horror! No creas que yo me crié en esta miseria: mamá tenía una linda vajilla, pero esa se quedó en la casa del Vedado. Esta tonga de loza fea y cuarteada fue la que sobrevivió a la liga funesta de mi padre y mi tío Raúl.

¿Qué se podía esperar de un par de viejos curdas? Pero tú y yo no envejeceremos, no, señor: haremos como Gertrudis, mutis por el foro. Recuerda que, pese a las apariencias, somos libres; recuerda que hemos conocido una libertad... Inolvidable. No importa que Cuba sea una cárcel, ni que la grosería sea el método. Además, Keats también tuvo que luchar contra la vulgaridad. ¿Y qué diremos de Blake, el visionario? Por cierto, Blake decía que la gloria terrenal nos quitaba la gloria espiritual. ¿No sabes que se casó con una analfabeta? Ese sí que aspiraba a la redención, y no como tu Keats, con sus mitos rebuscados y sus urnas griegas... ¿Tú crees que fuera Elías el que tocó hace un rato? ¿Tú crees que haya venido con Nora? ¿Por qué me miras así? Querido, te advertí hace algún tiempo que tuvieras cuidado con Elías. Y que se haya enamorado de Nora no te debe extrañar, porque Elías es un hombre de buen gusto. Y además Nora está hastiada de la mediocridad de Adolfo, y de sus alardes de tenorio y de actor genial. Quiero que guardes el secreto, pero ella me confió que está a un paso del divorcio', y que lo único que la aguanta es el niño. Y claro, más tarde ella aspira a casarse... con Elías. Yo le pedí de favor que no tomara ninguna decisión hasta después del estreno de la obra. Nora es la mujer ideal para el personaje de La Gaviota, ¿no es verdad, Marcos? Tú también tuviste buen gusto cuando te enamoraste de ella. Pero quiero serte franco: ella ahora solo te tiene lástima. Dice que tú eres un infeliz. Y Elías te tiene lástima también. Solo yo, óyeme bien, Marcos Manuel, solo yo sé lo que tú vales; por eso me revienta verte con ese sentimentalismo atrofiado, con ese sufrimiento estéril de enamorado insulso. Pero uno siempre es sordo para ciertas verdades. ¿Quieres seguir sufriendo? Allá tú. A lo mejor te satisface tu papel masoquista. Pero te vas a joder, óyeme bien, y es una lástima que un joven tan talentoso como tú se joda —no, no me voy a callar—; tú tienes que sufrir, pero no por esas historietas de amor que no conducen a nada; ese sufrimiento no depura. Y tú necesitas pasar por el crisol, como todo buen cristal. Óyeme bien: lo tuyo debe ser el infierno de la duda. Ese sí es el fuego de verdad, niño; ese sí purifica. El que no conocieras a tu padre fue un buen comienzo —yo conocí demasiado bien al mío. Pero fíjate qué horror, ya los gallos están cantando. Aquí en Jacomino los gallos cantan desde muy temprano… El gallo de Pedro también cantó temprano, y a los tres cantos vino la negación. ¿Ves cómo siempre caemos en los Evangelios? Religión y política, política y religión; no podemos deshacernos de esos fantasmitas. No, Marcos Manuel, no hay una puñetera escapatoria. Y yo he sido un poco Pedro, y un poco Tomás; yo también negué, y también metí la mano en el costado. Solo que nunca pude palpar nada; ojalá tú llegues a palpar algo, niño. Mi papel es el de Judas; ese sí me sale a la perfección. ¿Qué tú dirías, Marcos, si yo ahora te confesara…? Pero así en seco no, tómate un buen trago primero; esa mierda no, tómate todo lo que te serví, completo… así… ¿ves que bien te cae? Te decía, Marcos, ¿qué tú dirías si yo te confesara ahora que soy un agente de la Seguridad del Estado, y que detrás de mi disfraz de corruptor de jóvenes soy nada más que una pequeña pieza del gran rompecabezas, un simple instrumento de una fuerza superior… que desea hacer el bien, y por eso hace el mal? ¿Qué dirías, querido? ¿Piensas que es un invento, una ficción más de Eulogio Cabada? ¿Y cómo tú crees que salí tan rápido de la cárcel? ¿No sabías que me pedían veinte años, y que los veinte se quedaron en cinco? Pero lo más curioso es que salí a los tres. ¿Tú piensas que eso fue por arte de magia? ¿O te tragaste la historia de que mi padre movió sus famosos contactos? Mi niño, desde el año sesenta el único contacto serio de mi padre fue con una botella —y además, era demasiado orgulloso para pedirle ayuda a los que según él traicionaron a Cuba. Mi padre era un borracho de honor. El hijo no. El hijo estaba dispuesto a venderse. Y en este país, querido, es muy fácil encontrar comprador. ¡Ay, mi madre, pero te has puesto blanco! Como decía Rubén Darío, «has perdido la risa, has perdido el color». ¿Ves, como se te olvidó que Nora quiere a Elías, y que Elías quiere a Nora, y que los dos solo te tienen lástima? ¿Ves qué fácil es? La duda, mi amiguito, la duda es lo que vale. La duda y la desconfianza. Pero no, tranquilízate, no soy policía; todavía no. Es que esta noche me siento socrático, y quiero entretenerte con algunos sofismas. Marcos Manuel, tú crees todo lo que se te dice. Pobre de ti. Pero a la larga espero que progreses, porque como te dije, tú tienes buena madera, y además tú conoces esa libertad, Marcos, esa libertad que no se olvida. Trata de hacer buen uso de ella. No te detengas ante nada. ¿Qué importa que bajes al infierno? Cada uno tiene su propio infierno, y el tuyo no va a ser un infierno mediocre. No, hombre, no. Nada de medias tintas. La época y el lugar te favorecen. Fíjate bien; esta revolución nos enseñó a cagarnos en la burguesía, y luego sus dirigentes se volvieron burgueses. Despojaron a los ricos de sus bienes, para ellos más tarde disfrutarlos a su antojo. Convirtieron cuarteles en escuelas y luego inundaron a Cuba de cuarteles. Nos enseñaron que no había Dios, y al mismo tiempo construyeron su becerro de oro, contra el que si alguien se atreve a blasfemar puede perder la vida. Y así hasta el infinito. Ellos también nos han regalado su verdad, su jodida verdad… que no puede compararse con la otra, la que nos hace ser verdaderamente libres, ¿*capisci*? Pero estás tiritando otra vez, y ahora sí voy a cerrar la ventana, esa ventana por la que he visto desfilar un ejército de fantasmas. Pero oye, oye, los gallos están cantando otra vez. A esta hora mi tío se ponía a toser en el cuarto de al lado… tendrías que haberlo oído para darte cuenta cómo me sentía al escucharlo. Gertrudis le salió huyendo a esa tos. ¿Te dije que mi padre la miraba con malas intenciones? Es como dice Dostoyevski, «la vida de los insectos». En ese tiempo Gertrudis era casi una niña, con falda acampanada, escarpines blancos, pañoleta, trenza. El decía que la quería como a una hija, pero a mí no me engañaba. Ni a mi madre tampoco. Y años más tarde, paradojas teatrales, a mí me tocó en Aire Frío el personaje del viejo verde enamorado de su sobrina. Nada más tuve que recordar a mi progenitor para interpretar el rol con toda exactitud. ¿Te acuerdas de eso? Allí estabas tú en primera fila, y al verte yo me decía: este muchachito, hay algo en él, hay algo… ¡Pero qué odio yo le tenía a esa sala de teatro! ¡Y qué odio yo le tenía a Camagüey, a todas esas calles de adoquines, a todas esas torres de iglesias! Sí, ya sé que es tu pueblo, querido; pero tú también lo odias a tu modo. Es ese odio mezclado con amor que nos persigue hasta en sueños, y que le da una sazón especial a la vida. Pero de tu pueblo me desquité como me dio la gana; no puedes calcular las flores que deshojé por esa época; me volví un depredador. Tu amiguito Eloy podría contarte parte de mis hazañas. ¿Pensaste que no me lo había pasado por la piedra? Creo que te lo negué para no romperte el mito de tu mejor amigo de la adolescencia. Pero él también fue una presa muy fácil, igual que otros, y otras. Yo no discriminaba. Una joven de unos dieciocho años, Sabina creo que se llamaba, trató Incluso de matarse por mí. ¿Te imaginas, querido? Por amor a mí. Pero nunca sabrás la historia completa. Sin embargo, ya es hora de que empieces a diferenciar la verdad de la mentira. Claro que no es una labor sencilla, no señor, y no quisiera estar en tu pellejo. Tienes que educarte, e-du-car-te, y tu asignatura principal va a ser la duda, la duda y la desconfianza. El no saber qué es qué, ni quién es quién. Y este es el mejor país para estudiar a fondo esa asignatura. Vivimos en el mundo de las dobles caras: es la única transformación genuina que ha llevado a cabo este sistema que nos tocó sufrir. Aunque ya desde antes siempre sobresalimos en la hipocresía. Pero tú, Marcos, recuerda que eres libre. Y la tuya no es una libertad cualquiera, la tuya es una libertad … ya lo sabes. Y ahora que hablo de Eloy, me dijo que quería verte. Yo le dije que cuando te expulsaran de la universidad (pues yo estaba seguro que eso estaba a punto de suceder), tú vendrías a vivir conmigo, y entonces él podría verte aquí… ¿Acaso me equivoqué? ¿Acaso no viniste esta noche para pedirme que te dejara vivir aquí unos días? Pues claro que sí, querido Marcos. No solo eso: yo quiero que te quedes; es más, tienes que quedarte. ¿Sabes por qué? Porque no tienes otro lugar adonde ir. ¿Acaso vas a volver a tu provincia? ¿Vas a sepultarte en el pueblo de los demonios, como le dices a Elías en una carta? Por supuesto que no. En casa de Elías no sueñes que puedes vivir —tú le caes bien a su mamá, pero el padre no puede verte ni en pintura. Además, Elías está demasiado ocupado en su *liaison* con Nora. La casa de Carrasco está descartada: sé que lo detestas. El chino Diego ya tiene bastante con Ricardito; en su cuarto no hay espacio ni para otro colchón; y tú eres demasiado orgulloso para pedirle alojamiento a José Luis y a Gloria. O sea, que estás condenado a vivir conmigo indefinidamente. Hay castigos peores. Durante las cruzadas, a un guerrero que asesinara a otro lo enterraban vivo amarrado al cadáver de la víctima. Consuélate con eso. Además, tu lugar es este, niño. Vas incluso a disfrutar de un cuarto para ti solo. Ya te lo tengo listo, incluso decorado. Es el cuarto que fue de Gertrudis, dicho sea de paso. Un ex misionero en el aposento de una ex misionera. Si ella viene, tendrás que devolvérselo. Aunque después de tantos años, ya casi no hay esperanzas… Pero no, querido, nunca hubo Gertrudis ni un carajo. La historia ocurrió de verdad, pero no en el seno de mi familia. Y el enamoramiento de mi padre fue con otra sobrina, que no tenía nada de santa. Tienes que aprender a diferenciar entre la verdad y la mentira, Marcos Manuel, y las fábulas son parte de la instrucción. La Gaviota también es una fábula. Y todavía no te he aclarado el pasaje de la obra que —pero de eso hablaremos otro día. ¡Qué falta me hacía conversar contigo! ¡Y emborracharme, emborracharme hasta no saber quién soy yo, ni quién eres tú! Estos meses de trabajo me han puesto los nervios de punta, y la bebida y el trabajo no ligan; por eso decidí tomarme estas cortas vacaciones —y de paso dejar que Elías y Nora tengan un chance de disfrutar a solas su aventura. Después de todo, ellos son los actores principales, y necesito tenerlos contentos. ¿Otro trago más? ¡Bravísimo! Déjame felicitarte, hijo mío; tu resistencia es colosal. Eres, Marcos, lo que yo más admiro en esta tierra: un alumno aventajado. ¿Qué te parece si hago ahora un paralelo entre la revolución cubana y el protestantismo? ¿O prefieres entre la revolución cubana y el catolicismo? Pide por esa boca. Esta noche me siento inspirado. Ya que no podemos eludir la religión ni la política (esos fantasmitas, Marcos Manuel, esos fantasmitas) es mejor que nos traguemos el potaje de una vez. El potaje, o el bodrio, como quieras llamarle. Es un plato pesado pero muy nutritivo. Pero no, ya es muy tarde, sé que quieres dormir. Yo antes me pasaba la noche hablando con Fonticiella... ¿Sabes que ya no quiere ver a nadie? Dice que el arte es una mierda, que los artistas son unos marranos —pero no quiero acordarme de él ahora, me despierta mi veta sentimental. Porque yo también tengo mi veta sentimental, ¿qué tú pensabas? Cuando me fui a estudiar a New York yo me consideraba, al igual que tú, un poeta romántico. Yo admiré a Keats y a Shelley; yo recité versos de Lord Byron. Pero Estados Unidos ya no es lugar para poetas. Pensándolo bien, quizás fue una suerte para ti que no pudiéramos brincar el charco. No hay mal que por bien no venga, dice el refrán. Además, las uvas están verdes, ¿no es verdad, Marcos? Allá los yanquis, con su sociedad de consumo y su enajenación. Pero me hubiera gustado viajar contigo; pasearte por Manhattan; enseñarte que hay un mundo distinto a estos corrales de Camagüey, a estos corrales de La Habana, en los que la gente ha descendido al nivel de reses; hay un mundo donde uno se mueve de otra forma; allí hubieras podido entregarte por completo a esa libertad que tú conoces; no la libertad de que hablan los políticos, no señor, no señor; es otra libertad; es esa libertad que te señala los cuatro puntos cardinales y luego te abandona a tus propios medios, detenido en el medio del vacío sin más recurso que tu ignorancia total. No, Marcos Manuel, no es una libertad cualquiera; recuerda que es una libertad... inolvidable. Alejandro también la conoce, y por eso se ha encerrado en esa casa de Santiago de Cuba a podrirse en vida. ¡Pobre Alejandro! En la cárcel de Boniato le decían San Alejo. San Alejo, le decían, San Alejo, cara de bobo y culo de conejo. Los presidiarios son gente muy cruel. Y tú te aprovechaste de su hospitalidad para iniciarte en las artes de Dionisio. Bravo por esa audacia. Como te dije una vez, sabía que ibas a terminar sacando las uñas. Pero te hace falta dar otros pasitos, y aquí estoy yo para ayudarte. Y acuérdate que soy de la vieja escuela: la letra con sangre entra. Ante todo, fuera el racionalismo. Esto no quiere decir que te entregues al Zen: no, por favor, ya yo acabé con eso. Se lo he dicho muy claro a Elías: le he dicho que esa fue una etapa de mi vida de la que no quiero ni acordarme. El oriental quiere liberarse de la naturaleza, quiere alcanzar la indiferencia y el vacío. Pero yo quiero perseverar, yo no quiero liberarme; eso no lo digo yo, lo dice uno de los pocos genios de este siglo. Y yo lo apoyo. Algún día hablaremos de él. Por ahora a ti no te hacen falta teorías, no señor, tú lo que necesitas es vivir. Vivir, Marcos Manuel, vivir. ¡Cuánto tiempo has perdido! Espero que recuperes al menos una ínfima parte, y que soltando esas muletas del intelecto y de lo que llaman «el corazón», alcances una plenitud en el mundo de los sentidos, y no me refiero solamente al sexo. Pero primero tienes que dejar de preocuparte por las palabras, los conceptos, los nombres; dice un libro medieval de alquimia: «¡Oh nombres dudosos que os asemejáis a los nombres verdaderos, cuántos errores y angustias habéis causado entre los hombres!» Pero si no quieres hacerme caso, niño, y te empeñas en escarbar los significados; en fin, si quieres seguir con esa tortura, por lo menos no te estanques en el siglo diecinueve; ve un poco más atrás; llégate a la Edad Media, y como decía un anuncio de cigarros, prueba y compara… Allí te esperan muchas sorpresas. Tú has tenido el privilegio de ver de cerca el rostro de la locura, de padecerlo en tu propia familia. Espero que no seas tan estúpido como para ofenderte; algún día sabrás por qué te lo digo. Marcos, Marcos, ¿hasta cuándo vamos a arrastrarnos por este túnel? ¿Y cuál es el límite entre lo enfermo y lo sano? Acaba de tomarte ese trago, brindemos por la vida que vendrá; yo confío en ti, vuelvo a repetirlo. Y tengo confianza porque te ha tocado vivir aquí, en Sodoma. ¿No sabes que estamos viviendo en Sodoma? ¡Qué ingenuos los que creen que Sodoma fue destruida por la homosexualidad! Ese error sobrevive a través de los siglos. No, Marcos Manuel, cuando te hablo de Sodoma no me refiero a la desviación sexual; eso sería muy simple. Hablo de la profanación de la fe, de la burla a lo sagrado. Jehová mandó dos ángeles a Sodoma, y los hombres trataron de fornicar con ellos. De eso se trata, querido, de eso se trata: de querer fornicar con ángeles, de rebajar y corromper lo único que podía salvarnos. Pero mira, ya está amaneciendo… «Como las horas del día pasan y no vuelven más…» ¿Te acuerdas de ese himno? ¡Mi amigo Marcos! Gracias por acompañarme en esta larga noche. No hablo de la noche de hoy, sino de la noche del espíritu, la que no se acaba con la luz del sol. ¿Tú te das cuenta, Marcos? La noche oscura del alma. Ahora vete a dormir: estás pálido, demacrado, y ya estás cabeceando. Déjame enseñarte tu cuarto; ya puedes considerarlo tuyo. Si tienes frío te busco una frazada. Yo no voy a acostarme; quiero esperar el amanecer con mi vaso en la mano. Duerme tranquilo, y no te preocupes por mí —¿no sabes que todavía me queda otra botella? Marcos, yo soy como la virgen prudente de la parábola: guardo el aceite para que mi lámpara nunca se apague.

XVI

En una oscilación, un bamboleo entre el fastidio de una semivigilia y un carrusel de sueños bochornosos, Marcos escuchaba los ruidos que anunciaban la llegada del día: el traqueteo del primer ómnibus, el timbre de los despertadores (enmudecidos con una rapidez que sugería la acción de una mano violenta), los murmullos de voces somnolientas, el trasiego de jarros, el taconeo apremiante de los que debían llegar a su trabajo antes que saliera el sol. En el cuarto de al lado, los ronquidos de Eulogio se prolongaban en una monótona secuencia: aumentaban con un estertor, disminuían en un tenue silbido, y luego aceleraban otra vez hasta convertirse en jadeo. Los gritos de un niño en la casa vecina eran amortiguados por una canción de cuna, que arrullaba una mujer al parecer ansiosa.

Marcos trataba de recordar qué había soñado, pero en su memoria solo persistían unas vagas imágenes: ciudades laberínticas, puentes movedizos, escaleras de peldaños rotos, bosques solitarios; escenarios donde él mismo había participado en historias de sexo o de persecución, ahora disueltos por la macilenta claridad que penetraba por la ventana abierta, acompañada por una brisa fría.

Más reales e inquietantes, sumergidas en la luz grisácea, eran las fotos en las paredes. Al lado de la cama, a la altura de la almohada, un Mayakovsky con el cráneo rapado lo miraba hostilmente. Junto al armario Mayakovsky lo miraba de nuevo, con una expresión más benigna: esta vez se había cubierto la cabeza con una boina. También Cesar Pavese, con un cigarro sin encender en los labios, examinaba la habitación con su mirada astuta, que brillaba detrás de unas gafas redondas. A su lado, un Hemingway de risa fanfarrona exhibía un pez ensartado con un arpón. Y en la pared de enfrente, Virginia Woolf, una mano apoyada en el rostro alargado, ignoraba deliberadamente la voluptuosidad de Marilyn Monroe, que se sujetaba la falda levantada por un golpe de viento. La reproducción de un autorretrato de Van Gogh custodiaba la puerta.

El espejo del armario reflejaba unos pies que sobresalían bajo la sábana, y una cabeza de pelo enmarañado en el centro de la cama estrecha. Marcos, tapado hasta el cuello, repasaba mentalmente los acontecimientos que lo habían conducido hasta esta habitación de la casa de Eulogio, donde vivía desde hacía más de un mes: la cacería de brujas en la universidad, que en el breve transcurso de dos semanas había dado lugar a la expulsión de docenas de estudiantes, bajo la imprecisa acusación de diversionismo ideológico; y su entrevista humillante con el rector, que le comunicó con un discurso desdeñoso los motivos por los que Marcos quedaba separado definitivamente de la carrera: críticas malintencionadas al gobierno, atuendo exhibicionista, amistades de mala reputación, pereza en las labores agrícolas, comportamiento antisocial, apatía.

Al hacer el recuento, Marcos no sentía ira, sino más bien orgullo: a pesar de que el futuro solo auguraba circunstancias sombrías, él no se había doblegado a las exigencias de la hipocresía; había cumplido con la tarea de ser él mismo. La recompensa era una rara impresión de independencia que no había experimentado hasta entonces, y una renovación de su energía creativa; y también el cuarto atiborrado de letreros y fotos, y el bastidor cuyos alambres vencidos se hundían bajo su cuerpo.

Pero ahora, mientras trataba de fijar en su memoria los rasgos de un desconocido que había irrumpido en su último sueño (un mensajero que traía un recado de su tío Vicente, y que había quemado en este mismo cuarto, frente a los ojos alelados de Marcos, un montón de billetes empapados de sangre), recordó con mal humor que él y Eulogio no se encontraban solos en la casa: Eloy dormía en el sofá de la sala.

Aparte de haber engordado descomunalmente, Eloy se había convertido en un esnobista amanerado y necio, de uñas pulidas y cejas arregladas, que no solo hablaba con voz de falsete, sino que además siseaba. Le había pedido permiso a Eulogio para alojarse allí un par de días, mientras determinaba si volvía al apartamento de Oscarito Wilde —con quien vivía desde el año pasado, y con el que acababa de tener una trifulca que había degenerado en puñetazos—, o si regresaba a Camagüey a casa de sus padres; pero ya habían pasado cuatro días desde su llegada, y Eloy no tomaba una decisión.

La presencia de su amigo de adolescencia le impedía a Marcos llevar a cabo su rutina matinal, que consistía en prepararse el desayuno —una taza de café claro y un pedazo de pan—, y luego acostarse de nuevo hasta la una de la tarde, hora en que Eulogio se levantaba a cocinar. Marcos sabía que si salía de la habitación despertaría a Eloy, y tendría que soportar su conversación insulsa durante el resto de la mañana. Por lo tanto intentó penetrar otra vez en el agujero recóndito del sueño, perderse en las escenas que a fuerza de locura se emparentaban con la propia vida.

Al poco rato, después de haber escuchado con Impaciencia el sonido de sus tripas vacías, se vio en una terraza sobre un acantilado, donde se fraguaba una conspiración; Amarilis y Dionisio trataban de convencerlo para que asesinara a alguien. Desde la altura, miraba las olas que al romperse en la costa formaban unos cuerpos diminutos, del tamaño de insectos. Anochecía. Dionisio, con las manos enguantadas (quizás el joven, pensó Marcos en el sueño, trataba de ocultar algún defecto físico: unas uñas deformes o la falta de un dedo) lo había empujado, como en un retozo, contra el muro de la terraza, y trataba a la fuerza de besarlo; en ese instante, un hombre uniformado abrió un portón de hierro y leyó a gritos una acusación contra Marcos, que viéndose amenazado se deslizó por un canal que llegaba hasta el mismo borde de la playa, donde las olas se transformaban, no en insectos, sino en cadáveres sin rostros, a quienes él mismo había quitado la vida. Se despertó gimoteando. Los ronquidos de Eulogio continuaban en el cuarto de al lado: estertor, silbido, jadeo.

El sol iluminaba las fotos y los muebles, y también una hilera de poemas garabateados en la pared. El más cercano a la cabecera de la cama decía: «*Innombrables amants aux baisers innombrables, qui faites d'un amour toute une éternité…*». Eran unas letras grandes, de rasgos infantiles. Marcos había olvidado el nombre del poeta francés.

—Yo no podría dormir aquí, con esta cantidad de fotos y letreros —le había dicho Eloy a Marcos al entrar por primera vez en la habitación.

—Uno se acostumbra.

—¿Pero quién ha puesto esto así, tú o Eulogio?

—Eulogio, claro. El dice que es el *horror vacui*.

—¿El horror qué?

—El horror al vacío. Una enfermedad egipcia.

—Ay, ustedes los artistas, qué gente tan complicada.

Pero Eloy había sido diferente, pensó Marcos ahora, mientras se quitaba de encima la sábana sudada; en otra época fue un muchacho enérgico, de cándida sonrisa, que gritaba malas palabras en la calle para avergonzar a Marcos; que jugaba al basquetbol con saltos iracundos; y que a veces de noche, en la cocina de su casa, mientras los mosquitos giraban alrededor de la lámpara, caía en un trance febril, tocaba un muslo ajeno entre temblores, olvidaba el pudor y la supuesta hombría. Solo habían transcurrido cinco años desde entonces, pensó Marcos ahora, y esas escenas resultaban tan remotas como la que había tenido lugar en su sueño, al fondo del acantilado, en aquella playa maligna. Suspirando se cubrió la cabeza con la almohada, para no escuchar la canción de cuna en la casa vecina, tarareada con desesperación, y que ahora se mezclaba al chillido de una estación radial.

Las voces de Eulogio y Eloy lo despertaron al mediodía. Ambos estaban terminando de almorzar.

—¡Al fin, nuestro nuncio nihilista! —dijo Eulogio al ver a Marcos—, Así, todavía con lagañas en los ojos, no es una vista grata, pero con el paso de las horas va mejorando. Me refiero por supuesto a la cara. El cuerpo, desgraciadamente, compite con el de una de esas figuras expresionistas de Edward Munch, o James Ensor, y no podemos esperar un cambio inmediato, sobre todo ahora, que tenemos que compartir la cuota de comida de uno, no entre dos, que ya es una proeza, sino entre tres. Porque no podemos dejar sin comer a Eloy, que aparte de tener un maravilloso apetito natural, ahora, con sus penas de amor, come mejor que nunca, al revés de la mayoría de los seres humanos, que ayunan cuando sufren por despechos. ¿No es prodigioso, Marcos? Eloy se ha comido un plato de boniatos con la misma tranquilidad que yo me tomo una botella de ron. O mejor dicho, me tomaba; hace un mes que no bebo.

—Eulogio, por favor —dijo Eloy—. Cualquiera que te oiga diría…

—No, Primavera —dijo Eulogio—. Cualquiera no diría. Pero yo sí digo. No es que me pese darte de comer, pero tengo que velar por la alimentación de un poeta, y no puedo vestir un santo para desvestir otro. Marcos, niño, ven y almuerza.

—No tengo hambre —dijo Marcos, sentándose a la mesa.

—¿Ves lo que digo? Los desengaños quitan el apetito. Si al menos estuviera escribiendo buena poesía… pero nada. No comes, y lo que escribes no sirve.

—A ti no te importa —dijo Marcos.

—¿Que no me importa? ¿Que no me importa? ¿Y qué otra cosa me importa? No trabajas, no limpias, no cocinas, no quieres ir a los ensayos de nuestra magnificente obra teatral, y yo no protesto: solo espero de ti un libro de poesía decente. Sí, ya sé que te pasas la tarde y la noche escribiendo, pero anoche registré la gaveta cuando estabas dormido, ¿y qué me encuentro? Un poema narcisista y sentimentaloide. Un solo verso valía la pena: «Hundido en lo profundo del azogue». Pero un verso no salva un poema.

—Eulogio, basta ya de querer mangonearme, Si sigues, te voy a tirar un plato por la cabeza.

—¡No, ese no, que es el único que queda de la vajilla de mamá! No sé cómo vino a parar aquí, posiblemente ella misma lo trajo con algún caldo para mi tío Raúl, hace mil años. Miren qué flores tan elegantes, qué precioso diseño. ¿No te gusta, Primavera? Marcos, a Eloy le gustan las artes decorativas, hoy me estuvo celebrando un par de porcelanas en la sala. Lo peor es que al paso que vamos voy a tener que cambiarlas por arroz. Marcos, lo que te digo lo digo por tu bien. Ese poema me recordó la música de Chaikovski, y tú tienes que imitar a Mozart. Cuando te pongas sentimental (y comprendo que en tu circunstancia resulta inevitable) ten por lo menos la decencia de Brahms, que encubría el lloriqueo con unos toques clásicos.

—Eulogio, te he prohibido que toques mis papeles.

—¡Óiganlo, al geniecillo! Yo prohíbo esto; yo prohíbo aquello. Cría cuervos, Eloy, y te sacarán los ojos. Pero no, muchachito, te estaba solamente jodiendo: el poema me gustó. Por lo menos ya estás superando la influencia nefasta de Allen Ginsberg. La universidad te había tarado, pero ya te estás volviendo a encontrar otra vez. Muy pronto voy a estar orgulloso de ti.

—Marcos, déjame ver lo que tú escribes —dijo Eloy— Nunca me quieres enseñar nada.

—Primavera, tu virtud principal es que no entiendes nada de poesía. Por eso Oscarito Wilde te quiere tanto, al punto que te mantuvo hasta hace poco (y si la Providencia nos ayuda, te volverá a mantener a partir de mañana). No te compliques la existencia con la literatura. Mira a Marcos lo flaco que está. Marcos, échale una gota de aceite a ese boniato, así tan seco cuesta trabajo tragárselo. Pero fíjate que una gota nada más… Eloy, mi cielo, la próxima vez que te fajes con Oscarito, por lo menos róbale una botellita de aceite. Yo sé que ese descarado consigue lo que quiere, él se puede permitir el lujo de comprar en la bolsa negra. Pero yo, Eulogio Cabada, el director teatral más importante de Cuba, no puedo. Y no tengo la cooperación de los que se dicen ser mis amigos. Elías quedó en robarle un cartucho de frijoles y unas latas de carne rusa a la zorra de su madre, pero su romance con Nora no le permite acordarse que sus dos mejores amigos se están muriendo de hambre. Hay que obedecer primero a las leyes de abajo, y hablo en términos de anatomía, claro está. Y la puta de Amarilis me dijo que me iba a traer manteca la semana pasada, y aquí me tienes esperando. ¡Ah, Marcos, no te he dicho que Dionisio les robó más de trescientos pesos! Carrasco estaba hecho una furia.

—Sí, Eulogio, ya me lo contaste. Yo no creo que Dionisio sea capaz de hacer algo así.

—Eso y más, querido. Tú solo conoces una parte de Dionisio (¡y qué parte!) y eso te ha impedido ver el resto. Dionisio es un delincuente de buen corazón, pero un delincuente. El da la vida por alguien que aprecie, pero si le caes mal es capaz de descuartizarte. Y yo sé que Carrasco le cae como una patada. Si Dionisio se prestó con ellos a lo que se prestó (y otros mejores que él, y me aterra decirlo, también lo han hecho) es porque a lo mejor le gusta Amarilis, o el whisky, o el lujo de la casa, o todo eso junto. Pero en el fondo...

—Eulogio, ¿qué tú estás mirando por la ventana? —preguntó Marcos—, Ya me tienes nervioso, levantando la cortina a cada rato, como si fueras un prófugo de la justicia.

—Yo soy un prófugo de la justicia, niño. Si no de la terrenal (al menos por ahora), lo soy de la divina. Pero nada, es que estoy mirando a un tipo que lleva media hora parado en la esquina, al pie del poste. Míralo allá: es el del bigote y la camisa blanca. A lo mejor nos está vigilando. Yo sé que la Seguridad del Estado me vigila, que me sigue los pasos a todas partes. Tengo dudas con el propio Carrasco, que me parece más que nunca un infiltrado.

—Yo creía que Carrasco era pintor.

—Eloy, eres un gordito delicioso. ¿Tú crees que no hay pintores policías? Mi niño, en este país cualquiera es policía: hay actores policías, poetas policías, carpinteros policías, amas de casa policías, jubilados policías, secretarias policías, estudiantes policías, maestros policías, enterradores policías, médicos policías...

—Tú te estás volviendo paranoico.

—¿Parano qué? Para no hacer el papel de comemierda, dirás tú. Pero para que hablar de lo que es obvio, y además, Eloy, ya tenemos que irnos, son casi las dos de la tarde, y parece que dentro de un ratico va a estar lloviendo. Niño, Eloy y yo vamos a casa de Oscarito con la excusa de recoger algunas cosas, aunque yo voy con la intención de actuar de mediador, y poder dejar a Primavera instalado otra vez en su aposento. La mariconería es una farsa, una humillación, un Vía Crucis de papel crepé... Virgencita de la Caridad del Cobre, ¿por qué yo? ¿Por qué yo? Un hombre de talento, hijo único de una beata y un dipsómano, combinación perfecta para procrear un genio, ¿por qué estoy condenado a ahogarme en un mar de mariconería? ¿Por qué? Marcos, hazme el favor de ir esta noche al ensayo, ya vamos a empezar con el tercer acto.

—No, quiero terminar de leer El idiota. Si acabo temprano, quizás me dé una vuelta por la heladería Coppelia.

—Te felicito, por lo menos los dos estamos en la Rusia del siglo diecinueve. El idiota y la gaviota... Pero no me engañas, querido, yo sé por qué no quieres ir, yo sé que...

—¡Eulogio!

—Está bien, punto en boca. No hablo más. Pero es una soberana estupidez de tu parte. Tarde o temprano vas a tener que ir, y verlos juntos a los dos, al par de tórtolos, por mucho que te joda.

—¿De qué hablan?

—De nada que puedas entender, Primavera. Marcos rechaza mis métodos teatrales, a él lo que le interesa es Grotowsky, el teatro de vanguardia, los gritos que ensordecen al espectador, y por eso prefiere ir a Coppelia, a contemplar los *tableaux vivants*.

—Eulogio, ¿por qué no acabas de irte?

—Me voy cuando te comas todo ese boniato. Pareces un personaje de Knut Hamsun.

Al fin salieron bajo la llovizna. Marcos encendió el radio, un vetusto aparato forrado en tela, pero el zumbido de la estática bloqueaba la emisora americana. Al mover el botón, la voz grave de un locutor cubano anunció: «Los macheteros de la brigada José Antonio Echevarría llegaron ayer a las trescientas mil arrobas de caña». En la mesa de centro, junto a las porcelanas admiradas por Eloy (una pareja de bailarines petrificados en una danza audaz), apresado en un marco de metal manchado de óxido, un Eulogio adolescente aparecía envuelto en un abrigo, agachado en medio de la nieve. Marcos fue hasta su cuarto, sacó de la gaveta lápiz y papel, y escribió: «Nunca he visto la nieve…» El lápiz quedó inmóvil. Nunca he visto la nieve, ¿y qué?, se dijo. De inmediato tachó la línea. Pensaba aventurarse en un poema descriptivo, en el que los elementos del paisaje compusieran por sí mismos una historia, y trató de evocar algún lugar visto por él; pero luego se dijo que los paisajes que recordaba siempre habían estado sometidos a una presencia humana, y que le era imposible establecer una separación entre los lugares y las personas que formaban parte de ellos, y que habían afectado para bien o para mal su propia vida. Tomó otra hoja en blanco y escribió:

«Querida madre:

Espero que estés bien, con el favor de Dios. Yo también estoy bien».

¿Repetiría ahora: Con el favor de Dios'? No había querido contarle a Carmen que él ya no era un estudiante universitario, hubiera sido inquietarla por gusto, pero necesitaba hacerle saber la dirección de Eulogio, para que ella supiera dónde enviarle las cartas. Sabía que debía escribirle también a su tío Vicente para explicarle lo ocurrido, pero primero quería reconciliarse con su nueva vida; si es que podía, se dijo, hablar de reconciliación. Estaba seguro que su estancia en la casa de Eulogio no podía prolongarse Indefinidamente, y que debía tomar una acción concreta: buscar un trabajo, matricularse en un curso nocturno, hacerse amante de una mujer que tuviera una casa; pero luego se decía que no estaba preparado para ninguna de estas alternativas, y que al final terminaría en la cárcel, condenado por la recién estrenada Ley contra la Vagancia. Esta última posibilidad le parecía a la larga la más cómoda, ya que le ahorraba esfuerzos.

Entretanto, pensaba, contaba con el estímulo de la poesía (había escrito más de cuarenta poemas en el último mes) y podía eliminar pasado y futuro con el caudal de versos, poniendo al descubierto emociones e ideas; aún más, transformando su forma de pensar y sentir a través de la palabra escrita. Pero al final siempre tropezaba con un lindero, con una barrera que impedía continuar la marcha. Sus mañas de poeta se anulaban ante el obstáculo de la mente en blanco, que esa tarde se había vuelto palpable.

En ese instante un trueno seco retumbó afuera; lo siguieron otros en una ráfaga. Las habitaciones se oscurecieron. A los pocos minutos unas pesadas gotas comenzaron a repiquetear en el techo, y de repente una avalancha de agua estremeció la casa. Marcos cerró ventanas y puertas, y colocó varias ollas en el piso, en los sitios donde caían las goteras: el techo se volvía un coladero. Tapó el librero de Eulogio con una frazada, y cubrió los muebles con pedazos de cartón, después de moverlos varias veces y comprobar que en cualquier parte se mojaban. Por último encendió la luz de su cuarto, y se acostó escuchando con los ojos cerrados el escándalo de la lluvia. Otro estampido resonó en el patio; el próximo, que pareció estallar en la pared, provocó un chisporroteo en los cables del cielorraso; la oscuridad se hizo casi total. Entreabrió la ventana, pero la cerró de inmediato: un relámpago iluminó el cuarto con una claridad azulosa, trasladándolo a las tormentas eléctricas que había presenciado en su niñez, cuando fascinado y aterrado a la vez observaba los rayos que agrietaban el cielo. Ahora, en una regresión infantil, quitó la sábana de la cama y amortajó el espejo. Carmen Velazco solía decir:

—Los espejos atraen los relámpagos.

Y también:

—Cuando truena, hay que levantar los pies del suelo.

Volvió a acostarse. Como la falta de luz no le permitía leer ni escribir, y su cuerpo tenso no propiciaba el sueño, se masturbó hasta eyacular dos veces. Luego de limpiarse con un pedazo de toalla que guardaba bajo el colchón, comenzó al fin a dejarse llevar, a aflojarse, a ceder, mientras los truenos repercutían en la distancia: voces facinerosas que el repique del agua volvía ahora inofensivas. Al poco rato se quedó dormido.

En el sueño se hallaba en una casa de puertas muy pequeñas. Elías y Nora, después de haber hecho el amor frente a él con frenesí, habían desaparecido dentro de un armario. Marcos, humillado, deambulaba por la casa, entre plantas enormes; detrás de ellas se escondían unos niños que hacían gestos obscenos y susurraban una palabra que no comprendía, pero que sonaba como dádiva. Una mujer entró gateando, seguida de otra muy gruesa. Ambas, con la cara embadurnada de óleo, se acercaron a él y le dijeron al mismo tiempo:

—¿Por qué no le abres la puerta a la señora?

En ese instante Marcos se dio cuenta que, empapada por la lluvia, su madre se asomaba a una ventana, con un pañuelo negro en la cabeza; su voz ahogada intentaba imponerse al ruido dislocado del agua; le pedía que la dejara entrar. Las dos mujeres abrieron una de las puertas diminutas, por donde se coló una racha de viento. Los niños detrás de las plantas saltaban y gesticulaban, gritando:

—¡Dádiva! ¡Dádiva!

Marcos se despertó sobresaltado; el aire había abierto de par en par la ventana del cuarto, y el aguacero salpicaba el borde de la cama.

—Tengo que escribirle a mi madre —pensó en voz alta— A lo mejor está enferma.

Tuvo miedo dormirse, pero una especie de embeleso plomizo terminó por vencerlo.

Esta vez se encontraba en su casa de Camagüey, sentado en una silla giratoria; cada vez que daba una vuelta, sentía un escozor en la boca, y al palparse las encías un diente quedaba entre sus dedos: estaba a punto de perder toda la dentadura. Era todavía un niño, aunque su cuerpo se desarrollaba vertiginosamente. Sobre sus piernas, un gato con la cabeza en forma de reloj daba saltos nerviosos, como movido por una extensa cuerda. De repente la cabeza—reloj se disparó con un timbre de alarma, y Marcos resbaló y cayó de la silla, lastimándose un pie. Cojeando llegó al comedor, donde su padre y su abuelo tomaban, con gestos ceremoniosos, una sopa humeante. La cara de su padre era la misma que Marcos conocía por fotos, pero sus cabellos de un rublo casi blanco lucían artificiales. El abuelo llevaba en su cabeza un sombrero de yarey, y unas gotas de sudor (que tal vez eran lágrimas) le corrían por el rostro y el cuello. Ambos, al llevarse las cucharadas de caldo a la boca, chasqueaban con grosería la lengua. Anselmo Velazco le dijo a Marcos:

—Siéntate a comer, estás flaco como un esqueleto.

—Tengo primero que romper ese reloj —dijo Marcos.

—Echa el reloj en la sopa —le dijo el padre, y levantó una mano amenazante.

En ese instante Marcos despertó: el reloj en la mesa de noche chirriaba. Hundió el botón para callar la alarma, inútilmente; luego lo golpeó hasta enmudecerlo. La lluvia había cesado. En la penumbra, desde las fotos impávidas a lo largo y ancho de las cuatro paredes, Mayakovsky lo miraba; Hemingway lo miraba; Pavese lo miraba. En la distancia, la voz áspera de un locutor gritaba: «¡De nada valdrán los esfuerzos del imperialismo norteamericano por socavar nuestra dignidad!» Un olor a tierra humedecida, a hierba cortada, se mezclaba al del café recién colado en la casa vecina. De pronto tuvo un nuevo sobresalto: alguien tocaba a la puerta. Esperó a que los toques se repitieran, y al fin se levantó. Luego entreabrió la puerta con recelo. Nora, con el hijo en los brazos, le sonreía en la acera.

—Vaya, qué sorpresa —dijo Marcos turbado.

—Marcos, perdona, parece que estabas durmiendo…

—No, no importa, pasa, pasa. ¡Qué grande está este muchacho! A ver, déjame cargarlo. Ven acá conmigo, campeoncito. Pero está pesadísimo, ¿tienes buen apetito, no, campeón? Y se ha mojado un poco, pobrecito. Espera, cárgalo un momento, voy a buscar una toalla, tú estás mojada también.

—Nos guarecimos en un portal, pero así y…

—Fue un aguacero tremendo, con relámpagos y todo. Yo me quedé dormido, tuve una pesadilla que…

—Sí, ya veo, te desperté, me da…

—No, yo estaba despierto, el despertador sonó, el reloj está completamente loco, por eso Eulogio lo tiene, porque está loco igual que él, en esta casa no…

—¿Eulogio no está?

—Salió con Eloy, un paisano mío, no sé si lo conoces.

—¿Eloy? Sí, el nombre me suena.

Marcos trajo una toalla de felpa raída y agujereada, y dijo avergonzado:

—Está fea, pero limpia. No encontró otra mejor.

Nora se echó a reír, y quitándole la toalla de la mano secó primero al niño y luego se frotó bruscamente el pelo, que la humedad había dividido en finos trazos. La blusa empapada se pegaba a sus senos.

—Yo pensé que Eulogio iba a estar durmiendo. El dice que duerme de día.

—El se levanta tarde, cocina, almuerza y se tira otro rato. Pero hoy tenía…

—¿Elías no ha estado por aquí?

Marcos tragó saliva.

—No, no lo he visto —y se aclaró la garganta—, ¿Quieres que te prepare un trago?

—¿De qué?

—Eulogio siempre tiene alcohol puro, yo lo preparo con agua, café y azúcar. No es whisky ni coñac, pero no sabe mal. Te viene bien después de esa mojazón. Si quieres te presto una de mis camisas, me imagino que prefieres una de las…

—Yo no puedo creer que Eulogio esté tomando otra vez. Me juró que no iba a tomar más hasta después del estreno.

—Hace más de un mes que no toma. ¿Quieres el trago?

—¿Y tú, cuánto hace que no tomas?

—Creo que queda leche, si quieres le caliento un poco a Samuelito. El chino Diego trajo un litro ayer por la tarde, no sé dónde consigue leche ese cabrón.

—Samuelito, ¿tú tienes hambre, mi vida? Tío Marcos te va a traer un vaso de leche.

—¡Sí, tío! —gritó el niño, manoteando.

—Tú te ocupas de mi trago, y yo me ocupo de la leche —dijo Nora— ¿Puedo pasar a la cocina? Tengo que venir un día de estos a dar una limpieza, ustedes los hombres cuando viven solos no se acuerdan ni...

Marcos levantó los brazos.

—Críticas no, por favor. Hacemos lo que podemos,

El niño se quedó dormido después de tomar la leche; Marcos y Nora se sentaron a beber. La electricidad no había regresado, y la claridad que entraba por la ventana no bastaba para iluminar por completo la sala. Marcos se sentía protegido por la penumbra y el vaso, que sostenía con fuerza, como si el recipiente plástico fuera un ave a punto de volar. Bebieron en silencio por un rato, evitando mirarse con fijeza.

—Marcos, qué delgado estás. ¿Sigues tomando mucho?

—¿Yo? A veces... O sea, no sé, no llevo la cuenta. A la larga, ¿qué más da? Poco o mucho, todo es igual. No me has dicho si te gusta, me parece que quedó demasiado dulce.

—No está mal.

—Samuelito tenía hambre, por poco se atora con la leche.

—Este niño es así, en la casa no quiere probar nada, pero en la calle se come un pedazo de piedra si...

—Preguntaste por Elías. ¿Lo andas buscando?

—No exactamente.

Marco se llenó el vaso de nuevo y bebió rápido.

—¿Y a ti cómo te va, Nora? ¿Qué te pasa? ¿Tienes algún problema? Eulogio me dijo que pensabas divorciarte.

—¿Ah, Eulogio te dijo? Qué chismoso, Eulogio. No se le puede comentar un secreto, todo lo cuenta, es un charlatán. Quiero decir, es un ser maravilloso, pero yo no me imagino cómo uno puede vivir con él bajo un mismo techo.

—Nada, es cosa de habituarse. Yo me adapto fácilmente a las personas.

—¿De verdad? No lo sabía. Antes no eras así.

—¿Y cómo era yo antes?

—Qué sé yo, distinto. Siempre con algún reproche, o una inadaptación. Eso sí, siempre fuiste admirable. Yo te debo muchas cosas, te debo en parte lo que soy hoy, tu sensibilidad me hizo ver muchos ángulos de la vida…

—No exageres. Y además, la vida no tiene ángulos, más bien es una circunferencia monótona que apenas…

—Te estoy hablando en serio. Tú nunca supiste adaptarte, siempre estabas buscando otra cosa, al menos esa era la impresión que a mí me daba, como si no pudieras conformarte con…

—Es más sencillo, yo no te gustaba lo suficiente.

—Tú sabes bien que no, creo que te demostré muchas veces…, ¿Por qué tenemos que hablar de eso? Si tú supieras adaptarte, como me acabas de decir, nunca te hubieran expulsado de la universidad.

—Eso es diferente.

—Está bien, quizás sea diferente. Yo me puse muy triste cuando Elías me lo dijo. Yo esperaba verte graduado, con un gran porvenir.

—¡Un gran porvenir! Nora, por favor. Me parece estar oyendo a Adolfo. Pero bueno, tú te pareces un poco a él, si no fuera así no se hubieran casado. La gente que se casa tiene algo en común, aunque no sea evidente. Por lo menos debe tener algo en común.

—Adolfo ha cambiado mucho. Se ha vuelto un viejo resabioso, me está haciendo la vida imposible.

—¿Ha mejorado en la obra? En los últimos ensayos que fui estaba fatal, fuera de papel por com…

—No sé, no puedo ser objetiva con él en ese sentido, tal vez en ningún otro. El es un actor profesional, sin embargo le falta como una…

—El también te ha enseñado, tú también le debes, por lo menos no puedes negar que si no fuera…

—A mí me parece que está infame, a veces me parece que actúa con torpeza a propio intento, para mortificar a Eulogio. Como tú sabes, él y Eulogio no se entienden bien.

—Elías también tiene problemas con Eulogio.

—Es verdad, pero Elías hace al menos un esfuerzo por pasar por alto las discrepancias, y además antepone su trabajo de actor a cualquier mezquino.

—Claro, Nora, claro. No tienes que hacer la apología de Elías. Yo conozco de sobra sus virtudes.

Nora se puso de pie.

—Yo me imagino que Eulogio se va a demorar, a lo mejor se encontró…

—No me digas que vas a irte ahora. Anda, siéntate, tómate otro trago.

247

—No, esta noche quiero estar clara para el ensayo. Además, tengo que resolver dos o tres cosas, no puedo quedarme toda…

—Esta es la primera vez en tres años que puedo hablar contigo.

—Eso no es verdad.

—Quiero decir, hablar a solas, sin que nadie nos interrumpa —Marcos tomó otro sorbo y añadió—. Tenía ganas de hacerlo.

—Nunca me demostraste que querías hablar conmigo. Apenas si te veo. Tú sabes que puedes ir a mi casa cuando quieras.

—¿Para qué? Adolfo me detesta.

—Estás equivocado. A él le gusta lo que tú escribes, y nunca ha estado celoso de ti, si eso es lo que estás pensando. Adolfo no es celoso, y punto.

—¿Qué dijo cuando recibiste mi carta?

—Ni se enteró. Yo no le dije que me habías escrito.

—Tampoco me contestaste.

—Es que no sabía qué decirte, fue una carta tan rara… Por supuesto que muy linda. A mí también me gusta la forma en que tú escribes.

—Gracias.

—Tú sabes que no soy hipócrita.

De repente Marcos sintió el impulso de acercarse a ella y agarrarle los senos, pero se limitó a terminar el trago y decir:

—¿Para qué estás buscando a Elías?

—No es que lo esté buscando. Tuve una discusión con Adolfo, no quise quedarme en casa. Quiero buscarme un trabajo, dejar de depender económicamente de Adolfo.

—¿Y Elías va a ayudarte? Ni siquiera ha conseguido un trabajo para él.

—Tengo que irme —dijo Nora, y apresuradamente cargó al niño dormido en el sofá, como sí la criatura padeciera de un ataque repentino de fiebre.

Marcos se levantó, estirándose el pantalón como para disimular su erección, pero haciéndolo de tal forma que resultara evidente.

—Espera un momento, déjame ver si encuentro un paraguas —dijo Marcos—. ¿Por qué no me ayudas a buscarlo? Deja al niño en el sofá. Me parece que Eulogio tenía uno, no me acuerdo dónde lo vi, esta casa está virada patas arriba, es algo…

—No, no te molestes —dijo Nora, caminando hacia la puerta— Ya escampó, no creo que vuelva a llover.

—Si Elías viene, ¿qué le digo?

—No le digas nada. Ni siquiera le digas que yo anduve por aquí —y bajando la cabeza, añadió—. Por favor.

—Tú y Elías tienen unos ojos parecidos. ¿Nunca te has fijado?—Qué ocurrencias las tuyas. Anda, ábreme la puerta.

Marcos salió con ella a la acera, cuyas piedras brillaban bajo los restos de la lluvia. Los rostros de ambos se habían paralizado en una mueca, como si se esforzaran en compartir una broma secreta, que tal vez resultaba ofensiva para uno de los dos.

—Elías te quiere mucho —dijo de pronto Nora—. Siempre está hablando de ti.

—No me digas, eso es todo un honor —dijo Marcos, con los ojos fijos en la calle Inundada de agua—. Así que Elías siempre está hablando de mí. ¿Hasta en la cama?

Nora apretó los labios. Trató de sonreír.

—Yo sabía que al final tenías que decir algo desagradable. Estás perdonado, la culpa es de los tragos, como siempre. Ven, déjame darte un beso de hermana.

—No.

—Está bien, Marcos, tú te lo pierdes. ¿No vas a Ir esta noche a los ensayos?

—No, eso también me lo pierdo —dijo, y entrando en la casa cerró dando un portazo.

Qué estúpido, qué infantil soy, pensó, y apuró el resto del brebaje que Nora había dejado en su vaso. Luego recogió las ollas del piso, quitó la frazada y los cartones, frotó con un paño el librero, y después de dar varias vueltas por la casa, como si buscara un objeto perdido, tamborileando con los dedos sobre la superficie rugosa de los muebles, se encerró en su cuarto a escribir.

«Querida madre:

Aquí te envío la dirección de un amigo para que a partir de ahora me envíes las cartas allí. En el albergue de la universidad a veces se pierde la correspondencia, y prefiero que me escribas a la casa de este hombre, que se llama Eulogio Cabada.

Esta tarde mientras dormía la siesta tuve una pesadilla contigo y me desperté preocupado. No soy supersticioso, pero te agradecería que me contestaras lo antes posible para saber cómo estás. Yo no pienso Ir a Camagüey por ahora, estoy muy ocupado en mis estudios y quizás también me ponga a trabajar.

Perdona la brevedad de esta, pero estoy en exámenes.

Recuerdos a tío Vicente y a Luisa.

Te quiere siempre, tu hijo,

Marcos Manuel».

—Tengo que pedirle sobres a Amarilis —pensó en voz alta, después de doblar el papel. En ese instante unas gotas comenzaron a repiquetear en el techo. «Se van a mojar», se dijo. «El niño va a coger catarro».

Ahora, con la caída de la tarde, y la penumbra que devoraba lentamente las habitaciones, sintió la apremiante necesidad de escribir algo que no fuera una carta ni un poema: quizás una biografía, o una narración histórica. Se preparó otro trago en el comedor, y apartando la cortina de la ventana observó los charcos temblorosos que se deshacían en un remolino junto a la alcantarilla. Una rama, a la que se enganchaban páginas de periódicos y trapos, había tupido un tragante. Un grupo de chiquillos semidesnudos saltaban en la sucia corriente: sus retozos dejaban entrever un juego obsceno. Gesticulaban, se empujaban, se retorcían feroces, gritando con alborozo una palabra que Marcos no entendía. Bajo el alero de la casa de la esquina, un hombre de bigote y de camisa blanca, inmóvil como un signo, se guarecía del brusco chaparrón.

XVII

Tarde en la noche, la heladería Coppelia ofrecía de lejos la impresión de una nave espacial; de cerca, la de un panal gigante. Sujeta por una caprichosa armazón de cemento, rodeada de jardines y trillos, la construcción iluminada se erguía sobre un enjambre de cuerpos; columnas y muros, con ángulos audaces, servían de apoyo a los hombros y espaldas de porfiados clientes; una escalera de peldaños anchos resistía impávida el tropel. Abajo, en los jardines, una multitud esperaba ocupar las áreas tras las verjas de hierro; arriba, en el salón central, otra multitud se apiñaba tras los ventanales de madera y cristal. Las filas se enroscaban alrededor de la chocante arquitectura, se comprimían en una ola de roces, olores penetrantes, voceríos. Las exclamaciones se ahogaban en un hosco zumbido; los brazos se agitaban como aspas.

Adolescentes melenudos corrían entre el gentío, sacudiendo la cabeza para hacer resaltar sus cabellos; hombres y mujeres condescendían a sentarse en el suelo, agotados por las horas de espera; maricas de pantalones ceñidos susurraban en grupos, miraban a todas partes con celo y avidez, y a veces estallaban en risas ostentosas; muchachas adornadas con cintas y collares compartían codiciosas un cabo de cigarro; niños enardecidos chillaban colgados a la ropa de sus hastiados padres; individuos de rostros protegidos por barbas y espejuelos se deslizaban furtivos entre el guirigay; ancianos observaban con desaprobación la desfachatez rampante, protestaban en voz baja, movían el peso del cuerpo de una pierna a la otra; pero a la larga todos persistían en las colas descomunales que avanzaban con lentitud hacia la meta: una copa de helado.

A las once de la noche Marcos llegó a Coppelia. Los tragos que había tomado por la tarde en compañía de Nora, y los otros que había tomado después, esperando en vano el regreso de Eulogio, le habían cambiado por completo el ánimo, y ahora regocijado se adentraba en la atmósfera hirviente de la heladería. En una de las filas reconoció a dos de sus antiguos compañeros de clase, que ladearon la cara para no saludarlo. Se detuvo junto a una columna, consciente de que su cabello, que le llegaba debajo de los hombros, atraía las miradas, y con disimulo comenzó a arrancarse unas hebras de hilo que sobresalían de las costuras de su camisa nueva, que Amarilis le había regalado la semana anterior. Un cinto grueso, de hebilla plateada, le ajustaba a la cintura el jeans de Elías, y unas botas de color maltratado completaban su atuendo.

—¡Mira, mamá, otro *jipi*! —gritó un niño cerca de él, señalándolo.

Marcos sonrió complacido, se desabrochó dos botones de la camisa y echó a andar, pavoneándose, mientras trataba de precisar mentalmente quién y qué había llegado a ser él en los últimos tiempos. Sus pensamientos giraban en bandadas, pero entre el choque de extraviadas ideas podía intentar aún autodefinir su persona y su estado: Marcos Manuel Velazco, poeta inconforme, genio incomprendido, espíritu generoso y romántico, joven poco afortunado en el amor, pero dueño de una cabellera abundante, de una camisa de flores, de un jeans desteñido (aunque fuera prestado) y un par de botas rústicas; expulsado de la universidad por tener ideas propias, y lo que era peor, decirlas en voz alta; autor de varios cuadernos Inéditos de poesía, y de una obra de teatro inconclusa; en fin de cuentas, nada del otro mundo; pero esta noche satisfecho porque, aparte de sentirse ligeramente ebrio, podía exhibir sin trabas ni pudor su galardón más preciado en este Instante: su apariencia moderna de joven de la onda, su porte audaz de seudo *hippie* cubano.

Mientras atravesaba el colmenar (la heladería ocupaba una manzana), saludaba con la cabeza a algunos que conocía de vista, pero no se decidía a hablar con nadie: cuando no se encontraba junto a Eulogio o a Elías, le faltaba aplomo para acercarse a otros. A pesar de su aire arrogante, era en el fondo el mismo joven tímido; lo que no le impedía, cuando no se sentía observado, agitar la cabeza y sacarse las puntas del pelo, que se colaban con obstinación dentro del cuello de la camisa.

A su alrededor, jóvenes de semblantes desafiantes, solitarios o reunidos en grupos, se movían en un perpetuo alerta, como si concursaran: los ojos buscaban reconocimiento, admiración, rechazo; todo menos indiferencia. Y en este ambiente competitivo él encontraba un nuevo estímulo: se sentía aceptado tácitamente por esta masa anónima de adolescentes. Es más, se sentía parte de ellos, capaz de participar en secretas reuniones de placer, de involucrarse en fieras aventuras. Saboreaba, en su recorrido entre la muchedumbre, la cosquilleante expectativa de un encuentro imprevisto: presagiaba abrazos en la sombra, palabras de halago, caricias impetuosas, complicidad, euforia; imaginaba que sería invitado a orgías interminables, a lecturas de textos clandestinos, a juegos ¡legales; y un rápido fluir de la sangre, una risa contenida, aceleraban su respiración y aligeraban sus piernas. Cada rostro juvenil, cada cuerpo atrayente parecían estar a punto de pertenecerle.

Sin embargo, nada ocurría: se limitaba a dar vueltas entre el alboroto, y aunque el menudo que tintineaba en sus bolsillos no le alcanzaba quizás para comprar una copa de helado, la mera acción de caminar rodeado del tumulto lo saciaba. Además, aunque no se integraba a las reuniones, ni intervenía en los diálogos, ya conocía de nombre a los personajes sobresalientes de esta sociedad marginada (Eulogio se había encargado de presentárselos), y esto contribuía a disminuir su soledad.

Esta noche no faltaba ninguna de las caras conocidas. El observaba sus rasgos con atención, tal vez con el vago deseo de algún día describirlas, cuando los años pasaran, y sintiera la necesidad de reconstruir la historia de esta época, no para que otros pudieran entenderla, sino para él mismo revivirla a partir de sus reminiscencias.

Walterio y el Moro, dos amigos de Dionisio, discutían sentados en la hierba, cercados por un grupo numeroso que Eulogio había bautizado como «Los presidiarios modernistas:» muchachos que exhibían la pose machista, propia de delincuentes, de los llamados guaposos, pero que a la vez llevaban el pelo largo, se vestían a la moda, defendían la música moderna y toleraban a los homosexuales —características comunes a todos los jóvenes de la onda. Dionisio pertenecía a este grupo, pero esta noche no se encontraba entre ellos.

Pero los grupos de genuina onda eran los que abundaban, dispersos en los jardines de la heladería. Se concentraban en bandas, casi siempre alrededor de un capitán: Pedro el Bueno, un mulato de imponente afro, dirigía «Los chicos de la flor;» Raúl Eguzquiza, con su guitarra a cuestas, era el líder de «Los psicodélicos del Cerro;» Marcelo el Avestruz era el jefe de «Los pastilleros», famosos por su consumo de anfetaminas; Tadeo, más conocido por Abracadabra, era el integrante más destacado de «Los duendes», de los que se rumoraba que mantenían actividades subversivas, como romper teléfonos públicos, en el barrio de Marianao; un tal Arturo, al que apodaban Lord Byron, que además de ser cojo se parecía al poeta, presidía «Los morbosos» (nombre cuyo origen Marcos no había podido investigar). Estos últimos eran la vanguardia pensante de aquel remolino juvenil: sus miembros hablaban de cine y poesía, leían a Marcuse y a Ortega y Gasset, citaban a Kafka y a Baudelaire; varios de ellos asistían a los ensayos de *La Gaviota*.

También circulaban por el lugar personajes aislados, como Amelia Gutiérrez, ganadora de un premio nacional de poesía por un libro que nunca llegó a publicarse (Marcos no había leído sus poemas, pero había oído decir que estaban llenos de alusiones lesbianas, lo que provocó el veto de censura;) José Manuel el científico, expulsado de la carrera de Física por poner en duda la eficacia de la enseñanza en la Universidad de La Habana; el pintor Aguirre y su mujer Berta Torres, ambos de una fealdad pasmosa, que en su afán de imitar a Sonny and Cher recurrían a una ropa estrafalaria que les había ganado el título de la pareja asesina—, el negro Gerardo, que escribía cuentos surrealistas, y que una vez recorrió descalzo el Malecón, de una punta a la otra, con una enorme cruz de madera al hombro, lo que le costó seis meses en la prisión del Morro por escándalo público; Tony el Mexicano, con su pelo lacio y fuerte que le llegaba a la cintura, pero que él recogía sabiamente bajo un sombrero de guano para evitar un mal rato con la policía; Víctor Armadillo, que había dirigido documentales revolucionarios sobre la siembra de caña y la cosecha de café, pero que luego había caído en desgracia por posesión ilegal de dólares; Terencio Pelo Viejo, que alardeaba de haber introducido la Dianótica en Cuba, y que en los últimos tiempos se había convertido en asiduo cliente del Hospital Psiquiátrico de Mazorra; Pablito el Toro, al que muchos consideraban un policía disfrazado de *hippie*; Ana Rosa la India, mujer enigmática que se acostaba todas las noches con un joven diferente; un afeminado alto y silencioso, de facciones agraciadas, a quien llamaban La Punzó, pues su ropa habitual era una guayabera teñida de rojo y un pantalón del mismo color; y otros muchos cuyos nombres Marcos no conocía, pero que deambulaban de un grupo a otro, o simplemente se conformaban, al Igual que él, con pasear a solas entre la barahúnda de este local de helados con facha de feria.

Marcos observaba el paisaje agresivo y pensaba que no solo él estaba cambiando, sino que también, tras el rancio barniz de la cultura oficial, se agitaba un fermento: una cultura subterránea, lastrada por obvias limitaciones, balbuceos Incoherentes y copias grotescas, pero surgida de un genuino afán de expresión individual, de rechazo al servilismo político, cobraba forma en medio de la colosal heladería. La inquietud de los jóvenes irrumpía con torpeza en este sitio donde la gente se aglomeraba para calmar el hambre, y poco a poco se expandía por otros puntos similares de la ciudad, como una fiebre o una erupción.

Todo este exhibicionismo sin sentido, pensaba Marcos ahora, era una resistencia pasiva; como lo eran también las lecturas secretas de manuscritos literarios, y el pasarse de mano en mano libros, revistas y discos prohibidos; estos últimos resultaban mensajes de un universo mágico, donde a pesar de las adversidades uno podía ser lo que uno era. Pero adonde conduciría esta efervescencia, era algo que nadie podía prever, y menos él, Marcos, que ahora, después de las doce de la noche, se sentía mareado y hambriento, y solo esperaba la llegada de Eulogio, que a veces venía después de los ensayos, y que en esas ocasiones le pagaba un helado y un dulce. La combinación favorita de Marcos era helado de mamey, yogur y panetela. En ese instante, al pensar en ella, la boca se le hizo agua, y contando meticulosamente el menudo que traía en el bolsillo, vio con alegría que tenía suficiente para comer.

Se dirigió a la cola de la sección izquierda, donde un coro de noveleros rodeaba a La Tutú, un homosexual loco, fanático del ballet, que no perdía oportunidad de lucir sus aptitudes de bailarín en cualquier sitio, siempre que la policía no se encontrara presente. Y ahora, al ver al pobre diablo entregado a una frenética danza, al son de una música que seguramente llevaba en su cabeza, Marcos se dio cuenta de que no había visto a un solo policía; pensó que no podía tratarse de un descuido, y se preguntó qué ocurriría, ya que ellos eran parte esencial de la coreografía nocturna de Coppelia: en parejas o tríos, bajo el pretexto de imponer el orden, pedían continuamente documentos de identificación, arrestaban a los jóvenes de apariencia más extravagante, amenazaban a los maricas, y de vez en cuando organizaban redadas gigantescas; la mayoría de los adolescentes que se reunían en la heladería habían dormido por lo menos una vez en algún calabozo. La continua ronda de los policías había pasado a ser un ritual opaco; para Marcos, a quien inspiraban una mezcla de temor y desdén, los hombres disfrazados de uniforme se habían convertido en un condimento imprescindible del lugar.

Sin embargo, esta noche faltaba esa sazón; Marcos se repitió que debía existir un motivo. Al observar el baile insensato de La Tutú, que los policías nunca hubieran permitido, pensó que quizás estos preparaban un ataque secreto.

Tenía razón.

Después de un largo rato en la cola, vio cruzar a toda carrera a tres hombres que agitaban cabillas, y de inmediato un vocerío se levantó en un jardín cercano. En minutos todo el lugar se puso en movimiento. Marcos alcanzó a ver una turba de hombres y mujeres armados con palos y piedras, que rodeaban la escalera y las áreas de despacho, como un ejército que se despliega, y que intercambiaban insultos con los grupos de jóvenes en los que rebotaban los gritos de «¡Peluses!» «¡Maricones!» «¡Putas!» y «¡Singaos!» Algunos de los amigos de Dionisio, miembros de la banda más belicosa, se abalanzaron contra los atacantes, con el respaldo de sus únicos instrumentos visibles: sus puños y su virilidad. Varias sillas giraron en el aire. Al momento una masa de cuerpos retrocedió en un ataque de pánico, esquinándose contra la escalera. Un torbellino de objetos volantes —vasos, platos, pedruscos— se estrellaba contra las paredes y el piso, golpeando a su paso algunas cabezas.

En medio de puñetazos, patadas, saltos, chillidos y carreras, la marea del público que huía de la pelea empujó a Marcos contra una verja de barrotes de hierro, cuyas puntas rasgaron su camisa y le hirieron la espalda. El joven se abrió camino entre los cuerpos, aguantando pisotones y empujones, y empujando y pisoteando a su vez, hasta que logró meterse en el baño, donde ajenos al estruendo de afuera, media docena de hombres simulaba orinar, o merodeaba frente a los urinarios. Todos miraban a su alrededor con aquella expresión que Marcos reconocía con facilidad. El sabía por qué estaban allí, y por qué soportaban el hedor; pero en estas circunstancias podía pasar por alto sus razones.

Solo un moreno grueso, con un pañuelo anudado en el cuello y una repulsiva cicatriz en la cara, parecía ajeno al trasiego que se llevaba a cabo en el lugar, y con una grabadora portátil en una mano y un cigarro en la otra, se recostaba indiferente a una pared. Desde el minúsculo aparato los Beatles cantaban con voces cristalinas *Lucy in the Sky with Diamonds*. Entre los charcos amarillos de orine, los rostros sudorosos, las miradas oblicuas, los gestos y las señas que formaban parte de un idioma de mudos; entre los quejidos de dolor o placer que provenían de los recintos cerrados de los inodoros, entre los sórdidos letreros garabateados sobre la madera y las vetas de mugre en los mosaicos, la voz de John Lennon se alzaba nítidamente: *Picture yourself on a boat on a river*. Marcos trató de abrir la puerta de un retrete, detrás de la cual no se escuchaban sonidos. Estaba clausurada. Miró de reojo bajo las otras puertas, y comprobó que tras cada una de ellas se asomaban por lo menos dos pares de piernas.

Aunque era la primera vez que Marcos entraba en ese baño, conocía su fama de oídas; pero no había imaginado que la audacia homosexual llegara a esos extremos. Se arrimó a la puerta clausurada, mirándose la punta de los zapatos.

—¿Qué pasa allá afuera? —le preguntó el moreno de la grabadora.

—Una bronca —dijo Marcos.

—Ya la policía debe estar cargando —dijo el moreno con una sonrisa.

—No, no hay policías.

La puerta de un retrete se abrió, y un joven trigueño de rostro aindiado salió abrochándose la portañuela; adentro quedaba el afeminado a quien apodaban La Punzó, sentado plácidamente en la taza. El muchacho que salía miró con sorpresa a Marcos, y a este le pareció familiar la cara de pómulos salientes, y los ojos rasgados y negros. Pero no tuvo tiempo de darse cuenta si en realidad lo conocía: en ese instante dos hombres entraron dando voces, y al ver a Marcos uno de ellos gritó:

—¡Mira, aquí hay uno de estos peluses de mierda! —y entre los dos lo arrastraron hacia afuera.

La multitud se había incorporado a la violencia. El dique entre ambos bandos se había roto, y golpes y empellones se cruzaban a ciegas, en medio de brutales alaridos. El grupo que había invadido el local y provocado la pelea parecía aumentar a cada momento, pero la agresión había despertado el coraje de los jóvenes atacados, y la igualdad de fuerzas redoblaba los choques y el destrozo. El propio Marcos, flaco y torpe, forcejeó hasta desasirse de los que lo agarraban y que trataban de tirarlo al suelo, obviamente con la intención de patearlo; ya se iba a escabullir entre el gentío, cuando un puñetazo en la cabeza y otro en el rostro lo lanzaron contra una pared. La vista se le oscureció por un segundo. Dio un traspiés, y luego se sintió zarandeado por el aire; cayó con estrépito sobre un mostrador. El pelo se le embarró de helado, y al llevarse la mano a la nariz sintió un vivo dolor; palpó sangre. Tenía la camisa rasgada de arriba a abajo. Primero se sentó en el piso, aturdido, y luego gateó hasta esconderse bajo una mesa. Un río de piernas se precipitaba en todas direcciones. Algunos se caían,—se levantaban, volvían a caerse; la mesa se sacudía como si fuera a desplomarse, y Marcos agarraba con fuerza las patas, defendiendo su escondite; sabía que su melena podía costarle una nueva paliza.

Las sirenas de las patrullas y los silbatos de los policías se sumaron de repente al escándalo. La batalla cesó a los pocos minutos. Marcos, agachado bajo la mesa, vio con indignación cómo los guardias solo arrestaban a los jóvenes melenudos, que entre injurias se resistían a ser atropellados; algunas muchachas que protestaban también fueron llevadas a rastras; una de ellas escupió a un policía, que la golpeó ferozmente en los senos.

Marcos se arrastró bajo las mesas hasta llegar al césped; saltó un pequeño muro y echó a caminar con fingido aplomo, venciendo el temblor de sus rodillas. Cuando alcanzó la calle, bloqueada por los carros militares, se unió a una familia con varios niños que aullaban sin tregua, y al fin logró perderse entre la multitud que abandonaba a toda prisa el sitio.

Bajó hacia el Malecón, respirando con desasosiego el aire salado, como si devorara una comida. En ese instante escuchó que gritaron su nombre: Dionisio y Ricardito cruzaban la avenida, sorteando a saltos el tráfico.

—¡Marcos, mi amigo! —gritó Ricardito, abrazándolo—. ¿Qué te pasó?

—Marcos, coño, dime quién te hizo eso —dijo Dionisio, y se golpeó los muslos con el puño—. Te juro por mi madre que le parto la vida.

—Olvídate de eso, era un grupo, ni yo mismo…

—¿Cuántos eran?

—Qué carajo sé yo, todo Coppelia se estaba fajando, era como…

—Te cayeron en pandilla, los muy hijos de puta. Qué cagada, qué mariconada. Anda, vamos a descojonarlos.

—Tú estás loco, Dionisio. La policía ya está cargando, no se aparecieron hasta última hora, estoy seguro que estaban en combinación con los que empezaron la bronca. Para mí que eran gentes de los Comités y de la Juventud Comunista. Era tremenda turba, con palos y piedras.

—¡Y yo no estar allí, cojones!

—Alégrate —dijo Ricardito— Mira, vamos a coger esa guagua. Vamos a llevar a Marcos para el cuarto del Chino.

—No, yo quiero ir para casa de Eulogio.

—¡No jodas, mira cómo estás echando sangre! De aquí a que pase una guagua para Jacomino ya te desangraste.

En el ómnibus un hombre dijo en alta voz:

—Estos peluses siempre tienen algún lío.

—¡Un lío con tu madre! —gritó Dionisio—. ¿Qué cojones te pasa?

—Olga, jovencito, aguántese la lengua, que aquí van mujeres —dijo el chófer, ajustándose la gorra.

—Dionisio, viejo, no busques bronca, mira a Marcos como está, todo jodido —dijo Ricardito—. No busques problemas.

Pero Dionisio se abrió paso entre los pasajeros, y pegándose al hombre que había hablado, le dijo mirándolo a los ojos:

—Yo sí me salo con cualquiera.

—¡Qué juventud esta! —dijo una anciana.

—Mire, señora, haga el favor de callarse.

—Te callas tú, vejigo, que yo puedo ser tu abuela.

—Dionisio, no sigas —llamó Marcos, limpiándose la sangre de la nariz con la camisa rota.

—Esta bien, me voy a callar por ti. Pero que aquí nadie piense que me va a meter miedo.

Cuando llegaron al edificio donde vivían Ricardito y el Chino, una casa colonial fragmentada en minúsculas y miserables viviendas, se encontraron con una velada de santos en uno de los cuartos del primer piso. El repique zumbón de los tambores servía de fondo a un canto penetrante, que mas que a melodía sonaba a lamento. Marcos trastabillaba, como si estuviera borracho. Sus dos amigos lo ayudaron a subir por la desvencijada escalera, en cuyo pasamano las cucarachas dormitaban, tranquilas como manchas. En el pasillo una lámpara opaca amarilleaba el alto cielorraso.

—No tenemos bombillo, se fundió la otra noche —dijo Ricardito al abrir la puerta—. Carrasco quedó con el Chino de conseguirle un par, ojalá se los haya llevado hoy.

—¿Por qué tú no fuiste esta noche a los ensayos? —preguntó Marcos.

—Porque ya estoy cansado de esa mojonera, Elías y Eulogio no paran de discutir. Marcos, ten cuidado no tropieces con los cuadros. Déjame ver dónde el Chino puso el candil, aquí hay tantos tarecos, carajo, en este reguero uno pierde hasta la pinga.

La habitación, atiborrada de lienzos, olía a colillas, a aguarrás y a pintura. Los tres tropezaban en la oscuridad, entre palabrotas y risas ahogadas. Al fin Dionisio prendió un fósforo y encendió la mecha de un quinqué. A la luz titubeante de la llama, un óleo montado sobre un caballete, en el que un rostro desfigurado se asomaba por una ventana, hizo exclamar a Marcos:

—¡Pero este soy yo! ¿Soy yo, no?

—El Chino no te quería decir nada hasta que no lo terminara —dijo Ricardito—. Amarilis le prestó una foto tuya, y te está haciendo un retrato. Le va a poner «El hijo del penal». Le está quedando bárbaro, ¿no es verdad?

—¿El hijo del penal? Pero este Chino, qué tipo tan loco, tan jodido... ¡El hijo del penal!

—Esta noche estás igualito al cuadro —dijo Dionisio.

—¿No hay ron aquí? Me hace falta un trago.

—Lo que te hace falta es darte un baño ahora mismo. Aprovecha, seguro que hay agua. Le ha dado por venir a las doce de la noche, el Chino dice que es el milagro de la cenicienta.

Marcos se lavó la cara, el pelo y las axilas. El agua lastimaba sus heridas. Al salir del baño, se cubrió con la mano parte del rostro, avergonzado por los moretones y la hinchazón que comenzaba a deformar la nariz y los ojos. Ricardito colocaba dos colchones y una frazada en el piso.

—Acuéstate tú en la cama, Marcos. Cuando llegue el Chino yo le explico lo que te pasó. A él le da lo mismo dormir en cualquier parte, si es que viene a dormir. A lo mejor se queda en el apartamento de Idania, o por ahí, enredado en una de sus marañas. Dionisio que se acueste en la frazada, él es guerrillero.

—Sí, lo peor para mí.

—Apaga el quinqué —dijo Marcos—. Ese cuadro me va a dar pesadillas.

—Que el Chino no te oiga. Dice que esa va ser su obra maestra.

—La obra maestra son los golpes que me han dado. Estoy que no valgo ni mierda. Me duele hasta el pelo, como dice Monica Vitti en Desierto rojo.

—Deja que Eulogio se entere de esto —dijo Ricardito—. Ya me imagino el discurso. Dionisio, ayúdame a ponerle el mosquitero a Marcos.

—No puedes quejarte: cama, mosquitero y todo —dijo Dionisio, y le hizo cosquillas bajo los brazos a Marcos— Mira cómo te cuidan tus socios, tus consortes.

Conversaron un rato más acostados en la oscuridad. El diálogo inconexo de Dionisio y Ricardito, unido al olor puntiagudo de los pies sin lavar, y al recuerdo de los acontecimientos reales y soñados de ese día y esa noche, pesaban sobre Marcos, que guardaba silencio. Los cantos y tambores en el piso de abajo continuaban su ríspida cadencia. Al rato comenzaron las protestas en los cuartos vecinos, y luego de una disputa repleta de improperios los celebrantes pusieron fin a la festividad. Una ominosa quietud envolvió el caserón. A través de la malla del mosquitero, las formas de los lienzos se confundían con las de los cuerpos tendidos en el piso. Los cabellos, los músculos adolescentes perdían en la sombra el matiz de amistad, y eran solo figuras desconcertantes, que reposaban por azar junto a Marcos en esta habitación maloliente. Presintió otra noche llena de pesadillas, y se viró de lado.

Luego recordó, ya sumergido en la duermevela, la cara pintada en el cuadro, emplastada de colores ocres, y al instante se estremeció: acababa de darse cuenta quién era el joven que había visto en el baño de Coppelia.

—Es el recluta del tren —dijo en voz alta, sentándose en la cama.

Dionisio y Ricardito no lo oyeron: ambos roncaban al unísono, con un sonido grueso y acoplado. La punzada en la nariz lo obligó a acostarse de nuevo. Cerró los ojos y trató de acordarse del nombre del soldado que él había conocido durante su primer viaje a La Habana, en el tren irreal, pero solo pudo evocar el vagón nauseabundo, y el desenfreno provocado por la penumbra y la falta de espacio, y por un momento llegó ahora a recrear el tacto de las manos que lo habían acariciado en el transcurso de aquella noche insólita.

El dolor lo despertó por la madrugada. Se tocó apenas el rostro inflamado, para constatar que aún lo poseía: había soñado que sus facciones se desvanecían al descender por un pozo cegado. Unas ropas colgadas en un lienzo parecían encorvarse deliberadamente sobre el mosquitero, con la intención de ahogarlo. Se acostó boca arriba; se frotó las orejas; se hundió los dedos en el vientre, tratando de bregar contra el miedo. Luego pensó con rabia en los golpes que había recibido, en la bajeza de los policías, y también en la actitud amable y distante (y sin duda ofensiva) que había mantenido Nora durante la visita de la tarde; por último se tranquilizó escuchando la rítmica respiración de sus dos amigos. Con cuidado se colocó la almohada sobre los ojos, y murmuró de pronto:

—Eusebio González. El recluta se llama Eusebio González —y se cubrió la boca con la mano para ahogar un bostezo.

XVIII

—No, Marcos, no vas a convencerme. ¿Qué me importa a mí que la Unión de Jóvenes Comunistas quiera reunirse con los *hippie*s (es decir, esos mal llamados *hippie*s) para discutir sobre métodos y mierdas? Yo no soy joven comunista, ni tampoco *hippie*; yo voy al barbero todos los meses. A mi barbero, que es el mismo que pelaba a mi padre que en paz descanse. Puedes preguntarle a él (a mi barbero, por supuesto, no a mi padre; te falta desarrollo espiritual para convertirte en médium) si no me aparezco en su barbería puntualmente el segundo sábado de cada mes. Además, eso de que la Juventud Comunista inicie una labor de captación con ustedes los peluses me parece un poco extraño. No me frías huevos, niño, que yo sé lo que digo: todo eso me parece una encerrona.

—Eulogio, no empieces con tus chistes aberrantes. Esto es serio.

—¿Serio? ¿Dijiste serio? Lo serio es que Nora se quedó sin voz, y que Ricardito está en el hospital. ¿Tú te imaginas? Mi primera actriz, muda, y uno de mis actores, epiléptico.

—Lo de Ricardito no es epilepsia, sino neurosis. El padece de esos ataques desde que los padres se fueron para Estados Unidos. Y lo de Nora también es neurosis.

—¡Neurosis! En el caso de Nora, se trata de Eliosis.

—Lo que sea, ya se le pasará en un par de días. Y Ricardito sale mañana del hospital; yo hablé ayer con el médico.

—Está bien, Marcos, consuélame, dame ánimo; me gusta verte así, confiado, optimista. No todos los días el príncipe de la calamidad se levanta de buen humor. Pero lamento decirte que no puedes contar conmigo para ir a esa reunión sospechosa en el Instituto del Vedado. Para colmo, ese lugar me trae malos recuerdos. ¿No te conté que cuando yo estudiaba allí, hace ochocientos años, los pajarracos del parque me cagaban la cabeza? Querido, yo soy el reverso de San Francisco de Asís. En aquella época de inocencia, yo me sentaba en un banco del parque a estudiar, muy modosito, y cuando más concentrado estaba en la lectura venía una banda de gorriones, o lo que fuera, y en un segundo ¡paf! me llenaban el pelo de mierda. Mi lindo pelo, que ahora el barbero me corta todos los meses, y que todavía ha logrado mantener su color a pesar de las…

—Eulogio, por favor, ¿no entiendes que es una oportunidad única? Por primera vez en la historia de esta revolución vamos a poder expresar nuestros puntos de vista en una reunión pública con los comunistas, sin que estos puedan tomar represalia. Nos han prometido inmunidad total. Es más, nos han prometido que van a esforzarse por llegar a un entendimiento con nosotros, la minoría inconforme. Sí, así mismo nos han bautizado: la minoría inconforme. En privado estoy seguro que nos llaman de una forma mucho menos elegante. Y en este caso, nadie mejor que tú puede plantear…

—Yo aborrezco ese verbo, plantear.

—Pero si participas…

—¡No, Marcos! ¡No, no y no! *Never, never, never, never, never,* como dijo el venerable rey Lear. Estoy pasando por una mala racha, y no quiero tentar la suerte. Tú no tienes nada que perder, ya te expulsaron de la universidad, y con tu larga melena te sientes como Sansón, parado entre las dos columnas en la fiesta de los filisteos: listo para acabar con todos, incluyéndote a ti mismo. Pero yo no. Yo soy un director de teatro, y estoy tratando de montar una obra. Estoy tratando de que la obra se estrene el mes que viene, ¿no te das cuenta? No quiero meterme en problemas, ya tengo demasiados, estoy a punto de perder la chaveta: Nora sin voz, Ricardito epiléptico, Gloria condenada a morir en unos meses… y eso sin hablar de otro asunto que prefiero callarme. Mi vida es una desgracia.

—Eulogio, no exageres.

—¿Qué exagero? Pues no, no exagero. Y si quieres saberlo todo, te diré que me vigilan. Me siguen a todas partes. No sé lo que quieren, pero no les voy a dar el gusto de meter la pata en estos momentos.

—¿Quiénes te vigilan?

—¿Que quiénes me vigilan? ¿Quiénes van a ser? ¡Ellos!

—Estoy seguro que te tomaste dos dexedrinas esta mañana en el desayuno. Por eso estás así.

—¿Qué desayuno, esa borra de café? Ni pan, ni leche, ni nada. El chino Diego no ha vuelto a traer leche, el muy hijo de puta.

—El pobre, ha andado de carrera con Ricardito.

—Sí, defiéndelo, defiende a todo el mundo. Defiende a los *hippies* de Coppelia. Del príncipe de la calamidad has pasado a ser el benefactor de los indios, el Padre de las Casas. Anda, defiende también a los agentes de Seguridad del Estado que no me pierden ni pie ni pisada. Defiende a los monstruos que esclavizan a este país, si eso te hace feliz. Defiende a todos menos al que te está dando el techo y la comida.

—Si vas a empezar a sacarme favores, mañana mismo me voy de aquí.

—Eso era lo único que me faltaba, que ahora que todo me está saliendo al revés, me dejes solo. Como dijo Rubén Darío: «Ingratitud, divino tesoro...» ¿O dijo otra cosa? Eres muy egoísta, querido Marcos. Tú sabes de sobra los líos que tengo, y todavía quieres que me busque otro más. Tú sabes que en la esquina siempre hay un policía vestido de civil de posta, ¡de posta! No me digas que no lo has visto.

—He visto a veces a un hombre allí, pero a lo mejor está en otra cosa...

—¿Qué otra cosa? No te hagas el ingenuo. Está allí por mí, ¡por mí! Y lo peor es que ellos lo están haciendo así, desfachatadamente, para que yo sepa que ellos saben que yo sé. Para que yo sepa a qué atenerme. Quieren asustarme, quieren que yo deje de hacer teatro. Pero no señor, ¡no señor! Se van a coger el culo con la puerta. La Gaviota va, pésele a quien le pese. No tienen justificación para meterme preso, y entonces quieren amedrentarme, como han hecho con Virgilio Piñera, y con toda la gente de talento que tiene un dedo de frente. Y ahora tú quieres que yo vaya a defender a toda esa juventud loca...

—A la que tú también perteneces.

—¿Yo? ¿Yo? ¡Yo soy un viejo! ¡Un viejo cañengo, derrengado, artrítico, raquítico, sifilítico!

—¿Sifilítico también? Por suerte la sífilis se pega de una sola forma. Bueno estaría yo si ahora me cae sífilis.

—Es una hipérbole, estúpido. Yo estoy más sano que un buey. Más sano que el buey de Rubén Darío: «Buey que vi echando vaho allá en mi infancia...» En vez de leer a los románticos ingleses, y luchar por las causas perdidas, deberías estudiar a los verdaderos poetas de nuestra América Hispana. Podrías empezar muy bien con Darío.

—Darío nunca me ha entusiasmado. Prefiero a Alfonso Cortés, o al propio...

—Además, Marcos, ¿qué persiguen ustedes? ¿Tienen algún programa escrito, algún proyecto de reformas? ¿Han redactado algún manifiesto? «Un fantasma recorre...» no Europa, por supuesto. «Un fantasma recorre La Habana: la melena de Marcos». No, querido, no me voy a involucrar en ese disparate. Este es un país con un régimen totalitario, ¿comprendes? Te lo repito otra vez: To-ta-li-ta-rio. Y no va a cambiar por una reunión, ni por cien mil reuniones. *Fronti nulla fides*, niño, no te fíes de las apariencias, aquí en Cuba *jacta alea est*, la suerte ya está echada. ¿Qué te parece mi latín?

—La Unión de Jóvenes Comunistas.

—Marcos, no me empingues. Eso de que los jóvenes comunistas se van a sentar tranquilitos a escuchar las opiniones de la minoría inconforme es una trampa, una puñetera trampa. Lo único que buscan es saber quién es quién, y luego ya verás lo que le pasa a los opinionistas.

—Elías va a ir. Y José Luis.

—No seas imbécil, Marcos. José Luis va porque él es joven comunista. Sí, sí, no pongas esa cara, tu amigo José Luis es joven comunista. El se lo tiene muy bien calladito, y quizás vaya simulando que va de parte de ustedes, pero yo le he visto el carnet rojo, yo mismo, Eulogio Cabada. Lo he visto con estos ojos que se va a tragar la tierra. Y si Elías va, ese es su problema. Pero acuérdate que Elías tiene un papá que lo puede sacar de apuros... Yo ya no tengo el mío, y por lo tanto no me arriesgo. El que va a salir despetroncado eres tú, que no tienes padre ni madre, ni perrito que te ladre. A la hora de la jodienda, nadie va a sacar la cara por ti, el malparado, la víctima de la ilusión perpetua.

—Eloy va también.

—¡No me digas! Por eso ayer se afeitó las piernas. Allí mismo en el baño lo sorprendí afeitándose las piernas con la única cuchilla que me quedaba. ¡La cuchilla de la cuota! Se lo dije, que era la única, que no me tocaba otra en la tienda hasta quién sabe cuándo, y tuvo el descaro de decirme que me iba traer una Gillette nueva de paquete, que la mamá de Oscarito le mandaba tres o cuatro del Norte a cada rato. Porque ya él se arregló con Oscarito, por si no lo sabías. Sigue durmiendo aquí para joderlo, o porque tiene secretas intenciones contigo. Pero ya yo le sugerí muy cortésmente que tiene que volver al nido, a más tardar este fin de semana. No soporto esa pájara. Uno le hace un favor, y después ni lo agradece. Déjame decirte, lo peor que puede pasar es que Eloy vaya a esa reunión. ¿Qué carajo va a pintar Eloy en una cosa como esa? ¿Qué carajo va a decir? ¿Que por favor, lo dejen pintarse las uñas?

—¿Y por qué no?

—Ay, Marcos, mi niño, mi ángel, ahora es que me doy cuenta que de verdad tú estás muy jodido del tiesto. ¿Qué carajo tú estás diciendo, Marcos? Los poetas románticos te han vuelto loco. Te dije que te olvidaras del siglo diecinueve, y tú todavía sigues en el limbo.

—¿Me vas a dejar hablar un momento? Yo creo que los dirigentes de este país se están dando cuenta de que las cosas no pueden seguir así, que el caerle a palos a la juventud no resuelve nada, sino que empeora las cosas. Ellos fueron los de la idea de hacer un diálogo, ¿entiendes? La idea partió de ellos.

—Peor. Óyeme bien, ¡peor! Ya te lo he dicho, no cuentes conmigo. Y si me hicieras caso, no irías tú tampoco.

—Está bien, no vamos a hablar más de esto. Voy a Luyanó a avisarle a Dionisio que la reunión es mañana. El se está quedando en casa de Ernesto.

—Veo que estás seleccionando muy bien a los invitados: Eloy y Dionisio, una maricona superficial y un chiquillo presidiario.

—Antes tenías otra opinión de Dionisio.

—Siempre he tenido la misma. Yo traté de hacer por Dionisio lo único que se puede hacer por él: sacarlo de Cuba. Pero con esa reunión no vas a resolver nada. Dionisio no sabe ni hablar.

—¿Acaso no es gente, acaso no es un ser humano? ¿Hasta cuándo lo van a acosar?

—Cualquiera que te oye pensaría que el niño es un corderito.

—Ahora soy yo el que no te entiende, Eulogio. ¿El teatro te está volviendo fascista? Dionisio es noble, a pesar de sus defectos. Los otros días me estuvo hablando de su niñez y se le salieron las lágrimas. Nunca tuvo...

—Claro, se le salieron las lágrimas porque se compadece a sí mismo. Eso es fácil, sentir compasión por uno mismo. Pero mira a ver si siente compasión por los demás. ¿Tuvo compasión de Carrasco y Amarilis cuando les robó el dinero?

—Eulogio, vamos a dejarlo ahí. Por lo menos yo sé que puedo contar con Dionisio para cualquier cosa. Por lo menos él no se ha vuelto un pendejo como tú.

—Está bien, Marcos, mi amor; insúltame, véjame, pégame si te da la gana. ¿Te muestro la otra mejilla? ¿Este cachete Izquierdo, qué tal? ¿O te hace falta un real para la guagua? Anda, vete a casa del negro Ernesto a buscar a Dionisio, y de paso invita también a Ernesto, a ver si ese prieto estupendo, carterista profesional, le levanta la cartera a uno de los jóvenes comunistas. Ya ves, eso sí sería una acción concreta, con resultados positivos. Pero déjame tranquilo ahora, déjame tranquilo con mi Chéjov. ¿Te dije que modifiqué el diálogo de Nina y Treplev en el tercer acto? Estoy esperando a que Nora esté en condiciones de hablar para ver cómo suena. Pero el médico dijo que las cuerdas vocales necesitaban unos días de reposo. Todo me sale al revés.

—Ese médico no sabe lo que dice. Ya te dije que lo de ella es neurosis.

—Eliosis, Marcos, eliosis. Lo raro es que tú también no hayas perdido la voz. La eliosis es contagiosa.

—Vete al carajo.

—Yo sé que no te importaría perder la voz, ni siquiera perder el rabo: lo único que no quieres es perder la melena. Te pareces a Enrique Primero de Inglaterra, que por no cortarse el pelo entró en guerra con el arzobispo de Canterbury. La melena pasó a ser un *casus belli* (hoy mi latín está brillante) entre la Iglesia y el estado. Estos problemas del pelo, querido, son tan antiguos como Alejandro Magno, por no decir tan antiguos como el divino apóstol Pablo, que condenó las futuras generaciones de melenudos a las llamas del infierno. Y ojalá se hubiera conformado con los melenudos. Pero ya hemos hablado de eso. ¡Ah! Y Luis Séptimo de Francia perdió el favor de su fabulosa mujer, Eleanor de Aquitania, por hacerle caso a las amenazas del Vaticano y pelarse prácticamente al rape. Ya te lo he dicho, Marcos, debes revisar la Edad Media si quieres entender lo que estamos viviendo. Y cuando Ricardo Corazón de León...

—Eulogio, acaba de darme dinero para la guagua, tengo que irme. Préstame una peseta.

—Una peseta no, niño; aquí tienes un peso. No uno, dos. ¿Ves como te mimo, a pesar de tus injurias? Tú eres mi favorito, Marcos, el favorito de mi vejez. ¿Cómo quieres que un viejo de casi cuarenta años como yo vaya a una reunión a defender los derechos de la juventud? El día que te enteres de una reunión para defender los derechos de la vejez, cuenta conmigo. Es más, voy a proponerlo al Partido Comunista, a través de la secretaria del jefe del núcleo del seccional del regional de la delegación del sector del distrito (¿voy bien?) de la zona, que si no me equivoco es la número dos, mariposa en la charada. Pero por ahora no; tengo que estrenar primero *La Gaviota*. Estoy loco por leerte la versión modificada de los diálogos, digna del mismo Chéjov. Pero ya veo que no tienes tiempo para mí. Ahora, cuando pases por la esquina, saluda al policía de mi parte.

—No comas tanta mierda, Eulogio. Mira, asómate aquí a la ventana, allí no hay nadie, ¿ves? No hay nadie, no hay nadie.

—Eso quiere decir que la mujer de enfrente debe estar vigilando por la persiana. Porque cuando el de la esquina no está, ella cubre el turno. Ella también es de Seguridad, por si no lo sabías. Estamos rodeados. Por eso cada vez que me emborracho, voy y le orino la puerta. Y ella se asoma por la persiana para vacilarme el pito. La muy perra, no llama a la policía porque está esperando enredarme en algo gordo. Pero se la va a mamar conmigo, porque yo no estoy en nada. ¡Yo soy un director de teatro! ¡Yo soy un director de teatro!

—Eulogio, prométeme que no te vas a tomar una dexedrina más en todo el día. Viejo, te pones insoportable.

—Estás equivocado, niño. Hace tres días que no toco el pomo.

—Ese cuento se lo haces a otro. Mira cómo estás escupiendo a cada rato, como un maniático.

—Está bien, Marcos. Con ese poder de observación vas a llegar lejos, si es que el pelo no te tapa los ojos. Anda, coge los dos pesos. Tómate una limonada y cómete una croqueta, si la encuentras. Si vas a cambiar el destino de la juventud cubana, te hace falta estar bien alimentado. Y hazme el favor de decirle a Dionisio que por lo menos le devuelva a Carrasco los libros que le robó, ya que el dinero seguro que pasó a mejor vida. Carrasco será un hijo de puta, posiblemente un agente de la *Securité*, pero hasta ahora se ha portado bien con nosotros, y por lo menos tiene derecho a disfrutar de su biblioteca.

Y sin dejar hablar a Marcos, Eulogio le echó el dinero en el bolsillo de la camisa, viró la espalda y bailando al ritmo de un Imaginario danzón se encerró en el cuarto.

Ahora, en el estribo del ómnibus atiborrado, con el estómago alterado por la borrachera de la noche anterior, recibiendo en el rostro el vaho que ascendía desde el ardiente asfalto, Marcos recordaba los pormenores de la fiesta en el apartamento de Gloria y José Luis, donde había bebido hasta la madrugada. Desde hacía mucho tiempo, se dijo ahora, todas esas reuniones presididas por Gloria solo lograban más tarde o más temprano envenenarlo: entre roñes caseros y cigarros se discutía sobre arte con frases recargadas; algunas mujeres enseñaban discretamente los muslos mientras se ensalzaba a Tennessee Williams, a Valle Inclán o a Gogol, es decir, al dramaturgo cuya obra se estuviera representando en ese momento en el Hubert de Blanck, la sala de teatro más popular de La Habana. Las fiestas, amenizadas por los recitales de José Luis, las payasadas de Adolfo y los chistes de Carrasco, culminaban con la lectura de poemas de un invitado especial.

Esta vez le había tocado el turno a un joven poeta llamado Ramón Duarte, que había publicado a mediados de los sesenta un poemario con cantos a la milicia, a la alfabetización, a la construcción del reino proletario, y ahora ocupaba un cargo en el Ministerio de Educación y Cultura. Pero los panegiristas del régimen se habían multiplicado en exceso, y Duarte, que obviamente no deseaba pertenecer del todo al rebaño, se había aparecido anoche con un manuscrito mordaz, que imitaba además al libro más reciente de Heberto Padilla. Poemas con una visión crítica, había aclarado Duarte antes de comenzar la lectura, mientras prendía un cigarro. No críticas a la Revolución en sí, se había apresurado a añadir, cruzando con dificultad las gruesas piernas, sino a los métodos políticos, a los errores de los responsables de adelantar el socialismo en Cuba. Marcos trató de prestarle atención a los versos, a la voz jadeante del hombre gordo y sudoroso que no pasaba de los treinta años; pero el coloquialismo trillado de los poemas lo aburría, y además, los comentarios Inoportunos de Gloria y Oscarito Wilde volvían insoportable la lectura. Marcos se sirvió cuatro tragos seguidos, y sintió alivio cuando José Luis enarboló de nuevo la guitarra.

Nora, a quien Marcos no había vuelto a ver desde la inesperada visita con el niño a casa de Eulogio, dos semanas atrás, se había marchado temprano de la fiesta; antes de irse explicó, por medio de una grácil pantomima, que había dejado a Samuelito con la madre de Adolfo, y que esta se impacientaba si ella no regresaba rápido. Le sacaba partido a la pérdida de la voz: el chino Diego la comparó con la actriz de *Persona* de Bergman. Elías y Eulogio habían llegado cerca de las doce, cuando personas y objetos adquirían a los ojos de Marcos un maléfico poder de desdoblamiento. Eulogio, sentándose en las piernas de Gloria, le había pedido a José Luis que tocara en la guitarra el himno de La Internacional.

Luego se habían confeccionado cadáveres exquisitos: cada invitado escribía, en un papel que pasaba de mano en mano, una frase o un verso. El juego siempre despertaba interés, pero esa noche había sido un fracaso. Por último Gloria, totalmente ebria, había exigido silencio y se había levantado la blusa, para mostrar una gruesa erupción: una cuerda carmesí que comenzaba cerca del ombligo, y rodeándole parte de la cintura terminaba en la espalda.

—¡Culebrilla! —gritó Eulogio, cayendo de rodillas— ¡Eso es culebrilla! Gloria, mi cielo, tienes una enfermedad mortal. No estoy jugando, te lo juro por mi mamá y papá que en paz descansen. Cuando la erupción dé la vuelta completa, y los extremos se unan, te quedas muerta, tiesa como un palo de escoba. ¡Qué horror! Tenemos que estrenar La Gaviota cuanto antes, a estas alturas no puedo encontrar una sustituía para tu papel. Dios mío, Nora sin voz, Ricardito con epilepsia, y ahora tú con culebrilla. Es una conspiración universal, pobre Chéjov. Elías, hijo, ¿estás seguro que no tienes nada? No te hablo de una pintoresca gonorrea, ni de una simpática sífilis, sino de algo sólido como una cirrosis, o un cáncer galopante. ¿Y tú, Diego? ¿Y tú, José Luis? Voy a pedirle a mis actores que vayan esta semana al hospital a sacar el carné de salud. Tengo que tomar medidas para detener esta catástrofe.

Marcos no recordaba el final de la noche. Con frecuencia, en los últimos meses, los tragos le borraban la memoria. Ahora, atravesando con pasos distraídos el mortecino barrio de Luyanó, deteniéndose a ratos bajo la sombra de los árboles ralos, recordó vagamente algunas escenas después de la fiesta: en el cuarto del Chino, Elías lo había abrazado tras una discusión (le era imposible precisar ahora por qué habían peleado;) más tarde el Chino le había enseñado un libro con láminas de Rouault; casi de mañana, Eulogio había colado café cuando ambos llegaron a la casa. Pero estos fragmentos de la madrugada le llegaban a través de Impresiones aisladas: el agrio olor a sudor del cuerpo de Elías; el aspecto triste y grotesco de los Cristos de Rouault; la ardentía del café que le había quemado la lengua.

No voy más a esas fiestas de Gloria y José Luis, se dijo ahora; no debo tomar tanto, pensó después. Estaba frente a la casa de Ernesto.

Pero para tocar la puerta de una casa que no visitaba con frecuencia, Marcos primero necesitaba ensayar gestos y palabras. La gente vivía embrollada en sus madejas cotidianas, pensaba, y a él le atemorizaba irrumpir en esos laberintos sin estar preparado. Además, no conseguía seguir el hilo de conversaciones que no significaban nada para él, ni fingir interés en pormenores sosos; estaba seguro de que los otros se daban cuenta de que su cortesía era simulación, y esta certeza entorpecía sus gestos.

En ese instante una hermana de Ernesto abrió la puerta; cargaba un cubo repleto de agua sucia.

—¡Muchacho, por poco te empapo!

—Un baño me vendría bien —dijo Marcos—. Mira cómo estoy sudando.

—Si andas buscando a Ernesto, él está para casa de Dionisio —y añadió, con una astuta sonrisa— Parece que se va a quedar un tiempo por allá.

—Yo pensé que era Dionisio el que estaba viviendo aquí.

—Bueno, las cosas cambian. La gente es así —dijo la joven guiñando un ojo, como para demostrar que a pesar de su edad, estaba al tanto de las complejidades de la vida. Y luego, balanceando el cubo con impaciencia— Dionisio vive cerca de aquí, por esa calle recto para abajo, como a diez cuadras.

Pero Marcos había perdido de pronto el entusiasmo de invitar a Dionisio a la reunión. Eulogio tenía razón, pensó; Dionisio podía ser un obstáculo en un sitio donde se iban a discutir posiciones e ideas. Además, el calor sofocaba los proyectos; los estrechos portales de Luyanó le negaban su sombra a los desconcertados transeúntes, y Marcos tenía sed.

—En vez de tirarme el cubo encima, tráeme un vaso de agua. Vengo deshidratado.

Sin embargo, en este denso mediodía él no era dueño de sus actos: en vez de regresar a la parada de ómnibus, se encontró caminando a lo largo del callejón donde vivía Dionisio. Marcos había estado allí la tarde en que él y Eulogio fueron a buscarlo para que los acompañara a Santiago de Cuba. La casa de madera, la última de la cuadra, se inclinaba a un costado, ladeada por el viento o el simple abandono. Un gato de ojos verdes y unas gallinas de plumaje mugriento deambulaban por el piso de tablas del portal. Marcos tocó en la puerta entreabierta, con la esperanza de que Dionisio estuviera solo: la compañía de una persona cuyo físico le resultaba agradable, se dijo, creaba un balance en las altas y bajas de la conversación, eliminando el embarazo que representaba para él toda visita.

Una voz de mujer preguntó desde adentro:

—¿Quién es?

—¿Está Dionisio?

—Está atrás, en el patio —y gritó—. ¡Pachi, te buscan! ¡Paachii!

El joven apareció sin camisa, empapado de sudor y jadeando. Al ver a Marcos su boca se contrajo en una mueca de evidente disgusto. La tirantez se extendía a su mirada.

—Ah, eres tú —dijo, pasándose la mano por el pelo, sin mirar de frente a Marcos—, Pasa... No, no pases, vamos a dar la vuelta por afuera, yo estoy haciendo ejercicios en el patio con unos socios. ¿Y eso tú por aquí?

—Nada, andaba dando una vuelta, fui...

—Tuviste problemas con Eulogio.

—No, es que estaba aburrido, me dio la idea de...

—No me vengas con cuentos. En algo tienes que andar.

Dionisio abrió un portón al lado de la casa; ambos atravesaron el pasillo en el que latas oxidadas y botellas rotas brillaban al sol como fragmentos de espejos inservibles. Al pasar junto a una ventana, Marcos escuchó risas: Ernesto y una mujer retozaban en una cama, frente al espejo de una cómoda que reflejaba sus cuerpos a medio vestir.

—¿Quién es, Pachi? —preguntó la mujer, cuyos ojos se encontraron con los de Marcos a través del espejo.

—Es un amigo de Eulogio, mami —dijo Dionisio, que al advertir que Marcos había visto lo que ocurría en el cuarto, añadió con una risa nerviosa—. Mi madre se ha hecho novia de Ernesto, ¿qué te parece? Ella es así, una mujer de onda, que no le importa lo que diga la gente.

En el patio, los amigos de Dionisio, dos adolescentes hoscos y cejijuntos que parecían hermanos, levantaban pesas acostados en una tabla. Ninguno de los dos saludó al visitante, que a su vez evitó mirar los músculos perfectamente delineados bajo la piel húmeda y reluciente. Dionisio llevó a Marcos al fondo del patio, junto a una letrina en forma de choza, y se sentó en las raíces de un cedro.

—Ahora dime, ¿qué pasa? —preguntó, y escarbó con un dedo la tierra.

—Te dije que nada. ¿Es que no puedo hacerte la visita? Yo pensé que tú estabas en casa de Ernesto, pero la hermana me dijo...

—¿Qué te dijo esa negra?

—¿Qué me iba a decir? Que ustedes estaban aquí.

—Seguro que te dijo que mi madre…

—Dionisio, ella no me dijo más nada —dijo Marcos, apretándole el brazo—. Yo ni sabía que tú vivías con tu mamá, tú me habías dicho que vivías con tu abuela, y que tu mamá estaba con tu padrastro en Matanzas.

—Mi madre se mudó para acá hace dos meses, y mi abuela está en el campo, pasándose un tiempo en casa de mi tía —y luego dijo, levantando la cabeza— SI quieres vino, Ernesto compró una botella.

Ahora le tocó el turno a Marcos de rehuir la mirada.

—¿Vino? No sé, con este calor… Está bien, dame un poco. No, ahora no, después. Aunque bueno… No, no, sigue ahora con tus pesas, yo voy a coger un poco de fresco.

Al fin bebió el vaso de vino a la sombra del árbol. Los tres jóvenes alzaban sin descanso los hierros absurdos; sus venas y músculos se hinchaban, se distendían, volvían a pronunciarse.

Marcos sostenía el vaso con una mano, y con la otra palpaba disimuladamente sus bíceps flojos. Las puntas filosas de la hierba de guinea le escocían los tobillos. Un grillo sonaba en la maleza, resistente; lagartos de diversos tamaños correteaban entre las raíces. De pronto Marcos se levantó, dejó el vaso vacío junto al árbol, y después de despedirse de los tres atletas con frases incoherentes, atravesó el pasillo al lado de la casa. Al pasar junto a la ventana hizo un esfuerzo por no mirar hacia adentro. En la calle Dionisio lo alcanzó, resoplando.

—¿Qué vas a hacer esta noche?

—No sé, mañana hay una reunión en el Instituto del Vedado… ¿Tú te acuerdas de la otra noche? Pero no, tú no estabas allí. La otra noche en Coppelia unos tipos de la juventud comunista se nos acercaron, nos propusieron que… Es una historia larga, yo te cuento después.

—No te vayas tan rápido.

—Ese vino me dio dolor de cabeza. Además, tengo que hablar con Elías.

—Ah, tu amiguito Elías.

—Dionisio, no empieces con tus celos y tus verracadas.

—¿Celoso yo? ¿Yo? Estás comiendo mierda.

Caminaron en silencio durante media cuadra. La claridad de la tarde apabullaba. De repente Dionisio pateó una piedra y dijo:

—Yo sé por qué te vas tan rápido. Por culpa de la vieja mía.

—No seas imbécil. ¿De dónde carajo sacaste eso?

Ambos se habían detenido en medio de la calle, bajo el sol insolente. Las casas estaban cerradas y quietas.

—¿Qué tú piensas, que es una puta, verdad? Pobrecito Dionisio, tiene una madre puta. Ya te dije, ella es una mujer que se caga en lo que diga la gente, ella es igual que yo, bastante trabajo que pasó con mi padre, ya te lo conté el otro día, hasta hambre pasamos, y golpes y todo, ella tiene derecho a hacer lo que le dé la gana, a hacer lo que quiera de su vida, dice que mi padrastro se buscó otra, y a mí no me importa que Ernesto sea negro, es buena gente, mejor amigo de muchos que se dicen ser mis amigos… Yo sé que él es más joven que ella, pero eso qué tiene que ver —y limpiándose el sudor de la cara, añadió—. Tú nunca dices nada, pero sin hablar siempre lo estás criticando todo, porque tú eres tan fino, tan educadito, tú me tiras a mierda porque yo no estudié como tú.Marcos lo besó en la mejilla. Dionisio retrocedió, enrojeciendo, y mirando a su alrededor gritó:

—¿Tú estás loco, cojones? ¿Tú no te das cuenta que este es el barrio mío, que aquí todo el mundo me conoce?

Marcos sonrió.

—Tú acabas de decir que no te importa lo que diga la gente.

—Sí, pero es distinto. Lo único que me faltaba es que ahora se pongan a decir…

—Pero yo te quiero —dijo Marcos.

—Sí, sí, tú me quieres —dijo Dionisio con despecho, con el rostro contraído. Pero luego añadió, reprimiendo una sonrisa—. Tú eres un buen cabrón.

—Nos vemos mañana en Coppelia sobre las doce de la noche —dijo Marcos, y echó a caminar—. Después que se acabe la reunión voy a pasar por allí. Espérame a las doce, sin falta.

—Lleva dinero para comprar una botella —dijo Dionisio—, Nos la tomamos tú y yo solos en la playa —y añadió frotándose las manos—. A mí me gusta bañarme en el mar de noche, borracho.

A la salida de Luyanó, al pasar en el ómnibus junto a la estatua de la Virgen del Camino, con su fuente llena de centavos echados en el agua por devotos (monedas herrumbrosas que contenían deseos inalcanzables, pensó Marcos), se dijo que en su niñez solo había entrado un par de veces en una iglesia católica, y que desde entonces no había vuelto a hacerlo. Una hora más tarde se encontraba sentado en la última fila de una capilla en la Habana Vieja, embotado; tenía un agrio sabor en la boca y una leve punzada en el pecho. El rostro le ardía.

Las velas temblequeaban en el altar mayor. La Virgen, envuelta en un complicado ropaje, fijaba su mirada imperturbable en los bancos casi vacíos. Solo dos ancianas desgranaban sus rosarios mientras sus labios se movían sin cesar. Una mujer se levantó del confesionario, arreglándose el velo con un gesto enérgico, como si se desenredara el cabello. Sus tacones resonaron en las losas con estridencia, acentuando el peso del pecado.

Al instante el sacerdote salió de la celda de madera, y Marcos sintió de pronto el temor de que se le acercara a preguntarle qué venía a hacer él a este lugar, a esta hora de la tarde. El no hubiera sabido qué contestar. Quizás, se dijo, había intentado huir del ruido de afuera. O del sol. Los vitrales filtraban la luz irresistible del mediodía, transformándola en una claridad de crepúsculo. O tal vez, pensó, había venido a preparar mentalmente su discurso de la reunión de mañana; a meditar aquí, en un sitio donde (al menos en apariencia) la política perdía toda eficacia, sobre la compleja trama de la represión y el poder. Sin embargo, ninguna reunión, pensó ahora, podía evitar que existieran madres como la de Dionisio; claro que no pensaría en eso. El sacerdote, un hombre pálido de nariz prominente, pasó por su lado sin siquiera mirarlo.

Marcos nunca había creído en la Virgen, ni en los iconos, ni en los rituales de la misa —los protestantes consideraban estas expresiones de la fe católica como el camino más seguro a la perdición— pero obedeciendo a un Impulso se arrodilló en el reclinatorio. Recordó el final del Fausto de Goethe, con sus alabanzas al Eterno Femenino; Eulogio solía decir que al viejo Goethe le gustaban demasiado las mujeres, y por eso asociaba la Divinidad con las faldas. Pese a la atmósfera de devoción, la penumbra le sugería la intimidad que él había conocido en ciertos bares; de haber tenido dinero suficiente, pensó, estaría sentado ahora frente a un trago con hielo. Pero los dos pesos que le había dado Eulogio no alcanzaban para tomar en un lugar decente, y debía resignarse a la dureza de las tablas y la inexpresividad de los iconos. Se sopló la nariz con el pañuelo. Las ancianas volvieron la cabeza al unísono; Marcos bajó los ojos. Podía intentar rezar, se dijo. Confiaba aún en el efecto mágico de las palabras. Pero su boca se negaba a adentrarse en un lenguaje que había dejado de ser suyo —si es que alguna vez lo había sido.

En ese instante sintió un ruido a su lado: un perro enorme le olfateaba las rodillas. Un perro callejero, con una oreja magullada y la piel cubierta de sarna. Marcos golpeó el banco para ahuyentarlo, y de repente se estremeció al pensar que Goethe había disfrazado al diablo de perro, en el primer encuentro entre Fausto y Mefistófeles.

Esto te pasa por beber más de la cuenta, se dijo, y luego salir al otro día, prácticamente sin rumbo, con el malestar de la resaca a cuestas. Y para colmo, aceptar un vaso de vino barato, y tomártelo casi de un tirón. Imbécil, se dijo. Caes en un estado de paranoia, ni siquiera eso, de cretinismo, por culpa de tu irresponsabilidad.

Pero mientras el perro retozaba frente al altar, Marcos se persignó por primera vez en su vida, y pensó que si el sacerdote aparecía de nuevo, le diría que quería confesarse. Quizás, se dijo ahora, ese había sido el motivo secreto que lo había conducido a este sitio. Quizás eso era todo lo que necesitaba: una confesión. Sí, eso era. Contarle a un desconocido lo que le ocurría. Confiarle que Marcos no sabía quién era Marcos. Esperó un rato, poniéndose de pie, arrodillándose, caminando por las naves laterales, examinando las escenas de un tosco Vía Crucis (las figuras en relieve sobresalían de los cuadros con un aire de emplastos), hasta que por último echó un peso en la alcancía. Al momento se arrepintió de haberlo hecho, y salló enfurecido de la Iglesia.

Llegó a casa de Eulogio al anochecer. Tocó varias veces a la puerta, hasta que al fin la vecina de enfrente le dijo desde su ventana:

—Yo lo vi salir.

Era una mujer de pelo oxigenado; las raíces negras dé su cabello brotaban Impúdicas bajo el color artificial.

—Gracias —dijo Marcos— El seguro que me dejó la llave en alguna parte.

Pero en la grieta del peldaño de la cocina, sitio convenido para ocultar la llave, solo encontró una fila de hormigas que cargaban las alas de un insecto hacia el Interior de la piedra. Empujó la ventana del cuarto de Eulogio, cuyo pestillo flojo cedió de Inmediato, y saltó sobre la cama, embarrando la sábana de polvo. En la mesa de noche se amontonaban los papeles, llenos de apuntes y tachaduras; las líneas irregulares semejaban una red de nervios.

En la fiambrera halló media botella de alcohol de farmacia, oculta tras los vasos cuarteados y los platos con vestigios de grasa y azúcar. Marcos mezcló dos dedos de alcohol con agua. Luego, mientras se desvestía, puso la radio a todo volumen. El locutor anunció la grabación en vivo de una sonata de Brahms: unas notas de violín y plano resonaron impetuosas. Absorto en la música, que como un vendaval de ágil melancolía irrumpía en el desorden del comedor (y el de sus pensamientos), se preparó otro trago, y luego se dispuso a calentar el agua del baño en una olla gigantesca. Toses secas, como Instrumentos sin afinar, se escuchaban en cada pausa de la melodía. Bebió ansioso un segundo trago.

En el baño, el tragante tupido había provocado que una gruesa capa de espuma se asentara sobre las losas salpicadas de musgo. Marcos se puso las chancletas de Eulogio para intentar esquivar la babaza. Dejó la puerta entreabierta para escuchar el piano, el violín y las toses; al echarse encima el primer jarro de agua, le pareció que gritaban su nombre. Pero la llamada no volvió a repetirse. La música cesó a los pocos minutos, y de inmediato sobrevino un golpe de manos. El aplauso le recordó que debía prepararse para la reunión del día siguiente. Lo Importante, se dijo mientras se enjabonaba, era denunciar la falsa moralidad y el terrorismo ideológico de la Unión de Jóvenes Comunistas; hacer patente su mala voluntad y oportunismo. El y sus amigos debían elaborar un ataque frontal, aunque evitando ofensas personales; hablarían con convicción, pero con diplomacia. Se enjuagó la cabeza con furia. El baño de agua tibia no solo lo había despabilado, sino que le había devuelto la coherencia.

Sin embargo, debía reunirse esta noche con Elías y Diego para puntualizar los temas de discusión, a fin de no caer en divagaciones: tal vez lo mejor era dormir un rato. Pero se le había hecho tarde, y pensó que para acabar de quitarse el cansancio lo más prudente era tomarse dos anfetaminas; sabía que Eulogio escondía el pomo en su habitación.

En la radio las notas de un piano se agitaban ahora en un vals de Chopin. Las miradas en las fotos en la pared lo desarmaban con su despótica Insistencia. En el cuarto de Eulogio, el olor rancio a sudor y humedad era el típico de los cuartos de algunos hombres que siempre han vivido con mujeres que se ocupan de ellos, y que al pasar el tiempo se han quedado solos, sin acceso al cuidado femenino, abandonados a su propia pereza. Marcos revolvió las gavetas, en las que peines de pocos dientes se enganchaban en los zurcidos de la ropa interior, y papeles con notas ilegibles se apilaban entre fotografías, lápices, recortes de periódicos y sobres amarillentos. Entre la ropa guardada en el armario se ocultaba un muñeco de tela oscura, con la cabeza envuelta en un turbante: era el Otelo de trapo que había sobrevivido a la época de los títeres. En ese instante Marcos sintió un penoso afecto por su amigo, y se reprochó el buscar entre sus cosas una estúpida pastilla de estimulante.

Pero prosiguió el registro. Vació cofres con botones y agujas, hurgó en bolsillos de trajes devorados por moho; por último levantó el colchón: en una esquina sobresalía un cartucho pequeño y abultado. Se estremeció al palparlo: había reconocido una forma inequívoca. La pistola, de cabo obeso, parecía un objeto vivo al tacto, como un pez recién sacado del agua. Marcos se aterró al pensar que podía estar cargada. Temblando, la envolvió con cuidado, y la puso de nuevo en el mismo lugar.

Luego se preparó un pan con aceite y ajo, que comió de pie junto a la ventana. Ahora la vecina de enfrente se abanicaba en la puerta de su casa; la luz del bombillo colocaba una aureola sobre su pelo teñido. Al salir a la calle, Marcos la oyó llamar:

—¡Ey, muchacho!

Marcos se detuvo en la acera.

—Ven acá, quiero decirte una cosa.

No es tan vieja, se dijo Marcos al cruzar la calle. Pero está enclenque, tiene pelo de bruja.

—Dígame, señora —dijo, con una tensa sonrisa.

—Eulogio no ha llegado, ¿no?

—No, no ha llegado.

—Yo creo que Eulogio tiene problemas —dijo la mujer en voz baja, acercando su rostro al de Marcos—, Esta tarde dos hombres se lo llevaron en un carro, como a las tres.

El aliento de la mujer olía a cebolla. Marcos sintió deseos de golpearle la boca.

—Eulogio tiene amigos que tienen carro —dijo riéndose—. Eso no es ningún problema.

La vecina se llevó una mano a la entrada de los senos, como si protegiera un objeto valioso, y dijo mirándolo fijamente a los ojos:

—Sí, mijito, pero la cosa es que cuando se montó en el carro yo me fijé, y me pareció a mí, a lo mejor fue imaginación mía, pero yo creo que se lo llevaban esposado. Los hombres estaban vestidos de civil, pero yo tengo vista para la gente, y para mí que esos tipos no estaban muy claros. Ojalá me equivoque, ¡Eulogio es tan buen vecino! Nunca, nunca él y yo hemos tenido ni un sí ni un no. Yo también me llevaba bien con su padre y su tío, los pobres, ya están en mejor vida. A ellos les gustaba tomar (Eulogio también toma, pero bueno, cada cual tiene su defecto) pero siempre fueron muy respetuosos conmigo, ellos, y la prima de Eulogio que vivió un tiempo allí, hace años, una muchacha muy tranquilita, muy religiosa, yo no sé qué se hizo de la vida de ella, no la he vuelto a ver más nunca. Eulogio también es tranquilo, aunque claro, él tiene su carácter, cosas de artista. A mí me daría pena que el pobre cayera preso otra vez. Qué fatal se ha puesto, un hombre tan preparado, con tanta educación. Yo te lo digo para que lo sepas, mijito, porque tú también pareces una persona decente. A lo mejor puedes averiguar algo, qué sé yo, a lo mejor es una confusión. Cualquier cosa que yo pueda hacer por él, si necesita una carta del Comité, cualquier cosa que esté a mi alcance, ya sabes que puedes contar conmigo, yo conozco a Eulogio desde que era un vejigo. Tú no te preocupes, a cualquier hora tú me tocas la puerta, me llamas por la ventana, Yo me llamo Sofía, como la de la novela de televisión. Para eso somos los vecinos, ¿no? Para ayudarnos en caso de necesidad.

XIX

Amarilis, la esposa de la infiel fidelidad, pasaba las noches en una equívoca actitud de espera, con el fondo de músicas, de lecturas, de cuadros: un escenario sostenido por el equilibrio invisible del amante de turno, ese tercer punto de apoyo Imprescindible para su matrimonio. El amante iba y venía, cambiaba de cuerpo, nombre y rostro; a veces por semanas su lugar permanecía vacío; en esas épocas la espera podía hacerse penosa.

Como ahora.

Con ojos húmedos como de costumbre, Amarilis recibió la noticia del arresto de Eulogio, mientras se abrochaba un prendedor y se alisaba la blusa de encajes.

—¿Seguro quieres un trago, verdad? —le dijo a Marcos, después de escuchar la historia— El whisky se acabó, pero hay un ron añejo, muy bueno. Me imagino cómo tienes los nervios, una cosa detrás de la otra. Es la de nunca acabar,

La lámpara, de pétalos afilados y pantalla rojiza, brillaba tenuemente, reflejándose en el cristal de la puerta de la terraza, y en el vidrio que protegía la reproducción de un cuadro renacentista: una *Madonna* con un niño en los brazos. Marcos se quitó las botas y colocó los pies en la mesa de centro. El, que nunca se había sentido a gusto en esta casa, estiró ahora el cuerpo sobre el sofá, y cerrando los ojos se dejó invadir por una Irresistible dejadez.

Amarilis hablaba desde la cocina:

—Edelio fue al estreno de una obra de Brecht en el Hubert de Blanck, vendrá sobre las doce. Yo no fui porque me dolía la cabeza, parece que me va a caer catarro. Siento como una presión en la frente, los músculos me…

—Yo fui a casa de Elías. La madre me dijo que no estaba, no quiso ni abrirme la puerta. Ella era tan amable conmigo, no sé por qué ahora ha…

—¿Tú crees que Elías esté preso también?

—No, por favor, eso sería el colmo. A lo mejor fue también a ver la obra. A mí se me había olvidado que hoy estrenaban Madre Coraje.

Amaralis, descalza, trajo los dos vasos y se sentó junto a Marcos, Imitando su postura. Sus pies pequeños, con arcos de distintas curvas (una muy pronunciada y la otra casi plana) rozaron los de él deliberadamente. Marcos se enderezó con rapidez y dijo:

—Tengo hambre.

—Si quieres te preparo algo.

—Pero no comida, sino algo ligero, una bobería.

—Creo que queda queso.

La ansiedad de Marcos luego de enterarse del arresto de Eulogio había cedido el paso a un vacío que presagiaba la llegada del sueño. Sin embargo, sabía que este sitio no era el adecuado para el descanso, ni siquiera para el diálogo: su comunicación con Amarilis se limitaba al contacto físico, o a acciones como compartir comidas y bebidas. En las pocas ocasiones en que se hallaban solos, siempre omitían las alusiones a la situación de ambos, al igual que a la intimidad con las otras personas que afectaban sus vidas: Carrasco, Elías, Nora, Dionisio. Con la excepción de las cartas que se habían escrito cuando él estaba en Camagüey —cartas que ninguno había mencionado al encontrarse de nuevo— las explicaciones entre los dos formaban parte de gestos y miradas, pero jamás llegaban a articularse. Tampoco era posible para ambos permanecer quietos o silenciosos: algo los obligaba a tocarse, o a esquivar el roce, o a moverse con torpeza, o a masticar o tragar sin pausas, o a hablar de lo primero que se les ocurría, Interrumpiéndose mutuamente, sin escuchar lo que el otro decía, midiendo el espacio que los separaba (para aumentarlo o acortarlo), hasta acabar, a veces sin deseos, en un abrazo.

Al escuchar el ruido de platos y cubiertos en la cocina, Marcos se dijo que parte de su incapacidad para expresarse verbalmente con Amarilis se debía a una falta de definición en ella: era una actriz que no llegaba a ser actriz, una esposa que no llegaba a esposa, una amante que no llegaba a amante, una amiga que no llegaba a amiga; una muchacha ingenua a la que le faltaba ingenuidad; una joven inteligente a la que le faltaba inteligencia.

Su atractivo no radicaba en su belleza —que tal vez no podía llamarse tal—, sino en su habilidad para despertar el intercambio erótico. Esta disposición natural, pensó Marcos ahora, era la piedra sobre la que se erigía su matrimonio con Carrasco: de allí la ausencia de fidelidad, de hijos. Eran personas sujetas al afán de flirtear y lanzar la carnada. En la propia pintura de Carrasco, se dijo, resaltaba un galanteo, una coquetería, que independientes del tema y de la técnica, teñida por un tibio expresionismo, solo perseguía obsesivamente el agradar. Eran cuadros hechos para una rifa.

También esta sala, que emanaba prosperidad, seguridad, placer —un oasis en medio de una ciudad que poco a poco se despedazaba—, exhibía una festiva veleidad a través del decorado, de las luces rojizas, de vidrios y cortinas vaporosas. Sin embargo, a Amarilis se le aguaron los ojos cuando supo que Eulogio estaba preso. (¿O es que los ojos de ella siempre permanecían nublados?) Pero no, en estos momentos lucían secos. Acababa de colocar grácilmente en la mesa de centro una fuente con queso y jamón.

—¿Por qué Carrasco no cuelga ninguno de sus cuadros en la casa? —preguntó Marcos—. No creo que sea por modestia.

—El es supersticioso. Prefiero tenerlos en el estudio.

—A lo mejor no le gustan sus propios cuadros.

Las manos trajinaban sobre los entremeses, conscientes de la proximidad de los dedos ajenos.

—Hoy lo llamaron de la Unión de Escritores y Artistas para decirle que tiene una exposición en Moscú a fin de año.

—Qué ironía —dijo Marcos, con la boca llena—. Lo digo por lo de Eulogio. Claro, me alegro por Carrasco, es un reconocimiento del carajo. Pero pensar que hoy mismo… Eulogio ha luchado tanto por montar la obra, y ahora…

—No te pongas melodramático —dijo Amarilis, mordisqueando una cuña de queso—. Yo estoy segura que se lo llevaron para preguntarle sobre algo que pasó cuando estaba en la cárcel, o sobre alguien que él conoce. Eulogio conoce tanta gente, sobre todo gente problemática… Tiene que ser una de esas investigaciones, un interrogatorio de rutina, a lo mejor mañana mismo…

—El estaba trabajando en el texto de Chéjov. Aunque no me explico cómo uno puede cambiar a Chéjov, en La Gaviota todo es perfecto —Marcos se atragantaba.

—Tú verás que todo se resuelve. Cuando alguien tiene antecedentes penales, siempre es el primero que buscan cuando hay alguna…

—Amarilis, por favor, tráeme algo que no sea ron. ¿No tienes cerveza?

De inmediato apareció una botella de cristal sudado. Marcos, después de limpiar las migajas del plato, bostezó ruidosamente.

—Quisiera dormir un rato.

La puerta de la habitación, entreabierta, dejaba ver la punta del grueso sobrecama.

—Sí, sí, acuéstate, Edelio todavía demora —dijo Amarilis, con los ojos fijos en las entrepiernas de Marcos.

—No, pensándolo bien, prefiero dar una vuelta. Caminar me despeja. Si no te sientes bien quédate, yo vengo dentro de un rato.

—Espérame, yo te acompaño, déjame arreglarme un poco. Sírvete más cerveza, en el refrigerador quedan un par de botellas.

—¿Para qué te vas a arreglar? Vamos a caminar por aquí cerca, ya es tarde, nadie te va a admirar a esta hora.

—Me vas a admirar tú —dijo, y apresurada entró en la habitación. El vestido se le había abierto al levantarse, mostrando el borde firme de los muslos.

Marcos permaneció inmóvil en el sofá, rodeado de todo el lujo estéril, e irritado con Eulogio por haberlo conducido indirectamente a esta trampa. Luego llenó el vaso con el veneno frío y amarillento (qué desgracia, tomar esto que tanto daño me hace, estar con alguien a quien uno no quiere, y el otro hijo de puta metido otra vez en un lío) y bebiendo sorbos se dirigió al cuarto, donde el aparato de aire acondicionado funcionaba metódico como una respiración. Un olor a perfume opacaba el aroma de las plantas, que colgaban de paredes y techo en vasijas de barro. (Eulogio había bautizado esta habitación como «la selva»).

Amarilis se pintaba, de pie frente al espejo. Marcos se recostó en la cama. La joven manejaba con habilidad el pequeño cepillo que aumentaba el grosor de las pestañas, la mota que oscurecía las mejillas, el creyón de punta roma que avivaba los labios. Marcos pensó que Nora era la única mujer a la que él había visto maquillarse; Carmen Velazco apenas se empolvaba. El consideraba el ritual femenino como una acción desprovista de un sentido concreto, y a la vez como un acto de intimidad, que no debía llevarse a cabo ante testigos. Pero Nora, con el rostro tenso, se maquillaba con una lentitud y una concentración que para un espectador impaciente resultaban exasperantes; Amarilis, en cambio, lo hacía con agilidad y aparente descuido.

La lámpara que pendía del techo, cuyas hebras de cristal multiplicaban la luz; el blando sobrecama; la pared de espejos, que afortunadamente recogía las escenas sin perpetuarlas; todo en este lugar contribuía a suprimir el mundo de afuera, donde cualquiera podía ser sacado de su casa y llevado en un carro, tal vez (o tal vez no) con manos esposadas. Pero Marcos se sentía obligado a recordar.

—Si a Carrasco le da la gana, puede hacer algo por Eulogio. Carrasco tiene amigos, contactos.

Amarilis se soltó el pelo y dijo;

—Edelio hace cualquier cosa por Eulogio. Pero tú sobreestimas…

—Amarilis, yo no sobreestimo. Yo sé muy bien que si Carrasco quiere…

—Por favor, no te preocupes más.

—No puedo dejar de preocuparme.

—Yo no sé si debiera salir, es posible que llueva, y si me mojo…

—Ya te dije que te quedaras. ¿Por qué no te quedas?

—Mira, no creas que estoy jugando, tócame, tengo fiebre —y apretó la mano de Marcos sobre su cuello.

—Tú lo que quieres es que te la meta —dijo Marcos, y levantándole la falda le agarró el sexo—. Puta, ya estás mojada.

Amarilis, gimiendo, le desabrochó la camisa y se sentó en sus piernas. Marcos la besó primero con los labios cerrados, con más enojo que deseo. Pero al sentir la piel caliente de ella, y aspirar el perfume que lo envolvía, asfixiándolo, la mordió en la barbilla.

—Es verdad que tienes fiebre.

—Ah, tú no me creías.

Rodaban en la cama, con las piernas enroscadas, apretándose axilas y muslos, sin sentir la frialdad de algunas hojas que inclinadas sobre la cama rozaban sus cuerpos. De pronto Marcos dijo:

—Aquí no, vamos para la sala.

—¿En el sofá?

—En la alfombra. Nunca lo he hecho en una alfombra.

—Déjame lavarme.

En la sala, Marcos apagó la lámpara y se desnudó con movimientos bruscos, tirando con fuerza la ropa en una esquina. Lo avergonzaba el olor impregnado en la tela, sobre todo en las medias y los calzoncillos. Una vaga claridad que se colaba a través de la terraza dejaba adivinar la forma de los muebles. Se tendió en la alfombra, que se pegó a su espalda como una piel cubierta de vellos. En la impaciencia y la comezón que antecedían al acto sexual, él experimentaba a veces una Intensa conciencia de sí mismo, como alguien que antes de realizar una acción peligrosa se pregunta si está preparado. Ahora no. Se viró boca abajo, y acariciándose los testículos se frotó contra la alfombra, ansioso de perderse en el otro cuerpo. Fue hasta el baño a buscar a Amarilis, que desnuda se estrechó contra él, gimoteando. Caminaron abrazados frente a los espejos, entre besos y mordiscos, hasta entrar en la oscuridad de la sala. Se acostaron junto a la puerta de cristal, y de inmediato ella se sentó encima de él, dejándose penetrar con furia, moviéndose convulsivamente, dando pequeños gritos. Marcos eyaculó con rapidez, entre espasmos. Luego se acostaron en el sofá, sin hablar. Al rato Amarilis lo palpó y susurró:

—¿Todavía tienes ganas, no? Vamos a hacerlo con la luz encendida.

—Con la luz encendida no puedo. Ese cuadro de la Virgen no me va a dejar concentrarme. Hoy estuve en una iglesia y me pasó algo raro.

Ella lo abrazó con fuerza. El sudor disolvía su perfume.

—Marcos, qué loco estás. ¿Qué te pasó en la iglesia?

—Nada, una estupidez. Me arrodillé delante de la Virgen, no sé ni por qué lo hice, yo no creo en nada de eso. Entonces me acordé del Fausto de Goethe, y en eso se me apareció un perro.

—¿Un perro? ¿En la Iglesia? —Amarilis no aguantaba la risa.

—Sí, un perro callejero. Fue una mala señal. Igual que en la obra de Goethe.

—¿Pero qué tienen que ver Goethe, la Virgen y un perro?

—Sería muy largo de explicar. La cosa es que no quiero hacerlo con la luz encendida. Además, para que veas que sí estoy loco, te voy a contar un sueño que tuve la otra noche contigo, y que no había recordado hasta este momento. Soñé que nos acostamos, así como ahora, y cuando te miré el sexo vi que te estaba saliendo un jardín.

Amarilis se retorcía sobre el sofá.

—¿Un jardín? ¿De entre las piernas? ¡Mi madre, pero esto se lo tengo que contar a Edelio!

Marcos se zafó del abrazo. Tenía un sabor acre en la boca, como si hubiera mordido un pedazo de cobre.

—Hazme el favor de no decirle nada a Carrasco. Y menos lo que hemos hecho esta noche.

—Lo siento, Marcos, pero en eso no puedo complacerte. Yo le cuento a Edelio todo lo que hago.

—Y a él no le Importa, aunque no esté presente.

—Depende de lo que sea, y de con quien sea. El dice que nuestro amor está por encima de muchas cosas, aunque no de todo. Por ejemplo, a él le molestaría que yo me acostara con Dionisio, que es un delincuente y que se ha portado muy mal con nosotros, que hasta nos ha robado. Pero que me acueste contigo aunque él no esté aquí, Incluso lo alegra. El sabe que te quise mucho, y que todavía te quiero un poquito. No te muevas, quédate aquí otro rato…

—Ahora no, a lo mejor después. Me duele el pecho.

Marcos se vistió con la misma prisa que se había desnudado. Sí, su ropa olía a humedad, a secreción. El también, igual que Eulogio, necesitaba la atención de una mujer. ¿Pero cuál? El no toleraba el cuerpo desnudo en el sofá, la risa Insípida, la mirada gratuitamente triste.

Salló a la terraza y respiró hondo el aire oscuro, macerado en salitre. En la distancia, la estrella giratoria del parque Coney Island rodaba sus luces contra el cielo nublado. Un pasatiempos inocente en una noche opaca, se dijo. Unas hojas de malanga le rozaron la cara, mojándole las mejillas; recordó que en el jardín de su sueño los manojos de flores macizas brotaban de los muslos femeninos con el ímpetu de la maleza. En el balcón de una casa vecina una mujer cantaba a la par de un disco de Sara Montiel.

—¿Qué te parece mi vecina, la cantante? La pobre, está loca de remate, a cada rato la ingresan en Mazorra —dijo Amarilis, que había salido en bata a la terraza, y ahora besaba la espalda de Marcos—. Yo la conozco, se llama Agripina. A veces hablamos por la cerca, me pide posturas de malangas, de rosas. Es la abuela de un teniente.

—Todos los que viven por aquí son tenientes, o capitanes, o algo por el estilo. ¿Cuál es el grado de Carrasco?

—Tú sabes demasiado bien que Edelio es un simple pintor. Esta casa se la dejó su padre cuando se fue para Estados Unidos.

—Eso es lo que dice él. ¿Y de dónde saca el whisky, el queso, el jamón y todo lo demás? ¿También se lo manda el padre de Estados Unidos?

Amarilis dejó de besarlo.

—¿Qué quieres decir?

—Que yo creo que Carrasco es un agente. A lo mejor ni tú misma lo sabes.

—Marcos, ¿también te has vuelto paranoico? ¿Te has contagiado con Eulogio?

—Carrasco podría ayudar a Eulogio si quisiera. Digo, si él mismo no fue el que ordenó que lo metieran preso.

—Yo espero que eso sea un chiste. Pero es un chiste de mal gusto.

Marcos se volvió hacia ella y dijo secamente:

—No es un chiste.

Los ojos maquillados brillaban. En la mejilla una mancha rojiza podía ser salpullido.

—Tú estás loco. Y eres muy cruel y muy injusto. ¿Por qué Edelio iba a querer hacerle daño a Eulogio? Tú sabes lo mucho que le ha ayudado con el grupo de teatro. Hasta le consiguió un local para ensayar, la casa de su propia familia. A ver, dame un motivo, una explicación.

Marcos entró en la sala, y después de encender la luz, que con cruda Imprudencia alumbró sus rostros, gritó:

—¿Qué carajo sé yo? ¿Cómo voy a entender la Seguridad del Estado? Aquí cualquiera le pone una zancadilla a cualquiera, aquí cualquiera destruye a cualquiera, y uno no sabe por qué. Dime si hay alguien que entienda lo que pasa en este país. ¿Tú lo entiendes?

Amarilis lo había seguido de cerca, tocando los brazos de él con su cuerpo.

—Estás alterado, yo sé que estás alterado, Marquitos. Seguro piensas que vas a tener problemas también, porque te sacaron de la universidad y ahora estás viviendo en casa de Eulogio. No me digas que no, eso es lo que te pasa. Pero no es para que acuses a mi marido así, no es para que lo calumnies así. ¡Si tú supieras! ¡Si tú supieras! Pero ni tú mismo sabes lo que estás diciendo— de repente su rostro pintado se contrajo, y añadió entre sollozos—, Yo también estoy alterada, yo también quiero a Eulogio. Si estuviera en las manos de Edelio…

—Amarilis, no te pongas así. Déjame cerrar esa puerta, no quiero que algún vecino… Esa maldita vieja me desespera con su cancioncita. Por favor, no llores, eso me pone más nervioso —y luego, abrazándola—. Vamos, cálmate. Si quieres lo hacemos con la luz encendida, pero aquí no, en el cuarto. No soporto ese cuadro de la *Madonna*. Pero apúrate, porque quiero ir a casa de José Luis. A lo mejor él sabe algo.

—Tú me dijiste que ibas a esperar a Edelio.

—No, prefiero hablar con él mañana.

—¿Para qué vas a ir a casa de José Luis? ¿Qué puede saber ese estúpido?

—Estúpido sí, pero no hay que dejarse engañar. José Luis es otro que bien baila. En fin, para qué hablar. Ven, vamos para el cuarto. Pero baja un poco el aire acondicionado, tengo un frío del carajo.

Marcos llegó cerca de la medianoche al edificio donde vivían José Luis y Gloria. En la escalera una mujer golpeaba a un perro con una soga: usaba palabras como *cochino*, *canalla*, *gandío*; incluso, peyorativamente, *perro*. El animal agachaba la cabeza, gimiendo, pero cuando Marcos pasó por su lado se recuperó de inmediato del bochorno, y gruñendo le husmeó los tobillos.

—No se preocupe, no hace nada —jadeó la mujer, y gritó—. ¡Ven aquí! ¡Ven aquí! ¡Rafael, ven aquí!

—Yo no le tengo miedo a los perros —dijo Marcos—. Al contrario, me gustan, tengo imán para ellos.

Sin embargo, se apresuró a subir los escalones de dos en dos, receloso, mirando de reojo al animal que amenazaba con hostiles sonidos.

José Luis, en un ancho piyama que hacía lucir más enjuto su cuerpo, bostezó al ver a Marcos.

—Ya me iba a acostar, llegamos hace un rato de ver Madre Coraje. Gloria está durmiendo.

—Perdona que te moleste, necesito hablar contigo, es urgente. ¿Tú habías oído alguna vez que un perro se llamara Rafael? Aquí en este edificio…

—Si vienes a hablar de la reunión de mañana, quiero advertirte desde ahora que voy como espectador, no esperes que tome posiciones.

Marcos miró fijamente al joven de rostro ajado a quien había visto crecer.

—¿Puedo pasar?

—Pasa, estaba terminando de sacarle el acompañamiento a una canción. Son las doce —José Luis se sentó y colocó la guitarra en sus piernas, con un gesto Impaciente—, Después de una fiesta como la de ayer, uno necesita recuperarse. Hiciste bien en no ir al teatro esta noche, el montaje era profesional, pero la puesta era un témpano de hielo. Ya se sabe, Brecht puede ser deliberadamente frío, pero Madre Coraje merecía más vigor, más convicción...

—José Luis...

—Fíjate, Marcos, espero que no me interpretes mal, como es tu costumbre, pero tengo que decirte lo que pienso. Estoy de acuerdo con que los jóvenes necesitan libertad de acción, de movimiento, y que también necesitan estímulos, divertirse, qué sé yo, joder a su manera. Yo lo entiendo, yo también soy joven. Pero la anarquía y la cochambre de esos seudo *hippies* son otra cosa, confunden la libertad con el libertinaje, no lo niegues. No pienses que tú tienes mucho en común con ellos. Tienes que tener cuidado, porque algunos de ellos quieren aprovechar tu inteligencia, utilizarte. No es que me esté rajando, pero yo siempre, siempre, he sido un tipo moderado, conservador, tú me conoces, tú sabes que no te estoy diciendo ninguna mentira. Cuando único no soy moderado es cuando canto mis canciones, dirás tú. Es verdad. Mira, ahora mismo estoy terminando una nueva, todavía no le puesto título. Gloria dice que es lo mejor que he hecho, está inspirada en un texto de...

—¡José Luis, Eulogio está preso! —la voz de Marcos se alzó casi en un grito.

—¿Ah, sí? ¿Y cuándo fue eso? —José Luis colocó bruscamente la guitarra en el piso, como si se zafara de un animal doméstico—. ¡Coño, pero tú siempre vienes con cada noticias! ¿En qué problema se metió Eulogio ahora? Eulogio es un irresponsable, un puñetero irresponsable.

En ese instante Gloria salió del cuarto, con la cabeza cubierta de moñitos y el rostro embadurnado de una crema blanca.

—Ay, Marcos, no te fijes cómo estoy, pero tú sabes que en el cuarto se oye todo... ¿Qué le pasó a Eulogio?

Marcos explicó lo que le había contado la vecina, pero mientras hablaba percibía que la historia se desgranaba en palabras absurdas, ajenas a los hechos, y comenzó a pesarle haber venido. Gloria y José Luis formaban una pareja inquietante; cuando estaba solo con ellos, no podía dejar de imaginárselos en la cama, y la escena le resultaba vergonzosa y grotesca. Simulaban llevarse bien, pensó, ser el matrimonio ideal de la mujer madura y el joven talentoso, pero Marcos sabía que bajo la envoltura de frases cariñosas, de gestos efusivos, la relación entre ambos se había reducido en los últimos tiempos a una secreta rivalidad.

—Algo tiene que haber hecho —dijo José Luis— Aquí no se llevan preso a nadie así porque sí.

—José Luis, por favor —dijo Marcos—. No digas eso, vaya, por favor.

La decoración agravaba las tensiones. Al igual que muchas personas que Marcos conocía, la pareja también pensaba que el abigarramiento disfrazaba la escasez: la sala, repleta de libros, cuadros y objetos folclóricos, apenas dejaba espacio para un efímero pensamiento. Solo una pequeña escultura de Fonticiella parecía separarse de la enorme carga que pesaba sobre la habitación, y que obviamente oprimía a los dueños y los visitantes.

—Eulogio está fatal —dijo Gloria—. Si sale de esta, lo llevo al santero para que se haga una limpieza.

—Mi querida mujercita —le dijo José Luis a Marcos, con una mueca guasona—, profesora de la Escuela Nacional de Arte, intelectual de formación marxista, defensora del materialismo dialéctico, se consulta mensualmente con un babalao, y tiene desde la semana pasada en nuestro cuarto una estatua de Santa Bárbara con velas encendidas, comida y agua. ¿Qué te parece, Marcos?

—Búrlate, José, pero déjame contarte algo: hoy mismo yo fui a ver al santero por el problema de la culebrilla (me hizo una cruz de ceniza en la punta y me dijo que me olvidara de eso, que hasta allí llegaba la erupción), ¿y tú sabes lo que me dijo cuando me tiró los caracoles? Que alguien muy cercano a mí iba a tener problemas. Posiblemente a esa misma hora estaban cogiendo preso a Eulogio. Mira si ese hombre está claro en todo lo que me dice.

—Bueno, pues hazle otra visita mañana y pregúntale qué va a pasar —dijo Marcos, poniéndose de pie.

—Marcos, es mejor que no vayamos mañana a esa reunión.

—¿Qué tiene que ver la reunión con Eulogio?

—Nunca se sabe, esas cosas a veces están conectadas.

—José tiene razón —dijo Gloria— Es mejor esperar a ver en qué para esto. Yo misma quería ir, a mí me interesa todo eso, tú no sabes lo que tengo que luchar con mis alumnos, que padecen esos mismos problemas de extremismo, tanto de una parte como de la otra. Pero fíjate, el santero también me recomendó precaución al dar cualquier paso.

—Pero a mí el santero no me ha dicho nada. Y esta es la única oportunidad que tenemos de hablar, casi de manera oficial, con un grupo de dirigentes. Vamos a dialogar de tú a tú; eso fue lo que nos prometieron. Que Eulogio esté detenido no tiene la menor relación con este asunto. Incluso Eulogio no quería ir por miedo, y mira dónde está ahora.

287

—¿Cómo anda tu mamá, Marcos? —preguntó José Luis, poniéndose también de pie—. ¿Ya sabe que tú no sigues en la universidad?

Marcos se dirigía a la puerta.

—Está bien, supongo; hace como un mes que no recibo carta de ella. Yo todavía no le he dicho que me botaron, no quiero preocuparla, sería absurdo.

—Es verdad. Ella todavía vive en su mundo, ¿no?

Marcos sonrió al escuchar la forma en que José Luis dijo «su mundo».

—Sí, allí vive. Quiero ver si paso ahora por el cuarto del Chino.

—El y Elías estaban en Madre Coraje —dijo Gloria—. Déjame decirte, Marcos, hiciste bien en no ir. El montaje era profesional, pero...

—Me cuentas mañana, Gloria— dijo Marcos, y la besó en la mejilla. Una capa de grasa, con un rancio sabor, se le pegó a los labios. Hizo un esfuerzo por no limpiarse la boca.

—Mi cielo, voy a bajar con Marcos un momento.

—Está bien, mi amor, pero no te demores. Mañana tengo que estar temprano en la escuela.

Cuando bajaron José Luis dijo:

—No pienses que soy un cobarde por no ir a la reunión. Pero acuérdate que tengo una posición, y además este problema de Eulogio nos puede perjudicar a todos. No hay que echarle gasolina al fuego. Acuérdate lo que pasó en Camagüey hace cinco años. Tú y yo nos caímos presos de milagro.

—Pero aquella vez había una acusación concreta, una causa concreta: corrupción de menores. ¿De qué pueden acusar a Eulogio ahora? ¿De emborracharse, de tomar pastillas? Tendrían que meter en la cárcel a media Cuba. Incluso Eulogio está ahora más tranquilo que nunca. Y la obra no presenta ningún problema, aquí se edita a Chéjov, es un autor venerado por mamá Unión Soviética. Y los ensayos no se están haciendo de forma clandestina. Además, la reunión de mañana es una cosa aparte, y es algo más que legal. La idea fue de ellos.

—Marcos, esa reunión puede ser una trampa.

—Eso mismo dijo Eulogio. Pero yo no lo creo.

Habían salido a la calle. En las vidrieras, luces mortecinas enfatizaban la fealdad de los maniquíes desnudos. Alguien había olvidado un cubo de agua, con trapos de limpieza, tras el cristal que protegía las criaturas inermes, sin conciencia de su inutilidad e impudor. El cubo aparecía como el único detalle lógico del ralo escaparate.

—¿Vale la pena arriesgarse? —dijo José Luis—. Las virtudes de la revolución se conservan gracias a la falta de democracia, y eso es algo que no puede cambiar de la noche a la mañana. El pueblo no está preparado para la libertad.

—Ya veo que estás aprendiendo a hablar. «Las virtudes de la revolución…». Me pasmas. Me imagino que esa es una frase de tu maestro, el trovador de los trovadores, Luciano González, que por cierto, tengo entendido que también va a la reunión. Tú, como su discípulo, deberías acompañarlo.

—Marcos, tú no tienes visión del futuro. A pesar de tu sensibilidad, nunca la has tenido. Pero yo sé lo que yo sé y yo creo en lo que yo creo. Así y todo, no quiero que pienses…

—José Luis, yo ya casi no pienso nada. Mi único problema es ese, tratar de no pensar. Estoy repasando el Zen, los ejercicios para poner la mente en blanco, la meditación en el vacío, etc.

—Está bien, Marcos. Yo sé que no puedo cambiar la opinión que tienes de mí. Yo también tengo mi opinión de ti, pero prefiero callármela. A pesar de todo, somos amigos, nos conocemos desde hace mil años. ¿Cuándo vas por Camagüey?

—No sé. ¿Cuándo vas tú?

—No sé tampoco. Yo no quiero a mi madre como tú quieres a la tuya. Desde que tía Josefa se murió, se me han quitado las ganas de volver por allá. ¿Qué voy a hacer en esa aldea? Mi madre es una esclava, vive para complacer a mi padre, para darle la razón en todo a mi padre. Y mi padre es un monstruo. Tú lo conoces bien. El detesta mis canciones, detesta a Gloria, detesta la forma en que vivo; en resumen, me detesta a mí. El sentimiento es mutuo. De toda la familia, tía Josefa era la única que me entendía. Parece mentira, una mujer que se pasó la vida en una silla de ruedas, y sin embargo, entendía a todo el mundo. Ella te quería mucho.

—Sí, la pobre. La pobre Josefa. José Luis, te dejo, estoy apurado.

—Tú siempre estás apurado, menos cuando hay una botella de ron. Parece mentira, antes nunca tomabas. Yo fui el que te enseñé a beber, ¿no? Esta noche no te brindé nada porque no tenía, ayer en la fiesta se tomaron hasta el vino seco.

Marcos no podía apartar la vista de la dentadura de José Luis. ¿Acaso era postiza, y él no se había dado cuenta? Recordó la afirmación de Eulogio sobre el carnet de la Juventud Comunista, y estuvo a punto de mencionarlo. En cambio dijo:

—Aunque no lo creas, esta noche no tengo ganas de tomar. Me di unos tragos hace un rato y me cayeron mal. Los tomé por puro compromiso.

—Me avisas apenas que sepas algo de Eulogio.

—Claro. Si te decides ir a la reunión, nos vemos en la puerta del instituto. A las ocho.

Marcos bajó por la calle Galiano. Los semáforos pestañeantes marcaban las leyes de un tránsito invisible. El sentimentalismo, latía Josefa, una adolescencia mierdera, esas son las cosas que me unen a este pendejo, pensó y se detuvo para abrocharse los zapatos. Una amistad basada en el desprecio. Y sin embargo, somos amigos, él lo dice, yo lo repito. Me acuesto con una mujer que no me gusta, visito a un amigo que desprecio. Entro y salgo de las casas juzgando cómo vive la gente. Marcos el juez. Primero poeta, después juez. Vocaciones estériles. Terminaré en un monasterio, me meteré a sacerdote. Hoy en la iglesia di el primer paso.

Había llegado al parque en la esquina de San Rafael. Al pasar bajo los esmirriados arbustos, recordó que allí la policía lo había arrestado una vez, durante una redada de afeminados. El incidente, que había tenido lugar tres años atrás, le parecía ahora una escena de un pasado remoto. Pero los afeminados persistían en los bancos, sus ávidas miradas titilando en la sombra. Aquí están todavía, pensó Marcos, estos miembros de una raza terca. Con sus gorjeos, sus exclamaciones, sus manos sin sosiego, sus carreras de un banco a otro, sus risas peligrosas. Atravesó el parque con urgencia.

En el bulevar, desierto a esa hora, dos carros patrulleros pasaron veloces. Las aceras y las tiendas oscuras, los edificios ruinosos con puertas entreabiertas que dejaban ver pedazos de escaleras (en las que a veces las parejas se escondían para compartir un instante de gozo) le sugerían a Marcos un escenario que reclamaba vida, movimiento, pero que por alguna razón había sido saqueado, violentado, abatido. En las vidrieras escasamente iluminadas, en vez de artículos y ropas, se encontraban ahora carteles con órdenes y consignas: ¡Todos a cooperar con la zafra de los 10 millones! ¡Estaremos en el campo hasta que la última caña quede en pie! ¡Palabra de cubano: Van! En textos más pequeños, podían leerse instrucciones en un lenguaje enigmático: El lunes cinco comienza la venta del cupón treinta y cuatro para el grupo F-3. Mi libreta de racionamiento está en Camagüey, pensó Marcos ahora. Estaba seguro que había perdido el derecho para comprar la ropa, y tendría que esperar hasta el próximo año. Carmen Velazco se negaba a pasarse la noche en una cola; para ella, la ropa era un accesorio que solo servía para ocultar la desnudez. Además, su madre era una mujer tímida: los tumultos la asustaban. Marcos no podía imaginarla en medio de un gentío vociferante, dispuesta a golpear y empujar para conseguir un par de zapatos o un vestido. Tal vez por ineptitud, y no por humildad, ella repetía a veces la frase del Evangelio: «Mirad los lirios del campo, cómo crecen; no trabajan ni hilan; pero os digo, que ni aun Salomón con toda su gloria se vistió como uno de ellos». Carmen el lirio, pensó Marcos, y sonrió. Marcos el lirio. Pero él tenía amigos que le regalaban camisas, jeans, zapatos extranjeros (usados, sí, pero aún presentables;) ahora, cuando cruzaba frente a una tienda, veía de reojo, complacido, su imagen reflejada en los cristales: un joven de la onda, con aire romántico. Hay que ser absolutamente moderno. En la reunión con los Jóvenes Comunistas, se dijo, el punto principal debía ser la fusión del individualismo y la colectividad: era necesario lograr un equilibrio entre ambas. Estaba convencido de que entre él, Elías y el chino Diego, podían elaborar un discurso coherente.

Pero temía encontrarse con Elías. En los últimos meses, a causa de Nora, Marcos evitaba a su amigo; la intimidad entre ambos había tomado un sesgo receloso; en cada diálogo se filtraba el escarnio; las miradas, filosas, horadaban.

Nervioso, peinándose con los dedos, tocó ahora en la puerta del cuarto del Chino, y se sobresaltó cuando el mismo Elías abrió la puerta. Con una boina negra, fumando una pipa. Sus gafas tenían un cristal astillado.

—Ey, el hijo del penal —dijo Elías, y lo besó en la frente; Marcos rehuyó un abrazo—. Ahora mismo estaba pensando en ti. Estaba admirando el retrato que te hizo el Chino.

—No lo he visto terminado —dijo Marcos, con un súbito tartamudeo—. ¿Dónde está Diego?

—A que no adivinas. Está… está… echando un palito. Después de la función se fue con Idania para el apartamento de ella. El Chino dice que para pintar necesita tres orgasmos diarios. Yo vine a dormir para acá, tuve problemas con los viejos.

—Ahora entiendo —dijo Marcos—. Yo estuve en tu casa y tu mamá ni siquiera me quiso abrir la puerta.

—Ella se empeña en hacer el papel de Yocasta, y yo me niego a hacer el de Edipo. Los padres son caníbales, especialmente las madres. Pero mira esto, mira tu cuadro, hombre. El Chino le dio hoy los últimos retoques. ¿Fenomenal, no?

El rostro en la ventana, inmerso en un raudal de colores, tenía una cicatriz en la mejilla. Un orzuelo abultaba la punta de un párpado. En el fondo, una amalgama de edificios maltrechos escamoteaba la claridad del cielo.

—Sí, excelente.

—Coño, no es para que lo digas así, con esa frialdad.

—¿Qué quieres que te diga? —dijo Marcos, y se sentó en una silla destartalada—, Elías, Eulogio está preso.

Marcos repitió la historia, y mencionó los presentimientos de Eulogio esa misma mañana.

—Había algo de verdad en su paranoia —dijo Marcos— ¿Pero por qué iban a vigilar a Eulogio? ¿Por qué lo cogen preso?

—No sé, Marcos. Si hay alguien que debería saberlo, eres tú. Tú vives en su casa.

—Pero tú tienes más confianza con Eulogio, lo conoces desde hace años. Tú eres su amigo más cercano, su mejor amigo.

—¿Yo? Eulogio casi ni me habla fuera de los ensayos. Está disgustado conmigo por lo que he dicho sobre el montaje de la obra, él cree que quiero darle un golpe de estado y ser yo el director. No se da cuenta que solamente trato de ayudarlo. He tratado de convencerlo de que el realismo ya no le dice nada a nadie, que en una época tan compleja como esta hay que apelar a otras posibilidades. En el fondo sabe que es verdad, pero no quiere dar su brazo a torcer. No quiere admitir que yo, que siempre fui su alumno, le venga a dar lecciones.

—¿Qué importa eso ahora? Está preso.

—Sí, ya lo sé. ¿Qué quieres que haga? Me dices que yo debo saber cuál es el problema, cuando el que siempre está al lado de él eres tú.

—Está bien, no te alteres. No te dije que tú debías saber, te pregunté si sabías algo. Ustedes han pasado tantas cosas juntos... pero no te alteres, por favor.

—Perdóname, Marcos, no estoy alterado. O sí, sí estoy alterado, yo quiero a Eulogio, a pesar de todo. Si este fuera un país normal, ahora iríamos a la policía a preguntar por qué está preso. Pero si vamos, lo más probable es que nos metan en la cárcel también. Yo no sé, no creo que sea por aquel plan de irnos por la base, es lo único que se me ocurre.

—Eso fue lo primero que pensé. Aquello nunca quedó claro. ¿Quién era el hombre misterioso que estaba detrás del asunto? Eulogio me dijo que era un alto dirigente del gobierno, que también trabajaba para la CIA. Otro hombre que estuvo preso con Eulogio en Boniato era el enlace con el tipo.

—¿Eulogio te dijo eso?

—Ahora me acuerdo que fue Alejandro el que me lo dijo. Me dijo que un viejo que estaba con ellos en Boniato conocía a un doble agente que andaba buscando jóvenes para sacarlos de Cuba, y luego reclutarlos en Estados Unidos.

—Qué extraño, eso no fue lo que me dijo Eulogio. El me hablaba de un amigo de su padre, de un favor personal. ¿Por qué me iba a engañar, si yo era el que andaba con él, el que me estaba arriesgando directamente con él?

—Que sé yo, a lo mejor Alejandro estaba equivocado. O a lo mejor es parte de los mitos y los misterios de Eulogio. Tú sabes que Eulogio es extraño, a él le gusta disfrazar las cosas, inventar historias.

Elías encendió la pipa. Entre las filas de lienzos, su figura atlética, sus manos intranquilas, su cabeza de pelo enmarañado adquirían una acerba realidad.

—Tienes razón, Eulogio es extraño —dijo Elías— Demasiado extraño, al menos para mi gusto actual. SI tú supieras, esto es algo que nunca le he dicho a nadie, pero a veces me ha parecido… No sé si deba hablar contigo de esto. Es algo que todavía no…

—¿Te ha parecido qué?

—Nada, yo a veces he pensado que Eulogio es un agente. Que él mismo trabaja para la Seguridad.

Marcos se inclinó bruscamente hacia adelante. La silla amenazaba con romperse, o voltearse.

—¡Elías! Que porque ahora tengas celos profesionales de Eulogio, por esa maldita rivalidad de ustedes los actores, por esa maldita envidia…

—Marcos, ahora eres tú el que estás alterado. Déjame decirte, yo nunca le he tenido envidia a Eulogio, yo nunca le he tenido envidia a nadie. ¿Envidiar a Eulogio? ¿Sentir celos profesionales de Eulogio? Mi amigo, yo me siento satisfecho de ser quien soy, Elías Almarales. No me cambiaría ni por el mismísimo…

—Sí, Elías Almarales. Qué bien suena ese nombre. Elías Almarales, actor, Don Juan, futuro director, místico, filósofo, ¿y qué más? Ah, y ahora calumniador.

—Marcos, tú sabes que yo a ti te lo perdono todo. Pero no sigas con ese tono, no me provoques.

—Es que me revienta que digas eso de Eulogio. Es lo peor que se puede decir de alguien.

—No soy yo solo el que lo digo. Mucha gente lo dice.

Elías se habla colocado junto a la ventana, por la que se veía un cielo enrojecido, como iluminado por un incendio. Los espejuelos cuarteados le daban a su rostro una expresión aviesa. Marcos, empapado en sudor, se desabrochó la camisa.

—A ver, dime quién te lo ha dicho. Dime nombres, por favor. ¿Carrasco? Ese si es un chivato, un policía, que ahora va a exponer sus cuadros en Moscú.

—Carrasco nunca me ha dicho nada. Carrasco no habla de eso. Pero estás equivocado, él no es policía, claro que no, le falta madera para esa profesión. Carrasco es un oportunista, un vive—bien, uno más que hace el juego político para sobrevivir, como la mayoría de los habitantes de esta isla. Eso de Eulogio se lo he oído comentar a otra gente, gente que tú no conoces… y también a gente que tú si conoces, y te voy a poner un ejemplo nada más: Dionisio. Dionisio estuvo con Eulogio en la cárcel, y dice que allá adentro todo el mundo pensaba que Eulogio era un infiltrado.

—¡Qué malagradecido, ese chiquillo! —dijo Marcos, rascándose la cara (las mejillas le escocían)—. Después de todo lo que ha hecho Eulogio por él.

—Marcos, atiéndeme, el mismo Eulogio le dijo una vez a Dionisio que él era de la Seguridad. Se lo dijo una noche cuando estaba pasado de tragos. Después le pidió a Dionisio que le guardara el secreto, hasta lo amenazó, y le hizo jurar que no se lo diría a nadie.

—Eso no prueba nada. Tú sabes demasiado bien que Eulogio dice cualquier cosa cuando está borracho. A mi incluso me dijo una vez algo parecido, en medio de una curda. Eso es alarde, borrachera, puro teatro.

—Yo no te estoy asegurando que Eulogio lo sea, te digo que a veces he pensado... Marcos, tú no conoces a Eulogio como lo conozco yo. Eulogio no cree en nada, Eulogio no quiere a nadie. Una gente como él es capaz de cualquier cosa. No por maldad, mucho menos por convicción política, sino por experimentar algo distinto, o por inercia, o por burlarse de la humanidad, o por quién sabe qué razonamiento siniestro. Eulogio es un ser monstruoso, un verdadero nihilista.

—¡Qué malo es tener buena memoria! —dijo Marcos— Una vez me dijiste que Eulogio era un artista genuino, un hombre de un gran corazón. Me lo dijiste en la Plaza de la Catedral, aquella primera vez que nos encontramos aquí en La Habana, ¿o no te acuerdas? Pero claro, ya no puedes acordarte. Cuando aquello yo tuve la esperanza de que tú y yo fuéramos amigos, de que llegáramos a entendernos. Me dijiste que tenías tantas cosas que enseñarme. Y yo tenía tantas ganas de aprender. Pero ahora veo que todo fue una farsa. Lo que pasa es que entonces estabas jodido, habías acabado de salir de una granja, no te quedaba ni una gota de orgullo. Por eso te estabas refugiando en el Zen, por eso andabas con la cantaleta de eliminar el ego. Claro, habías perdido la confianza en ti mismo, tenías el ego hecho mierda, por eso hablabas del ello, del salto al vacío. ¿Qué otra cosa te quedaba? Tú mismo eras la personificación del vacío. Pero bastó que Eulogio, ese Eulogio al que ahora estás calumniando, te ofreciera la oportunidad de volver al teatro, de volver a tu medio competitivo (porque de competencia se trata, ¿no?) para que volvieras a ser Elías Almarales, el Elías que yo no conocía. El actor genial, el gran teórico del arte, el conquistador de mujeres.

—Marcos, Marcos, ¿qué te he hecho yo? ¿Es que te he lastimado tanto?

—¿Tú? ¿Lastimarme? ¿Cómo, de qué manera? Está bien, eres buen actor, ¿y qué? Eres un mujeriego, todas las mujeres se enamoran de ti, ¿y qué? Yo soy el que te tengo que preguntar qué te ha hecho Eulogio para que lo difames así, y más ahora, cuando al pobre hijo de puta lo acaban de meter preso, y no sabemos ni por qué.

—Yo no tengo nada contra Eulogio, te acabo de decir que lo aprecio. Pero la pasión ya no me ciega. El problema es que Eulogio te ha deslumbrado con su erudición, su verborrea, sus citas medievales, sus juegos de palabras… Yo te entiendo, Marcos. ¡Qué bien te entiendo, Marcos! Yo pasé por lo mismo. Yo también conocí a Eulogio a la edad que tú lo conociste. En Camagüey lo conocí, en tu querido pueblo. Eulogio fue un dios para mí; todo lo que decía era infalible. Pero Eulogio se estancó, se estancó en su locura, en su alcoholismo, en su mitomanía, sus payasadas. Se estancó como artista, como ser humano. Eulogio capituló, ¿entiendes? Capituló. Claro, yo sé que tú ahora no puedes aceptar eso. El te ha echado tierra en los ojos, incluso te ha virado contra mí.

—Mentira, él no me ha virado contra ti. Ni pienses tampoco que yo estoy de acuerdo con todo lo que él dice. Al contrario, él y yo nos pasamos la vida discutiendo.

—Marcos, yo sé que tú eres sensible, que eres inteligente. Pero Eulogio envuelve a cualquiera. Mira cómo está manipulando el grupo teatral, con sus ideas retrógradas.

—En eso no coincido contigo. Eulogio quizás ha dejado de ser un buen actor, pero sigue siendo un director de primera. Y lo que está haciendo con La Gaviota es lo único que se puede hacer con Chéjov. Yo no entiendo tus prejuicios contra el realismo. ¿Qué tiene de malo el realismo, si se puede saber? Aparte de que los comunistas lo exalten, y digan que es la única escuela posible. Pero el realismo está más allá de lo que digan los comunistas.

—No se trata de eso, Marcos, yo me cago en los comunistas y en todas sus teorías. Pero el realismo es estrechez, es falta de profundidad, es visión parcial y esquemática. Es someter el arte y la literatura a patrones trillados. En últimas consecuencias, el realismo es falsificación.

—Entonces Balzac era un falsificador. Y Tolstoi. Y Dostoyevski. Y Flaubert. Y Thomas Mann. Y Proust. Y Pasternak. Y Henry James. Podría estar mencionando nombres toda la noche. Elías, por favor.

—Marcos, estamos en la segunda mitad del siglo veinte. No te hagas el imbécil. Basta ya de siglo diecinueve, de rezagos del siglo diecinueve.

—Qué extraño, esas son las mismas palabras que me ha dicho Eulogio.

—Pues si lo dice, no lo practica. Es como el dicho: «Haz lo que yo digo, pero no lo que yo hago». Pero bueno, ya sabemos que Eulogio está loco. Y a un loco… Marcos, ¿por qué tenemos que discutir sobre Eulogio? Mira, estás temblando. Anoche te pusiste igual conmigo, aquí mismo, cuando estabas borracho. Pero seguro que ni te acuerdas. No sé, cualquiera diría que ahora me odias. ¿Cómo puede ser eso? Anda, mírame. ¿Tú me odias? ¿Es posible que me odies, Marcos?

—Elías, suéltame, hazme el favor.

—Anda, Marcos, dame la mano. ¿Por qué no me quieres dar la mano? Anda, mírame. Mira, me quité los espejuelos. Anda, mírame a los ojos. ¿Tú crees que a un tipo como yo tú lo puedes odiar?

—Está bien, quieres que mire tus ojos, tus lindos ojos azules, ¿verdad? Está bien, los miro. Los estoy mirando. ¿Qué más? ¿Quieres la mano? Aquí la tienes. Está fría, sudada, son los nervios. Ahora háblame con esa voz de actor, pregúntame por qué he cambiado. Anda, dime qué más quieres.

—Yo no quiero nada más, Marcos. El que quiere algo más eres tú. Vamos, llénate de valor y habla. Dime qué más quieres tú. Yo estoy dispuesto a hacer lo que me pidas.

—Qué sucio eres, qué chantajista eres. Yo solo he querido ser tu amigo, y tú lo sabes. Suéltame la mano.

—No, no voy a soltarla. Atiéndeme. ¿Acaso no soy tu amigo? ¿Cuándo he dejado de serlo?

—Ya no lo eres. Ya no lo eres. Tú te distanciaste de mí, te alejaste.

—Es todo lo contrario. El que te alejaste fuiste tú. Desde que regresaste del campo eres otra persona, y después que te expulsaron de la universidad cambiaste más. No quisiste ir más a los ensayos, empezaste a evadirme. No me digas que no. Me has estado esquivando todo el tiempo. No me diste la oportunidad de hablarte sobre tus cartas, que son las más valiosas que he recibido en mi vida.

—Pero nunca las contestaste.

—Nunca las contesté, porque tú sabes que escribir no es mi fuerte. Pero hubiera querido hablarte de ellas, y tú no me dejaste.

—Elías, esto es inútil. Es inútil, inútil.

—Sí, yo sé que es inútil. ¿Tú quieres que te diga por qué? Porque estás resentido. Estás resentido porque me acosté con Nora, porque sigo acostándome con Nora. Pero no porque tú todavía estés enamorado de ella, ni porque ella te importe un carajo, sino porque tú querías que en vez de acostarme con Nora me acostara contigo, porque tú querías que en vez de ponerme a vivir con Nora me pusiera a vivir contigo.

—¡Elías, no voy a aguantar que me ofendas! ¡Te lo advierto, soy capaz de romperte un cuadro en la cabeza!

—No vas a romper nada. Tú me vas a escuchar, como yo te he escuchado. Ahora me toca el turno. Y te vas a estar tranquilo. Anda, Marcos, mírame. Yo no quiero ofenderte, es lo menos que quiero. Estoy tratando de que nos entendamos. Tú decías que tenías la esperanza de que fuéramos amigos, de que nos entendiéramos. Ahora tenemos la oportunidad. ¿Para cuándo lo vamos a dejar? Anda, sé sincero conmigo. ¿Cuál es tu problema? ¿Tocarme? ¿Tocar este cuerpo, este, este mismo que tienes aquí delante de ti? Arriba, tócalo. ¿Qué quieres, besarme? Arriba, bésame, a mí eso no me importa. ¿Qué, te da vergüenza? ¿Y por qué? ¿Es que hay algo degradante en que yo te guste físicamente?

—Tú quieres humillarme, Elías. Eso es todo lo que tú quieres, humillarme.

—No, Marcos, te juro que no quiero humillarte. Quiero demostrarte que soy tu amigo, que soy capaz de todo por ti.

Marcos entró al baño, abrió la llave del lavabo y pegó su boca al chorro de agua: tenía la lengua y la garganta resecas. El grito metálico de una sirena bajaba hacia el puerto, opacando los ruidos de la noche; su insistencia dibujaba en el aire una desgracia. Marcos salió secándose la cara, apartó a Elías, que de pie en la puerta le cerraba el paso, y se dejó caer en la silla, frente al cuadro con el rostro pintado junto a la ventana. Luego tragó saliva, y con la mirada fija en la pared dijo:

—Elías, tú no tienes la menor idea de quién soy yo, ni de lo que yo quiero —su voz sonaba plana— Tú lo que quieres es demostrarme una vez más tu superioridad, tratándome con condescendencia, dándotelas de filántropo… Elías Almarales, el filántropo sexual.

Elías se sentó en el piso, entre el cuadro y Marcos, y poniendo una mano sobre la rodilla de este dijo:

—Tú no me engañas, Marcos. O no sé, a veces pienso que eres demasiado ingenuo, o demasiado… —Elías guardó silencio.

—¿O demasiado qué? Me cansan las frases a medias.

—¿Por qué tenemos que caer en este tono? O mejor dicho, ¿por qué me fuerzas a usar contigo un tono que no quiero usar? ¿Tú quieres violencia, verdad? ¿Para qué? Tú no eras así, Marcos, tú no eras así. Eulogio te ha jodido, te ha envenenado.

—Tú mismo acabas de decir que no íbamos a hablar más de Eulogio.

Unos toques suaves en la puerta provocaron un sobresalto en ambos. Elías se llevó un dedo a la boca, negando con un movimiento de cabeza. Los toques se repitieron, más fuertes. Una voz femenina dijo:

—Elías —en un susurro—. Elías.

Marcos se puso de pie.

—¿Por qué no me dijiste que estabas esperando a Nora? Yo me hubiera ido desde hace rato.

—Yo pensaba que ella no venía —dijo Elías, poniéndose las gafas con el cuidado de quien se coloca un antifaz.

—Eso es mentira, tú querías que yo estuviera aquí cuando ella llegara. Ahora entiendo —dijo Marcos, y precipitadamente abrió la puerta.

Nora, sin maquillaje, con ojos sorprendidos, sonreía.

—¡Marcos, qué alegría! —dijo, besándolo en las cejas— ¡Pero qué cara tienes! ¿Qué te pasa?

—Nada, ya Elías te contará, si es que quiere contarte. Yo me iba ahora mismo. Ya veo que recuperaste la voz, me alegro.

—Todavía estoy un poco ronca… Hola, Elías.

—No te vayas, Marcos —dijo Elías—, Tú y yo tenemos que seguir hablando. Nora, perdóname, Marcos y yo estamos hablando de algo Importante. ¿Tú viniste en el carro de Adolfo, no? ¿Por qué no esperas en el carro hasta que yo baje? O si estás apurada, te veo mañana entonces.

—Tú estás loco —dijo Marcos— Yo me voy, ya tú y yo hablamos más de la cuenta.

—Yo no sabía que iba a interrumpir —dijo Nora, titubeante, mirando primero a Elías y luego a Marcos.

—Tú nunca interrumpes, Nora —dijo Marcos. Y deteniéndose en la puerta, añadió—. Soy yo el que interrumpe. Además, me estoy cayendo de sueño. Anoche me pasé de tragos en casa de Gloria, luego me acosté tarde. Elías, acuérdate que mañana es la reunión en el Instituto, a las ocho de la noche. No dejes de recordárselo a Diego.

—¿Tú vas ahora para casa de Eulogio? —preguntó Nora.

—Sí, claro, ¿para dónde voy a ir?

—Espera, nosotros te llevamos en el carro —dijo Nora.

—No, no, de ninguna manera. Ustedes se quedan aquí. ¿Ya viste mi cuadro, Nora, el cuadro que Diego me pintó? Yo me voy, pero el cuadro se queda, desgraciadamente no me lo puedo llevar. Pueden virarlo contra la pared, si les estorba. Esta noche yo tuve que pasar por alto un cuadro, una reproducción de una *Madonna* renacentista. Es extraño, los cuadros a veces se interponen, traban la realidad. Y los libros, y las obras de teatro, y las esculturas, en especial las estatuas de las vírgenes. Si hay un perro rondándolas, peor. Todo depende de quién observa. El arte modifica la realidad: un tema para un tratado filosófico. Nora, no me mires como si estuviera loco. No estoy borracho, ni desvariando. Podría explicarte perfectamente a qué me refiero, pero es una historia larga y complicada, y me hace falta dormir. En fin, los dejo solos. Que pasen buenas noches.

XX

Habana, mayo 22 de 1970

Querido Alejandro:

No esperaba ya recibir tu respuesta, y de pronto, esta tarde, el cartero toca a la puerta desbaratada de la casa de Eulogio y grita con voz de tenor: ¡Marcos Manuel Velazco! Pensé que era una citación de la policía (no es delirio de persecución; te explicaré en otro momento). Qué alivio, qué alegría, ver el sobre abultado con tu remitente. Gracias por el hermoso libro de Marguerite Yourcenar; lo he devorado en una tarde.

Me pides que te cuente mi pesadilla en la universidad, que te explique por qué me expulsaron. Debes perdonarme, amigo mío; no tengo ánimos para revivir esa historia. Además, a ti también te ocurrió lo mismo, y no creo que ambos casos tengan gran diferencia, si exceptuamos pormenores triviales. El caso es simple: la revolución no alimenta cuervos que luego puedan picotear sus brillantes ojos. Algo parecido me explicó el rector.

De mi propia cosecha, añado: el precio de la educación en este país es el servilismo. «Yo te educo, y tú me adoras», nos dice la revolución; y nosotros debemos contestar: «Edúcame, que yo te adoraré». Quizás no articulé esta frase con la entonación adecuada; quizás me atasqué, me atraganté, quizás tosí en el momento de decirla. Eso es todo.

Además, ¡tengo tantas otras cosas que contarte! ¿No sabes que estamos a las puertas de una transformación política, de una revisión total de conceptos y métodos? ¿No has escuchado las trompetas de Jericó en tu mansión campestre? Las montañas a tu alrededor deben haber apagado el sonido. O el calor de Santiago debe haberte embotado.

299

No puedo resumirte los acontecimientos en una carta: tienes que venir a presenciarlos tú mismo. Te pido que abandones, al menos por un par de semanas, tu inaudita pereza, y vengas a la capital. A Eulogio le encantaría hospedarte en su casa, y yo compartiría con él el placer de servirte de anfitrión. Pero ven tan pronto recibas esta carta: el tiempo apremia.

Te daré un breve adelanto. La Unión de Jóvenes Comunistas convocó una reunión en el Instituto del Vedado con aquella parte de la juventud que el gobierno considera mal encaminada, diversionista, extranjerizante, polémica, confundida, apática, etc., con el fin de sostener un enfrentamiento verbal. La primera reunión tuvo lugar anoche. Los periódicos, por supuesto, no la mencionaron, ni mucho menos la radio ni la televisión, pero la voz se corrió por toda La Habana, y yo fui el primer sorprendido cuando encontré más de cien jóvenes en el salón de actos, dispuestos a defender sus puntos de vista frente a un tribunal (pues eso era lo que parecían los comunistas: un tribunal) que de seguro solo esperaba encarar a una docena de melenudos semianalfabetos. Los pobres militantes no estaban preparados para rebatir argumentos de peso como los que expusimos.

La actitud inicial de ellos fue acusadora e insolente, pero fueron cambiando de tono al darse cuenta que la mayoría de nosotros no rechazaba tajantemente la revolución, ni pretendíamos escapar de ella (¿cómo escapar de lo inescapable?), sino que solo abogábamos por un margen —incluso reducido— de libertad individual, y a la vez sugeríamos la posibilidad de modificar, no los principios políticos que ya sabemos que son inamovibles, sino ciertas falacias, ciertos dogmatismos, ciertas actitudes oportunistas que atentan contra la marcha del propio sistema. Se habló de Marx con respeto, se habló de Lenin con respeto —yo te confieso que cuando me tocó hablar, llegué solamente hasta Marx; no puedo ir más allá sin repugnancia— y al final de la«noche los azorados dirigentes decidieron continuar la reunión dentro de una semana, prometiéndonos que iban a llevar nuestras «propuestas» a altos funcionarios del Partido. La frase final, como era de esperar, fue «dentro de la revolución todo, fuera de la revolución nada;» pero estoy seguro que quedaron impresionados.

Ahora dime, mi buen Alejandro, ¿no te parece insólito? También asistieron algunos curiosos, que obviamente no esperaban participar de las discusiones, pero que terminaron por ponerse de parte nuestra. Entre ellos solo te mencionaré al trovador Luciano González, sin duda el más talentoso de su generación, a quien mi amigo José Luis imita sin el menor pudor. Aunque las cosas que dijo fueron un poco ambiguas (no cabe duda que no deseaba comprometerse) es alentador que haya estado allí, hasta cierto punto en nuestras filas, ya que se trata de una figura que todos respetan. Elías estuvo brillante: citó pasajes completos de Engels. Eulogio no pudo asistir —en otra oportunidad te explicaré el motivo— pero cuento con él para el próximo encuentro.

No solo Eulogio, sino que tú también debes estar presente. Necesitamos tu lucidez, tu elegancia verbal, tu flema. Quizás te equivocaste al decir que no somos una generación de acción; pero yo nunca me he equivocado al decirte que tú eres de los nuestros. Por favor, no me decepciones, y tan pronto termines de leer esta carta corre hacia acá. Compensaré las tribulaciones que sufras en el Tren Central con mi atención y afecto.

Tu hijo espiritual,
Marcos Velazco.

&.

Habana, mayo 29 de 1970

Querido Alejandro:

Anoche se celebró la segunda reunión. Conservé hasta última hora la esperanza de que vinieras, aunque quizás mi carta no llegó a tiempo; a veces tengo la impresión de que el correos al interior de la isla viaja en la alforja de un caballo, o en la mochila de un hombre descalzo. De cualquier forma, ahora me alegra que no hayas venido, porque sé que estás harto de decepciones, y esta hubiera sido una más. Solo podemos esperar un perpetuo chubasco de mierda.

Raquel Santoibáñez, la Responsable de Rehabilitación Social del Ministerio del Interior (memoriza si puedes este cargo) fue la invitada especial que dio al traste con nuestras expectativas. Habló sobre el momento histórico que atraviesa la patria; sobre la necesidad de crear primero una base económica; nuestras inquietudes, nos explicó, pertenecen (en términos marxistas) a la superestructura. El que yo saque a mear al perro a la calle pertenece a la superestructura. El que yo comente una noticia en la esquina pertenece a la superestructura. El que yo quiera mudarme de pueblo pertenece a la superestructura. MI manera de vestirme, de moverme, de hablar, de escribir, de comer, de singar, pertenece a la superestructura. No podemos perder el tiempo en bagatelas, dijo ella; el momento es de acción, y la acción está en los cañaverales cubanos. Primero debemos ir a cortar caña, cooperar con esta zafra actual en la que debemos cumplir la meta de los diez millones de toneladas de azúcar, y luego podremos sentarnos a discutir sobre derechos individuales, métodos políticos, leyes, libertades, ideas. Tenemos que ganarnos el derecho a discutir, dijo ella, e invitó a los presentes a formar parte de un «campamento especial» de macheteros voluntarios. No un campamento cualquiera, añadió, sino un campamento «moderno» (viva Rimbaud) en el que la disciplina no sería tan estricta, y muchachos y muchachas podrían convivir en total libertad, sin tabúes ni prejuicios. El único requisito sería cortar caña hasta que termine la zafra, y luego ayudar dos o tres meses en la siembra.

Esta idea fue respaldada por Luciano González, que como sabes tiene un gran ascendiente sobre la juventud, y después de la reunión muchos se ofrecieron para participar. En vano otros, entre ellos yo, manifestamos que no teníamos que ganarnos ningún derecho, ya que por ser simplemente jóvenes cubanos nos correspondía; en vano repetimos que si no se empieza desde ahora a definir la «superestructura», luego puede ser demasiado tarde (¿acaso no han pasado ya once años desde que nuestros gobernantes tomaron el poder?); en vano recalcamos las desventajas de pasar por alto los problemas que afectan directamente al pueblo, y no solo a los jóvenes.

La actitud de esta señora, muy bien Instruida por el Partido o el Gobierno o la Policía (todo es lo mismo), fue inconmovible. El resto del panel oficial permaneció prácticamente mudo. A la larga todo se resumió en la expresión: «Caña ahora; discusión después».

Creo que se apuntaron más de cincuenta en la lista que el propio Luciano González ayudó a confeccionar; él también va a cortar caña, él también va a formar parte de este campamento experimental, como ya lo llaman.

O sea, querido Alejandro, que todo fue un truco, una maniobra, un chantaje; estoy seguro que Luciano ha sido un instrumento, y su presencia en la reunión no obedeció a un deseo de solidarizarse con esta llamada juventud conflictiva. Además, me imagino que el final del campamento será una hecatombe, porque no creo que estos distinguidos voluntarios den la talla en el corte de caña.

Entonces nuestros jueces dirán que como no somos buenos trabajadores, que como no servimos para crear la base, no tenemos voz ni voto en la superestructura.

Para colmo, cuando llego anoche a la casa, furioso y frustrado por toda la chacota, me encuentro a Eulogio tirado en el piso, borracho, roncando como un cerdo. Desde que lo soltaron —porque estuvo preso una semana; ya te hablaré de eso en otra oportunidad— ha vuelto a beber a diario. Cuando empezó con el montaje de la obra de teatro cambió completamente, y pensé que esta vez el entusiasmo creativo lo había liberado de la autodestrucción; pero la alegría dura poco en casa del pobre. Los actores me han dicho que los ensayos se han convertido en un campo de batalla, y a estas alturas, el estreno de La Gaviota es casi una quimera.

En fin, quisiera darte noticias más felices, y he procurado que el tono de esta carta no revele mi verdadero estado de ánimo; no me perdonaría abrumarte con mis infortunios. Solo te pido un favor: escribe.

Tu fiel amigo,
Marcos Manuel Velazco.

❧

Habana, junio 2 de 1970

Mi querido Alejandro:

No, no voy a mencionar en esta carta una sola palabra que tenga que ver con política. Te doy toda la razón, corro el riesgo de convertirme en un tipo obsesionado por la política, y no hay nada más lamentable que eso. Es más, no quiero convertirme, no digamos en un obsesionado, ni siquiera en un aficionado. ¿Pero es uno responsable de las obsesiones, o las aficiones? ¿No se trata de algo accidental, puramente Involuntario? Yo detesto los escritores políticos. Yo detesto los poetas políticos. Yo detesto la política, y punto.

Sin embargo, la política acecha. La política envuelve. La política toma la forma de los fideos en la sopa, se vuelve líquida como el caldo de la sopa, asfixia como el humo de la sopa. Eulogio repite: «Política y religión, religión y política: no podemos librarnos de estos fantasmitas». Pero de Eulogio te hablaré más adelante. Pasando entonces a la religión, te diré que hace poco visité una iglesia católica… Sí, Alejandro, una iglesia católica, con una estatua de la Caridad del Cobre, Santa Patrona de Cuba. Por favor, no pienses que me burlo. Te respeto demasiado, te aprecio demasiado para burlarme de tu fe. Quiero que sepas que me arrodillé y me persigné; pensé incluso en confesarme —pero al fin no lo hice. Eso sí, deposité todo mi capital en una alcancía frente a uno de los santos, no sé si por piedad o confusión. El caso es que un perro vagabundo, uno de esos perros llenos de sarna y llagas, se había colado en la iglesia y correteaba entre los bancos, y al verlo recordé el pasaje del *Fausto* donde el perro entra a la habitación y luego se transforma... Por un instante perdí el control de mis actos, como cuando soñamos. Fue una historia estúpida, lo sé; ¿por qué entonces te la cuento? Quizás para evitar caer en la política. Eulogio está en lo cierto: nos olvidamos de la política metiéndonos en la religión, y viceversa; lo peor es cuando las combinamos.

Me preguntas por Eulogio, por el montaje de la obra. Ya debes haber recibido mi carta anterior, en la que te cuento que Eulogio estuvo unos días preso, y que desde que salió ha vuelto a beber como antes. No te expliqué el motivo por el que lo arrestaron, porque yo mismo no lo sé. El se niega a hablar de eso. Solo dice que fue un error, que trataron de involucrarlo en un problema con el cual él no tenía nada que ver, y que quiere olvidar por completo el incidente. Se encierra a beber en el cuarto desde por la mañana, duerme un par de horas por la tarde, y por la noche se va a los ensayos con la petaca en el bolsillo. Al llegar por la madrugada, sigue bebiendo hasta caerse. La vida en esta casa se ha vuelto un infierno.

Espero mudarme en cualquier momento, solo que todavía no he encontrado para dónde. No quiero volver a Camagüey, quiero quedarme en La Habana, pero el cerco se estrecha cada vez más. ¡Qué terrible, vivir en un país donde uno ni siquiera puede alquilar un cuarto! ¿Existe otro lugar semejante en el mundo? Pero prometí no hablar de política. El chino Diego, un pintor amigo mío del que creo haberte hablado, me ha dicho que puedo irme a vivir con él cuando yo quiera. Pero se trata de una habitación pequeña, y allí está también mi paisano Ricardito, un músico que está enfermo de los nervios, y Dionisio (el mismo que conoces) se queda a veces a dormir allí. Los pobres no tocan ni a tres pies cuadrados per cápita. Pero si Eulogio sigue bebiendo, no tendré otro remedio que aceptar la invitación.

No se trata de la bebida en sí; yo también bebo. Beber es un escape tan eficaz como dormir, como acostarse con alguien deseado; es hundirse en una indiferencia voluptuosa; beber en ocasiones cauteriza, pacifica, socorre, incluso sana; nadie mejor que yo entiende por qué Eulogio bebe. Pero sucede que Eulogio es un maniático, un demente, y en los últimos días la bebida lo trastorna aún más. Yo le agradezco que me permita vivir aquí, que me trate como a un familiar; pero mi gratitud tiene un límite. El otro día amenazó con matarme. Lo peor es que cuando la bebida lo embrutece es capaz de hacerlo. Además, tiene una pistola debajo del colchón. ¿Tú te imaginas, tener una pistola en Cuba sin ser militar? Si lo descubren, le echarían por lo menos diez años, o más, teniendo en cuenta sus antecedentes.

Si al menos pudiera acudir a la religión, como tú... Pero mi fe se desgasta. La visita a la iglesia solo me confirmó que el catolicismo me atrae más que el protestantismo, quizás por la presencia de la Virgen. Sí, eso es. El catolicismo es femenino, y la femineidad es blandura, delicadeza, humedad. El protestantismo, sin embargo, es seco, áspero y masculino, y yo estoy marcado por esa sequedad, esa aspereza. Esa fue mi obsesión en otro tiempo: por qué la humedad, por qué la sequedad. Pero eso forma parte de mi adolescencia, de las preguntas que me hacía en mi adolescencia. Ahora las preguntas son más simples, preguntas como: ¿Qué vas a comer hoy? ¿Dónde vas a trabajar? ¿Dónde vas a vivir? ¿Cómo vas a escribir? ¿Con quién te vas a acostar? Las preguntas que comienzan con por qué se han desvanecido. ¿Es eso lo que llaman madurez? Contesta tú, mi buen Alejandro.

Te quiere y recuerda,
Marcos Manuel.

P.D. Me pides también que te cuente de Elías, pero es poco lo que puedo decirte: apenas lo veo. Discutimos a veces de arte y literatura, estuvimos juntos en las ya tristemente célebres reuniones, pero fuera de eso, la relación entre nosotros se ha enfriado. Elías es... un ególatra. Un ególatra afable y taimado, pero ególatra al fin. Una vez me dijiste que en el fondo él y tú se parecían: me niego a ver la semejanza. Elías es sobre todo un actor, un buen actor, y los actores, según el sabio Goethe, se alimentan del encubrimiento.

❧

Habana, junio 5 de 1970

Querido Alejandro:

Nuestras cartas se siguen cruzando. Hoy recibí la tuya. Te escribo de forma telegráfica (estoy de pie, no resisto sentarme) porque tengo que empaquetar a toda prisa. Salgo esta noche con Dionisio y Ricardito para el campamento. Me refiero al albergue experimental que te mencioné en una de mis cartas. Está cerca del poblado de Bauta, aquí en la provincia de La Habana.

Sé que te sorprenderá mi volubilidad (recuerdo lo que te dije sobre ese sitio), pero Intentaré justificarme en mi próxima carta, que te escribiré desde allá.

No pienses demasiado mal de mí; al menos todavía.

Ahora me despido, quiero terminar esta carta antes que Eulogio llegue.

Un abrazo,
Marcos.

&.

Jueves, 6 p.m.

Querido Eulogio:

Salgo dentro de media hora para «el campamento de los hippies», como lo bautizaste anoche. Hoy por la mañana tomé la decisión de irme. Aunque te lo explicara, no vas a entender por qué me voy, por eso no pierdo mi tiempo en justificaciones.

Te agradezco el alojamiento, la comida, la amistad. Las socarronerías, los insultos y los maltratos quedan bajo el manto protector de los galones de alcohol y las marejadas de pastillas.

Espero que no abandones tu proyecto teatral. La creación es lo único que puede salvarte. Puedo decirlo incluso en plural: salvarnos. Me alegra no tener que decirte esto personalmente, para no escuchar tu respuesta sarcástica. Lo cierto es que tu sarcasmo ha llegado a aburrirme. Prefiero tu vigor creativo.

Estoy seguro que nos darán pase una vez al mes, y por supuesto vendré a parar aquí, si no te molesta. Vamos primero a cortar caña y luego a sembrarla; calculo unos cuatro o cinco meses en el campo.

Ricardito y Dionisio se van conmigo; sé que encontrarás de inmediato un actor que sustituya a R., que además nunca ha sido actor, ni tiene el menor interés en serlo. Lo suyo es la música, y por suerte se lleva la guitarra, con estuche y todo.

Espero que tus maldiciones no pasen del techo de la casa. Además, el diablo es sordo.

Te aprecia siempre,
Marcos.

Verdún, junio 6 de 1970

Mi querido Alejandro:

Comenzaré por el viaje. Llegamos a Bauta cerca de la medianoche, y no había un alma despierta en todo el pueblo (excepto las rondas de los Comités de Defensa, como es de suponer), y mucho menos un vehículo en movimiento, si descontamos igualmente un carro patrullero con un policía troglodita que nos pidió identificación, y que se mostró suspicaz cuando supo que íbamos para el campamento de Verdún, pero que al fin se dejó seducir por mi viejo carné universitario (que prudentemente conservo) y por mi verborrea. Nos indicó el camino y nos dijo que a lo mejor encontrábamos algún camión del ingenio que nos recogiera. Pero ningún camión apareció, y tuvimos que recorrer a pie los ocho kilómetros de terraplén desolado.

Había olvidado qué extraordinario es atravesar potreros y montes bajo una luna llena. Arboles y lomas formaban dibujos desatinados: un barco, una mujer de senos caídos, un caballo encabritado, una tortuga. Los perros ladraban en los patios de los bohíos. Había viento, y los cables eléctricos a lo largo del camino chisporroteaban al chocar entre sí, levantando en el aire unas llamas fugaces que cualquier paseante acobardado podía tomar por fuegos fatuos.

Dionisio y Ricardito estaban cagados de miedo, a pesar de una radiante luna, y el que te escribe, para serte sincero, no se quedaba lejos. Tropezamos a mitad del camino con una enorme culebra que silbaba; corrimos vergonzosamente, como tres anormales. En vano tratamos de contarnos las historias más inocentes: siempre terminábamos hablando de aparecidos, de jinetes sin cabeza, de recién nacidos abandonados en los barrancos, que al ser descubiertos hablan con voz ronca y muestran unos dientes monstruosos. Fracasamos también al intentar cantar a todo pecho: una jauría de perros, azuzados por el alboroto, casi nos despedaza.

Llegamos al campamento sobre las tres de la mañana, cansados pero eufóricos. El viaje a través del campo me devolvió una vitalidad que La Habana me había quitado. Las ciudades envenenan, ¿no es cierto? Ya entiendo por qué te has refugiado en esa casa junto a las montañas. Hago votos porque se te prolongue ese inefable asilo.

Un incidente vino a jodernos la noche: en el comedor del albergue, mientras tomábamos una sopa de harina que había sobrado del día anterior (y que un joven comunista tuvo la amabilidad de calentarnos), Ricardito tuvo un ataque de epilepsia. En medio de las convulsiones tumbó con el brazo una lámpara de petróleo, y por poco se quema la cara. Lo llevamos cargado para la enfermería, con el rostro deformado y violáceo, pero en menos de media hora recobró el conocimiento. Luego se tomó sus pastillas, y al rato roncaba como un bendito. No así el que te escribe, que todavía no se ha atrevido a domar la dura litera: el colchón, de saco de yute, parece estar relleno con piedras, y el bastidor consiste en unas tablas claveteadas con severidad. Pero en realidad no me importa la cama: lo que sucede es que no quiero dormir.

Amanece. Estoy en el comedor y acabo de apagar la llama del quinqué. Una niebla blanquecina cubre el campo. El cocinero acaba de encender con mil trabajos una leña que al fin, entre remolinos de humo, empieza a crepitar. Dentro de poco darán los gritos de De pie. Sé que voy a hacer un mal papel en mi primer día de trabajo, pero a pesar de esta noche en vela tengo ganas de una acción concreta, incluso de embestir con el machete las inofensivas cañas. ¿Puedes creerlo? Soy feliz.

Muchas veces, después de pasar toda la noche deambulando por mi ciudad, vi la salida del sol camino de mi casa. Esta hora me ha recordado siempre un himno evangélico que aprendí cuando niño: Cuan gloriosa será la mañana en que venga Jesús el Salvador. (Religión y política, política y religión, diría Eulogio). Pero sin duda todo amanecer en el campo tiene algo de glorioso. La vegetación enardece los sentidos, el paisaje se dilata con la fuerza de una resurrección.

¿Te sorprende este arranque casi místico? Es que el olor del café recién colado me ha restituido el don de la poesía.

Tu fiel amigo:
Marcos Manuel.

&.

Verdún, junio 8 de 1970

Querido Alejandro:

Ayer me fue imposible mantener mi promesa de escribirte a diario: después de una faena en el campo de casi diez horas, solo me quedaba estrenar mi cama desde temprano: a las ocho de la noche caí como una estaca en la litera, que me pareció más suave que una nube. Ni los gritos, ni los retozos, ni las canciones acompañadas de guitarras, ni ciertos sonidos familiares que escuché a medianoche (y no me refiero a ronquidos) me perturbaron. Aguanté incluso hasta el amanecer unas impertinentes ganas de orinar; creo que hubiera preferido mearme en la sábana antes que levantarme.

Aquí en el campamento debe haber unos noventa «voluntarios;» las muchachas, que duermen en un almacén detrás del comedor, no pasan de quince. Los jóvenes comunistas, que se autodenominan «políticos» (sic), son alrededor de veinte. Su función es garantizar la disciplina y organizar el trabajo.

Pero sé que más que una descripción de este sitio y de sus moradores, más que un recuento de las actividades diurnas y nocturnas, estás esperando que te explique por qué estoy aquí, y qué espero de todo este aquelarre. Te conozco bien, querido amigo. Te interesan más las ideas que los hechos; te preocupan más los móviles que los actos. Mala costumbre. Hasta hace poco yo pertenecía a esa raza tuya, torturado por las reflexiones; pero luego de mi salida de la universidad estoy procurando limitarme al puro vivir. VIVIR. Sin embargo, me es grato complacerte. Estoy aquí porque:

Quise huir de Eulogio

Quise huir de Elías

Quise huir de Nora

Quise huir del teatro

Quise huir de la ciudad

Hay por supuesto otras razones: sentía curiosidad por este sitio, y a la vez deseaba formar parte de esta insensata algarabía. También, por qué negarlo, quería admirar de cerca la belleza de esta juventud. No he venido a representar el papel de héroe, ni espero que de esta experiencia se saque nada positivo para nuestros propósitos Iniciales; no creo que en Cuba sea posible un cambio, a no ser un cambio para lo peor. O sea, que todo lo que te dije en mi carta después de la segunda reunión permanece invariable. MI opinión sobre el presente y el futuro de este país se resume en el pasaje de Marcuse: «En cada revolución hay un momento histórico durante el cual la lucha contra la dominación pudo haber triunfado; pero el momento pasa. Un elemento de autodestrucción parece estar envuelto en esta dinámica… En ese sentido, cada revolución ha sido también una revolución traicionada».

Ya ves a qué extremos de pesimismo llego. Mi presencia aquí se debe a motivos egoístas: a un simple afán de sobrevivir sin traicionarme del todo.

Son cerca de las nueve de la noche: afuera han prendido una fogata, y Luciano González canta una de sus baladas de amor. A veces me sorprende su sensibilidad, que contradice su obvio oportunismo. Esta tarde me dijo en el comedor, en un aparte, que la promiscuidad de estos jóvenes le repugnaba, y que no se quedaría por mucho tiempo; o sea, que cumplida su función de flautista de Hamelin, prepara desde ahora su retirada.

¿Quiénes son estos jóvenes? Una masa diversa, hermosa y lamentable. La mayoría no trabajaba ni estudiaba en el momento de venir; los estudiantes no hubieran podido abandonar sus escuelas, ni los obreros sus centros de trabajo. A los ojos de la opinión pública —léase Partido Comunista y Castas Militares— somos una partida de vagos, delincuentes, afeminados y prostitutas, sometidos voluntariamente a un raro proceso de rehabilitación, si es que este experimento de cortar caña por el día y cantar y hacer el amor por la noche (los «políticos» se hacen los de la vista gorda ante los contactos sexuales de cualquier tipo, mientras tengan lugar en la oscuridad;) si es que esta orgía organizada y vigilada; si es que esta productividad con tonos marcusianos pueden rehabilitar a alguien.

La hora del desayuno es la que más me gusta. Desde temprano comienza la fila para el brebaje caliente —harina de trigo disuelta en agua hirviente— y todo el mundo está de un excelente humor: los muchachos con cintas en la cabeza, sombreros pintarrajeados, collares de semillas, pantalones zurcidos con parches de colores; las chicas igualmente con collares, cintas, pañuelos amarrados al cuello, blusas que dejan desnudas las cinturas, flores en el pelo, aretes, pulsas de santajuana. Incluso los «políticos», con sus opacas ropas de milicia, observan alelados, entre sonrisas cómplices, el júbilo de esta juventud peculiar a la que de alguna forma también pertenecen. Hay cantos, bromas, repiques de cucharas y jarros; hay también alguna que otra pelea por el puesto en la cola —nada grave.

Pero los maricones ponen la nota célebre. Han formado una brigada especial, que ellos mismos bautizaron como Las locas de Chaillot *(la obra se estrenó en La Habana hace unos meses) y llegan maquillados —más que maquillados, enmascarados; no sé cómo se las arreglan para conseguir colorete, sombras para los ojos, lápices de ceja, creyones de labios—, alborotando, gesticulando, exhibiendo vestuarios que sobrepasan el hippismo e incluso el surrealismo: una loca usa de sombrero una pantalla de lámpara; otra se ha hecho una camisa de latón al estilo de Polly Magoo. A la primera le dicen la iluminada; a la otra la loca del siglo veinti-*

trés. Estas que te menciono son apenas dos ejemplos; necesitaría varias resmas de papel para describirte con detalles la fauna completa.

Después del desayuno viene el viaje en carreta hasta el cañaveral, y a partir de allí el día comienza a perder su esplendor; nos han dado los campos peores, donde las cañas, retorcidas como reptiles, se ocultan entre la hierba que crece entre los surcos a la altura de las rodillas. Se hace casi imposible, aún con un gran esfuerzo, llegar a la meta individual de ciento veinte arrobas diarias. Un dato chocante: los afeminados y las muchachas hacen mejor papel que los «machitos», que buscan siempre la oportunidad de holgazanear cuando los políticos no vigilan.

Con la vuelta al albergue al anochecer, los ánimos se restablecen. La entrada a la barraca compite con una escena de manicomio —y te habla uno que conoce esos sitios. Luego estalla la guerra por el baño, un edificio sin techo, con piso de tierra, que en pocos minutos se vuelve un lodazal; es necesario mantener el equilibrio sobre unos tablones para no enfangarse mientras uno se ducha. Yo prefiero esperar hasta tarde en la noche para bañarme —hoy todavía no lo he hecho. Por suerte ya ni mi propio sudor me molesta. Estos «trabajos productivos» embotan los sentidos, si exceptuamos el de la concupiscencia. Pero no vale la pena detenerme en eso. Pese a que ya he tenido varias proposiciones (no sé a qué se debe esta racha exitosa, si a mi melena o a mi palabrería), no he querido envolverme en aventuras. El sexo me intoxica, y deseo mantener por ahora el reposo emocional, la cordura. La masturbación es mi mejor aliada.

Ahora acaba de llegar Ricardito, con la guitarra a cuestas y el rostro de mesías. Han pasado dos días desde el ataque, y tal parece que jamás en su vida ha sufrido epilepsia. Aquí se siente admirado, querido; si no fuera por Luciano, él sería la estrella indiscutible del campamento. No lo había visto así desde hace mucho tiempo. Desde que sus padres se fueron para Estados Unidos, su enfermedad nerviosa ha ido en ascenso, y me complace verlo en esta nueva fase de plenitud. Ricardito es para mí una prueba de que el género humano ofrece a veces un ejemplo noble. Ahora vino a pedirme que lo acompañara a cantar una versión en español que yo mismo hice hace más de cinco años de una canción de los Animáis. Pero olvido que eres indiferente a la música pop. Peor para ti. No exagero si afirmo que los Beatles, los Rolling Stones, y toda esta música, le han dado una dimensión singular a mi vida, y a la vida de mi generación. Sé que esto te parece irrazonable, superficial quizás. No importa.

Hoy me doy cuenta que me hacía falta respirar esta atmósfera, sentirme parte de esta juventud. Sabes, Alejandro, leí hace poco que algunas personas al llegar a cierta edad se alimentan de la vitalidad de los jóvenes; el autor las clasifica como vampiros. Creo que he sido víctima de uno de esos vampiros. Eulogio es mi amigo, lo quiero y lo extraño, pero me estaba sorbiendo hasta la última gota de sangre, dándome a cambio el veneno de su frustración. Elías, a pesar de ser joven, ha sido para mí otra suerte de vampiro. Un vampiro más refinado, menos exigente —pero igualmente dañino.

Tú, sin embargo, eres distinto. Nuestra relación siempre ha sido un saludable intercambio. Cuando recibo tus cartas me siento más fuerte, más seguro de mí. Por favor, no dejes de escribirme. Recibe un abrazo,

Marcos Manuel.

P.D. — Si le escribes a Eulogio, te pido que no le menciones nada que yo haya dicho sobre él. Quiero conservar su amistad —pero de lejos.

❧

Verdún, domingo.

Mi querido Alejandro:

Han pasado cuatro días desde mi última carta, pero espero que entiendas mi silencio: me desplomo cada noche tras el ajetreo en el cañaveral. Hoy es mi primer día de descanso. Me desperté a media mañana, con el sol en la cara, aliviado al pensar que podía quedarme en la litera, contemplando el paisaje por la ventana… ¿Pero para qué buscar paisajes afuera, si el de adentro basta? Me gusta el interior de esta barraca. Las paredes están cubiertas de letreros, la mayoría copiados literalmente de las consignas de los jóvenes franceses durante el célebre mayo en París: la revista Casa de las Américas cometió el error de publicarlas, sin saber que más tarde los jóvenes cubanos podíamos aplicarlas a nuestra realidad.

Frente a mi litera hay también un gigantesco signo de la paz, coronado con la frase de los hippies: «Hagamos el amor, no la guerra». Me imagino que este pobre delirio imitativo te sacaría de quicio: posiblemente nos reprocharías, entre otras cosas, una deplorable falta de originalidad. Pero debes comprender que la información, al cruzar las fronteras, transforma el mundo. A mí también me irrita por momentos este continuo apropiarse de ideas ajenas, nacidas en otro contexto, pero luego me digo que es válido que nos identifiquemos con lo que ocurre en otros sitios del mundo, con lo que otros jóvenes sienten. Que ellos vivan en países capitalistas, y nosotros en un país socialista, demuestra que la diferencia entre el capitalismo y el socialismo es puramente superficial. Y aquí me tienes metido de nuevo en la política. Olvidemos el lapso.

El paisaje interior no solo se compone de letreros, sino también de cuerpos y de rostros, repletos de energía. Es una lástima que las axilas estén blanqueadas por el bicarbonato —el desodorante, escaso en toda Cuba, aquí es inexistente— y que los cabellos estén grasientos y llenos de caspa, a causa de la falta de champú. Pero lo peor ocurre cuando las bocas se abren para hablar. Estas bocas solo deberían abrirse para cantar, o besar, o comer. Salvo contados casos, el coeficiente de inteligencia de estos pioneros de la libertad individual es nulo. Mi único consuelo es que el coeficiente de los «políticos» es igual o peor.

Luciano González se despidió ayer definitivamente. Puso pretextos: conciertos, grabaciones... Nada, que llevó a cabo su papel a la perfección y ahora se lava las manos del asunto. De todos modos, he cambiado de opinión, y ahora sí creo que este campamento tiene un valor: el de reafirmar que hay una parte de la juventud que no teme proclamarse humana. Claro que es muy pronto para pronosticar en que va a terminar todo esto: me preocupan ciertos síntomas que he observado en los Media hora más tarde — Alejandro, tengo que terminar esta, y la echaré así mismo en el buzón: Eulogio y Elías han venido a avisarme que mi madre está en La Habana.

XXI

—No, tú no eres Marcos.

Carmen Velazco, en el borde de la cama de hierro, miraba fijamente el patio del hotel a través de la ventana. Marcos se había sentado primero en una silla para acechar el perfil de su madre; luego, consciente de que la tensión entre ambos se agudizaría si él permanecía inmóvil, comenzó a caminar desde el baño hasta el armario de puertas de espejo, observando a veces la cabellera canosa de Carmen y otras las paredes de un verde apagado. Los desgarrones en la pintura revelaban capas de distintos colores, hasta llegar a la médula rojiza del ladrillo. A ratos se detenía frente al espejo, y examinando su rostro contraído, afeado por una barba rala, se apretaba hostilmente una espinilla, o se alisaba el bigote. Por último se detuvo junto a la ventana, de espaldas a su madre.

El patio tenía una minúscula fuente en el centro, rodeada por arecas de un matiz arenoso. O tal vez ese pigmento mustio de las plantas, pensó, se debía al atardecer nublado, que reflejaba su lividez en todo.

—Tú no eres Marcos, tú no eres mi hijo Marcos. A mi hijo lo secuestraron, o lo mataron. Tú eres un impostor.

La habitación olía a humedad, a ropas mohosas, a alimentos rancios. Marcos se había hospedado en ese mismo hotel cuando era niño, con su abuelo y su tío; los tres habían venido a La Habana a visitar a Carmen, que llevaba varios meses recluida en el hospital psiquiátrico de Mazorra. Su abuelo le había dicho que aquel había sido uno de los mejores hoteles de Cuba, pero ya cuando Marcos lo visitó en esa época, su antiguo lustre se había desvanecido. Ahora el tiempo, la negligencia, la terca carestía, lo habían convertido en un caserón ensombrecido por manchas de incendios, de musgos y de hiedras.

—Tú no eres Marcos. ¿Dónde está mi hijo Marcos?

Un anciano, con un cabo de tabaco colgando de la boca, había salido a barrer el patio: manejaba la escoba como quien mueve un cuerpo, la zarandeaba, de repente hacía un alto, y con brusquedad sacudía la ceniza en la fuente. Luego botó el tabaco entre las arecas, sacó una diminuta libreta del bolsillo y anotó rápidamente algo: un número, o una sola palabra. Las luces se encendieron en algunas ventanas, y al olor áspero del hotel se añadió ahora un aroma de sofrito. Marcos sintió hambre. Recordó el cartucho con comida que Eulogio le había dado esa tarde, y cortó con los dedos un pedazo de queso que sudaba unas espesas gotas.

—¿No quieres un pedazo de queso?

—No.

—Tienes que estar débil, estoy seguro que no has comido nada. Anda, vieja, no seas cabecidura.

Carmen seguía con la vista fija en la ventana; al parecer solo le interesaba el estrecho paisaje que se observaba desde el tercer piso. Desde que habían llegado a la habitación, dos horas antes, se negaba a mirar a su hijo. Marcos se sentó a comer en el quicio del baño y luego se limpió con un paño la grasa de los dedos. Las manos le temblaban.

—Si no vas a cambiar esa actitud absurda, mejor me voy.

—Vete, es lo mejor que haces. Tú no me engañas, tú no eres Marcos. Vete.

En ese instante alguien puso la radio a todo volumen en el cuarto de al lado: un danzón instrumental se desencadenó en el seco silencio. La música, o el incoherente estruendo, parecía ejecutada por un centenar de violines. Pero tan pronto el locutor habló, la transmisión se interrumpió: la persona que prendió la estación no parecía simpatizar con las voces humanas. Solo quedó el silbido del viejo que barría, que continuó la melodía del danzón con un ritmo más lento. Marcos sabía de memoria la letra, que narraba la historia de un hombre que se roba del cementerio el cadáver de su amante. De repente sintió el deseo de cantar el verso que decía: al esqueleto rígido abrazado. Pero temiendo que esto alterara más a Carmen, que cuando atravesaba por una crisis mental se volvía susceptible al menor detalle, permaneció callado. Abrió la llave del lavabo para enjuagarse la boca. No había agua.

—Tú no eres Marcos. ¿Dónde está Marcos? ¿Lo cambiaron por ti?

La radio volvió a sonar con estridencia, pero solo por unos segundos. Luego unos golpes, como de objetos tirados contra el piso, sustituyeron a la fugaz música. Quizás era un niño jugando, pensó Marcos. O una mujer histérica. La vida en los hoteles guardaba más sorpresas que en las casas, se dijo, aunque a la larga lo mismo ocurría en todas partes.

Esta reacción de su madre, por ejemplo, intensificada por los meses de separación y tal vez por los efectos de un viaje agotador, se parecía a las que él había presenciado muchas veces desde su infancia. Siempre tenían un rasgo común: separaban a Carmen del resto de las personas, la volvían irascible y suspicaz. En otro tiempo él hubiera aludido a un detalle jocoso, hubiera bromeado sobre un incidente casual —la radio en el cuarto de al lado, el viejo que barría en el patio— para restarle importancia al estado de su madre, para ayudarla a volver a la realidad; pero ahora el anochecer pesaba sobre los nervios, la densidad del aire se cernía con su red incolora, y cualquier esfuerzo por aparecer de buen humor hubiera sonado falso.

Además, los años que llevaba lejos de ella, excepto por las breves vacaciones, le habían quitado destreza: apenas sabía cómo afrontar una situación que en otra época le hubiera parecido natural. Tal vez, se dijo, él había olvidado en los últimos meses que su madre era una mujer enferma. Sin embargo, estaba convencido de que su único recurso era mostrar aplomo, y que solo debía apelar a la violencia si la crisis se agudizaba al punto de volverla agresiva, lo que no era frecuente; apenas recordaba dos o tres momentos semejantes, que ocurrieron cuando él era niño.

—Dime, ¿te cambiaron por él?

Marcos inclinó su rostro hacia ella, mirándola a los ojos, y le dijo en voz baja:

—¿Tú crees que me cambiaron?

Luego encendió la luz. El bombillo de escasas bujías colgaba del techo gracias a una maraña de cables desnudos. Una maleta de cartón, hundida en los bordes y amarrada por una soga que suplía la falta de broches, ocupaba parte de la cama. Marcos hizo un ademán de moverla.

—¡No la toques! —gritó Carmen—, ¡Esa es el arca del testimonio!

Marcos la alzó un Instante, como para verificar su peso.

—¿Cuál testimonio? Déjame ponerla en el piso, para que te acuestes. Lo que te hace falta es descansar, dormir un rato. Tú misma le dijiste a Eulogio que te pasaste dos noches en la terminal de trenes, y que el viaje duró casi dos días. Después que duermas vas a ver todo distinto, te vas a dar cuenta que yo soy Marcos, tu hijo, y que todas esas ideas son una pesadilla, una puñetera pesadilla.

—¡No toques el arca del testimonio!

—¿Pero qué testimonio? ¿Testimonio de qué, de quién?

Carmen se levantó. Era una mujer pequeña, de rostro fatigado, con el pelo recogido en una trenza.

—Tú lo sabes mejor que nadie —dijo, y arrastró la maleta hacia el centro de la cama—. Todo el mundo lo sabe. Este es el testimonio de la obra de Dios contra los demonios. El testimonio mío, de mi persona. Yo soy la única que lucha contra ellos. A mí no me han podido cambiar, a mí no me han podido tocar. Ellos cambian a todos, se hacen pasar por todos. Tú mismo puedes ser un demonio. O a lo mejor tú también eres una víctima, y los demonios han hecho que te parezcas a mi hijo. O eres un muerto resucitado, y ellos han querido que encarnes en la forma de él. Ellos hacen esas trampas para confundir, para que nada sea lo que es. Es una conspiración contra la verdad. Y la verdad es que Dios es uno solo, y que las personas son las que son.

—Yo soy Marcos, yo soy uno solo, yo soy el que soy. Mírame bien. ¿Qué quieres, que me afeite la barba y el bigote? ¿Que me corte la melena, que tanto trabajo me ha costado dejarme? Vamos, mami, está bueno ya de tonterías. Déjame poner la maleta en el piso. Te tomas una pastilla, y después...

—No, tú no eres Marcos.

—Mira, ya me estoy cansando de esa letanía. Por favor, no quiero mortificarme. ¿No te aburre repetir lo mismo? Claro que he cambiado, igual que tú has cambiado. Tienes el pelo más largo y canoso, estás más flaca. Estoy seguro que este viaje te ha hecho perder unas libras. ¿Por qué no comes un pedazo de queso? El pobre Eulogio, sabrá Dios lo que tuvo que pagar por él, un queso como este no lo encuentras en ninguna parte. Y tú no quieres ni probarlo.

—No voy a comer nada que esté envenenado. Yo sé que los demonios quieren destruirme, para ellos dominar el mundo y que nadie los descubra.

—¿Cómo va a estar envenenado este queso, si me has visto comiéndolo? Si soy un muerto resucitado como tú dices, no creo que tenga ganas de morirme otra vez. A mí no me gustan los muertos, ni me gusta estar muerto. Yo no soy como ese hombre del danzón, que le gustaba estar al esqueleto rígido abrazado. ¿Era un demonio también, el hombre del danzón?

—Sí, búrlate de la gran verdad. Búrlate de mí, que soy la elegida para pelear contra las tinieblas. Pero yo sé que mi redentor vive, como dice Job, y que al fin se levantará sobre el polvo.

—Me alegra mucho esa noticia. Pero si no comes te vas a volver polvo tú también.

Un estallido retumbó en el baño: un ruido seco, seguido de otro y otro, como una ráfaga de disparos. Luego un chillido metálico comenzó a atravesar las cañerías. Marcos sonrió al ver el rostro descompuesto de Carmen.

—No te asustes, eso es que llegó el agua. A buena hora. Lo que te hace falta es darte un baño, comer algo y acostarte a dormir. Yo voy a bañarme

317

primero, tengo peste a sudor. Los demonios no apestan, ¿o sí? Yo no sé por qué suena así cada vez que llega el agua, es como si los caños explotaran. ¿Te asustaste, verdad? Diste un brinco, miedosa.

—Yo no le tengo miedo a nada. El que habita al abrigo del Altísimo morará bajo la sombra del Omnipotente.

—Sí, ya lo sé, David y sus salmos —dijo Marcos, quitándose la camisa. Y antes de entrar al baño agregó—. Te dejo al abrigo y a la sombra. Pero te vendría bien echarte un poco de agua encima. Saca un vestido del arca, y ve preparándote para entrar cuando yo termine. El agua aquí viene por una hora nada más, y hay que aprovechar antes que se vaya. Esto no es Camagüey, que por lo menos tiene pozos y tinajones.

El agua brotaba de la ducha con un color terroso, pero Marcos, sentándose en la bañadera bajo el chorro, la recibió agradecido. La peor parte ya está pasando, pensó. Se enjabonó cantando el danzón de Bodas Negras: recordó entonces que su abuelo Anselmo bailaba con el cuerpo estirado y la cabeza levemente inclinada hacia atrás, mientras sujetaba a su pareja (que nunca era su esposa) con manos posesivas. El tío Vicente también sabía bailar, pero sus movimientos, comparados con los de Anselmo, resultaban chapuceros: quería exhibirse, demostrar su soltura, y a la larga sus alardes quedaban en simple charranada. Ninguno de los dos había comprendido a Carmen, se dijo ahora Marcos; ninguno había aceptado su locura. Quizás era a causa del machismo de ambos, de su excesiva masculinidad: en la enfermedad de ella existía un ingrediente femenino que Anselmo y Vicente rechazaban. Además, su abuelo era también un jugador: había apostado a la salud, al éxito, a la diversión, pero la cartas se habían vuelto en su contra.

Mientras el agua chorreaba por su cuerpo, Marcos recordó que también la sangre había brotado de las venas de su abuelo como de una invisible cañería: sin un sonido previo, sin ruidos sordos ni golpes ni quejidos, pero ligera, cuantiosa, indetenible. A borbotones. Las sábanas se empaparon de la sustancia importante y viscosa. Marcos la había observado muy de cerca, perplejo. La vida se había escurrido rápida como un líquido, hasta formar un charco en los mosaicos. Pero él ahora no quería pensar en eso.

Cerró el desagüe con el tapón, y un cosquilleo placentero subió por su cuerpo mientras el agua llenaba la bañadera. Acostado, con los ojos cerrados, pensó en los cariñosos esfuerzos de Eulogio y Elías durante el viaje del campamento a La Habana para disminuir su preocupación por la súbita llegada de su madre; ambos le habían ocultado a Marcos la seriedad de la crisis. El propio Elías había conseguido la habitación en el hotel, y se había encargado de traer a Carmen. No le había sido fácil convencerla, le contó

Elías a Marcos, ya que ella no quería salir de la casa de Eulogio, por ser la dirección que su hijo le había enviado en su última carta; este trataba de imaginarse ahora el posible diálogo entre Elías y Carmen, y frotándose el pelo sonreía. A pesar de los pormenores desagradables de este viaje imprevisto, se sentía satisfecho de sus dos amigos. Quizás, se dijo ahora, había sido injusto al permitir (¿o provocar?) que su relación con ellos se deteriorara en los últimos meses; quizás había sido un error pensar que ambos eran hombres tortuosos que solo procuraban hacerle daño. En fin de cuentas, pensó, Elías y Eulogio estaban más cerca de él y de Carmen que su tío y su abuelo.

Luego, mientras secaba el piso del baño, esbozó sus planes Inmediatos: anotarse por la mañana en la lista de espera del tren, llevar a su madre a Camagüey, convencer a su tío para que lo ayudara a Ingresarla en el hospital, y luego regresar al campamento. El Ingreso era siempre temible: Carmen aborrecía los hospitales. Ella solo había admitido con resignación, e Incluso con agrado, una clínica en las afueras de Camagüey conocida como la Clínica del Alma, donde estuvo dos veces a finales de los años cincuenta. Aunque en esa época solo tenía unos seis o siete años, Marcos recordaba el lugar con nitidez: un edificio alargado de una sola planta, que parecía la barraca de un cuartel, o el albergue de una escuela campestre. En los balances del portal se mecían los pacientes con movimientos bruscos. Una hilera de eucaliptos bordeaba la construcción, ofreciendo la engañosa impresión de un campo abierto; pero una recia tapia, disimulada a medias por los árboles, enclaustraba totalmente el lugar, poniendo fin a cualquier ilusión de libertad.

A veces unos niños se asomaban en lo alto de la tapia, y entre saltos y muecas gritaban: «¡Locos, locos!», hasta que una enfermera salía al jardín y los amenazaba con denunciarlos a la policía. Pese a estas vejaciones, en el sitio se respiraba paz. El director, un anciano siquiatra que combinaba las terapias con sesiones de espiritismo, sostenía que las enfermedades mentales necesitaban un auxilio sobrenatural para su curación. Estas sesiones no se parecían en lo absoluto a las otras en las que se escuchaban los gritos espantosos, el canto rítmico (*ayerayey, ayeruyá*) del centro espiritual al que la abuela de Marcos solía llevar a su hija, donde un hombre se contorsionaba mientras profería obscenidades; las sesiones en la clínica transcurrían entre mesas cubiertas con manteles, susurros y copas de agua. Al llegar los cambios revolucionarlos, el nuevo régimen decretó que los espíritus no debían participar de la medicina, y el anciano siquiatra emigró a España; la Clínica del Alma pasó a ser una cárcel para adolescentes. A partir de entonces, a Carmen le tocó de nuevo el rigor de los manicomios comunes, donde solo se ensayaba con pastillas, camisas de fuerza y choques eléctricos —y donde también se recurría con frecuencia a las bofetadas y los cinturonazos.

Cuando Marcos salló del baño, Carmen preguntó, sin mirarlo:

—¿Hay agua caliente?

—Sí, apúrate. También hay un jaboncito.

Anochecía. En el patio interior, alumbrado por faroles, el viejo empleado sacudía una alfombra; el cisne de cemento gorgoteaba en la fuente. Marcos terminó de vestirse junto a la ventana. Un hombre y una mujer discutían en la habitación de enfrente, tras una opaca cortina que convertía los cuerpos en siluetas; pero la radio de al lado, que había vuelto a encenderse con fuerza —esta vez era un programa de música campesina— no le permitía distinguir las palabras de la pareja, solo la aspereza del tono. O tal vez sí, tal vez sobresalían algunas frases, algunos insultos, dichos de un modo tan precipitado que recordaban un idioma extranjero chapurreado por alguien que apenas lo domina.

Marcos abrió con cuidado la maleta y examinó las pocas piezas de ropa: dos blusas, una falda, un par de medias, ropa interior. El peso se debía a un álbum de fotos, a una colección de biblias e himnarios evangélicos, a un tomo de una vieja enciclopedia —la letra M— ya una docena de libretas numeradas. Marcos abrió la número uno y se sobresaltó al leer las primeras líneas, escritas con la letra pequeña y apretada que él conocía de sobra: «Nací en el barrio de Maraguán, en la provincia de Camagüey, en el año 1927. Lo primero que recuerdo es un fogón de carbón, un cuarto de yagua y una estampa de la Virgen. La casa era un rancho de tablas de palma con piso de tierra. Eramos tres hermanos, yo era la segunda...» Carmen se había decidido a escribir la historia de su vida.

Marcos cerró la libreta, caminó hasta la ventana (las figuras del cuarto de enfrente ahora se hallaban casi juntas, mudas), y luego pegó el oído a la puerta del baño; el agua de la ducha caía con estrépito. Su curiosidad podía más que su pudor: esa historia debía incluir un pasaje que a él le interesaba.

—¡El agua caliente es la llave de la derecha! —gritó, y repasando con rapidez las libretas, llenas de observaciones ingenuas, combinadas con observaciones del presente («Los demonios vivían en el matorral, de eso ahora estoy segura, se escondían cuando recogíamos las ciruelas, cambiaban el color de las matas de plátanos»), encontró en la libreta número cuatro lo que buscaba: «En 1949, estando de maestra en una colonia cañera al sur de Camagüey, conocí al padre de mi hijo. Era la oveja negra de la familia, había dejado los estudios de medicina, la madre decía que solamente le gustaban las mujeres y el licor. Usaba un sombrero jipijapa, siempre se estaba riendo y haciendo chistes, todavía me acuerdo de algunos, eran chistes de doble sentido. Era muy americanizado, le gustaban las canciones en inglés, cantaba una que se llamaba *Bigin de bigin*, aunque no tenía mucha voz tenía buena entonación, me parece que le hubiera gustado ser cantante. Era un buen jinete, una vez me prestó su caballo, era amarillo oscuro y me acuerdo que se llamaba Azafrán. El era un hombre muy educado, le gustaba leer, yo nunca lo vi borracho mientras estaba de maestra en la colonia. Cuando eso los demonios todavía no lo habían esclavizado...»

No tengo derecho a seguir leyendo, pensó Marcos, y guardó las libretas bajo la ropa, en el fondo de la maleta. Conocía de memoria el álbum de fotos; mirarlo una y otra vez había sido una de las diversiones de su infancia. También estaba familiarizado con la enciclopedia, el único regalo que Carmen conservaba de «el padre de su hijo». Marcos no comprendía por qué ella había elegido el tomo de la letra M para que la acompañara en su viaje; quizás, imposibilitada de cargar con la colección completa, había escogido este al azar.

Hojeó nervioso el álbum: su madre había sido una mujer hermosa. Siempre sonreía en las fotos, mostrando su dentadura pareja y blanca. Su risa se volvía más pronunciada cuando aparecía junto al «padre de su hijo», que a su vez era también un hombre risueño. Sin embargo, el hijo solo conocía al padre a través de estas fotos, y la imagen invariable solo ofrecía un aspecto (quizás el más insignificante, pensó ahora Marcos) de una vida de conflictos y fugas. El rostro de un hombre sencillo en apariencia, con una expresión de placidez y un toque de fanfarronería. Nadie capaz de destruir o humillar. El sombrero en la mano, la camisa desabrochada. Unas intensas cejas.

Ahora se dio cuenta de que él, Marcos, se iba pareciendo cada vez más a su padre. Se miró al espejo para comprobarlo, y de pronto sintió un escalofrío: la humedad se filtraba en el anochecer y una corriente de viento empapado entraba por la ventana. Había comenzado a lloviznar.

En ese instante su madre abrió la puerta del baño, con el pelo envuelto en una toalla; se había puesto un vestido verde claro que le quedaba ancho, y que Marcos no recordaba.

—Mira qué bien te ves ahora, has rejuvenecido diez años. Ese vestido te queda de lo mejor.

Carmen alisó los pliegues en la tela.

—Este era de Arminda. Me lo dejó antes de irse para Estados Unidos.

—Debería haberte dejado otros más. Yo voy a escribirle en estos días, a ver si nos manda un paquete de ropa. Bastante falta que nos hace.

—No le vayas a pedir nada para mí, uno no debe preocuparse por esas cosas. Cristo dice que los lirios del campo…

—Sí, Cristo dice, pero nosotros no somos lirios. Tampoco somos como Salomón, que quería vestirse con gloria. Somos sencillamente dos seres humanos que no podemos andar desnudos, y que de vez en cuando tenemos que presumir. Vamos a tener que cambiar la cama de lugar, si llueve duro se va a mojar, esta ventana no cierra bien. Ven, siéntate para que comas. Hay pan, queso y croquetas. Voy a bajar a ver si lleno esta jarra de agua, la de la pila está que parece fango.

De repente las luces se apagaron. Un relámpago distante alumbró la habitación.

—¡Carajo, qué país este! Cuando viene el agua se va la luz, cuando viene la luz se va el agua. ¡Qué maldición, coño!

—No digas malas palabras —dijo Carmen.

—Está bien, mami, perdóname —dijo Marcos, temeroso de alterarla de nuevo. Se sentía a punto de llorar; la tensión de las últimas horas lo había dejado exhausto.

—¿Dónde está la comida? —preguntó Carmen, tropezando con la cama.

—Está en un cartucho arriba de la mesita. Déjame ver si un empleado de aquí me da también un quinqué, o al menos una vela.

En el pasillo oscuro, una figura se recostaba en la puerta Inmediata, como alguien que planea una fechoría. Marcos vaciló antes de avanzar a tientas. Como le solía ocurrir con ciertas melodías, ahora repetía mentalmente el danzón que había escuchado —no el danzón completo, sino la línea de al esqueleto rígido abrazado— y de repente se Imaginó que aquella figura lo abrazaría cuando él pasara frente a ella. Una punta roja brillaba junto a la silueta: un cigarro encendido. La punta describió una curva en la sombra; su resplandor se revitalizó, alumbrando la boca y la nariz del fumador, un hombre de bigote. Marcos lo saludó entrecortadamente al pasar por su lado, pero el desconocido no contestó. Tamborileaba sobre la pared, como siguiendo también el ritmo de una canción que solo él escuchaba; quizás, pensó Marcos, era él quién encendía y apagaba la radio, víctima de un voluble instinto, o de un ansia de cambio que debía limitarse a un acto tan sencillo como manipular el aparato.

Guiándose por la tenue claridad que entraba por un balcón abierto, Marcos llegó al pasillo que bordeaba otro patio interior, sin duda el principal del edificio, y se detuvo junto a la ruinosa baranda. La lluvia arreciaba. Visto desde arriba, con sus gruesas columnas y sus arcos de medio punto, el patio conservaba una belleza que ni la penumbra ni la lluvia borraban. La fuente en el centro, más grande que la otra del cisne, se encontraba cubierta de enredaderas que trepaban por unas rejillas de hierro: estas a su vez aprisionaban la estatua de una mujer desnuda. La lluvia agitaba el agua de la fuente, salpicaba el rostro de Marcos, que se secaba las mejillas cuando la luz de una linterna lo hizo cerrar los ojos. Luego reconoció al viejo conserje, que caminaba hacia él arrastrando una pierna. El manojo de llaves sonaba en su cintura como un cascabel.

—Quiero llenar esta jarra de agua —dijo Marcos—. Y ver también si consigo una vela. Mi madre le tiene miedo a la oscuridad.

—Yo no sé nada de eso —dijo el viejo, siguiendo de largo. Manejaba la linterna caprichosamente, como un juguete; el círculo de luz se detenía en las puertas, las paredes y el techo, destacando el tejido de las arañas.

En el vestíbulo Marcos buscó en vano una persona que pudiera atenderlo. El enorme salón, donde tal vez en otros tiempos se celebraron fiestas, se encontraba vacío. Ni muebles ni personas. Solo una pareja se abrazaba oculta tras una columna, formando un bulto desigual: el hombre era mucho más alto. La mujer repetía en voz baja, entre sollozos:

—Yo la vi. Estoy segura que la vi.

En la calle algunos transeúntes corrían bajo la lluvia, tapándose con hojas de periódicos. Las noticias se deshacían, efímeras, sobre sus cabezas. En ese instante un joven militar resbaló en la acera y cayó ruidosamente en medio de un charco. En la acuosa penumbra, Marcos creyó reconocer a su amigo del tren, a quien luego había visto en el baño de la heladería, y corrió hacia afuera para saludarlo; pero al gritar su nombre —Eusebio— el joven se levantó con dignidad; en realidad ni siquiera se parecía al soldado que había acompañado a Marcos durante su primer viaje a La Habana.

Luego en la habitación, acostada en la oscuridad, Carmen le explicó a su hijo la última infamia del pueblo de los demonios: las personas se devoraban entre sí. En las carnicerías de Camagüey, colgada de ganchos mohosos, asediada por enjambres de moscas, la carne humana se vendía por libras. El carnicero machacaba los sangrientos pedazos en un sucio mortero. Las víctimas eran reemplazadas por dobles: demonios con forma humana, o muertos traídos del más allá para representar un papel vergonzoso. Carmen había salido huyendo de una muerte violenta, pero a la vez temiendo que Marcos hubiera sido devorado. Por eso se había mostrado desconfiada, dijo; por eso había tenido necesidad de «probarlo». Marcos, cansado de escuchar historias de canibalismos y mutaciones, se atrevió por fin a interrumpirla:

—Está bien, pero todo eso ya pasó. Ahora tienes que dormir.

Ella continuó el soliloquio por unos minutos, su voz pausada en acuerdo con el ritmo uniforme de la lluvia, hasta que por último él se puso de pie.

—Voy a dar una vuelta, me llevo la llave —dijo.

—¿Adonde vas a ir con este apagón? Espera a que venga la luz.

—Aquí nunca se sabe a qué hora viene la luz, a lo mejor no llega hasta por la madrugada. No te preocupes, mami, no voy a andar muy lejos.

Antes de salir sintió por un momento el deseo de abrazar a su madre, pero se contuvo: entre ella y él no había existido el menor roce físico desde que él era niño, y a estas alturas una caricia, incluso un apretón de manos, hubiera resultado inapropiado; tal vez ofensivo. En el momento que él abría la puerta, un clamor, unos gritos tumultuosos, resonaron en la calle. Carmen se sentó en la cama, despavorida.

—¡Allí están! ¡Van a entrar al hotel!

Marcos le puso una mano en el hombro.

—Cálmate, eso es una manifestación, un lío de política. Eso pasa todas las noches aquí en La Habana. La gente no tiene otra cosa en que entretenerse. Acuéstate, trata de dormir. ¿No te tomaste tus pastillas?

Marcos salió de prisa, curioso por ver la marcha. Eulogio y Elías le habían contado que en los últimos días se llevaban a cabo desfiles continuos en toda la ciudad, en protesta contra el encarcelamiento en Estados Unidos de unos pescadores cubanos sorprendidos en aguas norteamericanas. El gobierno obviamente quería desviar la atención popular del fracaso inminente de la zafra, y de lo más engorroso, la carestía de comida y ropa, que en esos momentos se agravaba.

Atravesó los pasillos, chocando a veces con objetos abandonados junto a las paredes —latones, escaleras de mano, muebles inservibles— hasta llegar a un balcón que asomaba a la calle. El aguacero había adelgazado hasta volverse una rala llovizna que el viento desparramaba. Un centenar de personas abarrotaba la avenida. El bullicio de las voces, acompañado por el repique de tumbadoras, tomaba ahora la forma de un canto:

—¡Nixon, cometibores, devuelve a los pescadores! ¡Nixon, maricón, respeta nuestra nación! ¡Fidel, seguro, a los yanquis dale duro!

El desfile avanzaba torpemente, enarbolando cartones, reptando contra las paredes, arrollando las aceras, en una fricción voluptuosa; las voces se alzaban roncas, desafinadas:

—¡Nixon, hijo de perra, tú lo que quieres es guerra!

El sonido de tambores se acrecentaba en la negrura. Marcos observaba la masa informe de cuerpos y cabezas, apiñados como reses, y absorto no sintió llegar a una mujer que dijo de repente a su lado, con una voz áspera y masculina:

—Pueblo de borrachos.

Marcos se volvió sorprendido: el aliento de la mujer olía a licor. Los mechones despeinados le caían sobre el rostro, y las manos parecían haber perdido el control, agitándose en movimientos inútiles. En la sombra su edad no podía calcularse; ni linda ni fea, ni vieja ni joven, la desconocida tenía un aire intemporal, el aspecto equívoco de una persona ebria.

—Se mojan, gritan, se mojan, gritan. Se arrastran, se emborrachan, se mojan, gritan. Bestias, cerdos, andrajosos, autómatas —la mujer se inclinó sobre el balcón, y gritó a su vez—, ¡Abajo Nixon!

—Tenga cuidado, se va a caer —dijo Marcos, sujetándola por el brazo.

—Si me caigo, me caigo encima de ellos. Ese sería tremendo número, ¿no?

—Vamos, tenga cuidado. Si se cae a lo mejor se mata.

—Sí, las cabezas de esas gentes son más duras que los adoquines —dijo la mujer, y se tambaleó encima de Marcos—. Tú crees que estoy pasada de tragos, ¿no? ¿Tú no me conoces? Claro que me conoces. Todo el mundo en La Habana me conoce. Todo el mundo en Cuba me conoce.

—No, señora, no tengo el gusto.

La mujer se apartó el cabello del rostro, como quien descorre una cortina, y le dijo desafiante:

—¿Que tú no conoces a la cantante más famosa de Cuba? ¿En qué mundo tú vives, mijito?

Marcia Espada se materializaba en el balcón.

—Pero por supuesto —dijo Marcos— Perdone, no la había reconocido en la oscuridad. La voz, yo sabía que la voz me era conocida. Yo la he visto en el cabaret del Nacional, y claro, la oigo todos días en la radio.

—¿Radio? ¿Qué radio? A mí ya no me ponen por el radio, mijito. Estoy suspendida, estoy vetada, estoy parametrada, estoy liquidada, ¿tú me entiendes? Li-qui-da-da.

—Bueno, no diga eso tan alto. Yo tengo un amigo que es también amigo suyo, es actor de teatro. Se llama Eulogio.

—Yo no conozco a ningún Eulogio. Ni tampoco tengo amigos. Yo soy una mujer sola, sola, un alma en pena. Ni tú tampoco tienes amigos. Nadie es amigo de nadie. La amistad se acabó en Cuba.

—Usted sí conoce a Eulogio, a Eulogio Cabada. El me dijo que había vivido un tiempo en su casa.

—¡Ah, Eulogio Cabada! ¡Ese borrachín, ese hijo de puta! Sí, Eulogio es mi hermano, ese canalla, maldito como la madre que lo parió. Es verdad que vivió en mi casa, pero... ¿cuándo? ¿Adónde yo vivía? Yo he tenido tantas casas, he tenido chozas, mansiones, apartamentos, uno se parecía a una tumba, en ese fui feliz. Creo que Eulogio vivió conmigo en la casa de la playa, Dios mío, qué cantidad de jejenes, de mosquitos. Sí, me acuerdo que yo escondía las botellas para que no se las tomara, era un alambique, el muy hijo de puta. ¿Así que tú eres amigo de él? Pero esto hay que celebrarlo. Vamos para mi cuarto inmediatamente, yo tengo una botella. No le hagas caso a la estúpida que está allí, si se pone a pelear o a hacer preguntas tú le dices que eres amigo mío desde hace muchos años, que yo te vi crecer, cualquier pendejada de esas, el caso es que esa imbécil se meta la lengua en las nalgas. ¿Cómo tú te llamas, mi vida?

—Yo me llamo Marcos.

—¿A ti te gusta tomar, verdad, Marcos?

—Claro que me gusta tomar.

—Pues tomaremos. ¿Y qué tú haces en este hotel, mi amor?

—Estoy con mi mamá, que vino de Camagüey a verme.

—¡Ah, perfecto, pues vamos para tu cuarto a tomar! Perfecto, vamos a celebrar con la vieja tuya.

—No, Marcia, mi mamá no toma. Además, ella está enferma.

—¿Qué tiene, la pobre?

—Está enferma… de los riñones.

—Ay, la pobre. Los riñones son una cosa horrible, yo tuve piedras una vez, me las curé con cerveza. Yo siempre he sido mi propio médico. Los médicos no te dejan morir, pero tampoco te dejan vivir. Yo salgo de ellos rápido, conmigo sí que no caminan las prohibiciones, bastante que le prohíben a uno en este país. Vamos para mi cuarto, me hace falta otro trago. Uno nada más. Pero no le hables una sola palabra a esa mujer que está allí, a esa puñetera mujer que me está haciendo la vida imposible. No me pierde pie ni pisada, la muy estúpida. Se llama Marisela, ¡pero no le vayas a decir el nombre! Ella está de incógnito, no quiere que nadie sepa cómo se llama, ni quién es, ni dónde vive. Se llama Marisela Martínez, es la hija del capitán Julio Martínez, vive en Marianao. Pero tú te vas a hacer el que no sabes nada.

Caminaban de brazo por el pasillo: Marcos apenas podía sostener el cuerpo trastabilleante, que amenazaba con desplomarse de un momento a otro. Afuera los gritos y tambores se alejaban, opacos. La piel de la mujer trasmitía la misma frialdad que las pulseras que usaba en sus muñecas; el mismo roce impersonal. En el patio la lluvia, con fuerza renovada, golpeaba a ciegas. Junto a la baranda, como un guardián de espectros, el viejo conserje canturreaba; luego los alumbró con la linterna.

—¡Baja esa linterna, cabrón! ¿Tú, quién eres, de la policía? ¡Aquí va Marcia Espada! ¡Marcia Espada de Cuba! ¡La única!

En el cuarto de la cantante, abierto de par en par, la lluvia entraba por la ventana, calando los muebles y la raída alfombra. La luz de una vela temblaba sobre la cómoda, repitiendo su intranquilo fulgor en el espejo. La mujer se dejó caer sobre una silla, y aquietando las manos sobre la falda dijo:

—Esa hija de puta se fue. Esa hija de puta me dejó. Alcánzame un trago, mi amor, la botella está dentro de esa gaveta. Digo, si esa hija de puta no se la llevó. No, ella sabe más que eso. No te preocupes por buscar un vaso, yo me la tomo así mismo, a pico de botella. Yo no pensé que esa perra me iba a dejar así, sola y borracha en este hotel. Porque estoy borracha, ¿no es verdad, mi amor? ¿Cómo tú me dijiste que te llamabas?

—Marcos.

—Marcos, Marcos. Pero si eres casi un niño, mi amor —y luego de un acceso de tos tras un largo trago, dijo—. ¿Tú quieres saber por qué se fue esa perra? —y abriéndose de un golpe la blusa mostró los senos— Porque ya mis tetas no están duras. Se me ablandaron las tetas. Eso es todo.

Marcos, fascinado, fijó la vista en las dos protuberancias.

—Yo no las veo caídas —dijo en voz baja.

Marcia se cerró la blusa, y después de darse otro trago dijo:

—Caídas, lo que se dice caídas, no están. Son algo parecido a la torre de Pisa, se inclinan, pero no se caen. Se caen, no se caen, es como el juego con los pétalos de la flor. A lo mejor se caen, a lo mejor no se caen. Pero esa hija de puta lo que busca es juventud, y yo estoy vieja, vieja, mis enemigos me quieren joder, me jodieron, y las tetas ya no son las mismas, nadie mejor que yo lo sabe. Todo es una desgracia.

—No debería tomar así, tan rápido.

—Es verdad, tienes razón, no debería tomar así, tan rápido —y después de beber de nuevo, dijo bruscamente, mirando a Marcos con ojos extraviados—. Pero ven acá, ¿quién eres tú para decirme cómo debo tomar? Yo tomo como a mí me da la gana. Mira, viejito, a mí no me gusta que me digan cómo tengo que hacer las cosas. Tú eres un poco metido en lo que no te importa.

—Creo que mejor me voy.

—No, viejito, perdóname. Quédate, no me vayas a dejar sola. ¿Cómo se llama este hotel? Solamente a esa hija de puta se le ocurre venir a una pocilga como esta, a este culo de cucaracha, a este fonil de perro. Anda, Marquitos, tómate un trago. Pero uno solo, mira que no queda mucho.

—No, gracias, no tengo deseos. Mi madre me está esperando.

—¡No te vayas! ¡No me dejes sola!

Marcos cerró de un tirón la puerta. Bajó por las escaleras y atravesó el patio colonial, ahora inundado; en la fuente las ranas croaban alrededor de la mujer desnuda. Se sentó en un escalón del vestíbulo a mirar el agua desbordar la calle desierta, hasta que la luz llegó cerca de las once.

Al regresar a la habitación, encontró a su madre tapada hasta el cuello con la sábana, con la boca entreabierta y el cabello suelto. El rostro no descansaba ni siquiera en el sueño: un tic sacudía a veces la mejilla, y los ojos se movían bajo los párpados. Marcos abrió sigilosamente la maleta y sacó las libretas numeradas.

«Nací en el barrio de Maraguán, en la provincia de Camagüey, en el año 1927. Lo primero que recuerdo es un fogón de carbón, un cuarto de yagua y una estampa de la Virgen. La casa era un rancho de tablas de palma con piso de tierra...»

Carmen no despertó en toda la noche. Solo una vez se incorporó en la cama, gritando: «¡Vicente!», pero al instante se tendió de nuevo, virándose de lado. Respiraba con dificultad, como si tuviera asma. La lluvia, que cesó por la madrugada, dejó en el aire una penetrante humedad. A veces una ráfaga circulaba en el cuarto, impregnando de vida las cortinas. Afuera gorjeaba un pájaro nocturno. Con la vista agotada por la letra minúscula, Marcos terminó la lectura casi al amanecer. En el cuarto de al lado volvían a resonar los mismos ruidos secos, como si alguien tirara un objeto con fuerza contra el piso. El timbre de un reloj repicaba a lo lejos; en el pasillo tintineaba un manojo de llaves.

Marcos se asomó a la ventana y respiró el frescor. Un perro inofensivo correteaba junto a la fuente. Los faroles ya estaban apagados, y una luz verdosa se extendía sobre el musgo de las paredes, sobre los arcos de medio punto, sobre los mosaicos encharcados. Una luna mañanera, como un círculo de papel transparente, se disolvía en el cielo. Las hojas de areca se doblaban bajo el peso de las gotas de agua. Cuando por fin se acostó en la cama, rodeado por la incierta claridad, pensó que la mujer que dormía a su lado siempre sería para él una desconocida.

XXII

Verdún, junio 9 de 1970

Mi querido Alejandro:

Anoche regresé al campamento y apenas me acomodé en la litera leí tu carta, que Dionisio me había guardado. Encuentro en ella recomendaciones de cautela, de temperancia: bravo por ti, mi buen Agustiniano. Me pides a la vez que no te hable tanto de política sino de mí. Te complazco.

Pasaré por alto el engorroso viaje a mi aldea natal en compañía de mi madre, a la que dejé ingresada en el hospital psiquiátrico. Estuve en Camagüey un día y medio, lo suficiente para resolver el ingreso, y de inmediato regresé a this side of paradise.

En realidad no podía hacer otra cosa: permanecer allí con el único motivo de visitarla no tiene sentido. Ella debe sufrir su enfermedad, y yo la mía.

¿Sueno frío, cruel, desnaturalizado? Es posible. ¿Lo soy? No lo creo. ¿Quiero justificar mi negligencia? No. O tal vez sí. Pero solo yo, solo yo debo afrontar esta contradicción, aliviar esta especie de dentera moral: una sutil e incómoda molestia que no desaparece. Hay cosas que pertenecen a uno, como la piel y la lengua: ni caricias ni besos recibidos nos liberan de estas posesiones. Si esta metáfora te suena a desvarío, estás en lo cierto: tengo un poco de fiebre. No se debe a una gripe ni a un desarreglo estomacal, sino a un alarde de mi sistema nervioso. No es la primera vez que ocurre.

Quiero contarte que Eulogio y Elías se portaron espléndidamente durante la breve visita de mi madre, que atravesaba la peor crisis que recuerdo en muchos años. Sin embargo, no quise verlos ahora al pasar por La Habana: ambos han decidido que hago mal en continuar aquí, sobre todo porque auguran un desenlace poco feliz, y no tenía ganas de discutir con ellos. ¿Me equivoco si adivino también en ti esa actitud?

No es que me moleste el tono paternal de tu carta: siempre he querido que usen conmigo un tono paternal; pero esa es otra historia. Sin embargo, una vida sin una mínima dosis de valentía apenas puede llamarse vida.

Fíjate que no reprocho tu pasividad, tu aislamiento: pero no me parece justo que porque te consideres incapacitado para la acción (volvemos a nuestro viejo diálogo), critiques mi inmadurez (insensatez, es la palabra que usas) al tratar de involucrarme en algo que si bien no puedo llamar acción, por lo menos es un intento de ejercicio.

Me dices además que quizás me haga falta un escarmiento; francamente, ignoraba que esa palabra existía en tu vocabulario. Creo que a mi abuelo fue al último al que se la escuché, y por cierto, él mismo terminó por imponerse su propio escarmiento. Mi abuelo, al igual que tu padre, fue un jugador, y sé que igual que yo, tal vez por las mismas razones, tú odias esa total dependencia del azar.

Mi presencia en este lugar no obedece a un juego: lo que comenzó como evasión, hoy posee significado. Lo que se está demostrando aquí es el derecho elemental que tiene cada individuo a modelar su vida, mientras su proyecto personal no entorpezca el de sus semejantes. Es la negativa a ser devorado por un sistema que se empeña en eliminarte como persona, en aras de una realización colectiva que veo cada más abstracta.

Sé de sobra que este grupo de jóvenes escandalosos no prueba nada; pero al menos, mi querido Alejandro, ellos —es decir, nosotros— estamos tratando de ser lo que somos, de mostrarnos tal y como somos, con nuestras dudas, nuestras deficiencias, pero también con nuestra honestidad.

¿Puedo aspirar a que me entiendas?

Así lo espero.

Tu amigo de siempre,

Marcos Velazco.

Verdún, junio 11 de 1970

Mi querido Alejandro:

Lamento haberte enviado mi última carta ayer. Fue escrita en un arrebato, y sospecho que va a ofenderte. Te pido que perdones mi dia-

triba. En el fondo el que escribió no era mi yo real —si es que existe un yo real; si es que entre tantos Marcos alguna vez podré descubrir cuál es el verdadero.

De cualquier forma, uno de estos Marcos se unió hoy a un grupo de jóvenes exploradores que querían visitar unas cuevas cercanas, aprovechando el día de descanso. Eramos nueve, siete muchachos y dos muchachas. Tratamos de mantener la excursión en secreto, porque si el grupo resultaba muy grande corríamos el peligro de que los Políticos nos negaran el permiso. Escoltado por Dionisio, que no se separa un instante de mí, y por mi buen Ricardito, me sumé a la comitiva, casi una comparsa de carnaval: yo mismo, que soy a pesar de mi larga melena uno de los más moderados en el atuendo, me enganché una docena de collares de santajuana al cuello, y con mi mochila al hombro como toque final, me sentí de pronto como un conquistador, como un aventurero, como un pirata —todo menos como el chocante payaso que entreví en el pedazo de espejo que cuelga de la pared del baño.

Por cierto, si los espejos se desgastaran con el uso, este ya se habría borrado: su silencioso fragmento se ve obligado a reflejar rostros de la mañana a la noche. Los muchachos se pasan horas peinándose frente a él, como si el pelo fuera un fetiche que hay que reverenciar para que conserve su eficacia.

Al pasar frente a las casas de los campesinos, solo escuchábamos murmullos de desaprobación, solo observábamos miradas hostiles. La gente de esta zona nos mira como intrusos de la peor calaña, nos repele como si fuéramos diablos. De acuerdo con las teorías de mi mamá —que quizás tengan una oscura lógica— posiblemente lo somos. Pero sin duda estas almas inocentes exageran la intención perniciosa. Los animales nos recibían con Indiferencia, con la excepción de los perros. Vacas indolentes, caballos apacibles, gallinas insaciables, bueyes plomizos, adornaban los potreros, moviéndose con esa simplicidad que a nosotros los seres superiores nos falta. Vadeamos un arroyo, luego otro; aunque el segundo era apenas un hilo de agua clara. A media mañana llegamos al borde de las lomas y nos sentamos a compartir los pedazos de pan duro que nos habíamos robado de la cocina la noche anterior. El grupo era selecto: tres hermanos de apellido Fajardo, los tres muy poco habladores, muy bien parecidos y muy amantes de los Rolling Stones (los tres también detestan a los Beatles, por un problema de principios;) Vicente Sarduy, un joven trovador que aunque no tiene el talento de su amigo Luciano González, al menos es generoso y sensible; el chino Diego, un excelente pintor que es uno de mis mejores amigos, y que llegó hace dos días; Idania Fuentes, una ex alumna de la escuela de ballet, ahora amante del Chino, que se ha unido al campamento, no por ideología, sino por amor; Julia, una jovencita aindiada, de cuerpo formidable, que brinda su sexo con magnificencia; Dionisio, a quien el sol y el trabajo han convertido en un hermoso atleta digno de mejor causa; y Ricardito, siempre con su guitarra al hombro, asmático, flaco como la muerte, pero con una sonrisa que pone de buen humor al más bilioso —en este caso yo.

Comimos el pan, bromeamos, nos toqueteamos un poco (aquí todo el mundo siempre se está toqueteando, y es algo nutritivo; ojalá pudiera hablarte de eso con calma), cantamos acompañados por las guitarras de Ricardito y Vicente, y ya olvidábamos la visita a las cuevas cuando una bandada de pájaros que alzó el vuelo de la falda de la loma nos recordó que era hora de subir. Cuánto pensé en ti, mi buen Alejandro, cuando en medio de una estrecha vereda vi una choza en un claro, y a una mujer tendiendo la ropa en el patio, y me di cuenta que esa escena ya la había vivido antes, en mis paseos por el camino que lleva a la poceta durante los días que pasé en tu casa. Me pareció de pronto que era la misma vereda (mi abuelo le llamaba «serventía» a esos trillos), la misma cuesta abrupta, el mismo monte, la misma choza; me pareció incluso que era la misma mujer. Fue en ese momento cuando me arrepentí de haberte escrito la carta, cuando me di cuenta que nuestra amistad siempre salvará nuestras diferencias.

La entrada a las cuevas está a la mitad de la loma: desde allí observé emocionado los bohíos, las palmas, los arroyos, los campos de caña, y me pareció disparatado que yo hubiera decidido alguna vez abandonar esta tierra, decirle adiós para siempre a estos vericuetos llenos de abujes, a este cielo de un penetrante azul, y aun a esas sucias barracas de trabajadores, a esas improvisadas madrigueras que llamamos albergues.

No, Alejandro, sería una locura dejar a mi país, renunciar a mi patria, a lo único que de veras puedo llamar mío. No sabes cuánto me alegra que nuestro plan de fuga fracasara, que Eulogio nunca estableciera «el contacto». Lo único positivo de ese viaje fue haberte conocido.

Por nada del mundo hubiera querido perderme este nuevo encuentro con mi tierra, tan dichosa y desafortunada; por nada hubiera querido cambiar esta reconciliación conmigo mismo. Nada de esto hubiera sido posible tampoco en mi ciudad, donde el terreno llano y aburrido no permite ver las cosas a distancia. Pero soy injusto: Camagüey tiene también un lado Inolvidable. Es una villa antigua llena de campanarios, y unas ancianas vestidas de negro se ven desde temprano entrando en las Iglesias, después de haber barrido sus casas inmemoriales. Hay un parque enorme, el Casino Campestre, al pie de un río, con algarrobos, cedros y flamboyanes. (Allí vi juntos por primera vez a Eulogio y Elías, borrachos, en una madrugada neblinosa. Se insultaban). Además, los campos de Camagüey son de un verde brillante que aviva la lisura de potreros, sabanas. Solo que Camagüey es también mi madre, y como dice Lezama, deseoso es el que huye de su madre…

Con deseo trepé hoy a esa loma, crucé por esa serventía; con deseo entré a la humedad de las cuevas, cómplice de la banda buscadora de albures; con deseo me perdí en boquetes y túneles, recorrí a tientas pasillos y salones toscos y estrafalarios, en medio de la oscuridad, los ecos, el agua que supuraba de las estalactitas, hasta que Dionisio vino a rescatarme.

Dos palabras sobre Dionisio: su conducta primitiva, su admiración hacia mí, su falta de inhibiciones, su espontaneidad, me han ayudado a valorarme más a mí mismo que toda la inteligencia y la retórica de Elías. Sin embargo, y he aquí el misterio, no puedo quererlo como he querido a Elías; como aún, a pesar de nuestro distanciamiento, sigo queriendo a Elías. En vano trato de rechazarlo, de olvidarme de él. Algo parecido me ocurre con Eulogio. Pero curiosamente, siempre he asociado a Eulogio con la figura de mi padre, que fue también un libertino y un tenorio mañoso, si voy a creerle a las confesiones de mi madre (y ahora me doy cuenta que esta carta se ha convertido también en una confesión).

Por otra parte, la persona que más aprecio en este campamento no es a Dionisio, ni siquiera al chino Diego, a quien respeto como artista, sino a Ricardito, el muchacho epiléptico del que te he hablado, y a quien conozco casi desde mi infancia; pero su enfermedad nerviosa me impide disfrutar de su compañía, quizás porque me recuerda a mi madre. (Ambos incluso coincidieron una vez en el mismo hospital).

O sea, quiero a Ricardito, pero no soporto estar mucho rato a su lado; quiero a Elías, pero nuestra amistad está empañada por el resentimiento; quiero a Eulogio, pero reconozco que es un vampiro, y no quiero volver a estar cerca de él jamás; no quiero a Dionisio, pero es tal vez la única persona con la que podría compartir comida y techo. ¿Qué papel juega entonces mi amistad contigo en este embrollo? Espero que el papel del equilibrio, de la iluminación, del Nirvana. Ya ves que no he olvidado mis incursiones por esa mística oriental a la que tú de alguna forma desprecias; pero te aseguro que al lado de tu amistad, mis otras relaciones son conflicto, polémicas, miseria, *incertidumbre; en una palabra, mi buen Alejandro, fuera de tu distante lealtad, todos mis otros amigos solo me traen* samsara.

Recibe un abrazo de tu amigo,
Marcos Siddartha

ॐ

Verdún, junio 12 de 1970

Mi querido Alejandro:

Pensaba describirte una sesión nudista en una poceta de los alrededores, donde por primera vez vi una docena de cuerpos cubiertos solo por la espléndida piel, brillantes bajo el sol del mediodía; pasar después a una orgía nocturna que tuvo lugar anoche en una casa abandonada, donde a la débil claridad de un quinqué tuvo lugar una escena de dolce *vita tropical, o según el argot más reciente, una fiesta de perchero; pensaba hacer alarde de mi liberación sexual, que aunque comenzó hace algún tiempo, se ha desarrollado a cabalidad en este sitio; pensaba, en fin, escribirte una larga carta seudopornográfica salpicada con citas de Marcuse, en la que iba a darte ejemplos prácticos de «relaciones de trabajo erotizadas», «imposiciones del principio del placer sobre el principio de la realidad», etc.*

Pero ha bastado un pequeño descubrimiento frente al espejo en la mañana de hoy, para renegar de lo que consideraba mi triunfo sobre los tabúes represivos (sí, Alejandro, acabo de releer Eros y Civilización*).*

Pero vayamos por partes. Hoy no me despertó el grito de De pie; estaba despierto antes que amaneciera. La noche anterior, que culminó para mí en una inusitada aventura sexual entre cinco, cuyos detalles he decidido ahorrarte, tuvo la peculiaridad de provocarme insomnio. Siempre he oído decir que la satisfacción erótica causa relajamiento, tranquilidad mental, sopor, pero en mi caso es lo contrario. Por la madrugada, incapaz de pegar un ojo, conté uno a uno los cantíos de los gallos; escuché los voceríos de los campesinos guiando el ganado (lo que me remontó a mi niñez en el campo; esos gritos, esos repiques de cascos tienen más que ver con mi infancia que las aulas y los juegos de pelota) hasta que por último me masturbé con desgano, como recurso final para lograr el sueño. Fue inútil. Sin em-

bargo, no me levanté cansado, lo que prueba que el placer, si no da calma, al menos da energía: fui el primero en llegar al baño y lavarme los dientes.

¿Te hablé del pedazo de espejo en la pared del baño, el objeto más codiciado en todo el campamento? Yo también soy un victimario de ese espejo, o mejor dicho, yo también soy su víctima; yo, como los otros, soy un incorregible narcisista. Observé con disgusto mis ojeras y una nueva arruguita en la frente, y de repente, en la claridad lechosa del amanecer, percibí unos puntos rojizos en mis cejas que nunca había notado; los palpé, y tenían una consistencia de granos; los raspé con las uñas y —bienaventurados los que sufren de alucinaciones— los puntos caminaron.

Para no cansarte, resumo: estoy cundido de ladillas. En inglés —body lice— o en francés —papillons d'amour— las palabras se toleran; pero en español la palabra ladilla suena a obscenidad y a podredumbre. Corrí espantado a la enfermería a confiarle mi mal al Político que hace las veces de sanitario, que recibió la noticia con una sonrisa imperturbable; una sonrisa totalmente malévola. Se limitó a decirme que como yo, había unos treinta más en el campamento, y casi la mitad eran muchachas; me recomendó afeitarme por completo el cuerpo (este cuerpo;) y luego me recetó una pomada incolora que se conoce como ungüento soldado, y que recuerdo haberle oído mencionar a mi abuelo Anselmo, que además de jugador era también putañero, y que en su juventud padeció, entre otras cosas, de sífilis y gonorrea.

Y aquí me tienes, con las piernas y los muslos sin un vello, las partes pudibundas colgando de la pelvis rasurada, ofreciendo la visión menos reconfortante que ojos humanos vieron; aquí estoy, avergonzado y arrepentido de mis extravíos, y lo que es peor, sin posibilidades de repetirlos por el momento, porque ¿a quién le entusiasmaría este espectáculo? Yo mismo no me atrevo a mirarme con detenimiento.

Así que a esto conducen, Marcuse, el hippismo, la revolución sexual y el frenesí de una década; no en balde los adultos (ateos y religiosos, burgueses y comunistas) se protegen de estos peligros con una coraza de abstinencia.

Reza porque estos animalitos no se reproduzcan, porque esta plaga de Egipto me deje en paz.

Tu siempre fiel,
Marcos Velazco.

Verdún, junio 15 de 1970

Mi querido Alejandro:

Domingo por la noche. Cansancio, no físico, sino espiritual. En vano he tratado de concentrarme en un artículo muy significativo del Che, titulado «El hombre y el socialismo en Cuba». El mundo teatral que abandoné resucitó esta tarde: Eulogio y Elías estuvieron a verme, y su visita ha echado a perder mi día de descanso.

No vinieron solos, por supuesto que no; tenían, claro, que venir con una comitiva de feria: el elenco completo de La Gaviota. La deserción del Chino y Ricardito ha sido solucionada con dos nuevos «actores» a quienes conozco bastante bien: un joven afeminado llamado Eloy, y su amante, a quienes todos conocen por Oscarito Wilde. El diminutivo no refleja la estatura, ya que se trata de una loca de más de seis pies. Ambos se hallaban, orondos, entre el grupo.

¿Te he hablado de Carrasco y su esposa Amarilis, un matrimonio que se complace en meter en la cama a terceros? El es un oportunista consumado, y ella es una ninfómana. Pues bien, ellos también vinieron. ¿Te he hablado de José Luis (mi colega de adolescencia e Imitador del trovador Luciano González) y de su esposa Gloria, una de las lumbreras del teatro cubano? El tiene mi edad, y a pesar de que debería llamarlo mi amigo, es al igual que Carrasco un vendido al mejor postor (en este caso al único postor, es decir, el gobierno). Este compañero de mi infancia es también un personaje balzaciano, algo así como un Luden de Rubempré, solo que sin belleza, ni talento, ni gracia; su esposa es una de esas viejas intelectuales que se niegan a encarar la menopausia, y que bajo el colorete y la peluca intentan reconciliar a Marx con el arte y la literatura desde los griegos hasta nuestro tiempo… Ellos también formaban parte del cortejo.

Pero quizás lo que realmente me irritó fue la presencia de Nora, la actriz principal del grupo, que en la obra hace el papel de la grácil Nina, la quintaesencia chejoviana. Nora es la encarnación tropical de La Gaviota. Como creo haberte dicho, Nora fue también la primera mujer con quien hice el amor. Pero como dice Cervantes, el que ama a una actriz, ama en ella a varias mujeres juntas: a una reina, a una ninfa, a una diosa, a una pastora, a una fregona. Yo podría aña-

dir otros sustantivos. Nora y yo fuimos, además de amantes, compañeros de escuela, amigos, confidentes, hermanos, cómplices, hasta que me dejó por borracho y se casó con un actor famoso, del que se acaba de divorciar... para casarse con Elías. Se casaron hace cuatro días, y este viaje a Verdún parece ser parte de la luna de miel.

Naturalmente, piensas que estoy celoso. Pues sí, mi caro amigo, lo estoy. Aparte de que el matrimonio no parece haberle asentado a ninguno de los dos —Elías está desencajado, flaco, y ella con el pelo recién teñido de rojo tiene facha de cabaretera— no podía olvidar al observarlos que ambos consumieron en diversas épocas toda mi energía mental. Para colmo, estaban en plan de tórtolos, besuqueándose y todo; estoy seguro que adoptaron esta pose con el único objetivo de molestarme. No sé por qué este ensañamiento, si a ninguno de los dos le hice el menor daño; al contrario, con ambos hice siempre el papel del perfecto comemierda.

Eulogio disfrutó de esta comedia como de un banquete: me imagino que la idea de traerlos debe haber sido suya. Pero no solo los celos me agobiaron, sino también la actitud general del grupo, que era la de turistas en un zoológico. Se mofaban de todo, evidenciando los puntos débiles del campamento y ridiculizando a sus miembros; no recibí ni una palabra de simpatía o apoyo de ninguno, y pronto me di cuenta que la meta de la visita era convencerme (o convencernos, porque debo incluir al Chino, a Idania, a Ricardito y a Dionisio) de que debíamos renunciar a este proyecto enloquecido (la expresión es por supuesto de Eulogio) y regresar a La Habana hoy mismo. Eulogio se mostró especialmente insolente, al punto de que llegué a acusarlo de policía; idea que no es de mi inspiración, por cierto, pero que prefiero no decirte de quién viene, porque como sabes detesto las intrigas.

Además, ¡qué insípidas me parecieron esas alusiones culteranas, esas frases llenas de afectación, esas batallas verbales en las que los artistas se enzarzan cuando se reúnen! Lo más lamentable fue cuando Ricardito, con su inocencia habitual, le comunicó a la tropa mi nuevo padecimiento. De inmediato pidieron a coro que me bajara los pantalones, para ver mis piernas afeitadas; la noticia le provocó a Eulogio una especie de orgasmo. Curiosamente, los menos que se rieron de mi desgracia fueron Nora y Elías; mi vanidad me hace suponer que les molestó adivinar la forma en que yo había adquirido los bichos.

La tarde fue tediosa. Los chistes de Eulogio, que por lo regular me divierten, me resultaron esta vez aburridos. Eulogio se repite demasiado. Y su tono ofensivo, el único que emplea conmigo, y que siempre he tratado de sobrellevar —en fin de cuentas, se trata de un demente— alcanzó un clímax a la hora de la despedida; estuve a punto de caerle a golpes.

337

Se fueron hace dos horas, decepcionados por no haber logrado su propósito de llevarnos con ellos, y yo no he sentido ánimos para unirme esta noche a las canciones alrededor de la fogata, ni de escaparme a la casa ruinosa donde se juega a la prenda y a la botella (los castigos son casi siempre sexuales;) en cambio, aquí estoy, abusando de tu tolerancia, fatigándote con mi resentimiento.

Te quiere y te recuerda,
Marcos Manuel.

❧

Verdún, junio 18 de 1970

Mi querido Alejandro:

Imagínate un potrero oscuro, una noche sin luna ni estrellas. Las nubes forman un paisaje montañoso: sierras con picos de carbón o asfalto. A veces cae una llovizna, que un aire grueso se encarga de dispersar. Estamos lejos de la barraca. Son quizás las once de la noche.

Somos cinco: Ricardito, Dionisio, uno de los hermanos Fajardo, Julia la India y yo. Estamos esperando al mulato Pedro el bueno, el jefe de los Chicos de la Flor, que al rato aparece con una lata rebosante de un líquido que acaba de hervir, y que él trae envuelta en un trapo. La coloca en la hierba con esmero y luego se sienta entre nosotros; sus ojos brillan en la oscuridad como los de un gato gigantesco. En realidad Pedro tiene algo de felino, incluso la forma en que se mueve; su modo de caminar me recuerda al de Elías. Oí decir que su padre, un carterista profesional, cumple una sentencia de veinticinco años en el Morro por asesinato.

El potrero está lleno de silencios y a la vez de ruidos; las figuras a mi alrededor se desplazan como sombras chinescas. A lo temprano nos fumamos unos cigarros de mariguana, que aquí crece silvestre; Pedro descubrió las matas en un bajío cerca de las cuevas. Nunca la había probado. Para mí, no es gran cosa: primero me dio risa, una risa huera; luego me entró miedo. Vinimos a fumar a este potrero casi a un kilómetro del campamento, y después de acabar los cuatro cigarros, Pedro decidió que debíamos ampliar nuestra «experiencia» (sí, repróchame de nuevo las burdas imitaciones: la frase en inglés es «to be experienced» sacada de los artículos sobre los hippies). Se refería al cocimiento de campana, flor blanca que también crece en estos campos, y que los guajiros usan para aliviar el asma.

El mismo Pedro preparó el brebaje, que yo simulo ahora tomar de prisa cuando me llega el turno: en realidad solo he tragado un pequeño sorbo.

Al poco rato de mojarme la boca —quizás a causa de la mariguana, o de la oscuridad, o de la sugestión— quedé paralizado: creo que perdí el conocimiento por unos minutos. Al despertar del sopor, encontré a Pedro y a Julia haciendo el amor casi encima de mí, y un poco más allá a Fajardo picando unas cañas invisibles con un machete inexistente. Una luna rojiza y descomunal asomaba entre las nubes. Habría permanecido inmóvil por horas, insensible al frenesí de los amantes y a la parodia grotesca del machetero, si un quejido entre la hierba no me hubiera sacado de la modorra.

Enredado en la maleza, Ricardito se revolvía con una convulsión, a punto de ahogarse; por suerte atiné a meterle la mano en la boca y a enderezarle la lengua. No fue fácil interrumpir a Pedro y a Julia, que se negaban a desengacharse, y menos romper el trance de Fajardo, pero al fin, después de súplicas, gritos y hasta golpes, los convencí para que me ayudaran a cargar a Ricardito, que además estaba sangrando. Parece que al caerse se lastimó la cabeza con una piedra. Por el camino nos encontramos con Dionisio, totalmente desnudo, dando brincos y chillidos encima de una carreta. Julia se quedó con él para cuidarlo, ya que no era posible hacerlo volver en sí, y me imagino que terminaría con él lo que dejó a medias con el pobre Pedro, a quien obligué a seguir conmigo, ya que Ricardito pesaba como un saco de piedras y Fajardo no estaba en condiciones de ayudarme a llevarlo.

En el campamento todos estaban dormidos. Me encargué de lavar a Ricardito, que estaba todo embarrado de tierra y de sangre, y también le vendé la herida, que no era profunda. Le hice tragar su pastilla, lo acosté en la litera y lo dejé todavía atontado, pero aparentemente tranquilo.

La droga me había provocado desazón y no podía acostarme. Caminé hasta una ceiba detrás del campamento. Ahora la luna había blanqueado, en el centro de un cielo sin nubes; la tormenta se había disuelto y un viento soso agitaba las ramas. Me senté en las raíces y allí, bajo el follaje, escuché con claridad una voz de mujer, una voz exacta a la de mi abuela, que murió cuando yo era niño, que dijo: «El se escondió detrás de la tinaja».

Me levanté asustado: di una vuelta por los alrededores, pero no encontré a nadie. Llegué hasta la barraca y me metí en la litera sin quitarme la ropa.

Muchos roncaban; Ricardito, que duerme a mi lado, se quejaba en el sueño. Más tarde vi entrar a Dionisio, guiado por Julia, que lo había envuelto en una frazada; su ropa no apareció hasta hoy, colgada de una cerca. Me dormí casi al amanecer, y tuve una pesadilla que es a la vez una variante de otras: unos niños me rodean, se esconden, gritan algo incomprensible; el escenario cambia (primero un edificio sin ventanas, luego la orilla de un río, luego un salón perversamente iluminado) pero los chiquillos persisten, me señalan, me acosan; al mismo tiempo pienso que me protegen. Tuve otra pesadilla que también se repite con frecuencia: estoy en una embarcación, Elías es el remero, y en una esquina… pero no, no me siento con valor para describirte la escena. Recuerdo que una vez le escribí a Elías que si algún día le contaba este sueño, sería un acto de verdadero amor. Pero estoy divagando. Quizás no he eliminado del todo el efecto de la droga. Te lo juro, no volveré a probar ninguna de esas porquerías: con el alcohol me basta.

Esta mañana no pude levantarme. Me justifiqué con el Político, diciendo que me dolían la cabeza y la garganta. Dionisio ni siquiera se movió cuando lo sacudieron; lo dejaron por borracho, al igual que a Fajardo, que se levantó dando tumbos y cayó de nuevo en la cama. Ricardito se amparó en su epilepsia. De la tropa de anoche, solo Pedro y Julia tuvieron fuerzas para ir a trabajar: me imagino que están habituados a viajar por esos paraísos artificiales, y ya el paseo por otras dimensiones no los estraga. ¿O quizás el sexo compartido les da vigor?

Te quiere siempre,
Marcos Velazco.

❧

Verdún, junio 24 de 1970

Querido Alejandro:

Una semana sin escribirte. En los últimos días solo hemos cortado caña quemada. ¿Has estado alguna vez en un cañaveral quemado? La ceniza se te cuela en los ojos, en la nariz, en la boca; la tizne embarra el pelo y la piel; las ráfagas de calor te suben a la cara como oleadas de brasas; el polvo prieto te ahoga. ¿Cómo explicarte? Las cañas ennegrecidas son cuerpos obscenos cuyo contacto repugna; se retuercen, gimotean y sudan; yo diría que sangran. La tierra se vuelve un colchón gris.

La zafra debería haber terminado, pero insistimos con un afán de locos, víctimas de un enorme disparate: ya es un secreto a voces que no se alcanzará la famosa meta de los diez millones de toneladas de azúcar, que todo ha sido una mentira más, un fracaso más... pero insistimos, nos hundimos en este mar de carbón y ceniza, en este vaho de llamas.

Ahora mismo, desde el comedor, veo el resplandor rojizo de los campos, los bloques de humo negro, y sé que mañana será la misma historia: entraremos de nuevo en ese escenario lunar y respiraremos ceniza, tragaremos ceniza, escupiremos ceniza, pero seguiremos cortando esos reptiles negros solo para demostrar (¿a quién?) que los cubanos nos sacrificamos, que somos héroes, que somos los mejores, los más abnegados, los más conscientes, los más patrióticos; en otras palabras, los más comemierdas.

Pero no solo la caña quemada frustra; no solo el trabajo de esclavo sin salario frustra. En fin de cuentas, la zafra y sus reveses forman parte esencial de la biografía de esta isla: el monocultivo, la economía colonial, el subdesarrollo, la iniquidad de las potencias. Mi profesor de Materialismo Dialéctico, un ruso que me acusaba de ser «slippery as an eel» (tenía razón), me enseñó que la caña quemada puede justificarse, que el trabajo de esclavo puede justificarse: ¿acaso no somos un país pequeño, desafortunado y pobre, víctima de una larga jugarreta de la Historia? Todo eso se entiende, se razona, se acepta. Pero la patraña política, no. La mala fe, el engaño, no. Hemos vuelto a sufrir las tretas de la República, disfrazadas bajo un manto de aparente justicia.

La semana ha traído también la visita de personajes políticos: funcionarios del Partido, de la Policía, del Ministerio del Interior, que han venido con la misma mirada burlona (y un tanto desconcertada) de nuestros amigos E., E. y Compañía Teatral, pero que a diferencia de estos han deseado saber, han preguntado qué queremos, qué esperamos, y más importante aún: quiénes somos. Impacientes, recelosos, coléricos, nos han escuchado a medias; luego han vuelto a preguntar, como si les costara entender nuestro lenguaje, y por último han dictaminado que somos una pandilla de sediciosos y pervertidos. A las muchachas les han dado el calificativo más simple de putas. Todos han paseado sus botas relucientes y sus barrigas satisfechas de un extremo a otro del campamento, apuntando con el dedo, meneando la cabeza, tomando notas, maldiciendo en voz baja —y a veces en voz alta— y antes de subir al jeep han declarado (uno de ellos declaró), con un gesto majestuoso, que este lugar atenta contra la moral media del Estado. No contra la moral del Estado, fíjate bien, sino contra la moral media del Estado. Como si fuera poco, y quizás como

341

colofón, las normas de trabajo se han duplicado, y la comida, que siempre fue una mierda, ahora es intragable. Llevamos no sé cuántos días a boniato y harina.

Muchos de los nuestros han desertado, y entre los que quedamos se observa una desmoralización total. Los actos de indisciplina alarman, y las riñas son diarias: peleas estúpidas, provocadas por un machismo enfermizo (el mismo machismo, dicho sea de paso, de los distinguidos visitantes). Hoy además los campesinos de los alrededores presentaron su primera denuncia formal por los robos de gallinas, de verduras, etc. Claro que la culpa la tiene el hambre. Yo mismo he ido, tarde en la noche, a una hortaliza cercana, y con el agua a los tobillos me he atragantado con hojas de lechuga y mazos de berro. Por cierto, el campo de berros tiene a veces un brillo fosforescente; quizás es solo el reflejo de la luna, o el condimento de mi imaginación.

Pero no solo entre los campesinos, sino que ya en el poblado de Bauta se ha corrido la voz de que somos una tropa extraña y peligrosa; nuestra presencia en el parque del pueblo el domingo pasado provocó un revuelo. Es verdad que somos extravagantes, pero también pacíficos; incluso escuchamos con cortesía a la orquesta municipal tocar un par de himnos y algunos danzonetes.

Sin embargo, con la excusa de protegernos, ya los Políticos nos prohibieron ir al pueblo, como si fuéramos locos o presidiarios. Hay algo que si descubrí esa tarde en el parque, y es que no encajamos. Todo lo nuevo y distinto resulta ofensivo si no tiene el visto bueno de la fuerza política: la única fuerza que conoce este país, la única fuerza que este país respeta. Si no se cuenta con ese respaldo, es necesario ser igual a los demás, perderse en la multitud, pasar inadvertido.

Dos horas más tarde, decidí interrumpir esta descarga y dar una vuelta por el campo, para refrescar el cuerpo y la cabeza. El paisaje nocturno, alumbrado por las llamas de los cañaverales, me recordó una guerra que nunca he conocido; ya que a esto que vivimos no puede llamársele guerra, sino una versión tergiversada de la paz. Caminé con mis inseparables Dionisio y Ricardito hasta la poceta (si es que puedo llamarla poceta; no tiene nada en común con la cercana a tu casa; se trata del ensanchamiento de un arroyo entre unas lajas, blancas y filosas como hojas de cuchillos) y los sentamos a mirar cómo unos campesinos cazaban ranatoros. ¿Has visto alguna vez cómo los pescan? Los deslumbran con la luz de una linterna, y luego los atrapan. ¡Pobres bichos! La luz los ciega, los aturde, y cuando reaccionan ya es demasiado tarde para escapar. Lo mismo ocurre con otra especie más inteligente de animales…

Dionisio y Ricardito me preocupan. La visita de nuestros amigos los teatristas los sacó de quicio, en especial los sarcasmos de Eulogio, y además, el desánimo que prevalece en el campamento se les ha contagiado. No han hablado de irse, tal vez por mi presencia, pero sé que no aguantan mucho más. Ayer Dionisio me preguntó si yo estaba dispuesto a secuestrar un avión para salir de Cuba. Le dije que no me hablara de eso ni en broma, que nuestro viaje a Santiago de Cuba había sido mi primera y última experiencia en ese sentido. Le dije también que ya no me interesaba irme de este país, lo cual es cierto. Espero vivir mi vida y morir mi muerte en Cuba. Espero cumplir lo que tenga que cumplir (y dejar de cumplir lo que tenga que dejar de cumplir) en Cuba.

«Del clarín escuchad el sonido…», dice el Himno Nacional. ¿Qué importa si ahora solamente escucho unas notas desafinadas? Ya vendrá el día en que pueda disfrutar de una grata melodía, ¿o es que no tengo derecho a esa esperanza?

Contesta tú, mi buen Alejandro. Te quiere siempre,
Marcos Manuel.

Verdún, junio 25 de 1970

Alejandro:

Acabo de recibir tu carta. La he leído con suma atención: creo que nunca antes había leído con tanta atención una carta.

Comprendo que tus palabras no han sido dictadas por la cordura, ni por la prudencia, ni mucho menos por la inteligencia: cada línea de tu carta rezuma miedo.

No ha sido mi intención perjudicarte, ni poner en peligro tu tranquilidad; no pensé que escribirte con franqueza te hiciera suponer que quiero hundirte. Tal vez he pecado de ingenuo al sobrevalorar tu amistad; te encontré tan valiente, tan honesto, tan generoso, que llegué a creer que nuestra relación estaría a la altura de la de Jonatan y David. Espero que excuses la referencia: mi formación protestante me lleva a utilizar, con más frecuencia de lo debido, estos ridículos ejemplos bíblicos.

Tu carta me ha lastimado. Me ofendes, me calumnias, y no lo merezco. Me tratas incluso de usted', eso es una imbecilidad. Estoy seguro que nuestras cartas no han sido interceptadas, por lo que tu actitud no

343

tiene justificación. *Que tengas miedo, lo entiendo; que consideres que mi amistad se ha vuelto un riesgo para ti, lo acepto; pero que intentes ridiculizarme en nombre de unos valores en los que tú mismo no crees, es el colmo de la inconsecuencia.*

Quizás mi conducta sea un error, quizás mi decisión de venir a este lugar sea un acto gratuito; quizás yo no sea capaz de mirar con objetividad la circunstancia política que atraviesa nuestro país; pero no soy un farsante, ni un anarquista presuntuoso, ni mucho menos un depravado con disfraz de agitador político, como te has atrevido a llamarme en tu insolente carta.

¿Pero para qué tengo que darte explicaciones? Si querías insultarme para interrumpir esta correspondencia, lo has logrado: esta es la última carta que te escribo.

Te desea buena suerte,
Marcos Velazco.

XXIII

La celda, de tres metros de largo por dos de ancho, tenía en una esquina un cuadrado con un hueco en el centro para distintos usos: bañarse, defecar, tomar agua —el chorro de la pila desbordaba el hueco—, lavar los calzoncillos, orinar, y a veces vomitar.

El agua ayudaba a Marcos a resolver su problema más apremiante: calcular la hora. Si salía caliente, era mediodía; si tibia, era de noche. Por la madrugada el agua brotaba rauda y fresca, ligeramente potable, y él pegaba con ansiedad la boca al chorro. El amanecer era su hora favorita (o lo que él consideraba amanecer, ya que el bombillo encima de la puerta —una plancha de metal pintada de negro— no se apagaba nunca, y no se percibía la menor señal del exterior), y Marcos aprovechaba la frialdad para lavarse varias veces la cara.

Al entrar al salón donde lo interrogaban, miraba de inmediato el reloj del capitán: saber con exactitud la hora le devolvía el sentido de la realidad que había perdido en la estrechez de la celda. Sin embargo, ahora habían transcurrido por lo menos tres días y nadie venía a buscarlo: el oficial encargado de su caso le había advertido que no lo llamaría hasta que Marcos no estuviera dispuesto, bien a firmar una declaración de culpabilidad, o a llegar a otro acuerdo.

Marcos recorría la celda, contaba los pasos; llegaba hasta mil y luego volvía a empezar. Los números, esos absurdos signos que él había desdeñado desde su infancia, ahora adquirían un sitio prominente en esta nueva vida. Después del último interrogatorio lo habían trasladado a una celda solitaria, y ahora añoraba la compañía de los otros presos; su sombra en la pared no bastaba.

Paradójicamente, mientras se encontraba con tres o cuatro más en los cubículos, había llegado a odiar la proximidad de los cuerpos, la opacidad de las miradas, el aire viciado, los diálogos Insípidos, el olor a excremento y sudor; pero en esta circunstancia, su soledad lo llevaba a recordar tan solo las ventajas de una celda llena: la camaradería, las historias y las bromas que se repetían, la elocuencia de los gestos, el calor de las voces, la confianza que surgía en pocas horas entre desconocidos. Ahora contaba los pasos, llegaba hasta mil, y empezaba de nuevo.

Procuraba dormir, pero si lo lograba sus sueños terminaban por amedrentarlo. Soñaba con frecuencia que se hallaba en Camagüey, en la plaza de la Iglesia frente a la escuela en la que él estudió: los jóvenes de tercer año lo esperaban con tijeras gigantes para cortarle el pelo, y quizás otra parte más preciada del cuerpo. Las campanas de la iglesia sonaban desaforadamente, anunciando un suceso sangriento; en ese instante lo despertaba el ruido de las puertas de otras celdas, que los guardias manipulaban con exageración.

La mayoría de estos sueños transcurría durante su adolescencia: Teresa y Eloy, a quienes recordaba solo de tarde en tarde, aparecían de continuo en ellos. En un sueño Teresa, con una blusa transparente, lo acompañaba a visitar a Carmen al hospital; la muchacha, empeñada en humillar a Marcos delante de su madre, le pedía a este que se desnudara; al él negarse, ella lo insultaba con palabras atroces, y luego le mordía los hombros y la espalda: la presión de sus dientes lo estremecía como si un cable eléctrico descargara la corriente en su carne. Carmen observaba la escena con ojos inexpresivos, mientras tejía un abrigo con sus propios cabellos. En otro sueño Eloy, vestido de prisionero y con el cráneo rapado, se acostaba frente a Marcos en una litera —el sueño ocurría en esa misma celda, aunque ambos tenían trece o catorce años— y con lentitud se zafaba los ojos, la nariz, las orejas: solo su boca permanecía intacta, repitiendo frases en un idioma desconocido para Marcos, aunque este intuía que se trataba de un texto de los Evangelios.

Al emerger de estas pesadillas, murmuraba: Dios mío, no. No lo permitas. Pero ni él mismo podía explicarse esta súplica. Solo intuía que quería revivir la fe que había experimentado en su niñez: desde su primer día de encarcelamiento se había arrodillado brevemente para pedir ayuda a aquella gracia ignota, que acaso se dignaría a escucharlo desde la pared garabateada, o desde el techo salpicado de manchas. Luego, en su recorrido por distintas celdas, había encontrado a otros prisioneros que de seguro no le habían dedicado el menor pensamiento a Dios en años, y que ahora también aspiraban a un encuentro. En la celda número diez, un hombre al que le decían el Guajiro había despertado en una ocasión a Marcos, zarandeándolo con fuerza. Los otros dos ocupantes del calabozo habían sido llevados a los interrogatorios. Marcos, sacado con violencia del pozo de una pesadilla, no comprendió primero la pregunta del hombre, que de pie junto a su litera gritaba con el rostro descompuesto:

—¿Tú crees en Dios?

—¿Cómo?

—Que si tú crees en Dios. ¿Tú crees en Dios?

Marcos se protegió los ojos con la mano: la luz del bombillo lastimaba sus pupilas.

—¿A qué viene eso? Yo estaba durmiendo. ¡Coño, viejo, con el trabajo que me cuesta dormir!

El Guajiro, tembloroso y empapado en sudor, trataba de encender un cigarro.

—Perdóname, chico, pero ¿tú crees en Dios? Dime, antes que lleguen Pedro y Esteban. Delante de ellos no puedo hablar de estas cosas. Dime, ¿tú crees?

—Sí, sí creo en Dios.

—¿Pero cómo es eso, Dios? ¿En qué Dios tú crees?

—Yo creo en Dios.

—Sí, ya sé, ¿pero cuál Dios? ¿Jesús, Jehová, la Virgen?

—Dios.

—¿Pero cómo se llama?

—Se llama Dios. Dios, Dios, Dios, Dios, Dios. Déjame dormir.

—¿Pero tú crees en él todo el tiempo?

—No, no creo todo el tiempo.

—Pero a veces sí.

—A veces sí.

—¿Ahora, en este mismo momento, crees?

—No sé, no me lo he preguntado. Qué carajo sé yo, yo estaba durmiendo. ¡Durmiendo, viejo, durmiendo! ¡Con el trabajo que me cuesta dormir!

El Guajiro chupaba el cigarro como si lo devorara, y echando el humo por la nariz y la boca dijo:

—Pues mira, chico, lo que soy yo, yo perdí la fe. Yo creí como hasta hace cinco años, yo era católico, le rezaba siempre a los santos, pero un día cuando estaba preso en una granja de la UMAP, porque yo estuve dos años en la UMAP, me entraron ganas de cagar cuando estaba sembrando caña, y cuando estaba cagando en el potrero miró al cielo y pensé, ¿pero esto es todo, esta granja, este potrero, este cuerpo, esta mierda? Y con el mojón se fue la fe.

Marcos se sentó en el borde de la tabla.

—Yo tengo un amigo que estuvo en la UMAP, a lo mejor tú lo conociste. Se llama Elías Almarales.

—¿Tú crees que éramos veinte o treinta? Eramos miles, estúpido.

—Sí, ya lo sé, pero a lo mejor da la casualidad que estuvieron juntos. MI amigo es actor de teatro. Elías, Elías Almarales.

Marcos no había pronunciado ese nombre completo desde la discusión en el cuarto del Chino, y ahora se le ocurrió que sonaba Irreal entre las cuatro paredes de la celda, como si no correspondiera a la persona que él había querido (y odiado).

—SI es actor seguro que estaba allí por maricón —dijo el Guajiro—, Yo con los maricones no trataba mucho, para que no me fueran a confundir...

—Elías no es maricón —dijo Marcos.

—A mí me metieron en la UMAP por un problema que tuve con un teniente cuando estaba en el Servicio Militar —dijo el Guajiro—. ¿Pero cómo es eso que a veces crees en Dios y otras veces no? A ver, explícame eso.

—Mira, Guajiro, yo no tengo ganas de hablar de Dios, ni de si creo o no creo. Mientras más uno habla de eso, más uno se confunde. Anda, déjame dormir —dijo Marcos, y se acostó de nuevo—. Trata tú también de dormir. Pídele a Dios que te mande el sueño. Aunque no creas en nada, dile: «Dios mío, ayúdame a dormirme». Repítelo como cien veces, y tú verás que te quedas dormido.

—Carajo, y yo pensaba que tú eras un tipo serio. Yo pensaba que tú eras un tipo con el que uno podía hablar de estas cosas. Tú lo que eres es un tremendo jodedor.

Pero ahora, solo en la celda, con miedo a sus propios sueños, Marcos pensaba que el Guajiro no lo había comprendido: él, a su manera, deseaba también establecer el contacto con aquella fuerza que nadie era capaz de describir. Entretanto, conversaba en voz alta para escuchar al menos un sonido humano; hablaba sobre todo con Elías y Eulogio. Eran discursos llenos de reproches, reflexiones, frases de cariño, preguntas, amenazas. Examinaba el bombillo detrás de la rejilla, con sus filamentos retorcidos; releía las frases y los nombres grabados en la pared: «Aquí estuvo Alberto», «Martí no debió de morir», «Ana me traicionaste». Había también una lista de malas palabras, escritas con letra impecable.

Después de un rato de vacilación, terminaba por arrodillarse, sin saber qué decir. La frase más obvia hubiera sido: «Sácame de aquí, por favor;» pero quizás, pensaba, era una insolencia reclamar auxilio de forma tan directa, después de tanto tiempo sin rezar. No, era mejor decir algo como: «Perdóname, soy un pecador, me lo tengo merecido. Pero ayúdame un poquito, ¿no?» (un tono coloquial sonaba apropiado). Claro que esto hubiera sido una treta más de Marcos el astuto, *slippery as an eel*, escurridizo como una anguila, como lo había catalogado el viejo profesor de Marxismo.

Y a la larga terminaba por ponerse de pie, sin haber pronunciado una palabra.

En ocasiones se ponía a cantar; empezaba no muy alto, luego iba subiendo el tono, por último vociferaba, hasta que el guardia de turno abría la ventanilla de hierro y le gritaba: «¿Qué coño te pasa, te estás haciendo el loco?», o «¿Te duele la barriga?», o «¡Cállate, comemierda!». Entonces Marcos se tendía en la litera, silencioso, con los ojos fijos en la pared, aliviado por haber escuchado otra voz que no fuera la suya.

Se asombraba de su incapacidad actual para formular una oración cualquiera, al recordar cuán fácil le era en su niñez invocar a Dios, e incluso sentir su presencia (o al menos lo que entendía en ese entonces por la presencia de Dios, que era algo parecido a un estremecimiento). Ahora intentaba revivir los cultos, los sermones, y a veces canturreaba el estribillo de algunos himnos: «Es como un río de agua viva, un río de agua viva en mi ser;» «No me avergüenzo de ser un aleluya, no me avergüenzo de dar un Gloria a Dios». Es cierto que en aquella época no se avergonzaba. Muchas veces los cultos tenían lugar en las esquinas, bajo un farol; los creyentes cantaban rodeados de una turba de niños y de adultos que los vilipendiaban (y a veces apedreaban;) en medio del escándalo Marcos tamborileaba con ardor sobre la pandereta, mientras el sudor se deslizaba por sus axilas sin vellos.

Pero con la salida de los vellos, se decía ahora, la fe había comenzado a tambalear. La boca que se fruncía bajo la sombra del bigote no murmuraba las oraciones ni entonaba los himnos con la misma fuerza. La tía Arminda, consciente de que el joven se estaba descarriando, recomendaba ayunos y vigilias. Marcos obedecía a regañadientes, malquistado con el Dios que exigía disciplina.

Los sábados eran los días de ayuno en la capilla: sus paredes desnudas invitaban a la austeridad. Si uno comía o tomaba agua a escondidas podía engañar a los hombres, pero no a Dios, y Marcos, a pesar de sus dudas, se arrodillaba durante horas en el áspero cemento, con la cabeza apoyada en el banco, escuchando el sonido de sus tripas vacías. Por el mediodía no resistía la sed y se encerraba en el baño a beber agua; luego se escabullía entre los devotos que de rodillas gemían e imploraban, describiendo en alta voz, sin el menor pudor, sus pálidos pecados, y al llegar a su casa devoraba el arroz y los frijoles. En las vigilias no tenía más éxito: se quedaba dormido alrededor de la medianoche. Carmen, que asistía a veces a las vigilias para complacer a su hermana, se empeñaba en irse cuando cantaban los primeros gallos, y Marcos aprovechaba la fatiga de su madre para también marcharse a descansar.

Ahora, diez años después, hacía ayunos y vigilias de nuevo; solo que no con fines espirituales. Quizás había algo de verdad en la idea de que al mortificar el cuerpo se fortalece el alma, se decía a veces mientras recorría de un lado a otro la celda, contando hasta mil las ¡das y venidas. Entre aquellas cuatro paredes, tan desnudas como las de la capilla, con el estómago estragado por el hambre y la cabeza pesada por la falta de sueño, se sentía más cerca del espíritu. Pensaba además que sus años de estudiante, subrayados por el desorden mental, y sobre todo los últimos meses en casa de Eulogio y en el campamento, lo habían convertido en un sujeto tosco y libertino. ¿Acaso esta celda no era la consecuencia de un materialismo grosero y pasional? La política, además, constituía también una forma de vicio. Había vivido, se decía ahora, obsesionado por su amor a Teresa y a Eloy, por su amor a Nora, por su amor a Elías; obsesionado por su afán de reconocimiento, por su dependencia de Eulogio, por su indecisión sexual, por sus concepciones románticas de la libertad, por su resentimiento contra el gobierno, por su hastío, por su inseguridad, por su neurosis, por su necesidad de cambio, por su narcisismo al revés, por su culpabilidad con Carmen; y al final la soledad obligatoria de este encierro lo enfrentaba a la trama de su adolescencia, donde se había extinguido por completo la fe.

Tenía razón al escribirle a Alejandro que Eulogio lo había envenenado; pero en realidad el veneno había comenzado a trabajar en él mucho antes que Eulogio apareciera aquella tarde en casa de Fonticiella, con la cabeza rapada, el sombrero de pajilla y la botella de ron en el saco. Tampoco podía culpar a Elías, ni a Nora, ni a Teresa ni a Eloy, por la sustancia corrosiva que lo había ido minando poco a poco, hasta volverlo irreconocible: todo había partido de su escepticismo, de su incredulidad, de su sed de sensaciones, de su búsqueda de novedades, de su rebeldía.

Pero este mea culpa no se prolongaba por más de unos minutos: le preocupaba demasiado el hecho de estar preso sin saber hasta cuándo, para tomar en serio por mucho rato esta retahíla de recriminaciones morales. Había perdido incluso la facultad de masturbarse; pero sí reconstruía con facilidad la madrugada en que un desconocido lo despertó en el albergue de Verdún, y le ordenó que se vistiera y lo acompañara. Marcos, alarmado al pensar que quizás a su madre le había ocurrido algo, no se atrevió a preguntarle al hombre por qué debía seguirlo a esa hora de la noche. Atravesó la barraca a oscuras entre los ronquidos y los murmullos de los que dormían, y solo cuando salió a la frialdad de la madrugada, y el individuo lo tomó por un brazo y lo obligó a subir a un *jeep* donde esperaban dos hombres de uniforme militar, cobró valor para decir:

—¿Qué pasó?

—Nada, viejo, que estás preso. ¿Tú crees que esto iba a durar toda la vida?

Los interrogatorios comenzaron tan pronto llegó al edificio de la Seguridad del Estado en La Habana (el local de un antiguo colegio religioso, hábilmente transformado para Impartir las nuevas enseñanzas). Lo acusaban de ser uno de los autores intelectuales del campamento, una de las pocas «cabezas pensantes del movimiento antisocial».

El capitán encargado de su caso, un joven mulato que combinaba modales exquisitos con súbitos arranques de ira, se impacientaba al escuchar a Marcos hablar de derechos individuales, de respeto a la integridad personal, de concesiones a la juventud. El propio Marcos se sentía ridículo al pronunciar estas verdades, que en su boca sonaban a perogrulladas. El aire acondicionado funcionaba a una temperatura polar, y Marcos, en su uniforme sin mangas, acabado de salir del horno del calabozo, se esforzaba por dominar el temblor. El cielorraso presentaba unos raros boquetes, huecos Irregulares que obviamente daban acceso a un piso superior, por los que solo se observaba una densa oscuridad. El escaso mobiliario —la silla que ocupaba el prisionero, una mesa pequeña y la butaca del oficial— contribuía a aumentar la frialdad. Las sesiones duraban entre cinco minutos y dos horas.

Con el paso de los días, las acusaciones se volvían intrincadas: el capitán aludía a un complot para destruir a la revolución, a un grupo de seudointelectuales que bajo las órdenes de la CIA pretendía desestabilizar el gobierno de Cuba. Marcos esperaba que de un momento a otro el hombre mencionara el proyecto de fuga por la bahía de Guantánamo; estaba seguro que alguno de sus amigos —posiblemente Alejandro, se decía; de allí la Inconcebible carta que le había escrito—, coaccionado por los agentes, había delatado el plan. Quizás guardaban la Información, pensaba, para asestar el golpe final. Entretanto, el oficial lo enredaba con preguntas sobre su posición política, lo acusaba de conspirador, de poetastro subversivo, de mercenario, de homosexual, de Intrigante, de anarquista. Durante dos semanas lo trasladaban de la celda al salón a las horas más sorpresivas: a veces cinco veces en menos de una hora, otras en medio de la comida.

Había llegado a aprender de memoria el recorrido por el laberinto de pasillos y escaleras; a su lado, el guardia que lo escoltaba, y que pocas veces era el mismo, silbaba continuamente, mientras marcaba un trote militar. Era un chiflido penetrante, sin música: una contraseña para evitar que dos presos se encontrasen. Los guardias calculaban la proximidad de otros por el silbido, y cuando alguno se acercaba el soldado viraba a Marcos contra la pared, o lo hacía doblar por cualquier pasillo; allí esperaban a que la otra pareja pasara para continuar el camino.

Al recordar ahora estas primeras semanas, en las que lo cambiaban de celda cada dos o tres días, todo le parecía en extremo simple, los acontecimientos y las sensaciones: una sucesión de celda, silencio, calor, pasillos, silbidos, frialdad, preguntas, insultos; luego otra vez pasillos, silbidos, celda, calor, silencio. También insomnio. Y hambre. Ayunos y vigilias. En los días de ayuno él se arrodillaba mientras el sonido de sus tripas opacaba las oraciones, y en las noches de vigilia se quedaba dormido sobre el banco: el espíritu no sacaba provecho de estos sacrificios a medias. Pero ahora, en el calabozo solitario donde llevaba más de una semana, estas vicisitudes corporales comenzaban a surtir efecto. Había visto, por ejemplo, una cruz del tamaño de su cuerpo en el techo, encima de la misma litera; solo que el crucificado había sido clavado de bruces; sus espaldas y nalgas colgaban rudamente de la cruz; su piel al parecer había sido bañada con lejía; tenía el rostro hundido en la madera, y en vez de cabellos un paño tornasolado le cubría completamente el cráneo. Marcos se había despertado gritando, pero un rato más tarde consiguió masturbarse sin esfuerzo, y por primera vez desde que estaba preso durmió con un sueño sosegado.

Su sentido del oído se desarrolló en esos días: gorjeos de pájaros, bocinas de automóviles, músicas de radio, discusiones domésticas, llegaban a él como a través de un espeso tamiz; era como escuchar los ruidos con la cabeza metida en el agua. Llegó a reconocer una voz lejana: un hombre buscaba pleito al anochecer (el agua de la pila salía menos caliente, casi tibia) con una mujer llamada María. Tal vez no una mujer, sino una niña. El hombre, con voz tiránica, vociferaba: «¡María, ya me tienes muy cansado!», o «¡Te lo dije, María! ¡Te lo dije!», o «¡María, está bueno ya! ¿Qué lío tú te traes, chica?» Su voz se cascaba en medio de las frases. Más tarde se escuchaban carcajadas, maldiciones, gritos ahogados. También los maullidos de un gato en celo, y en ocasiones un claveteo incesante. Pero los más comunes eran los sonidos de las puertas de otras celdas al abrirse y cerrarse: un estrépito de hierros que retumbaba a través del cemento. Marcos tocaba en las paredes esperando que en los calabozos contiguos alguien le respondiera, pero solo una vez recibió contestación: dos golpes violentos que no se repitieron. Su espera más apremiante, sin embargo, parecía no acabar jamás. El capitán le había hablado con firmeza en el último interrogatorio:

—Cuando estés dispuesto a firmar, o a llegar a un acuerdo con nosotros, llama al guardia y dile que quieres verme. Pero si no es para alguna de esas dos cosas, no pierdas el tiempo. La solución está en tus manos. No hay nada más que hablar.

Marcos conocía perfectamente las dos alternativas que el capitán le ofrecía: la primera, reconocer la naturaleza subversiva del campamento, lo que significaba aceptar el papel de conspirador y esperar entonces la condena, un mínimo de quince años en prisión, según el oficial; la segunda, pasar a trabajar como informante de la Seguridad, lo que le garantizaba salir de inmediato en libertad, pero condenado, según Marcos, a una cadena perpetua de vergüenza.

Trataba de no pensar en ninguna de las dos: confiaba en que este período de incomunicación no podía durar demasiado, y a la vez en que el investigador no poseía pruebas suficientes para enviarlo a la cárcel. Era evidente que ya había desechado las acusaciones de complot y de contubernio con la CIA; el carácter franco y espontáneo del campamento se había hecho patente a lo largo de los interrogatorios, y aún más, Marcos había logrado que el oficial reconociera que el proyecto inicial había partido dé la Unión de Jóvenes Comunistas.

Pero los días pasaban: los días que solo se diferenciaban de las noches por la temperatura del agua. Cuando la lucidez se lo permitía, Marcos continuaba con el enjuiciamiento moral de sí mismo. Lo peor en este largo inventario de errores, se decía, no era haber perdido la fe, sino que en los últimos tiempos también había perdido el interés por la poesía, la pintura, la música, la filosofía, las sutilezas del pensamiento y el lenguaje; recordaba con melancolía su afán en otra época por enriquecer su expresión, por descubrir conexiones y significados; recordaba, por ejemplo, como durante su primer viaje en tren, aparte del manoseo en la oscuridad, había intentado concluir un poema a su madre, había especulado sobre el presente y el pasado de la pintura en relación con las imágenes que se develaban durante el fatigoso recorrido; recordaba a la vez su tendencia a trascender la realidad mediante símbolos (símbolos desvaídos por el uso, pensaba ahora, pero al menos símbolos; es decir, esfuerzos por ennoblecer la basta naturaleza de las cosas), como el definir su ambigüedad erótica mediante la humedad y la sequedad; pero con el paso de los años se había dejado embrutecer por raros sentimientos que apenas podían llamarse amor; y además por la política, el sexo, el alcohol, la trivialidad de las modas, los diálogos enrevesados que se prolongaban a veces hasta el amanecer; había también permitido que el escepticismo de Eulogio lo fuera carcomiendo, y había llegado a enrolarse en planes descabellados como la fuga por Guantánamo o el propio campamento de Verdún; para al final terminar en una celda solitaria y desnuda que era posiblemente un reflejo de su propia soledad y desnudez. La celda, al igual que su ocupante, se hallaba desprovista de adornos y confort, pero también de belleza y sustancia; su sencillez no era una virtud, sino una deficiencia. Y mientras se adentraba en estas conjeturas abría la llave para palpar el líquido. A veces, afortunadamente, salía frío.

Para colmo, las dos únicas posibilidades (por mucho que tratara, no podía olvidarlas) de salir de este sitio se limitaban a, o bien aceptar la larga condena en la cárcel, o convertirse en lo que más odiaba y despreciaba: un delator.

Recordaba ahora su conversación con Elías unas semanas antes, cuando este había acusado a Eulogio de ser un agente del gobierno, y también la ocasión en que el propio Eulogio le había dicho (en medio de una borrachera, era cierto; además, bromeando) que había acortado su estancia en la prisión al consentir en servir de informante. Aunque Marcos se negaba a creer que Eulogio pudiera ser un policía encubierto, se daba cuenta, entre estas paredes hostiles, que resultaba fácil claudicar: la desesperación podía llevar a ese acto desmoralizante. Sin embargo, el delator debía poseer una dosis innata de maldad para realizar a cabalidad su oficio, se decía más tarde; no se trataba solo de cobardía. Se requería sin duda cierta destreza para destruir a un semejante, y sobre todo para destruirlo en la sombra, sin mostrar jamás la cara.

Lo insólito era que este país, su país, se había transformado en parte en un pueblo de delatores: era difícil explicar esta metamorfosis. Aunque pensándolo bien, se decía luego, este cambio se relacionaba también con el afán competitivo de los seres humanos, y que a él le parecía el más genuino —y el más aborrecible— de los instintos. El volverse delator era una de las pocas vías para obtener, en un régimen como el cubano, el triunfo y el poder; además, era también un medio de aniquilar a otros sin esfuerzo: bastaba abrir la boca para decidir el destino del prójimo. El mundo estaba dividido, la gente estaba separada… Marcos meditaba una vez más en las paradojas que lo habían inquietado cuando estudiaba en la cocina con Eloy, cuando acariciaba en el aula a Teresa, cuando discutía con José Luis en el caserón lleno de ancianos, cuando visitaba a su madre en el manicomio, cuando asistía al teatro para observar cómo Eulogio y Elías se apoderaban de vidas ficticias.

Pero ya su inquietud no era la misma: él había envejecido. Lo único que conservaba intacto era su convicción de que a pesar de su temor, su zozobra, y también de ese instinto de rivalidad que corrompía a la gente (y Marcos estaba convencido de tenerlo), él no había nacido para llegar a ser el verdugo de nadie. En otras palabras, no había nacido para ser un chivato, un pendejo soplón. Tampoco pensaba adjudicarse el rol de conspirador, como deseaba el capitán, y así regalarle a los tribunales la oportunidad de condenarlo.

Evitaba reflexionar sobre estas dos soluciones, se obligaba a ignorarlas, y en esta batalla mental los días se atropellaban. Los días y las noches: bloques de tiempo apenas separados por la temperatura del agua. Entonaba canciones, se enardecía en voz alta, rememoraba escenas, rezaba a medias, dormía a retazos, escuchaba los ruidos del exterior —gorjeos de pájaros, estrépitos de puertas, bocinas de vehículos, martillazos, maullidos, y la voz del hombre que gritaba: «¡María!»— pero siempre acababa por encarar la esencia de su áspero presente: Estoy solo. Estoy preso.

Un día intentó recitar uno de sus poemas favoritos, Ventana, del nicaragüense Alfonso Cortés, escrito durante un acceso de locura del poeta, que se hallaba encerrado en una habitación. Pero Marcos solo recordaba los dos primeros versos: Un trozo azul tiene mayor intensidad que todo el cielo. Cortés, al parecer, los había escrito frente a una ventana. Sin embargo, esta celda ni siquiera tenía ese beneficio: solo contaba con una puerta de hierro pintada de negro, un techo salpicado de manchas, una pared garabateada, unas ranuras para la ventilación (construidas de tal forma que no permitían el paso de la luz) y un bombillo detrás de una rejilla.

Este bombillo activó la fantasía de Marcos, sugiriéndole una última esperanza. Fue una idea transparente, una revelación. No era necesario hacinarse en la cárcel por quince años, ni tampoco espiar a sus semejantes: se electrocutaría. El plan era simple, y decidió llevarlo a cabo de inmediato. Solo debía esperar la próxima comida.

El guardia acostumbraba a deslizar la bandeja y la cuchara por un boquete que se abría debajo de la puerta, y en esta ocasión Marcos apenas se fijó en el menú, que por lo regular era siempre el mismo: arroz y yuca cocida. Después de cerciorarse que el guardia se alejaba, dobló la cuchara de metal endeble, y en puntas de pie logró meterla en la rejilla: el bombillo se quebró con un sonido seco. En la oscuridad Marcos trató de penetrar el cabo en el centro del enchufe. Sintió algo parecido a un débil corrientazo, y en ese instante la puerta se abrió con violencia: el guardia se echó a reír al ver a aquella especie de pálido muñeco, con expresión de haber sido estafado, que agachado junto a la litera sujetaba un pedazo de metal retorcido.

—¿Qué te pasó, campeón? ¿Te molesta la luz? ¿O te volviste electricista? ¿Por qué no te metes mejor la cuchara en el culo? Mira, te jodiste, porque ahora me llevo la bandeja y te quedas sin comer. Y la próxima vez vas a tener que comer con la mano. Se acabaron los jueguitos con la cuchara. A ver, dame acá, comemierda. Conmigo no te vas a hacer el loco.

A partir de ese instante Marcos se negó a alimentarse, y al cabo de dos días se sumió en una continua somnolencia, en la que personas conocidas y desconocidas desfilaban frente a su litera adoptando posturas insólitas: verdaderos actos de acrobacia que podían tal vez interpretarse como gestos de abnegación, o a lo mejor de burla. Nora era su visitante más osado. La muchacha, vestida con un refajo azul, trepaba por paredes y techo, deteniéndose a veces junto a él para secarle el sudor con un pañuelo que olía a carne asada. En este sopor conoció momentos angustiosos (la profesora de Latín lo obligaba a tragar una rama) y también felices (Nora le frotaba la espalda con miel). A veces se encontraba amarrado en el fondo de una caverna, rodeado de sus compañeros de segundo grado, unos niños con pantalones bombachos que le rayaban con tiza los testículos; otras veces flotaba en una cisterna, enredado entre plantas luminosas, hasta que el capitán puso punto final a la película de brillo Interminable. Lo zarandeó bruscamente y le dijo:

—Vengo a darte una mala noticia: tu madre está muy grave. O firmas tu declaración de culpable, o te decides a colaborar con nosotros, o la vieja se muere sin haberte visto. Tú dirás. Ya has tenido tiempo de sobra para pensar. Arriba, que llevas días sin comer, y esto no puede seguir así.

Marcos se incorporó a medias en la litera, pero la cabeza le daba vueltas; volvió a acostarse. Luego dijo:

—¿Cómo usted sabe que está grave?

—Porque nosotros lo sabemos todo.

—¿Cómo yo sé si es verdad?

La figura del oficial bloqueaba la puerta; su cuerpo macizo, recostado a la plancha de hierro, tenía la flexibilidad de una estatua.

—Tú eres cabeciduro, ¿verdad? ¿Qué, te hacen falta pruebas?

—Yo solamente pregunté que cómo usted lo sabe.

—Tú mismo vas a ver que estoy jugando limpio. Prepárate, que mañana vas a tener visita.

Marcos se sentó con dificultad, murmurando:

—¿Visita?

—Sí, viejo, visita. Vas a tener visita. Pero tienes que comer, bañarte, volver a ser gente.

Marcos hizo una pausa. Luego preguntó:

—¿Y cómo es ser gente?

Pero ya el capitán, irritado por lo que sonaba como una pregunta irrespetuosa, y tal vez por el olor a sudor del prisionero, cerraba la puerta con un golpe alardoso.

Al otro día (o noche) el recorrido fue más prolongado que cuando lo llevaban a la sala de interrogatorios: Marcos trataba en vano de acomodar su paso al enérgico de su custodio. Los largos pasillos, alumbrados con lámparas de luz mortecina, se multiplicaban como en un laberinto. Luego bajaron por una escalera de hierro, donde las botas del guardia resonaban como aldabonazos. El silbido de este era una nota aguda que martirizaba los oídos.

Súbitamente, Marcos tuvo que cerrar los ojos al entrar en un salón iluminado por el sol. El capitán lo esperaba junto a un hombre bajito, cuyas facciones se contraían con un tic nervioso. El visitante hizo un ademán de avanzar hacia Marcos. La claridad, que penetraba a raudales por una claraboya en el techo, volvía cruelmente vividas su cara, su figura. En su boca un Cigarro a medio quemar se doblaba bajo el peso de la alargada línea de ceniza. Marcos conocía esa boca, esas mejillas alteradas por el tic.

—Tío Vicente —dijo Marcos, y abrazó al hombre sin emoción—, ¿Es verdad que mi madre está grave? ¿Qué tiene?

Vicente, más delgado y pequeño, parecía una caricatura del abuelo Anselmo. Apretaba el sombrero con dedos intranquilos, pestañeando bajo las gafas que agrandaban sus ojos. Era la primera vez que Marcos veía a su tío con los ojos aguados, y el pensar que aquel hombre podía llorar por él lo sorprendió más que el hecho de que hubiera viajado para verlo.

—¿Podemos sentarnos? —le preguntó Vicente al capitán.

—No, limítese a decirle lo que él quiere saber. Son cinco minutos, y ya pasó uno.

—¿Qué le pasa a mami?

—Está enferma.

—Enferma ha estado siempre. ¿Qué le pasa? ¿Es algo serlo?

Vicente vaciló.

—No es tan serlo, creo que es… —Vicente miró de reojo al oficial—. Puede ser la presión alta, producto de los nervios, la preocupación.

—Entonces no está grave.

—Está enferma, preocupada —dijo Vicente, y colocando una mano insegura en el hombro de su sobrino, añadió—. Marcos, mi hijo, no seas rebelde y coopera con esta buena gente que quiere ayudarte. El capitán dice que tú puedes salir de aquí cuando te dé la gana. Habla lo que tengas que hablar, hazme el favor, hazme caso aunque sea una vez en la vida, tienes que darte cuenta de que si sigues…

Marcos se zafó de la mano que lo sujetaba, y dijo con frialdad:

—¿Cómo está tu mujer, tío Vicente? ¿Y los muchachos?

—Todos bien. Podríamos estar mejor si no fuera por ti.

—¿Saben que yo estoy aquí?

—El único que lo sabe soy yo, aunque Rosa se huele algo. Tuve que inventar un cuento para justificar el viaje. Los compañeros de Seguridad fueron a avisarme al trabajo, conversaron conmigo, se tomaron esa molestia. Imagínate, yo pensando que tú estabas en la universidad, y tú metiéndote en problemas, por gusto, por gusto, como si fuera poco la carga que tengo con tu madre. ¿Por qué no piensas por lo menos en ella?

Es el mismo de siempre, pensó Marcos. Se le aguan los ojos, me dice mi hijo, pero me sigue odiando. Y ahora más.

—Tío, me he cansado de repetirle al capitán que soy inocente. Yo sé que soy inocente, y estoy seguro que más tarde o más temprano voy a salir de aquí. Dígale a mi madre que estoy en exámenes y que por eso no puedo ir a verla. En realidad estoy en exámenes. Yo siento mucho ocasionarle esta molestia a usted, pero no es culpa mía. Soy inocente, se lo juro. No he hecho nada para que me tengan aquí.

—No nos consideras, no nos consideras—dijo Vicente, pisoteando la colilla.

—No es un problema de consideración. ¿Por qué no trata usted de ponerse en mi lugar?

—El tiempo se está acabando —dijo el capitán.

—Marcos Manuel, tú eres Inteligente, el más inteligente de toda la familia, pero no sé de qué te sirve. Haz cualquier cosa que el capitán te pida, él lo que quiere es ayudarte. Hazle caso a tu tío alguna vez —y al decir eso Vicente extendió la mano, que Marcos estrechó débilmente, pensando que quizás no había tiempo (ni voluntad) para otro abrazo.

Marcos se alejó escoltado por el guardia, con el sudor de su tío pegado en su mano, adherido a su propio sudor. Así se combinaban, pensó, los miedos y los resentimientos. Ni siquiera le había preguntado a su tío, recordó ahora, subiendo por la escalera de hierro, si Carmen se hallaba en la casa o en el hospital. El guardia, que había estado presente durante la visita, le preguntó:

—¿Tienes hambre?

Sin mirarlo a los ojos. Era un joven de su misma edad, con un rostro severo pero no inhumano. ¿Es que había acaso rostros inhumanos?

—Un poco —dijo Marcos—, Más que hambre, tengo debilidad.

A partir de ese día aprendió a comer con las manos. Le parecía que las raciones eran más abundantes, mejor condimentadas, y después de vencer ciertas dificultades estomacales, comenzó a comer con apetito.

Pese a su incertidumbre por el estado de su madre —no llegaba a creer que en verdad se encontrara físicamente enferma, sino que achacaba la noticia a un ardid para presionarlo—, se convencía cada vez más de que no debía ceder a ninguna de las dos proposiciones del oficial. Le preocupaba su futuro, pero no en términos de libertad o prisión, sino más bien en cuanto a la dirección que debía darle a su vida interior. Pensaba en las personas que habían estado cerca de él en los últimos años, y en las soluciones individuales que cada uno podría hallar para sí mismo: Elías, aparte de su nueva posición de hombre casado y de futuro padre de familia, le quedaba la salida de coquetear de nuevo con el Zen; Nora, si se frustraba en su vocación de actriz, se refugiaría en la maternidad; Diego, además de su pintura, tenía el recurso del catolicismo, del que nunca se había desprendido del todo, y del que se había alejado solo por su avidez sexual; Fonticiella ya había renunciado al arte para adentrarse con más facilidad en el mundo de los espíritus; Dionisio y Ricardito no necesitaban ampararse tras una ideología o una creencia: la simplicidad de su presente les bastaba. José Luis contaba con su oportunismo; Gloria con su veleidad, y Carrasco y Amarilis con su mutuo entendimiento. A Alejandro era preciso olvidarlo por ahora: la última carta que le había escrito a Marcos, aunque justificada por los hechos que ocurrieron después, era un golpe demasiado serio para una amistad que había sido, sobre todas las cosas, una amistad epistolar. En cuanto a Eulogio... ¿podían su nihilismo, su actitud burlona y descreída, sostenerlo hasta el fin? Marcos no podía contestar esa pregunta.

Después de una semana en la celda solitaria, otro preso vino a hacerle compañía: un argentino que volando de Colombia a Miami, había tenido que hacer un aterrizaje forzoso en la provincia de Oriente. Aunque el hombre negaba la acusación, era evidente que traficaba drogas. Marcos le pidió que se aprendiera de memoria el teléfono de su tía Arminda en Miami, para que le hiciera saber en qué dilema se encontraba el que fue en una época el sobrino favorito, pero el desconocido estaba demasiado absorto en su situación para ocuparse de problemas ajenos, y tuvo la franqueza de decírselo. Al cabo de unas horas trajeron a un muchacho asustado que solo repetía:

—Yo no sé por qué estoy aquí.

Tenía diarreas violentas que llenaban la celda de un hedor tremebundo. A veces, de pie, pegaba rostro y cuerpo a la pared del fondo, aplastando su nariz contra el cemento.

—Eso me refresca —decía.

Por último llegó otro prisionero llamado Fermín, que confesó haber incendiado por equivocación unos campos de caña que no estaban listos para ser quemados en el sur de Las Villas, y ahora afrontaba cargos por sabotaje. Sin embargo, dormía continuamente, algo que Marcos y los otros dos envidiaban. Sus ronquidos eran irregulares, y por momentos daban la impresión de estertores. Pero Marcos se sentía casi feliz de estar de nuevo con seres humanos, y se disponía a esperar el tiempo que fuera necesario para salir de aquella ratonera sin ceder a nada.

La espera no fue larga. Una madrugada (el agua estaba fría) volvió a recorrer el laberinto de pasillos y a escuchar los silbidos del guardia que marchaba a su lado; volvió a atravesar la galería de puertas cerradas, a recorrer los pasillos iluminados con luz mortecina; pero esta vez tampoco lo condujeron a la sala de interrogatorios, sino a una habitación que recordaba un camerino, con clósets y espejos. Marcos se sorprendió al ver su rostro pálido y demacrado, casi irreconocible bajo la barba y el bigote. El cabello grasiento se pegaba a su cráneo como una lámina. El guardia le entregó una muda de ropa, la misma que Marcos se había puesto apresuradamente (¿cuánto tiempo había transcurrido desde entonces?, ¿semanas, meses, años?) en la barraca de Verdún. La ropa se negaba a ajustarse a su cuerpo, y tuvo que abrocharse el cinturón en el último orificio para evitar que el pantalón se rodara. Luego el guardia lo llevó a una amplia oficina, con ventanas de cristal, donde el capitán, también por primera vez sin uniforme, saludó a Marcos con afabilidad. La tenue claridad del amanecer impregnaba el aire de un tinte benigno. Tras los vidrios, en la lejanía, surgían como en un sueño los techos de viviendas, las somnolientas calles, que demostraban que un poco más allá de estas paredes existía algo parecido a la vida.

—Siéntate un momento —dijo el capitán, que tras un escritorio barnizado revisaba un montón de papeles—. Hace falta que firmes algo, nada más que un formalismo. Es un papel que dice que estás de acuerdo a quedar en libertad —y mostrando sus dientes parejos, añadió—. Digo, si es que estás de acuerdo a quedar en libertad.

Marcos, con el rostro serio, dijo:

—Se lo agradezco.

—No me lo tienes que agradecer a mí. Agradécele a la revolución, que es magnánima. Además, tienes alguien que te aprecia y que ha querido ayudarte. Es un amigo tuyo, un amigo de verdad, que nos asegura que esta experiencia te va a servir de lección.

Marcos, que no era un fumador habitual, estuvo a punto de exigir un cigarro. En cambio dijo:

—¿Un amigo? ¿Qué amigo?

—Lo siento, pero no puedo decirte quién es —dijo el oficial, volviendo a examinar los papeles—. Es una persona que trabaja con nosotros desde hace mucho tiempo, y te conoce de cerca. Sí, yo diría que bastante de cerca. Nosotros confiamos en su opinión, y en tu caso, hemos querido confiar especialmente en su opinión.

—Pero no me deje con la duda —dijo Marcos—. ¿Cómo se llama? Yo quisiera darle las gracias.

El capitán miró su reloj de oro: eran las seis y cuarto.

—No, de verdad que no puedo decirte quién es. Y tú nunca vas a adivinarlo. La inteligencia individual se queda corta frente a la inteligencia colectiva. Ese es el triunfo de esta revolución. Pero si quieres mostrar tu agradecimiento, lo mejor que puedes hacer es incorporarte a esta sociedad y convertirte en un ciudadano útil. Tu amigo se va a sentir recompensado. Déjate de ideas absurdas, aléjate de las malas compañías, y si te rehabilitas, te garantizo que en un futuro vas a poder regresar a la universidad. La revolución no quiere destruirte, al contrario. Ahora todo depende de ti. Tú eres joven, tienes todo un futuro por delante.

Marcos, con la vista fija en la punta de sus botas, dijo:

—Ya no soy tan joven.

El oficial se puso de pie.

—Vamos, no te pongas pesimista. Tampoco eres demasiado viejo para no pasarte treinta años en una cárcel. Y acuérdate que puedes pasarte treinta años en una cárcel. Ah, se me olvidaba decirte que tu madre está mucho mejor. Nuestra gente en Camagüey se ha encargado de mantenerme al tanto. Yo no hubiera permitido que algo le pasara sin avisártelo. Nosotros también tenemos sentimientos, Marcos. Yo mismo tengo una madre a la que quiero más que a nadie. Mira, firma aquí. Lee primero, para que veas que no es una trampa. Ese temblor se te va a quitar apenas que salgas por la puerta. Un nombre bonito ese, Marcos Manuel Velazco. Un nombre de escritor. Te voy a regalar la pluma, por si acaso después quieres escribir una crónica. Si la escribes, me gustaría echarle un vistazo, sobre todo para ver cómo nos tratas. Ustedes los poetas y los escritores tienen la manía de fijarse solamente en el lado malo de las cosas.

Marcos firmó el papel, y después de un suspiro dijo:

—¡Qué rico es escribir! A mí casi se me había olvidado cómo era. Pero gracias, quédese con la pluma: he llegado a la conclusión de que no tengo vocación para las letras. Si ahora me pasé tanto tiempo sin escribir, y pude acostumbrarme, estoy seguro que puedo pasarme sin hacerlo por el resto de mi vida.

XXIV

José Luis, incómodo entre el bulto de sábanas, almohadas y revistas, miraba de reojo a Marcos y se frotaba la bolsa con hielo sobre la mejilla inflamada. Su rostro procuraba ampararse tras los débiles parapetos de tela y papel; las manos a su vez servían como tabiques.

—Qué jodido me tiene este cordal. ¿Para qué carajo uno tendrá cordales? Marcos, alcánzame ese pomito que está ahí arriba de la mesa, allí mismo, a tu izquierda. Gloria dice que el guayacol horada más las piezas, pero es lo único que me alivia el dolor. ¿De qué harán el guayacol, lo sacarán de una hierba? Tiene una peste del carajo. ¿Qué te estaba diciendo antes?

—Que para qué servirán los cordales.

—Antes de eso.

—No sé, me has dicho tantas cosas. Que te vas a divorciar de Gloria, que te vas dedicar por completo a la música, que te van a grabar tu primer disco, que ya La Gaviota no se va a estrenar. Si te duele el cordal, no deberías hablar tanto.

—Al contrario, hablar me entretiene. Así se me olvida el dolor.

—Y así también evitas que hable yo, ¿no? —dijo Marcos con aspereza, cambiando de posición en la silla— Lo único que me has dejado decirte es que salí hoy de la prisión.

José Luis se cubrió la mitad de la cara con la almohada.

—Mira, Marcos, ya que te empeñas, te lo voy a decir claro: no tengo ningún interés en que me cuentes tus problemas. Me alegra que ya estés en libertad, por supuesto, pero no quiero saber por qué te cogieron preso, ni qué fue lo que te pasó allá adentro, ni qué te preguntaron, ni nada. En estos casos, mientras menos uno sabe, mejor. Tú eres mi amigo desde que éramos fiñes, estudiamos ir juntos, pero tu manera de ver la vida no es la mía. ¿Me alcanzas un pedazo de algodón? Está en la gaveta de arriba.

—¿Te molesta que haya venido?

—Me parece que fue una imprudencia venir directamente para acá. Tú no eres tan zonzo, tú sabes que te deben estar siguiendo, y estoy seguro que por lo menos te van a seguir una semana o algo así. Yo no quiero, fíjate bien, Marcos, yo no quiero que me involucren en ningún asunto que me pueda traer malas consecuencias. Yo estoy luchando por mi carrera artística, estoy dedicado en cuerpo y alma a seguir adelante, y no quiero que ahora me vayan a confundir con ningún elemento negativo.

—Y yo soy un elemento negativo.

—Tú lo has querido así. Has hecho todo lo posible por embarrarte de mierda.

—Si quieres me voy.

—Ya el mal está hecho. No deberías haber venido, pero si viniste, da igual que te quedes media hora más. Cómo arde este guayacol, carajo. Pero es lo único que alivia. Además, las aspirinas me han desbaratado el estómago, no puedo tomarme ni una más. Yo quiero que me entiendas, Marcos. Yo no tengo nada personal contra ti, yo me alegro de verte, yo estuve preocupado por ti todo este tiempo, pregúntaselo a Gloria, me alegra de verdad que te hayan soltado. Pero yo tengo una posición que cuidar, un pellejo que cuidar, ¿me entiendes?

Marcos se levantó y se acercó a la ventana. La calle Galiano se encontraba vacía; en puertas y balcones flotaban banderas, pedazos de tela rojos, blancos y azules: viejas insignias que ahora agitaba el viento.

—Claro que te entiendo, José Luis. Siempre te he entendido. Te agradezco que no me botes de tu casa, que me dejes quedarme por lo menos media hora más.

—Tú eres inteligente, Marcos, siempre te lo he dicho. No es que yo lo diga, todo el mundo lo dice.

—Sí, todo el mundo. Hasta un capitán de Seguridad del Estado lo dice. Hasta mi tío que vino a verme cuando yo estaba preso lo dice. ¿No sabes que mi tío, que me detesta, vino de Camagüey a verme? Nora también dice que soy inteligente, y por supuesto, Eulogio y Elías lo dicen. Si ahora lo que quieres es darme coba, inventa otra cosa. Que tengo un perfil bonito, que toda la ropa me queda bien, que me muevo con caché, que me parezco a...

—No te estoy dando coba, no me dejaste terminar. Te iba a decir que a mí tu inteligencia me huele a mierda. En Camagüey, cuando éramos un par de chamacos...

—José Luis, por favor, no me empieces con los recuerdos. De Camagüey ya no queda nada. Si empezamos con la nostalgia vamos a terminar hablando de Teresa y Eloy, que ya no son Teresa ni Eloy. Ni ya tú eres tú, ni yo soy yo. Todo eso es prehistoria, y yo ya estoy harto de prehistoria. Y de historia también, dicho sea de paso. Me interesa el presente, y mi presente es que acabo de salir

363

de un calabozo donde aguanté todo tipo de vejaciones, y que vengo a tu casa precisamente porque tenemos una prehistoria en común, y tú me dices que no debería haber venido, que eso te perjudica. No me saques ahora mi inteligencia, o lo que pensabas de mi inteligencia hace quinientos años. Es más, todo esto lo hemos vivido, esto es *déjà vu*, tú enfermo en una cama, dándote aires de suficiencia, y yo teniendo que aguantar tus zoqueterías.

—Yo no estoy siendo zoquete contigo, Marcos Manuel. Lo único que quiero...

—¿Dónde me dijiste que estaba Gloria?

—¿Dónde va a ser? En la concentración.

—¿Qué concentración?

—Marcos, hoy es 26 de julio. Hay concentración en la Plaza.

—¡26 de julio! Yo sabía que algo pasaba, por eso no hay nadie en la calle. Y esas banderas. Claro, ahora me doy cuenta. Fue un chiste del capitán, soltarme hoy, para que no se me olvide. Una amnistía política en honor a la fecha. ¡Qué estupidez!

—Deberías estar agradecido y contento.

—Claro que estoy agradecido y contento. Lo estaría más si me brindaras algo de comer. Son casi las dos de la tarde y todavía estoy en ayunas. Vine a pie desde la Seguridad para acá, no tenía ni dinero para la guagua.

—Viejo, me lo hubieras dicho antes. Mira a ver lo que hay en el refrigerador, leche, dulce, lo que quieras.

—No te preocupes, después que coma me voy. Posiblemente, como estoy tan agradecido y contento, me dé después una vuelta por la Plaza, para conmemorar yo también el inicio de la revolución.

Esto es, si me regalas dinero para la guagua. No me queda más remedio que darte un sablazo.

—Tú sabes bien que no me pesa darte dinero. Luego te irás para casa de Eulogio, ¿no? Porque me imagino que vas a dormir esta noche en casa de Eulogio.

—Claro que sí, José Luis. No te preocupes, no pienso quedarme aquí, no voy a abusar de tu amistad hasta ese punto —dijo Marcos, y escudriñando el rostro abotargado de José Luis añadió—. Y hablando de amistad, voy a hacer una investigación privada entre mis amigos para ver a cuál le tengo que agradecer mi libertad. Como tú eres el primero con el que hablo, la empiezo contigo. Dime, ¿es a ti a quién tengo que darle las gracias por mi libertad?

—¿De qué coño estás hablando? —preguntó José Luis, incorporándose—. A mí no me vengas con misterios mierderos. Habla claro.

—No, tú no darías la talla para ese trabajo. Olvídate de eso, es un chiste. Voy a ver qué tiene Gloria en la cocina, estoy que me desmayo del hambre. ¿Se te alivió el dolor? De verdad que ese guayacol huele a rayos.

Al rato Marcos salió a la calle, por la que no pasaban ni gente ni vehículos. La mortandad contrastaba con el radiante cielo, de claridad feroz. Los ojos de Marcos trataban aún de habituarse a la luz, a los grandes espacios, prestos a consumirlo. En los balcones, colgadas en cordeles, junto a los emblemas tricolores, flotaban ropas y sábanas entre tiestos de flores y plantas trepadoras; en los comercios cerrados, los maniquíes se inclinaban contra los cristales, sometidos a posturas absurdas. Capas de vapor temblequeaban sobre el asfalto. En el parque Fe del Valle, albergue favorito de los afeminados, donde Marcos había tenido, años atrás, su primer encuentro con la policía, dos ancianos discutían ahora en un banco, separados por una gigantesca radio portátil que trasmitía una marcha estridente; al Marcos pasar ambos enmudecieron, como si escucharan con atención la música; uno de ellos se llevó un pañuelo al rostro, tal vez para ocultarlo. Una brisa pesada movía apenas las hojas de los árboles.

—¿Ustedes saben si están trabajando las guaguas? —preguntó Marcos.

—Desde que estamos aquí no ha pasado ninguna —dijo el viejo enmascarado—. Todas deben estar para la Plaza.

Marcos continuó su camino bajo el resplandor, sintiéndose, a pesar de la soledad de las calles, observado de cerca; a cada rato viraba la cabeza para sorprender la mirada acechante, pero solo encontraba los portales desiertos. De repente un fuerte taconeo lo hizo detenerse; dejó pasar a una mujer con un niño en los brazos —si en realidad era un niño el bulto que ella apretaba contra el pecho. Con este calor, pensó, la criatura debe ahogarse dentro de esa envoltura. La supuesta madre, casi una adolescente, había avejentado su rostro con manchas de colorete en las mejillas y un grueso trazo de creyón en los labios.

—¿Usted sabe si están trabajando las guaguas? —preguntó Marcos. (No puedo ver a una persona sin dirigirle la palabra, pensó. Tengo que controlarme).

—No sé —dijo la muchacha, añadiendo unas frases inaudibles, dichas al parecer al bulto que cargaba.

En realidad, pensó Marcos después, su necesidad de comunicación no obedecía solamente al silencio de las semanas en la celda aislada, cuyo efecto aún pesaba sobre él; era también un modo de demostrarle a quienes encontraba que él era un hombre normal e inofensivo, y aún más, de averiguar si los otros se dirigían a él con naturalidad. La idea de que alguien lo seguía, de que alguien lo espiaba, no se la había inculcado José Luis: la tenía desde el momento en que había sido puesto en libertad. Veía en cada rostro desconocido un gesto de recelo, una velada amenaza, una provocación sutil; se sentía parte de un argumento nebuloso donde él jugaba un papel primordial; un argumento que implicaba culpables y acusadores (sin duda vengadores), en el que a él le había tocado hacer de culpable.

La visita a casa de José Luis había sido un error, se dijo ahora, ¿pero a qué otro lugar podía haber ido? Había pospuesto deliberadamente hasta la noche el encuentro con Eulogio (en el fondo no deseaba verlo), y en el cuarto del Chino, donde había estado primero, no había encontrado a nadie. Podía haber llamado por teléfono a Nora y a Elías, que ahora vivían juntos en el que fuera el apartamento de Adolfo, pero le faltaba valor; o también a Carrasco y a Amarilis. Sin embargo, Carrasco ocupaba un lugar preferente en la lista de candidatos a ser «el amigo que lo había querido ayudar», y esto lo cohibía. Dionisio vivía con su madre y su abuela, y Marcos no quería enfrentarse a una familia. Por lo tanto no le había quedado otra salida que visitar a José Luis, se decía ahora para justificarse, aun presintiendo que este reaccionaría con su habitual mezquindad. Al recordar ahora la conversación entre ambos, Marcos se sentía humillado; aunque le daba en parte la razón, al tratar de ponerse en su lugar. Además, estaba seguro de que la actitud de José Luis respondía también a la influencia de Gloria.

Y ahora una Habana deshabitada, una Habana de ventanas mudas, de aceras insidiosas, donde él solo tropezaba con viejos que se cubrían la cara con pañuelos y adolescentes que transportaban bultos sospechosos, una Habana a merced de una brisa apretada y una hostil claridad, le reafirmaba de una vez por todas su aislamiento. La ciudad, víctima de una desolación de día feriado, de fiesta patriótica, de tarde de domingo, era parte también del siniestro argumento. Sus fachadas herméticas, su insolente vacuidad le escamoteaban algo: un secreto, una historia, una razón de ser.

Había llegado al final de Galiano; desorientado, se decidió a doblar por Reina. En el medio de la calle, un hombre gritaba frente a un balcón cerrado:

—¡Yo sé que estás ahí! ¡Ábreme!

El hombre, con la cara violácea, gritaba desaforadamente. Luego chiflaba. Luego volvía a gritar. Por último sacó del bolsillo una enorme navaja doblada sobre el mango y la lanzó contra la ventana, que nadie se determinaba a abrir. La navaja rebotó y el hombre la atrapó de un salto, chocando con Marcos, que retrocedió temeroso, como si el individuo le pudiera dar otro uso al instrumento. En ese instante el ruido de un motor resopló a sus espaldas: un ómnibus se acercaba. Marcos le hizo unas señas frenéticas.

—¡Voy para la Plaza! —gritó el chófer, sin frenar del todo.

Era inútil preguntar a qué plaza se refería: en un día como hoy solo existía una, la Plaza de la Revolución, donde se celebraba cada año el aniversario. Marcos trepó a toda velocidad y cayó de rodillas en el estribo, pero de inmediato se incorporó con forzada dignidad, limpiándose las manos.

Los únicos pasajeros eran dos hombres en ropa sucia de trabajo, que se pasaban una botella de aguardiente mientras cantaban una guaracha, y un tercero que roncaba en el piso, despatarrado. El chófer se volvió hacia Marcos y le guiñó un ojo, sonriendo, haciéndolo cómplice de la pequeña celebración.

—¿Qué, va para la concentración, compa? —preguntó el chófer.

—Claro —dijo Marcos, bajando la cabeza.

—¡El Caballo no habla hasta las seis! —exclamó uno de los bebedores.

—A las seis tú vas a estar igual que el socio —dijo el chófer, señalando al que dormía— Se han cogido el guateque para ustedes solos.

—Que va, a mí la bebida no me tumba. Este es un mamarracho, agarra el peo nada más que de olería.

—¿Qué pasa, es que hoy no están trabajando las guaguas? —preguntó Marcos.

—Hoy todo el mundo está para la Plaza —dijo el chófer—. Pero yo me rompí en el Prado esta mañana, y ahorita fue que estos mecánicos terminaron. No vaya a pensar que estos son vagos habituales, compa, es que ellos son como la guagua, que necesita combustible para trabajar. ¿No es verdad, Arsenio?

Pero los bebedores preferían cantar. Ahora entonaban una ranchera con una fuerza operática, con gritos de mariachis. Marcos recostó la cabeza a un asiento y cerró los ojos. Luego los cantantes acometieron un tango. Por último un clamor opacó sus voces: estaban llegando. En las esquinas aparecían sombreros, gallardetes, pancartas, y por los altoparlantes colgados de los árboles brotaba a chorros un estruendo que podía ser un himno. Los vehículos obstruían el paso.

Marcos le dio las gracias al chófer y se bajó con un salto inseguro. Caminó hacia la Plaza arrastrado por el jadeo ferviente de la multitud, que con músculos tensos, ojos febriles y piel enrojecida levantaba al correr ráfagas de polvo.

Porque corrían. Algo ocurría cerca del monumento a Martí, y el gentío avanzaba en esa dirección: a Marcos le pareció entender que había llegado un personaje importante, o que estaban repartiendo comida o agua. Daba igual. El sudor diluía el almidón de las ropas, y a través de las telas que la humedad volvía transparentes resaltaban los senos, los hombros, las espaldas. En un extremo de la Plaza, sobre el enjambre de cabezas, una gigantesca tribuna con sillas, púlpitos y micrófonos imponía su estatura. Un cartel con rostros pintados en colores brillantes, cuyas facciones la distancia no permitía distinguir del todo (la barba flameante era seguramente la de Marx) servía de telón de fondo al escenario. El sol calentaba la cabeza, traspasando la débil caperuza del pelo. El movimiento se propagaba entre los cuerpos como una corriente de alto voltaje. Hombres uniformados se abrían paso entre la muchedumbre, transportando en camillas a los que habían sucumbido a la fatiga.

Sofocado por el tumulto, Marcos sintió de pronto un ligero vértigo. Recordó que en un carnaval había estado a punto de perder la conciencia, al seguir a Eloy y a José Luis que rumbeaban gozosos detrás de una conga. Esto también era un carnaval, pensó, solo que el exceso de luz y las marchas patrióticas le daban un aspecto grotesco. Los cuerpos resbalosos y los cabellos grasientos reverberaban en el fulgor.

En ese Instante decidió marcharse. No marcharse, sino huir, se dijo en voz alta, y de Inmediato miró a su alrededor para ver si alguien lo había escuchado. La gente que lo rodeaba, aquella masa Impulsada por la sed y el calor a seguir ciegamente hacia adelante, a empujar y a atropellar, no parecía capaz de prestarle atención a un soliloquio, pero uno nunca estaba seguro: siempre existían un par de ojos atentos, un par de oídos atentos; tal vez no solo un par. Marcos dio media vuelta y comenzó a bracear contra la corriente humana, chocando de continuo con los brazos ásperos, las voces estridentes, los rostros descompuestos, los alientos fétidos, las miradas feroces de los que no comprendían por qué aquel muchacho regresaba del sitio al que todos querían llegar, y avanzaba a empellones entre el bloque de cuerpos.

Llegó de noche a la casa de Eulogio. Su propio sudor le provocaba náuseas. Se sentó un momento en el quicio de la puerta antes de tocar. La luz de la sala se encontraba encendida y la radio trasmitía un discurso que resonaba en la calle vacía. Marcos no escuchaba las palabras, sino un ruido familiar que era, después de todo, la voz de un ser humano. Las casas del barrio, cerradas y oscuras, parecían también pasar por alto el significado de aquel denso lenguaje. Obviamente los vecinos se hallaban en la Plaza, tal vez, pensó Marcos, capitaneados por la mujer de enfrente, la rubia teñida que ocupaba la presidencia del comité de defensa de la cuadra.

Al fin tocó la puerta. Eulogio se le abalanzó encima al verlo.

—¡Alabado sea el Santísimo! ¡Ahora mismo estaba pensando en ti!

—Eulogio, no me abraces, que traigo una peste que ni yo mismo la aguanto.

—Marcos, mi niño, pareces un cadáver. ¡Dios mío! ¡La lividez de la muerte, del amor destrozado!

—Eulogio, suéltame, anda, quiero darme un baño. ¿Tú estás solo aquí?

—Solo, sí, con mi botella y mi radio. Ahora mismo te sirvo un trago.

Marcos se sentó en un balance. En el piso se amontonaban libros, ceniceros repletos de colillas, vasos y platos sucios; la ropa empercudida colgaba de los muebles; el polvo envolvía las superficies como una cáscara.

—Eulogio, esta casa parece un corral.

—Ya empiezas a criticar, y ni siquiera me diste un abrazo ni un beso. Pero qué gusto me da verte, cabrón. Ahora mismo, ahora mismito estaba pensando en ti.

—¿Tú sabías que yo venía? ¿Viste a José Luis hoy por la tarde?

Eulogio, con la mirada ebria y el paso vacilante, trajo dos vasos.

—No he visto a nadie, querido —dijo, sentándose frente a Marcos—. Pero no sé, tenía el presentimiento de que ibas a venir.

—Presentimientos —dijo Marcos, y se estremeció al tomar el primer sorbo—. Yo ya no creo en presentimientos. Si no fue José Luis, otra persona debe haberte dicho que me habían soltado.

—Te juro que nadie me lo dijo. Pero yo lo sabía.

—Lo peor es que no lo dudo. Eulogio, necesito darme un baño.

—Ahora te pongo a calentar el agua, niño. Pero lo que queda es nada más que un cubo, deberías esperar, el agua viene a las once. Aunque claro, como hoy es 26 de julio y está hablando ese hombre, a lo mejor llega más tarde.

—Yo me baño con esa del cubo, así mismo como está, fría, no importa. Lo único que te pido de favor es que apagues ese radio.

—Claro que voy a apagar el radio, muchachito. La soledad me había hecho encenderlo, pero ahora, por supuesto, prefiero oír tu voz... Quiero que me cuentes todo, todo, sin omitir un detalle.

—Te advierto, no voy a contar nada —dijo Marcos, quitándose la camisa. El roce de la tela sudada le escocía la piel—. Esta mañana José Luis se negó a escucharme, cuando yo tenía necesidad de hablar, y ahora soy yo quien no tiene ganas de decir nada.

—O sea, que confías más en la rata de José Luis. ¡Ingratitud, divino tesoro!

—No se trata de José Luis ni de ti, Eulogio, se trata de mí. Tú deberías entenderme mejor que nadie. Cuando estuviste detenido hace dos o tres meses saliste igual, ¿o ya no te acuerdas? No quisiste ni explicarme por qué te arrestaron, incluso te ofendías cuando te lo mencionaba.

—Ah, pero entonces es una venganza. ¡Qué dulce, la venganza! Déjame mirarte bien, no me canso de mirarte, niño. La barba no te asienta, que va. Y me imagino que tienes que venir muerto del hambre. Lo siento mucho, pero en esta casa lo único que hay es alcohol.

—No te preocupes, yo almorcé en casa de José Luis como a las dos de la tarde. Lo que necesito es bañarme y acostarme a dormir.

—Pero después que te bañes te vas a tomar por lo menos dos tragos conmigo, ¿no? Hace un siglo que no te veo, y la última vez fue en aquel lugar horrible, donde tú brillabas con la misma luz de Cristo... poco antes de la crucifixión. ¿Te das cuenta que yo tenía razón, que nunca debías haberte ido para ese puñetero campamento? Te hubieras ahorrado esa barba y esa cara de cadáver. Además, si hubieras estado aquí, probablemente La Gaviota se hubiera estrenado. El amor produce milagros. Y tú, querido, eres la viva estampa del amor.

—Eulogio, no estoy para chistes.

—Claro que no. Me rindo ante las exigencias del príncipe de la calamidad, que al fin se ha cansado de exhibir su corona de espinas. De cualquier forma, yo abandoné definitivamente mi carrera teatral. Aunque nunca se sabe, todavía puedo dar una sorpresa... En realidad estaba montando La Gaviota para ti, y también para Elías, pero tú no le hiciste el menor caso, y Elías trató de robarme mis planes, o sea, de tergiversarlos, que viene a ser lo mismo, y yo... Está bien, date el baño. Apúrate, alma mía./ El alma trémula y sola padece al anochecer. Nuestro apóstol Martí también fue un hombre angustiado. Pero ahora que estás aquí, ya estoy contento.

Marcos se desnudó en el cuarto, pensando que aquella habitación, con sus paredes cubiertas de rostros famosos y de versos garabateados, ya no era la madriguera de bohemio en la que se había refugiado al ser expulsado de la universidad, sino un sitio maloliente donde él, un hombre que acababa de salir de una cárcel, Iba a pasar una noche, tal vez dos —pero no más. Su estancia en aquella casa había terminado para siempre.

Salió del baño despejado. Eulogio había sintonizado una emisora americana donde tocaban una vieja melodía de los Seekers, y ahora, sentado a la mesa, con los codos apoyados en el mantel, abstraído en la música, no veía a Marcos, que desde la puerta de la habitación lo observaba. El perfil grave y hermético correspondía a otro Eulogio. Marcos, turbado ante aquel rostro absorto, pensó que presenciaba en ese instante una escena secreta: era como mirar una desnudez, o un delito, o tal vez algo más peligroso, y sin saber por qué se sintió avergonzado.

—¿Te gusta esa canción? —preguntó Marcos—. Yo antes me sabía la letra de memoria.

Eulogio se volvió hacia él, con los ojos brillosos, y sonriendo con malicia dijo:

—Yo la entiendo casi completa, es increíble cómo todavía me acuerdo del inglés. *I'll never find another you.* Y es verdad que nunca voy a encontrar a otro como tú, niño. ¿Ya te sientes mejor? El baño te ha rejuvenecido, ¿o fue el trago de ron? Ahora falta que te afeites esos pelos, es como si tuvieras un sobaco en la cara.

—Muy gráfica tu descripción. Me acabas de convencer de que me quite la barba. ¿Te molesta también el bigote?

—Ven, siéntate aquí, querido. Ya te tengo tu trago preparado.

—Está bien, me tomo el trago y me acuesto. Ni pienses que voy a escuchar tus letanías toda la noche. No estoy para filosofías, ni para frases brillantes.

—Te equivocas, esta noche no quiero hacer de Mefistófeles, ni tú estás en condiciones de hacer de Fausto. Eso sí, me vas a decir al menos dónde estuviste todo este tiempo.

—¿Acaso no lo sabes?

—Me lo Imagino.

—¿Entonces para qué preguntas?

—¿Es que no tengo derecho a preguntar?

—Eulogio, si esto va a ser un interrogatorio, dímelo ahora mismo. Vengo de un lugar donde me estuvieron interrogando casi todo el tiempo, y no tengo ganas de repetir la experiencia.

—¿Seguridad del Estado?

—Claro.

—Me lo imaginaba —dijo Eulogio, examinando el cristal empañado del vaso—. Dionisio y Ricardito estuvieron aquí al otro día de tú desaparecer, ellos tenían la esperanza de que hubieras venido para acá. Aunque claro, no tenía sentido que tú no les hubieras dicho que te ibas.

—¿Y el Chino?

—Diego vino después. El campamento se terminó a la semana de tú caer preso. El Partido mandó a todo el mundo para la casa.

—¿Entonces fue a mí al único que arrestaron?

—En ese momento, parece que sí. Después han citado a otros, entre ellos al Chino, pero ha sido cuestión de rutina: preguntas, amenazas, y al cabo de unas horas los han soltado.

—¿Y a Ricardito y a Dionisio, también?

—A ellos los han dejado tranquilos. A los que han citado han sido más bien los que la Seguridad consideraba como la *intelligentsia*. Por suerte. Ricardito tuvo como tres ataques de epilepsia seguidos, y aunque ya se ha recuperado bastante, todavía está descojonado psíquicamente. Un chico sensible y excepcional, a quien tú no debías haber involucrado en tu cruzada. Me encanta que me mires así, como si fueras a comerme. Yo quería que él se quedara aquí unos días, pero Dionisio se lo llevó para su casa, donde yo no puedo ir, porque la madre de Dionisio, la única puta sin sentido del humor que he conocido, me detesta. Hace como una semana que no sé de ellos. Y el chino Diego se mudó para el apartamento de su novia; parece ser que al fin se encontró con el hueco de su vida. Déjame bajar el radio, no quiero que algún hijo de puta pase por la calle y nos vaya a acusar de que estamos oyendo música americana en vez de tener puesto el discurso.

—Por mí puedes apagarlo—dijo Marcos, sirviéndose otro trago—. ¿Qué me dices de Carrasco y Amarilis? ¿Se interesaron por mí?

—Por supuesto que sí. Interesados, desesperados. Pero tú lo que quieres saber es si Nora y Elías se preocuparon por el *enfant terrible*.

—Ya vas a empezar.

—Está bien, niño. Te dejo con la duda.

371

—No eres tú solo el que me dejas con dudas. Parece que todo el mundo me deja con dudas. Tu profecía se ha cumplido. Una noche igual que esta, aquí, en esta misma casa, cuando estábamos tomando como ahora, ¿te acuerdas, Eulogio?, tú me dijiste, entre otras muchas cosas que me sería imposible repetir, que lo mío iba a ser el infierno de la duda.

—¿Te dije eso, querido? ¡Qué frases más ridículas se me ocurren a veces! El infierno de la duda parece el título de una novela de Vargas Vila. Seguro que yo estaba muy borracho.

—Pero ahora no estás tan borracho. ¿O sí?

—¿Qué te pasa, muchachito? ¿Te picó que te mencionara a tus dos viejos amores? La indiscreción siempre ha sido mi pecado favorito. El infierno de la duda, el pecado de la indiscreción. Y solamente me he tomado media botella. Ahora dime si te pegaron cuando estabas preso.

Marcos se empinó el vaso de ron.

—¿Fuiste tú, Eulogio?

—¿Fui yo, qué?

—¿Fuiste tú el que intercediste por mí? El capitán a cargo de mi caso me dijo que me dejaban en libertad porque la revolución era generosa, pero también porque un amigo mío que trabajaba con ellos había hablado en mi favor. Solamente una persona con gran influencia puede haberme ayudado a salir. ¿Eres tú esa persona, Eulogio? ¡Note rías, cojones! ¡No quiero chistes, ni ambigüedades, ni metáforas! ¡Estoy harto de toda esta farsa!

—¿Y por qué tengo que ser yo, muchachito? ¿Qué he hecho yo para ganarme esa reputación?

—¿Y quién iba a ser entonces? Carrasco es la única persona que conozco de cerca que pudiera ser un agente, pero yo estoy seguro que Carrasco no ayudaría ni a su madre.

—Quizás no ayude a su madre, pero a ti sí. ¿Acaso no te templaste a su mujer? Un favor así se paga con otro.

—Eulogio, no seas estúpido, Carrasco utiliza a la gente, eso es todo.

—Pero yo sí soy capaz de ayudar. Eulogio Cabada, el policía humanitario. ¿Qué te ha hecho pensar que yo pueda ser policía? Dime algo concreto.

—Tienes lo que nadie en Cuba puede tener —dijo Marcos, bajando la mirada—. Una pistola.

La boca de Eulogio se deformó en una mueca.

—Ah, así que has estado registrando. Nunca esperé eso de ti.

—Puedo explicarte cómo la encontré.

—No, por favor, no me lo expliques. Yo tampoco tengo por qué explicarte, pero para tu tranquilidad te diré que ese artefacto lo heredé de mi padre, que en gloria esté. ¿Satisfecho, querido? Me cuesta trabajo creer que de víctima hayas pasado a verdugo, así, sin transición. Siempre lo he dicho, cría cuervos y te sacarán los ojos.

—Eulogio, yo no te he dicho que fuiste tú: te he preguntado si fuiste tú.

—¿No tienes más amigos? ¿Qué me dices de Elías? ¿Tú crees que Elías es ese tipo místico e idealista que te deslumbró una vez, que te sigue deslumbrando? Elías miente como respira, como dicen los franceses. Algún día te voy a contar algo de él... Pero no, no vale la pena.

—Arriba, este es el momento. ¿Para cuándo vas a dejarlo?

—Marcos, no me tientes. ¿Nunca te has preguntado por qué después del juicio yo fui para la cárcel, y Elías para una granja? Los dos estábamos acusados de lo mismo, y no había pruebas para condenarnos a ninguno de los dos. Sin embargo, Elías fue para una granja, bajo el cielo azul, y salió antes de los dos años, mientras a mí me tocó rodar por las peores cárceles de Cuba, sin ver un cacho de sol, sin...

—Eulogio, qué bajo eres. Y lo peor es que Elías es tan bajo como tú. Y pensar que ustedes dos han sido las personas que yo más he querido, las más allegadas, mis dos amigos del alma, en los que yo...

—No, no, Marcos, no te me pongas sentimental ahora. Vienes a hacer el papel de inquisidor, y ahora de pronto me sueltas una arenga afectiva, y hasta se te aguan los ojos... Marcos, querido, si vas a convertirte en juez, por lo menos deja a un lado los dilemas del corazón, y sé un poco imparcial. Pero tú no tienes madera para eso. No señor. Tu madera es otra. Claro que las carcomas ya se están dando gusto. Pero me jode que saltes cuando menciono a Elías, y que a mí me acuses sin ton ni son. Dios mío, es como haber...

—Te repito, yo no te he acusado —dijo Marcos, con un temblor en la voz—. Solo te he preguntado. Y pienso preguntarle a Elías lo mismo, no soy tan idiota como para excluirlo. Pero no soporto que en un momento tan grave como este, grave para mí, porque necesito saber la verdad, tú me vengas con unas sospechas sobre Elías que no has dejado traslucir en todos estos años. Tú sospechas de Elías, y Elías sospecha de ti: lo de ustedes es una lucha de perros.

—Quizás, niño, tú tienes en parte la culpa de esa lucha; es la eterna lucha de dos maestros por la admiración de un discípulo. Solo que en este caso el discípulo ha descendido a la calumnia, ¿y qué vendrá después?

—Está bien, Eulogio, perdóname. Llevo semanas durmiendo en una celda, o mejor dicho, sin dormir, y estoy agotado. Quién sabe si la historia del amigo fue un truco del capitán para provocar esto mismo, para que yo desconfíe de toda la gente que conozco. Si es así, le salió bien la jugada, porque he llegado a hacer una lista mental de los posibles colaboradores. Allí he puesto prácticamente a todo el mundo, incluso a Alejandro.

—¡Pobre Alejandro! ¡El aguantagolpes de la galera seis! ¡El tipo más infeliz de la cárcel de Boniato!

—No es tan infeliz cuando tuvo cojones para escribirme la última carta que recibí en el campamento. Deberías haberla leído.

—¿Y qué querías que hiciera? El también me escribió, diciéndome que tus cartas lo perjudicaban. Me imagino lo que le escribías. Las cartas del Gran Reformador de Cuba, Marcos Manuel Velazco, el Salvador de la Patria, el Defensor de…

—Mentira. Mentira. Nunca pensé salvar a nadie, ni reformar nada.

—Claro que lo pensaste. Lo estuviste pensando todo el tiempo, no pensabas en otra cosa.

—¿Quieres que te diga la verdad? Me fui para el campamento, entre otras cosas, para huir de Elías y de ti, y tuve la franqueza de decírselo a Alejandro en una de mis cartas. Pregúntale a él.

—¿Huir de Elías y de mí?

—Sí, Eulogio. Ustedes me estaban haciendo la vida imposible con sus rivalidades, sus delirios de grandeza, sus sabidurías trasnochadas, sus ganas de joderlo todo…

—¡Óiganlo! ¡Oigan a la víctima! Marcos el perseguido, el acosado, el acorralado. Mejor dicho, Marcos el paranoico. Pero se me olvidaba que esas cosas vienen de herencia. No se puede esperar otra cosa del hijo de…

—Eulogio, me cago en el coño de tu madre.

—Bueno, retiro lo dicho. Lo siento, lo siento. Pero a una otra, querido. Tienes que entender que si ofendes a la gente, la gente no se va a quedar así, tan campante. Tu Ingenuidad y tu linda sonrisa no te dan el derecho de estar culpando a los que te rodean por tus errores, o para ser más exacto, por tu estupidez. Pero óyeme bien, tú a mí no me engañas. Tú te fuiste para el campamento porque todo ese barullo te despertó tu espíritu mesiánico. Viste enseguida el chance para sacrificarte en aras de la Humanidad. ¡Ay Acuario, Acuario! En la astrología hay algo de verdad. No te olvides que yo soy Leo, y un Leo peligroso. Déjame explicarte algo, y me vas a escuchar. Después te puedes Ir a dormir, sé que estás hecho mierda. Pero oye esto: ni tú ni mil como tú podrían solucionar el problema de Cuba, porque el mal no es solamente este señor feudal que actualmente se ha hecho dueño de todo, ni este totalitarismo con refajo colorado, ni esta casta militar; como tampoco lo fueron Batista, ni Machado, ni la Enmienda Platt, ni la colonización española, ni mucho menos los pobres indios taínos: el mal principal de Cuba es que sus habitantes son cubanos. Cubanos, querido: una subdivisión de la raza humana que merece ser estudiada desde un punto de vista estrictamente científico. Gente que por alguna razón genética, histórica o geográfica, está condenada a fracasar como pueblo. Hasta Hemingway dijo una vez algo parecido, en los años treinta. ¿No has leído Tener y no tener? Pero a ti te dio por alimentarte de unas pobrecitas esperanzas, de unas migajas de ilusión: que si abogamos por los derechos del Individuo, que si combinamos los aciertos de la revolución con las ventajas de la democracia, quién sabe si un día, una hermosa mañana... Hijo mío, cualquier mañana puede ser hermosa, pero eso no le cambia la vida a nadie. La vida está diseñada de otra forma. Y date el lujo de ignorar las palabras mías, las palabras de Eulogio Cabada, un mediocre director teatral, un actor de pacotilla, un posible agente de la Seguridad del Estado (porque no te olvides, Marcos, que a lo mejor yo sí soy un agente, y llevo la doble vida del doctor Jekyll y el señor Hyde, sin que eso me impida seguir razonando), en fin, date el lujo de ignorar las verdades que evidentemente no quieres escuchar, pero no ignores las palabras de Él, de Él, que dijo: «Conoceréis la verdad, y la verdad os hará libres». Y acuérdate que Él no hablaba de una verdad cualquiera, no señor, Él hablaba de una libertad... inolvidable. ¿Te acuerdas, muchachito?

—Nunca he sabido qué quieres decir con eso —dijo Marcos, poniéndose de pie y simulando un bostezo—. Es más, no creo que tú mismo lo sepas.

—Qué ingenuo eres, Marcos Manuel. Si lo supiéramos no valdría la pena repetirlo, ni siquiera recordarlo. Solo lo incomprensible es. Por lo pronto, la verdad de la Seguridad del Estado (y qué verdad, querido) te ha hecho libre hoy, y eso merece una fiesta. No una fiesta cualquiera, sino una fiesta con todos los hierros, *comme il faut*. Mañana pienso invitar, entre otros, a lo más selecto del elenco de la difunta Gaviota. Voy a pedir dinero prestado para tirar la casa por la ventana. Ahora mismo, después que tú te acuestes, voy a escribir en un papel los nombres de los invitados. ¿O qué tú te crees, que tú eres el único que confeccionas listas?

XXV

Al amanecer comenzó el claveteo. Marcos incorporaba a sus sueños los ruidos de la calle —el estrépito de los martillazos, el alboroto de los obreros, el
ronquido de los camiones— sumados al trajín de Eulogio en la casa, hasta
que despertó acostado sobre un charco: por primera vez en su vida de adulto se había orinado mientras dormía. Se levantó de un salto, enrolló la sábana en cuyo centro una mancha devoraba el tejido, viró la colchoneta que
se deshilachaba en las puntas y entró al baño con el vergonzoso bulto bajo
el brazo, descubriendo con alivio que de la llave brotaba un hilo de agua.

Mientras lavaba la sábana oyó a Eulogio gritar:

—¿Ya se levantó, el príncipe de la calamidad? ¿Puedo verlo desnudo a
esta hora de la mañana? Ese sería el comienzo perfecto para este día de
fiesta. Porque estamos en carnaval, querido. En car—na—val.

Marcos cerró el grifo y gritó a su vez:

—¡Eulogio, déjame tranquilo, salgo enseguida!

—No te inquietes, muchachito, no voy a manchar tu pudor. Además,
no creo que haya mucho que admirar. Tus encantos son más bien de índole
espiritual; por eso me he preocupado sobre todo por cultivar tu espíritu.

—Eulogio, no puedo creer que a esta hora ya estés tomando. —¡Niño,
tienes un sexto sentido pasmoso! ¿Pero qué voy a hacer? No tengo la culpa de que mis vecinos me acaben de regalar un cubo de cerveza. ¿Y sabes
dónde lo compraron? Aquí mismo, en la calle, aquí enfrente, en esta misma
calle. Estamos en carnaval, te digo. Después de un año y medio sin festejos,
de un año y medio de zafra, de una zafra que fracasó, entramos hoy en el
delirio de un carnaval, de un car—na—val, ¿me oyes?

—¡Sí, viejo, te oigo! Déjame disfrutar en paz del baño, antes que se
acabe el agua.

—Voy a hacer algunas visitas y llamadas por teléfono —dijo Eulogio—. Tengo que localizar a mis invitados, a mis privilegiados invitados. La cerveza está en la cocina, tómala antes de que se caliente. Fíjate cómo he limpiado la casa, y todo por ti, por ti. No te muevas hasta que yo regrese.

Marcos, envuelto en un raído quimono de Eulogio, se sorprendió al asomarse por la ventana de la sala y encontrar que en pocas horas la calle se había llenado de cordeles con banderillas rojas, que colgaban de las casas de una acera a la otra y formaban un techo movible rizado por el viento; de letreros de papel plateado pegados torpemente a las paredes; de muñecos de cartón recostados en los quicios; de serpentinas enroscadas en puertas y ventanas que descendían hasta las bocas de las alcantarillas. Dos kioscos de madera y guano, en el centro de la calle, albergaban tanques gigantescos con cerveza y mesas surtidas con ron, aguardiente y vino. Bocinas enganchadas en los postes trasmitían danzones y guarachas. La gente pasaba con ollas y jarrones repletos de cerveza; algunos se detenían un instante a beber y luego continuaban su camino con el rostro embarrado de espuma.

Varios vecinos, que habían sacado sillas y balances a la acera, se sentaban a jaranear y a mirar las parejas que bailaban al ritmo de la música, que estremecía los altoparlantes. Los niños correteaban, aprovechando la súbita tolerancia de los adultos. Una orquesta afinaba los instrumentos en una tarima improvisada; flautas y saxofones resonaban desatinadamente. Al poco rato Marcos, mareado por el estruendo y un vaso de cerveza que había bebido en ayunas, se sintió de repente parte de aquel tumulto que parecía celebrar, al igual que él, una repentina libertad.

Bebió otro vaso de cerveza y luego tendió la sábana en el patio. El mediodía, seco y brillante, se encontraba a tono con la atmósfera de regocijo que saturaba los patios contiguos, donde los hombres jugaban al dominó y las mujeres preparaban las viandas, mientras la música atravesaba puertas y ventanas abiertas de par en par. Bajo la mata de mangos se alzaba un montón de libros y papeles cubiertos por el cartel de lona (El teatro da vida) que Eulogio acostumbraba a colgar durante los ensayos en la sala de las tías de Carrasco. A primera vista, el bulto resultaba Inofensivo: apenas una pila de basura, como la de piedras y botellas rotas junto a la letrina, o el enorme montículo de maderas y trapos al lado de la cerca, coronado por mudas de ropa inservible. Pero bajo las puntas del cartel, donde ahora retozaban los lagartos, sobresalían las Obras Completas de Shakespeare, entre otros ejemplares que formaban lo más selecto de la biblioteca de Eulogio. Marcos, intrigado, echó un vistazo moviendo la cabeza.

—Una locura nueva —murmuró.

Eulogio llegó dos horas más tarde, cargado de paquetes, y se encontró a Marcos sentado en el quicio del comedor, finalizando la cerveza del cubo.

—Estoy viendo que no has perdido el tiempo —dijo Eulogio, depositando aparatosamente la carga de comida y bebida en la mesa—, ¿Te lo has tomado todo?

—No tenía con quién compartirlo —dijo Marcos, feliz—. Además, estoy festejando mi libertad, ¿no?

—Nuestra libertad, niño. Nuestra. Tu libertad es la mía. Ven, ayúdame a acotejar todo esto. Vengo de casa de Carrasco, que me ha regalado cosas fabulosas: un pernil de puerco, asado y todo, pan, refrescos… y una botella de vodka. El y Amarilis vienen después de las seis, con Gloria y José Luis. Elías y Nora no pueden venir hasta por la noche, tienen que esperar por la madre de Nora para dejarle el niño. Y el chino Diego tiene catarro y fiebre, pero si se mejora también va a venir. Todos están eufóricos porque estás de nuevo con nosotros, después de tu ausencia forzosa. Los únicos que me preocupan son Dionisio y Ricardito. La madre de Dionisio, ese monstruo con faldas (por algo es mi prima segunda) me dijo que los dos salieron desde ayer y no han regresado. Ella pensaba que estaban conmigo.

—A lo mejor están presos.

—Todo es posible. Pero yo más bien creo que se juntaron con algún grupito y alquilaron una casa en la playa. Dionisio tiene muy buenas amistades, tú me entiendes: *les liaisons dangereuses*. Yo les dejé el recado que tú estabas aquí; apenas se enteren vendrán para acá corriendo. Brindemos.

—No, no quiero vodka. Yo sigo con mi cerveza. Dame dinero para buscar más.

—Por supuesto, niño. Lo que tú digas. Pide por esa boca, anda. Quiero emborracharte antes de las cinco de la tarde, luego te das otro baño y te acuestas un rato, para que estés presentable cuando lleguen los invitados.

—Eulogio, no me administres mi vida.

—Mírame bien, ya estás medio borracho. Como decía Neruda: «Me gustas cuando bebes porque estás como ausente». ¿O decía otra cosa? Aquí tienes diez pesos, fíjate que te den el vuelto.

Marcos regresó con el cubo a medio llenar, trastabillando. Eulogio se colocó la botella de vodka en la cabeza y dijo:

—Ven, vamos a sentarnos en el patio. Hoy me siento bucólico.

La mata de mangos, con sus ramas dobladas por el peso de las frutas, ofrecía un sombraje fresco. Tras la cerca de estacas, los vecinos pelaban un cerdo vertiendo agua humeante sobre el animal recién sacrificado, y sus voces y risas, exageradas por el ron, se mezclaban al intenso cacareo de las aves, perturbadas por el bullicio de la celebración.

—¿Por qué sacaste todos esos libros y papeles? —preguntó Marcos.

—Quiero que cojan un poco de aire —dijo Eulogio, llenando un vaso de vodka— Es hora de sacar la cultura a la luz, ¿no crees? Primero le daremos aire, luego le daremos fuego. Esta noche voy a quemar toda esa mierda.

—Entonces déjame ver qué libros me interesan, para quedarme con ellos.

—Lo siento, niño, pero en eso no puedo complacerte. Pídeme otra cosa. He decidido quemar todo lo que tenga letra escrita en esta casa. Quemar, no regalar. Se trata de un exorcismo, o de un ritual pagano, o de un acto de magia, puedes juzgarlo como te dé la gana. Pero nadie, ni siquiera tú, me va a frustrar. No te preocupes, tus manuscritos están en buenas manos: se los entregué a Elías cuando supe de tu desaparición, para que los guardara en casa de sus padres. Pensé que ese sería el último sitio adonde la policía iría a registrar.

—No creo que te hayas atrevido…

—Claro que me atreví. Hace tiempo llegué a la conclusión de que tu poesía no es nada del otro mundo, pero pensé que tenía un valor sentimental, sobre todo para ti. ¡Y pensar que una vez soñé que serías la reencarnación cubana de Keats, o de Rimbaud! A ese delirio me llevó el exceso de alcohol y anfetaminas. Pero Elías respeta tus versos: uno respeta lo que uno no entiende, aunque sea una cagada. Yo, que lo entiendo todo, respeto pocas cosas, y tu poesía no es una de ellas. Por mi parte, todo lo mío va para la candela. Lo primero que me voy a dar el gusto de quemar es el ejemplar de La Gaviota, con todas las anotaciones que hice durante seis años —Eulogio se tomó de un golpe el trago de vodka, tosió y dijo—. Sí, querido, seis años. Comencé ese proyecto en tu pueblo natal, cuando estábamos montando Aire Frío. Esos garabatos han sobrevivido la cárcel, y varias cosas más. Hasta esta noche.

Marcos se acercó al montón de libros, echando a un lado el cartel que los cubría.

—Te prohíbo que los toques, muchachito. Siéntate aquí, tranquilo. Tómate tu cerveza.

—Tú estás loco de remate.

—Más loco está Fonticiella, que quemó todas sus esculturas. Pero Fonticiella es un gran artista, y a los grandes artistas hay que imitarlos, aunque estén locos. Yo diría que si están locos, hay que imitarlos más. Hoy pasé por su casa para invitarlo a que viniera esta noche, y ni siquiera quiso abrirme la puerta.

—Pero los libros…

—Marcos Manuel, por favor, no me contradigas. Esta tarde estoy un poquito, un poquito impaciente. Acuérdate que esta noche es tu fiesta, pero también es mi fiesta. Tú acabas de salir de una celda, yo quiero salir de la mía, y esos libros, esos apuntes son también una celda. Cuando le vinieron a hablar de Jesús, Juan el Bautista dijo: «A él le conviene crecer, pero a mí menguar». Quemando todo eso yo menguo, menguo, pero eso me conviene. Es el principio de una liberación. Fíjate que no te estoy pidiendo que hagas lo mismo. Mi función de maestro se acabó.

—Me alegra mucho —dijo Marcos, intentando sonreír—. Ya era hora.

—Sí, niño, ya era hora. El maestro ha cumplido su misión, y como de costumbre, el alumno ha superado al maestro.

—Me quieres impresionar con un nuevo papel, ¿verdad, Eulogio? Me quieres enseñar una nueva fase de tu carrera de actor.

—Te equivocas, mi carrera de actor también se acabó. O está a punto de acabar. Dice Shakespeare que los actores son la crónica de una época; yo mismo lo pensaba hasta hace poco. Pero me he dado cuenta de que nuestra época no admite crónicas, ni de actores ni de escritores. Allá tú si quieres seguir bajo ese yugo. Allá tú si aspiras a abarcar con palabras una vida de hipocresía, una vida sin la menor grandeza. Por mi parte, puedes hacer lo que te venga en gana. Yo me lavo las manos.

—Me sorprendes, Eulogio. El dictador renuncia al poder, el rey se baja del trono, ¿no? Espero que tu decisión no tenga que ver con mi acusación de anoche, acusación que, dicho sea de paso, no fue tal. Tú sabes lo mucho que te aprecio. Si dudé de ti, como te dije, es porque dudo de todo el mundo.

—Claro, yo sé que eres débil, que eres débil, muchachito. ¡Pobre de ti si algún día te llego a faltar! Pero no, no creo que me necesites. Nadie necesita a nadie, y tú no eres la excepción. Seguirás escribiendo tus fanfarronerías (porque la literatura es solamente eso, querido, fanfarronería), o dejarás de escribir, para el caso es lo mismo. Tómate un trago de vodka, verás que bien te cae con la cerveza. En cuanto a la acusación, ya se me había olvidado. Eso tampoco es importante. Te advertí que a lo mejor acertaste, ¿y qué? Poeta, actor, médico, barrendero, chivato, todo es igual. Te hace falta vivir un poco más para que entiendas que las diferencias entre la gente son cuestiones de forma. Las diferencias son máscaras de la semejanza.

—Pero si voy a desconfiar de alguien, preferiría no desconfiar de ti.

—Ese es un problema tuyo, Marcos, no mío. Yo tengo otros problemas. El que más me preocupa es el de mi visitante. ¿No te he hablado de mi visitante? Lo vengo recibiendo desde hace varios meses, yo diría que desde hace varios años, pero nunca con la asiduidad de las últimas semanas. Se me aparece a cualquier hora, pero su hora favorita es la medianoche. ¿Por qué lavaste la sábana?

—Porque tenía peste a sudor. ¿Quién es tu visitante?

—No sé quién es, ni siquiera le he preguntado el nombre. Es un viejo que a veces se parece a mi padre, otras a mi tío Raúl, y otras a mi madre vestida de hombre. Quienquiera que sea, es alguien terriblemente familiar, alguien muy allegado. A veces viene en una silla de ruedas, otras está sentado de repente en mi cama, sin que yo me dé cuenta de cómo ni cuándo llegó. Lo curioso es que nunca lo he visto de pie; yo creo que no camina, sino que se arrastra. Me pregunta cómo estoy —es un viejo educado, de modales exquisitos— y yo le respondo: «Espíritu burlón, aléjate de mí». Como el famoso cha cha chá, ¿te acuerdas? Claro que no lo digo cantando, sino solemnemente: «Espíritu burlón, aléjate de mí». Casi en el tono en que los protestantes reprendían los demonios. Acuérdate de la fábula de Gertrudis, la tortillera endemoniada...

—Que en realidad existió, y era tu prima...

—Esa es otra historia —dijo Eulogio, llenando de nuevo el vaso de vodka; la mano le temblaba—. El caso es que el viejo no se va. Me dice que ha venido para quedarse; me recita frases de la Biblia. El fue quien me recordó eso de «A él le conviene crecer, pero a mí menguar». Y también la frase «Muchos son los llamados, y pocos los escogidos». Yo no estoy entre los escogidos; el viejo me lo ha dicho. ¿Nunca te has percatado de la crueldad de esa frase, que revela una actitud discriminatoria en la Mente Divina?

—Yo pensaba que tus lecciones para corromperme habían terminado.

—Pero no, querido, no soy yo el que te lo digo; te estoy contando lo que me dice el viejo.

—¿Fue él el que te aconsejó que desistieras de montar La Gaviota?

—No, niño, por supuesto que no. Este es un viejo respetable, que no se interesa por el teatro, ni por la poesía, ni por ninguna de esas patrañas; es un viejo que solo se preocupa por lo esencial.

—Está bien, olvídate del viejo por un rato, y cuéntame mejor por qué no seguiste con la obra. Pero háblame en serio.

—Yo solo hablo en serio del Espíritu Burlón, precisamente porque es un Espíritu Burlón. Pero tu pregunta, muchachito, tiene muchas respuestas, y en otro momento ya te he explicado algunas. Si quieres otra, te diré que Chéjov es sutil, refinado, y en Cuba no hay lugar para la sutileza ni el refinamiento. A nosotros nos gusta lo grosero, lo burdo, lo evidente. Nos gustan las palabras fuertes, los gestos obscenos, las frases violentas, los gritos, las amenazas, las risotadas. Nos gusta el relajo, la malicia, la chusmería, la canallada, el chantaje. Somos los hijos de la vulgaridad, y Chéjov es cualquier cosa menos vulgar. El escoger La Gaviota fue un error de mi parte... aunque no un error del todo. Hay algo en esa obra, un momento, un pasaje... Algún día te darás cuenta cuál. *«Only connect»*, dice el sabio Forster. Pero hoy voy a quemar a Chéjov y a toda esa cohorte de ángeles, y te aseguro que nunca en mi vida me he sentido mejor, Anda, cambia esa cara.

—¿Qué me has querido decir con esa historia del viejo?

—Marcos Manuel, por favor, ¿por qué piensas que te he querido decir algo? Querido, yo no soy Esopo; simplemente te he contado un secreto, y ahora quieres hallar la moraleja. No hay tal. Se trata de uno de los secretos más importantes de mi vida actual, pero como dice Shakespeare: «Los actores no pueden callar un secreto, todo lo cuentan».

—O sea, que todavía te consideras actor.

—Bueno, niño, no es tan fácil librarse de ese estigma. Pero voy camino de ello. El viejo se va a sentir satisfecho de mí. Me ha dicho que debo esperar la llegada de El Gran Consolador (se refiere, tú lo sabes de sobra, al Espíritu Santo), y yo, muy apacible, le he preguntado si se refiere al sexo, el único Gran Consolador que conozco. Y él, iracundo, me ha recordado que, según la Biblia, la blasfemia contra el Espíritu Santo no será perdonada. Y yo le he dicho que quiero asegurarme de que no seré perdonado jamás. Y entonces se ha convertido en aire, como hacen los fantasmas. Y yo me he dicho: «Ahora sí le di duro, ahora no me joderá más. Al fin pude ofenderlo». Pero es mentira. Luego viene otra vez, de rodillas, como si nada. Me pregunta cómo estoy, me pide que me mire en el espejo. Yo voy al espejo y me doy un peinetazo. El quiere que me corte el pelo, que me deje el bigote, que me cambie el rostro. Y lo más extraño, Marcos, es que su voz tiene... autoridad. Es un hombre acostumbrado al poder. Digo, si es que es un hombre. Sé lo que estás pensando, que ahora la curda me ha dado otra vez por inventar historias.

—Pienso que si es verdad, se trata de un caso típico de *delirium tremens*. Deja de beber tres semanas, y el viejo no se te aparece más.

—Siempre terminas por desilusionarme, niño. Ojalá todo fuera tan fácil —Eulogio se levantó y estiró los brazos—. ¿No quieres una masita de puerco? ¿Por qué no te das otro baño, para que se te quite esa cara de borracho sombrío? Luego comes algo y te vas a descansar, para que estés listo cuando empiecen a llegar tus admiradores. Acuérdate que todos vienen a celebrar tu libertad. Mejor dicho, nuestra libertad. No podemos defraudarlos, no señor.

—¿Y el viejo, también vendrá?

—¿Te gustó mi secreto, verdad, niño? ¿Te burlas de él? Algún día tú tendrás tu propio visitante, Marcos, y entonces no te quedarán deseos de burlarte. Al contrario, vas a sentir confusión y temor. Vas a querer entonces que alguien, algo, tenga misericordia. Pero no te preocupes, el viejo no vendrá esta noche. Voy a tomar medidas para que no aparezca. En realidad una sola medida basta. Anda, no tomes más, ven para que comas algo. Anda, muévete, ¿o quieres que te cargue?

Marcos mordisqueó sin apetito un trozo de carne, y luego se acostó con la ropa puesta. Al anochecer, una mano que acariciaba su pecho, unos labios que rozaban su pelo lo rescataron de una vil pesadilla. Abrió los ojos en la penumbra líquida donde techo y paredes naufragaban. Los senos de Amarilis sobresalían tras el escote; los ojos se agrandaban bajo las pestañas.

—Vamos, levántate —repetía Amarilis mientras lo pellizcaba.

—Déjame dormir un poco más —dijo Marcos, con la lengua enredada. Su propio aliento le olía a cerveza. Se cubrió el rostro con la almohada y se viró de lado, hasta que escuchó a Amarilis salir de puntillas.

Se levantó con la Impresión de que la opaca luz que iluminaba el cuarto correspondía más bien al amanecer; después de las semanas de encierro, pensó, donde había perdido la noción de las horas, debía aprender de nuevo a orientarse al igual que la gente que no está condenada a sufrir calabozos. En la calle la fiesta proseguía, ahora Intensificada por un vibrante repique de tambores; en la sala las carcajadas de Gloria descollaban entre la risa y las voces de los visitantes. Los mosquitos zumbaban en la calurosa penumbra del baño. Esta vez de las llaves no salía ni una minúscula gota de agua. El, previsoriamente, había llenado un cubo, y ahora sumergió la cabeza en la vasija, luego se lavó el pelo, el pecho y las axilas. A la salida del baño ya había empapado en sudor la camisa de flores que Dionisio le había robado a un marinero griego. Los zapatos, regalo de Carrasco, crujían con cada paso. Abrió la puerta; de inmediato estallaron gritos y aplausos. Todos querían tocarlo: Gloría, José Luis, Carrasco, Amarilis, e incluso Oscarito Wilde y Eloy. Bajo la luz amarillenta de los bombillos se desató un derroche de zalamería: besos, abrazos, frases atropelladas. Un olor a cigarros y a perfume chillón inundaba la sala, donde a pesar de las puertas y ventanas abiertas no circulaba el aire.—¡Pero qué blanco, muchacho! —decía Carrasco, apretándole la punta de la nariz a Marcos—. Tienes que empezar a coger sol a partir de mañana.

—Marcos, estábamos preocupados por ti.

—Gracias, Gloria, ya José Luis me lo dijo. José Luis, no pensé que fueras a venir, ¿ya se te quitó el miedo? Pero bueno, estamos en carnaval, el mundo cambia por unas horas. ¿No me van a brindar cerveza?

—¿Miedo a qué? —preguntó Amarilis, moviendo los hombros al ritmo de la música que entraba de la calle—. Marcos, Eulogio preparó una yuca con mojo que está divina, cómetela con un pedazo de carne.

—¿Dónde está Eulogio?

—El y el Chino fueron a ver si encuentran a Dionisio y a Ricardito. Mira, trajimos un tocadiscos, para que te des gusto. Y por supuesto no nos olvidamos de tu adorado Sargento Pimienta.

Marcos se sentó a comer. El grupo, bebiendo en la sala, lo olvidó al instante. Carrasco, agarrado a su pipa, contaba chistes obscenos; Amarilis, con las piernas cruzadas, mostrando el encaje de una prenda interior, se esmaltaba las uñas; José Luis, de traje y corbata, acariciaba la guitarra sobre sus rodillas entre sorbos de licor; Gloria, que obviamente había bebido sin freno, daba rienda suelta a su risa escandalosa; Oscarito y Eloy, ambos peinados con la raya al medio, extrañamente parecidos entre sí, permanecían quietos en un extremo del sofá, sonriendo con condescendencia. Marcos, que cortaba con dificultad un trozo del asado, supo en ese momento que odiaba a aquellas seis personas. Las cosas que había compartido con ellos —sexo, conversación, amor al teatro, gusto por la bebida, la música y los libros— no habían logrado crear un sentimiento duradero, ni siquiera una simpatía duradera. Por la acera cruzaban transeúntes, varios de ellos dando tumbos y alborotando, y se dijo que esos desconocidos significaban para él lo mismo que aquella gente sentada en la sala, con la que él había compartido los primeros años de su juventud. Las moscas, impertinentes, se posaban sobre la grasa brillante de la carne.

Eulogio y el Chino llegaron al rato, sofocados por la caminata. Habían venido a pie desde la casa de Dionisio, donde no habían encontrado a nadie: la familia parecía haberse ido de fiesta. El Chino, con un pañuelo de colores amarrado al cuello y las manos manchadas por el óleo, cargó a Marcos y lo besó en la frente. Tosía exageradamente al hablar.

—Estoy pintando otra vez —le dijo a Marcos, y agarrándolo por la cintura dio unos pasos de baile—. Se acabó la mala racha.

Eulogio, vestido de blanco, con camisa almidonada y pantalones anchos de filo impecable, hizo una reverencia frente a Marcos. Sus cabellos cuidadosamente peinados relucían bajo una fina capa de vaselina.

—No te preocupes, niño, tus dos amores ya están en camino —le susurró luego en el oído a Marcos—, Acabo de hablar por teléfono con la mamá de Nora. Lo único que siento es que Dionisio y Ricardito no aparecen, pero la felicidad nunca es perfecta… ¿o sí? Mira a tu alrededor, ¿no es como para sentirse dichoso?

—Eulogio, pareces un chulo del barrio de Jesús María —gritó Gloria.

—Un guaposo de Guanabacoa —dijo Carrasco.

Eulogio, con los brazos en alto, dio tres vueltas en redondo, taconeando como un bailarín flamenco.

—Esta ropa también la heredé de mi padre —dijo Eulogio, y al enfatizar el también miró a Marcos—. ¿Pero qué pasa, no vamos a bailar?

Apilaron en una esquina los muebles: el sofá hundido en el centro, las sillas y balances de fondo agujereado, la repisa con las porcelanas. Por orden de Eulogio, el librero vacío terminó en el patio. La sala reveló su miseria —las manchas en las paredes, las grietas en el piso, los huecos en los marcos y el techo, labrados por la lluvia y las carcomas—, antes de ser invadida por los bailadores, que se lanzaron a girar con frenesí. La flauta chirriaba; los timbales y las maracas repicaban; los violines gemían. Los vasos de cerveza, de mano en mano, se vaciaban y volvían a llenarse. El vaho de la bebida opacaba el del sudor. Amarilis agarró por el brazo a Marcos y lo obligó a moverse al ritmo de la música, zarandeándolo como un muñeco. En ese instante Nora y Elías aparecieron en la puerta. Automáticamente Marcos se zafó de Amarilis y fue a servirse un trago.

Nora, sin pintura en los labios, con la cara apenas empolvada, lucía pálida, lo que resaltaba el azul oscuro de sus ojos; Elías, con la barba y el bigote afeitados, también estaba pálido; también sus ojos azules, bajo el grueso cristal de las gafas, resaltaban en el blanco mate de su rostro. Ambos abrazaron a Marcos al mismo tiempo, y este sintió una punzada en un lugar impreciso del cuerpo. Una punzada, un espasmo, una cosquilla: daba igual. Ellos lo querían, y él los perdonaba. Al menos ahora, sintiendo la fricción de sus cuerpos, el roce de sus cutis, la presión de sus brazos. Los dos olían a agua de colonia.

—Marcos, qué alegría me da verte —dijo Nora, besándolo en las mejillas.

Elías levantó con un dedo la barbilla de Marcos y lo miró a los ojos.

—El león disfrazado de ardilla —dijo, y de Inmediato descorchó una botella de sidra que traía bajo el brazo—. Vamos a brindar por tu buena estrella.

El baile continuó hasta la medianoche, en una efervescencia de gritos, contorsiones, canciones rechinantes; las paredes y el piso retumbaban. De pronto Eulogio apagó el tocadiscos y obligó a todos a salir al patio, donde una lámpara pestañeante alumbraba—a retazos la maleza y los árboles.

—Esta escena se llama Trabajos de amor perdidos —dijo Eulogio, rociando con petróleo la lona que cubría el montón de papeles y libros.

—Al menos déjame coger los libros que yo te regalé —dijo Gloria, y se acercó tambaleándose a la pira.

Pero tuvo que detenerse: Eulogio, después de tirar el latón ya vacío de petróleo contra la letrina, lanzó un fósforo a la lona y las llamas prendieron de inmediato con un brutal resoplido, extendiéndose pavorosamente sobre la superficie. Azules, verdosas, amarillas, comenzaron a devorar los signos del letrero (El teatro da vida*)*, a consumir las cubiertas de tela y de cartón, a achicharrar las páginas crujientes, a deshacer cartas, revistas y libretas, a suprimir los párrafos, a ennegrecer la tinta de las letras, de los dibujos, de las fotografías.

Eloy escupió de repente en el fuego, convirtiéndose por un instante en el adolescente que gritaba insultos al cruzar frente a la ventana de Josefa la inválida; luego se alisó el pelo y, cabizbajo, se recostó a la cerca. El grupo congregado alrededor de la hoguera asumió la rígida postura de espectadores que no entienden el sentido de un acto, mientras Eulogio, con la punta de la bota y la ayuda de una rama, azuzaba la fogata. Los rostros enrojecidos y absortos fulguraban en el resplandor. El humo, que ascendía en espirales oscuras, hizo toser a Marcos, obligándolo a retroceder hasta la puerta. En un patio y un fuego semejantes habían ardido una vez las sábanas manchadas con la sangre de su abuelo Anselmo. Pero no pensaría en eso.

En ese instante Gloria se puso a saltar, palmoteando, y José Luis, que había traído la guitarra, tocó las primeras notas de una guaracha. Carrasco y Amarilis tomaron la delantera en el canto, que pronto se hizo general; Eulogio vociferaba el estribillo. Luego las llamas palidecieron en la negruzca pila; el grupo entró en tropel a la casa. En la carrera Gloria perdió un tacón. Afuera solo quedaron el seco crepitar de papeles y el olor a ceniza.

De inmediato se organizaron juegos; la botella, la prenda, las películas, el personaje incógnito, y por último la gallina ciega. El Chino Diego prestó su pañuelo de colores para que sirviera de venda; a Marcos le tocó primero. Lo tocaron por todas partes, lo sacudieron y lo zarandearon, hasta que perdió el equilibrio y cayó a lo largo del piso, en medio de la gritería.

—Estoy borracho, tengo que coger aire —dijo entre arqueos, y quitándose la venda salió al patio.

Se sentó en una silla bajo la mata de mangos. Puntos rojos brillaban entre las cenizas y los pedazos de libros chamusqueados. En el patio del fondo los vecinos asaban el cerdo en una larga púa; bebían y cantaban alrededor de la cavidad en la tierra que servía de horno, acompañados por un tres y unas maracas. Marcos recordó las navidades que había pasado en la finca de sus abuelos cuando niño; su familia también se reunía alrededor del fuego donde el cochino daba vueltas incansablemente, movido por la mano diestra de Anselmo. La grasa que goteaba del pellejo chisporroteaba al caer sobre las brasas. La botella de vino circulaba sin cesar; su líquido promisorio despertaba sonrisas; incluso a Marcos se le permitía beber dos o tres sorbos. Cada trago le encendía las orejas. Solo el rostro abstraído de

Carmen, inmóvil frente a las llamas, no reflejaba la euforia de la noche de fiesta, en la que todos celebraban un sueño milenario rodeados de la oscuridad y los ruidos del monte.

Ahora Marcos colocó los pies en otra silla, y escuchando las diversas músicas, la que provenía del patio vecino, la del tocadiscos en la sala de Eulogio y la de la orquesta que tocaba en la calle, solo advirtió la presencia de Elías cuando este le apretó el hombro.

—¿Qué pasa, te sientes mal?

—Estoy cansado. He tomado mucho, desde por la tarde.

—Quiero hablar contigo, quiero que me cuentes todo lo que pasó.

—¿Lo que pasó cuando estuve preso? No tengo ganas de hablar de eso ahora. Elías, por favor, déjame solo.

—Marcos, yo sigo siendo tu amigo. Siempre lo seré.

—Por favor, déjame solo. Estoy borracho, y cuando uno está borracho dice cosas que después le pesan,

—Yo estoy dispuesto a escucharlas.

Marcos se levantó sin contestarle, se escabulló entre la algarabía, cerró la puerta de su cuarto y se acostó en la cama. Eulogio entró girando, dando palmadas, cantando a toda voz. Frotó el pelo de Marcos y le dijo:

—No te vas a dormir. No voy a dejar que te duermas.

—Viejo, necesito descansar. Tengo náuseas, mareo.

—Yo pensaba hacer una cena formal después de la fogata, una última cena, digna del cuadro de Leonardo da Vinci, y resulta que ya la comida se acabó. ¿Te das cuenta, qué frustración? Yo que te iba a poner a la cabecera de la mesa, para que mojaras el pan en el plato del posible Judas, esperando, por supuesto, que no lo mojaras en el mío.

—Viejo, ¿por qué no me dejas descansar un rato? Vete a bailar, seguro que te están esperando.

—O quizás me hubiera sentado al lado tuyo, para recostar mi cabeza en tu hombro, como hizo Juan, el discípulo amado. Pero yo sé bien que no soy el amado, yo sé que tengo un rival más fuerte. Pero déjame decirte, muchachito, que el águila soy yo.

—Eulogio, vete al carajo.

—Está bien, niño, ojalá que tengas un sueño feliz. Ojalá que nunca te despiertes.

Eulogio se inclinó sobre Marcos, le acarició la frente, y después de apagar la luz salió marcando un paso de rumba.

Al instante Marcos se sumió en una duermevela: se deslizaba en un torrente de Imágenes rápidas que no llegaban a formar un sueño. Algunas sombras entraban en la habitación, murmurando frases confusas, tropezando en la oscuridad, y luego de deambular a tientas regresaban al baile. En una ocasión le pareció que José Luis y Amarilis se besaban en un rincón del cuarto. La música y los gritos lo embotaban. El repique de las tumbadoras distorsionaba el sonido del tocadiscos: la risa de Gloria sobresalía entre el escándalo. Por la ventana de la habitación entraban también los ruidos de la calle: tambores, trompetas, chillidos, pitos y matracas. A veces Marcos se tapaba la cabeza con la almohada y se dejaba arrastrar por el vértigo. Al apretar la tela contra los ojos veía cuerpos y rostros que giraban: una procesión de figuras que al parecer no cesaría jamás. Por último ciertas imágenes quedaron fijas: una terraza frente al mar donde jóvenes con traje militar jugaban al dominó; un patio con una tendedera de alambre en la que una mujer de cabellos canosos colgaba lentamente la ropa; una mesa donde se amontonaban cabezas de muñecos.

Un estallido destruyó su embeleso; de inmediato oyó gritos, chirridos de muebles, golpes en las paredes y portazos. Salió a la sala alisándose el pelo y frotándose los ojos. Los cuerpos se atropellaban en un ir y venir enloquecido. Amarilis y Nora sostenían a Gloria, que sollozaba entre convulsiones. Marcos caminó con paso inseguro hasta la puerta de la habitación por donde todos entraban y salían precipitadamente. Elías lo sujetó por un brazo, y le dijo en un susurro:

—No entres, Marcos. Eulogio acaba de pegarse un tiro.

XXVI

En su época de estudiante en Tarará, antes de su noviazgo con Nora, Marcos, para disminuir el caudal de energía que no le permitía un instante de calma, se escapaba temprano de las clases y recorría la franja de arena que extendiéndose por varios kilómetros llegaba hasta el poblado de Guanabo. Los bosques de pinos, las calles empinadas que bordeaban el mar, las vistosas fachadas de las casas, el oleaje que frotaba la costa con su carga de caracoles, algas y desperdicios, terminaban por apaciguarlo. Regresaba a su albergue cuando caía la noche, y el bullicio de la hora de comida, después de tanto caminar en silencio, le causaba un sentimiento grato: el tintineo de cucharas y bandejas, las melodías que estremecían la radio, los retozos de sus compañeros, lo hacían sentirse Intensamente vivo, pero a la vez sosegado y seguro.

Ahora Marcos caminaba por esas mismas playas, sin poder recordar los nombres de las avenidas que desembocaban en la arena, cuando un chaparrón lo obligó a guarecerse en el portal de una casa vacía. Las puertas, clausuradas con tablas claveteadas y sellos del gobierno, revelaban que sus habitantes se habían marchado recientemente de Cuba. Aunque sabía que el entrar en una de esas viviendas era un delito que se pagaba con meses de prisión, su agotamiento lo decidió a romper una ventana: llevaba varias noches durmiendo solo unas pocas horas, despierto a fuerza de licor y anfetaminas, y apenas podía mantenerse en pie. Además, todavía era de noche, y aunque una línea clara comenzaba a ensancharse al final de la playa, la oscuridad y la lluvia lo encubrían.

Entró en una habitación que sin duda había pertenecido a un niño: la llama de los fósforos iluminó unas paredes adornadas con dibujos infantiles, una cama pequeña, y un montón de juguetes regados por el piso. Varios de estos —camioncitos, trenes, soldados, pistolas— estaban despedazados; alguien al parecer se había ensañado de una manera absurda con aquellos trastos. Sin atreverse a explorar en la penumbra el resto de la casa, se acostó en la cama y de inmediato se quedó dormido.

Despertó con el cuerpo acalambrado. El amanecer entraba por los cristales rotos, y de los árboles que rodeaban la casa se alzaba en un fragor el canto de los pájaros. Se sentía entumecido, pero a la vez despejado, y calculó que había dormido, con breves interrupciones, por más de veinticuatro horas. Se registró los bolsillos y encontró dos estrujados billetes de a cinco: el residuo de los doscientos pesos que le había pedido a Carrasco después del entierro de Eulogio. Había gastado más dinero en una semana que en un año completo. Pero al menos tenía suficiente para comer, pensó, si es que reunía fuerzas para salir de aquella casa. El hambre le había aflojado el cuerpo.

A medida que la claridad se apoderaba de la habitación, Marcos recordaba el amanecer en el patio del hospital, frente al edificio de la morgue, donde una semana atrás el grupo de trasnochadores había tenido que esperar durante horas por el resultado de la autopsia. Los enfermos que se dirigían al salón de emergencia, los vagabundos que merodeaban en los alrededores, los familiares de los pacientes, con semblantes ansiosos, eran más agradables a la vista que aquellas personas tan cercanas a Marcos, cuyos rostros escuálidos expresaban, más que pesar, un turbio embotamiento.

Luego en el velorio todos habían juzgado en voz baja la conducta del hombre que, en su inmovilidad, ya no escuchaba; a repetir las mismas historias entre murmullos y sollozos quedos; hasta que Fonticiella había aparecido sonriente para declarar que Eulogio no había muerto, que nadie moría, que se trataba de un simple viaje de un cuerpo a otro, y que todo aquel aspaviento de lamentos y lágrimas resultaba ofensivo. Era mejor, había dicho Fonticiella, salir de ese cuarto decorado con flores, dejar solo a aquel muñeco sin espíritu que dormitaba en el ataúd, y participar del carnaval afuera. Marcos terminó siguiendo su consejo. No porque creyera en la reencarnación, sino porque necesitaba emborracharse.

Al día siguiente, con la vista nublada y un hipo inoportuno, asistió al entierro, aunque a distancia del acompañamiento. En el momento de la sepultura se sentó en una bóveda a contemplar de lejos el enjambre de cuerpos alrededor de la tumba, cavada bajo una enorme ceiba, y a beber de una botella que escondía en la cintura; cada trago le provocaba un acceso de tos que a la vez recrudecía el hipo. No recordaba un vacío semejante, pensó ahora en la casa abandonada, bajo la mirada obtusa de un caballo balancín, al que había sentido entre las losas cubiertas de musgo y los búcaros llenos de ramos mustios y de lluvia estancada, observando aquel raro ritual que se desarrollaba a la sombra del árbol. Más tarde, a la salida del cementerio, aceptó la invitación de Carrasco y Amarilis para continuar bebiendo.

Esa noche, en casa de Carrasco, Marcos puso varias veces el disco de los Beatles, disfrutando morbosamente de la letra de *A day in the life*. La lámpara rojiza, los cristales de la terraza, las cortinas ondulantes, la alfombra bajo sus pies descalzos, lo inducían a realizar una proeza física, una demostración de fuerza bruta. Incluso el imaginar lo que ocurriría más tarde en la habitación —sabía que al final no iba a poder librarse de lo que Eulogio llamaba «el acto colectivo»— le reafirmaba su urgencia por olvidar que la muerte existía.

Pero «el acto», llevado a cabo casi a la medianoche, resultó frustrante: Marcos, incapaz de lograr la erección, acabó en una esquina de la cama, consciente del temblor que estremecía su cuerpo desnudo (el aire acondicionado funcionaba al máximo) mientras Amarilis y Carrasco forcejeaban entre contorsiones que más bien parecían ejercicios para entretener, o estimular, al espectador meditabundo. Luego se había despedido con brusquedad, a pesar de la insistencia de ellos para que se quedara. Aliviado, se palpaba el bolsillo: había conseguido que Carrasco, en medio de los tragos, le prestara dinero. Salió a la calle jurándose que jamás regresaría a esa casa. Allí comenzó su verdadera jornada de carnaval.

Por las aceras trastabillaban borrachos, en estado de estupor o euforia. En la parada de ómnibus una muchacha con la blusa rasgada devoraba un muslo de pollo, y un hombre sin camisa, con el pecho y los brazos tatuados, se había colgado los zapatos al cuello y trataba de detener los carros que cruzaban veloces por la calzada. Los focos de los autos iluminaban agresivamente las figuras con facha de payasos. Marcos decidió caminar. Amanecía. Varios kioscos albergaban a clientes que finalizaban el festín, a otros que al parecer recién comenzaban, y también a los que, como Marcos, continuaban lo que habían dejado inconcluso durante la noche. El olor a licor y a desperdicios empañaba la pureza del aire.

La mañana lo sorprendió frente a una jarra de cerveza en el bosque junto al río Almendares, donde habían improvisado pequeños pabellones para vender comida. La vegetación, provocativa y lujosa, conservaba los restos de un aguacero nocturno; las ramas inclinadas sobre el río formaban un rizado follaje de sombras en el agua. Luego Marcos prosiguió el recorrido, deteniéndose en bares, cabeceando en las barras, apoyando la cabeza en la madera sucia de los mostradores, secándose la boca con un pañuelo después de cada trago. En una ocasión, durante el mediodía, mientras compartía una botella de vino con un hombre de manos temblorosas, Marcos comenzó a decir:

—Hace dos o tres noches, un amigo… —pero se detuvo. Sacó un billete de a diez pesos y se lo regaló al desconocido, que boquiabierto murmuró unas frases de gratitud que Marcos, marchándose de prisa, apenas alcanzó a escuchar.

Esa noche fue con José Luis a casa del cantante Luciano González, que los recibió con una pipa de marihuana y una sonrisa congelada y absurda. De inmediato quiso compartir su tesoro: en un minuto la humareda picante congestionó el estrecho comedor. Marcos, que solo había probado levemente la droga mientras se hallaba en el campamento, experimentó a las tres chupadas una ligereza, que tras unas insensatas carcajadas se transformó en pánico: la ventana le parecía una boca abierta —la boca del anciano que según Eulogio venía a visitarlo en los últimos tiempos. José Luis y Luciano comenzaron a cantar a dúo, rasgando febrilmente las guitarras; opacada por la estridencia de la melodía, a Marcos le parecía escuchar la risa de Carmen Velazco, risa que él había escuchado muy pocas veces.

Luego Marcos le pidió a Luciano una pastilla para dormir, y dando tumbos se acostó en un sofá en la sala; tras una breve siesta, aprovechó que los dos cantantes continuaban improvisando en el comedor, y logró escabullirse. Quería estar entre gentes que nunca hubiera visto, gentes que no supieran quién era él, ni que le evocaran las personas que había conocido. Y era fácil perderse entre la multitud que colmaba las calles, ansiosa también de olvido.

Ahora, en la habitación de la casa abandonada en la playa, le era imposible reconstruir la secuencia de escenas a partir de esa noche que fumó marihuana con Luciano. Recordaba tarimas de baile junto al Malecón, escaleras oscuras que hedían a orine y vómito, cuerpos pegados contra el suyo, fuegos artificiales, comparsas y carrozas avanzando por las atestadas avenidas, bloques de hielo cubiertos de aserrín, comidas grasientas en envases de cartón, serpentinas; recordaba haber bebido en el cuarto de un hombre que se llamaba (o que se hacía llamar) Jesucristo, que había visitado varias veces el albergue de Verdún, y que recitaba de memoria poemas de García Lorca y de Cesar Vallejo; ver a Eloy (¿era en realidad él?) vestido de mujer con un tropel de maricas que revoloteaban en La Rampa; viajar en un ómnibus hasta el poblado de Santa Cruz del Norte y luego regresar a La Habana en un camión de volteo; pasar una madrugada en el edificio a medio construir donde él y Dionisio durmieron la noche del asesinato en la cafetería.

Sin embargo, no recordaba cómo había llegado hasta la playa. Solo sabía que había despertado de pronto en un pinar, rodeado de guardias con ametralladoras. Un perro colosal lo olfateaba. Los hombres, soldados guardacostas, lo cargaron y lo zambulleron en el agua («para que se le pasara la mona»), y después le advirtieron que tenía que irse a otra parte, ya que se hallaba en zona militar. Marcos se alejó tambaleándose por el borde fosco del mar, dejando atrás las risas de los guardias y los ladridos del perro. Ni siquiera le habían pedido identificación; obviamente era época de carnaval. Unas horas más tarde, cuando empezó a llover, entró en la casa clausurada.

Ahora, bajo la claridad de la mañana, Marcos inspeccionó el resto de las habitaciones: no solo los juguetes habían sido destrozados, sino también parte de los muebles. Pedazos de excremento oscurecían el piso, y la acre pestilencia hería el olfato. Los ratones correteaban por los clósets vacíos, con una agilidad portentosa, y la cocina era un vertedero: latas, papeles, escombros, comida putrefacta y jirones de ropa se amontonaban impidiendo la entrada. Marcos saltó por la ventana del comedor y cayó sobre un jardín repleto de maleza. Por primera vez desde el día de la fiesta en casa de Eulogio, se encontraba completamente libre del efecto del alcohol; sintió miedo. Sus pensamientos y sus emociones se habían mantenido a raya hasta ese instante, y ahora amenazaban con desatarse frente a aquel mar tranquilo. El canto de los pájaros, el alboroto de las cigarras y el chasquido de las olas subrayaban la ausencia de voces y sonidos humanos. El sol, que comenzaba a levantarse, despedía un calor tibio, y la hilera de pinos desplegaba un espléndido verdor frente a la franja luminosa del agua.

Caminó hasta Guanabo, disminuido por la enorme intemperie y el cielo abrillantado. En un pequeño restaurante, luego del desayuno, le pidió permiso a una empleada para usar el teléfono. Le dio el número a la operadora; al escuchar el timbre, sintió el impulso de colgar. Pero permaneció sujeto al aparato como el que se aferra a una cuerda.

—Marcos Velazco llama desde Guanabo a Nora o a Elías —dijo la operadora cuando contestaron— ¿Acepta la llamada?

La voz de Nora sonó soñolienta.

—Sí, acepto. ¿Eres tú, Marcos?

—Nora, perdóname si te desperté.

—No, no, me alegra que me llames. Elías y yo no sabíamos dónde te habías metido, te estábamos buscando. ¿Qué tú haces en Guanabo?

—¿Elías está allí?

—Fue a buscarle la leche al niño. ¿Qué tú haces en Guanabo? Te desapareciste, ni siquiera te vimos en el…

—¿Puedes venir a buscarme en el carro? Me siento mal. Pero ven tú sola, sin Elías.

—¿Qué pasa?

—No te preocupes, no es nada grave. Te voy a esperar en la terminal de Guanabo. ¿A qué hora puedes venir?

—No sé, tengo primero que ponerme de acuerdo con Elías. ¿Qué pasa?

—Nada. Ven, pero tú sola.

Nora llegó sobre las dos de la tarde, en el viejo Ford que Adolfo le había regalado antes del divorcio. Marcos, sentado en un banco a la entrada de la terminal, finalizaba una botella de cerveza. Era la octava que se había tomado en menos de tres horas; llevaba la cuenta haciendo rayas con una cuchilla en la madera. Nora se bajó del carro con rostro severo, sin contestar al saludo achispado de Marcos.

—Me llamaste porque estabas borracho —dijo. Parecía dispuesta a golpearlo.

—Te llamé precisamente porque no estaba borracho. Te agradezco que hayas venido.

—¿Qué te pasa?

Marcos bajó la cabeza.

—Esta mañana me dio un ataque de miedo —dijo, observando el filo sucio de sus pantalones— Pensé que no podía llegar hasta La Habana, que no tenía control de mí mismo.

—¿Qué tú haces aquí en Guanabo?

—¿Te digo la verdad? No lo sé. Me desperté antenoche en el bosque de Tarará, unos guardias me despertaron. No tengo idea de cómo llegué hasta allí. Ahora me da vergüenza, hacerte venir desde...

—¿Por qué no quisiste que Elías viniera?

Marcos vació el resto de la cerveza sobre el pavimento.

—No creo que pueda explicártelo. Tiene que ver con el tiempo que me pasé preso... No es que desconfíe de Elías, pero de todas las personas a las que podía llamar, tú eres la única que considero incapaz de perjudicarme. Quizás porque hace tiempo que dejaste de quererme, porque no significo nada para ti.

—No seas estúpido, Marcos. Estás hablando como un estúpido.

Terminaron compartiendo una ración de espagueti y media botella de vermut en una pizzería junto a la playa. Por ser el último día de carnaval, el lugar se encontraba desierto: la gente prefería comprar la comida en los kioscos Improvisados para los festejos y comer al aire libre. Ninguno de los dos tenía apetito. Nora apartó su plato intacto y dijo:

—Marcos, nadie te va a perjudicar. El único que te perjudicas eres tú mismo. Y eres muy injusto al decir que he dejado de quererte: es verdad que dejé de desearte, pero mi cariño por ti se convirtió en otra cosa: de novio y amante pasaste a ser amigo y hermano. Tú eres el que no has permitido que me acerque a ti, ni que te demuestre lo que siento. ¿Hasta cuándo vas a seguir con el papel de víctima? Yo sé también que la muerte de Eulogio te ha…

—Prefiero no hablar de eso.

—Como tú digas. Me parece que deberías desahogarte, pero eso es asunto tuyo. Ya dejé de tratar que las personas hagan lo que yo pienso que deben hacer. Eso me ha dado tranquilidad.

—Sí, tienes un hijo, un esposo, un carro.

—Y todo eso te molesta.

—No me molesta, te estoy diciendo que eso también te da tranquilidad. Ya no necesitas hacer una carrera de actriz, has triunfado con un público más pequeño. Aunque ese público se limite a dos personas.

Nora lo miró sonriendo.

—Marcos, a veces se me olvida lo amargado que estás. Pero no, tú no eres así, es el diablo que se te mete dentro y te hace decir esas cosas.

—No me digas que ahora crees en el diablo.

—Es un decir. Pero yo más bien creo que quieres alardear de haberte vuelto un tipo sarcástico, agalludo, curtido por la vida, ¿no? Ese papel le venía bien a Eulogio, pero no a ti. Eulogio quería morirse, y tú quieres vivir, a pesar de toda esta comedia de autodestrucción. Porque tú, Marcos, también tienes vocación de actor, aunque te negaras a participar en nuestra obra.

—¡Nuestra obra!

—Sí, nuestra. Es una lástima que no la hubiéramos llevado hasta el final. Me imagino que la culpa no fue solo de Eulogio, sino de todos. Y también de las circunstancias.

—Claro, las circunstancias. Nunca se deben olvidar las circunstancias.

Una camarera de senos opulentos, que fumaba en un extremo del salón vacío, los miraba impaciente. Nora se inclinó sobre la mesa.

—Marcos, tú sabes lo mucho que te queremos, ¿verdad? Me refiero a Elías y a mí, y a todos tus amigos. La gente busca tu compañía. Lo extraño es que tú no seas feliz contigo mismo. Tú permites que tus ideas te…

—Por favor, no me hables de ideas. Eulogio quería hacer un teatro de ideas. Decía que en un país como este, donde las ideas nos han llevado adonde nos han llevado, había que responder también con ideas. Por eso la teoría de Artaud de solo apoyarse en gestos, movimientos y ruidos, le parecía inútil para sus propósitos. El chiste es que al final él mismo se decidió por un gesto ruidoso.

Ambos bebieron en silencio. Dos nadadores se lanzaban al mar desde un muelle cercano, con grandes aspavientos; el chapoteo en el agua quebrantaba el sosiego del mediodía. Nora se arregló el pelo y dijo:

—¿Nos vamos para la casa?

—Quiero que me lleves directamente para la estación de trenes. El último favor que quiero pedirte, y espero que no me lo niegues, es que me pagues el pasaje para Camagüey.

—Quédate en la casa esta noche, y mañana Elías y yo te damos el dinero.

—Quiero irme para Camagüey ahora mismo.

—Marcos, no seas infantil. Tienes que darte un baño y cambiarte de ropa, estás que das miedo. Además, tienes que Ir a casa de Eulogio a recoger tus cosas. O si tú no quieres, yo puedo hablar con Elías para que pase a recogerlas.

—¿Mis cosas? ¿Qué cosas? ¿Ropa regalada, zapatos rotos? Tampoco quiero molestar a Elías. Para serte franco, no quiero ni verlo.

—¿Cuál es esta historia nueva con Elías? El te tiene en un lugar especial, ya te lo dije una vez. Me acuerdo que una noche, cuando estábamos jugando con Carrasco ese juego de «¿Quién te gustaría ser si no fueras tú mismo?», Elías dijo que a él le gustaría ser Marcos Velazco.

—¡Pobre Elías! —dijo Marcos, levantando la copa de vermut—. Brindemos porque sus deseos se cumplan.

Salieron del restaurante tomados del brazo. Una lluvia repentina descendió atolondrada cuando el auto dobló por la Vía Blanca, obligándolos a cerrar las ventanillas. De inmediato el vapor empañó los cristales. La atmósfera adentro del vehículo, enrarecida y cálida, creaba una corriente de intimidad. Marcos entrecerró los ojos; la proximidad de Nora lo reconfortaba. Afuera el agua deformaba el paisaje costero: los pinares, los valles, las colinas, los manglares, las desembocaduras de los ríos, parecían diluirse tras el líquido alud. Un barco cabeceaba sombrío en la punta de una ensenada. En las casetas de las paradas de ómnibus, la gente se apiñaba ofreciendo una momentánea impresión de enlace. Por momentos Marcos no podía evitar el pensar que alguien le había mentido y engatusado con palabras ficticias, y que nunca iba a poder señalar con certeza quién era ese alguien, lo que significaba que su presente, y también su futuro, se hallaban vinculados a una eficaz mentira. Aunque quizás, se decía después, recordando las palabras de Eulogio, eso no era Importante: tal vez en eso consistía «la libertad Inolvidable» —la libertad de la aceptación o de la Indiferencia; la libertad de la Invisible Igualdad.

—Es verdad, todo es lo mismo —dijo Marcos.

—¿Qué es lo mismo?

Marcos abrió a medias la ventanilla; una ráfaga acuosa le empapó el rostro.

—¿Ya pasamos Tarará? Me parece que hace siglos que estuvimos allí —murmuró Marcos, y al cerrar el cristal añadió—. Tú fuiste la primera mujer con la que hice el amor.

Nora no contestó. Luego, limpiando con un paño el parabrisas, dijo:

—¿Qué se hizo de aquella Teresa, tu primera novia?

—Se graduó de Sociología, se Integró al gobierno. Se casó, se divorció, y la última vez que la vi andaba abrazada de un mulato.

—Dijiste eso último con un cierto retintín. ¿Ahora también te has vuelto racista? —dijo Nora riéndose.

—Claro que no. Nunca lo he sido, nunca lo seré. Además, todo es igual, ya te lo dije. Pero espero que ella no esté en Camagüey, no soportaría encontrármela. De todos mis paisanos, al único que sigo apreciando es a Ricardito.

—Marcos, hay algo… —Nora calló durante unos minutos, y luego dijo, con la voz ofuscada—. Bueno, de todos modos tarde o temprano te vas a enterar, y además, creo que es mejor que te lo diga yo: Ricardito está preso. El y Dionisio y un tal Ernesto trataron de secuestrar un avión y desviarlo a Miami. La madre de Dionisio le dijo al chino Diego que los tienen incomunicados.

En ese momento entraban al túnel de La Habana. El ruido de los carros que aceleraban provocaba un eco estrepitoso.

—Lo siento, Marcos.

Las luces artificiales, las pasarelas de hierro, la blanca mampostería, formaban parte de una construcción Irreal, que sostenía el peso de las aguas.

—Hazme el favor de dejarme bajar un momento en algún bar del Prado —dijo Marcos— Un momento nada más. Llevo muchos días bebiendo, no puedo parar así de golpe.

—Está bien. Te tomas un trago y nos vamos. Elías tiene que entrar a trabajar a las seis de la tarde, me iba a dejar el niño en casa de la vecina si acaso yo me demoraba, pero me gustaría llegar antes que él se fuera.

—¿A trabajar? ¿A trabajar, dónde?

—Los padres le consiguieron una plaza de locutor en Radio Enciclopedia. Empezó hace dos días.

—¡Elías de locutor! ¿Por qué no me lo habías dicho? ¡Mi madre, Elías de locutor!

—¿Qué tiene eso de malo? ¿De algo tenemos que vivir, no?

Atravesaron la ciudad lentamente. A pesar de la llovizna, la gente inundaba las calles, dispuesta a disfrutar de la última noche de celebración, ávida de cualquier simulación de vida. Las luces, que comenzaban a encenderse, se reflejaban en las aceras empapadas y en los charcos de agua. Marcos había comprado una jarra de cerveza y bebía a sorbos. El tráfico se agolpaba en largas hileras; los motores de los autos jadeaban en medio de brutales sonidos de claxon.

—Dionisio sobrevivirá en la cárcel, para él no es nada nuevo —dijo Marcos—, Pero Ricardito en una galera, no me lo imagino. Ellos me hablaron de ese plan en el campamento, y yo les prohibí que me lo volvieran a mencionar. Pero claro, pensé que era una fantasía de Dionisio, que se pasa la vida alardeando, hablando mierda. Y Ricardito, ¿quién es Ricardito? Un pobre loco, un infeliz. Vaya, nunca pensé que tuvieran cojones para hacerlo. ¡Qué desgracia!

—Lo escondieron muy bien —dijo Nora— Ni siquiera se lo dijeron al Chino. Y no creo que se lo dijeran a Eulogio tampoco.

—Eulogio me lo hubiera dicho. Aunque quién sabe, quizás lo sabía y se calló para no preocuparme.

—Eulogio se callaba muchas cosas —dijo Nora— Demasiadas.

Marcos se volvió hacia ella.

—Elías te dijo lo que pensaba de Eulogio, ¿verdad, Nora? ¿Te dijo que pensaba que Eulogio era policía?

El auto se había detenido para dejar pasar un desfile de bailarines de comparsa; unos encapuchados, con caperuzas negras adornadas con cintas, comenzaron a repicar en el capó del auto. Golpeaban el metal con desenfreno, a un ritmo exasperante. Danzaban.

—Qué gente tan odiosa —dijo Nora, tocando varias veces la bocina—. Yo detesto el carnaval.

—Espero tu respuesta —insistió Marcos.

—Elías debe haberse ido para el trabajo, son casi las seis. El niño debe estar ronco de gritar, él no soporta a la vecina, está muy apegado a…

—¿Te lo dijo o no te lo dijo?

—Marcos, no voy a entrar en conversaciones enfermizas contigo. Eulogio fue como un hermano mayor para Elías: se pasaban la vida discutiendo, pero en el fondo se adoraban.

Los dos guardaron silencio durante el resto del trayecto. Al detenerse frente al edificio de apartamentos, Nora dijo:

—Por primera vez vas a hacerme la visita, aunque sea en contra de tu voluntad. Antes de yo salir te preparamos una cama en la sala. Ahora lo que te hace falta es dormir.

—Si tú supieras, me pasé como dos días durmiendo de un tirón en una casa vacía en la playa. Pero creo que tienes razón, necesito seguir durmiendo.

—Yo voy con el niño para casa de mi tía, para que puedas estar tranquilo, y después voy a recoger a Elías a la emisora. Estaremos aquí a eso de las once de la noche. Pero no te preocupes, trataremos de no despertarte.

Marcos aún no había podido dormirse cuando regresaron. Al escuchar el ruido de la llave en la puerta, se cubrió la cabeza con la sábana y simuló un leve ronquido. Nora y Elías hablaban en susurros y caminaban de puntillas. Oyó durante un rato, absorto en la penumbra, el murmullo de aquellas voces que hubiera podido distinguir en cualquier circunstancia, mientras a lo lejos resonaba incesante el estrépito de rumbas y congas.

Por la madrugada se despertó gritando. Alguien lo sacudía por los hombros: era Elías. Marcos, sentándose en la cama, dijo:

—Por favor, enciende la luz. Tuve una pesadilla espantosa.

—Te voy a traer un poco de agua.

Elías trajo el vaso y lo colocó en la mano temblorosa de Marcos. A la luz de la lámpara los dos amigos se miraron sin hablarse. Afuera continuaba el seco fragor de los tambores. Al fin Elías preguntó:

—¿Qué soñaste?

Marcos, después de beber el agua entre accesos de tos, se acostó de nuevo.

—Soñé que estaba en una casa enorme, una casa parecida a la de Teresa, una novia que tuve hace años. ¿Me alcanzas otra vez el vaso de agua? Eulogio estaba sentado en la sala, amarrado a un sillón. Yo trataba de desatarlo y no podía. En ese momento me di cuenta que tú estabas adentro de un armario de cristal, amarrado también. Yo trataba de abrir el armario y no podía. Después Eulogio se caía de espaldas y se rajaba la cabeza, y empezaba a sangrar. Yo corría por todos los cuartos gritando, pidiendo auxilio, y una tropa de niños vestidos con unos trajes fosforescentes empezaba a perseguirme. Yo sabía que podía salir de la casa, porque la puerta principal estaba abierta, pero no quería irme y dejarlos a ustedes. Los niños cantaban un himno (no, era como un estribillo de conga), algo espantoso. Era horrible, Elías.

Elías le pasó la mano por la frente.

—Es un buen sueño. O sea, lo que quiere decir. Quiere decir que tú eres fiel a tus amigos aunque los demonios te persigan. Y es la verdad. Yo sé que tú eres así.

—No es cierto, yo no soy fiel —dijo Marcos, apartando la mano de Elías— Yo me fui para el campamento porque no quería saber más de Eulogio ni de ti. Y después que salí de la prisión llegué a desconfiar de ustedes dos. No, Elías, yo no soy fiel. Yo ya no soy el mismo, no te engañes.

—Habla bajito, Nora y el niño están durmiendo —dijo Elías, cerrando la puerta— Es lógico que hayas desconfiado. Tú sabes mejor que nadie que yo también desconfiaba de Eulogio, tú mismo me lo reprochaste. Pero ahora ya no importa lo que él era, o no era.

—Sí, sí importa. Existe su memoria, la memoria que vamos a guardar de él por el resto de nuestra vida.

—No, Marcos, ya no importa. La memoria es algo abstracto, irreal. Ya Eulogio se golpeó la cabeza, ¿no fue eso lo que soñaste? Ya nada de lo que él era es, porque ya él no es.

—¿Tú quieres que te diga la verdad? Yo llegué a pensar que tú me habías dicho todo eso de Eulogio para encubrirte tú, porque en realidad eras tú el informante de la policía. Y lo peor es que todavía tengo dudas.

Elías se levantó con brusquedad. Marcos fijó la vista en el cielorraso.

—¿Tú quieres seguir haciéndote daño, no, Marcos? Y de paso quieres hacerme daño a mí también. Al principio de nuestra amistad traté de sacar lo mejor de ti mismo, traté de que no te aferraras al lado feo de la vida. Pero evidentemente fracasé. Tú no quisiste entenderme, o quizás yo no supe explicarme. Eulogio a la larga ganó, porque se sabía explicar mejor que yo.

Marcos se incorporó a medias, y tragando saliva dijo:

—Perdóname, Elías. Yo... en fin, tú has sido mi gran amigo. ¿Es que no lo sabes?

Elías volvió a sentarse en la cama.

—Marcos, no te tortures. No lo digo tanto por mí como por ti. Los cubanos nos hemos envenenado con la desconfianza, pero a lo mejor tú todavía puedes salvarte. A lo mejor tienes razón, a lo mejor yo soy un miserable chivato, un hijo de puta; no tengo manera de demostrarte lo contrario. Pero yo no estoy muerto como Eulogio, esa es la diferencia. A los muertos uno puede ignorarlos, pero a los vivos no. Y es terrible esperar algo malo de los vivos, sobre todo si uno los ha querido. Y yo sé que a pesar de todo tú me has querido.

Marcos se sentó sobre las almohadas. Una conga se había detenido en la calle; los bongoes y cencerros estremecían la noche con su desaforada percusión.

—Elías, una vez te dije en una carta que había tenido un sueño, pero no quise contártelo, ¿te acuerdas? Bueno, esta es la noche de contar los sueños. Con esa puñetera música allá afuera. Creo que me fui para la playa huyendo de esa música. Nunca me voy a olvidar de este carnaval. En el sueño tú y yo estábamos en un bote de remos, frente a unos cayos. Al principio parecía la bahía de Santiago de Cuba; después el paisaje se convirtió en una costa cenagosa. Mi madre, que también estaba en el bote, traía puesta una bata de maternidad. Por alguna razón tú tenías la cara pintada de dorado. Mi madre se quejaba de dolores de parto. De pronto nos quedamos varados en la ciénaga, y tú sacaste una cuchara afilada y me dijiste que ya era hora de que yo empezara a comerme a mi madre. Hiciste un ademán como para obligarme a hacerlo, incluso le raspaste el vientre con la cuchara. Ella gemía, con la cabeza apoyada sobre una maleta rota. Estaba a punto de dar a luz. En ese momento me desperté, gritando como esta noche —Marcos hizo una pausa y bebió otro sorbo de agua— Nunca pensé que tuviera valor para contarle ese sueño a nadie, pero sabía que si algún día lo hacía, tenía que ser a ti. ¿Me puedes decir lo que significa?

—En primer lugar, yo no soy Freud ni un carajo —dijo Elías, asomándose a la ventana—. Pero hay un momento en que uno tiene que romper con la madre, aunque eso implique devorarla. De lo contrario uno no sale del vientre, uno no llega a nacer como ser individual jamás. No sé si tú seas capaz de hacerlo, o sea, capaz de romper esa ligadura —y mirando fijamente a Marcos, añadió—. Nora me dijo que querías regresar a Camagüey.

—Me voy mañana.

En ese instante el niño comenzó a llorar en el cuarto. Elías caminó hasta la puerta; luego se volvió y dijo:

—No te vayas. Quédate con nosotros.

—No, Elías, eso no. No puedo. Te lo agradezco, pero no puedo. Tengo que irme.

—¿Y qué vas a hacer allá?

—No sé. Me imagino que escribir.

—Escribir —murmuró Elías, y manoteó en el aire como si espantara un insecto—. Es bueno que escribas, pero ten cuidado: a la larga la literatura mata los sentimientos. Los instintos se van secando, y al final solamente te quedas con las palabras. Hay algo muerto en el lenguaje escrito.

—Antes no pensabas así.

Elías se echó a reír.

—¿Qué te creías? Yo también he cambiado.

El niño se calló de repente. El retumbo ensordecedor de la conga había comenzado a desplazarse, a moverse calle abajo, arrastrado por las notas agudas de una corneta china. Elías dio unos pasos y luego se detuvo. Su sombra se curvaba en la pared. Tras una vacilación cerró la ventana, por donde entraban la claridad y los ruidos. Permaneció un rato sin moverse, y por último, apretando los labios como si reprimiera una sonrisa, cruzó la habitación y apagó la lámpara.

XXVII

Pues bien, querido, como dirías tú, levantando el vaso y guiñando un ojo…
Pues bien, querido: el tren acaba de atravesar el río Jatibonico, lo que significa que estoy al fin en la Tierra Prometida. Compré una botella de ron
en Santa Clara, y ahora, al entrar en mi provincia, me doy cuenta que entre
trago y trago la he reducido a la mitad. Primero la destapé con los dientes
y escupí el corcho, como tú solías hacerlo, y después de derramar para los
muertos las primicias del licor (acción que aprendí de los espiritistas), dije
en voz baja: Salud. En ese instante pasábamos por un puente, y el fragor
se encargó de apagar mis palabras. No importa: desde el principio decidí
dedicarte esta botella y este viaje. Nada podrá impedirlo.

Salí de La Habana por la madrugada, cuando todavía no había amane-
cido. Elías me acompañó hasta que el tren se puso en marcha. Luego lloré
un poco, un poquito, pero a la larga me sentí aliviado al dejar atrás ese
laberinto de elevados, de vías y túneles embarrados de hollín. Una niebla
impertinente envolvía los campos. Más tarde la salida del sol nos encontró
cerca del pueblo de Aguacate: apenas un caserío que dormitaba inerme
entre montes de un dudoso verdor. Recordé que un amigo, a quien conocí
durante mi primer viaje a La Habana, pasó allí su servicio militar. Mucho
ha llovido desde entonces… Y hablando de lluvia, hace no sé qué tiempo
que esta provincia mía no ve una gota de agua.

Te escribo a retazos. El calor es abominable. Cruzamos potreros, cañaverales, sabanas gigantescas; el terreno, cuarteado por la intensa sequía,
parece a punto de arder. La hierba crece amarilla y rala; los arroyos cule-
brean como cintas de lodo. Este paisaje me recuerda el Valle de los Huesos
del profeta Ezequiel. Los huesos estaban secos, calcinados (¿no era así?),
y de repente ocurrió el milagro. Quién sabe, querido, si todavía estamos

a tiempo… Pero por ahora lo seco sigue siendo seco. Falta vida, espíritu, humedad. Tal vez tengamos que esperar hasta el próximo milenio para que las cosechas reverdezcan. Pero sé que unas décadas más no te van a quitar el sueño, y menos ahora, cuando la eternidad te debe parecer una mera travesura infantil.

No soportaba ya el interior del vagón, con su gente aglomerada, su carga de aliento y de sudor, su promiscuidad innecesaria. Innecesaria, quiero decir, a esta hora del mediodía (la noche es otra historia), en pleno agosto, cuando el cuerpo prefiere mantenerse solo y fresco. A empujones logré llegar hasta la escalerilla, defendiendo mi botella, mi mochila, mi libreta y mi lápiz, y me senté en el escalón de abajo, con los pies colgando en el vacío. Aquí puedo escribir en paz. Ahora la sombra del tren corre sobre la hierba, oscurece matojos y guijarros, y el silbato de la locomotora acaba de ahuyentar una bandada de garzas. Unos niños en la puerta de un bohío me dicen adiós con la mano, y les he contestado con un leve gesto, incapaz de compartir su inocente entusiasmo. Escribo dos o tres líneas, tomo un trago de ron, y luego miro el paisaje encandilado: una llanura chata, unos árboles raquíticos, un ganado cabizbajo, unos charcos donde pulula la miasma, unos marabuzales pétreos, unas vallas con consignas rastreras, unos sembrados que parecen condenados a disolverse en la tierra estéril. Estamos entrando ahora a Ciego de Ávila.

¡Qué rápido se pasa por estos pueblos! Sin embargo, cada una de esas casas oculta una historia, y la vida no alcanza para escribir una docena de ellas. A lo lejos se ven las chimeneas de un ingenio. Por suerte ya la zafra terminó, y ahora volvemos al tiempo muerto; hasta el próximo año. Un año tras otro, un año tras otro… Revuelvo mi mochila buscando un lápiz, este ya tiene la punta gastada. Regreso a mi ciudad con un bulto de papeles, dos pares de zapatos y tres mudas de ropa, que Elías me hizo el favor de buscar en tu casa ayer por la tarde, Yo no quería volver a ver esas fachadas sucias de tu barrio, ni tu sala desordenada, ni tus cuartos con sus fotos de gente que un día se despidió bruscamente, sin la más elemental cortesía. Por cierto, una de las camisas que me trajo Elías tiene unas manchas oscuras a la altura del bolsillo, y yo he logrado Identificar el origen de esas manchas: una vez ayudé a levantar del piso a un muchacho que se desangraba, y desde entonces esas motas oscuras se prendieron para siempre a la tela. Dionisio estaba conmigo esa noche. Su juventud me hizo olvidar la muerte.

Dionisio y Ricardito siempre serán jóvenes. Estoy seguro que la cárcel no les quitará la pasión por la música, ni cambiará esa bendita banalidad de la que ambos disfrutan. Me alegra saber que al menos se tienen el uno al otro. Pensándolo bien, cada uno de nosotros ha quedado en buena compañía: Dionisio tiene a Ricardito, Elías a Nora, José Luis a Gloria, Carrasco a Amarilis, Eloy a Oscarito, el chino Diego a su pintura, Fonticiella a sus creencias, Alejandro a sus viejos, y yo a ti. Yo quizás sea el más afortunado, ya que a los muertos uno les da la forma que uno quiere: los muertos son dóciles, se dejan moldear.

Este cielo sin nubes fatiga la vista. Pero pronto la tarde irá cayendo. El tren acelera, trepidando sobre los rieles. En el vagón los pasajeros cabecean: soldados, campesinos, estudiantes, madres con niños de teta, ancianas que a pesar del calor se empeñan en vestirse de negro, en honor a la memoria de alguien que posiblemente solo ellas recuerdan. El polvo les cubre la ropa, y un hilo de saliva resbala por algunas barbillas. Acabo de regresar del baño, donde tuve que orinar frente a un viejo resabioso que se tapaba parte del rostro con un pañuelo. Ahora un recluta me ha pedido un trago, y después de dárselo estuve a punto de preguntarle si conocía a un tal Eusebio González, que pasaba su servicio militar en el pueblo de Aguacate. Pero luego pensé que de eso ha pasado mucho tiempo, y que Eusebio debe haber concluido su etapa de soldado, a no ser que haya jurado en el ejército unos años más, para seguir sirviendo a la Patria, la Patria por la que morir es vivir... Pero ya sé que el Himno Nacional no estaba entre tus melodías favoritas. Peor para ti.

Un abrigo de cuadros rojos, un actor maquillado cojeando en el proscenio, un traje de dril y un sombrero de pajilla (un sombrero que protegía una cabeza rapada), un declamador de textos de Chéjov, un bebedor tenaz, una visión de un viejo que se arrastra, de una ventana por la que desfilaban espíritus; todo eso me viene a la memoria junto con la letra del danzón que dice: al esqueleto rígido abrazado. Las letras de las canciones nos persiguen. Pero es mejor a que nos persigan las personas, ¿no es cierto? Solo lamento que Judas quedara sin desenmascarar. Sin embargo, es posible que tengas razón: es posible que Judas el traidor y Juan el amado sean solamente máscaras intercambiables.

El traqueteo del tren me obliga a levantarme a cada rato. Unos jóvenes en el otro extremo del vagón se reaniman bebiendo a escondidas, pero no he querido acercarme a su grupo; nada tengo yo que ver con sus cantos, sus risas, ni mucho menos con su imprudente candor, que ojalá no les cause la ruina.

No volveré a viajar en mucho tiempo. Dentro de unos años iré a Santiago de Cuba, para pedirle perdón a Alejandro y decirle a la vez que ya lo he perdonado. Me hará feliz pasear por el trillo detrás de su casa, una serventía que atraviesa el monte y llega a una poceta. Pero ahora me toca encarar lo que alguien (hoy no te diré quién) bautizó como el pueblo de los demonios. Quiero enfrentar esa batalla como lo hizo el Valentín del Fausto: como un soldado y como un valiente.

Y aquí está mi ciudad. Debo haberme quedado dormido. Primero son esas casuchas de los alrededores, esos vecindarios con nombres de Insectos: La Mosca. El Comején. La Cucaracha. Las ropas tendidas en los patios flotan como banderas, Insignias de un reino individual que poco a poco se va desintegrando, sin que nadie pueda remediarlo. Ya es casi de noche, y las luces acaban de prenderse en los postes. Calles de adoquines, techos de tejas francesas, cercas de leña, patios con tinajones, riachuelos esmirriados... tierra llana.

Acabo de tomarme el último trago, pero no voy a botar esta botella: quiero guardarla como un recuerdo. Quizás un día meta esta carta dentro de ella, la lleve a la playa, nade hasta lo profundo, y la deje allí para que las olas la arrastren. Será mi último desvarío de poeta romántico. Siempre me gustaron las historias donde aparece una botella con un mensaje. O a lo mejor espere una madrugada con neblina y la rompa contra un banco del Casino Campestre, como hizo Elías una vez, después de haberte insultado y golpeado. Yo presencié la escena escondido detrás de un árbol. Con ese gesto Elías probablemente se libró de tus garras. Pero me gusta más la idea de echarla al mar. Quizás se quiebre contra las rocas de la costa, pero quizás prosiga su travesía secreta hasta llegar a su destino. Nosotros, igual que esas botellas, también llevamos un mensaje, solo que casi siempre resulta indescifrable. Hay tantas frases ilegibles, tantos párrafos tachados... Pero olvido que mis esfuerzos por hacerme entender siempre te parecieron risibles. No importa, mi querido Eulogio: mis afanes, mi sentimentalismo, esos rezagos de siglos pasados, al menos sirvieron —y aún espero que sirvan— para hacerte reír.

ÍNDICE

OTROS TÍTULOS DE LA COLECCIÓN «MARIEL»